AtV

Gudmund Vindland, Jahrgang 1949, ist in Oslo aufgewachsen und lebt dort als freier Journalist und Autor. »Der Irrläufer« ist sein erster Roman. Als das Buch 1979 in Norwegen erschien, sorgte es für großes Aufsehen und wurde zum Bestseller. 1989 erschien der Roman »Stjerneskudd« (dt.: »Sternschnuppen«).

»Der Erzähler Yngve zeichnet ein Sittenbild Norwegens in den 60er und 70er Jahren aus schwuler Sicht. Es ist eine phantastisch-deprimierende Geschichte über Coming Out, Valium, Beatles, vollgespritzte Vorhänge im elterlichen Schlafzimmer, über Sinnsuche in der Literatur, rohe Ficks und liebevolle Bumserei, über das Saufen, die Liebe und Tabletten. ›Was haben wir uns gefallen lassen‹, resümiert Yngve, als er sich an die Schwulenhatz jener Jahre erinnert. Yngve ist ein Kind dieser Zeit, das sich freischwimmt von der verloren-verlogenen Moral einer Amtskirche, die ihre Schäflein nur bei sich halten kann, indem sie ihnen ein schlechtes Gewissen macht. Kirche und Psychiatrie als Spiegel der Gesellschaft sind die Hauptangriffspunkte in der Vindlandschen Gesellschaftsmontage. Aber der Autor beläßt es nicht bei Kritik an seiner Gesellschaft, sondern er illustriert gleichzeitig Liebe sowie Verlogenheit der Schwulenszene. Die Angst der ›Tanten‹ aus der High Society vor dem ›Outing‹. Er erzählt schöne und tragische Liebes- und Bettgeschichten und zeichnet den Kampf Yngves gegen jegliche Versuche der Vereinnahmung durch die ›Szene‹ oder die anständige Gesellschaft. Er sei ein Irrläufer, ›ein Auswuchs ..., für den es keine Hoffnung‹ gebe, verrät ihm die Fachliteratur. Wieviel Hoffnung, welche Verzweiflung er in jenen bewegten Jahren durchlebte, als Stricher in Amsterdam, als verzweifelter angehender Literat, als von brutalen ›Psychopeuten‹ Drangsalierter, das berichtet Yngve in so einem erfrischend undidaktischen Stil, daß dieses Buch in Klassensätzen bestellt werden sollte. Eine lustvolle Lektüre ohne Krampf.«

Christoph Plate, *magnus*

Gudmund Vindland

Der Irrläufer

Roman

Aus dem Norwegischen von Gabriele Haefs

Aufbau Taschenbuch Verlag

Titel der Originalausgabe
Villskudd

ISBN 3-7466-1819-3

2. Auflage 2002
Aufbau Taschenbuch Verlag GmbH, Berlin 2002

Umschlaggestaltung Torsten Lemme
unter Verwendung eines Fotos
von photonica © Roxann Arwen Mills
Druck Elsnerdruck GmbH, Berlin
Printed in Germany

www.aufbau-taschenbuch.de

Teil I

Knospen bersten

Der Jüngling

Über dem Wald liegt Dämmerung. Je heller das Licht wird, desto bleicher werden die Sterne am Himmel. Tief im Südwesten ist die Mondsichel noch schwach zu sehen. In der Rodung liegt wieder viel Schnee, unter den Bäumen nicht. Die ganze Woche lang hat es gleichmäßig geregnet. Kälteschwaden ziehen langsam ins Tal hinunter. In den Senken verdichten sie sich, und man kann nur die herausragenden Baumspitzen sehen.

Aus einem solchen Nebelpolster trottet ein kleines Geschöpf hervor. Ein Junge. Das bin ich. Ich heiße Yngve. Ich arbeite mich zielbewußt voran. Stapfe durch den klebrigen Schnee. Ich bin kaputt, schweißnaß. Die Haare kleben mir an der Stirn. Ich will oben auf den Hügel. Versuche, unter den Kiefern zu gehen, da ist weniger Schnee. Ich kämpfe mich über die weichen Schneewehen hinweg.

Endlich bin ich oben bei dem großen Stein. Unserem Stein. Ich taumle darauf zu und falle daneben, auf den Zweigen der Fichte krümme ich mich zusammen.

Mein keuchender Atem beruhigt sich nicht.

Bald heult es aus meinem Versteck, wie ein angeschossenes Tier.

Weinen ist schlecht, aber mir tut es gut. Nach einer Weile werde ich ruhiger und erhebe mich. Sehe, wie die Sonne durch die Baumwipfel auf den Bergrücken fällt. Ich schluchze noch ein bißchen, trockne mir mit der Hand das Gesicht ab und klettere auf den Stein. Auf unseren Stein. Dann setze ich mich auf ein Mooskissen und starre in das rotgelbe Licht, lasse die Sonne in mich eindringen, um alle Gefühle wegzupressen, alle Gedanken, alles. Aber das nützt nichts. Der Schrei baut sich auf. Ich muß das schreien, werfe mich über den Stein und schluchze: »Magnus, Magnus, Magnus …«

Dann setze ich mich plötzlich auf und spreche, klar und verbissen: »Du bist feige, feige! Du hast mich immer gekannt. Ich kenne dich so gut wie du dich selbst. Du hast genauso mitgemacht wie ich. Wir waren immer zwei! Jetzt traue ich mich endlich, das beim Namen zu nennen, was wir seit zwei Jahren wissen, und da haust du ab, du Arsch. Mein schöner Arsch. Ich weiß ja, das ist wegen deiner scheinheiligen Familie und Gott und sonstwem und aller Welt. Du brauchst nur das Wort zu hören, das unaussprechliche Wort ›homosexuell‹, und schon donnert das Echo in deinem Kopf: Unnormal! Abnorm! Sünde! Ach, Herrgott, Magnus, mein Junge, was soll nur aus uns werden? Was soll aus dir werden? Und was soll ich mit mir anfangen? Ich liebe dich, Magnus, nur dich…«

So liege ich da und wimmere, sehne mich und fluche.

Yngve Vilde heiße ich, und im Herbst werde ich sechzehn.

Die Sonne scheint kalt auf mich und den feuchten Stein. Unseren Stein.

Magnus

In der vierten Klasse wurden wir Freunde. Wir waren gerade von Toten, wo meine Mutter, mein Bruder und ich zwei Jahre lang allein gelebt hatten, nach Lambertseter umgezogen. Mein Vater arbeitete in Oslo, hatte zur Untermiete gewohnt und auf eine Wohnung gespart. Ich war froh, als die Familie wieder zusammen war, aber in der Schule hatte ich es zuerst verdammt schwer. Ich wurde ausgelacht und gehänselt, weil ich einen anderen Dialekt sprach. Niemand wollte mit mir zu tun haben. Aber einmal, als zwei von den starken Jungs mich ganz besonders piesackten, mischte Magnus sich ein. Er war der Sohn des strengsten und frömmsten Lehrers, und niemand traute sich an ihn heran. »Ihr seid feige, er ist doch kleiner als ihr«, sagte Magnus.

Das reichte. Die starken Jungs verdrückten sich, und Magnus half mir hoch. Danach wurde ich ziemlich in Frieden gelassen, aber ich bekam weiterhin keinen richtigen Kontakt zur Klasse. Ich stand jetzt unter dem Schutz des »Schäferhündchens« und wurde verachtet. Aus Rache hatte ich immer die besten Noten, aber davon wurde die Sache auch nicht besser.

Unsere Freundschaft wuchs langsam. Magnus ging oft zum christlichen Jugendclub und schleifte mich mit. Damals gab es für mich keine andere Möglichkeit, mit Gleichaltrigen zusammenzusein, aber dort gefiel es mir nicht. Ich hatte nur wenig für Jesus und für Kirchenlieder übrig – eine Abneigung, die ich wohl schon mit der Muttermilch eingesogen hatte.

»Wenn du mit der einen Hand Gott um Speise bittest und in die andere hineinspuckst«, sagte meine Mutter einmal, »was meinst du, in welcher Hand du nachher mehr hast?« Auch sie konnte in Gleichnissen reden, aber ihre waren sehr viel greifbarer als die aus der Heiligen Schrift. Ich ging weiter zum Jugendclub, Magnus zuliebe. Es dauerte länger als zwei Jahre, bis ich mir einzugestehen wagte, daß ich in ihn verliebt war. Diese Erkenntnis drängte sich mir unbarmherzig auf. Es war eine Katastrophe. Verwirrend und erschreckend. Einerseits die starken und warmen Gefühle. Guter Wille, Zärtlichkeit und Verlangen. Andererseits die Angst. Angst vor dem Unaussprechlichen. Vor der drohenden Verdammnis. Vor der eiskalten Einsamkeit. Ich konnte doch mit keinem darüber reden. Das war unvorstellbar.

Zum ersten Mal in meinem Leben betete ich abends. »Lieber Jesus, erlöse mich von dem Übel und von allen sündhaften Gedanken.«

Aber ich betete nur mit einer Hand – mit der anderen

wichste ich. Ich konnte nicht schlafen, weil ich so geil war wie ein zum Platzen gefüllter Karnickelstall. Ich konnte einfach nicht anders. Ich dachte die ganze Zeit an Magnus, sah seinen Mund vor mir, seine Stupsnase, die großen braunen Augen und die dunklen Locken. Und seinen schönen Körper ... Ooooh! Danach betete ich weiter: »Lieber Gott und Jesus, Verzeihung! Bitte macht, daß ich nicht so bin, bitte macht, daß das vorbeigeht!« Aber es ging nicht vorbei. Die Wahrheit – die unveränderliche Wahrheit – legte sich um mich wie eine Zwangsjacke, immer enger, immer enger: Du bist homo!

Im Jugendclub sangen wir ein schönes Lied:

In der Jugend lernt man leicht,
Denk, wie diese Zeit verstreicht.

Wir gingen in Parallelklassen. Turnen hatten wir gemeinsam. Mit dreizehn wuchsen uns die ersten Haare über dem Pimmel, und im Sommer vor dem Konfirmandenunterricht kamen wir in den Stimmbruch. Wir trafen uns oft, lernten zusammen und brachten uns selber Gitarrespielen bei. Aber über vieles sprachen wir nicht. Ich traute mich einfach nicht, ihm zu sagen, wie es um mich stand. Denn was, wenn er mich dann nicht mehr sehen wollte? Dann wäre die Jugend jedenfalls vorbei. Für immer. Ich betete und wichste und weinte.

Als wir eines Herbstabends bei Magnus Hausaufgaben machten, kam sein Vater ins Zimmer. Er war ein großer, kräftiger Mann, hatte ein strenges Gesicht und viele Haare in den Nasenlöchern. Er befahl uns spazierenzugehen. Es sei ungesund, immer drinnen zu hocken. Und außerdem könnten wir dann eine Mappe holen, die er in der Schule vergessen hatte. Es sei nicht eilig. Wir bekamen einen Schlüssel und machten uns auf den Weg.

»Jetzt machen wir was Tolles!« rief Magnus. »Wir erforschen die Schule im Dunkeln. Das ist verboten, aber unheimlich spannend.«

Es *war* unheimlich spannend. Wir schlichen auf geheimer, gefährlicher Mission in Gängen, Winkeln und Ecken herum. Das Verbotene erregte uns sehr.

»Jetzt bin ich der Schurke, und du mußt mich fangen!« Magnus rannte in die Turnhalle und ich hinterher. Wir waren überall, oben und unten. Tobten uns aus, so leise wie möglich. Schließlich fiel ich über ihn her und hielt ihn an den Beinen fest. Aber Magnus wand sich aus seiner Hose und entwischte. Ich mußte ihn sehr lange jagen, bis ich ihn in einer Ecke der Garderobe eingeklemmt hatte. Als ich ihn endlich festhielt, war er nackt. Unser Atem war warm, wir klammerten uns aneinander.

»Du mußt dich auch ausziehen, Yngve!« Er legte die Hände um meinen Kopf, während ich mir die Hose auszog. Dann zog er mich an sich. Nackte Haut an nackter Haut. Zum ersten Mal in unseren jungen Leben. Wir drückten uns hart und fest. Lange. Dann fingen wir an, uns anzufassen. Vorsichtig tastend, streichelten wir uns über den Rücken, durch die Haare. Die Tränen liefen. Keiner von uns wollte loslassen. Außer Atem legten wir uns auf die stinkenden Schweißturnmatten und liebten uns. Lange, lange. Lernten uns richtig gut kennen und lernten viel über uns selber.

»Ich hab mich so nach dir gesehnt!« sagte ich.

»Und ich mich nach dir!« sagte Magnus. Und wir küßten uns wieder und wieder. Lachten und weinten. Patschten einander ins Gesicht. Ich nahm seinen Schwanz in die Hand. Er war einfach schön. Und nicht größer als meiner.

»Sollen wir's jetzt machen?« flüsterte ich.

»Was denn?«

»Kommen.«

»Wieso denn?«

Verstehen überflutete mich wie eine Welle von Zärtlichkeit. »Nein, aber, Magnus, o mein Junge, hattest du denn noch nie … einen … Orgasmus?«

»Nein …« Er versteckte sein Gesicht an meinem Hals.

»Ach, Magnus, keinen Schreck kriegen, keine Angst haben, ich helf dir. Guck mal, es ist nicht gefährlich, nur schön.«

Wir halfen uns gegenseitig. Wir waren so geil, daß wir sofort kamen, gleichzeitig. Das war's, wovon ich geträumt hatte; mit ihm, von dem ich geträumt hatte! Und diesmal war es kein Traum. Er war noch immer da – ich konnte ihn anfassen und fühlen. Er hing krampfhaft in meinen Haaren und stöhnte, ein kleines, überwältigtes Stöhnen.

»Geht's dir gut, Magnus?«

»Ich weiß nicht, doch, gut, gut. Aber es ist bestimmt nicht gefährlich? Es war so … stark.«

»Nein, ganz sicher nicht gefährlich. Sie sagen das nur, damit wir … das nicht machen. Damit es uns nicht gutgeht.«

»Kannst du nicht das Licht anmachen? Ich möchte sehen, wie das aussieht. Der Schalter ist dahinten neben der Tür.«

»Da gibt's nichts zu sehen. Es ist weiß und glänzt.«

»Ja, aber ich will es sehen. Du brauchst doch nur das Licht anzumachen. Niemand kann uns hier entdecken.«

Blink-blink-blink. Das Licht tat mir in den Augen weh. Aber jetzt konnte ich ihn auch sehen. Er lag noch mit dem Rücken auf der Gummimatte und schaute mit offenem Mund und mit erstaunten Augen über seinen glänzenden Bauch. Ich war sofort bei ihm und nahm seine Hand. Er hatte Angst.

»Wie kannst du überhaupt wissen, daß es nicht gefährlich ist?«

»Weil ich das jeden Tag mache, schon über ein Jahr, und weil es in Karl Evangs Arztbuch steht. Keine Angst, Magnus. War's denn nicht schön?«

»Doch. O doch!« Sein ganzes Gesicht leuchtete auf, als er mich ansah.

Wir betrachteten uns lange.

»Ich finde dich schön«, sagte er.

»Ich dich auch.«

Dann trockneten wir uns mit meiner Unterhose ab. Wir hatten nichts anderes. Als wir uns anzogen, umarmte er mich plötzlich hart und hatte wieder Angst. »Du sagst es doch keinem?«

»Nein, spinnst du? Natürlich sag ich's keinem. Keiner Menschenseele. Das ist und bleibt unser Geheimnis ... und ... wir tun das doch wieder? Wir bleiben doch ... zusammen?«

Magnus hielt mich mit ausgestreckten Armen von sich ab. Ich sah in seinen glänzenden Augen die Stärke wachsen. Sein Entschluß leuchtete stark und schelmisch in seinem Blick. Mit einem »Jaaa!« warf er mich auf die Matte.

Ich war gerade vierzehn geworden. An diesem Abend fing mein Leben an. Auch innerlich wuchs ich – wuchs ich mich stark. Ich werde niemals vergessen, was da zwischen uns passiert ist. Magnus auch nicht, auch wenn er es mit aller Kraft versucht.

Von da an waren wir unzertrennlich. Aber wir verstanden instinktiv, daß wir uns in acht nehmen mußten. Vor allem in der Schule. Am meisten aber vor Magnus' Vater. Wir wußten genau, daß etwas Schreckliches passieren würde, wenn man uns entdeckte. Die Erziehung der fünfziger Jahre hatte uns davon überzeugt, daß »nette Onkel« kein bißchen nett waren – und daß Wichser, Schwule, Arschficker und Exhibitionisten minderwertige gefährliche Tiere waren, vor denen brave Jungen sich hüten mußten. Das taten wir auch! Denn wir waren ja nicht so. Wir waren ineinander verliebt, mit den Kräften der Jugend in doppelter Potenz. Keine Macht der Welt hätte uns voneinander trennen können. Trotz der gründlichen Bearbeitung durch die Mächtigen und die Moral.

Ich hatte eine glückliche Hand gehabt bei der Wahl meiner Eltern. Gesundes Zusammenleben haben sie mich zwar nicht gerade gelehrt, aber sie versuchten auch nicht, die sexuellen Seiten des Lebens zu unterdrücken. Evangs Arztbuch stand bei ihnen im Regal, und darin las ich, bis meine Augen groß und feucht wurden – und mein Schwanz auch. Ich fand alles sozusagen auf eigene Faust heraus und brauchte nicht zu fragen.

Der arme Magnus hatte es da nicht so leicht. All sein Wissen über unsere Körperfunktionen verdankte er drohend gereckten Zeigefingern und einem »Gesundheitslexikon«, das für armselige Knaben mit schmutzigen Lüsten und Lastern bestimmt war. Dort stand: »Onanie, siehe Selbstbefleckung«. Und all die Ansteckungsgefahren, die im Pimmel lauerten, waren fürwahr kein Pappenstiel. Ich geriet völlig in Verzweiflung, als Magnus mir zeigte, was wir Selbstbeflecker für schicksalhafte Leiden zu erwarten hatten: Pickel, trockenes Haar, Schuppen, Haarausfall, bleiche Haut, unsteten Blick, Rückenmarkschwund. Und zum Schluß noch unheilbaren Irrsinn. Die einzige tröstliche von all den Prophezeiungen war: »Übersteigerte Reizung der Manneskraft führt zu übermäßigem Wachstum derselben.« Immerhin ein Trost! Aber erst nach einigen Monaten legte sich Magnus' Angst vor Rückenmarkschwund und all den anderen Scheußlichkeiten. Ganz losgeworden ist er sie wohl nie. Es bleibt nicht ohne Folgen, wenn man seine ganze Kindheit hindurch mit den Händen auf der Bettdecke schlafen muß.

Aber nach und nach widerlegten wir gemeinsam diese blöden Behauptungen – durch theoretische und praktische Experimente. Leider zeigte es sich im Lauf der Zeit, daß wir uns mit einer gnadenlosen Übermacht angelegt hatten: mit dem Herrn und seinen eifrigen Dienern.

Bei Magnus zu Hause konnten wir nicht zusammensein. Er war das vorletzte von sechs Geschwistern und teilte sein Zimmer mit einem älteren Bruder. Sein Vater hatte alle Kinderzimmerschlüssel eingezogen; also konnte, auch wenn Magnus' Bruder nicht da war, jederzeit irgendwer hereinplatzen. Bei mir zu Hause ging alles leichter. Jedenfalls konnte ich meine Zimmertür abschließen. Aber diese Teure-Heimat-Blocks sind ja so verdammt hellhörig, daß wir einfach nicht zu wichsen wagten, wenn meine Eltern da waren. Zum Glück waren sie beide in der Gewerkschaft aktiv, wir hatten also meistens zwei oder drei Abende in der Woche für uns. Wir beide – allein. Ich war schon vorher krank vor Verlangen und Lust. Magnus auch. Was zwischen Magnus und mir entstand, gehörte nur uns, und ich bewachte es wie den kostbarsten Schatz der Welt – das war es ja auch.

In der Schule redeten wir so wenig wie möglich miteinander. Einfach, weil wir uns sonst verraten hätten. Ich war ganz sicher, wenn jemand gesehen hätte, wie Magnus mich verliebt anlächelte, hätte er sofort gewußt, was Sache war. Ich selber war bestimmt auch wie ein offenes Buch – also mußte ich mich schließen. Die meisten anderen Jungs wichsten zwar auch zusammen, aber niemand redete darüber. Statt dessen florierten Schwulen- und Arschfickerwitze, und wehe dem, der mit diesem Kainsmal gezeichnet war. Er bekam die Doppelmoral am eigenen Leib zu spüren. Natürlich wurden immer die Schwachen zu Sündenböcken gemacht – nach den Buchstaben der christlichen Moral. Die meisten warfen gern den ersten Stein. Lynchjustiz gab es schon damals oft. Seitdem ist es eher schlimmer geworden. Wir hatten Angst und lernten schon mit vierzehn Jahren, uns zu verstecken. Wir hatten ja auch etwas zu verbergen. Wir hatten ein Liebesverhältnis, das in uns und mit uns wuchs. Aber uns wurde beigebracht, daß dies unerwünscht und gefährlich war. Gefährlich für die anderen, wohlgemerkt. Für uns lagen darin alle Werte des Lebens, und die wollten wir um jeden Preis schützen.

Der Pastor Christian

Jeden Dienstagabend gingen wir zum Konfirmandenunterricht. Um auf die »Erneuerung unseres Taufgelöbnisses« vorbereitet zu werden, wenn ich mich recht entsinne. Wir waren hundertvierundzwanzig Jungen und Mädchen und hatten eine Menge Gemeinsames. Unter anderem wußten wir nicht mehr, was wir bei der Taufe gelobt hatten. Genau das hatte auch die Kirche kapiert, und sie benutzte die Gelegenheit, um ein Maximum an strenger Gottesfurcht und miefiger Sexualmoral in den Unterricht zu pferchen. Der Punkt war, daß das Taufgelöbnis für alle Zukunft gelten sollte. Als ob wir einmal einen Vertrag unterschrieben hätten, der jetzt plötzlich eine Menge Kleingeschriebenes auf dünnem Papier enthielt, ein paar tausend Seiten sogar. Im Grunde war das vergeudete Zellulose. Die Essenz von dem Ganzen war kurz und bündig: Alles, was guttut oder Spaß macht, ist Sünde!

Auch der Mammon war Sünde. Das mußten wir gründlich lernen, und das verstanden alle. Genau deswegen erschienen die meisten von uns, um mit dem Segen Gottes und der Kirche ihre Taufe zu konfirmieren. Im Jahr zuvor hatte Aages Bruder dreitausendsechshundert Kronen einkassiert. Das war der Rekord.

Ein junger und dynamischer Vikar namens Fuchsholm leitete den Grundkurs in Furcht und Sünde und bestand darauf, daß wir ihn Christian nannten. Er seinerseits hatte Augen für Magnus und mich. Es dauerte nicht lange, bis er uns zu sich rief. Mir war nicht ganz klar, was wir zu erwarten hatten, aber mir schwante Übles. Drohendes. Er war noch nicht lange in der Gemeinde, aber er kannte uns aus dem Jugendclub. Wir wurden zu ihm zum Essen eingeladen – um zu besprechen, wie wir die Konfirmanden in ein christlicheres Milieu bringen könnten.

Der Priester war schon mit Magnus' Familie befreundet, und der Junge nahm die Einladung für uns beide dankend an. Ich hatte nicht die geringste Lust dazu. Aber es führte kein Weg daran vorbei. Ich konnte ja schließlich Magnus nicht allein gehen lassen. Die Pastorenwohnung lag bescheiden zurückgezogen in der besten Villengegend und unterschied sich durch nichts von den übrigen Häusern. Fünf vor fünf schellten wir an der Tür, aber niemand machte auf.

»Er ist wohl aufgehalten worden, er hat sicher viel zu tun«, sagte Magnus.

Wir setzten uns auf die Treppe und warteten. Schlag fünf kam der Pastor in einem blauen Trainingsanzug den Gartenweg heraufgejoggt, ganz rotes Gesicht und weißes Lächeln.

»Nein so was, ihr seid ja zu früh, Jungs! Ja, ja, macht nichts, hoff ich. Ich persönlich bin pünktlich. Immer pünktlich!«

Wir murmelten eine Art Entschuldigung, während der Pastor die schwere Eichentür weit aufmachte. »Wie ihr seht, schließe ich nicht ab, Jungs. Ihr hättet gleich reingehen können. Meine Tür steht immer offen für nette Jungs wie euch!«

Er schob uns in eine große Diele. »Hängt euch hier auf, Jungs, und zieht eure Schuhe aus. Ich hab was anderes zu tun, als Fußböden zu putzen, das könnt ihr euch bestimmt vorstellen. Ich hab ja keine Frau, die mich versorgt!«

Doch. Konnten wir uns vorstellen.

»Aber ihr müßt wissen, Jungs, daß ich eine sportliche Natur bin. An wirklich jedem Tag jogge ich ein paar Kilometer vor dem Essen ... außer sonntags natürlich ... und danach mach ich's mir in der Sauna gemütlich. Das ist gesund und erhält jung, hehe, und hier im Haus gibt's eine Sauna. Ihr könnt mir also Gesellschaft leisten, bevor wir essen. Ich habe einen schönen Lammbraten aus der Tiefkühltruhe genommen, in einer halben Stunde müßte der fertig sein. Also, kommt hier lang.«

Der Priester nahm uns beide um den Nacken und schob uns die Kellertreppe hinunter, hinein in einen großen Waschraum mit zwei Duschen. »Zieht euch schon mal aus, ich muß eben nach der Temperatur sehen«, sagte er und verschwand durch eine Seitentür.

Ich sah Magnus skeptisch an, aber der zuckte nur mit den Schultern. »Keine Sorge. Das ist doch nicht gefährlich.«

»Natürlich nicht gefährlich, aber, um Gottes willen, was will er denn bloß von uns?«

»Nun mach dir doch keine Gedanken, er ist doch ein Pastor!« sagte Magnus und fing an, sich auszuziehen. Widerstrebend folgte ich seinem Beispiel. Und dann standen wir da, nackt. Ich sah auf den Körper meines Liebsten und mußte einen Klumpen im Hals hinunterschlucken.

»Na, kommt schon! Hier spielt die Musik!« Der Pastor steckte seinen Kopf durch die Saunatür. Wir gingen hinein. »Macht schnell die Tür zu. Hier sind jetzt über achtzig Grad. Setzt euch hier nebeneinander. Ich lauf am liebsten ein bißchen herum«, sagte der Pastor Christian. Und das tat er. Magnus und ich saßen ganz blöd da. Wir waren beide ziemlich gleich und durchschnittlich ausgerüstet, aber der Priester hatte einen Hammer, wie wir noch nie einen gesehen hatten. Und auf den war er offenbar reichlich stolz. Er hüpfte und sprang herum und schüttelte sich und das Seine.

Ich fühlte mich unangenehm berührt, und mir wurde langsam ziemlich flau. Als ich mich umdrehte und Magnus ansah, bekam ich wirklich einen Schreck: Er saß da mit großen Augen und weit offenem Mund und starrte wie hypnotisiert den Riesenschlegel des Priesters an, der da vor ihm hin und her schwang. Er hatte sogar einen stehen und beugte sich vornüber, um das zu verbergen. In mir krampfte sich alles zusammen. Ich konnte kaum noch atmen. Ich war wütend und hatte Angst und verstand plötzlich, was Eifersucht ist. »Scheiß Pope, verdammter!« dachte ich, so laut ich konnte.

»Ihr müßt mich auf jeden Fall Christian nennen«, sagte der Pastor. »Im Kurs gibt es anscheinend viele, die das nicht wollen, aber ihr kennt mich doch schon so gut, das fehlte gerade noch!« Er sah uns schelmisch auf Erwachsenenweise an und zeigte dann seine Zähne.

Wir sahen beide zu Boden. Magnus, weil er sich nicht wohl fühlte, und ich, weil ich mir überfahren vorkam und weil ich merkte, wie der Widerwille drohend immer mehr in mir wuchs.

»Wollt ihr euch denn nicht ein bißchen bewegen?« rief der Mann aufmunternd und setzte sein linkes Bein auf die Bank. Dann fing er an, sich vor und zurück zu strecken, und sein Schwanz bammelte einen halben Meter vor Magnus' Gesicht.

Ich konnte keine Sekunde länger mehr ruhig sitzen und sprang auf – ich hatte jedenfalls keinen stehen. Meiner war aus lauter Protest total eingeschrumpft.

»Sieh mal!« rief der Pastor. Er griff nach einer alten Birkenrute, die auf der obersten Bank lag, und schlug mir damit über den Hintern, daß es brannte. Ganz automatisch riß ich sie ihm aus der Hand. »Toll!« rief er begeistert. »Jetzt kannst du mich ein bißchen peitschen!« Darum brauchte er mich nicht zweimal zu bitten. Ich schlug aus voller Wut und ohne nachzudenken auf ihn ein, und der Pastor drehte mir den Arsch zu und rief: »Aaaah! Schön ... mehr!« Okay, also machte ich weiter, bis der Mann seinen Hintern in die Luft streckte und wie ein Schwein grunzte.

Erst da konnte ich mich soweit zusammennehmen, daß ich die widerliche Birkenrute hinwarf. Was sollte ich damit? Was tat ich denn bloß hier?

Der Pastor war jetzt richtig geil und fiel über Magnus her. »Und jetzt massieren wir uns ein bißchen!« sagte er befehlend und fing an, meinem Liebsten mit der einen Hand über die Brust und mit der anderen über den Rücken zu reiben. Magnus richtete automatisch seinen Oberkörper auf, und sein niedlicher Schwanz stand in die Luft. Und der Pastor erzielte den Weltrekord in Blitzmassage und war schon bei Magnus' Schritt angekommen.

Da reagierte ich spontan. Ich packte die schlaffe, schweißnasse Popenschulter, schleuderte ihn fast einen Meter weit weg auf die Bank und schrie: »Zum Teufel, nimm dich endlich zusammen, du geiler Idiot!«

Das hatte er nicht erwartet. Er war ganz überrascht und

kam mit einem ziemlich zahmen und wirren Kommentar: »Aber, was ist denn mit dir los, junger Mann? Du hast doch nicht etwa Angst vor ein paar gesunden Leibesübungen?«

Ich konnte nicht antworten, Tränen und Wut saßen mir im Hals. Der Pastor kapierte offenbar, daß es mir ernst war. Er tarnte rasch, was er zwischen den Beinen hatte, und begann, alles wegzuerklären. Ich stand mit geballten Fäusten vor ihm.

»Jetzt beruhig dich doch und hör mir zu«, sagte er eindringlich mit seiner salbungsvollen Stimme, die er sich auf dem Priesterseminar anstudiert hatte. »Ihr wißt beide gut, daß ich ein Anhänger des liberalen Christentums bin. Ich bin ein positiver Mensch. Ich bin gern richtig schön und gemütlich mit meinen Mitmenschen zusammen. Ich habe nun sieben, acht Jahre Theologie studiert und kann nicht einsehen, was daran falsch sein sollte, wenn wir Jungs uns auch ein bißchen ... zusammen amüsieren. In meinem innersten Gewissen bin ich davon überzeugt, daß Gott nichts dagegen hat, wenn Menschen sich untereinander Gutes tun! Stimmst du mir zu, Yngve?«

»Doch, schon«, preßte ich mit belegter Stimme hervor. »Aber das wissen Magnus und ich schon lange, ganz von alleine.« Ich ging zu meinem Jungen hinüber und nahm seine Hand. Und brach in Tränen aus. »Wir sind zusammen, und du darfst dich da nicht einmischen! Wir haben uns gern, und wir kommen allein zurecht ... ohne fremde Hilfe.«

Ich hatte gehofft, daß Magnus auch etwas sagen würde, aber das tat er nicht. Er stand nur da und sah zu Boden.

»Ach so, ja. So ist das also. Ja, ja, dann versteh ich alles viel besser!« Der Pastor war wieder obenauf. Fast ein bißchen drohend. Langsam und eindringlich sprach er weiter: »Und ihr zwei jungen hübschen Knaben wollt alles für euch selber behalten. Ihr wollt mit keinem teilen ... am allerwenigsten mit einem ungeschickten dreißigjährigen Pastor, der ein bißchen menschlichen Kontakt braucht. Na gut, Jungs! Das ist eure Entscheidung!«

Magnus ließ mich los und versteckte sein Gesicht in den Händen. Ich war noch immer so sauer, daß die Moralpredigt von mir abprallte, aber trotzdem wußte ich nicht, was ich sagen sollte. »Ja, meinst du denn, daß ...«

»Ich meine nur eins, und merk es dir, Yngve: Jesu Gebot der Nächstenliebe gilt für alle. Auch für euch!«

In der schwülen Sauna herrschte gefährliche Stille. Das Atmen machte mir Mühe, und der Pastor musterte mich streng und gründlich. Ich versuchte, trotzig zurückzustarren. Zum Schluß befahl er: «Ihr könnt schon mal duschen gehen. Ich komm gleich nach!«

Wir beeilten uns. Magnus hatte Gott sei Dank keinen mehr stehen. Als wir glücklich draußen im Duschraum waren, blieben wir stehen und sahen uns an.

»Zum Teufel, so was Widerliches!« sagte ich.

»Aber du hättest doch nicht so böse zu werden brauchen?«

»Böse? Herrgott, Magnus, was hätten wir denn machen sollen?« Ich war ganz verzweifelt und wollte ihn berühren, aber er schob mich weg.

»Faß mich nicht an!« sagte er irritiert und stellte die Dusche an.

Ich merkte, wie meine Tränen stärker wurden als mein Zorn. Ich fühlte mich krank und zitterte am ganzen Körper, wollte nur noch weg von dort. »Können wir nicht gehen? Wir müssen doch darüber reden!«

Magnus sah mich ernst an und nickte. Der Pastor hatte sich noch nicht wieder blicken lassen. Als wir wieder im Erdgeschoß waren, fiel mir das Atmen leichter.

»Wolltest du wirklich so eine Orgie mit dem Typ veranstalten?«

»Quatsch, spinnst du? Aber er hat's bestimmt auch nicht so leicht. Du hättest ruhig etwas freundlicher sein können. Hast du nicht gesehen, daß du ihn schrecklich verletzt hast ...«

»Aber, du hast doch gehört, was er gesagt hat! Nächstenliebe bedeutet, das mit ihm zu machen. Er will uns ausnützen! Findest du nicht, daß wir mit uns selbst genug haben?«

»Ja, klar, aber er hat doch auch recht, man soll nett zu seinen Mitmenschen sein und so …«

Genau da kam der Pastor die Kellertreppe hochgejoggt, wieder so munter und dynamisch wie zuvor. »Ja, ja, Jungs. Jetzt lassen wir's uns jedenfalls schmecken. Ihr mögt doch Lammbraten? Der muß jeden Augenblick fertig sein. Hilfst du mir den Tisch decken, Magnus?«

Ich war alles andere als hungrig. Mir war übel, und ich wollte nur weg – aber nicht ohne Magnus. Der wiederum war der nette, wohlerzogene Konfirmand zu Besuch beim Pastor und übernahm für uns beide die Unterhaltung. Ich konnte kein Theater spielen, war stumm und verschlossen, aber der Pastor ließ sich davon nicht beeinflussen. Er konzentrierte statt dessen alle Aufmerksamkeit auf Magnus und war richtig gut aufgelegt. Schließlich fühlte ich mich noch elender als in der Sauna – und aß gar nichts.

»Hast du denn keinen Hunger, lieber Yngve?« Der Pastor hatte eine aufrichtige, bekümmerte Miene aufgesetzt.

Und davon kamen mir erneut die Wut und die Tränen. »Mir ist der Appetit vergangen.«

»Also, wirklich, Yngve! Nimm das doch nicht so schwer. Du hast überhaupt keinen Gund, hier zu sitzen und zu schmollen. Wir werden schon noch wieder gute Freunde, wart's nur ab.« Er nahm einen großen Bissen Fleisch, bevor er weitersprach. »Denk nur an Jesus und seine Jünger! Die moderne theologische Forschung ist zu dem Ergebnis gekommen, daß sie alles andere als nur platonische Freunde waren. Jesus mochte vor allem Johannes leiden. Ihr habt vielleicht gemerkt, daß sich Johannes in seinem eigenen Evangelium als ›der Jünger, den Jesus liebte‹ bezeichnet? Das kann nur eins bedeuten, nämlich, daß sie buchstäblich … äh, zusammen schliefen. Das sind historische Fakten, die natürlich nicht täglich in der Lehre der Kirche zu ihrem Recht kommen, und dagegen kann man ja auch nichts machen. Aber wir, die wir auf diese Weise fühlen, müssen wissen, daß wir von Gott nichts zu befürchten haben!« Der Pastor lächelte sein selbstsicheres Lächeln.

Magnus lächelte verlegen zurück und sagte unsicher: »Toll.«

Ich fühlte instinktiv, daß es jetzt gefährlich wurde. Wenn ich weiter opponierte – gegen den Pastor und gegen Gott –, würde ich eine schreckliche Niederlage erleiden. Also sagte ich: »Nein, es kann doch auch nicht falsch sein, wenn Leute sich mögen.«

»Nein, genau! Und daß wir ab und zu ein bißchen nett zueinander sind, ist nur gut und richtig! Ja, ja. Wenn ihr jetzt satt seid, räumst du vielleicht das Geschirr weg, Yngve, und dann setzen wir uns ins Wohnzimmer und trinken ein Glas Portwein zum Kaffee. Das lehnt ihr doch wohl nicht ab, Jungs! Auch Jesus trank Wein, wißt ihr. Mit Maßen natürlich. Alles mit Maßen, das ist mein Wahlspruch. Ihr werdet ja ohnehin bald zum Abendmahl gehen, da schadet es nicht, wenn ihr euch ein Gläschen gönnt. Ich persönlich rauche nach dem Essen auch gern eine Zigarre. Ein kleines Laster muß man sich doch ab und zu erlauben dürfen. Es ginge vielleicht zu weit, euch Tabak anzubieten, oder? Obwohl, an mir soll's nicht liegen. Na gut, dann nicht. Nein, nein, das ist ja nur vernünftig, Jungs, aber wenn ihr probieren möchtet, könnt ihr ja einen Zug von meiner nehmen ...«

Ich verabscheute schon den Gedanken an seine Zigarre. Magnus dagegen zog vorsichtig daran.

»Zigarren dürfen nicht inhaliert werden. Blas den Rauch leicht wieder aus und genieße den Geschmack.« Der Mann dozierte weltgewandt. Magnus ließ sich instruieren, nickte anerkennend und sagte, sie schmecke sehr gut. Der Pastor bot auch mir die Zigarre an, aber ich schüttelte ablehnend den Kopf. Er hob die Augenbrauen: »Dann nicht, Yngve. Niemand hier will dich zwingen. Zu nichts. Aber, ehrlich gesagt, ich finde, du bist ein kläglicher Tropf. Du machst nur alles für dich kaputt und setzt die gute Meinung der anderen ... ja, vielleicht auch ihre Freundschaft ... aufs Spiel, wenn du dich weiter so aufführst. Ich habe wirklich nichts gegen dich. Ich halte euch beide für nette, nicht zuletzt auch für intelligente junge Männer, und ... wie ich schon gesagt habe ... dieses Haus steht euch offen, wann immer ihr wollt. Und es täte mir weh, wenn ihr dieses Angebot nicht annehmen würdet.«

Die Worte hingen genauso schwer in der Luft wie der Zigarrenrauch. Dann warf mir Magnus einen langen Blick zu, und mir sackte das Herz in die Hose: Der Junge wollte alles versprechen! Und wenn ich nicht nachgab, konnte ich alles verlieren. Deshalb ging ich den ersten Kompromiß meines Lebens ein: »Das ist schrecklich nett von dir ... Christian. Wir können ja eigentlich sonst nirgendwo hingehen ... Bei uns beiden zu Hause sind so viele neugierige Leute. Bisher haben wir das ja trotzdem geschafft ... Aber es ist sicher gut, wenn wir einen erwachsenen Freund haben, der uns mag und ... respektiert.« Das letzte sagte ich leise und sah dabei meine gefalteten Hände an. An den Knöcheln waren sie blau.

»Yngve!« sagte der Pastor. »Da machst du mir aber wirklich eine Freude! Jetzt trinken wir auf uns. Auf die drei verschworenen Brüder im Geiste ... und im Fleische. Wir werden noch viel Spaß miteinander haben, und ... By the way, das bleibt doch unter uns, oder? Unsere Privatangelegenheiten gehen niemand anderen etwas an, nicht?«

»Ja, ganz klar!« Magnus war begeistert.

Ich nickte beifällig, aber ich traute mich nicht, die beiden anzusehen, denn innerlich schrie ich lauthals Protest.

Der Pastor füllte unsere Gläser. Vorher mußte Magnus noch ganz schnell seines austrinken. Er hatte noch größere und glänzendere Augen und war so schön, daß es weh tat. Er sah ganz hingerissen aus, aber er war es nicht meinetwegen. Das brachte mich wenigstens auf klare Gedanken:

Herrgott, wie leichtgläubig du bist! Mein lieber, unschuldiger Junge, du merkst nicht, was echt ist und was falsch ... Aber das mußt du lernen! Was ist bloß los mit dir?

Pastor Christian beantwortete mir diese Frage. »Ich bin wirklich beeindruckt von euch Jungen heutzutage. Beeindruckt, weil ihr in bezug auf eure persönliche Entwicklung und in menschlicher Hinsicht schon so weit seid. So weit wie ihr sind natürlich noch nicht alle, ihr gehört ja immerhin zur Elite, und das darf euch auch nicht beunruhigen. Die Gesellschaftsentwicklung deutet darauf hin, daß die Intelligenzija die neue Oberklasse sein wird ...«

Jawohl, ja. Die Taktik war leicht zu durchschauen. Er lobte die Jugend, besonders uns, über den grünen Klee und brachte Magnus um Sinn und Verstand. Der Junge kapierte einfach nichts. Er saß nur da, glotzte, lächelte und fühlte sich anerkannt – von einem Erwachsenen! Vielleicht zum ersten Mal in seinem Leben. Aber nicht mit mir! Ich wollte mich nicht durch Schmeicheleien oder Überredungskünste zu irgend etwas bringen lassen, und ich wollte nichts von meinem Verhältnis zu Magnus hergeben. Um keinen Preis. Ich war noch nie eifersüchtig gewesen, auch wenn ich jeden Tag meinen Jungen mit einer Menge Leute teilen mußte. In der Schule. Im Jugendclub. Zu Hause bei der Familie. Das war ja ganz natürlich. Aber dieser Pastor hier wollte ihn mir wegnehmen. Er lockte und zog ihn zu sich hin, und ich mußte die Zähne zusammenbeißen und gute Miene zum bösen Spiel machen. Aber in mir wuchs der Haß auf diesen hinterhältigen Bibelprediger. Der Haß war so groß, daß ich Angst vor mir selber bekam.

Als wir endlich loskamen, konnte ich noch durchhalten, bis wir vom Pastorenhaus aus nicht mehr zu sehen waren. Und dann platzte die Reaktion aus mir heraus. Ich weinte und kotzte.

Magnus bekam Angst. »Mein Güte, was ist denn los mit dir? Bist du krank? Verträgst du keinen Wein?«

»Wir dürfen da nie mehr hingehen, Magnus! Er ist gefährlich. Er lügt!«

»Nein, jetzt übertreibst du. Du warst sauer und fies. Ich finde, er ist okay. Versetz dich doch mal an seine Stelle. Er ist einsam und alleine und ... Pastor und so.«

»Er mußte ja nicht Pastor werden!«

»Sag so was nicht. Er muß doch seiner Berufung folgen.«

»Seiner Berufung, uns zu quälen?«

»Er hat uns nicht gequält! Was glaubst du, wie es dir einmal geht, wenn du dreißig bist?«

»Weiß ich doch nicht. Aber ich werde bestimmt nicht versuchen, anderen alles kaputtzumachen, wenn sie zusammen sind und sich mögen. Magnus, du mußt mir glauben! Der Typ ist sicher in Ordnung, aber wir sind wichtiger. Wir müssen alles festhalten, was wir zusammen haben. Wir können nicht mit ihm teilen! Ich kann das nicht!«

»Das mein ich doch auch nicht. Daß wir mit ihm schlafen sollen ... Aber wir können doch trotzdem nett zu ihm sein. Ihn besuchen und so.«

»Dann mußt du alleine gehen. Ich kann den Kerl nicht ausstehen. Dir ist doch wohl klar, daß er unheimlich scharf auf dich ist?«

Im Laternenlicht sah ich, wie Magnus rot wurde. Bei dem Schnee war außer uns niemand auf der Straße. Ich drehte mich um und umarmte ihn. Fühlte seinen Körper durch den dicken Wintermantel. Er legte seine Arme sanft um meinen Hals.

»Wir dürfen nicht böse aufeinander sein, Magnus. Wir haben doch nur uns.«

Die Kapuzen unserer Mäntel berührten sich. Es war, als wenn wir in einem Zelt stünden. Ich weinte. Magnus auch.

»Verzeih mir, Yngve! Ich will doch nur dich. Das weißt du doch. Christian hat mir nur leid getan.«

»Würdest du mich denn mit irgendwem teilen?«

»Nein. Um nichts in der Welt.« Zwei Autos fuhren vorbei, während wir uns küßten. Eines hupte.

Auf die Dauer wurde der Pastor Christian ganz schön nervig. Er hatte offenbar beschlossen, daß er Magnus um jeden Preis haben wollte, und er zog ihn ganz offen allen anderen Konfirmanden vor. Der Junge wurde zu einer Art Kirchendiener ernannt und mußte jedesmal das Eingangsgebet lesen. Ansonsten sollte er als Christians rechte Hand fungieren. Aber es lief nicht so, wie der Pastor sich das vorgestellt hatte. Es dauerte lange, bis ihm aufging, daß seine Taktik ganz falsch war. Magnus führte alle Aufträge aus, aber nur aus Pflichtgefühl: nicht, weil es ihm gefiel. Die meisten anderen hoffnungsvollen Sünder waren natürlich entzückt, daß sie nichts zu tun brauchten. Mich versuchte der Pastor völlig zu ignorieren, aber trotzdem hatte ich den Hauptgewinn. Das Verhältnis zwischen Magnus und mir wurde nicht davon berührt, daß Christian versuchte, ihn mit Beschlag zu belegen. Wir schlossen uns nur noch enger aneinander. Natürlich paßte ich die ganze Zeit auf wie ein Luchs. Mit der Eifersucht konnte ich gut fertig werden. Ich vertraute Magnus.

Es war ein schöner Winter.

Wir besuchten den Pastor nie mehr – zusammen.

O ja, mit meinem Magnus wuchs ich und wurde stark. In dieser Zeit hatte ich selten Angst. Der Jugendclub kam uns zu trist vor, wir gründeten eine Theatergruppe. Genau das hatte gefehlt. In wenigen Monaten stieg die Mitgliederzahl von sechzig auf hundertdreißig, und jeden Freitag war der Bär los. Wir führten alle Sketche auf, die wir finden konnten, und schafften es immer, eine Menge draus zu machen. Wir hatten einen irren Spaß. Kostüme in allen Varianten erbettelten wir von enthusiastischen Müttern, und unsere Ausgaben für Schminke waren »unverantwortlich hoch«, meinten die Verantwortlichen. Von denen gab es viele. Es gab immer ein paar Verantwortliche, die unser Programm zensierten, bevor es zur Aufführung kam. Auf diese Weise konnten sie eine Menge Vergnügen verhindern.

Aber wir lernten bald, sie zu linken. Wir veränderten unser Programm, wenn wir schon auf der Bühne waren. Frode und ich konnten das besonders gut. Er war in denselben Häuserblock wie ich gezogen und ging in meine Klasse. Wir freundeten uns ziemlich schnell an, denn ich wußte noch, wie das war, neu in der Schule zu sein. Er war ein lebhafter Typ mit viel Humor und vielen Pickeln, und wir wollten beide unbedingt Theater spielen. Wir spezialisierten uns darauf, *Der Schneider und das Pusterohr* aufzuführen, eigentlich zwei Sketche, zusammengerührt zu einem. Es ging darin um einen schwerhörigen Schneider, der alles falsch verstand, und zwar in immer deutlicherer erotischer Richtung. Womit wir unsere Aufführung auch anfingen, es ging immer in *Der Schneider und das Pusterohr* über. Jedesmal lachte das Publikum mehr.

Und jedesmal mußte nachher einer der Verantwortlichen extra deutlich betonen: »Es ist ja schön und lustig, wenn gelacht und gescherzt wird, aber trotz allem sind wir hier versammelt, um die christliche Botschaft zu hören!«

Das war eine glatte Lüge. Die meisten kamen nur, um andere zu treffen und unsere Vorführung zu sehen. Vor der Andacht gingen sie wieder – bis die Verantwortlichen eine wirkungsvolle Maßnahme ergriffen. Während des Programms wurden die Türen abgeschlossen. Sie schlossen hundertfünfzig Jugendliche eine halbe Stunde lang ein, um ihnen zu erzählen, wie sehr Jesus seinen Nächsten geliebt hat.

Aber sie wurden ja durch ihre allumfassende Bibel darin gedeckt. Autorisiert von höchster Stelle. »Weidet meine Lämmer!« sagt nämlich der Meister an irgendeiner Stelle, und das muß ja genauso wörtlich ausgelegt werden wie der Rest der Schrift.

Und da ist ein Schafstall gerade richtig.

In dieser Hinsicht war Christian schlimm. Eine anstekkende Popenpest! Ach, wie grau und freudlos alles sein sollte! Wahrscheinlich beurteilte er das Unterhaltungsrepertoire meinetwegen besonders streng – aber das soll kein mildernder Umstand sein. Je mehr er einsah, daß er Magnus nicht kriegen konnte, um so offener versuchte er, mich kaputtzumachen. Aber er hielt sein Publikum für genauso dumm wie eine gewisse andere biblische Größe. Solange ich Magnus hatte, war ich unschlagbar, und außerdem waren neunzig Prozent der anderen im Jugendclub auf meiner Seite.

Aber Christian hatte ja die Macht und konnte vieles ruinieren. Es war, als ob er mit einer nassen Wolldecke herumlief und jeden kleinsten Funken von Leben zu ersticken versuchte. Der *Kriminaltango* wurde ganz verboten, als er entdeckte, daß Mona (das wird ausgesprochen mit einem Kuß-M) auf einer Schubkarre voll Trauben und Bananen auf die Bühne gefahren werden sollte, und *Das Blut* wurde nach nur einer Aufführung aus dem Programm gerissen. »Das geht einfach zu weit. Es muß doch gewisse Grenzen geben!« quakte die Popenpest.

»Ja, alles mit Maßen!« antwortete ich. Er starrte mich haßerfüllt an. Ich starrte zurück. Christian Anstand!

Im übrigen war er ein ungewöhnlich begabter Prediger. Das muß man ihm lassen. Christian konnte das wirklich, Jugend erwecken und so – aber dafür hatte er ja auch mehrere Jahre studiert. Ich will mich hier darauf beschränken, eine seiner schlagenden Andachten mit Zeugnisablegen zu referieren – stark verkürzt:

»Die Jugend ist faul und träge, sagen heute viele Erwachsene. Die Jugend kehrt Gott den Rücken! Wenn ich das höre, nehme ich euch immer in Schutz. Vor nicht mehr als fünfzehn Jahren war ich selbst in eurem Alter, und ich werde mich immer daran erinnern, wie schwer es war zu glauben. Sehr lange spürte ich in mir einen nagenden Zweifel. Gibt es Gott wirklich? Gibt es ein Leben nach dem

Tod? Am Ende wurde der Zweifel in mir zur Besessenheit. Ich mußte eine Antwort haben. Ich wollte Gott auf die Probe stellen. Zu Ostern war ich mit anderen christlichen Jugendlichen auf einer Berghütte, und da geschah es. Wir machten eine lange Skiwanderung, und plötzlich war ich allein. Ohne es zu merken, war ich vor lauter Grübelei zurückgeblieben. Da fiel ich in meiner Verzweiflung auf die Knie und rief zum Herrn: Allmächtiger Gott, nimm diesen schrecklichen Zweifel von mir. Gib mir ein Zeichen deiner Existenz! Nur ein winzig kleines Zeichen! Und da geschah es. Ich hörte ein fernes Getöse und spürte, wie die Erde unter mir bebte. Ich sah auf, und da, ein Stück entfernt am Berghang, ging eine Lawine ab. Nur meinetwegen hatte Gott eine Schneelawine ausgelöst! Und dieser gewaltige und großartige Anblick erfüllte mich mit Glauben und Gottesfurcht. Für den Bruchteil einer Sekunde fürchtete ich, es könnten Menschen darunter gewesen sein, aber sofort wußte ich die Antwort: Gott hätte das nicht zugelassen!

Als die anderen mich endlich fanden, lag ich noch immer auf den Knien und betete. Sie hatten nichts gehört oder gesehen. Sie freuten und wunderten sich, als ich erzählte, was geschehen war: daß ich nun bekehrt sei und daß ich mein Leben dem Herrn weihen und Priester in seiner Kirche werden wolle.

Euch Jugendlichen, die ihr heute abend hier versammelt seid, will ich sagen: Lernt aus meinem Erlebnis! Werft allen Zweifel über Bord und wendet euch dem Herrn zu. Ohne ihn geht alles verloren. Mit ihm gewinnt ihr alles ... das ewige Leben. Lasset uns beten!«

Die Konfirmation ist ein ekelhaftes Ritual. Ich glaube, so fühlen die meisten, die diese demütigende Vorstellung mitmachen. Die sich stillschweigend dazu zwingen lassen, öffentlich zu lügen. Die Prüfung war eine glatte Farce. Die Jungen und Mädchen standen in alphabetischer Reihenfolge zu beiden Seiten des Mittelgangs. Mit jugendlicher Würde schritt der Pastor einher und stellte rein zufällig Ausgewählten leichte Fragen – immer denen, die die Antwort sicher wußten.

Er war schon an mir vorbeigegangen, als er sich plötzlich umdrehte und mit einem glatten, demütigen Lächeln um den Mund fragte: »Kannst du, Yngve, uns bitte den ersten Teil des Glaubensbekenntnisses aufsagen?«

»Du sollst deinen Nächsten lieben wie dich selbst!« antwortete ich, ohne zu zögern.

»Nein, das stimmt nicht … das ist nicht das Glaubensbekenntnis. Weißt du, was du aufgesagt hast, Yngve?«

»Jesus sagt, das ist das wichtigste Gebot.«

»Nein, das sagt er nicht. Er sagt, es ist genauso wichtig wie das wichtigste Gebot … und wie lautet das?«

»Du sollst deinen Nächsten lieben wie dich selbst!« Ich sah eine nervöse Röte auf seinen Wangen.

»Vera!« kommandierte er mild.

Sie konnte alles auswendig und verstand kein Wort, die Arme. Auch jetzt nicht: »Ich glaube angottdenvaterdenallmächtigendenschöpferdeshimmelsunddererde … einatmen … ich glaube anjesuschristusseineneingeborenen … und so weiter … Auferstehungdertotenunddasewigelebenamen!«

»Ja, das war das Glaubensbekenntnis, Yngve. Kannst du das in Zukunft auseinanderhalten?«

»Ist das Gebot der Nächstenliebe genauso wichtig wie das Glaubensbekenntnis?«

»Ja, das ist es, genauso wichtig, ja!«

In dem Moment war ich richtig zufrieden mit Luther. Hätte der Pastor einen katholischen Weihwasserwedel in der Hand gehabt, er hätte mich wohl auf der Stelle totgeschlagen! Statt dessen bekam er ein paar merkwürdig weiße Flecken zwischen all dem Roten.

Jedenfalls wurden wir konfirmiert, und das war wirklich ein schöner Moment. Diesmal ging es nicht alphabetisch, und niemand konnte verhindern, daß Magnus und ich zusammen am Altar knieten. Wir hielten uns dicht nebeneinander und drückten uns mit den Ellbogen. Magnus hatte die Augen geschlossen – und er betete. Er versuchte trotz allem, seiner Konfirmation eine Bedeutung zu geben.

Und das respektierte ich, denn im Grunde betete ich ja auch: »Lieber Gott, wenn es dich gibt. Ich danke dir für Magnus und dafür, daß wir zusammen sind. Danke für alles, was du für uns getan hast. Bitte, laß es so bleiben ... immer. Amen.«

Der Pastor Christian stellte sich vor Magnus, legte ihm die Hand auf den Kopf und las einen Bibelvers vor. Magnus drückte fester gegen meinen Arm, und ich erwiderte seinen Druck. Der Pastor zögerte und sagte ein paar unpersönliche, wohlgesetzte Worte. Magnus hatte ja seine ganze fromme Familie in der Kirche.

Für mich hatte der Pastor einen richtig düsteren Vers hervorgefischt, und schon lange, bevor er damit fertig war, versuchte ich gar nicht mehr, ihn zu verstehen. So ein gutgemeinter Rat auf dem Weg ins Leben! Ich konzentrierte mich auf den Körperkontakt mit meinem Liebsten. Der Pastor kratzte mich ein wenig auf der Kopfhaut, als er seine Hand wegnahm. Boshaft wie König Christian der Siebte!

Unser Familienfest war eigentlich schön. Unter normalen Arbeitern macht man nicht soviel Gedöns. Niemand behauptete, ich wäre nun in die Reihen der Erwachsenen eingetreten, und darüber war ich froh. Die Verwandtschaft aß und trank und machte sich einen schönen Tag. Ich dachte viel an Magnus, der jetzt bei seiner Familie sitzen mußte, der Familie mit sauren Betmündern und strammen Haarknoten.

Mein armer, schöner Junge!

Ich bekam tausendvierhundert Kronen, und das war klasse. Dafür kaufte ich mir unter anderem meine erste Schreibmaschine.

Gleichzeitig brach der Frühling los. Der Schnee schmolz, die Birken schlugen aus – und auch wir sprangen auf wie die Knospen. Wir waren fast jeden Tag im Wald. Nahmen unsere Schulsachen mit und taten, als wollten wir Aufgaben machen. Die meisten machten wir übrigens auch – aber zuallererst waren wir zusammen, zusammen, zusammen.

Wir waren zwei schmusige, heiße Kälber. Wir kletterten und sprangen und hüpften und liebten. Oft konnten wir stundenlang zusammen in einer Höhle aus Fichtenzweigen liegen, oder oben auf dem Stein, nackt in der Hitze der Sonne, und unser liebes Spiel spielen. Wir beobachteten neugierig, wie das Leben sich in der Natur rings um uns Bahn brach – und nicht zuletzt auch in uns selbst. An einem Sonntagmorgen sahen wir eine Schar Graugänse in Formation nach Norden fliegen. Als wir zusammenlagen, sagte Magnus: »Du bekommst ein paar schöne Haare am Arsch.«

»Hast du schon lange«, antwortete ich.

Das heißt jetzt nicht, daß wir, rein sexuell, technisch besonders avanciert waren. Danach hatten wir noch kein Bedürfnis. Vorläufig war es für uns mehr als genug, daß wir uns nah waren, zusammen, nackt. Der Orgasmus kam ganz von selbst.

In jeder Hinsicht wuchsen wir zusammen. Es gab keine verbotenen Themen mehr. Wir diskutierten über alles mögliche. Durch die ganze Pubertät hindurch waren wir gleich groß gewesen und näherten uns jetzt beide den eins achtzig. Magnus hatte ein bißchen breitere Schultern als ich, aber sonst waren wir ziemlich gleich. Nicht nur körperlich übrigens – und das ist wichtig: Wir waren gleichgestellt und gleichwertig. Und verliebt. Es war ein Jubelfrühling!

Magnus schlug ein lockeres Trainingsprogramm vor, um unsere neue Muskulatur richtig zu entwickeln. Ich wies darauf hin, daß wir bei unserer Samenproduktion darauf achten mußten, genügend Proteine abzubekommen. Wir fraßen unheimliche Mengen Eier – und wurden geiler und geiler aufeinander. Seitdem habe ich nie mehr so intensiv gelebt. Magnus auch nicht. Das geht einfach nicht.

Ich habe mich oft darüber gewundert, wieso in dieser Zeit niemand etwas gemerkt hat. Fast niemand jedenfalls. Wir gingen uns in der Schule nämlich nicht mehr aus dem Weg. Die Antwort ist sicher, daß unser Verhältnis uns so viel Lebensmut und Kraft gab, daß niemand auf die Idee kam, wir könnten etwas »Häßliches oder Falsches« tun. Wir erlebten das, was wir zusammen taten, als das genaue Gegenteil – als schön und richtig –, und deshalb hatten wir im Grunde nichts zu verbergen. Wir hatten keine Angst mehr, entdeckt zu werden, und darum wurden wir auch nicht entdeckt. Außerdem waren wir wegen unseres Theaterspielens ziemlich beliebt und konnten uns allerlei erlauben, ohne ernst genommen zu werden. Einmal trug Magnus mich quer über den Schulhof, während ich heulte und zappelte. So direkt provozierten wir die Vorurteile nur selten. Wir konnten gut mit dem Umarmen warten, bis wir allein im Wald waren. Wir wußten ja beide, daß wir auf etwas Gutes und auch nicht vergeblich warteten.

Ich war fast nie zu Hause, aber die Familie konnte mir sicher ansehen, daß irgendwas anlag. Daß ich übermütig und froh war und sehr in Anspruch genommen, darüber freuten sie sich dann auch – ohne sich aufzudrängen.

Nur Harald, mein Bruder, fragte mich direkt. Er war drei Jahre älter als ich und ging auf das Gymnasium. Er war übrigens immer der Kronprinz in der Familie gewesen – tüchtig und strebsam. »Was treibst du eigentlich jetzt? Wir kriegen dich ja fast nie mehr zu sehen.«

»Ich bin mit Magnus zusammen.«

»Ja, soviel hab ich auch mitgekriegt. Aber, was macht ihr? Wo treibt ihr euch rum?«

»Wir haben im Wald eine Lieblingsstelle.« Er sah mich

neugierig an, und ich beschloß, ihn zu schockieren. »Du hast doch gesagt, daß du das kapiert hast. Ich bin *zusammen* mit Magnus. Wir *lieben* uns.«

»Jesses!« sagte Harald. Ich dachte: Gleich fällt er vom Stuhl. »Spinnst du? Bist du denn sicher ...? Weißt du überhaupt, was das bedeutet?«

»Das bedeutet, daß wir uns gern haben und daß wir unheimlich gern zusammen sind. Und du hältst die Fresse, wenn du das so schrecklich findest. Ich hab dir das erzählt, weil du gefragt hast, und nicht, damit ...«

»Nein, nein, beruhig dich doch, Yngve! Ich erzähl's nicht weiter, das versprech ich. Es ist nur so ungewohnt für mich, mir meinen kleinen Bruder vorzustellen, wie ...«

»Mensch! Ewig mußt du in allem das Schlimmste sehen! Du hast wohl noch nie mit einem zusammen gewichst, hm? Oder was?«

»Doch, ja. Als ich in deinem Alter war, klar. Aber du hast ja gesagt, ihr wärt *zusammen*. Das klingt so ... so gewaltig.«

»Ja, ist es auch!«

»Na gut, mir egal. Aber was ist mit Mädchen? Hast du keine Lust, mit Mädchen zusammenzusein?«

»Nein, weiß ich nicht. Das ist irgendwie nicht dasselbe.«

»Nein, das ist was ganz anderes!«

»Ja, fragt sich bloß, was du da machst. Oder hast du etwa schon oft richtig gefickt?«

»Nein, sicher nicht. Wenn du ehrlich bist, kann ich's ja auch sein. Eigentlich hab ich das nur einmal richtig gemacht. Die Mädchen haben zuviel Angst, weil sie dann nicht mehr Jungfrau sind. Aber man kann ja trotzdem zusammenliegen ...«

»Ganz recht! Genau das machen wir auch.«

»Was! Du und Magnus ... Macht ihr noch mehr?«

»Was meinst du denn?«

»Ach, du weißt genau, was ich meine. Arschficken!«

»Nein, tun wir nicht, das ist nicht ... nötig. Wir kommen auch so gut klar.«

»Ihr seid also nicht so widerliche Arschficker?«

»Genausowenig wie du ein Arschloch!«

»Jetzt reg dich doch nicht auf, Yngve. Ich mach doch nur Witze.« Harald mußte lachen. »Weißt du, mir fällt was ein. Früher, als ich noch zur Volksschule ging, und vielleicht auch noch später, hab ich geglaubt, daß das neunte Gebot genau davon handelt. Daß es verboten ist, daran zu denken, also, an den Arsch.«

»Sag bloß! Steht denn auch was davon drin?«

»Klar. Bei all dem Latein im alten Katechismus. Da steht schwarz auf weiß: ›Du sollst nicht begehren deines Nächsten Asinus ... ‹« Wir lachten, bis wir am Boden lagen. Harald hielt sich den Bauch und brachte stockend heraus: »Für mich ist's okay, Yngve. Nur den Esel von Johansens aus der fünften Etage darfst du nicht ficken. Den soll er für sich behalten dürfen.«

Als wir endlich wieder einigermaßen ernst sein konnten, saßen wir noch lange da und redeten miteinander. Wir klärten eine ganze Menge alter Mißverständnisse und beschlossen, daß es langsam Zeit wäre, Freunde zu werden. Als ich gehen mußte, sagte Harald: »Herzlichen Glückwunsch, Yngve. Mach, was für dich am besten ist. Aber sag's keinem. Nicht mal unseren Alten. Die kapieren das nicht!«

»Teufel auch, Harald! Hätt ich bloß vorher gewußt, daß ich so einen tollen Bruder hab!« Damit ging ich hinaus in den Maitag, um meinen Jungen zu treffen.

Übrigens gab es noch einen Menschen, der verstand, was vorging, und das war Magnus' Mutter. Sie war eine kleine, graue Frau, die immer zu Hause war und sich für ihren respektablen Mann und die sechs Kinder abplackte.

Einmal blieb ich eine Weile bei ihr in der Küche sitzen, und wir klönten ein bißchen. Sie stand wie üblich am Herd: »Du und Magnus, ihr seid doch jetzt richtig unzertrennlich?« sagte sie plötzlich und drehte sich mir zu.

Sie hätte uns genausogut im Bett überraschen können, denn ich sah, daß sie alles begriffen hatte. Ich wurde feuerrot und konnte sie nur anstarren. Sie hatte einen putzigen Ausdruck im Gesicht – als ob sie sich amüsierte –, und dann lächelte sie aufmunternd und sagte eindringlich: »Aber, Yngve, nein! Du brauchst keine Angst vor mir zu haben. Du darfst ruhig wissen, daß ich mich freue, daß ihr zusammen seid. Ich merk es Magnus an, daß es ihm gutgeht, und das kann ich von den anderen im Haus nicht sagen ... leider. Ich mag dich wirklich sehr, Yngve, also bleibt ruhig zusammen. Solang ihr könnt.«

Ich mußte einen dicken Kloß hinunterschlucken und sagte nur: »Vielen Dank.«

Und in dem Moment kam Magnus herein: »Ich bin fertig. Gehen wir?«

Die Mutter lächelte und sagte hinter uns her: »Aber seid ein bißchen vorsichtig, Jungs.«

Das ist der schönste Segen, der mir je zuteil geworden ist. Als ich das Magnus erzählte, freute er sich: »Sie erzählt das bestimmt nicht dem Alten. Sie hat uns immer gegen ihn unterstützt. Aber trotzdem bestimmt immer nur er.«

Und das stellte sich als schrecklich wahr heraus.

Inzwischen gingen wir in die erste Realschulklasse und schafften es, genug Zeit für die Hausaufgaben abzuzweigen. Beim Examen am Ende des Schuljahres hatten wir keine Probleme und bekamen gute Noten. Aber trotz allem geschahen im Wald wichtigere Dinge. Wir hatten nämlich eine neue Stelle entdeckt. Nachdem wir einem großen Bach einige Kilometer lang durch ziemlich unwegsames Gelände gefolgt waren, standen wir auf einmal oben an einem glitzernden Wasserfall. Ungefähr fünf bis sechs Meter hatte das Wasser freien Fall, und es hatte sich im Lauf der Jahre eine tiefe Kuhle gegraben, in der Forellen standen. Wir haben nie versucht, sie zu fangen. Statt dessen lebten wir mit ihnen zusammen. Mit den Fischen und den Vögeln – und einer

Kreuzotternfamilie, die zuerst in unser Paradies gekommen war. Sie blieben im Geröll auf der Sonnenseite, und wir respektierten ihren Bereich. Wir haben nie andere Menschen in der Nähe gesehen.

»Sollen wir ihn Sündenfall taufen?« fragte ich und küßte Magnus vorsichtig unterm Ohr. Aber das gefiel ihm nicht, dem Armen – der Name, wohlgemerkt.

»Können wir ihn nicht lieber Segen nennen, oder Liebesdusche oder so was?«

Klar konnten wir das – und wir machten dem Namen keine Schande. Dort schwammen und spielten wir zusammen. Dort liebten wir uns bei Sonnenschein, Regenwetter und Mondschein. Dort verwuchsen wir zu einer Einheit, die nie hätte getrennt werden dürfen. In der ersten Woche der Sommerferien zogen wir dorthin, mit dem Zelt und einem Schlafsack für jeden – um den Schein zu wahren. Wir haben immer nur in einem geschlafen. Wir lebten so einfach wie möglich, mit einer Feuerstätte, einer Bratpfanne und zwei Kochtöpfen. Tagsüber machten wir Wanderungen, angelten ein bißchen und waren ein Teil von der Erde um uns und dem Himmel über uns.

In der Mittsommernacht blieben wir die ganze Nacht auf und redeten. Über die Welt, das Christentum und unsere Zukunft. Wir waren uns einig, daß unser Verhältnis, und was wir zusammen machten, unmöglich eine Sünde gegenüber Gott sein konnten. »Nein, und das hat ja sogar Christian gesagt«, erinnerte sich Magnus.

»Ach, red doch nicht von dem! Er hat ja trotz allem auch noch ganz andere Sachen gesagt.«

»Ja, aber was er über Jesus und Johannes gesagt hat: ›Der, den Jesus liebte?‹«

»Ja, sicher. Wir wollen's wirklich hoffen, daß sie sich liebten, so wie wir. Daß sie es genauso gut zusammen hatten und sich genauso gerne mochten. Aber ganz sicher werden wir das bestimmt nie erfahren. Wir können das ja nicht beweisen. Sicher ist jedenfalls, daß wir zusammen sind und daß das gut und richtig ist. Gott weiß das und segnet uns.«

»Komm«, sagte Magnus, »wir gehen rauf und sehen uns den Sonnenaufgang an. Wenn Gott etwas gegen uns hat, kann er uns ja ein Zeichen geben.«

Und Gott gab uns ein eindeutiges Zeichen: Er ließ seine Sonne aufgehen und über Gerechte und Ungerechte scheinen. Das goldene Licht ließ die Welt erglühen, und wir standen mitten in der Welt und glühten mit. Wir entblößten uns vor Gottes Sonne und empfingen das lebensspendende Licht. Ich habe nie etwas so wunderbar Schönes gesehen wie Magnus an jenem Morgen. Und dann empfingen wir einander. Legten uns in das glühende Heidekraut und spielten sanfte Liebesmelodien – Gott ist die Liebe. Dort im Heidekraut bliesen Magnus und Yngve einander zum ersten Mal. Und auch das glühte. Gott lächelte gerührt auf uns herab – und mußte schlucken.

Ein paar Tage danach verlobten wir uns. Nicht mit Ringen – aber mit Halsketten. Ich wollte, daß wir einander ein Herz geben sollten, aber wegen seiner Familie durfte Magnus das nicht. Deshalb hängte ich meinem Jungen ein Kreuz um den Hals.

Er gab mir ein Herz aus Gold.

Magnus als Kreuzritter

Am ersten Clubabend nach den Ferien war unheimlich viel los. Sozusagen als ganz besonderen Aperitif hatte die Leitung ein junges Ehepaar aus Norwegens christlichem Jugendbund eingeladen, das der ganzen Sache zusätzlichen Glanz verleihen sollte. Nach ihrer Hochzeit im Frühling hatten sie den Sommer in Frankreich verbracht. Sie beglückten uns mit einer feierlichen Diaplauderei, in der mindestens sechzig Kathedralen und Kirchen vorkamen, aber kein Tropfen Rotwein und nicht auch nur ein Käsekrümel.

Als endlich unsere Theatergruppe an die Reihe kam, hatten Frode und ich längst erkannt, was hier not tat, damit ein bißchen Witz in die Sache kam: *Der Schneider und das Pusterohr* auf französische Art. Frode mit Baskenmütze, Schnurrbart und wahnsinnigem gallischen Temperament. Ich mit pomadigem, glattgelecktem Haar, französischer Aussprache und einer Menge Spitzen. Es kam natürlich ganz toll an. Schon kurz nach dem Anfang heulte das Publikum vor Begeisterung. Ich glaube, wir hatten es an diesem Abend so leicht wie richtige Schauspieler im Kabarett, obwohl wir nicht ein einziges Mal »Arsch« sagen durften. Aber das war eigentlich auch gar nicht nötig. Unser Sketch artete zu einer wilden Eierschlacht auf der Bühne aus, bevor es den Verantwortlichen gelang einzuschreiten. Riesenerfolg.

Ich sah, wie die junge Predikantenfrau nach Herzenslust lachte und applaudierte.

Danach sollte sie die Andacht halten – aber irgendwie war sie nicht so ganz bei der Sache. Sie versprach sich ein paarmal, und dann passierte etwas Unerwartetes; sie sollte Christus am Kreuz zitieren: »Da wandte Jesus sich dem Schächer zu und sprach: Wahrlich, ich sage dir, noch heute bist du mit mir in *Paris*!« Sie fuhr entsetzt zusammen und schlug die Hand vor den Mund, während der Saal in Gelächter ausbrach. Sie verlor die Nerven. Frode und ich waren gerade aus dem Hinterzimmer gekommen und standen in der Tür, zusammen mit dem Pastor Christian und ihrem Mann. Sie kam auf uns zugelaufen, das Gesicht in den Händen versteckt.

»Los, rein hier, schnell!« zischte der liebende Ehemann. Er schubste sie ins Hinterzimmer und knallte die Tür zu. Dann enterte er mit vier Sprüngen die Bühne und brüllte: »Ruhe da unten, ihr Brüllaffen! Hier gibt's nichts zu lachen. Und eins merkt euch gefälligst: Nur der eine Schächer … der nicht über Jesus gelacht hatte … durfte mit ihm ins Paradies. Der andere Schächer, und alle, die gelacht hatten, endeten im heißesten Höllenfeuer!«

Natürlich wurde es sofort still im Saal. Auch im Hinterzimmer hörten wir keinen Laut mehr. Ich wollte nach ihr sehen, aber Christian der Schreckliche versperrte mir den Weg.

»Du bleibst hier!« stieß er zwischen den Zähnen hervor. Danach übernahm der Gatte die Wache. Der Schweinepriester mußte etwas kundtun: »Nun beginnen wir also ein neues Schuljahr und damit eine neue Saison in unserem Jugendclub. Das ist eine gute Gelegenheit, ein paar ernsthaftere Aktivitäten in Angriff zu nehmen. Wir wollen Bibelgruppen gründen, aber andere als die, die wir sonst kennen. Wir gründen einen Bibelgruppenring, und ich möchte ihn ›Kreuzritterbruderschaft‹ taufen. Alle Kreuzritter bekommen eine Liste mit den Namen aller Mitglieder, die müssen sie immer und überall bei sich tragen. Wir legen ein Kreuzrittergelübde ab. Wir versprechen, jeden Tag für mindestens zehn andere Kreuzritter zu beten. Und eins sage ich euch: Alle, die mitmachen, werden die Macht des Gebetes kennenlernen!«

»Nein, Magnus! Das ist einfach zuviel! Bei der Konfirmation irgend etwas versprechen, ohne den Mund aufzumachen, na gut! Aber jeden Abend zehn Namen von einer Liste aufsagen, und das auch noch schwören? Und wofür sollen wir denn überhaupt beten? Daß alle gute Noten kriegen und keiner von einem Bus überfahren wird? Himmelarsch, wenn es irgendwo Heuchelei gibt, dann doch wohl hier! Niemals mach ich da mit.«

»Dann laß es bleiben! Du hast verdammtes Glück, daß du nein sagen kannst. Ich kann's nicht. Ich muß da mitmachen, bei dieser ... Bruderschaft. Mein Vater zwingt mich bestimmt dazu, ich hab gar keine Wahl ...«

»Aber, er kann dich doch nicht zwingen, wenn du nicht willst. Weiger dich doch einfach!«

»Doch, er kann. Du weißt, wie's bei uns zu Hause zugeht. Wahrscheinlich hat er uns schon angemeldet, alle sechs. Ach, Yngve, ich würde so gerne ... « Er fiel mir um den Hals und schluchzte heftig.

»Magnus, Magnus, ich liebe dich doch. Junge, was ist denn bloß los mit dir?«

»Ich habe solche Angst, Yngve. Ich hab Angst vor Vater, und vor allen anderen auch. Die sind nicht ... so wie wir. Sie wollen mich festbinden!«

»Magnus! Hör zu! Du darfst keine Angst haben. Du hast doch mich. Ganz und gar und für immer. Niemand kann uns etwas tun, solange wir zusammen sind. Ich komm auch mit zu den Kreuzrittern!«

»Nein, Yngve. Das brauchst du nicht. Ich schaff das schon ... wenn wir nur zusammenhalten. Du darfst mich nicht verlassen, Yngve!«

»Nie, Magnus. Nie!« Dieses Versprechen hielt ich. Lange.

Der Herbst wurde ganz schön hektisch. Zusätzlich zur Schule hatten wir beide eine Menge zu tun, und alles erforderte viel Zeit. Jeden Dienstag und jeden Donnerstag trafen sich die Kreuzritter bei Christian Priestermann, um ihre Gebete aufzusagen und ihre Moral zu stärken. Wir sahen uns in der Schule und im Jugendclub, aber nur an den Wochenenden hatten wir die Möglichkeit, miteinander zu schlafen. Das wurde dadurch nur noch schöner.

Ich war in der Zeit sehr aktiv. Lernte unheimlich fleißig und war dem Pensum weit voraus. In dem Herbst entdeckte ich auch die Literatur. Alles, was die Mühlen des Norwegischunterrichts vorher zu Müll gemahlen hatten, bekam plötzlich einen Sinn! Jawohl: Jens Björneboe mit seinem *Jonas* öffnete mir die Augen! Ich bekam das Buch von Harald zum Geburtstag und las es in einem Rutsch. Und damit war das Eis gebrochen: mehr von Björneboe, Agnar Mykle (zwei Bücher von ihm hatten seit Jahren bei uns im Regal gestanden, und ich hatte nichts davon gewußt!), Arnulf Överland und Sigurd Hoel. Jede Nacht las ich, bis das Buch mir aus der Hand fiel. Und ich merkte, wie ich von Buch zu Buch wuchs.

Aber ich konnte das nicht mit Magnus teilen. Natürlich sprach ich viel über meine Bücher und lieh ihm einige davon, aber ich glaube nicht, daß er auch nur ein einziges aufgeschlagen hat. Wenn ich so richtig davon loslegen wollte, brachte er mich mit Küssen zum Verstummen. Auch von sich selber mochte er nicht mehr sprechen. Und wenn ich nach der Bruderschaft fragte und wie er damit fertig werde, antwortete er ausweichend, daß »es so gehe«.

Jetzt im nachhinein sehe ich, daß sich alles, was später kommen sollte, damals schon abzeichnete. Einzelheiten, die mir im Moment nicht wichtig vorkamen: ab und zu ein weher, hoffnungsloser Blick. Seine ungeheure Heftigkeit, wenn wir miteinander schliefen. Seine Art, sich nachher an mich zu klammern, ohne daß ich sein Gesicht sehen durfte. Alles war da. Er wußte schon, daß sich unsere Beziehung ihrem Ende näherte. Ich merkte das nicht. Ich war gerade fünfzehn geworden.

Beim ersten Clubabend im Advent gab Magnus mir einen Zettel, auf dem stand:

Yngve.
Mein Vater will, daß die Familie von jetzt ab Samstag abends zusammen ist und sonntags in die Kirche geht. Und nach dem Gottesdienst ist dann noch ein Treffen im Gemeindehaus. Außerdem muß ich für das Weihnachtsexamen sehr viel wiederholen, deshalb kann ich dich eine Weile nicht treffen. Hoffentlich geht's dir gut.

Gruß, Magnus

In meinem Kopf ging der Alarm los. Im ganzen Körper. Wieso schrieb er mir einen Brief, anstatt es mir selbst zu sagen? Es war doch so wichtig! Als ich ihn fragen wollte, war er fort. Am nächsten Tag war Samstag und keine Schule, und ich bekam ihn vor Montag nicht zu sehen. Samstag abend ging ich zu ihm nach Hause, aber seine Schwester sagte mir, er sei nicht da. Alarm! Ich machte allein eine Wanderung. Das half nichts. Als ich dann endlich in der großen Pause mit ihm allein war, bekam ich wirklich Angst. Er sagte, sein Klassenlehrer und sein Vater hätten ihm beide streng befohlen, sich einstweilen nur um die Schule zu kümmern.

»Das ist es nicht! Ich seh's dir doch an, Magnus, du kannst mich nicht belügen, das weißt du!«

»Yngve! Frag mich nicht mehr. Bitte. Quäl mich nicht! Es ist schon schlimm genug, ohne daß du mir auch noch Vorwürfe machst!«

»Ja, aber, was ist mit mir? Du kannst doch nicht einfach so verschwinden ...«

»Gib mir Zeit! Zeit zum Überlegen. Ich möchte nicht darüber reden, bevor ich ... darüber reden kann.«

»Also, hör mal ...«

»Nein, hör du! Wenn du mich noch magst, dann tust du, was ich sage. Wenn nicht, machst du alles kaputt. Jetzt muß ich weg. Und laß mich in Ruhe!«

»Ja, aber wann können wir denn miteinander reden?«

»Ich seh dich zu Silvester im Jugendclub«, sprach mein Liebster und verschwand. Magnus, der Angsthase.

Meine schlimmste Erinnerung an dieses Weihnachtsfest ist, daß ich *Kindheit eines Chefs* von Sartre las. Es war ein grausames Erlebnis. Er schildert darin einen Jungen, der von einem älteren homosexuellen Mann verführt wird. Es ist eine realistische und ziemlich brutale Erzählung. Und ratet mal, wen ich dabei vor mir sah! Meinen Magnus und Christian Priestermann. Außerdem erlebte ich zum ersten Mal Homosexualität in der Literatur, das waren ganz schön drastische Sachen. Unerträglich aufgeilend! Ich las und wichste abwechselnd, und zwischendurch ging ich vor Verzweiflung und Eifersucht die Wände hoch. O selige Weihnachtszeit!

Gott, wie ich mich nach Magnus sehnte. Ein paarmal erwischte ich mich auf dem Weg zu ihm, fest entschlossen, irgendwie zu ihm zu kommen. Aber immer, wenn ich das große Haus sah, verließ mich der Mut. Ich lief stundenlang draußen herum – und kotzte fast das ganze schöne Weihnachtsessen wieder aus.

Im Grunde traute ich mich vor allem deshalb nicht, ihn aufzusuchen, weil er selbst gesagt hatte, ich solle ihn in Ruhe lassen. Aber, meinte er das denn wirklich? Wollte er das, oder hatte ihm das jemand eingeredet? Im tiefsten Herzen wußte ich ja die Antwort, aber ich dachte, ich würde alles nur noch schlimmer machen, wenn ich mich aufdrängte.

Der Silvesterabend war der reine Alptraum. Es sollte ein festlicher Abend im Jugendclub werden, und natürlich sollte ich mir all das Festliche aus den Fingern saugen. Aber ich ging doch überhaupt nur wegen Magnus, wegen meiner Erwartung und meiner Hoffnungen auf ihn dorthin. Der ganze Club mit seinen ewigen Verantwortlichen kotzte mich restlos an.

Magnus sah krank aus. Blaß und angespannt und blaue Ringe um die Augen. Wie ich befürchtet hatte, wich er mir und meinen Blicken aus.

Als Frode und ich an die Reihe kamen, hatte ich das Gefühl, wahnsinnig zu werden, und wir gaben die hysterischste Darstellung aller Zeiten von *Der Schneider und das Pusterohr* zum besten. Mit Kleidern und Hüten, Konfetti und Luftschlangen. Ich hatte heimlich die Rotfuchsboa meiner Mutter »ausgeliehen«. Die ging während einer Balgerei auf der Bühne in Stücke, daß die Pelzflocken nur so flogen. Ich bombardierte Frode mit Knallfröschen. Als er auch ein paar Feuerwerkskörper hervorzog, griffen die Verantwortlichen ein. Der Sketch war zu Ende. Um elf sollte es einen Fackelzug zur Kirche geben, danach den Mitternachtsgottesdienst. Ich stand vor der Tür und wartete auf Magnus. Die anderen hatten sich schon in Reih und Glied aufgestellt. Endlich kam er – und mit ihm Christian, natürlich. Der Pastor warf einen

Blick auf mich, und aus irgendeinem Grund verkannte er die Situation – zum letzten Mal: »Okay, ihr macht die Nachhut, Magnus. Ich geh nach vorne!«

Damit war der Fackelzug für uns beendet. Als er sich in Bewegung setzte, brach ich in hilfloses Schluchzen aus. Ich sah Magnus' gequältes Gesicht. Dann zog er mich in den Schatten hinter der Hausecke. Ich weiß nicht, wie lange wir dort standen und wieder zusammen waren, schließlich gingen wir nach Hause. Wir waren beide völlig außer uns. Verängstigt und zitternd – nach so langer Zeit würden wir endlich wieder alleine sein. Wir warfen unsere Mäntel in den Flur und stürzten in das nächstbeste Zimmer, das Schlafzimmer meiner Eltern. Wir ließen die Kleider fallen – doch plötzlich sprang Magnus (noch in der Unterhose!) ins Bett und sagte mit brechender Stimme: »Mach das Licht aus, Yngve!«

Und ich *sah* ihn und fiel über ihm ins Bett und weinte und weinte ...

Erst nach langer Zeit wurden wir zusammen ruhig und warm. Aber trotzdem war es nicht wie früher. Magnus war ganz seltsam. Er veränderte sich dauernd: Erst war er weich und nah, dann krümmte er sich in Embryostellung und wimmerte, dann warf er sich über mich, wild und aggressiv. Wir redeten nicht. Immer, wenn ich etwas fragte, legte er mir seine Hand auf den Mund oder küßte mich. Und ich dachte, ich könnte bis nachher warten. Magnus kam zuerst. Quer durchs Zimmer und voll in die Gardinen meiner Mutter. Ich küßte ihn sanft im ganzen Gesicht. Er flüsterte: »Ach, Yngve. Zum ersten Mal seit damals. Ich hab aufgehört zu wichsen ...«

»Ach, Junge! Warum warst du denn nur die ganze Zeit weg? Frohes neues Jahr, übrigens!«

Er wurde steif unter mir. Ich sah in ein Gesicht, das sich vor Entsetzen verzerrte. »Nein!« jammerte er. »Herrgott! Wie spät ist es?«

»Nun beruhig dich doch. Mach nicht so ein Gesicht!«

Er riß sich von mir los und sprang aus dem Bett. »Es ist

Viertel vor eins! Ich sollte doch in der Kirche das Eingangsgebet vorlesen!« Er zog sich in Windeseile an.

Ich sprang auch auf. »Jetzt hör doch auf, Magnus! Es ist sowieso schon zu spät, und außerdem können auch noch andere lesen. Beruhig dich doch! Wir stehen jetzt beide auf, und ich mach uns Tee. Und dann reden wir in Ruhe über alles. Wir haben uns doch so lange nicht ...«

Aber er war schon im Flur und sprang in seine Stiefel. »Ich muß los. Muß losrennen! Zu Hause sind sie sicher stinksauer auf mich. Ach, was soll ich denn bloß sagen?«

»Magnus, du darfst nicht! Du bleibst jetzt hier. Heute kommt hier keiner nach Hause, wir müssen doch reden. Du darfst jetzt nicht weglaufen!«

Er versuchte, sich den Mantel anzuziehen, aber da warf ich mich auf ihn und hielt ihn von hinten fest. »Du kommst hier nicht weg!«

»Laß mich los, Yngve! Laß mich los, dann sag ich dir auch, was los ist ...«

Seine Stimme war heiser und scharf. Ich drehte ihn herum, und er drückte mich auf einen Stuhl. Und dann kam's: »Du bist schuld, daß ich meinen einzigen Neujahrsvorsatz gebrochen habe. Ich hatte Gott versprochen, dich nie mehr zu treffen. Weil es eine Sünde ist, Yngve! Was wir tun, ist eine Widerwärtigkeit vor Gott!«

»Nein, nein, nein! Hast du denn den Verstand verloren? Es ist keine Sünde! Weißt du nicht mehr, in der Mittsommernacht ...«

»Ja, genau, und weißt du was? Gott gab uns ein Zeichen! Aber wir haben es nicht verstanden! Konnten es nicht deuten. Wir sahen ein rotes Licht! Yngve, die Sonne war rot! Und das bedeutet stopp!«

»So was Bescheuertes hab ich noch nie gehört!«

»Na gut. Leb du nur weiter in Sünde und spotte Gott! Aber nicht mit mir. Nie mehr mit mir!«

»Magnus!«

»Laß, Yngve. Es nützt nichts. Es ist aus. Ich werde um Verzeihung bitten, bis Gott mich erhört ... und es beten ja noch viele andere für mich. Komm mit zu den Kreuzrittern, Yngve, dann kommst du auch drüber weg.«

»Magnus, sie haben dich kaputtgemacht! Sie lügen, sie lügen! Das stimmt doch alles nicht. Glaub das doch nicht!«

»Halt doch den Mund! Es steht in der Bibel, Christian hat's mir gezeigt ...«

»Christian! Den bring ich um!«

»Das tust du nicht, Yngve. Ich werde für dich beten.« Und dann war er fort. Magnus nach der Gehirnwäsche.

Ich will gar nicht erst versuchen, diesen Winter zu beschreiben. Ich schaff es doch nicht. Ich hab mich damals nur nicht umgebracht, weil ich immer noch eine Hoffnung hatte. Die verzweifelte Hoffnung, daß Gott gut sei. Außerdem hatte ich Harald. Er war der einzige, dem ich mich anvertrauen konnte. Er half mir, so gut es ging. Harald hatte begriffen, daß es wichtiger war, mit mir zu reden, als für mich zu beten. Er hatte genug Zuneigung, mit ihm erlebte ich eine echte Bruderschaft.

Ich will nur ein paar Episoden aus dieser Zeit erzählen: In der Schule will ich allein sein. Es hat auch keinen Zweck, mich Magnus zu nähern. Er geht mir aus dem Weg. Eines Tages stehe ich in der Pause mit Frode in meiner Ecke, und Magnus kommt mit Vera Auswendig aus der Tür. Hand in Hand! Sie gehen Hand in Hand über den Schulhof. Ich bin schon wieder kurz vorm Kotzen. Frode sieht mich an. Er hat es sich natürlich längst gedacht. »Kannst du meine Tasche mit nach Hause nehmen? Ich muß ein bißchen laufen«, frage ich schnell und gebe ihm mein Pausenbrot.

»Kümmer dich doch nicht um die, Yngve«, sagt Frode.

Ich gehe. Renne. Mechanisch bewege ich mich über den vom Schnee geräumten Weg auf Magnus' Haus zu. Ich sehe seine Mutter durch das Küchenfenster. Sie bekommt einen

Schreck, als sie mich bemerkt, und macht eine abwehrende Handbewegung. Sie wirft mir einen traurigen und verständnisvollen Blick zu. Ich drücke auf den Klingelknopf.

Der mächtige Vater steht in der Tür: »Guten Tag, junger Mann.«

»Tach ...«

»Und womit kann ich dem Herrn behilflich sein?«

»Ich möchte gern Magnus sprechen.«

»Ich bedaure, aber Magnus hat im Moment so viel für die Schule zu tun, daß er dem Lernen all seine Zeit opfern muß. Wäre das nicht übrigens auch für andere eine gute Idee?«

»Ja, aber, ich muß mit ihm reden ...«

»Dann finde ich, ehrlich gesagt, daß du wieder zum Jugendclub gehen solltest, Yngve. Du wirst da von vielen vermißt, und da kannst du reden, mit wem du willst ...«

Ich stehe im Gebüsch bei der Pastorenwohnung. Im Gürtel unter dem Mantel habe ich ein Messer. Christian kommt nach Hause gejoggt. Ich stehe und stehe. Dann gehe ich zur Tür und fühle nach. Abgeschlossen. Ich schelle. Der Pastor öffnet einen Spalt – so weit, wie die Sicherheitskette es erlaubt. Christian mit dem Flammenschwert.

»Was willst du?«

»Mit dir reden.«

»Ich hab keine Zeit. Jetzt nicht, und auch sonst nie.«

»Weißt du, was du getan hast?«

»Das weiß ich sehr gut, und es hat keinen Zweck, hier herumzuschreien. Verschwinde und komm nicht wieder her!«

Knall. Klick.

Ich gehe. Ich renne. Ich kann keinen töten.

Es ist Nationalfeiertag. Alle gehen mit im Festzug. Ich mag nicht. Ich gehe allein spazieren. Früh am Abend kommt Frode und überredet mich, mit zum Jugendclub zu gehen. Ich war bei keinem anderen Fest mehr, mir ist alles egal.

Alle freuen sich sehr, mich zu sehen. Mir ist alles egal. Magnus kommt zu uns herüber, auch er freut sich. Mit seinen Augen stimmt irgendwas nicht. Da ist etwas Schreckliches. Er verspricht mir einen Spaziergang, damit wir uns aussprechen können.

Wir gehen spazieren. Er redet. Ich spreche das Unaussprechliche aus: »Kriegst du das denn nicht in deine Birne? Du weißt ganz genau, daß wir füreinander gemacht sind! Wir sind homosexuell!«

Er schreit. Er schlägt. Er geht.

Ich bin wieder ganz unten. Ich weine. Ich renne.

Jetzt fliehe ich in den Wald! Jetzt komme ich zu unserem Stein! Jetzt sehe ich den Sonnenaufgang! Allein! Rotes Licht! Yngve, der Verkehrssünder.

Aber es passierte etwas Unerwartetes. Eines Tages Anfang Juni schellte Magnus an meiner Tür. Zuerst wollte ich ihn nicht hereinlassen, denn er war so verändert. Er versuchte ein fröhliches Lächeln, aber in seinen Augen sah ich etwas anderes. Etwas Schlimmes. Dann sprach er. Es tue ihm alles so leid. Er sei so müde und überarbeitet gewesen und habe es nicht so gemeint. Wir müßten weiter wie Freunde zusammenhalten und uns nicht mehr streiten. Meine Skepsis schmolz dahin, je länger er sprach. Es tat so gut, seine Stimme zu hören. Schließlich war ich so hingerissen, daß ich höchstens die Hälfte von dem verstand, was er sagte. Als er ging, umarmte er mich, eine kleine, aufmunternde Umarmung. Aber da hatte ich ihm schon versprochen, mit dem Jugendclub ins Sommerlager zu fahren. Als Unterhaltungschef.

Ich zitterte vor Hoffnung.

Strandholmen

Die Ferienstätte Strandholmen liegt wunderschön am inneren Oslofjord. Es ist ein ansehnliches Gelände mit mehreren hundert Metern Strand und fünf großen Gebäuden.

Norwegens christlicher Jugendbund bekam es zu Anfang der sechziger Jahre von irgendeinem reichen Macker vermacht.

Als am 16. Juni die Lagerteilnehmer aus Oslos Satellitenstädten zu Schiff das Paradies erreichten, bot sich ihnen ein merkwürdiger Anblick. Am Strand, ein Stück vor der Landungsbrücke, war ein großer Sperrmüllhaufen aufgeschichtet, der offenbar ein Johannisfeuer werden sollte. Aber es war nicht irgendwelcher Müll. Es waren Möbel. Zerschlagene Schränke, Tische und Stühle aus Mahagoni und Birke. Polierte Möbelsplitter lagen verstreut umher. Lagerleiter Eirik hatte eine Woche früher Quartier genommen, »um ein wenig aufzuräumen«. Er sagte das selbst in unbestimmbar konservativem Westnorwegisch. Das Haupthaus war voll gewesen von altem Plunder und schweren unmodernen Möbeln – die sich nicht anders wegschaffen ließen als mit einer Axt. Eirik war ein Gottesdiener der Tat. In wenigen Tagen war aus dem alten, ehrwürdigen Gebäude alles entfernt, was der Mann beim Kampf um die Rettung sündiger Jugendlicher für hinderlich hielt. Hinein kamen Stahlrohrstühle und Resopaltische.

Die anderen Leiter, die mit uns im Boot ankamen, konnten nur dastehen und den Trümmerhaufen anglotzen. Die Lagerchefin, die einen Haarknoten und zuviel Zahnfleisch hatte, deutete zart an, dies wäre denn doch vielleicht ein wenig zu radikal.

»Wir sollen die Jugend zu Christus bekehren, nicht zu Krösus«, antwortete Eirik unbeeindruckt.

»Aber, schließlich waren das doch wertvolle Möbel«, versuchte Aase es noch einmal.

»Trachtet nicht nach irdischen Schätzen, die Motten und Rost zerfressen ...«, verkündete Eirik.

»Hier zersetzen wahrlich nicht nur Rost und Motten«, bellte Aase mit zusammengezogenem Mund. Viele von uns hörten das und sahen den Blick, den Eirik ihr zuwarf. Er wußte sich schnell Respekt zu verschaffen, der Lagerleiter.

Bei der Abendandacht fragte er die Versammlung, ob jemand etwas zu bekennen habe.

Nach einer langen drückenden Stille erhob sich Aase mitten im Saal, zwischen zweihundert Jugendlichen, und sagte mit piepsiger, gequälter Stimme und krampfhaft gefalteten Händen: »Lieber Jesus. Blicke gnädig auf uns arme sündige Menschen, die dich beleidigen mit Gedanken, Worten und Werken und die in ihren Herzen böse Lust verspüren. Heute habe ich schlimm gegen dich gesündigt, lieber Jesus. Ich habe einem Beschluß deiner Obrigkeit widersprochen, der von dir inspiriert war. Ja, viele von euch hier haben gehört, wie ich Eirik kritisierte, weil er die Möbel im Haupthaus in Stücke geschlagen hat. Ich dachte nur an ihren Wert ... an Geld! ... ich dachte einfach nicht daran, was dir am besten dient, lieber Jesus. Und jetzt bitte ich dich: Vergib mir diese schlimme Sünde, Herr, und gib mir die Kraft, in Zukunft meinen unbändigen Sinn zu beherrschen! Amen.«

Es war lange still, bis Eirik vom Pult herunter hinzufügte: »Ja, wahrlich, unerforschlich sind die Wege des Herrn! Hat sonst jemand etwas zu bekennen?«

Nein. Niemand. Die meisten im Saal starrten zu Boden. Ich hatte mich noch um jemand anderetwillen so elend und gedemütigt gefühlt. Leider – oder vielleicht zum Glück – sollte ich das teuerste Johannisfeuer des Sommers verpassen.

Magnus ging mir demonstrativ aus dem Weg. Er hatte sogar dafür gesorgt, daß er einen Schlafplatz in einem anderen Schlafsaal erwischte. Das tat mir unheimlich weh. Ich hatte gehofft, der Junge habe mehr damit beabsichtigt, als er mich zum Mitkommen überredete ... als daß ich einfach nur mitkommen sollte. Ich blieb allein, ich wollte mit den anderen im Lager keinen Kontakt. Am zweiten Tag gab es eine Morgenandacht und Bibelgruppen. Die Leiter bedrängten uns, etwas zu sagen: irgendwas zu bekennen. Sie schafften es, einige Mädchen zum Weinen zu bringen. Ich fühlte mich total elend.

Vormittags gab es körperliche Ertüchtigung. Magnus war bei allem wahnsinnig aktiv. Rannte herum, organisierte und riß die Leute mit. Eine »vielversprechende Führerbegabung«. Schöner Junge. Niemand konnte nein sagen, wenn Magnus ihm die Hand auf die Schulter legte oder ihn kameradschaftlich in den Arm nahm. Ich saß auf der Treppe der Jungenbaracke und kaute Fingernägel. Magnus drehte sich plötzlich um und rief: »Komm und mach mit beim Völkerball, Yngve!«

Ich schüttelte nur den Kopf.

Magnus lief über den Platz, aufgeregt und irritiert. »Was ist denn los mit dir? Willst du gar nichts mitmachen?«

Ich schluckte. »Ist dir klar, daß das jetzt das erste ist, was du zu mir sagst, seit wir aus Oslo weggefahren sind? Hast du wirklich so wenig Zeit?«

»Also, jetzt hör mal!« Magnus senkte die Stimme. »Du bist doch wohl nicht mitgekommen, um irgendeine Sonderbehandlung zu kriegen? *Ich* hatte das jedenfalls nicht beabsichtigt. Ich dachte, wir wollten von jetzt ab ganz normale Freunde sein! Oder stimmt das vielleicht nicht?«

»Und nie miteinander reden?« Ich kämpfte mit den Tränen.

»Jetzt nimm dich doch zusammen! Für so was hab ich wirklich keine Zeit!«

Magnus drehte sich auf dem Absatz um und lief zu den anderen, die sich schon in zwei Parteien aufgestellt hatten.

Ich blieb auf der Treppe sitzen und schluckte, die Hände vor den Augen. Dann hörte ich etwas hinter mir und nahm mich krampfhaft zusammen.

»Kümmer dich nicht um den Typ, du. Der ist nichts für dich ...«

Ich fuhr herum. In der Türöffnung stand einer und lächelte schief zu mir herunter. Ich hatte ihn zwar vorher schon bemerkt, wußte aber nicht, wer er war.

»Was ... was meinst du damit?« stotterte ich.

»Ach, tu nicht so. Ich hab doch gehört, was ihr gesagt habt. Aber vor mir brauchst du wirklich keine Angst zu haben. Ich bin ganz okay. Komm mit, wir gehen schwimmen. Hat doch keinen Sinn, hier zu sitzen und zu motzen.«

Er nahm mich am Arm und zog mich hoch. »Ich heiße Janne und komme aus Lilleström. Komm, wir ziehen uns um.«

Er gebrauchte eifrig seine Augen, während ich mir die Badehose anzog.

Auf dem Weg zum Strand redete er eine Menge, bevor er fragte: »Was ist denn so Besonderes an dem Magnus?«

»Ich will nicht darüber reden.«

»Wichst ihr zusammen?«

»Herrgott, halt die Fresse! Das geht dich ja wohl nichts an.«

»Nein, nein, reg dich doch nicht auf. Man wird ja wohl noch fragen dürfen.«

»Nein, darf man nicht.«

»Okay, also Entschuldigung. Wer zuerst an der Schäre ist!«

Weg war er. Ich stand auf dem Sprungbrett und sah ihm nach. So was von Frechheit! Aber irgendwie war der Typ schon in Ordnung. Im Grunde mochte ich ihn leiden. Ich sprang hinein und schwamm ihm nach.

»Vorsicht, tritt nicht auf die Muscheln. Komm hierhin, ich helf dir. Auf der anderen Seite kann man gut sitzen. Hier, siehst du!« Er wies auf einen großen flachen Absatz im Felsen. Ich setzte mich. »Und außerdem kann uns hier vom Land aus niemand sehen«, sagte Janne und zog seine

Badehose aus, während er sich neben mich setzte und mir den Arm um die Schultern legte.

Ich war total überrumpelt. »He! Laß das! Das wollte ich nicht ...«

Aber Janne hatte schon seine rechte Hand in meiner Badehose und warf sich über mich. »Sei doch nicht so wählerisch! Ich bin bestimmt so gut wie der andere Typ ... wahrscheinlich sogar viel besser. Ich bin schon lange mit Jungen zusammen ... Wie alt bist du übrigens?«

»Fünfzehn. Und du?«

»Ich bin achtzehn, also darfst du keinem was verraten! Versprichst du das?« sagte Janne und drückte mich fast platt.

»Ja, klar«, sagte ich atemlos und drückte mich ein bißchen hoch, damit er mir die Badehose ausziehen konnte.

Der Abend brachte ein Lagerfeuer, Unterhaltung, Bekenntnisse und frischen, jugendlichen, christlichen Gesang:

> Kommt, wir künden jetzt von Stadt zu Stadt,
> Daß uns Christ aus Tod und Sünden losgebunden hat.

Ich wußte nur eins: Jetzt mußte ich mit Magnus sprechen. Wegen der Sache mit Janne hatte ich ein schlechtes Gewissen, aber ich war auch ein bißchen stolz. Nicht nur Magnus konnte mit anderen zusammensein – aber ich wußte ja nicht sicher, ob er sich von dem Pastor hatte verführen lassen. Vielleicht hatte Christian sich gedacht: Wenn er ihn nicht kriegen kann, darf ich ihn auch nicht haben. Gott sei Dank war der Pastor nicht im Lager. Diesen Vorteil wollte ich ausnützen. Leider hatte er eine Handvoll Stellvertreter.

Ich sah Magnus auf dem Weg zum Lagerfeuer. In einer schwarzen Kordhose, den weißen Wollpullover über der Schulter. Strahlend wie die Sonne, das dunkle Haar stand wild nach allen Seiten ab. Schön wie ein Gott – und um ihn herum eine ganze Schar Bewunderer. Jungen und Mädchen drängten sich um ihn. Mir wurde schwer ums Herz. Sollte ich denn nie mit meinem Jungen allein sein können? Der Teufel hole seine Fans!

Magnus ließ sich mitten unter den Leuten nieder, ohne mir auch nur einen Blick zuzuwerfen. Ich setzte mich unter einen Baum, um mit mir allein zu sein.

Sofort setzte sich Janne neben mich. »Na, war doch schön!« Er stieß mich kameradschaftlich an.

Ich antwortete nicht.

»Du bist jetzt doch nicht sauer, oder? War's nicht gut?«

»Nein, ich bin nicht sauer auf dich, und das war wirklich ... ganz in Ordnung. Aber ich möchte jetzt gerade allein sein. Ich will mit keinem reden.«

»Oi, joi, joi! Hast wohl Schiß, daß der Stern da uns zusammen sieht, was! Da mach dir man keine Sorgen. Der ist da so beschäftigt, der kriegt nicht mit, was du machst. Der wird bestimmt berühmt, wenn er groß ist. Der weiß, wie man's macht!«

»Halt die Fresse.«

»Guck doch nur, wie er die Mädchen anlächelt und wie er sie ab und zu anfaßt. Die werden Wachs in seiner Hand ... die Jungs übrigens auch. Die Spannung spür ich bis hier. Aber es gibt nur eins, worauf dein Magnus Lust hat: sich selber!«

»Er hat Lust auf mich!« Ich sagte das ganz leise durch die Zähne.

»Ja, da hast du sicher recht. Er ist genauso scharf drauf, mit dir zu schlafen, wie ich, aber mehr auch nicht. Hat 'nen Pißbammel vor dir. Niemand soll rausfinden, wie's in ihm wirklich aussieht. Minderwertigen Kram kann der sich nämlich nicht leisten.«

»Wenn du jetzt nicht endlich still bist, hau ich dir eine rein!« Ich wollte wirklich gerade zuschlagen, da stieg der Lagerleiter Eirik auf das Plankenpodium, um Andacht zu halten.

»Okay, ich halt den Mund«, sagte Janne, bevor die Andacht losging.

»Alle, die wir hier versammelt sind, sind sünnnndige Menschen!« Eirik hatte eine schnarrende Fistelstimme, er brauchte keinen Lautsprecher.

»Jetzt kommt sicher der Spruch von Jesu Blut«, flüsterte Janne erwartungsvoll.

Es folgte Gesabbel von Sünde und Schande und Buße und Besserung, und dann – ganz richtig: »Denn er, ein für allemal, hat unsere Sünden fortgewaschen durch Jeesuuu Belluuuut!« Das hörte sich ganz merkwürdig an mit seiner schnarrenden Aussprache, und in der Versammlung gab es auch viele, die ihre Gesichter abwendeten und kicherten, während andere diskret »Psst!« machten. Janne lachte auch.

»Jesses, ist das sooo komisch?«

»Ja, weißt du das nicht? Er wird danach genannt ... Jesu Blut. Weil er fast über nichts anderes redet. Und dann braucht er auch so lange, um das zu sagen.«

Es war befreiend, wieder zu lachen. Janne war wirklich nett und lustig – und außerdem war er geil auf mich.

»Du brauchst mir nichts von dir und Magnus zu erzählen, wenn du keine Lust hast. Wir haben ja sonst auch noch viel, worüber wir reden können.« Er strich mir über den Rücken und zog mich an den Haaren.

Wir saßen ziemlich lange und redeten. Ich vergaß zwischendurch sogar, Magnus zu beobachten. Es ging mir gut. Aber plötzlich merkte ich, wie Janne erschrak, und folgte seinem Blick genau in Magnus' Augen. Magnus hatte sich umgedreht und starrte uns an. So hatte ich ihn noch nie gesehen. Habichtsblick. Wachsam und tödlich. Janne hob sacht die Hand zu einem ironischen Gruß. Magnus wandte sich brüsk ab.

»Na, jetzt werden wir sehen, ob er sich was aus dir macht«, sagte Janne leise.

Ich hatte Herzklopfen. Der Blick hatte so unendlich viel enthalten. »Da hast du's gesehen! Er mag mich doch!«

»Und er muß ja auch sein Eigentumsrecht wahren, oder?«

»Sei nicht so gemein. Denk doch dran, daß ich ihn auch mag.«

»Also, hör mal, Yngve. Ich sag das jetzt nicht, um fies zu sein. Oder um irgendwas zwischen euch kaputtzumachen. Außerdem ist schon alles kaputt, glaub ich. Auf jeden Fall wird er es kaputtmachen. Ich kann ihm das ansehen! Und ich sag das nicht, um mich anzupreisen. Aber ich finde, du bist in Ordnung, und ich möchte dich gern richtig kennenlernen … und ich hab dauernd Lust, mit dir zu schlafen.« Er kniff mich ins Ohr. »Ich weiß eine schöne Stelle, wo wir nachher hingehen können. Im Wald hinter der Jungenbaracke …«

»Ich muß mit Magnus reden.«

»Ja, das mußt du wohl. Aber hör zu: Wenn du mit ihm redest und hast die Nase voll von ihm, dann komm hinter die Baracke und pfeif nach mir.«

»Ich versprech dir nichts.«

»Ich bin da.«

Ich fand Magnus auf halbem Weg zum Strand. Es waren nur noch drei Fans übrig. Ich ging zu ihm und faßte ihn am Arm: »Ich muß mit dir reden. Kannst du die Leute hier nicht loswerden, die so an deinem Hemdzipfel hängen?«

»Über das Unterhaltungsprogramm morgen?« Magnus war abweisend.

»Nein«, sagte ich mürrisch. Die anderen gingen widerstrebend weiter. Und wir waren allein. Keiner von uns sagte etwas. Ich versuchte, seine Hand zu nehmen, aber er zog sie weg.

»Das hat keinen Zweck, Yngve! Kapier das doch endlich!«

»Wozu hast du mich denn hierher geschleift?«

»Weil du das nötig hast. Du brauchst Gott, Yngve, und hier kannst du ihn finden.«

»Ich brauch keinen außer dir!« Ich warf die Arme um ihn und klammerte mich an.

»Laß mich los, Yngve! Loslassen! Ich hab Gott geschworen, das nie mehr zu tun. Das ist Sünde. Hörst du, Sünde!«

»Erst, seit du mit Christian geschlafen hast!«

»Nein, aber er hat mich dazu gebracht, das einzusehen.«

»Ach, zum Teufel! Also hast du doch mit ihm geschlafen. Das Schwein!«

»Sieh dich vor! Und wo wir gerade von Schweinen reden: Wer ist dieser andere Typ?«

»Darauf kannst *du* doch scheißen!«

»Nein, tu ich nicht. Oder eigentlich doch. Ich wohl, aber nicht Gott! Was ihr da treibt, ist Sünde, und ich erlaube dir nicht … Gott erlaubt dir nicht, das noch länger zu tun! Das ist Sünde, das ist Sünde, das ist Sünde!« Er packte mich an den Schultern und schüttelte mich.

Ich brach zusammen und blieb dort auf dem Hügel liegen und weinte. Als ich aufsah, war Magnus weg. Ich kroch unter einen Karren und blieb dort stundenlang liegen. Nur eines wußte ich ganz sicher: Ich wollte mir auf keinen Fall das Leben nehmen. Das wagte ich nicht.

Am nächsten Morgen wollte ich nicht aufstehen. Blieb im Schlafsack liegen, das Gesicht zur Wand, den Kopf voll von bitteren Gedanken. Ich wurde ein paarmal in den Rücken geknufft, reagierte aber nicht. Als die anderen endlich zur Andacht gegangen waren, beschloß ich abzureisen. Ich sprang aus dem Bett – genau auf Janne zu, der mit seinem Lächeln in der Tür stand. »Ich fahr nach Hause!«

»War's so, wie wir es gestern prophezeit haben?«

»Wie *du* es prophezeit hast, ja. Genau so. Ich hau ab.«

»Ich hab auf dich gewartet. Und dich auch gesucht.«

»Ich … ich wollte nicht. Wollte allein sein.«

»Solltest du nicht tun, dich mit deinen Problemen zu verkriechen. Du solltest mit jemand reden. Abhauen nützt nichts. Auch jetzt nicht. Du läufst nur vor all den Schwierigkeiten davon. Meinst du, davon wird's leichter?«

»Ich hab hier nichts mehr zu suchen. Das ganze Lager macht mich krank.«

»Weil du nicht kriegst, was du willst?«

»Nein, zum Teufel. Sag mir doch nur einen Grund zum Bleiben.«

»Ich sag dir zwei: Zum einen solltest du hierbleiben und Magnus zeigen, daß er dich nicht kaputtmachen kann. Zum anderen hab ich unheimlich Lust zum Schwimmen!«

Ich glotzte nur. »Du gibst wohl nie auf, was?«

»Nein, und du solltest das auch nicht!«

»Okay, Janne. Wer zuerst an der Schäre ist!«

Nach dem Essen kam Magnus zu mir und tat sehr geschäftig und geschäftsmäßig. »Wir sind für das Unterhaltungsprogramm heute abend verantwortlich. Hast du etwas vorbereitet?«

»Nein. Ich hatte an anderes zu denken.«

»Dann fängst du vielleicht gleich damit an, oder?«

»Ja, klar doch. Du bist sowieso überall gleichzeitig, kannst du nicht für in einer halben Stunde ein Gruppentreffen im Haupthaus einberufen? Dann hab ich das Programm fertig.«

Ich setzte mich unter einen Baum und überlegte, womit ich zwei Stunden Unterhaltung füllen sollte. Es gab genug fähige Mitwirkende. Der halbe Club gehörte inzwischen zur Theatergruppe, und fast die ganze Gruppe war mit im Lager. Und dann hatte ich die Idee *Blut*! Natürlich mußten wir das herrliche *Blut* aufführen, das der Pastor Christian nach nur einer Aufführung wegzensiert hatte. Das sei zu weit gegangen. Teufel auch! Wenn sie Widerstand haben wollten, sollten sie den auch kriegen. Ich fegte los, um Frode zu finden.

Ein paar Stunden später war unten am Strand zur Unterhaltung gedeckt, und jetzt mußt du dir vorstellen, du bist in einem christlichen Jugendlager. Schönes Wetter, Sonnenuntergang und Lagerfeuer, und du sitzt mitten zwischen einigen hundert Jugendlichen. Die eine Hälfte ist da, um dem Teufel zu entsagen – weil Gott will, daß sie alle kleine Sonnenkinder sind. Die andere Hälfte will baden und sich amüsieren. Außerdem sind sie neugierig auf den Teufel – und der haust in der Unterhose.

Magnus eröffnet den Abend mit einer kurzen Andacht – denn alles Festliche muß einen ernsten Rahmen bekommen. Dann singen wir in hunderttausend Sprachen *Michael, row the boat ashore. Hallelujah!*, begleitet von Gitarre und Akkordeon auf der Bretterbühne.

Mitten in der letzten Strophe passiert oben auf dem Weg etwas, und alle müssen sich danach umdrehen. Da oben stehe ich in einem bodenlangen glänzenden lila Kleid und einem Hut mit unglaublich breiter Krempe und einer grünen Feder. Ich bin geschminkt wie Kleopatra – schwarz, lila und grün, passend zur Kleidung – und trage eine Menge Perlenketten und Ringe. Rosa Pumps. Vor mir habe ich einen Kinderwagen, Modell fünfziger Jahre, und darin sitzt Frode mit nacktem, haarigem Oberkörper, aufgemaltem Veilchen und Baskenmütze.

Der Gesang ebbt ab, und beim letzten »Hallelujah« setzt sich unser Umzug den breiten Weg hinunter in Bewegung. Ich scheine die Kontrolle über den Kinderwagen zu verlieren und heule und kreische, während wir zur Bühne hinunterschlittern.

Frode brüllt entsetzlich, und alle schreien. Ich fuchtle mit den Armen und sage mit Fistelstimme: »Guten Abend, meine Damen und Herren, dies ist eine Überraschung. Eigentlich sollte mein Mann hier heute abend auf der Strandpromenade einen Vortrag halten, aber leider ist mein Mann anderweitig beschäftigt, und ich muß einspringen! Und weil mein Mann leider ganz anderweitig beschäftigt ist, muß ich meinen kleinen Sohn mit herbringen.«

Frode brüllt wie ein Tier und zerrt und reißt an seiner Puppe.

»Er heißt Frank, nach meinem Mann, Herrn Frankenstein, und ist so ein liebes Kind! Wenn er nur genug zu essen bekommt. Bei uns zu Hause essen wir hauptsächlich Blutwurst. Hoppla! Nein, nein, Frank, nicht jetzt!«

Frode hat ein großes Jagdmesser aus dem Kinderwagen genommen und sticht nach mir, und dabei sabbert und grunzt er.

»Hast du Hunger, mein Goldkind? Ja, ja, wart nur einen Moment, gleich gibt die Mama dir die Flasche, ja, jaaaa …« Ich ziehe eine Babyflasche mit dunkelrotem Inhalt hervor und gebe sie dem Kind, das sich gierig darüber hermacht. »Gibt es vielleicht einen Gentleman in dieser Versammlung, der mir und meinem kleinen Sohn auf das Podium helfen kann, damit ihr alle uns besser sehen könnt, wie seinerzeit die Großmutter zu Rotkäppchen sagte, aber wie ihr alle wißt, war das ja in Wirklichkeit der Wolf, und nachher hatte er richtig Blut geleckt, kann ich euch sagen … hohohohoho.« Ich lache hysterisch und zeige herausfordernd auf Magnus, der blaß geworden ist und Skandal wittert.

Er springt auf und eilt herbei: »Das darfst du nicht, Yngve! Dieser Sketch ist einfach zu schlimm …«

Ich lasse ein paar kranke Schreie hören und wende mich direkt ans Publikum: »Dieser edle Jüngling hier will nicht, daß ich euch heute abend diesen phantastischen Vortrag halte! Werdet ihr das zulassen?«

Das Publikum brüllt »Neiiiin!« und pfeift. Frode bricht in Gorillagebrüll aus und beißt Magnus in den Schenkel. Magnus flüchtet.

»Gibt es vielleicht noch andere Gentlemen, die mir mit meinem kleinen Sohn behilflich sein wollen? Er wiegt nur fünfundsiebzig Kilo und ist wirklich nicht gefährlich. Er mag nämlich nur Christenblut.« Zehn bis zwölf Jungen stürmen herbei und heben den Kinderwagen auf die Bühne. Alle klatschen. Ich schreite würdevoll die drei Stufen hinauf und werfe Handküsse: »Ihr sseid ein ssöness Publikum!«

Sie klatschen und pfeifen. Ich nehme mein Manuskript hervor, räuspere mich affektiert und fuchtle mit den Armen: »Bellluuuut ist im Herzen und im Daumen!« Totenstille im Publikum. Keiner wagt zu atmen. »Das sehen wir, wenn wir uns schneiden!« Gelächter bricht los. »Es gibt auch Leute mit Belluut im Urin, und wenn das Belluut durch das Herz fließt, klopft das. Manche haben dünneres Belluut als andere, andere haben dickeres Belluut, aber Nonnen haben das dickste Belluut. Wißt ihr, was das ist? Es ist schwarz und weiß und rot und fliegt durch die Luft? Nicht? Das ist eine Nonne, die auf eine Mine getreten ist! Aus dem Herzen fließt das Belluut in die Zehen ... und dann wandert es wieder nach oben. Viele haben zuviel Belluut in der Nase, und das kommt raus, wenn man auf die Nase fällt. Wenn uns das Belluut zu Kopf steigt, ja, dann werden wir rot! Sch-sch-sch, Frank, jetzt sei still!« Frode hat sein Jagdmesser zwischen den Zähnen und manövriert den Kinderwagen auf der Bühne herum wie einen Rollstuhl. Er versucht dauernd, mich umzufahren, grunzt und brüllt gierig.

»Aber das Beste am Belluut ist zweifellos sein ungeheuer hoher Nährwert! Deswegen machen wir daraus eine Menge leckere kleine Gerichte, wie zum Beispiel Belluutwurst, Belluutpudding, als Vorspeise und als Nachtisch, Belluutkuchen und natürlich auch Belluutklöße, gute Leute!

Mein Mann und ich sind Mitglieder in einer Reihe von exklusiven Belluutclubs und haben sechsundfünfzig Belluutumläufe gewonnen. Auf Steinbahnen, Nierensteine! Des weiteren gibt es viele schöne Spiele, bei denen Belluut eine ganz zentrale Rolle spielt. Wir können da zum Beispiel das ›Egelspiel‹ nennen, oder ›Finde die Aorta‹. Mein kleiner Sohn hier spielt allerdings am liebsten Blütchen-Blütchenwechsle-dich. Das hat er bis vorige Woche immer mit seinem kleinen belluutarmen Spielkameraden gespielt.«

Frode hüpft rasend in seinem Kinderwagen auf und nieder.

»Ja, ja, mein Lämmchen. Wir werden dir schon einen neuen Spielkameraden besorgen, wart's nur ab. Einen, der ein bißchen länger hält!« In dem Moment erblicke ich Eirik und sehe, daß alles Belluut aus seinem Gesicht verschwunden ist. Mir wird klar, daß ich die Stelle mit dem Sakrament und mit dem, daß wir alle im Belluut des Lammes gebadet sind, überspringen muß. Statt dessen gehe ich gleich zum letzten Akt über. »Drakula ist ein schrecklich belluutdürstiger Fürst und hat bellaues Belluut in den Adern und den Eckzähnen. In seiner berühmten Belluutbank in Transfusionanien befindet sich die garantiert größte Sammlung von Jungfrauenbelluut!«

Jetzt springt Eirik hoch und rennt auf die Bühne zu.

»Und jetzt, meine Damen und Herren, scheint es auch hier endlich ein wenig belluutig zu werden. Darf ich Ihnen unseren lieben heiligen König Eirik Belluutaxt vorstellen, der jetzt die Ehre haben wird, eine alte und festliche Tradition mit Namen Belluutbad vorzuführen. Sie hat viel gemeinsam mit Belluutsturz, denn das Belluut hat es sehr eilig und stürzt hinaus!«

Schon ist Eirik auf der Bühne und sieht wirklich aus, als wollte er mich umbringen. Drei Sekunden lang ist alles still, dann reißt Frode eine Startpistole hervor und feuert in rascher Reihenfolge sechs Schuß ab. Ich schreie total wahnsinnig, greife mir an meine schwellende Brust und zerdrücke eine große Plastiktüte voll Ketchup, das nun hervorspritzt. Dann falle ich sacht und theatralisch um und verschmiere das Hemd von Eirik. Der will mich auffangen und hat nichts kapiert. Frode versucht, mich mit dem Kinderwagen zu überfahren, und Magnus zupft Eirik am Ärmel und erklärt, daß das alles nur Spiel ist. Das Publikum schart sich heulend um die Bühne. Chaos! Ich wälze mich im Ketchup. Eirik und Magnus ziehen mich auf die Beine und werden noch verschmierter. Ich schwanke einen Augenblick, und dann verzieht sich mein Gesicht. Ich entblöße angsteinjagende Vampirzähne, die ich mir heimlich aufgesteckt habe, und überschreie den Tumult: »Und wenn die Familie sich gegenseitig umbringt ... dann heißt das Belluutrache!«

Damit gehe ich auf Frode im Kinderwagen los – der hat eine Ketchuptüte in der Baskenmütze – und schlage und trete und kratze und beiße. Eirik und Magnus geraten in Panik und versuchen dazwischenzufahren. Das Ketchup spritzt in alle Richtungen. Die Zuschauer sind außer sich vor Vergnügen und Schock. Ich halte den Moment für gekommen, den Kinderwagen von der Bühne und die Treppe hinunterzustoßen. Der kippt um, und Frode wirft sich blutig in die Menge – nur mit der Pistole und einer kleinen Windel bekleidet. Der Jubel will kein Ende nehmen.

Er endet erst, als Eirik sich soweit wieder im Griff hat, daß er mehrmals »Still!« schreit. »Ihr solltet euch schämen!« brüllt der Mann. »Das hier ist ein christliches Lager, und so was wollen wir hier nicht. Das ist Blasphemie! Das ist Gotteslästerung! Ihr solltet euch schämen!« Er stampft von der Bühne. Alle Aufmerksamkeit konzentriert sich auf mich, der ich jetzt allein dort oben stehe.

Ich wische mir das Ketchup aus dem rechten Auge, rücke meinen Hut gerade und sage mit genau einstudierter Zarah-Leander- Stimme: »Und alle, die sich jetzt über diesen Vortrag schämen, machen sich der Belluutschande schuldig!« Damit segle ich von der Bühne und lasse mich von Frode unter wildem Jubel durch die Menge geleiten. Ich merke, daß sich ein Gutteil der Zuschauer aus der Gefechtslinie zurückgezogen hat und in einem blöden Haufen zusammensteht. Wir werfen ihnen Handküsse und Ketchup zu und verschwinden denWeg hinauf.

Oben im Haupthaus bekommen wir beide einen total krampfhaften Lachanfall.

»Wir sind bekloppt!«

»So was Witziges hab ich noch nie erlebt!«

Wir beschmieren uns mit Ketchup und Schminke und lachen uns halbtot.

Und dann steht Magnus in der Tür, ganz weiß um die Nasenwurzeln. »Ja, ihr habt jetzt allen Grund, stolz zu sein! Alle sind wütend auf uns. Ach, halt's Maul! Ihr habt wirklich keine Entschuldigung. Yngve! Bist du dir klar darüber, daß der Sketch, den du eigentlich aufführen solltest, jetzt gleich beginnt? Und den spielst du zusammen mit mir, also benimm dich jetzt anständig, und wasch dir den ganzen Dreck ab, auch die Schminke, und sei in genau fünf Minuten da!« Magnus packt sein Kostüm, das aus einer Anzugjacke und diversem Zubehör besteht, und verschwindet mit rasendem Blick.

»Okay, okay«, rufe ich ihm nach. »Okay. Wenn er noch nicht genug hat, wir haben noch mehr auf Lager. Frode, such mir den orangen Minirock von Mona und einen BH und etwas für die Bluse. Ich wasch mir nur eben das Ketchup ab!«

Inzwischen bin ich so aufgeregt und aggressiv, daß ich vor Kraft strotze. Vor Kraft, die wir alle haben, die ihr Dasein aber leider zumeist hinter einer dicken Mauer, die Untertanenmoral heißt, fristet. Jetzt sind aber weder Selbstverachtung noch Hemmungen mehr im Spiel. Jetzt bin ich am Zug, und ich werde voll ausspielen. Und gewinnen will ich auch.

Unten am Strand versucht Magnus, alles wieder hinzubiegen. Er bedauert, daß der vorhergegangene Sketch dermaßen ausgeufert ist, und verspricht, daß sich das nicht wiederholen wird. Er läßt einen kurzen Appell vom Stapel und macht sich dafür die Worte des Paulus zu eigen: »Für mich ist Christus das Leben und der Tod ein Gewinn!« Dann sagt er den nächsten Sketch an: »Er heißt *Unnötige Fragen* und handelt von einem Mann, der müde von der Arbeit heimkommt. Und jetzt warten wir nur noch auf die Frau des Hauses, die nichts anderes zu tun hat, als sich den ganzen Tag zu langweilen und den Mann mit dummen Fragen zu belästigen.«

Oben auf dem Weg halte ich Einzug. Eigentlich hätte ich abgeplackt und dumm sein sollen und ein Kopftuch aufhaben. Statt dessen trage ich Pfennigabsätze, einen ganz kurzen Minirock, einen riesigen Busen in der ausgeschnittenen Bluse, einen breitkrempigen Hut und eine Zigarettenspitze.

Unter erneutem stürmischen Applaus und entzücktem Pfeifen gehe ich hüftschwenkend an Magnus vorbei – der ist irgendwie ein bißchen zusammengesunken, der Arme – und auf die Bühne, wo ich mich herausfordernd niederlasse und Rauchringe blase. Die Kleopatraschminke habe ich verdoppelt. Magnus steht hilflos vor der Bühne und hat die Hoffnung allem Anschein nach aufgegeben. Ich werfe den Kopf in den Nacken und rufe, noch immer mit Zarah-Leander-Stimme: »Aber, nun komm doch nach Hause, lieber Mann!«

Magnus reißt sich zusammen, entert mit zwei Sätzen die Bühne und legt seinen Regenschirm ab: »Hallo ... Geliebte!«

Ich wechsle zu heiserer Vampstimme über: »Aber, bist du's denn wirklich, mein kleiner Ole?«

»Ja, wer denn sonst?«

Ich rede noch vamphafter weiter, und zwar anders als im Manuskript vorgesehen: »Aber, wie soll ich das denn wissen, lieber Freund! Regnet's draußen?«

Magnus hat Schwierigkeiten mit der Antwort: »Wieso ... glaubst du, daß der Regenschirm sonst naß wäre?« Er holt unbeholfen Brille und Zeitung hervor.

Ich lege mich sexy über den Tisch: »Vielleicht hast du ja geduscht, mein Lieber, oder dich in dem Eimer dahinten naß gemacht? Willst du die Zeitung lesen?«

Zu früh schlägt Magnus mit der Brille auf den Tisch. Das Glas bricht. »Ja, natürlich!«

Ich gehe zu schockierter Zarah Leander über: »Aber, süßer, kleiner Ole, hast du deine Brille zerbrochen? Wie kannst du denn jetzt lesen? Soll ich vielleicht deine Kontaktlinsen holen?«

Magnus verliert völlig den Faden und starrt mich bitterböse an, während er seine Pfeife hervorholt: »Äh ... was gibt's denn zu essen?«

Voller Wut fahre ich auf: »Nein, das geht zu weit! In diesem Haus stelle ich die unnötigen Fragen, nicht du, lieber

Ole! Steht denn etwas Interessantes in der Zeitung, mein Schatz? Und außerdem ... willst du rauchen?«

Magnus schmeißt die Pfeife auf den Tisch, kann aber kein Wort sagen.

Ich frage zuckersüß: »Ist die Pfeife auch kaputt?«

Jetzt hat er genug. Er fällt über mich her und hebt mich auf wie eine Braut, und ich heule und kreische mit dem Publikum um die Wette. Das gehört eigentlich mit zum Sketch – der Mann soll die Frau aus dem Fenster werfen –, aber mir wird bald klar, daß ich nicht der einzige bin, der hier vom Manuskript abweicht. Magnus ist wirklich stinksauer, und mit großer Kraft hievt er mich über das Bühnengeländer – zur falschen Seite hin, zur See. Ich verliere seine Jacke aus dem Griff, kann mich aber noch irgendwie aufrichten, bevor ich auf allen vieren einen steilen Felsen hinunterrutsche und direkt in den Fjord falle. Da bleibe ich zerkratzt im seichten Wasser liegen, die hochhackigen Schuhe und der breitkrempige Hut schwimmen neben mir. Im nächsten Augenblick ist Magnus da: »Yngve! Ist dir was passiert? Ist alles gutgegangen? Um Gottes willen, verzeih mir! Das wollte ich nicht, ich wußte nicht, was ich tue! Ich war nur so schrecklich wütend, als ich dich festhielt und dich ansah ... Du siehst schrecklich aus. So darfst du nicht aussehen!«

Mein linkes Bein tut entsetzlich weh, weshalb ich stöhne.

Magnus reißt Jacke und Hemd von sich, taucht das Hemd ins Wasser und fängt an, mir die Schminke abzuwischen! Hart und gründlich. Er ist ganz außer sich! »So darfst du nicht aussehen! Du bist doch keine Frau!« Ich weine. Magnus hört auf: »Nicht weinen, Yngve! Tut das weh? Hast du dir was gebrochen?« Das Bein hat zu bluten angefangen.

»Ich weiß nicht. Macht aber nichts, Magnus. Ich weine, weil ich dich so gern hab. Weil du dir doch noch was aus mir machst.«

Magnus' Gesicht öffnet sich. Wechselt von Zorn zu Zärtlichkeit. Er faßt mich unter den Nacken und küßt mich. Gründlich und lange. Ich umarme ihn.

Da bemerken wir eine Bewegung über uns, einen Laut von oben, und sehen gleichzeitig hoch. Dort – drei bis vier Meter über uns – stehen zweihundert Menschen in Reih und Glied und verfolgen gebannt unseren Auftritt. Sie gaffen. Sie glotzen.

Einige Sekunden lang ist alles still. Dann bin ich mit einem Sprung auf den Beinen und verkünde mit gellender Stimme den Schlußsatz des Sketchs: »Lieber Ole! Hast du mich hinausgeworfen?«

Ein Ruck geht durch die Menge, als wären alle vom Sturm erfaßt, von einer Flutwelle. Sie trauen ihren eigenen Ohren nicht – und noch weniger ihren Augen. Und sie lachen. Schlagen sich auf die Schenkel, knuffen einander in den Rücken und hüpfen auf und nieder. Lachen Tränen.

Wir sehen uns an und lachen auch. Dann entdeckt Magnus mein aufgeschrammtes blutendes Bein. Er bindet sein Hemd stramm darum. »Wir müssen dich verbinden. Kannst du gehen?«

Ich kann gehen. Die anderen klatschen jetzt. Magnus nimmt mich an der Hand und verneigt sich tief. Ich knickse. Das tut weh! Magnus trägt mich mehr oder weniger über den Platz durch die Menge und die Hurrarufe. Auf dem Weg zum Haupthaus wende ich mich um und mache mit meinem lädierten Bein ein paar Cancanschritte.

»Belluut gibt es auch im Schienbein ...« Magnus hebt mich auf und trägt mich weiter.

In Eiriks Büro sind wir allein. Mit beiden Händen leert Magnus den Medizinschrank aus. Bedeckt den halben Tisch mit Pflaster, Tuben und Flaschen. »Also, nun guck dir diesen ganzen Kram an!« Er muß lachen. Oh, wir lachen! Ich bin ganz tatterig von allem, was passiert ist, und zittere unkontrolliert. Krieg den Rock nicht aus, und Magnus muß mir helfen.

»Die haben gedacht, das gehört mit zum Sketch!« keuche ich. »Die haben gedacht, das sollte so sein!«

Magnus zieht mir den Rock aus und packt mich gleich darauf. Nimmt mich ordentlich in den Arm und küßt mich. Wir prusten und keuchen und stöhnen und lachen. So glückselig waren wir! Magnus hält mich von sich ab und sieht mich an. Da stehe ich – in Hemdverband und Unterhose und hab einen stehen. Er streichelt mich vorsichtig über Rücken und Bauch, und ich sehe und fühle und weiß, daß er mindestens so geil wird wie ich. Das Blut hämmert in den Schläfen und im Hals, und wir sagen fast im Chor mit belegter Stimme: »Mein Junge!«

»Ich liebe dich!« flüstert Magnus.

Wir klammern uns aneinander und werden ganz wild. Magnus hat auch nichts am Oberkörper, und ich versuche, seine Hose, die sich beult, zu öffnen. Aber da schnappt er nach Luft und wird stocksteif. Ich weiß, was das bedeutet, weil ich das schon früher erlebt habe. Er hat Angst. Hier stehen wir wahrhaftig in Eirik Blutaxts heiligem Büro und lieben uns! Und jeden Moment kann Jesu Blut mit Bibel und Kruzifix in der Tür stehen! Magnus befreit sich aus meinem Griff. »Dein Bein, Yngve. Wir müssen dich doch verbinden, Junge!«

Und niemals ist jemand so leidenschaftlich verarztet worden wie ich damals. Er verbraucht eine ganze Flasche Pyrisept zum Reinigen und eine ganze Schachtel Bacimycin-Wundpulver und Kompressen und Bandagen. Er ist schrecklich eifrig und fließt über vor Zärtlichkeit. Küßt mich immer wieder auf die Wange oder den Mund und streicht mir durchs Haar. Saugt an meinen Brustwarzen und in meinem Nabel: »Mmmm, du schmeckst nach Salz!« Er bohrt sein Gesicht in meine Unterhose: »Ach, du riechst so gut, Yngve. Du bist so schön! Hör zu: nachher, heute nacht! Wir verstecken uns. Hast du das kleine Zimmer im Wirtschaftsgebäude gesehen? Ganz hinten? Es hat einen Riegel und ist voll mit alten Matratzen. Da gehen wir heute nacht hin, wenn die anderen eingeschlafen sind!«

»Magnus, ich liebe dich!«

Es ist gar nicht so leicht, sich zu verstecken in einem Lager voller lebensgeiler Leute, denen nichts erlaubt ist. Aber schließlich schaffte ich es, mich unbemerkt ins Wirtschaftsgebäude zu schleichen. Magnus kam direkt darauf zu. Er war so aufgeregt, daß er zitterte. »Ach, Yngve, ich hab nachgedacht ... eigentlich ist das ja Wahnsinn, was wir machen, das ist nicht richtig ...«

»Nein, Magnus. Hör jetzt auf mit dem Quatsch! Denk doch so was jetzt nicht! Wir mögen uns und wollen lieb zueinander sein. Das ist das einzige, was jetzt zählt, und ich liebe dich. Komm her!«

Ich umarmte ihn und lotste ihn in den hintersten Raum, verschloß die Tür mit einem soliden Riegel, und dann waren wir alleine. Lange standen wir nur da und umarmten uns wieder. Atmeten wieder zusammen. Liebkosten uns wieder. Spürten den gesegneten Geruch von dem, den wir am liebsten hatten. Wir standen da und wurden zusammen geil. Spürten, wie sich enorme Kräfte in uns aufbauten. Endlich!

Wir zogen uns gegenseitig aus. Langsam und sorgfältig. Küßten uns auf den Bauch, in die Kniekehlen, in die Achselhöhlen. Dann zogen wir uns die Unterhosen aus, und dabei standen wir eng zusammen und spürten, wie unsagbar gut es ist, wenn der, den du lieb hast, dein Geschlecht liebkost. Ja, wahrlich. Genau da hatte Strandholmen wirklich etwas mit dem Himmel zu tun! Draußen vor dem Fenster war die Sommernacht und gab uns genügend Licht. Wir konnten alles sehen, was wir fühlten, all das Gute, was wir miteinander machten. Wir lagen auf einer alten Matratze und liebten uns so sanft, so sanft. Teilten unsere verlangenden warmen Körper und gaben einander alles, was wir wußten.

Magnus legte sich über mich. Er flüsterte: »Komm jetzt«, und gab mir eine Reise zur Milchstraße. Eine schwindlig machende Sternenreise zu einer Explosion durch die Schallmauer – und dann zurück zu meinem Jungen. Ich nahm ihn in den Mund. Lutschte seinen unschuldsreinen, sündenbehafteten Schwanz. Zuerst vorsichtig und sanft. Dann fester und regelmäßig. Magnus lag auf dem Rücken in meinem Schoß und umschlang mich mit den Beinen. Er hielt mich mit beiden Händen in den Haaren und kam wie ein Geysir mit Lärm und Getöse – und mit einem Schrei der eingesperrten Kräfte, die sich Bahn brachen. Wollust und Süßigkeit und Liebe, Selbstverachtung, Scham und Angst.

Ich trank meinen Liebsten ganz leer.

Wir lagen nebeneinander und kämpften um Atem. Magnus drehte mir den Rücken zu. Ich strich ihm über den Arm. Er zuckte zusammen: »Du ... hast du das runtergeschluckt?«

»Ja. Und Mykle hat auch da wirklich recht. Es schmeckt nach Rosen. Nach weißen Rosen.«

»Du hättest das nicht tun sollen!«

»Aber, Magnus. Wieso denn nicht? Es war schön. War das für dich denn nicht auch gut? Ich hab das doch nur gemacht, weil ich dich liebhab!«

»Faß mich nicht an! Ich ertrag das nicht mehr. Das ist eine Schweinerei! Das ist unrein. Du besudelst mich. Ich hatte Gott versprochen ... O Gott!«

Ich sehe in sein verquältes Gesicht. Ich sehe, jetzt wird es ernst. Ernster als je zuvor in meinem Leben. Ich sage scharf: »Magnus! Kein Wort mehr davon! Du mußt aufhören, dich zu verfluchen ... und mich ... bloß, weil wir uns mögen. Was wir zusammen machen, ist keine Sünde. Wie, zum Teufel, könnte das Sünde sein? Wir machen doch nur Gutes zusammen, nur das Beste, was wir kennen. Gott hat überhaupt nichts dagegen. Gott ist Liebe ... nicht Vorurteil oder Haß oder Bosheit! All die Angst und die Schuldgefühle hat dir die Kirche gegeben. Die Priester. Christian. Und dein Vater!«

Aber da schlägt Magnus auf mich ein. Hart und wild. Er schreit und schluchzt: »Das ist nicht wahr! Das ist nicht wahr!«

»Verzeih mir, Magnus. Ich wollte nicht gemein zu dir sein. Aber früher oder später mußt du das endlich kapieren: Du bist homosexuell, genau wie ich!«

»Nein. Neeiinn! Sag das nicht! Das ist nicht wahr! Das ist nicht wahr!« Magnus verliert total die Fassung. Er schreit und brüllt hysterisch. Ich versuche, ihn festzuhalten, versuche, ihn zu beruhigen, aber das nützt nichts. Er reißt sich von mir los und fegt durch die Tür. Nackt. Irgendwie bekomme ich meine Hose an, scheuere meine Wunde auf, achte aber nicht darauf. Laufe ihm nach. Und sehe, wie der Junge in vollem Galopp auf die Anlegestelle zustürzt.

Als ich endlich unten angekommen bin, hat er schon das eine Ruderboot losgerissen und stößt ab. Er steht nackt im Boot und grinst richtig wahnsinnig: »Du kriegst mich nie! Und die anderen auch nicht! Ich werd euch alle reinlegen und von euch wegrudern. Ganz weit wegrudern!«

»Magnus! Komm zu dir! Du darfst jetzt nirgendwohin rudern.« Ich versuche, ruhig und eindringlich zu reden, aber ich habe solche Angst. Schreckliche Angst davor, daß er auf die Idee kommt, sich etwas anzutun.

Magnus setzt sich und schwenkt die Ruder aus. Dann sagt er bestimmt: »Ich rudere nur ein bißchen. Ich muß nachdenken ...«

»Kann ich nicht mitkommen? Ich faß dich auch nicht an. Ich werd kein Wort sagen ...«

»Nein, du darfst nicht mit!« Er rudert ein paar Schläge, aber dann scheint er sich zu besinnen und sagt etwas ruhiger: »Du brauchst keine Angst zu haben, Yngve. Ich werd mir nichts antun. Aber ich muß selber aus alldem herausfinden.«

»Okay, Magnus. Ich bleib hier sitzen und warte auf dich. Ich verlaß mich auf dich!«

Magnus rudert sachte in den Sonnenaufgang hinein. Ich setze mich an den Rand der Anlegestelle. Die Luft ist kühl.

Zwei Stunden später sitze ich noch immer da. Magnus ist zur Fjordmitte gerudert, aber ich kann ihn noch im Boot erkennen.

Dann zucke ich zusammen, weil der Lagerchef Eirik über mir steht. »Was machst du hier, mitten in der Nacht? Weißt du, wo Magnus ist?«

Ich schüttle den Kopf.

»Hat Magnus das Boot genommen? So antworte doch, Junge!«

»Hör zu. Magnus hat Schwierigkeiten. Er will allein sein und darüber nachdenken, und ich finde, das muß er dürfen. Also misch du dich da auf keinen Fall ein!«

»Ist er mitten in der Nacht allein in dem Boot? Aber das ist ja streng verboten! Wo ist er? Wo ist er hingerudert? Antworte!«

»Es ist nicht gefährlich! Du kannst ihn von hier aus sehen. Er sitzt da draußen im Boot, und es passiert ihm bestimmt nichts ...«

»Bei meiner Arbeit in Gottes Weinberg hab ich schon viel Seltsames erlebt, aber das hier ist wirklich das Ärgste!« zischt der Mann. Dann verschwindet er in Richtung Haupthaus. Nach fünf Minuten kommt er mit einem anderen Leiter zurück, schließt das Bootshaus auf und holt eine Jolle mit Außenbordmotor heraus.

»Nein! Ihr dürft nicht zu ihm fahren. Er will allein sein. Versteht ihr das denn nicht? Ihr werdet ihn nur erschrecken!« Ich versuche, ihnen das begreiflich zu machen, aber es nützt nichts. Die Verantwortlichen übersehen mich einfach, werfen den Motor an und jagen davon.

Ich kann nicht sehen, was vor sich geht, aber ich spüre es. Fühle Magnus' erstickende Angst, als das Boot näher kommt. Spüre, wie er in Panik ausbricht, als er sieht, wer ihm nachgefahren ist.

Was werden die denken, wenn sie ihn nackt in einem Boot finden? Was wird er sagen?

Ich kann hören, wie Magnus sie anschreit: »Geht weg! Nicht näher kommen!«

Ich kann fühlen, wie das Entsetzen ihn packt. Ich spüre

den Sprung. Den Fall. Und das Wasser, das sich über meinem Jungen schließt.

Es dauerte eine Ewigkeit, bis sie endlich mit ihm kamen. Ich merkte, daß sie sich die Zeit genommen hatten, das Ruderboot in Schlepptau zu nehmen. Magnus lag auf dem Boden des Bootes, eingehüllt in eine Persenning. Er rührte sich nicht. Ich war ganz steif vor Angst und Schrecken.

»Habt ihr ihn gerettet? Wird er's überstehen?«

Eirik musterte mich scharf und antwortete kurz: »Das weiß ich nicht. Lauf ins Haus, weck Aase und bitt sie, ein Krankenzimmer fertig zu machen. Und beeil dich gefälligst!«

Ich flog. Weckte mehrere auf, eh ich Aase fand. Großer Aufstand. Und dann brachten sie Magnus. Ich konnte gerade einen Blick auf sein Gesicht werfen. Es sah blaß und verrückt aus – aber nicht tot.

Ich ging hinter den anderen die Treppe hinauf, aber oben drehte Eirik sich um: »Du gehst raus und wartest draußen auf mich.«

»Ja, aber ...«

»Verstanden?!«

Ein anderer Leiter schob mich die Treppe hinunter und zur Tür hinaus, die mit einem Knall geschlossen wurde. Ich sank in mich zusammen und ließ meinen Tränen freien Lauf. Ich hatte Angst. Versuchte, in all dem Chaos klar zu denken. Warum reagiert Magnus so? Warum hat er so entsetzliche Angst vor sich und seinen Gefühlen? Ich bin doch nicht gefährlich!

Es war ein schöner Morgen. Die Sonne stand hoch am Himmel und wärmte schon ein bißchen. Mein Bein tat schrecklich weh – alles übrige auch. Ich saß auf der Treppe und war todunglücklich.

Es läutete zur Morgenandacht. Aase kam heraus und schlug die Tür sofort hinter sich zu. Ich sprang auf: »Wie geht es Magnus?«

»Ja, wir haben ihn gerettet. Jetzt ist er außer Gefahr.« Sie sah mich vorwurfsvoll an und zog den Mund noch mehr zusammen als jemals zuvor.

»Du glaubst doch wohl nicht, daß das meine Schuld ist?«

»Nicht?« blaffte Aase und ging.

Gott sei Dank! Es geht ihm besser! Ich jubelte innerlich, aber dann kam die Unruhe wieder durch meinen Bauch heraufgekrochen, in die Arme, bis in die Haarwurzeln. Was hatte Aase nur gemeint? Was für eine Teufelei heckten sie denn nun wieder aus? Die Frage zitterte in mir, und zum Schluß konnte ich einfach nicht mehr dasitzen wie ein Idiot. Ich hämmerte gegen die Tür. Es dauerte eine Ewigkeit, bis sie plötzlich vom Lagerleiter höchstpersönlich aufgerissen wurde.

»Ach, so, Yngve! Bei dir ist wohl nie Schluß mit dem Lärm!«

»Wie geht's Magnus?«

»Tut mir leid, dich enttäuschen zu müssen, aber Magnus wird das alles heil überstehen, diesmal ging's nicht nach Plan!«

Ich begriff nicht, was er meinte.

»Komm jetzt mit ins Büro. Laß uns das mit Gottes Hilfe hinter uns bringen!«

»Wovon redest du eigentlich?«

»Setz dich! Jetzt mußt du die Wahrheit erzählen. Magnus hat nämlich gebeichtet. Er hat alles zugegeben, und das waren ja wirklich keine Kleinigkeiten. Ich bin zutiefst schockiert, das muß ich wirklich sagen. Jedenfalls, Gottes Gnade kennt keine Grenzen. Magnus wird die Vergebung seiner Sünden erlangen. Dafür, daß er versuchte, sich das Leben zu nehmen ... und für die schrecklichen Taten, zu denen du ihn verleitet hast!«

Ich war völlig baff. Er fuhr fort: »Das war wirklich im letzten Moment, Yngve. Du solltest Gott dafür danken, daß ich so schnell war. Ich war schon ziemlich nah an seinem Boot, als er gesprungen ist. Er war wie vom Teufel besessen … oder vielleicht von dir? Was hast du mit dem Jungen gemacht? Wie hast du all dieses Elend zustande gebracht? Antworte!«

Ich kam schnell wieder zu mir. Meine Stärke kam zurück mit der Gewißheit, daß nichts von all dem Gerede mit mir zu tun hatte. Ich hatte nichts Schlimmes getan. »Eins sag ich dir: Ich bin mir völlig darüber im klaren, was ich gemacht hab … was Magnus und ich zusammen gemacht haben. Und ich schäme mich deswegen nicht. Weder vor dir noch vor Gott noch vor sonst irgendwem!«

Eirik blies sich gewaltig auf, während ich sprach: »Danke, daß du dich so klar ausdrückst, junger Mann. Das macht es mir leichter, meine Pflicht zu tun. Du mußt sofort hier weg! Solche wie dich wollen wir nicht in unseren Lagern. Des weiteren werde ich die Eltern … deine und die von Magnus … über diese Vorfälle unterrichten. Und falls mir das nötig erscheint, werde ich auch deine Schule informieren. Das wird die Zeit zeigen … Wir werden jedenfalls in Zukunft ein waches Auge auf dich haben!« Der Mann konnte sich nur mühsam beherrschen.

Ich antwortete so klar und deutlich, wie ich nur konnte: »Du hast kein Recht, irgendwas zu berichten. Magnus und ich haben uns nichts zuleide getan, und er wollte nicht Selbstmord begehen. Er wollte allein sein, und du bist daran schuld, daß er gesprungen ist, weil du so blöd warst und ihn erschreckt hast. Und außerdem weigere ich mich, nach Hause zu fahren.«

»In diesem Fall, junger Mann, werde ich dich persönlich nach Oslo zurückfahren.«

»Nein, danke, Herr Lagergeneral!«

»Raus! Raus mit dir, sage ich! In meinem Lager lasse ich mir so was nicht bieten!«

»Ich habe für Kost und Unterbringung für eine ganze Woche bezahlt …«

»Ja, natürlich, geizig bist du auch noch, du kleiner …« Er riß sich mit Gewalt zusammen, öffnete eine Schublade und holte eine kleine Kasse hervor. »Dieses Lager dauert acht Tage und kostet hundertfünfzig Kronen. Du warst dreieinhalb Tage hier, also bekommst du hundert Kronen zurück. Das ist mehr, als dir zusteht ... verschwinde jetzt!« zischte er und schmiß den Hunderter über den Schreibtisch.

»So hab ich das nicht gemeint. Ich muß hierbleiben, weil Magnus mich braucht!«

»*Dich* braucht!« Der Mann explodierte. »*Dich* braucht er am allerwenigsten auf der Welt! Er braucht Gooottt! Er braucht Gottes Vergebung für seine Süüünnnnnden!«

»Aber, Magnus hat doch gar nicht Schlimmes getan!«

»Sag mal, Yngve, wie alt bist du eigentlich?« Er versuchte auf einmal, freundlich und beherrscht zu klingen.

Ich begriff, worauf er hinauswollte, und eine Welle des Triumphs durchfuhr mich: »Ich werde im Oktober sechzehn.« Die Augen auf der anderen Schreibtischseite verengten sich, und genauso freundlich redete ich weiter: »Magnus ist im April sechzehn geworden ...«

Aus dem zusammengekniffenen Gesicht zischte es: »Dafür kannst du deinem ... kannst froh sein, junger Mann!« Dann brüllte er: »Wenn es nämlich umgekehrt gewesen wäre, hätte ich dich persönlich wegen Verführung Minderjähriger angezeigt. Denn das hast du doch eigentlich getan, oder etwa nicht? Du bist listig wie eine Schlange! Du bist erfahren! Für dich war es doch kein Problem, einen unschuldigen Jungen wie Magnus aufs Kreuz zu legen! Das arme Kind!« Plötzlich sah er aus, als wollte er sich in die Hosen machen. Er beugte sich vornüber und zischte: »Großer Gott! Wie lange geht das denn schon so?«

»Das geht dich nichts an!« Ich war hellwach.

Der Mann explodierte wieder: »Was du treibst, ist gegen das norwegische Gesetz, weil es pervers ist. Das ist gegen Gottes Gebot! Das ist ein Verbrechen wider den Heiligen Geist!«

Immer noch konnte ich mich beherrschen und unterbrach ihn: »Ich kenne einen Pastor, der das genaue Gegenteil behauptet. Der nennt Homosexualität Nächstenliebe. Der hat übrigens auch mit Magnus geschlafen!«

Der Mann schnappte nach Luft. »Wer, in aller Welt ... Nein! Das ist gelogen! Du lügst, du kleiner Teufel! Du versuchst, Gottes und der Kirche eigene Diener anzuschwärzen! Du bist ein besessener Psychopath! Du bist von Satan besessen ...«

Ich biß die Zähne zusammen und wartete auf eine Pause, um den Namen von Christian Teufelpastor sagen zu können, aber irgend etwas hielt mich zurück. Nicht einmal Christian hatte es verdient, diesem geisteskranken Unmenschen auf der anderen Tischseite in die Hände zu fallen.

In dem Moment schnappte er zu: »Ja, und wer ist das? Von wem redest du? Antworte!«

»Auch das geht dich nichts an!«

»Das wußte ich! Vor Gott wagst du nicht zu lügen. Du fürchtest die Kraft Gottes ... Denn die habe ich!«

Da platzte es aus mir heraus: »Ich hätte nicht gedacht, daß Gott so verdammt laut schreien müßte, um gehört zu werden!«

In dem Moment war der Mann schon aufgesprungen. »Setz dich hin, du Lümmel! Ich bin noch nicht fertig!«

»Du bist hier nicht beim Militär!«

Er kam auf mich zu. »Du bist ein verderbtes, verlorenes Geschöpf. Du hast eine junge, reine Seele verführt ... aus einem christlichen Heim ... Du hast ihn in den Schmutz gezogen! Du hast ihn besudelt und ihn fast ums Leben gebracht! Und darüber hinaus wagst du es, hier zu stehen und Gott zu spotten!«

Der Mann stand nur einen Meter von mir entfernt. Ich ballte die Fäuste fester und fester und hielt ihn mit meinem Blick von mir ab.

Er sprach leise und eindringlich weiter: »Aber ich gebe dir eine letzte Chance, denn darauf haben alle Sünder Anspruch. Fall hier und jetzt auf die Knie! Bekenne vor mir und vor Gott deine schrecklichen Sünden und entsage dem Teufel, dann werden dir deine Sünden vergeben. Das verspreche ich dir!«

»Fahr zur Hölle!«

Ich renne zur Tür, nehme die Treppe zum ersten Stock in vier Sprüngen und reiße die erste Tür auf. Leer. Die nächste, leer. Ich höre, wie der Mann die Treppe heraufkommt. Eine neue Tür auf. Da – Magnus. Ich beuge mich über ihn: »Magnus, mein Junge! Wie geht es dir?« Keine Reaktion.

Der Mann in der Tür: »Das hilft dir auch nichts, junger Mann.«

»Was hast du mit Magnus gemacht, du Schwein!« Ich gehe mit geballten Fäusten auf ihn los.

Er züngelt scharf: »Aber, beruhig dich doch jetzt, Junge! Er schläft, das siehst du doch!«

»Was hast du mit meinem Liebsten gemacht?« Ich packe den Mann am Revers und schüttle ihn.

»Laß los! Das ist nicht gefährlich. Ich bin Arzt! Er hat nur ein mildes Schlafmittel bekommen. Er brauchte das. Laß los, sag ich!«

Ich fasse fester zu und stoße den Mann gegen den Türrahmen. »Das ... war ... deinetwegen!« Ich will schlagen, aber dann höre ich etwas und drehe mich um. Magnus sitzt aufrecht im Bett. Mit einem Schrei im Gesicht. Und dann schreit er. Ich werfe mich über ihn. Magnus schreit, beißt, kratzt, schreit. Ich auch: »Mein Junge! Ich bin's. Yngve!«

»Geh weg! Geh weg, ich will dich nie mehr sehen!«

»Magnus! Ich liebe dich!«

»Geh weg! Hau doch ab! Geeeehhh ...« Dann kommt der Mann mit der Spritze. Magnus ist weg.

»Ich werde gnädig sein, obwohl du, weiß Gott, etwas ganz anderes verdient hast.« Der christliche Jugendleiter-Arzt Eirik starrt mir haßerfüllt ins Gesicht. Eirik Blutspritze!

»Ich könnte die Polizei anrufen. Ich könnte dich wegen

Körperverletzung anzeigen. Ich könnte dich verhaften und einsperren lassen. Aber das werde ich nicht tun. Ich werde dich gehen lassen! Unter ganz wenigen Bedingungen! Du mußt Magnus in Ruhe lassen. Du mußt deine perversen Gelüste bekämpfen und dich in Zukunft von allen anderen Jungen fernhalten! Du mußt Gottes Wort lesen und dich durch das Gebet von ihm leiten lassen! Du mußt ...«

»Fahr doch zur Hölle, du scheiß Teufel ...« Das sage ich leise. Hoffnungslos. Ich gehe aus dem Büro.

»Willst du dein Geld nicht mitnehmen?« ruft dieser Unmensch mir doch tatsächlich nach.

Ich gehe völlig benommen. In den Schlafsaal. Packe meinen Rucksack. Rolle den Schlafsack zusammen. Gehe wieder hinaus. »Magnus, Magnus!«

Ich taumle zum Tor hinaus. Merke, wie die Tränen kommen. Werfe mich in den Graben und weine. Sehne mich. Hasse. Rede mit mir selber. »Zum Schluß hast du doch verloren, Yngve. Die anderen haben gewonnen. Die anderen haben ihn dir weggenommen. Magnus! Mein Junge.«

Ich gehe zur Hauptstraße. Zwischendurch schluchze ich heftig. Im Herbst soll ich mit dem Gymnasium anfangen.

Ich bin ganz allein.

Teil II

Gärende Kräfte

Die Studentenfabrik

Die Kathedralschule in Oslo gehört zu Norwegens anspruchsvollsten Institutionen. Sie hat Stil, Tradition und einen unermeßlichen historischen Stolz. Alle, denen die Ehre zuteil wird, hier als Schüler angenommen zu werden, sind moralisch verpflichtet, die Geschichte der Schule auswendig zu lernen.

Ich will dich hier aber nicht mit solchen Einzelheiten plagen. Kann ich auch nicht. Ich habe dieses unschätzbare Wissen verdrängt und weiß nicht einmal mehr, ob die Schule im elften oder siebzehnten Jahrhundert gegründet worden ist, und von wem, und warum, und so weiter. Zum Ausgleich weiß ich noch in aller Deutlichkeit, was dort gegen Ende der sechziger Jahre passiert ist. Ich kann dir auch eine gründliche Einführung geben, wie das Schulgebäude aussieht und mit welchen Mitteln versucht wird, die Würde herbeizubeschwören und festzunageln.

Wenn du zum Haupteingang hineinkommst, siehst du zuallererst den Dichter Henrik Wergeland auf seinem Sokkel ruhen, mit ausgestrecktem Arm und offenem Blick. Hier ist er nicht die revolutionäre Kirchenmaus, die glücklicherweise an Auszehrung verstarb, weil das Bürgertum ihr keinen Job geben wollte. Er ist auch nicht der aufsässige Schüler, der in Wirklichkeit von der Studentenfabrik verwiesen wurde – wegen »unmoralischer Ausschweifung«, oder wie die Schulobrigkeit das damals auch immer zu formulieren beliebte. O nein! Hier – in der Halle der Würde – sind alle diese traurigen Unannehmlichkeiten längst vergangen und vergessen. Hier ist Henrik Wergeland zum spirituellen Festredner erhöht – funktionell und verträglich in alle Ewigkeit. Amen. Wenn du deinen Blick vom guten alten

Henrik abwendest und die Halle betrachtest, kriegst du einen Schreck. An der Decke hängt nämlich ein gigantisches tonnenschweres Engelwesen, das wird nicht heimlich runterfallen. Das ist künstlerische Ausschmückung. Ein echtes Goldstück!

An den Treppen hängen die Apostel der Würde. In Gold und Marmor. Die Namen aller Schüler, die im späteren Leben einen in den Augen der Schule lobenswerten Einsatz an den Tag legen, werden in Gold auf großen Marmortafeln verewigt. Das ist eine ungewöhnlich schöne und prächtige Sitte, sie wirkt erzieherisch und spornt jeden neuen Jahrgang zu extra großem Fleiß an: Sei fleißig und gehorsam!

Der Rest des Gebäudes besteht hauptsächlich aus düsteren Fluren und deprimierenden Klassenzimmern.

Es war kein Vergnügen, sich am ersten Schultag in dieser Umgebung zurechtfinden zu müssen. Alleine. Irgendwie war ich durch den Sommer gekommen, auch wenn ich eine Entzündung in mir hatte, die Tag und Nacht eiterte. Jetzt hatte sie angefangen, sich einzukapseln, und ich aß und bewegte und benahm mich so einigermaßen wie andere – ohne äußere Anzeichen von Schaden. Aber wer mich kannte, bemerkte die Veränderung und sah, daß ich nur noch ein Schatten meiner selbst war. Sie halfen mir, so gut sie konnten. Wenn ich meine Eltern und Harald und Frode nicht gehabt hätte, wäre ich kaputtgegangen.

Statt dessen war ich jetzt auf dem Gymnasium, zusammen mit der Crème de la crème der Osloer Wunderkinder. Das war noch, bevor die Kathedralschule ein sogenanntes »Reformgymnasium« wurde. Damals mußte man ein »Sehr gut« in den Hauptfächern haben, um auf die Eliteanstalt zu kommen. Solche Noten hatte ich tatsächlich, und ich ließ meinen Namen für die Naturwissenschaften registrieren. Ich wußte nicht, daß hier nur ein Gesetz galt: die früheren Leistungen zu übertreffen. Außer mir kamen noch drei Neue in eine Klasse, die seit der Realschule unverändert zusammen war. Es klappte nichts.

Gleich zu Anfang ließ uns der Mathelehrer eine Arbeit zur Auffrischung des Realschulpensums schreiben. Ich konnte plötzlich nichts. Ich bekam ein »Ungenügend«. Das war der Anfang, und von da an wurde es nur noch schlimmer. Wenn ich zuerst auch noch nicht ganz gelähmt gewesen war, so wurde ich das schnell. Alle meine konstruktiven Kräfte und Fähigkeiten verkehrten sich und wurden zu selbstzerstörerischer Angst. Daran war die Schule schuld. Sie war autoritär und leistungsfordernd. Eine Schule für Gewinner. Aber was brauchte ich? Irgendeine Stütze. Jemanden, der mir half, wieder an mich selbst zu glauben. Ich wagte nicht, irgend jemanden um Hilfe zu bitten – und es kam auch keiner und bot sich von selber an. Alle hatten wohl mit sich genug zu tun. Die Basis des ganzen Systems war ausschließlich das Recht der Stärkeren.

Das Schlimmste an der Kathedralschule waren die Turnstunden. Aber zieh jetzt keine voreiligen Schlüsse. Das hatte nichts mit Homosexualität zu tun. Ich hatte Angst vor dem Turnlehrer. Er war siebzig Jahre alt, pensionierter Oberst, und ich taufte ihn heimlich Haifisch. Der Mann bekam die grausamsten Tobsuchtsanfälle, einfach nur, weil ein Schuh schief unter der Bank im Umkleideraum stand oder weil der Fußboden von unseren Winterstiefeln naß geworden war. Er hatte einen krummen Rücken, aber er war kräftig und hatte einen boshaften, forschenden Blick.

In der ersten Turnstunde mußten wir Neuen nacheinander zeigen, was wir konnten. Er stand mit gekreuzten Armen an der Leiterwand und befahl uns, allerlei Freiübungen zu machen. Das Problem war nur, daß der Haifisch so komisch sprach, er war kaum zu verstehen, wenn er nicht brüllte. Er kommunizierte mit Hilfe eines gurgelnden Baritons mit einem unbeschreiblichen Raschellaut: »Hier wollen wir Rrespekt, Rruhe und Orrdnung, Jungss!« Diese Worte wurden aus einer Kehle herausgepreßt, in der die Stimmbänder nach jahrelangem Einsatz im königlich norwegischen Heer schon ziemlich verschlissen waren. Der erste in der Gefechtslinie kam einigermaßen zurecht. Dann war ich an der Reihe. Ich war lahm und schwitzte.

»Früewei wamrrbruabuiümgürrr!«

»Ah ... Hä?«

»Werd nicht frrech, Junge!« Er kam zu mir herüber.

»Liegestütz!« rief mir ein wohlmeinender Dolmetscher zu.

»Rruhe dahinten!«

Mir wurde eine Zurechtweisung streng militärischen Charakters zuteil. Der Mann stand zwanzig Zentimeter von mir weg und schrie mir Flüche und Befehle ins Gesicht – und noch Tage später hatte ich nach hinten gewehte Haare und Sommersprossen davon.

Der Haifisch war gefürchtet und verhaßt. Er machte die Turnstunden für die meisten zu einer Prüfung – eine harte Belastung für Laune und Nerven. Aber auf der Kathedralschule war natürlich die Mehrzahl der Schüler stark genug, um ihn sich vom Leib zu halten und sich von diesem Terror nicht überwältigen zu lassen.

In der Schule wurden viele Geschichten über ihn erzählt. Mit rohem Lachen konnte man viel abreagieren. Aber bei vielen richtete Oberst Haifisch wirklich Schaden an. Nicht nur ich hatte vor jeder Turnstunde Magenkrämpfe und Brechreiz. Mir graute so vor ihm, daß mir schlecht wurde.

Gegen Weihnachten bekam er einmal aus irgendeinem nichtigen Grund einen wahnsinnigen Tobsuchtsanfall und kommandierte: »Aufgestellt, Jungsss! Ihr vier montierrt die Kommandobrrrücke!«

Er zeigte auf uns vier Neue. Wir hatten noch nie von der Kommandobrücke gehört, aber die entpuppte sich bald als eine enorme demontierte Holzkonstruktion – eine fast zwei Meter hohe Plattform, die von Böcken und Bolzen zusammengehalten werden sollte. Es zeigte sich auch, daß der Haifisch jedes Jahr mit seinen neuen Schülern einen gründlichen Einführungskurs im Aufbauen der Kommandobrücke veranstaltete. Die Tatsache, daß wir vier neu waren und diese Einführung also nicht mitgemacht hatten, schien nur ein Argument zu unseren Ungunsten zu sein. Gott, wie wir uns abmühten und wie wir angemacht wurden. Wenn sich nicht einer der anderen Jungen, die die edle Kunst beherrschten, eingemischt hätte, wäre es uns nie gelungen, diese Sehenswürdigkeit zusammenzukriegen.

Aber schließlich stand sie aus unerfindlichen Gründen doch, und der Haifisch enterte in wilder Raserei die Bühne und kommandierte: »Aufstellung zur Gymnastik, Jungsss!«

Dann schliff er uns so hart wie möglich, bis zur Unendlichkeit. Er war selber auch sehr aktiv da oben, mit allerlei Drehungen und Beugungen. Die Kommandobrücke jammerte und bewegte sich mit immer stärkerem Schlingern, und er merkte nichts, bis es einen schmetternden Krach gab und Bolzen und Stangen und Planken und der Oberkommandant in Zeitlupe durcheinanderfielen – bevor das Ganze zur Ruhe kam. Aber die Garde ergab sich nicht! In der Ambulanz wurde er schnell genäht und war am nächsten Tag schon wieder zur Stelle – noch eifriger als je zuvor. Die Beliebtheit der Kommandobrücke sank. Sicher fristet sie noch heute ein havariertes Dasein in einem der finsteren Kellergewölbe der Schule.

Aber die Angst vor dem Haifisch war ja noch nicht alles. Ich fing auch an, mich vor den anderen Lehrern zu fürchten. Ich hatte Angst davor, gefragt zu werden. Das hing vor allem mit dem autoritären System und mit den seit den Tagen der Lateinschulen in Ehren gehaltenen Traditionen zusammen. Die meisten Lehrer waren über fünfzig und äußerst konservativ – um es nett zu sagen. Sie redeten uns nur mit Nachnamen an, und es kam nur selten vor, daß sie uns duzten. Sie verbanden sicher viele edle Absichten damit, aber man kann nicht behaupten, daß sie damit die Klassenschranken aufgehoben hätten. Andererseits kann niemand unterstellen, diese Lehrer hätten ihr bürgerliches Gleichheitsideal nicht hochgehalten! Wir – die Arbeiterkinder – waren doch trotz allem in die ehrwürdigste Lehranstalt des Landes aufgenommen worden, oder etwa nicht? Doch. Waren wir. Aber ich habe mich oft gefragt, wem eigentlich die Ehre gebührte: der Schule, die die Aufnahmeansprüche entwickelt hatte, oder den Schülern, die sich zu einem maximalen Einsatz pressen ließen, um zu »Spitzen der Gesellschaft« aufzusteigen. Bei mir bewirkte der Druck nur, daß ich langsam, aber sicher die Fähigkeit verlor, das Pensum zu lernen. Ich konnte fast kein Buch mehr aufmachen, und je weniger ich es konnte, desto größer war meine Angst, ertappt zu werden. Am schlimmsten war es in der Mathematik – und die war zu allem Überfluß das Hauptfach im naturwissenschaftlichen Zweig. Früher hatte ich Mathe so gern gemocht, aber jetzt wurde ich jeden Tag und jede Stunde verwirrter.

»Hätte Vilde die Freundlichkeit, an die Tafel zu kommen und diese Aufgabe für uns zu lösen?«

Die Angst, das nicht zu schaffen – und mich damit zu blamieren –, blockierte mein Gehirn total. Also schaffte ich es nicht – und blamierte mich. Vielleicht sogar hauptsächlich in meinen eigenen Augen, aber das verstand ich damals noch nicht. Der Propeller in meinem Kopf war wieder voll am Rotieren. Und da wir jeden Tag Mathe oder Turnen hatten, oder sogar beides, war ich schon vor Weihnachten ziemlich fertig.

In jenem Herbst wurde ich sechzehn. Das war kein besonders schönes Erlebnis. Für andere war das fast eine magische Zahl, weil sie die Grenze zum »sexuellen Mindestalter« überschritten. Damit erlangten sie eines der bürgerlich-demokratischen Rechte: das Recht zu ficken. Es war noch immer eine Sünde, aber es war nicht mehr gegen das Gesetz. Nur mich betraf das nicht. In jenen Jahren des Herrn war Homosexualität in Norwegen strafbar, besonders, wenn man unter achtzehn war. Langsam, aber unerbittlich änderte sich mein Bild von mir selbst: Warum mußte ausgerechnet ich so sein? Wie war ich so geworden, was war der Grund? Ich erlebte mein Gefühlsleben immer mehr als unerwünscht.

Das Schlimmste bei alldem aber war, daß Magnus mir

fehlte. Seit dem Morgen, als er im Bett gelegen und mich angeschrien hatte, hatte ich ihn nicht gesehen. Er war nicht zu Hause. Zum Glück hatte ich Frode, und der konnte erzählen, was passiert war. Man hatte Magnus auf irgendeine christliche Privatschule geschickt, damit er eine Zeitlang in eine »gesunde Umgebung« kam.

Ich erfuhr auch, was im Lager noch passiert war, nachdem Eirik mich hinausgeworfen hatte. Die damaligen Ereignisse hatten gar nichts Komisches an sich. Zuerst waren gewisse Gerüchte und Spekulationen im Umlauf gewesen. Nach ein paar Tagen hatte General Eirik die Zeit für reif befunden, das Geschehene im Kampf um Gottes Vorwärtsschreiten bei der Jugend anzuwenden. Er hatte eine außerordentliche Großandacht einberufen und Magnus persönlich zur ersten Bank geleitet. Danach hatte er ein Zeugnis darüber angekündigt, daß Gott stärker ist als der Satan. Dann war Magnus aufgestanden und hatte seine Sünden bekannt. Seine Sünden mit mir! Mein armer Magnus!

Eirik Blutspritze rief alle heiligen Mächte, die Vergebung der Sünden und das Verderben des Fleisches und Gottes Mutter mit Sack und Asche herab, bis die Versammlung sich krümmte. Aber: Berauscht von seinem Sieg, beging endlich auch er eine Dummheit. Sicher zum ersten Mal in seinem reichen Leben! Vermutlich aus alter Gewohnheit hatte er seinen Blick über die junge Herde schweifen lassen und mit milder Stimme gefragt: »Hat sonst noch jemand etwas zu bekennen?«

Ein schweres Stöhnen war durch die Versammlung gegangen, als Janne aufgestanden war und mit klarer und sicherer Stimme verkündet hatte: »Ja. Ich habe etwas zu bekennen. Ich war auch mit Yngve zusammen, und ich habe mit fünf anderen hier im Lager gewichst!«

»Du hättest Eirik sehen sollen!« sagte Frode. »Er fletschte die Zähne und sprang wie ein Wilder vom Podium. Er schob Janne hinaus, gleichzeitig stimmte Aase das passende Lied an.«

Ich sah das Ganze vor mir, und das Lied konnte ich auswendig:

Laß andere sagen, was sie wollen,
Wir fahren zum Land des Lebens,
Wo unsere Seelen Freiheit finden.
Auf Knien vor Gott finden wir Kraft,
Um hier zu streiten.
Es soll spotten, wer da mag,
Gott ist unser Erlöser!

(Und jetzt strengen wir uns alle zusammen an!)

Freude, ja Jugendfreude
Gibt uns unser Erlöser.
Tarai titaititai titai,
Im Strahlenkleid der Erlösung,
Das Schönste, das ich je gesehen,
Ist Jugend vor Gott auf den Knien.

Niemand hatte Janne mehr gesehen. Später habe ich erfahren, daß seine Vertreibung aus dem Paradies viel lustiger war als die, die mir zuteil wurde.

In der Kathedralschule wurde es zunehmend ungemütlicher. Gott möge mich trösten, es war ein grausames Jahr. Schließlich fing ich an, die Turnstunden zu schwänzen, und hatte mehr Angst als je zuvor – daß der Haifisch mich entdecken könnte.

Das einzig Vernünftige, was ich schaffte, war Lesen. Hamsun und Ibsen und Kielland. Den starken Helge Krog. Den schönen Johan Borgen. Seine große Novellensammlung las ich in Fetzen und kaufte eine neue. Kaprifolium! Nummermanns! Und die schönste, »Der Vogel und der Versucher«, lernte ich fast auswendig. Sie wies mir den Weg zur *Spoon-River*-Anthologie mit dem kostbaren Titelgedicht *Spoon River*:

Hast du nicht gewußt,
Daß Wollust und die Liebe zum Wein

Stimulantien sind, mit denen die Seele,
Die nach Göttlichkeit dürstet,
Ekstatische Visionen bekommen und
Die himmlischen Vorhöfe besuchen kann?

Ich hatte die himmlischen Vorhöfe schon besucht – ganz ohne einen Tropfen Wein. Johan Borgen gab mir die schwache Hoffnung, daß es eines schönen Tages wieder geschehen könnte. Endlich fand ich auch James Baldwin und *Eine andere Welt.* Endlich – weil es von mir handelte. Es war schön und grausam – aber es war eine Hoffnung. Und ich habe das Gefühl, als hätte ich selber in *Giovannis Zimmer* gewohnt. Das war nur grausam – und ganz hoffnungslos. Es war eine Art Trost, in den Büchern andere Schwule zu treffen. Ich hatte null Kraft, sie in der Wirklichkeit zu treffen.

Aber trotzdem passierte es! An einem Abend im Spätwinter war ich im Kino gewesen und auf dem Heimweg. Die U-Bahn war gerade eröffnet, aber die Klos noch nicht, und mein Magen war wie immer nicht in Ordnung. Ich ging zum Ostbahnhof, bezahlte dem Staat fünfzig Öre Gebühr dafür, daß ich nicht auf den Bürgersteig schiß, und setzte mich. Damals waren die Herrentoiletten auf dem Ostbahnhof weise so eingerichtet, daß es unter jeder Trennwand blankpolierte Messingsockel in den Kabinen gab. Wenn man nun auf dem Klo saß, sah man ein deutliches kleines Spiegelbild von jeder Seitenkabine. Ob das alles abschrekkend wirken sollte, weiß ich nicht. Dieses Mal funktionierte das System jedenfalls nicht nach Wunsch, denn von meinem Platz aus hatte ich einen Orchesterplatz für das Klo zur Rechten, wo irgendwer wichste, daß die Wand bebte. Die Entdeckung traf mich wie eine Offenbarung in den Unterleib, und ich wurde so geil, daß ich fast vom Klo gefallen wäre. Ich mußte mich gewaltig darauf konzentrieren, fertig zu scheißen, und als ich mich abgewischt hatte, blickte ich wieder in den Messingspiegel. Aber jetzt sah ich nichts mehr. Er war leer.

»Pssst!« sagte es von oben.

Ich starrte hoch.

Hoch oben über der Trennwand hing ein rotes aufgeregtes Gesicht. »He, du, wie spät hast du?« flüsterte es.

Ich sah automatisch auf die Uhr. »Zehn vor neun«, flüsterte ich.

»Steh mal auf!«

Ohne zu zögern, stand ich auf mit meinem dröhnenden Stehschwanz.

»Ooooooh!« flüsterte das Gesicht. »Komm doch zu mir rüber!«

»Kannst du nicht rüberkommen?« flüsterte ich zurück.

Das Gesicht nickte und war einen Moment verschwunden. Dann kam es mit dem Mann, dem es gehörte, und einem erstickten Schnaufen über die Trennwand – Kalk und Verputz rieselten auf mich herab – und landete mit vorsichtigem Lärm. Ich stand nur da und starrte und mußte lachen.

Er war ein kleiner Mann, so in den Vierzigern, hatte aber einen Schwanz wie ein Pastor – groß wie die Sünde selbst –, und der war bei der Kletterei angekratzt worden, der Arme. Deswegen durfte ich ihn nicht anfassen – das hätte sicher schrecklich weh getan –, aber zum Ausgleich faßte er ja mich an. Er kniete nieder und lutschte an mir, und ich kam nach wenigen Sekunden wie ein Schuß. Als ich die Augen wieder öffnete, sah ich, daß er gerade mal eben kniete, aber so, daß seine Schuhsohlen gewissermaßen in den Waschraum hineinragten. Ich half dem Mann auf die Beine und fragte, ob ich ihm helfen könne. Aber er meinte nein und machte es sich vorsichtig selber, mit knirschenden Zähnen und immer röter werdendem Gesicht. Dann spritzte er über die ganze Wand. Über die er zurückklettern mußte. Irgendwie packte er seinen verletzten Stolz auch wieder ein und begab sich auf den Heimweg. Er tat mir wirklich leid, als er mit dem Hosenbein seine Spuren wieder wegwischte. Ganz oben auf der scharfen Trennwand hatte er einen schrecklich kritischen Moment, und ich hörte einen Ton wie aus einem

Boxfilm und dann nur noch ein dumpfes Platschen im Nachbarkabuff. Ich war ganz sicher, daß er sich verletzt hatte, und stieg auf das Klo und zwei Wasserrohre in der Ecke, um nach ihm zu sehen. Da saß er aufrecht auf dem Klo und kalkulierte den Schaden. Ich sprang wieder hinunter, trocknete die Wand ordentlich ab, zog die Spülung, ordnete meine Kleider und ging hinaus. Draußen standen drei große erwachsene Männer. Sie starrten mich häßlich an. Böse Gesichter mit Abscheu und Erwartung im Blick. Als ob sie etwas Ekelhaftes gefunden hätten – eine Ratte oder eine Kreuzotter, nein, natürlich: einen Schwulen.

Jetzt wollten sie die Welt von diesem Ungeziefer befreien. Aber mein Aussehen verwirrte sie. Ich sah ja aus wie ein sechzehnjähriger Schuljunge, und die sind vielleicht nicht so leicht auszurotten wie Schwule oder Ratten. Ich drückte mich zwischen ihnen durch.

»He, du, wart mal!«

Ich stürmte hinaus und rannte die Treppe hinauf, nach links durch die Fahrkartenhalle. Ich lief wie ein erschreckter junger Hengst. Mein Herz hämmerte im ganzen Körper, und das Adrenalin stand mir bis in die Haarspitzen. Niemand verfolgte mich, aber ich rannte bis zum Grönlandmarkt, bevor ich wieder denken konnte. Sie mußten seine Schuhsohlen unter der Tür gesehen haben! Aber hatten sie auch gesehen, wie er hin- und hergeklettert war? Auf jeden Fall mußten sie es gehört haben. Der arme Kerl! Der war schlimm dran. Ich war einfach abgehauen. Ich hätte vielleicht dableiben sollen und … nein! Ihre Gesichter waren so grausam gewesen!

Raubtieraugen!

Meine Angst wuchs. Und auch meine Unzufriedenheit mit mir selbst. Ich beschloß, das magische »Warum?« herauszufinden, und wühlte mich durch alles hindurch, was ich über Homosexualität und ihre Ursachen in Arztbüchern und Fachliteratur fand. Ganz schön ermunternde Lektüre!

Das Schönste, was die Herrn Experten über mich zu sagen hatten, war: Ich war eine »sexuelle Abweichung«. Ein Auswuchs – ein Irrläufer –, für den es keine Hoffnung gab. Leider. Trotzdem gab es einen kleinen Lichtblick. Eine neue vielversprechende amerikanische Behandlungsmethode namens Aversionstherapie hatte nämlich positive Ergebnisse erbracht im Kampf um die Heilung dieser armen Menschen. Vorläufig mußte die Gesellschaft allerdings noch vorbeugende Maßnahmen ergreifen! Mit all dem anderen, was diese Fachmänner über mich meinten, könnte ich ein ganzes Buch füllen, ich brauchte nur die schlimmsten Abschnitte zu zitieren. Das bringe ich nicht. Die Stichwörter sind: Perversität, minderwertig, ansteckend.

Die Ursachen für diese minderwertige ansteckende Perversität sind so zahlreich wie die Durchblicker. Ich zähle nur mal so auf: erbliche Belastung (also angeborene Eigenschaften), Chromosomstörungen (also Fehldosierung von Mann- und Fraustoffen), Gehirnschaden, mangelhaft entwickelte Seelenkräfte, sexuelle Entwicklungsstörungen – ich hatte also seit dem Alter von zwei Jahren keinen Schritt mehr gemacht (und mich zu sehr auf meinen eigenen konzentriert) und interessierte mich also nur für Pissen und Kacken und so weiter und so weiter bis zum Gehtnichtmehr. Die fesselndste Theorie von allen aber und die, die die meisten Sexologen noch heute vertreten, enthält ungefähr die folgenden Königsgedanken: Homosexuelle Männer sind mit einer dominierenden Mutter und einem Pantoffelhelden als Vater aufgewachsen. Jungen identifizieren sich automatisch mit dem Stärksten in der Familie. Deshalb betrachten Jungen aus solchen Familien unbewußt ihre Mutter als Vorbild, fürchten sie aber gleichzeitig und hassen sie heimlich. Ihre sexuellen Wünsche richten sie auf den schwächeren Teil, den Pantoffelpapa, sie wachsen zu femininen (Un-)Wesen heran und lieben starke Männer (das, was der Papa nie war). Sie hassen und fürchten Frauen.

Klar und einfach.

Warum Frauen homosexuell werden, ist dagegen nicht so leicht zu ermitteln. Aber im großen und ganzen sind sich die Experten darüber einig, daß Mädchen sich immer mit ihren Müttern identifizieren. Wenn nun der Vater zu dominierend ist, bekommen Mädchen eine solche Angst vor Männern, daß sie sie im späteren Leben hassen – aber trotzdem versuchen, so auszusehen und sich so aufzuführen! – und sich endlich zu anderen Frauen hingezogen fühlen.

Aufgrund dieser glasklaren Theorien kann man jungen Leuten, die eine Familie gründen wollen, folgenden Rat geben, wenn sie normale Kinder haben wollen: Die bekannte Familienidylle, Vater schlägt – Mutter kotzt, soll einerseits möglichst umgangen werden, denn sie kann zu lesbischen Töchtern führen. Andererseits wird sie aber niemals und unter keinen Umständen homosexuelle Söhne produzieren – eher das Gegenteil. Deswegen muß jeder Familienvater mit Selbstachtung wählen, welches dieser beiden Übel er riskieren/nicht riskieren will. Er muß das Problem gründlich und gewissenhaft erwägen, denn immerhin steht hier die Weiterführung der Sippe auf dem Spiel!

Vorbeugende Maßnahmen gegen Homosexualität müssen vor allem Aufklärung und abermals Aufklärung sein, damit möglichst wenig dominierende Frauen sich verheiraten und/oder Kinder bekommen, jedenfalls keine Söhne. Haben sie erst einen Jungen in ihrer Gewalt, ist der Schaden so gut wie unvermeidbar.

Dominierende Frauen lassen sich nämlich nur selten Vernunft einreden. Schon gar nicht von Ehemännern, die die Gefahr zwar erkannt haben, aber nur von der Unterseite eines Pantoffels aus. Die Gesellschaft ist machtlos. Die Psychiatrie kann wenig oder nichts tun für Söhne, deren kostbare Männerrolle schon fürs Leben zerstört ist. Zu spät. Fast zu spät, genauer gesagt, denn hier kommen die neuen amerikanischen Methoden ins Spiel.

Die Aversionstherapie kann uns nämlich viel besser als Gott im Himmel von dem Übel erlösen. Sie ist effektiv, rationell und bestimmt von einem überaus gottesfürchtigen Mann entwickelt nach dem Prinzip des Herrn: Wer sein Kind liebt, züchtigt es! Man nehme ein Stück homosexuellen Mann, setze das vor eine Leinwand auf einen Stuhl und befestige an seinen strategischen Punkten eine Menge Elektroden. Dann zeige man ihm Bilder zweier Kategorien: Kategorie Y sind Bilder von Frauen und weiblichen Geschlechtsorganen. Die sollen das gewünschte Verhalten hervorrufen. Kategorie X sind Bilder von Männern und männlichen Geschlechtsorganen. Sie repräsentieren das unerwünschte Verhalten. Und damit geht's dann richtig los.

Wenn unser Fall ein Bild aus Kategorie Y sieht, geschieht in der Regel nichts. Manchmal kann unserem Fall eine Belohnung in Form einer Erdbeere oder eines Stückchens Schokolade zugeteilt werden. Wenn aber ein Bild aus Kategorie X gezeigt wird, bekommt unser Fall gleichzeitig einen Elektroschock – am besten in die Geschlechtsteile. Schon nach wenigen Monaten dieser einfachen und unfehlbaren Behandlung stellt unser Fall sein unerwünschtes Verhalten ein. Er fühlt sich nicht mehr zu seinem eigenen Geschlecht hingezogen und kann damit der Gesellschaft ein ebenso reiches und vollwertiges Leben zur Verfügung stellen wie alle anderen auch.

Applaus, Danke.

Ich habe mich oft gefragt, wie viele Menschen nach einem solchen Folterprogramm wohl asexuell werden. Ob ihr Gefühlsleben im Namen der Wissenschaft dermaßen zerstört worden ist, daß sie nicht mehr wagen, etwas Sexuelles zu denken, und erst recht nicht, etwas Derartiges zu tun, weil sie dauernd Angst vor einem Elektroschock haben. Ich weiß nicht, ob in Norwegen solche »Forschung« betrieben worden ist. Ich hoffe nicht. Aber im Heimatland der Aversionstherapie haben die Experten, wie gesagt, aufsehenerregende Ergebnisse erzielt. Alles Gute kommt von oben, aus Amerika. Eines steht jedenfalls fest: Unsere heimatliche, umstrittene Verhaltenstherapie kommt aus derselben Ecke und beruht auf denselben Prinzipien, nämlich Strafe und Belohnung. Der Sinn des Ganzen ist, Menschen so lange zu unterdrücken oder zu bestechen, bis sie ganz still sitzen und das Maul halten, ja, sogar noch dankbar sind! Auf gut norwegisch heißt das altmodische Erziehung, Prügel inbegriffen. Der Name Verhaltenstherapie ist hierfür genauso irreführend wie zum Beispiel Heiligabendtherapie.

Es ist erschreckend, auf diese »Lehren« zurückzublikken, die ich mir damals aneignen mußte. Etwas anderes war einfach nicht zu bekommen – obwohl es etwas gab! Schon 1954 war im Aschehoug Verlag unter dem Pseudonym Finn Grodal das Buch *Wir fühlen anders* herausgekommen, aber das erfuhr ich erst einige Jahre später. Es wurde weggeschoben und verschwiegen. Es ist ein wahrhaftiger und rechtschaffener Bericht über die Lebensbedingungen der Homophilen in der eiskalten Nachkriegszeit, und es ist mit Wärme und Einfühlung von einem Autor geschrieben, der nicht zu verbergen versucht, daß er selber homophil ist. Finn Grodal war mit dieser Pionierarbeit seiner Zeit zwanzig Jahre voraus. Das Buch wurde sehr wichtig für mich – als ich es endlich bekommen konnte. Aber da war es schon fast zu spät. Da gab es schon keinen nennenswerten Boden mehr, auf dem Selbstachtung und Lebensmut hätten wachsen können.

Was glaubst du, was das für ein Gefühl war, die vorhandene Fachliteratur durchzulesen? Kannst du dir das Erlebnis vorstellen, eine Seite nach der anderen zu lesen und zu lernen, die voll ist von wissenschaftlichen Vorurteilen? Und das Schlimmste war, daß ich das geglaubt habe. Ich hatte ja kein anderes Gegenbeispiel als mich selber, und man braucht schließlich eine Menge Selbstvertrauen, um auf den Tisch zu hauen und zu sagen: Diese ganzen Psychiater irren sich oder lügen absichtlich.

Trotzdem hatte ich ganz tief in mir die vage Gewißheit, daß Homosexualität Güte und Liebe ist. Dieses Gefühl vermischte sich mit meiner Sehnsucht nach Magnus. Ich wagte nicht, an mich zu glauben. Statt dessen war ich nahe daran, meine Homosexualität als »Diagnose« anzuerkennen, als Krankheit – und Krankheiten müssen ja geheilt werden.

Ich mußte auch kritiklos die Ansicht der Experten über die Ursachen der Krankheit akzeptieren: Ich hatte also eine dominierende Mutter und einen Pantoffelhelden als Vater. Die Tatsache, daß das nicht stimmte, bedeutete nicht viel. Meine Eltern sind beide starke Persönlichkeiten. Sie haben übereinander und über die Familie ungefähr gleich viel dominiert, aber das war ja egal: Es war auf jeden Fall ihre Schuld! Ich lernte von den Gehirndoktoren, so zu denken. Sie zwangen mir ein unmenschliches Menschenbild auf. Sie verleiteten mich dazu, meine Eltern viele Jahre lang zu hassen!

Das war das erste, was ich durch die Psychiaterseite zu leiden hatte, aber die Liste wird noch länger. Lang wie ein Krankenhausjournal. Wart's nur ab!

Im Frühling passierte etwas Epochemachendes. Ich entdeckte den Alkohol. Das war eine wirklich große Entdeckung – ich mache sie immer wieder. Es trug sich zu auf einem Sturmfreie-Bude-Fest bei Tuppen und Lillemor. Das heißt, Lillemor wohnte nicht da, aber sie war immer mit Tuppen zusammen. Zwei unzertrennliche Mädchen, die sehr in Ordnung waren. Tuppen war groß, schmal und dunkel. Lillemor war klein, mollig und blond: ein witziges Gespann.

Sie hatten gleichzeitig mit mir das christliche Milieu verlassen und hatten einen unstillbaren Appetit auf das Leben und auf alles, was Schwung hat und Spaß bringt.

Sie schanghaiten mich eines Tages mitten in Oslo, als ich auf dem Weg zur U-Bahn war, mit Leid im Herzen und Blei im Blut. Sie rissen mich mit, um mich zu W&KS IM einzuladen (so nannten sie Wurst und Kartoffelsalat in Möllhausen).

Gott segne Tuppen und Lillemor! Sie brachten mich zum Lachen, und sie luden mich ungefähr auf die folgende Art ein: »Du bist so nett und in Ordnung und witzig und so, aber du bist uns ja ganz verlorengegangen, wo du auf dieser blöden Protzschule angefangen hast. Jetzt bleibt dir nur eins übrig, nur eins, nur eins! Samstag um sieben kommst du zu uns. Wir haben eine groooooße Überraschung, die wir mit ein paar ausgewählten Freunden teilen wollen ... mit dir auch, klar. Also!«

Ich ging am Samstag hin und bekam die große Überraschung zu sehen. Es war eine Riesenflasche Johnny Walker, Red Label. Tuppen und Lillemor kicherten ganz irrsinnig, bevor sie erzählen konnten, daß sie die Flasche von einem Seemann bekommen hatten. Die Anfälle hinderten sie daran zu sagen, wo und warum. Also fingen wir an, Whisky-Cola zu trinken, und das stieg uns allen natürlich gleich in die Birne. Wir waren fünfzehn sünnnndige Jugendliche, die Gott den Rücken gekehrt und den »breiten« Weg gewählt hatten!

Aber, man gönnt sich ja sonst nichts, um es mit einem Sprichwort zu sagen.

Nie werde ich vergessen, was es für ein sensationelles Gefühl war, betrunken zu sein – oder breit, wie wir das nannten. Es war fast wie bei meinem ersten Orgasmus – und das war ja auch eine hübsche Geschichte. Wo ich schon dabei bin, will ich das auch erzählen:

Meine Mutter hatte einen Nilfisk-Staubsauger mit denkendem Mundstück und anderen technischen Tricks gekauft. Ein starkes Ding. Als ich allein zu Hause war, kam mir die glänzende Idee, den Staubsauger auf »Blasen« einzustellen, um meinen jungen Körper abzukühlen. Aber das Blasen, Leute, konzentrierte sich schließlich nur noch auf meine Genitalien! Genial, was?! Alles Gequatsche über Unsittlichkeit und Unmoral blies mir herrlich durch den Unterleib. Gottvater saß hinter einer Wolke und kiebitzte. Und dann kam ich, und der Saft spritzte zum Himmel und über das ganze Sofa. Auch Gottvater bekam wohl sein Teil ab, und seitdem schaut er mir nicht mehr beim Wichsen zu. Er ignoriert mich total, das Schwein.

Das Komischste an der Geschichte ist, daß ich danach wochenlang Sexualität nur mit Staubsaugern in Verbindung brachte. Ich saugte jeden Tag Staub, schloß mich in mein Zimmer ein und saugte Staub. Bis ich entdeckte, daß derselbe Effekt sich auch mit der Hand erzielen läßt. Da wechselte ich resolut zu dieser Methode. Das machte wenigstens nicht so viel Lärm!

Aber ich wollte ja vom Suff erzählen.

Das Phantastischste war, daß der Alkohol alles Schlimme aus mir entfernte. Total. Und keinen Tag zu früh. Whisky-Cola machte mich warm und froh. Der gute, alte, starke Yngve war plötzlich wieder da.

Das Ganze spielte sich schließlich in den sechziger Jahren ab. Die Beatles und die Stones waren noch auf ihrem Weg zu den höchsten Höhen – das waren wir eigentlich alle. Mir fiel ein, daß ich seit der Tanzstunde nicht mehr getanzt hatte, und das war noch, bevor ich mit Magnus zusammen war – Nein! Jetzt nicht daran denken, amüsier dich.

Also tanzten wir. Swing und Shake, Lebenstanz und Urtanz. Tuppen hatte eine Stereoanlage, eine Huldra 8. Ihre Eltern besaßen eine Villa.

Wir drehten voll auf, und die Blumentöpfe hüpften im Takt. Rubber Soul, Revolver, Aftermath. Das dröhnte und ging gut ab. Wir waren jung und ausgelassen und voll und verrückt. Gott, das war schön!

Natürlich wurde uns schlecht. Lillemor kotzte zuerst. Sie stand einfach auf und erbrach sich über ihren schenkelkurzen Rock, und es platschte auf den Teppich zwischen ihre

Schuhe. Das war das Signal. Ich weiß noch, daß ich's bis zum Badezimmer schaffte und ins Waschbecken spuckte. Vor der Tür standen sie Schlange. Aber es dauerte nicht lange. Kaltes Wasser ins Gesicht und ein bißchen Zahnpasta wirkten Wunder. Dann tranken wir weiter.

Ich saß in einem prachtvollen Ohrensessel, und Tuppen und Lillemor auf den Armlehnen.

»Weißt du, Yngve, du solltest dir die Haare wachsen lassen. Das steht dir bestimmt unheimlich gut. Dann siehst du wie Bob Dylan aus mit deinen schönen Locken.«

Tuppen und Lillemor waren einfach wunderbar. Sie saßen da und schmusten mit mir. Zausten mir die Haare. Küßten mich auf die Wange. Drückten mir einen Pickel auf der Stirn aus. Ich war glücklich.

»Okay. Ich werd sie nie mehr schneiden lassen.«

»Du, Yngve? Was ist eigentlich mit dem Magnus los? Wo steckt der denn jetzt?«

Alarm!

»Weiß ich nicht. Sowenig wie ihr. Ich steh ja bei seinem Alten auf der schwarzen Liste. Ich weiß nur, daß sie Magnus weggeschickt haben, und jetzt kriegt er bestimmt eine Gehirnwäsche!«

»Ja, aber, wieso denn? Was is'n los mit ihm?«

Ich sah sie an. Wir waren alle drei ganz schön breit. Ich war sicher, daß sie sich bei der Frage nichts Böses gedacht hatten. Sie waren nur neugierig, ganz natürlich. »Weil er mich mochte. Und weil ich ihn mochte ... ich mag ihn noch immer! Wir waren zusammen. Wir haben uns geliebt.«

Tuppen und Lillemor starrten mich verblüfft an. »Also echt! Dann stimmt das, was gesagt wird?«

Explosion!

»Wer sagt was?«

»Jetzt reg dich doch nicht auf, Yngve! Es gibt ein paar Gerüchte, daß letzten Sommer irgendwas in eurem Sommerlager passiert ist.«

»Verdammte Pisse! Tratschen diese scheinheiligen Teufel das weiter? Und die haben doch keine Ahnung! Verdammte Pisse!« Ich mußte weinen. Ich war wütend und kaputt.

Aber die Mädchen waren da und kümmerten sich um mich. »Kannst du uns nicht alles erzählen? Einen Moment, ich hol die Flasche. Erzähl von Anfang an!«

Und ich erzählte von Anfang an, und bald schnauften und weinten wir alle drei. Das tat so gut, so gut. Danach tanzten wir wieder. Eng umschlungen. Und am nächsten Morgen erwachten wir im Doppelbett der Eltern. Noch immer eng umschlungen. Alle drei.

An diesem Abend 1966 adoptierten mich Tuppen und Lillemor, und wir sind noch immer Schwestern und Bruder. Sie haben mich gelehrt, daß es eine Lüge ist, daß homosexuelle Jungen Angst vor Mädchen hätten. Ich lehrte sie, daß auch Jungen im Innersten zärtlich und warm und weich sind und daß es an den versteinerten Geschlechterrollen liegt, daß so viele von uns nur ficken und hart sein wollen.

Lise

Ich fiel durch! O welche Schande und Scham für eine frühere Leuchte! Beim Jahresexamen versagte ich glatt und glanzlos in Mathematik.

»... und wird deswegen nicht in die 2RB versetzt.« Na, dann nicht. Ich war froh, daß Sommerferien waren. Ich dachte an nichts. Zuerst jedenfalls. Aber aufhören wollte ich nicht. Ich mußte doch das Abitur machen. Ich fand einen Job als Hilfsgärtner in einem großen Krankenhaus. Das war ein selten ungastlicher Ort. Der Gärtner war sauer und grantig, motzte und schimpfte.

Aber die Krankenhausordnung tat, was sie konnte, um das auszugleichen: »Um hier im Krankenhaus einen möglichst ungezwungenen und angenehmen Umgangston zu erreichen, empfiehlt die Leitung, daß alle Mitarbeiter sich siezen.« Der Medizinstudent, der mich verführte, siezte mich nicht.

Das ist aber auch das einzig Gute, was ich von ihm sagen kann. Es war fast eine Vergewaltigung. Ich will nicht beschreiben, wie das vor sich ging und wie ich mich nachher fühlte, aber eines möchte ich ihm sagen: Alle jene, die Jungen lieben – und das sind ja nicht wenige –, sollten eine goldene Lebensregel beherzigen. Denkt daran, daß junge, geile Jungen Menschlichkeit und Zärtlichkeit mindestens so sehr brauchen wie Sex. Seid ein bißchen lieb zu ihnen. Das wird ihnen unendlich guttun, wenn sie im Geschlechterrollennetz herumzappeln.

Ich hörte, daß Magnus wieder »gesund« und zu Hause war. Er sollte jetzt auf ein anderes Gymnasium gehen. Ich hatte Angst davor, ihn zu treffen.

Je näher die Schule rückte, desto tiefer rutschte mir das Herz in die Hose. Ich hatte ein Jahr meines Lebens weggeworfen, und das mußte ich wieder aufholen. Noch einmal ein ganzes Jahr Folter! Ich konnte den Gedanken nicht zu Ende denken. Er war zu schrecklich.

Aber ganz so grausig wurde es dann doch nicht, jedenfalls nicht sofort. Meine neue Klasse war viel netter als die vorige. Geprägt von Freundschaft und Zusammenhalt. Natürlich gab es reichlich intellektuelles Strebertum – das ließ sich auf der Kathedralschule nicht vermeiden –, aber wir wurden nicht von Neid und ehrgeiziger Konkurrenz geplagt und versuchten nicht, auf jeden Fall die Besten zu sein. Schon nach wenigen Wochen organisierten wir das erste Klassenfest.

Ich bekam neue Lehrer, abgesehen vom Haifisch. Der war Zwangsgesellschaft für alle Jungs. Nach einem tatenlosen Sommer ohne einen einzigen Schüler in seiner Reichweite war er schlimmer als der Krieg. Mir kam die Turnhalle vor wie eine Folterkammer. Wie das Leben nun mal so spielt: Tragik und Komik liegen eng beieinander.

Der Haifisch hatte mehrere Steckenpferde. Sein liebstes war Lebensrettung. Jede neue Klasse mußte das im Herbst einüben. Grundlegend konservativ, wie er war, schwor er ausschließlich auf Holger Nielsens Methode, aber in diesem Herbst hatte er Anweisung erhalten, zur Mund-zu-Mund-Methode überzugehen.

Das brachte ihn zur Raserei: »Dieser neumodische Quatsch ist eine unhygienische Schweinerrrei, Jungensss! Also beklagt euch nicht bei mir, wenn die ganze Klasse krrrankgeschrrrieben werrrden muß!«

Er ging einen Kompromiß mit dem Ministerium ein und lehrte beide Methoden. Zuerst demonstrierte er eigenhändig die alte Lebensrettungsmethode. Er wählte sorgfältig einen der Kleinsten als Ertrunkenen. Der mußte dann den »toten Mann« markieren – und brauchte sich eigentlich kaum zu verstellen. Der Haifisch packte den Jungen an den Knöcheln, hob ihn an den Beinen hoch und schüttelte ihn heftig: »Jetzt läuft das Wasserrr aus der Lunge, Jungensss!«

Dann warf er den Verstorbenen auf eine Matte, rollte ihn auf den Bauch und setzte ihm sein rechtes Knie zwischen die Schulterblätter, daß wir seine Bronchien jammern hörten.

Wenn dem Jungen die letzte Luftreserve ausgegangen war, dann sprang der Haifisch leicht und locker ab und bog die dünnen Oberarme des Demonstrationsmodells so weit nach hinten und nach oben, wie das nur ging. Und in Rekordzeit füllte sich der Junge wieder mit Luft – mit einem heulenden Laut, den wir alle im Rückenmark spürten. Nach fünf oder sechs Durchgängen lag der Ertrunkene dann still auf der Matte und atmete von selbst – wenn auch nur schwach. Dann sollten wir die Mund-zu-Mund-Methode lernen.

»Stellt euch in zwei Rrreihen auf, Jungensss! Stellt euch zu Paaren! Verrrteilt euch im Saal! Einer legt sich auf den Boden. Der andere kniet neben ihm! Warrrtet, ich verrteile jetzt antiseptisches Papierr!« Und er gab jedem Paar ein winzig kleines Stück dünnes, poröses Papier!

Ich war mit einem selten schönen Exemplar der Gattung

Homo sapiens zusammengekommen – langgliedrig und schlank und mit kräftigem Bartwuchs. Einer von diesen Gewinnern, die sich vor nichts fürchten und sich über alles lustig machen. Er erinnerte ein bißchen an Jack Nicholson. Er lag elegant hingeworfen vor mir auf dem Boden und sah mir mit herausforderndem Lächeln in die Augen. Er meinte das nicht böse. Er versuchte wohl nur, das Beste aus der Situation zu machen – sie ein bißchen witzig zu machen. *Er* lag sicher nicht jeden Tag Mund an Mund mit einem anderen jungen Mann. Ich schluckte.

»Grrreift unterr den Nacken, damit sich derrr Mund öffnet! Legt dem Parrtnerrr das antiseptische Papierrr auf den Mund! Atmet gut ein! Legt eurren Mund auf das Papierrr, und paßt auf, daß die Lippen genau aufeinander liegen! Blast soviel Luft wie möglich in den Parrtnerrr!«

Seit Jahr und Tag hatte ich schon keine nackte Jungenhaut mehr angefaßt. Bei der Berührung fing ich an zu zittern. Als ich mich zu ihm beugte und meinen Mund auf seinen legte, spürte ich plötzlich den Geruch des Jungenkörpers und wäre fast in Ohnmacht gefallen. Ich hätte beinah das Blasen vergessen – ich atmete nur vorsichtig das hinreißende Wesen unter mir ein und versuchte mit aller möglichen Konzentration, nicht auszuflippen. Da stöhnte er! Kurz und leise und wahrscheinlich hauptsächlich aus Jux, aber das warf mich restlos um. Ich zog den Kopf weg und sah ihn erschreckt an. Das Papier klebte an meinen Lippen und war schon ganz naß. Er sah ein bißchen überrascht aus, aber dann lächelte er herausfordernd: »Aber, was hast du denn, Yngve! Du mußt blasen, verstehst du ...«

Genau da hörten wir noch andere stöhnen. Nicht nur der junge Nicholson gab der Spannung in unartikuliertem Beifall eine Ausweichmöglichkeit. Einige lachten, und die Stimmung wurde ziemlich munter.

»Rrruhe, Jungensss!« brüllte der Haifisch und rannte kontrollierend zwischen den tätigen Lebenskünstlern hin und her. Ich schluckte und legte mich erneut über den Männerkörper. Diesmal schaffte ich es wirklich, ihn mehrmals mit Luft vollzublasen – und er seufzte und stöhnte und tat ganz hingerissen.

»Aufhörren!« schrie der Haifisch. »Rrrollen tauschen!« Jetzt ging es in der Turnhalle erst richtig los. Die Jungen kicherten und machten Witze über Mundgeruch und Partnertausch. Einige lachten roh. Ich legte mich auf den Rücken und wurde stocksteif, als ich merkte, daß meine Turnhose im Schritt schon ziemlich stramm saß. Ich bekam eine Erektion! Jung-Jack blickte mit wertender Miene auf mich herab und lächelte dann richtig lüstern – hemmungslos und unbekümmert. Ich hielt hoch, was von dem aufgeweichten Papierfetzen noch übrig war, und das inspirierte ihn zu folgender Rede: »Nein, ehrlich gesagt, Yngve! Ich nehme nie andrer Leuts Pariser. Wir riskieren's einfach, ja?« Damit packte er mich unter dem Nacken und gab mir einen Zungenkuß, daß ich Sterne sah!

Ich war völlig gelähmt, weil es so phantastisch war und weil ich solche Angst hatte, einen stehen zu haben. Und dann spürte ich auch schon, wie etwas an meinem Unterleib drückte, und zog die Beine an. Die Reflexbewegung war so stark, daß er loslassen mußte. Ich blieb in Embryostellung auf der Seite liegen und schnappte nach Luft, und er kniete neben mir und lachte hemmungslos.

Übrigens kochte die ganze Turnhalle vor Lachen, Stöhnen und Heulen, und der Haifisch mußte all seine Kraft anwenden, um sich Gehör zu verschaffen. Dann teilte er uns unmißverständlich mit, daß wir »Kinderärrrsche« seien, »nicht trocken hinter den Ohren« und so weiter. Auf so nette Weise erfuhren wir, wie wertlos und verwerflich Kindereigenschaften sind. Dieses eine Mal war ich allerdings dankbar für den Rüffel. Er half mir, wieder Kontrolle über meinen Blutkreislauf zu bekommen.

Dann jagte der Haifisch uns in die Dusche und drehte das kalte Wasser voll auf. Es gelang ihm, die Gemüter abzukühlen. Er hielt das wohl für die passende Strafe für solche Weichlinge wie uns, die auf erzwungenen Intimkontakt überhaupt reagierten. Das eiskalte Wasser spülte auch die schöne Stimmung davon, und hinterher konnten wir uns nur noch fröstelnd mit zusammengebissenen Zähnen und eingeschrumpften Geschlechtsteilen abtrocknen.

Ich glaube, ich war nicht der einzige, der bei der Veranstaltung eine Erektion bekommen hatte. Als ich hinterher den Flur entlangging, kam mein Lebensretter neben mich und sagte: »Thank you, partner!« Dann zwinkerte er mir zu und lachte schallend. Ich versuchte mitzulachen, um mein Erröten zu verbergen, aber er bemerkte es sicherlich doch, denn er sah mich neugierig und ein bißchen wachsam an. Danach hat er mich noch oft angeblickt – offen und reserviert gleichzeitig. Aber er hat mir nie mehr zugezwinkert. Ich ihm allerdings auch nicht.

Von einem meiner neuen Lehrer muß ich erzählen. Ich meine unseren Deutschlehrer. Er hieß Moritz und wußte sicher von allen Norwegern am besten über deutsche Grammatik und Gründlichkeit Bescheid. Er glich tatsächlich dem Moritz aus Max und Moritz wie ein Ei dem anderen – er war genauso zum Lachen, aber er war erwachsen und hatte Macht. Im Namen der Gerechtigkeit muß ich betonen, daß er kein typischer Vorgesetzter war. Er genoß es nicht, uns zu unterdrücken. Aber er machte es trotzdem – weil er so durch und durch neurotisch war. Wahrscheinlich hatte er vor uns genausoviel Angst wie wir vor ihm.

Der lebendige, helle Schopf, den Moritz in seiner Kindheit gehabt hatte, existierte nur noch als Sage. Er war fast kahl geworden. Er überkompensierte den Verlust seines Stolzes mit dem prachtvollsten Haararrangement der Welt. Es hatte seine Wurzeln in einem kleinen Fleck am Hinterkopf und war in einem kühnen Kringelmuster über den ganzen Schädel drapiert. Er benutzte ganz sicher Haarspray – sonst hätte das alles unmöglich halten können.

An einem schicksalhaften Tag war nämlich folgendes passiert: Ein herzloser Windstoß war in den Butterkringel gefahren und hatte ihn in all seiner Pracht ausgewickelt – vor versammeltem Schulhof. Moritzens Haar wehte genauso imponierend wie das von Rapunzel. Die ganze Schule hatte fünf Jahre lang darüber gelacht – bis die Erstkläßler, die das Ereignis gesehen hatten, entlassen waren.

In dieser Zeit hatte Moritz immer stärker paranoide Züge entwickelt, begreiflicherweise, aber er war doch zäh genug, um seine stolze, aber verlorene Ehre aufrechtzuerhalten.

Der Mann fuhr schon bei einem freundlich gemeinten Lächeln zusammen. Ein Blickwechsel zwischen zwei Schülern konnte ein Kreuzverhör dritten Grades über die unregelmäßigen Feminina mit sich führen: die Axt, die Angst, die Brust, die Braut …

Zweifellos hat Moritz uns auf diese Weise Deutsch beigebracht, aber wir konnten schon Englisch und hatten Summerhill gelesen. Moritz aber nicht! Er betrat das Klassenzimmer ungefähr wie James Bond das Hauptquartier des KGB: Crash!

Die Tür wird weit aufgerissen, Moritz setzt in einem Drei-Meter-Sprung herein, mit einem enormen Stapel *Quick* und *Stern* (nie *Spiegel*) unterm Arm, und schreit mit bellender, eiskalt, ruhig und wohlüberlegt klingender Stimmer: »Jetzt nehmen wir das in aller Ruhe durch!«

Ich kann gar nicht fassen, wie wir ernst bleiben konnten. Sein großes Ziel war, daß wir bei unseren zukünftigen Ferien in Deutschland sowenig Schwierigkeiten wie möglich haben sollten! Deshalb lehrte er uns dauernd »neue relevante Wörter und Ausdrücke für die Reise«, die wir in einem extra Vokabelheft notieren mußten.

»Wenn wir zum Beispiel zum Hamburger Hauptbahnhof kommen und Hilfe brauchen, ist es gut, wenn wir zum Beispiel sagen können: Entschuldigen Sie bitte, Herr Hauptbahnhofbedient, aber … und hier steht natürlich Konjunktiv …«

Immer mehr gab ich Björneboe recht: Es gibt viele Lehrer, die man nie auf eine Schulklasse loslassen dürfte. Obwohl Moritz gar nicht mal der schlimmste war. Er hatte wenigstens Humor – wenn auch unfreiwillig.

Schon nach kurzer Zeit war ich restlos verliebt in Erling. Er war ein hübscher, feiner Junge mit einem hübschen, feinen Zuhause und hübschen, feinen Ansichten. Er war fleißig und strebsam und würde es zu etwas bringen. Das einzige, was ich zu seiner Verteidigung sagen kann, ist: Der Junge war lieb. Er war absolut kein Knirps der Jungen Rechten mit solidem Sinn für Papas Geschäft. Von denen gab's, Gott steh mir bei, auch so schon genug. Er war einfach lieb und nett und hübsch und fein. Ich fand ihn schön. Das merkte er genau, und das gefiel ihm.

Und dann gab es noch Lise. Sie war schön und schlank und warm und impulsiv. Alle wollten sie. Sie wollte nur mich. Ich war bis in den Unterleib geschmeichelt und bin das eigentlich noch heute. So ängstlich und unsicher, wie ich war! Das half mir, weniger ängstlich zu sein und sicherer zu werden.

Lise lud mich ins Kino ein. Wir hielten Händchen. Dann brachte ich sie nach Hause, und dann küßte sie mich. Richtig. Zum ersten Mal küßte ich ein Mädchen. Ich mochte das nicht so besonders. Das war überhaupt nicht wie mit Magnus. Ich kam mir ein wenig falsch vor. Ich wollte nicht mit ihr schlafen, aber einstweilen war das noch kein Problem. Die Eltern hatten dafür gesorgt, daß sie vor den gefährlichen Versuchungen der Sexualität eine Todesangst hatte. Ich konnte mich also ganz sicher fühlen.

Aber was für eine feige Sicherheit!

Nachdem wir ein paar Wochen lang geschmust hatten, erzählte ich ihr die ganze Geschichte. Es war auf einem Fest, und Lise saß auf meinem Schoß in einem Sessel. Sie war ganz verstört und fing an zu weinen. Ich auch. Das war ziemlich komisch. Ich hatte ihr ja alles erzählt, damit sie sich auch nicht zu sehr in mich verliebte. Aber es führte dazu, daß wir anfingen, uns ernsthaft zu mögen. In den folgenden Monaten sind wir uns sehr nahegekommen und hatten beide sehr viel von diesem Verhältnis. Ich erzählte ihr, daß ich in Erling verliebt war, und sie fing schließlich an, sich nach einem neuen Liebsten umzusehen – zusätzlich zu mir.

Lise hat mir geholfen, viel von mir selbst wiederzufinden. Sie hat mir eine warme, sichere Hand gegeben, an der ich mich festhalten konnte.

In der Klasse hatten wir einige wirklich fette Ableger. Zum Beispiel Cilla Goldfasan, Tochter von Goldfasan Import und Export. Am Nationalfeiertag gab es ein Klassenfest in der diskreten Holzvilla zu eineinhalb Millionen. Es war eine prachtvolle Vorstellung:

Zuerst bekamen wir Sherry im Salon. Wir standen da wie die Wachskerzen, während Papa Goldfasan die Empfangsrede hielt, in der er uns dauernd als »die Blüte von Norwegens Jugend« bezeichnete. Danach zogen wir ins Eßzimmer, wo für siebenundzwanzig gedeckt war, und Goldmama und Goldpapa servierten persönlich. Und du darfst nicht denken, daß in ihrem Heim ein Unterschied gemacht wurde zwischen Bürgerkindern und Arbeiterkindern. O nein! Alle bekamen das gleiche. Und denk ja nicht, sie hätten etwas so Simples wie Kartoffelchips serviert! Nein. Da gab es vom Feinsten: Kalbsbries und Puterbrust und Pommes frites (!) und Multbeeren.

»Fein muß es sein«, sagte meine Großmutter einmal, als sie einen Mahagonisplitter im Hintern hatte.

Neben dem Eßzimmer wurde angerichtet, und irgendwo daneben mußte die Küche sein. Frau Gold war draußen, um irgendwas zu holen, als sie plötzlich lospolterte »Das geht nun wirklich zu weit!« und in die Küche tobte.

Sie ließ die Türen hinter sich offenstehen, und wir hörten nur zu deutlich, wie sie irgendwen da draußen ausschimpfte – nach Wagner-Noten.

Der Goldpapa bewegte sich diskret durch den Saal und schloß lautlos die Tür. »Ja, bedient euch doch! Es gibt so viel zu essen!«

Danach spazierten die Golds die dreihundert Meter bis zum nächsten Nachbarn und überließen uns jungen Leuten die Millionenwerte. Wir tanzten ein bißchen, und wir tranken ein bißchen – aber alles mit Maßen. Ich hatte das beklemmende Gefühl, das irgendwo schon mal gehört zu haben.

Dann passierte mir etwas Seltsames. Ich folgte einer Eingebung und wollte herausfinden, wen Ulla Gold angemotzt hatte. Ich stellte mir vor, wo die Küche ungefähr liegen mußte, und öffnete eine Tür. Da stand ich Angesicht zu Angesicht mit einem Mädchen, das kaum älter sein konnte als ich. Sie schwitzte über dem riesigen Abwasch und war sichtlich erschöpft. »Die Toilette ist auf der anderen Seite der Diele«, sagte sie tonlos.

»Himmel, wieso bist du denn nicht mit auf dem Fest?«

»Ich? Willst du mich verarschen? Ich arbeite hier!«

»Kann ich dir mit irgendwas helfen?«

»Hör auf mit dem Scheiß! Ich bin schon mit kräftigeren Typen fertig geworden als mit dir, du Kalb! Also, hau ab. Ich hab noch was anderes zu tun, als mit Leuten wie dir zu quatschen.«

»Ja, aber ...«

»Raus, hab ich gesagt!« Ich gehorchte dem Befehl und war sehr beeindruckt.

Später am Abend erwischte ich Erling allein. Das heißt, eigentlich war es umgekehrt. Er hatte einen Flachmann mit Armagnac und bot davon an. Wir saßen im Garten. Ich fragte, ob wir nicht zusammen nach Hause gehen könnten. In dieser schönen Nacht. Zur Stadt zurück. Er wollte gerne.

Gegen fünf Uhr morgens waren wir im Frognerpark. Wir gingen und redeten ein bißchen oder schwiegen zusammen. Ich schlich um den heißen Brei herum. Er war der Butterklumpen im Brei. Er wußte das verdammt gut. Ihm gefiel das sehr, bis ich den Löffel in die andere Hand nahm – in die falsche Hand, leider.

Ich blieb unter dem Monolithen stehen. »Das ist das größte Phallussymbol in Norwegen«, sagte ich.

»Ja«, sagte er. »Vigeland war sicher ...«

»Was denn?« O ich riesengroßer Tropf! Hätte ich ihn doch nur ausreden lassen, dann wäre alles gutgegangen.

»Nein, nichts.«

Da konnte ich mich nicht mehr zusammennehmen. Mit einem Puls von fast hundertachtzig trat ich ganz dicht an ihn heran, nahm seinen Kopf in die Hände und küßte ihn. Der arme Junge erlitt einen Schock. Er war sicher in seinem ganzen Leben noch nicht geküßt worden. Er schob mich nicht weg. Er fing nur an zu zittern – und schien irgendwie dahinzuwelken, während er da stand. Vorsichtig ließ ich ihn sich setzen und umarmte ihn. Küßte ihn mehr. Lange. Himmel, wie schön er war! »Erling. Ich liebe dich«, sagte ich. Zu früh, natürlich.

Seine Tränen fingen an zu laufen, und in seinem Gesicht war etwas unsagbar Trauriges und Schicksalsschweres. »Sag so was nicht, Yngve. Du darfst nicht mit Gefühlen spielen.«

»Ich spiele nicht, Erling. Ich mein das. Ich bin so. Ich bin homosexuell.« Weg war der Butterklumpen. Das Unsagbare war gesagt.

»Das bin ich jedenfalls nicht!« sagte der vielversprechende junge Mann und sprang hoch wie eine Stahlfeder. »Und ich glaube, du bist das auch nicht. Das bildest du dir nur ein. Ja, äh ... ich hab selber schon solche Gedanken gehabt, aber ich bin darüber hinweggekommen, ganz und gar. Und ausgerechnet du, du hast doch Lise und alles mögliche. Nein, mich legst du nicht rein.«

Ach nein, Erling. Ich hab dich nicht reingelegt. Du selber hast dich damals gelinkt, und das machst du sicher heute immer noch. Du bist erfolgreich und unglücklich. Ich weiß das genau. Du solltest ein bißchen mehr an dich denken, Süßer. Und nicht nur an deine Karriere. Denn die wird dich früher oder später das Leben kosten, und dann ist es gewissermaßen zu spät, verstehst du.

Es wurde ein witziger Sommer. Zu fünfzehnt trampten wir durch Vestfold nach Südnorwegen. Wir hatten viel Spaß miteinander. Leckten Sonne und lebten das Leben. Das einzig Blöde war, daß ich keinen Liebhaber hatte. Die anderen paarten sich ständig in wilder Unordnung. Ich war alleine. Ich wurde ziemlich bitter, und das wurde nicht davon besser, daß ich glaubte, ich wüßte, warum ich homosexuell geworden war und dazu verdammt, einsam und unglücklich zu sein.

Ich begann, ein Buch darüber zu schreiben, und es hatte einen richtig geilen Titel: *Muttermord.* Ich meinte das wirklich ernst. Daß Mütter bei einigen ihrer Söhne Geschlechtsverwirrung stiften und daß die dann homosexuell werden. Ich wollte mich an meiner Mutter rächen. Ich wollte die Mutterrolle auslöschen.

Das erste Kapitel hieß *Ein Kreuzling flüchtet vor seiner Mutter* und fing ungefähr so an: Von allem Elend dieser Welt hasse ich nichts mehr als die Frikadellen meiner Mutter!

Im Grunde fühlte ich mich ziemlich komisch und hatte nur die Übersicht über meine Situation verloren – im Leben und in der Welt. Ich war oft allein und weinte und sehnte mich. Seit mehr als einem Jahr hatte ich mit keinem geschlafen. Ich saß voll von Aggression, aber ich hatte eine scheiß Angst davor, die rauszulassen. Ich trank ziemlich viel.

Als die Schule wieder angefangen hatte, passierte gleich in der ersten Woche etwas Schönes. Ich fiel die Treppe hinunter und brach mir den Knöchel. Das war wunderbar, denn damit blieb mir der Turnunterricht erspart. Haifisch war schlimmer denn je. Der Bruch war nicht sehr kompliziert, ich bekam einen Gehgips, humpelte herum und war zufrieden.

Und dann geschah etwas, auf das ich schon fast nicht mehr gehofft hatte. Ich traf endlich einen Jungen. Und nicht irgendeinen. Er war zärtlich und verletzlich und stark und sanft, genau wie ich. Und gleich am ersten Abend taufte ich ihn Wildwein.

Wir lernten uns auf dem Stiftungstreffen der VSS kennen – der Vereinigung seltener Sumpfblumen. Das war ein sehr exklusiver kleiner Club, dessen Existenz nur einige Treffen währte. Wildwein und ich trafen uns auf dem Teppich und saßen bald in gegenseitiger Umklammerung, in gemeinsamem Schmerz über die Schwierigkeiten des Suffs. Dann gingen wir. Wir hielten uns dabei an den Händen. In der U-Bahn hatten wir einen ganzen Wagen für uns allein. Wir saßen da und berührten uns. Wir waren viel zu breit für ein vernünftiges Wort. Aber auf jeden Fall konnten wir uns verständlich machen, daß wir uns am nächsten Tag treffen wollten.

Wir trafen uns am nächsten Tag! Das war schön. Wir humpelten und gingen im Septemberwald spazieren. Das war toll. Wir gingen zu mir nach Hause und schliefen miteinander. Das war so gut, daß es kaum zu glauben war! Ich war ja ziemlich bewegungsgehemmt mit dem schweren Gehgips, aber er war aktiv für zwei. Wilder Wildwein!

Danach stahl ich aus dem Schrank meines Vaters zwei starke Drinks. Wir tranken auf unser Wohl – und wurden Freunde. Wildwein hatte eine Künstlerseele in einem Künstlerkörper. Er war lang und dünn und schlaksig und bewegte sich immer blitzschnell, um nicht ungeschickt zu wirken. Er entwickelte eine Art Chaplin-Stil, der seine Unsicherheit betonte und ironisierte. Und damit verschwand sie. Wildwein war ein Blumenkind und konnte die unglaublichsten Sachen.

Er schrieb die schönsten Aphorismen, Gedichte und Geschichten. Er zeichnete alles, von lächelnden Blumen und grotesken Vampirfledermäusen bis zu den sinnlichsten Satyrn. Er konnte sogar singen, aber das hat er nie zugeben wollen. Er sang wie eine Mischung aus Donovan, Bob Dylan und Mick Jagger. Zu der Zeit sah er übrigens dem letzteren ähnlich, aber das hat sich ausgewachsen. Er wird nur immer schöner und schöner.

Er hatte viel mehr gelesen als ich – woher er die Zeit dazu genommen hatte, weiß ich nicht. Er machte mich mit Jean Genet, André Gide und Louis-Ferdinand Céline vertraut. Ich las und las. Als ich achtzehn wurde, bekam ich *Uns nährt die Erde* von Gide. Und darin steht:

Wildwein an Yngve:

Wissen um seinen Körper
&
daß die Seele ein Teil des Körpers ist,
das Herz so groß wie die ganze Welt.
Große Himmel in den Augen haben,
mit Flügeln und Füßen leben.
Wir sind alle wie Wasser,
du Meer, ich falle darauf wie Regen,
wie Küsse vom Himmel
und der große Zirkel des Wassers,
sich immer verändernd
und immer gleich
gleichzeitig überall
&
all das da,

und außerdem riet ich,
daß niemand anders
dir etwas so Langweiliges geben würde
wie ein Buch,
aber dies ist eins der allerschönsten,
die ich kenne
&
ich will, daß du es liest,
weil ich dich mag
& André Gide schwul war &

Ach ja, Wildwein war eine Offenbarung. Für alle, am meisten aber für mich.

Zum Schulfest im Herbst malte er eine dreißig Meter lange Illustration zu *Lucy in the sky with diamonds* aus *Sgt. Pepper* von den Beatles. Sie war ganz voll von Lächeln und Lachen und Leben und Geschlecht. Schöner Wildwein.

Wir haben so oft, wie es ging, miteinander geschlafen, aber ab und zu mußten wir mehrere Tage warten, bis wir allein sein konnten. Und dann waren wir halb verrückt vor Verlangen nacheinander. Wir hatten beide ein unstillbares Bedürfnis nach Zärtlichkeit. Das haben wir übrigens noch immer. Diese Eigenschaft wächst sich ja Gott sei Dank nicht aus. Ach ja. Wir haben einige wenige glückliche Stunden miteinander erlebt – wenn wir endlich unter der Decke lagen.

Und nachher haben wir dann immer zwei starke Drinks geklaut.

Spoon River

Hast du nicht gewußt,
Daß Wollust und die Liebe zum Wein
Stimulantien sind, mit denen die Seele,
Die nach Göttlichkeit dürstet,
Ekstatische Visionen bekommen und
Die himmlischen Vorhöfe besuchen kann?

Wir wußten das gut.

Um uns herum passierte sehr viel. Die Hippiekultur blühte auf. Wir ließen uns die Haare wachsen. Die Volksbewegung gegen den Krieg arbeitete kontinuierlich.

Wir trugen Anti-Atomwaffen-Plaketten. Die USA bombardierten Vietnam. Wir besorgten uns FNL-Plaketten und waren bei der Demonstration am schwarzen Bunker auf dem Drammensweg dabei. Aber das taten längst nicht alle. Auf der Kathedralschule gab es genug Bürgerkinder, die mit Vietkongfähnchen auf der Jacke herumstolzierten. Aber alles, was recht ist: Einige von ihnen wechselten auf die andere Seite, als sie begriffen, daß sie *hinter* den imperialistischen Kanonen standen, aber viele blieben stehen, wo sie waren – und was sie auf dem Schlachtfeld sahen, gefiel ihnen.

SUF-ML, der sozialistische Jugendverband, stürmte vorwärts. Und derweil saß ich auf dem Zaun und las Byron, Keats und Shelley. Und Nordahl Grieg und Rudolf Nilsen. Ich war gar nicht so schrecklich weit weg – keiner von uns war das. Wildwein hatte eine Lenin-Mütze und eine Plakette, auf der stand: Save us, Gorilla! Die hatte er von mir bekommen. Sie stand ihm unheimlich gut. Schöner Wildwein!

In dieser Zeit ging es mir gut, aber ich kämpfte schon mit einer schrecklichen Krise. Ich kam in immer klarere Opposition zum Schulsystem – zu den Bevormundern und ihrem Machtmißbrauch. Aber ich konnte mich von der Unterdrückung nicht befreien. Innerlich brannte ich vor Kritik und Aggression, und davon bekam ich schreckliche Angstzustände.

Kaum hatte ich den Gips abgenommen bekommen, traf ich auch schon Haifisch im Flur. Er sah, daß ich Angst hatte, und fiel über mich her: »Warrrum schwänzt du das Turrrnen, Junge!«

»Ich schwänze nicht, ich bin krankgeschrieben.«

»Und was fehlt dirrr, Junge?«

»Ich hab mir das Bein gebrochen.«

Er musterte mein Fahrgestell gründlich und wies jede nähere Erklärung zurück: »Zurrr nächsten Turrrnstunde errrscheinst du, Junge, sonst hat das errrnste Konsequenzen, dafürrr werrrde ich sorrrgen!«

Damit hatte er recht.

Ich war so wütend, daß ich zitterte und in kalten Schweiß ausbrach. Dieses grausame Untier! Nie mehr sollte er mich anmachen. Nie mehr!

Ich ließ mir einen Termin bei der Schulärztin geben. Ich war schon einmal zu einer normalen Routineuntersuchung dagewesen und hatte einen sympathischen Eindruck von ihr. Aber diesmal war der Eindruck alles andere als gut. Das erste, was schieflief, war, daß die Schulschwester keine Anstalten machte hinauszugehen, als ich von meinen persönlichen Problemen erzählen sollte. Sie war neugierig. Sogar ihre Barthaare schienen etwas zu wittern, und ich wagte nicht, sie zum Gehen aufzufordern – zunächst. Statt dessen stotterte ich irgendwie mein Anliegen hervor.

Ich erklärte, daß ich vom Turnen befreit werden müßte, weil ich es nicht aushielt, von Haifisch herumkommandiert zu werden. Ich sagte – was auch stimmte –, daß ich so schreckliche Angst vor den Turnstunden hatte, daß mir schlecht wurde. Das Ganze war eine solche Belastung für mich, daß es mich beim Lernen behinderte. Ich hatte solche Angst vor ihm, daß ich nachts Alpträume bekam.

»Und du meinst, daran ist nur der Turnlehrer schuld?«

»Jaaa ... natürlich. Ich hab ihm doch nie etwas getan.«

»Und dir ist nie eingefallen, daß du vielleicht nicht die richtige Haltung dem Turnlehrer gegenüber hast?« Die Ärztin betonte diese Worte.

»Nein. Er ist zu allen so. Alle haben Angst vor ihm!«

»Aber, wir können doch nicht alle vom Turnen befreien ...«

»Nein, am besten wäre, wenn Herr Haifisch befreit würde.« Ich erntete einen schrägen strengen Blick – nein, deren zwei: Die Schulschwester starrte mich an und zog ihren Mund so sehr zusammen, daß sich die Schnurrhaare zitternd aufrichteten.

»Ich bedaure, junger Mann, aber dabei kann ich dir nicht helfen. Ich schreibe dir ein Rezept für Beruhigungstabletten, davon kannst du eine nehmen, wenn du dich … unruhig fühlst.«

Ich verlor den Mut. Sie verurteilte mich zum Tod. Ich blieb sitzen.

Sie sah mich über ihre Brille hinweg lange an. »Hast du vielleicht noch etwas auf dem Herzen?«

»Ja. Aber das möchte ich lieber unter vier Augen sagen.«

»Ach, du liebe Zeit! Kümmer dich nicht um die Schwester. Sie hat Schweigepflicht.«

»Na gut. Ich bin homosexuell.« Ich sah den Anflug eines siegesgewissen Lächelns um den Mund der Ärztin, und plötzlich haßte ich sie. Und mich selbst. Ich wußte sofort, daß ich eine Dummheit begangen hatte, etwas absolut restlos Bescheuertes. Ich hatte meine Homosexualität benutzt, um unter falschen Voraussetzungen etwas zu erreichen, denn sie war ja nicht schuld daran, daß ich mit dem Turnen nicht zurechtkam. Aber die Ärztin hatte mich dazu gezwungen – zum Lügen. Ich bekam ein schlechtes Gewissen, und sie einen neuen Patienten – einen Fall. Und weißt du, was sie sagte?

»Ja, das ist etwas ganz anderes!«

Ich war total fertig.

»Der Fehler hat also die ganze Zeit bei dir gelegen, und du hast das gewußt! Ich darf wohl sagen, daß ich es ein wenig unehrenhaft von dir finde, daß du versuchst, die Verantwortung auf den Turnlehrer zu schieben. Er ist kein junger Mann mehr, und er tut sein Bestes!«

Ich schaffte es, nicht zu schreien. Mein Mund und mein Körper waren voll von bleischwerem, schmerzendem Zement.

»Denk beim nächsten Mal daran, junger Mann: Ehrlichkeit währt trotz allem am längsten.«

Trotzdem. Ich bekam mein Attest, aber es war teuer erkauft.

Und noch eine andere Segnung wurde mir zuteil: meine erste Valium!

Glücklicherweise hatte meine Mutter genug Durchblick, um sie sofort zu konfiszieren. »Nein, das ist nichts für dich!« sagte Mutter – und lief noch Wochen später mit einem zerstreuten Lächeln herum.

Erst später ist mir aufgefallen, daß die Schulärztin mich nicht einmal gefragt hat, ob es schlimm für mich sei, homosexuell zu sein. Dann hätte ich mich sicher auf sie gestürzt, und das wäre die beste Lösung gewesen. Sie hatte es nicht besser verdient, und *ich* wäre jedenfalls etwas von der schrecklichen Aggression losgeworden, die sie in mir ausgelöst hatte.

Statt dessen mußte ich weiter alles hinunterschlucken und verdrängen, was hinauswollte. Ich hatte eine Sterbensangst, mich auch nur ein wenig zu öffnen, und deshalb verschloß sich alles ganz und gar. Mir wurde übel, wenn ich daran dachte, etwas zu lernen.

Wildwein und Lise versuchten, mir zu helfen, so gut sie konnten, aber auch mit ihnen traute ich mich nicht zu reden. Ich hatte Angst, daß sie sich von mir abwenden könnten. Und deshalb ging wieder alles den Bach hinunter.

Bei den Weihnachtsprüfungen sollten wir in Physik Geschwindigkeit und Reibung eines Schlittens bei der Talfahrt berechnen. Ich machte eine nette Zeichnung von einem rodelnden Jungen. Bei der Mathearbeit schrieb ich eine Erzählung über einen hübschen jungen Mann, der von einem Schneepflug überfahren und zweigeteilt wird, so daß das Blut symmetrisch nach beiden Seiten spritzt. Wenn man die Blutflecken im Schnee betrachtet, sehen sie aus wie ein Engel mit großen, luftigen, hellroten Schwingen.

Ich wurde zu einer Unterredung mit dem Klassenlehrer ins Lehrerzimmer zitiert. Ehrwürdige Pergamenttapete, Zigarrenrauch und Ledersessel. Ich registrierte das alles, aber ich war so erschöpft – und fühlte mich so klein.

Er redete eine Menge ekelhaftes Zeug. Unverdientes Lob und so. Dann brannten sich seine Worte in dem verdrehten Scheuerlappen ein, der noch in meinem Kopf war: »Die Schulärztin hat mir zu verstehen gegeben, daß du … gewisse persönliche Probleme hast, und ich kann gut verstehen, daß du in einer schwierigen Situation bist und es dir schwerfällt mitzukommen. Vor allem in den Naturwissenschaften bist du ja schwach, Vilde, und wir können ja leider niemand wegen solch persönlicher Dinge bevorzugen, und deswegen möchte ich dir empfehlen, eine Pause einzulegen. Verreis ein bißchen, oder such dir einen Job, und dann kannst du im Herbst vielleicht zurückkommen und einen neuen Versuch machen …« Damit noch nicht genug. Ich mußte eine schlaffe Hand auf meiner Schulter ertragen und dazu die inständige Aufforderung, es nicht als Niederlage zu betrachten! Er brachte es sogar fertig zu sagen, daß ich, wann immer ich Lust hätte, in die Klasse zu Besuch kommen könnte!

Ich schlich mich so unbemerkt wie möglich zur Tür hinaus und weg von der Schule. Ich schleppte mich mit meiner Schultasche nach Hause. Dann ging ich in den Wald. Stapfte bis zu den Knien im Schnee. Mein Herz hämmerte, und mein Atem pfiff die ganze Zeit, aber ich weinte nicht. Das schaffte ich nicht mehr. Danach lief ich bis spät in die Nacht durch die Straßen und hielt Ausschau nach einem Schneepflug. Es kam keiner.

Es wurde ein wundervoller Heiligabend. Mir ging's einfach dreckig. Ich verfiel in Trance. Es tat schrecklich weh, wenn ich daran dachte, was der Klassenlehrer gesagt hatte, und an all das, was ich nicht geantwortet hatte: »So was Übles hab ich noch nie gehört! Die Ärztin hat Ihnen erzählt, daß ich homosexuell bin? Hat sie denn keine Schweigepflicht? Es kann mir ja wohl bei meinen persönlichen Problemen nicht helfen, daß die Lehrer hinter meinem Rücken Wind davon bekommen? Das ist doch ganz ungesetzlich! Und außerdem hab ich doch nicht Probleme mit den Naturwissenschaften, weil ich homosexuell bin, das muß doch jeder Idiot einsehen! Die Probleme hab ich, weil ... weil ...«

O Himmel und zum Teufel, das alles hätte ich dem scheiß Lehrer erzählen sollen. Aber was hatte ich statt dessen gemacht? Zu Boden gestarrt und mit mir selbst gekämpft, weil ich nicht weinen, die Kontrolle verlieren, zusammenbrechen wollte. Wie einen Hund hatte ich mich behandeln lassen, und wie ein Hund hatte ich mich aus der ehrwürdigen Schule geschlichen mit dem Schwanz zwischen den Beinen ... An diesem Punkt kam ich dann immer wieder zu mir – mit zusammengepreßten Kiefern und verkrampften Muskeln.

Sosososo, beruhig dich. Es ist jetzt vorbei. Du bist jetzt frei, mußte ich mich selbst erinnern. Aber es war eine teure und bittere Freiheit. Zweieinhalb Jahre Einsatz nach besten Kräften ohne einen anderen Erfolg als den ruinierter Nerven und kaputter Selbstachtung. Das große Ziel, das Abschlußzeugnis mit Goldrand, Abifeiern und Studentenmütze – das alles hatte ich opfern müssen. Aus reiner Selbsterhaltung. Ach ja. Jetzt war ich frei. Frei, mir eine Arbeit auszusuchen. Ein bißchen was Praktisches! Ich hatte wieder verloren. Ich war achtzehn.

Ich vermißte Harald ganz schrecklich. Ausgerechnet jetzt brauchte ich ihn mehr als je zuvor, aber er war natürlich draußen in der Welt auf Karrierejagd. Das letzte halbe Jahr hatte er in den USA verbracht und bedeutende Examen abgelegt. Tüchtiger großer Bruder.

Aber ich hatte ja meinen Wildwein, und dafür danke ich allen guten Mächten. Er wollte mich nicht in meinen eigenen Abgrund fallen lassen. Er zog mich an den Haaren wieder heraus. Er trug mich nach Hause in sein Zimmer und verschloß die Tür. Dann legte er *With a little help from my friends* von den Beatles auf und umarmte mich, bis ich weinen konnte. Bei meinem Wildwein heulte ich mich leer. Er küßte die Tränen weg. Ich weinte bei ihm meine Wut heraus. Er nahm sie entgegen. Ich schimpfte ihn aus und ging. Er kam mir nach. Er hat mich nie verlassen. Mein Freund Wildwein.

Ich hatte Lise. Sie schüttelte mich gründlich und lange: »Die Welt bricht nicht zusammen, wenn du sie nicht läßt! In dir selbst bist du viel mehr wert als all diese idiotischen Lehrer und ihr verrottetes System. Laß dich nicht von denen kaputtmachen, Yngve. Du weißt doch, daß wir dich brauchen und uns auf dich verlassen!«

Und dann hatte ich noch Tuppen und Lillemor: »Komm doch Silvester zu uns! Wir haben eine Masse mittelgroßer Überraschungen. Brauchst nur zu kommen, einfach nur zu kommen!«

Arbeit und wüste Feste

Trotz der Niederlage und der nagenden Bitterkeit fühlte ich mich im Lauf der Zeit langsam leichter. Ich war schließlich eine schwere Last losgeworden, auch wenn ich sie nicht unbedingt aus eigener Kraft abgeworfen hatte. Aber warum hätte ich denn auch kämpfen sollen – um mich weiter völlig aufzureiben? Ich konnte mir jedenfalls klarmachen, daß ich allein ohnehin nicht viel hätte ausrichten können. Um weiterzukommen, das begriff ich, mußte ich neu anfangen und mich ganz grundsätzlich neu aufbauen – und ich wollte weiter!

Aber auf welchen Grund sollte ich bauen? Realschule? Das war in Ordnung. Aber in mir selber? Sollte ich meine Gefühle einfach verdrängen, oder sollte ich ein heimliches Doppelleben führen, mit strapaziösen Trapeznummern auf der Herrentoilette im Ostbahnhof? Ich hatte ja trotz allem Wildwein, aber wie lange konnte das gutgehen? Er ging ja schließlich weiter aufs Gymnasium, und davon war ich ausgeschlossen. Ach, diese grausame Anstalt! Wieviel Gutes hatte die mir eigentlich getan? Das war weiß Gott kaum der Rede wert.

Etwas anderes war leichter zu sehen. Welchen Stil hatte ich mir da zugelegt? Wie viele Bewegungen und Gebärden hatte ich nachgemacht, ohne darüber nachzudenken? Jetzt, wo ich mir Gedanken machte, fand ich wirklich eine ganze Menge: meine Kleidung; die Tagträume von Ehre, Ruhm und einer gesellschaftlichen Stellung; meine Art, die Hand zum Gruß zu heben und »Hallo!« zu sagen.

Aber diesen Quatsch habe ich in Rekordzeit wieder abgelegt. Allerdings nicht alles. Die Kathedralschule von Oslo hatte nämlich einen wesentlichen Teil meiner Persönlichkeit so gründlich zerstört, daß es mir nie mehr gelungen ist, ihn wiederzufinden: Die Studentenfabrik hatte mir meine Muttersprache genommen! Als ich dort anfing, redete ich normalen Osloer Dialekt, aber jetzt schrieb und redete ich pures konservatives Standardnorwegisch! Gründlich und systematisch hatten Lehrer, feine Mitschüler und der ganze Unterrichtsaufbau mir eingeschärft, was häßlich war und was schön. Das System ließ keine Zweifel am Akademikersabbelstil zu. So spricht der Akademiker:

Das System duldet keine Zweifel im Hinblick auf den richtigen Sprachstil! Weiterhin ist es in diesem Zusammenhang relevant zu präzisieren, daß folgendes Faktum dieser Problemstellung peripher impliziert ist: Nicht nur geschulte, akademisch gebildete Gelehrte, sondern in zumindest ebenso hohem Maß vom Volk gewählte Politiker – sei es auf kommunaler, auf Landkreis- oder auf Landesebene – zeigen eine bemerkenswerte Tendenz, dieses gehobene und exklusive Kommunikationsmittel zu benutzen, das nicht nur in Form und Inhalt vorgibt, so avancierten Gedankengängen Ausdruck zu verleihen, daß es das Fassungsvermögen von gewöhnlichen Sterblichen überschreitet, sondern das, zusätzlich zu dem bisher Gesagten, so vollgestopft ist mit einem so überwältigenden Blow-out von exaltierten und lächerlichen Fremdwörtern und Anglizismen und amerikanischer Ölterminologie, daß niemand mehr den ursprünglichen Kontext versteht, weil diese Sprache ihre genuine Konsistenz so weit überschritten hat, daß sie sich am besten mit gigantischen kumuluswolkenähnlichen Redeblasen vergleichen läßt, die wir über dem Horizont hängen sehen können, wohin wir uns auch drehen und wenden!

Ich will jetzt nicht ungerecht sein. Es gibt trotz allem Unterschiede zwischen akademischen Experten und Politikern und ihren Redeweisen. Besonders bei Politikern. Der Tonfall, zum Beispiel, ändert sich sehr von Partei zu Partei. Und ehrlich gesagt finde ich, es wäre zu erwarten, daß die Regierung dem Sprachrat die Aufgabe erteilt, ein rasch arbeitendes Komitee einzusetzen, um zu ermitteln, welche Maßnahmen oder Gegenmaßnahmen relevant sein könnten, um diese zweifellos brennenden, reformfordernden und meinungsbildenden Problemstellungen zu registrieren und auszuwerten.

Bis – voraussichtlich gegen Mitte der achtziger Jahre – die Ansicht des Komitees vorliegt, müssen wir mit dem offensichtlichen Faktum leben, daß Dialekte minderwertig und unerwünscht sind. Genau wie sexuelle Varianten des Normalthemas. Standardsprache und Standardehe sind das Alleinseligmachende.

Meine Eltern nahmen es gelassen hin, daß ich mit der Schule aufgehört hatte, gelassener, als ich erwartet hatte. Meine ganze Jugend hindurch hatten sie mir eingeschärft, was ich für ein Glück hätte, weil ich die Möglichkeit zur Weiterbildung bekam. Sie hatten beide nur die Mittelschule besucht. Mein Vater, weil er hatte anfangen müssen, als Laufbursche zu arbeiten, sobald er konfirmiert war, also zu Beginn der dreißiger Jahre. Die Kinderschar in seiner Familie wuchs im Gleichschritt mit der Wirtschaftskrise. Als er zum ersten Mal zu Heiligabend arbeitete, rannte er wie ein Besessener, um alles zu schaffen. Als er endlich an der letzten Tür schellte, war er zum Umsinken erschöpft. Die gnädige Frau öffnete persönlich. Zuerst wurde er ausgeschimpft, weil er nicht zur Küchentür gegangen war, dann wurde er angemacht, weil er so spät kam, aber zum Schluß bekam er eine Belohnung: »So, hier hast du zwei Öre. Einer kommt von Gott und einer von mir. Nichts zu danken, nichts zu danken!« brachte sie fertig zu sagen.

Die Familie meiner Mutter war besser gestellt gewesen. Ihr Vater hätte sie länger zur Schule gehen lassen können, aber sie durfte nicht, egal, wie sehr sie auch weinte und bettelte. »Du heiratest ja doch, und was nützen dir in der Küche dann die Examen?« So sprach der Großvater. Für meine Mutter war das bitter, und das kann ich gut verstehen.

Aber trotzdem hielten sie beide zu mir, als klar war, daß ich die akademische Laufbahn aufgegeben hatte. »Das Wichtigste ist, daß man weiß, was für einen richtig ist.«

»Jetzt mußt du dir einen Job suchen«, sagte mein Vater Mitte Januar. Und so geschah es. Nach einiger Zeit schaffte ich es wirklich, probeweise in einer Bürstenfabrik angestellt zu werden. Ich wurde Lehrjunge an einer Bürstenborstenmischmaschine!

Der Job war gar nicht so schlecht, nur mußte ich jeden Morgen um Viertel vor sechs aufstehen – zusammen mit meinem Vater. Ich war unheimlich müde, aber der Alte grinste sich eins und versicherte mir, ich sei in der guten Gesellschaft von über einer Million anderer Arbeitsleute hier im Land. Das half sogar – und nach und nach gewöhnte ich mich daran. Es machte mir wirklich Spaß, die komplizierte Borstenmaschine zu begreifen, und ich lernte schnell, sie zu bedienen – nicht zuletzt durch Ragnar, der mich anlernte.

Ragnar arbeitete seit dreißig Jahren in der Branche und wußte alles über Besen, Pinsel und Bürstenborsten. Außerdem konnte er sein Wissen weitergeben. Er erklärte alles gut und gründlich und war mindestens so begeistert wie ich, wenn ich es schaffte. »Das ist prima, Yngve! Du kriegst ja schon Fingerspitzengefühl dafür! Paß jetzt da auf, wenn sich das Band dreht, damit sich das nicht vertüdelt.«

»Du hättest Lehrer werden sollen!«

»Ich? So 'n Pauker mit weißem Kragen und Sechsstundentag und 'ner Aktentasche voll Aufsätze zum Nachsehen und so? Ach nee, hier bin ich schon besser dran«, sagte Ragnar und kicherte. »Ja, versteh mich nicht falsch, ich hab ja nix gegen Lehrer und Beamte und so, aber beneiden tu ich die auch nicht. Kein Stück.«

Mir ging langsam auf, was der Alte meinte. Er war ganz zufrieden damit, ein normaler Arbeiter zu sein, ja mehr noch. Er war geradzu stolz darauf und wollte mit niemandem tauschen. Das war etwas Neues für mich, obwohl ich doch selbst aus einer Arbeiterfamilie kam. Meine Eltern hatten mir nie so etwas beigebracht. Sie haben sich und ihre Gesellschaftsschicht nicht verachtet, aber sie haben immer von etwas anderem geträumt. Von etwas Besserem. Vor allem meine Mutter. »Stell dir vor, was wir heute sein könnten, wenn wir eine richtige Ausbildung bekommen hätten!« Das hatte ich oft genug gehört. Manchmal stellte sie auch bitter fest: »Ach nein, wir sind eben nur einfache Arbeiter, auch wenn die Zeiten vorbei sind, wo man mit gesenktem Kopf und der Mütze in der Hand dastehen und für alles dankbar sein mußte!«

Wahrscheinlich deswegen hatte ich auf die Chance meines Lebens verzichtet. Ich war auf die Warteliste zur Reservemannschaft zurückversetzt worden. Ich hatte es fast aufgegeben, einen Sinn im Leben zu suchen. Deshalb war es wie ein Schock, daß Ragnar so zufrieden tat. Konnte es denn möglich sein, daß das hier – schuften von sieben bis vier – etwas war, auf das man stolz sein konnte? Wenn ich durch die Produktionsabteilung ging, war ich oft ganz verzweifelt. Die fünfundzwanzig Frauen, die dort an ihren Maschinen standen, waren kaputt und gestreßt. Es war so laut, daß sie sich nicht unterhalten konnten, aber dazu hätten sie sowieso keine Zeit gehabt. Das Arbeitstempo war so hoch wie nur möglich festgesetzt, sie brauchten alle Aufmerksamkeit und Konzentration, um die Maschinen zu bedienen. Es war ganz phantastisch zu sehen, wie effektiv diese Frauen arbeiteten, wie jede kleinste Bewegung durchdacht und eingearbeitet war, um die größtmögliche Produktion pro Zeiteinheit zu erreichen. Sie arbeiteten Akkord, und ich konnte nicht fassen, daß sie das durchhielten. Der Druck, unter dem sie arbeiteten, hätte mich sicher in wenigen Stunden fertiggemacht. Ich konnte nur froh sein, daß ich mit den Borsten zu tun hatte. Dort wurde nach Stunden bezahlt.

Mir taten diese armen Frauen leid, bis ich entdeckte, daß sie doppelt soviel verdienten wie ich. Das war ein neuer Schock. Nicht, daß ich es ihnen nicht gegönnt hätte. Während der Lehrzeit bekam ich dreihundert Kronen in der Woche minus Steuern, und das war wohl in Ordnung, fand ich. Nein, ich begriff auf einmal, warum sie sich bei dem hohem Tempo so abschufteten, ja, wozu sie überhaupt arbeiteten: Sie brauchten Geld! So einfach war das. Ansonsten waren sie ganz normale, nette Leute, und schließlich hörte ich auf, sie zu bedauern. Das Mitleid wurde langsam, aber sicher durch Bewunderung und Respekt ersetzt. Und eines Tages sprach ich mit Ragnar darüber. »Du, diese Frauen leisten wirklich eine Wahnsinnsarbeit!«

»Ja, logisch tun sie das. Merkst du das jetzt erst?«

»Nein, aber irgendwie war mir das nicht ganz klar.«

Er sah mich seltsam an, und dann lachte er. »Dir ist bestimmt 'ne ganze Menge noch nicht ganz klar. Was denkst du über dich selber, zum Beispiel, und über deine Arbeit? Meinst du vielleicht, wir könnten Piassavabürsten und Pinsel herstellen, wenn du vorher die Borsten nicht gemischt hättest?«

»Nein, sicher nicht ...«

»Ist dir überhaupt klar, daß du jetzt hier mit uns anderen

in der Produktion stehst und Werte herstellst, Junge! Du und ich und die Frauen und all die anderen Arbeiter hier im Land halten die Gesellschaft in Gang. Wir tragen das Ganze! Nur wir und die Leute, die das Land bebauen, schaffen überhaupt irgendwelchen Wert. Alle anderen schmarotzen von uns. Nimm zum Beispiel einen Bankbeamten. Was macht der wohl, glaubst du? Produziert der irgendwas? Nein. Der zählt nur das Geld, für das wir geschuftet haben. Der ist ein armseliger Bürohengst und verwaltet den Mehrwert, den wir und niemand sonst geschaffen haben und den die Kapitalisten uns wegnehmen.«

»Ja, aber, wieso ist das denn so?«

»Wieso? Ja, gute Frage. Eins ist jedenfalls sicher, dieses System hätte schon lange umgedreht und auf den Kopf gestellt werden müssen! Wenn du wissen willst, wie das passieren soll, mußt du anfangen, Theorie zu lesen. Für dich ist das sicher nicht so schwer, mit sozialistischer Ökonomie und sozialistischem Gedankengut umzugehen. Lies Marx und Lenin! Geschult zu sein ist wichtig, und ihr Jungen habt die Zeit und Gelegenheit noch vor euch.«

»Habt ihr das nicht auch mal gehabt?«

Ragnar sah mich lange an, bevor er antwortete. »Doch, hatten wir schon, weißt du, aber du weißt auch, wie sehr das alles schiefgegangen ist. Meine Generation hat die falsche Richtung gewinnen lassen, und weißt du, weshalb? Unter anderem, weil wir so schlecht geschult waren. Ich glaub an die Zukunft, und also muß ich ja auch an die Jugend glauben, weil ihr die Zukunft seid. Du auch! Genauso, wie du ein Teil der Arbeiterklasse bist, mußt du mitmachen und dieZukunft formen. Ob du willst oder nicht. Aber lies selbst, Yngve. Es ist wohl nicht so wie das, was du in der Schule gelernt hast, und du brauchst sicher länger als einen Tag, um alles zu begreifen.«

O ja. Ich brauchte mehr als einen Tag. Ich brauchte mehrere Jahre. Ich darf wirklich nicht behaupten, ich hätte in mir das Material für einen klassenbewußten, kampfeswilligen Arbeiter gesehen. Ich war ein mißratener, homosexueller Exgymnasiast, keine Traumgrundlage, auf der man Stolz und Selbstachtung hätte aufbauen können. Ich verstand schon, wovon Ragnar sprach, und im Grunde stimmte ich mit vielem überein. Ja, ich verstand sogar, daß mich das alles was anging – aber irgendwie fühlte ich mich als Person nicht mit einbezogen.

Ich war ja ein unerwünschter Irrläufer. So definierte es die Gesellschaft. Was konnte ich dagegen machen? Nichts. Ich wollte es nicht hinnehmen, aber ich mußte die Konsequenzen ziehen: Die Gesellschaft würde mich ausschließen, wenn die Wahrheit an den Tag kam. Also mußte ich immer auf der Hut sein, durfte mich nicht verraten. Ich mußte mich ganz einfach isolieren. Wenn nicht, würde ich isoliert werden.

Die Tage wurden immer länger. Ich kannte die Maschine auswendig und konnte mir über alles mögliche den Kopf zerbrechen. Der Drang, mit jemandem zu reden, wurde immer heftiger, und Ragnar war der Nächste, dem ich mich anvertrauen konnte. Obwohl das mit dem »sich anvertrauen« so eine Sache war. Ich wollte gerne das Thema anschneiden, was Kommunisten von Homosexuellen halten, aber ich hatte unheimlich Schiß. So wartete ich auf eine »natürliche« Gelegenheit. Und die kam.

Die schlimmste Gelegenheit der Welt.

»Minderjähriger Junge vergewaltigt.« Riesenschlagzeilen auf den ersten Seiten. Die Leute redeten in der Frühstückspause darüber und verdammten das natürlich aufs schärfste. Ich versuchte, die Ohren zuzumachen, aber die Worte brannten trotzdem. Nachher war ich so verzweifelt, daß die Worte nur so aus mir hervorsprudelten, als ich mit Ragnar redete. »Was halten Kommunisten von der Homosexualität?«

»Von solchen Sexualverbrechern? Die muß man wohl bestrafen, wie andere Verbrecher.«

»Ja, aber, die sind doch sicher nicht alle Verbrecher? Was

ist denn mit denen, die nur so ... so sind ... und die nichts Böses tun?«

»Wie sollen die wohl drum rumkommen, was Böses zu tun?« Ragnar sah mich forschend an, und er las in mir wie in einem offenen Buch. Aber er verstand es falsch. Ich sah aus wie ein achtzehnjähriger Fabrikarbeiter. Nicht wie ein homosexuelles Schwein und potentieller Verbrecher. »Jesses. Du bist doch nicht in so was reingezogen worden, Yngve?«

Ich hing mit einer Hand an der Regenrinne in der neunzehnten Etage – und ließ los. Ich schlug die Augen nieder: »Nein ... nein! Ich wollte nur wissen, was du dazu sagst.«

Hätte ich doch nicht gefragt. Danach kam mindestens einmal am Tag die Borstenmischung durcheinander. »Wie lange werde ich hier arbeiten müssen? Ein Jahr? Zehn Jahre?« dachte ich und starrte dabei aus dem Fenster.

Plötzlich wurde ich nach unten ins Lager versetzt. »Es ist gut für dich, wenn du dich mit dem ganzen Betrieb vertraut machst«, sagte der Direktor. Aber es war nur zufällig so, daß ein Lagerjunge ein paar Tage vorher aufgehört hatte. Das Lager war ein öder, todlangweiliger Ort. Der Lagerchef Andersen riß sich kein Bein aus, um die Arbeit etwas angenehmer zu gestalten. Er war ein saurer und grantiger Mann. Nie hatte er ein Lächeln oder eine Aufmunterung. Er motzte nur. Es war kaum auszuhalten mit ihm.

Nach vierzehn Tagen reichte es mir. Ich bekam die Schuld für einen Fehler in die Schuhe geschoben, den ich gar nicht begangen hatte. »Zum Teufel, das mach ich nicht mehr länger mit! Ich geh zum Direktor!« Das war das Gescheiteste – und Feinste –, was ich überhaupt sagen konnte. Sofort sah ich Angst in der Visage des Lagerchefs: Er hatte Schiß vorm Direktor. Er wollte seine eigene Haut retten, deshalb hatte er auch Angst vor mir. Ich ging nicht zum Chef, obwohl ich Lust dazu hatte. Nach dieser Episode wurde es noch schlimmer. Andersen fing an, mich den anderen Arbeitern vorzuziehen. Der Typ versuchte, mich bei Laune zu halten, und gab mir die besten Arbeiten.

Es war nicht zum Aushalten, aber was sollte ich machen? Das Kommando übernehmen? Es war undenkbar, darüber sachlich und klar zu reden. Ich war nichts, der Mann hätte ja nie im Leben irgendeine Form von Kritik angenommen. Ich wurde zum Direktor gerufen in sein Mahagonibüro. Er war ein stattlicher, erfolgreicher Mann in den besten Jahren, mit Goldbrille, selbstbewußtem Lächeln und grau gesprenkelten Schläfen. Er hatte mich auf Probe anfangen lassen, und er brachte mich auch zum Aufhören. Und zwar so: »Na, Vilde! Wie geht es denn unserem jungen, tüchtigen Mitarbeiter? Du erntest überall Lob, ja, sogar der Lagerchef Andersen hat ein paar anerkennende Worte über dich fallen lassen, und das geschieht nicht oft, das kann ich dir sagen. Gefällt es dir bei uns?«

»Ich möchte gerne zurück an die Borstenmaschine.«

»Aber nein, hör mal! Gefällt es dir denn nicht im Lager?«

»Nein.«

»Dir geht wohl Andersen auf die Nerven, was?«

»Es ist nur, weil es mir an der Borstenmaschine besser gefallen hat.«

»Soooo, nur deswegen? Ja, ja, es wird wohl so sein, ja. Aber ich finde das ein bißchen traurig. Du weißt, das Lager ist eine sehr wichtige Abteilung. Um da effektiv zu arbeiten, braucht man Intelligenz und Führerbegabung ... und, um die Wahrheit zu sagen ... natürlich unter uns ... genau das fehlt leider dem guten Andersen. Das hast du sicher selber schon bemerkt?«

»Ja ...«

»Genau. Er macht alles schwieriger als nötig und ist so unsicher, daß er die Leute richtig dumm behandelt. So geht das einfach nicht. Zu viele Abgänge. Aber nun habe ich neulich, in anderem Zusammenhang, die kleine Episode über dich und ihn gehört, und es hat mich wirklich nicht wenig beeindruckt, wie du ihn in die Schranken gewiesen hast. Ich habe selber einen ausgeprägten Gerechtigkeitssinn und mache den Mund auf, wenn es nötig ist. Das sollten wirklich alle Menschen auf der Welt tun, oder? Ich habe mir so meine Gedanken darüber gemacht, wie wir mit dieser Situation zum Vorteil aller fertig werden können. Soviel ich weiß, bist du auf dem Gymnasium nicht durchgefallen, sondern hast aus eigenem freien Willen aufgehört, oder? Das muß man ja respektieren. Du bist ein heller Kopf, und du hast dein Leben noch vor dir. Was ich damit sagen will, ist, hier bei uns hast du nicht die schlechtesten Möglichkeiten, das kann ich dir versprechen. Ich schlage vor, du arbeitest weiter im Lager für … sagen wir noch zwei Monate. Während du da arbeitest, mußt du die Augen offenhalten. Schau, was verbessert werden kann, was vereinfacht, ja, wie wir eben das ganze System rationalisieren können. Leiste da gute Arbeit, dann wird es nicht lange dauern, bis du aufsteigen wirst … ja, sogar beträchtlich aufsteigen. Für Andersen wird es ja nur gut sein, von einem Teil der Verantwortung befreit zu werden. Er geht sowieso demnächst in Rente …«

Das ist alles, was ich von dem »Gespräch« noch weiß, aber ich denke an Direktor Borst mit denselben Gefühlen zurück wie an den Klassenlehrer. Das Bild des gutgekleideten, fülligen Mannes im Drehstuhl, ununterbrochen lächelnd, die Hände hinter dem Nacken verschränkt, hat sich in meiner Erinnerung eingebrannt. Mehr ist nicht passiert. Ich taumelte nach draußen, und das war's. Wieder einmal nahm ich den Kampf nicht auf. Ich habe mich wieder verpißt.

Direktor Borst schuldet mir noch immer vierhundert Kronen Urlaubsgeld.

Ich hatte Schwein und fand fast sofort einen neuen Job. Als Jüngster in einer kleinen Autowerkstatt. Lars und Ivar, die da schon arbeiteten, waren beide Anfang Zwanzig und hatten nur zwei Sachen im Kopf: Autos und Mädchen. Aber sie waren wirklich nett und hatten nichts gegen einen Lehrling. Im Grunde behandelten sie mich wie eine Art kleinen Bruder. In wenigen Wochen brachten sie mir das Autofahren bei. Im Mai machte ich ohne eine einzige offizielle Fahrstunde meinen Führerschein.

Ivar hatte genug Geld für einen gebrauchten Mercedes zusammengekratzt, der noch in Topzustand war. Aber er mußte dafür zehn Tausender hinblättern, und danach war er so total blank, daß er sich keine neuen Sommerreifen mehr leisten konnte.

Rasmussen dagegen konnte. Rasmussen war der Besitzer der Werkstatt und nannte sich Geschäftsführer. Er hatte als einfacher Automechaniker angefangen und sich bis zu einer Villa in Grefsen und einer Hütte in Hemsedal hochgearbeitet. Er war dick und gutmütig, wenn er in guter Stimmung war, und kein bißchen fein. O nein. Er trug oft einen Overall, wie wir anderen, und bezahlte uns nach Tarif. Jawohl.

Rasmussen hatte mehrere große Kunden, die nichts gegen ein paar Extraleistungen einzuwenden hatten. Unter ihnen war die Speditionsfirma Trans-Porter. Einer der Spezialdienste, die er Geschäftsführer Porter zukommen ließ, war, die Reifen seines Privatwagens jeden Herbst und Frühling zu wechseln. Der Geschäftsführer fuhr einen Mercedes Brunst 250 SCL metallic und so weiter – einen richtigen Fastback-Hardtop-Sprinter für Erwachsene. Das Auto war unbedingt ein wichtiger Teil von Porters Image, und dazu war der Mann noch ein beeindruckender Modefan. Er trat in den phantasievollsten Kleiderschöpfungen auf – betont mit Juwelen und kleinen Seidenschals. Ein Herr mit niedrigerer Gesellschaftsstellung wäre sicher mit solchem Benehmen auf Skepsis und Widerwillen gestoßen, aber nicht Monsieur Porter. Er war ein Papier mit Goldrand. Außerdem hatte er immer irgendein Stück holde Weiblichkeit im Mercedes. Niemand konnte ihm also unterstellen, er sei … andersrum, auch wenn er in Traumkostümen einherschritt, die die überkandidelten Tunten in

Paris ausgeheckt hatten. Es ist ja schließlich nur charmant, wenn reiche Leute ein bißchen exzentrisch und extravagant sind. Aber denk jetzt bloß nicht, wir hätten an seinem Auto nur die Reifen gewechselt. O nein. Der Herr brauchte für jede Saison neue Reifen und neue Felgen! Die alten waren ja abgenutzt und verdreckt, und als der erfolgreiche und gebildete Mann, der er war, wußte er, daß Fahrzeuge Leute machen, von Straßenlage, Verkehrssicherheit und dem siebten Sinn gar nicht erst zu reden.

Der joviale Rasmussen war auch nicht blöd, und zweimal im Jahr verkaufte er Porters Hinterlassenschaften an bescheidenere Mercedesbesitzer – die es sich nicht leisten konnten, in bezug auf Profil und gute Straßenlage so pingelig zu sein. Leute wie Ivar. »Das hier sind prima Reifen, kannst du mir glauben!« sagte Rasmussen. »Eine Saison machen sie's noch gut, und nächstes Jahr kannst du sie ja einstampfen. Kriegst sie zum halben Preis. Ich kann's dir vorlegen und dann von deinem Lohn abziehen.«

»Ja, okay. Meine Mühle muß ja Gummi haben«, sagte Ivar.

Lars stand dabei und sah ihn an. »Ich hab schon von den Brotkrumen vom Tisch der Reichen gehört, aber verdammt will ich sein, wenn dafür schon mal jemand den halben Preis bezahlt hat!«

»Ach, halt die Fresse! Ich brauch doch Reifen! Ich kann ja nicht auf den Felgen fahren!«

»Scheiß noch mal, mir wäre das lieber gewesen!«

Weil ich der Jüngste war, bekam ich alle beschissenen Arbeiten mit schlechter Bezahlung. Ich mußte aufräumen und den Boden fegen und mußte dabei eine Menge Witze über Schwule über mich ergehen lassen. Ich nahm sie hin, weil ich wußte, daß sie nicht böse gemeint waren, aber es irritierte mich, daß die Typen so dumm waren und solche Vorurteile mit sich herumschleppten. Einmal sprang ich darauf an: »Homosexuelle sind auch Menschen wie alle anderen!«

Lars und Ivar sahen mich verdattert an.

»Himmel ... ja, sicher.«

»Ja ... hat doch auch keiner was anderes behauptet?«

Danach hörten sie auf mit ihrer Schwulenhetze.

Als Lehrjunge mußte ich auch die Speisekammer aufräumen. Das war okay. Nur daß Rasmussen nicht einmal sein Butterbrotpapier zusammenrollen konnte, nervte mich. Er ließ seinen Abfall einfach liegen – fettiges Butterbrotpapier und einen leeren Halblitermilchkarton. Jeden Tag. Auf die Dauer ist so was ganz schön bescheuert. Eines Tages hatte er seine Milch nicht ausgetrunken, und ich ließ den Karton auf dem Tisch stehen. Und dort blieb er dann ein paar Wochen.

Die Essenspausen waren immer witzig – abgesehen von Rasmussens endlosen Geschichten über seine phantastische Karriere. Eines Tages, als er gerade Atem holen mußte, konnte Ivar ein paar Sätze dazwischenzwängen: »Stellt euch vor, was mir gestern abend passiert ist! Teufel auch! Einmal wollte ich das Auto stehenlassen und zu Fuß gehen ...«

»Himmelarsch! Biste krank?«

»In Majorstua. Und auf'm Valkyrieplatz kommt so 'n Volvo Sport rangefahren, und da sitzt dieser Typ, weißte, und fragt, ob ich nicht ein bißchen mitfahren will. Stellt euch das mal vor!«

»Jesus, war der schwul?«

»Klar war der das!«

»Woher willste das wissen?«

»Herrgott, erst mal hatte der Kerl zuviel Ringe an'n Fingern, und weiße Klamotten und so, und dann hat er gefragt, ob ich mit zu ihm wollte, was trinken ...«

»Und? Biste mit? Hä?«

»Spinnste, oder was? Also, ich hatte ja echt Bock, diese Wahnsinnskiste von ihm auszuchecken, aber ...«

Rasmussen hatte das Kauen eingestellt und brach in den schlimmsten Fluchanfall aus, den ich je gehört hatte:

»O Himmelarschundzwirn, dieses kotzüble Schwein! Nein, das laßt euch nicht gefallen, Jungs, mit so 'nem Saukerl mitzugehen, und wenn sein Wagen noch so schön ist, denn für solche Scheißkerle gibt's nur eins: euch in den Arsch zu ficken. Kotzverdammich! Geht diesen Typen nur ja aus dem Weg, das sag ich euch! Die sind Abschaum, jawohl! Scheeeiiiß ... Schwuuuule, und man sollte sie alle an die Wand stellen, allesamt. Liquidiert gehören die!« Rasmussen hatte sich durstig geredet und setzte den Milchkarton ans Maul. Ich hob vorsichtig den Blick und sah, daß auch die anderen nach unten starrten. Alle peinlich berührt.

Da passierte etwas Unglaubliches. Rasmussen brach in halbersticktes, gurgelndes Gebrüll aus, etwa so, wie wenn ein Wal bläst, und spritzte eine Wolke saure Milch und Essen und Schimmel in den Raum, daß es nur so zischte. Er hatte den falschen Milchkarton erwischt! Der große Geschäftsführer Arsch stürzte zur Tür, blieb dort stehen und kotzte in die Werkstatt.

Wir lachten, daß uns die Tränen kamen. Als wir endlich aufhören konnten, sagte Lars: »Das ist ihm nur recht geschehen, hol's der Teufel!«

Lars kannte einen Typ, der kannte einen Macker, dessen alter Onkel mußte sich seines alten Buicks entledigen, weil das Elektrizitätswerk sonst sein Hüttengrundstück in Kringsjaa enteignet hätte.

Für fünfhundert Kronen wurde ich der stolze Besitzer eines schönen grünen Buicks, Modell 34, mit Acht-Zylinder-Motor und Jalousie am Rückfenster. Ein richtiges Bonnie&Clyde-Auto, mit hundertdreißig im dritten Gang. Ein Märchen.

Ich schraubte eine ganz zerfressene Galionsfigur an, eine Dame, deren Haar und Gewand im Wind flatterten, wie man sie jetzt gar nicht mehr haben durfte. Ich taufte die Karre »Lagherta Wold« – nach einem Namensschild in einem Eingang in der Seilduksstraße in Grünerlokka. Und dann tobten wir los. Gott soll mich schützen, was hatten wir für einen Spaß mit Lagherta Wold! Sie war immer bis zum Bersten gefüllt, mit Gott und der Welt, mit Hinz und Kunz und Tuppen und Lillemor – und mir natürlich. Lagherta lief und lief und lief den ganzen Frühling und Vorsommer lang. Sie beförderte uns zu einer Menge Feste.

Tuppen und Lillemor hatten eine total verrückte Clique von Papasöhnchen aus Nordberg an Land gezogen, zu denen sie in einem – milde gesagt – dynamischen Verhältnis standen. Entweder waren sie in einen restlos verknallt, oder sie waren zutiefst erschüttert und kaputt und distanzierten sich energisch von allen. Dazu hatten sie übrigens auch allen Grund. Wenn die Typen voll waren, richteten sie Verwüstung an – egal, wo sie waren. Ich erinnere mich besonders an eine Sache. Das war in einer Villa in Nordstrand, bei einem Mädchen, das allein zu Hause war. Sie war dumm genug zu sagen »Das macht nichts, Papa bezahlt!«, als einer von den Typen gestolpert war und eine Lampe zerbrochen hatte.

Das Signal war gegeben. »Papa bezahlt! Papa bezahlt!« war die Parole. Die Typen warfen zuerst Eier an die Bilder. Einer ging zum Kotzen in den Keller und kehrte triumphierend mit einem Rasenmäher zurück. So einer mit Luftkissen. Den startete er in der Diele und kam pfeifend ins Zimmer. Mit Sonnenbrille und Papas Strohhut schnitt er den langhaarigen Knüpfteppich, daß die Wolle uns nur so um die Ohren stob. Wir verließen die Gesellschaft. Ich hatte Angst vor der Bürgerbande.

Einige Wochen später erschienen sie bei Lillemor zu Hause und prahlten mächtig mit den Taten vom Wochenende. Sie waren auf einem Fest im zwölften Stock eines Hochhauses in Tveita gewesen und hatten einen vollen Kühlschrank vom Balkon geworfen. »Ihr hättet mal diesen geilen Krach hören sollen!«

Irgendwie schnallten sie, daß ich schwul war. Wahrscheinlich hatten Tuppen oder Lillemor sich im Suff verplappert. Einer von ihnen wandte sich an mich, in einem schrecklich schleimigen femininen Tonfall: »Nein, wiirkliich, also, Yngve! Du hättest zu unserem letzten Kongreß kommen sollen, es war so schick! Denk dir nur, Erik war zum ersten Mal mit und brach in Panik aus, gerade als wir anderen uns die Kleider auszogen. Und wir mußten ihn festhalten, um seine Unterhose herunterzubekommen, aber als er dann endlich Frederiks Schwanz in den Arsch bekam, fand er das sooo toll, daß er jetzt nur noch nach einem Pimmel gibbert. Genau wie du! Nicht wahr, das ist hübsch, Yngve?«

Ich hatte wirklich Angst vor ihnen. Sie schienen zu allem fähig zu sein, aber mit Hilfe von Tuppen und Lillemor schaffte ich es einigermaßen, sie mir vom Leibe zu halten. Seit dem Abend habe ich keinen von ihnen wiedergesehen. Jetzt sind sie sicher eine Bande von Juniorchefs und Direktoren.

Nach und nach bekam ich Wildwein seltener zu sehen. Zwischen uns gab es Probleme, das heißt, die Probleme gab es für mich. Ich braute mir selbst eine Menge Bitterkeit und Haß auf die Schule zusammen, und ich hab wohl viel davon auf Wildwein übertragen. Er wurde irgendwie »einer von denen«, eine Art glücklicher Gesandter von oben. Von Leuten, die versucht hatten, mich kaputtzumachen – und das so ziemlich geschafft hatten. Schließlich machte ich Schluß. Das war schrecklich. Ich sah, wie sehr Wildwein darunter litt. Mir tat es genauso weh. Aber trotzdem war mir ganz klar, daß ich das einzig Richtige tat. Ich verließ ihn. Er stand da und blickte mir nach. Ich drehte mich um und sah ihn da stehen. Allein. Verlassen. Ich dachte: »Das ist bescheuert. Jetzt bau ich Scheiß. Ich liebe dich doch, Wildwein, mein Junge!« Aber ich ging nicht zurück. Ich ging weg. Ich war auch allein.

An einem Samstagnachmittag im Juli machten wir uns mit Lagherta auf den Weg. Tuppen und Lillemor und Frode und ich. Drei Tage vorher hatten wir beschlossen, mal ein bißchen nach Italien zu fahren. Wir hatten schon immer mal Rom erleben wollen, und jetzt besaßen wir einen Wagen. Warum also nicht? Zuerst mußten wir nach Kristiansand und einen Typen einsammeln, in den Tuppen und Lillemor und ich aus der Ferne sehr verliebt waren und der auch gerne Rom sehen wollte. Aber schon bei Lierbakkene fing Lagherta an, einen neuen Ton von sich zu geben. Ganz neu. So eine Art Ticken im Motor, das ganz schnell Wesen und Lautstärke änderte. Noch ehe wir den ganzen Hügel hinuntergefahren waren, klang es, als klemmte uns Pappe in den Speichen. Und als wir in Drammen angekommen waren, schien im Motor etwas eifrig zu klopfen und herauszuwollen. Ich hielt an einer Tankstelle, die gerade dichtmachen wollte, und überredete den Mann, sich das Phänomen wenigstens anzuhören.

Er lauschte dem Anfang von Laghertas Schwanengesang einen Moment. Um seinen Mund herum konnten wir die Andeutung eines Lächelns sehen. »Das liegt wohl am Zylinder«, sagte der Mann.

»Ach. Ist das gefährlich?«

Jetzt war das Lächeln ganz deutlich. »Nein, viele Autos sind schon damit rumgefahren ...«

»Ja, aber, meinen Sie, wir kommen damit bis Italien?«

Nun grinste der Mann ansteckend. »Doch, das kann durchaus sein ... Aber ich glaube nicht, daß ihr damit auch wieder zurückkommt.« Der Typ war schon in Ordnung. Er erklärte uns, daß in dem Lager, wo die Zylinder an der Achse befestigt sind, etwas verschlissen war. Dann fand er per Ohr heraus, um welchen Zylinder es sich handelte, und koppelte den von der Zündung ab. »Ihr habt ja noch sieben andere. Gute Reise! Und grüßt die Sophia Loren von mir! Und Vorsicht beim Spaghetti-Essen ...«

Die arme Lagherta war irgendwie nicht mehr sie selbst, als

wir an diesem Samstagnachmittag weiter durch Drammen fuhren. Sie war ganz schwerfällig geworden und brummte gar nicht mehr vergnügt. Sie knurrte. Als wir den langen Hügel im Süden von Drammen hinauffuhren, wurde mir klar, daß etwas Entsetzliches bevorstand. Meine stolze Fahrmaschine hörte sich an wie ein Hubschrauber mit gebrochenem Schwanzpropeller. Ich mußte in den ersten Gang zurückschalten und wurde ziemlich herb, als Tuppen und Lillemor einen ihrer ewigen Kicheranfälle bekamen, weil ein alter Mann auf einem Moped uns mit vierzig Stundenkilometern elegant überholte.

Aber schließlich hatte sich Lagherta über den Hügelkamm gequält, ich konnte auf achtzig beschleunigen, wenn ich auf dem Gaspedal stand. Jetzt klang es wie eine andauernde Zugentgleisung. Ich hatte gerade die Möglichkeit in Betracht gezogen, Italien vielleicht doch nicht mehr erleben zu dürfen, als wir tatsächlich entgleisten. Mit einem gewaltigen »Boff!« gab Lagherta Wold ihren Geist auf, die Motorhaube mit den Flügeln (einer auf jeder Seite) schlug auf und verschwand. Eine Menge kochendes Öl bekam freie Bahn und schoß über die Windschutzscheibe. So mußte ich nicht mit ansehen, wie Lagherta ihre letzte selbständige Tat im Leben vollbrachte und von der E 18 in den Acker eines Bauern hüpfte – tief hinein –, ehe sie endlich zur Ruhe kam.

Schon im Schweben hatte ich eine klare Vorstellung von der Brandgefahr. Ich schrie »Lauft!«, sobald wir landeten. Und das taten wir, alle vier. Ein stilechtes Rennen, eingehüllt in den scharfen Geruch von fritiertem Buick. Zum Glück war Lagherta absolut gegen Einäscherung eingestellt, also zündete sie sich nicht selber an, aber es roch wie nach Krematorium – und ich kam mir vor wie eine Hausfrau aus der Industriestadt Porsgrunn, mit Wäsche auf der Leine, wenn der Wind aus der falschen Richtung kommt.

Natürlich fingen Tuppen und Lillemor an zu lachen. Aber ich weinte. Danach mußte ich einen Canossagang von einem Kilometer antreten und dem Bauern erklären, warum wir ausgerechnet auf seiner Scholle Kartoffelferien machten. Er hatte sich schon fürs Wochenende umgezogen, der Arme. Ohne ein Wort zog er wieder die Arbeitskleider an und startete den Traktor. Dann erntete er das Fallobst Lagherta Wold und alle ihre herumliegenden Herrlichkeiten. Der Bauer war nett. Wir durften das Wrack bis auf weiteres auf seinem Hof stehenlassen. Wir packten das Allernotwendigste zusammen und trampten weiter gen Süden, mit frohem Mut und lustigem Gesang.

In dem Sommer kamen wir nicht weiter als Kristiansand. Und es sollte noch über ein Jahr dauern, bevor ich endlich mein gelobtes Rom erleben durfte.

Das Jungenghetto

Von der Schwulenkneipe in Majorstua hatte ich schon gehört, als ich noch aufs Gymnasium gegangen war. Vom Fallas redete man mit hochgezogenen Augenbrauen und gerümpften Nasen. Kurz gesagt mit gewaltiger Neugierde. Ich ging im August einige Abende hintereinander dort vorbei, aber immer verließ mich der Mut. Ich hatte solche Angst, dort hineinzugehen, daß ich mehrere Male kehrtmachte und davonlief. Warum? Dort hätte ich mich natürlich in viel höherem Grad als früher als Homosexueller zu erkennen gegeben. Aber am meisten hatte ich vor dem Angst, was ich dort sehen würde, davor, »meinesgleichen« von Angesicht zu Angesicht gegenüberzustehen. Wie sahen Homosexuelle aus? Wie benahmen sie sich? Stimmte alles, was ich gehört hatte? Ich hatte eine scheiß Angst.

Zum Glück ist das Fleisch stärker als der Geist, oder wie das nun geschrieben steht. Beim vierten Mal schlüpfte ich mit klopfendem Herzen und Sternen vor den Augen durch die Tür und versuchte, unbeschwert die Treppe hinaufzugehen. Das war gar nicht so leicht, denn oben saß ein großer Mann und musterte mich mit einem, gelinde gesagt, spöttischen Gesichtsausdruck. Ich schrumpfte irgendwie zusammen.

»So, so ... du auch hier?«

Ich schluckte.

»Ein Neuer, scheint mir. Das erste Mal, was?«

Ich versuchte zu nicken.

»Ja, ja, dann zieh nur deine Jacke aus und geh rein. Sind genug nette Jungs hier, mußt du wissen. Kostet zwei fünfzig. Danke.«

Klar, daß mein Zentralnervensystem lahmlag beim großen Schritt ins Schwulenmilieu. Ich glaube, das lief ungefähr so: Als ich in die Tür trat, wurde es einige Sekunden lang ganz still im Lokal. Ich sah, daß ich mich in einem mittelgroßen Café mit massenhaft Gold und rotem Licht und vielen Leuten befand. Dann hörte ich eine schrille Frauenstimme: »Oh, hiiimmlisch! Endlich ein Mannsbild!«

Und dann gab es Applaus! Kein Gelächter und fiese Witze, sondern tatsächlich Applaus. Für die entzückte Frauenstimme und für mich. Das war ein merkwürdiges Erlebnis. Eine Masse verschiedener »Vibrationen« schwirrte auf mich zu – aber keine negativen. Ich mußte lächeln. Mir wurde warm davon. Und da waren auch schon die himmlischen Heerscharen, oder zumindest ein Engel mit hellem Haar und charmantem Lächeln, der mich am Arm nahm, mich an seinen Tisch setzte und sagte: »Hallo, ich heiße Gunnar.«

Er wurde sofort von der Frauenstimme am Nebentisch überschrien: »Nein, das stimmt gaaaa nich, sie heißt Greeeta, damit du's weißt ... du has doch von Gunnar und Greta Garbo gehört, oder nich? ... Und jetzt versucht sie, so zu tun, als wär sie 'n Mannsbild, nur deinetwegen, aber warte nur, eins sag ich dir, ein größeres Frauenzimmer ...«

»Ach, halt die Fresse! Du aufgetakelte Tunte ...«

»Spiel dich nich so auf, Greeeta, und mach keinen Scheiß, wenn ich in der Nähe bin, das sag ich dir! Naaaancy! Gib dem neuen Mannsbild hier ganz schnell einen Grand Charme und leg 'nen Rheinländer auf! Hier muß gefeiert werden!«

Ich mußte meinen eigenen Ohren und Augen trauen: Das war keine Frau! Das war ein Mann. Mit Puder und Schminke, mit großen, roten Rosen auf der Wange und »zuviel Ringen an den Fingern«. Aber ich mußte auch lachen. Er bot wirklich das schockierendste, witzigste Schauspiel, das ich je gesehen hatte. Wenn er lächelte, platzte sozusagen die Gesichtsmaske aus Creme und Puder, es sah aus, als würden gleich große Stücke davon herunterfallen. Er nannte sich Vanessa.

Es wurde ein denkwürdiger Abend. Ich lachte viel und lange und konnte mich einfach nicht so zusammennehmen, um nicht mit meiner perfektionierten Zarah-Leander-Parodie beim Geheul mitzumachen: »Ach, Vanessa, kannst du dich nicht zu uns rübersetzen und uns 'nen richtigen Skandal erzählen!«

Seit Strandholmen hatte ich nicht mehr solchen Erfolg gehabt. Vanessa lachte, so sehr, daß der Puder wie eine Wolke um ihn stob, und ich wurde dermaßen umarmt, daß ich noch am nächsten Tag die Schminke hinter beiden Ohren hatte. »Wie heiß du? Hiiimmel, nun sag mir, wie du heiß!«

»Yngve ...«

»Yngve? Gott, das wird nich leich ... Inga? Nein, kling zu alt ... Tuttemor! Naaancy, zwei Grand Charme! Von jetz ab heiß du Tuttemor, meine Kleine, und jetz muß du dir auch die Haare mit Henna färben, Zarah zu Ehren!«

Wir kreischten vor Lachen.

Ich war glücklich breit vom Sekt, als ich mit Gunnar nach Hause ging, und wenn ich auch nicht so sehr auf ihn versessen war, wurde ich jedenfalls in dieser Nacht gründlich von ihm besessen. Das tat schrecklich weh. Er war nicht besonders vorsichtig. Er nahm nicht mal irgendeine Creme, sondern rammelte gleich los. Ich dachte, das müsse so weh tun und das sei der Preis, den ich mit meinem armen, unschuldigen Arsch bezahlen müsse.

Am nächsten Tag machten wir blau. Gunnar war lieb und nett. Er servierte ein Frühstücksbier und wollte noch eine Nummer. Ich versuchte zu erklären, wie schrecklich weh das tat, und weißt du, was er sagte? »Am Anfang ist das immer so.«

Der Tropf glaubte wirklich, das müßte so sein! Er hatte wohl seinerzeit dieselben schlechten Erfahrungen gemacht und gab die nun an mich weiter. Aber das hat er jedenfalls inzwischen gesagt bekommen: Es tut nämlich kein bißchen weh, wenn man etwas lieb und vorsichtig ist. Es ist schön! Der Hintern ist trotz allem ein Geschlechtsorgan – wie das meiste andere auch! Ich blieb bei dem Typ eine ganze Woche wohnen – er war sonst in Ordnung. Aber bald konnte ich kaum noch sitzen und hatte Blut auf dem Klopapier. Da kehrte ich heim zu Vater und Mutter.

Ausgerechnet dieses Mal war mein Vater böse. »Wo treibst du dich denn rum? Ist dir überhaupt klar, daß wir dich seit letztem Donnerstag nicht gesehen haben?«

»Jesusmaria, ich hab doch angerufen und Bescheid gesagt, oder etwa nicht? Ich hab doch gesagt, daß ich ein paar Tage nicht nach Hause komme, also, was regst du dich so auf?«

»Genau deshalb! Du hast deine Arbeit, und solange du zu Hause wohnst, gehst du da auch hin, kapiert? Also, was machst du die ganze Zeit?«

Meine Mutter war nicht ganz so sauer. »Das mußt du aber einsehen, Yngve, wir machen uns Sorgen, wenn du einfach so ausbleibst, auch wenn du Bescheid sagst. Natürlich zerbrechen wir uns den Kopf darüber, was du treibst und wo du bist ...«

»Ja, sicher.«

»Ja, aber, was ist denn los? Ein Mädchen?«

»Nein!!! Kein Mädchen!«

»Ja, aber, Yngve! Doch nicht etwa was Kriminelles?«

»Nein!!! Um Himmels willen, seid ihr denn ganz bescheuert? Ich tu überhaupt nichts Gefährliches.«

»Yngve! Jetzt will ich aber wissen, was du die ganze Woche gemacht hast. Ich hab nie Hand an dich gelegt, aber das sag ich dir, du kommst nicht eher aus diesem Zimmer raus, als bis du nicht die Wahrheit gesagt hast!«

Mein Vater war schrecklich aufgeregt, und ich wurde verdammt wütend, einen Augenblick lang, aber dann versiegte mein Zorn. »Na gut, na gut. Großer Gott! Wenn ihr darauf besteht, dann von mir aus. Am besten setzt ihr euch. Früher oder später müßt ihr's ja doch erfahren, aber ich hätte mir gewünscht, daß es ein bißchen angenehmer sein könnte ...«

»Ja, aber, was ist denn los, Yngve ...«

»Ich bin homosexuell. Ich mag Jungen. Ich bin mit einem Jungen zusammen gewesen.«

Es hat so weh getan, meine Eltern anzusehen. Mein Vater sackte in sich zusammen und sah zehn Jahre älter aus. Ich sah den ungläubigen Ausdruck in den Augen meiner Mutter, als sie sagte: »Ach nein, aber Yngve ...« Ich sah, wie die letzten fünf Jahre an ihr vorbeizogen. Und an mir auch. Dann meinte sie: »Ja, ja, Yngve. Jetzt versteh ich alles viel besser. Magnus ...?«

»Ja, ich bin schon die ganze Zeit so.«

Ich traute mich fast nicht, meinen Vater anzuschauen, aber ich konnte mir vorstellen, was er vor sich sah. Er starrte mich mit glasigen Augen an und war ganz grau im Gesicht.

»Es ist nicht schlimm, und es ist nicht gefährlich ...« Und dann fing ich an zu weinen. »Aber ich bin doch trotzdem derselbe. Ich bin Yngve!«

Mein Vater stand auf und ging. Und kam nicht wieder.

»Verstehst du, Yngve, ich kann das vielleicht verstehen. Das ist für mich nicht so schwer. Ich bin schließlich eine Frau. Und dein Vater eben nicht.«

»Ja, aber, was, zum Teufel, hat das denn damit zu tun?«

»Genau. Das hat mit dem Teufel zu tun! Denn eins kann ich dir sagen, Yngve: Ich hab deinen Vater nie fluchen hören. Kein einziges Mal. So stark ist der Kinderglauben noch bei vielen aus unserer Generation. Das einzige Schimpfwort, das ich von ihm ein seltenes Mal gehört habe, das durfte man gewissermaßen früher benutzen. Kannst du dir vorstellen, was das war?«

»Arschficker ...«

»Ja, leider.«

Am selben Abend war ich wieder zur Stelle im Fallas, und eine Woche später wohnte ich in einem Zimmer in Grünerlökka. In der Zwischenzeit besetzte die Sowjetunion die Tschechoslowakei. Ich marschierte von zu Hause weg und hatte mehr als genug damit zu tun, nun ernsthaft auf eigenen Beinen zu stehen.

Ein bißchen komisch, an diesen Herbst und den Winter danach zurückzudenken. Ein bißchen wehmütig – und ein bißchen erschreckend. Ich warf mich mit Haut und Haaren und Nerven und Körper ins Schwulenmilieu. Ich suchte verzweifelt nach irgendwas oder irgendwem. Vielleicht versuchte ich auch, mich selber zu finden.

Zuerst fand ich Terje. Er war so alt wie ich und irgendwie die große Nachwuchstunte. Er hatte lange Hennahaare und ein unglaubliches Mundwerk. Hat er immer noch. Im Fallas kam er zu mir, setzte sich an meinen Tisch und trank in einem Zug mein Bier aus. »He, Tuttemor! Ich hab gehört, du willst die neue Bombe hier in der Stadt werden. Das schaffst du nicht ohne 'ne richtige Backgroup, meine Süße, und ich bin zufällig die Zwillingsschwester von Diana Ross ... wir bügeln beide unsere Haare ... aber ich hab das blöde Huhn so satt, wir wollen sie jetzt rupfen, und jedenfalls bin ich ein besserer Manager als Vokalist, und wir suchen also eine Neue, die in der Mitte stehen und ein bißchen Leben in die Bude bringen kann, und wenn das stimmt, was ich über dich gehört hab, und du ein scharfes Mundwerk hast, ja, dann ist dein Glück gemacht!«

»Meinst du, ich soll singen?«

»Singen? Nein! Brauchst du dafür deinen Schnabel, Süße? Jesus Christus. Ich glaub, die Kleine ist noch ein Kinderstar. Nein, nein Tutta. Wir sind ein kleiner, exklusiver Callgirlring für Diplomaten und Minister, und denen ist's egal, ob sie ein Männlein oder Weiblein abkriegen, wenn's nur nach Wild schmeckt. Ach, und ich hab gehört, daß du bei Greta Garbo debütiert hast. Wie hat dir das denn gefallen?«

»Es tut weh, wenn ich sitze, und wird schlimmer, wenn ich lache!«

»Hiiiimmel, das stimmt ja! Das Mädchen hat einen Schnabel ... nicht hacken, nicht hacken! Dann bist du also bei Greta the Goddess aufgewacht, mit geplatztem Arschloch und einem zerknüllten Zehner in der Hand? Gib mir doch davon einen aus! Dann darfst du nachher mit zu Twiggy, und dann werden wir deine Dose schon verarzten ... da hast du bestimmt auch Goldhaare, meine Prinzessin! Ich bin auch bei Greta gewesen, mußt du wissen, also spiel dich nicht auf!«

Den Rest des Abends hatte ich ausreichend Gelegenheit, Terje näher anzusehen, oder die »kleine, halbblinde Twiggy«, wie Vanessa ihn getauft hatte, weil er dünn und kurzsichtig war.

Danach ging ich mit zu ihm, und dort bekam er die Gelegenheit, mich genauer zu betrachten, von vorn und von hinten. Terje konnte tatsächlich auch ernst sein. »Nein, Herrgott, wie siehst du denn aus! Das muß doch ganz schrecklich weh tun, Yngve! Du mußt mit deinem Arsch zum Arzt gehen! Aber geh nicht zum Gesundheitsamt. Die haben alle Schwulen in einer extra Kartothek, und die Polizei hat sicher schon lange das ganze Register in ihre Computer überführt, da bin ich sicher. Mir kann das ja egal sein, ich bin sowieso schon zweimal festgenommen worden, aber es hat ja wirklich keinen Sinn, daß du denen etwas gratis gibst!«

»Festgenommen?«

»Na, bist du ganz grün, oder was? Warst du noch nie im Park oder am Akershügel? Da ist die Szene, mußt du wissen, aber das hat die Bullerei natürlich auch geschnallt. Und all die großen Bullenmänner finden das irre geil, kleine, verängstigte, hysterische Schwulis zu verfolgen und zu verhaften, die ›Nicht schlagen, nicht schlagen!‹ heulen. Für die Bullerei gibt's nichts Witzigeres, und sie dürfen es sogar, weil, im Paragraph 213 vom Strafgesetzbuch, da steht, Männer, die Tiere oder andere Männer ficken, sollen mit soundso viel Jahren Gefängnis bestraft werden. Das gilt nicht für Frauen, und das ist echt bescheuert. Meine Tante hat siebzehn platinblonde Pudel in ihrem Schlafzimmer in Ullern, und ich sag dir, bei der bellt's im Unterrock! Weißt du übrigens, was mir passiert ist, als ich zuletzt beim Gesundheitsamt war? Ich weiß natürlich, daß ich klein und dünn bin und jung aussehe, aber trotzdem bin ich neunzehn, und das steht ja auch auf meiner Karte. Da komm ich also ins Gesundheitsamt mit Gonorrhoe im Arsch ... ich hab gewußt, daß es das ist, weil ich das schon mal gehabt hab ... und da ist eine neue Ärztin, und die sieht mich ganz verstört an und sagt mit so einer Kinderstundenstimme: ›Aber, wo fehlt's uns denn, mein Kleiner?‹ Ich hab fast meinen Ohren nicht getraut, und dann hab ich mit Bierstimme gesagt: ›Ich bin homosexuell, Frau Doktor. Das steht doch auf der Karte.‹ Sie hat mich angeschaut, als würd sie gleich umkippen. Sie hat echt nur Bahnhof verstanden! Also bin ich auf die Bank gehüpft, hab mir die Hose runtergezogen und meinen Arsch in die Luft gestreckt. Sie hat dreingeschaut wie eine Vegetarierin im Schweinestall, und weißt du, was sie gesagt hat, mit einer noch schlimmeren Kinderstundenstimme? ›Aber nein, aber nein, aber nein ... Was hat er denn gemacht, mein Kleiner? War er bei dir im Po?‹«

Am nächsten Morgen ging ich zu einem warm empfohlenen Arzt, aber der war nicht da, und ich mußte zu einem anderen. Der war ein älterer, zackiger Herr, sehr korrekt, mit strengster Ordnung auf dem Schreibtisch. Ich sagte, daß ich Verletzungen im Rektum hätte, und mußte auf die Bank und mein Gestell in die Luft strecken. Damit muß man sich abfinden. Man ist ja schließlich selber daran schuld! Der Herr Doktor schaute und grub und gab eine Reihe bedauernder Schmatzlaute von sich. Dann schmierte er mich mit irgendwas ein, und seitdem hab ich nie mehr den Ausdruck »Jemand Feuer unterm Hintern machen« gebraucht. Aber etwas muß man ja aushalten können!

»Ja, Sie können sich wieder anziehen ... setzen Sie sich bitte.«

»Nein, danke. Im Moment möchte ich lieber stehen.«

»Hm, ja. Wie Sie wollen. Äh ... Haben Sie eine Bekannte?«

»Was?«

»Ich frage, ob Sie eine Bekannte haben?«

»Ich habe viele Bekannte.«

»Aha. Sie haben vielleicht auch einen Bekannten?«

»Hören Sie, ich kenne viele Jungen und Mädchen, aber okay, ich weiß schon, worauf Sie hinauswollen, und es gibt ja wohl kaum Zweifel darüber, warum ich hergekommen bin, oder?«

»Nein, wohl kaum. Aber nun muß ich Ihnen etwas sagen, junger Mann. Ich will keine Moralpredigt halten, aber als Arzt muß ich sagen dürfen, daß Sie sich völlig ruinieren werden, wenn Sie so weitermachen. Diese Art Umgang ist nicht ... natürlich, und sie ist gefährlich. Wenn Sie auch nur die geringste Möglichkeit dazu haben, dann suchen Sie sich ein Mädchen. Das ist trotz allem die natürliche Ordnung.«

»Sollten wir die Natur nicht selber entscheiden lassen, was die natürliche Ordnung ist?«

»Nun gut, junger Mann, dann habe ich Ihnen nichts mehr zu sagen. Ich gebe Ihnen ein Rezept für Antibiotika und eine Salbe. Das macht dreißig Kronen. Danke.«

Das Fallas steckte voller Überraschungen, und eine war süßer als die andere. In dem Herbst hatte ich mindestens zehn Liebhaber, und die Verhältnisse waren genauso stürmisch wie kurzfristig. Die Szene war ein bunter Haufen. Sie bestand ja schließlich aus mehreren hundert Menschen, die nichts gemeinsam hatten außer dem, daß wir alle homosexuell waren. Es war eine Freistätte, wo Humor und Leidenschaft blühten, wo aber auch die Intrigen wucherten und die Eifersucht schwelte. Wir waren ein Ghetto unerwünschter Elemente, die die Gesellschaft in ein Mauseloch gejagt hatte. Uns schloß ein existentielles Interesse zusammen, wir mußten uns gegen die Gesellschaftskatze wehren. Wenn tausend wütende Mäuse mit Heulen und Beißen aus ihrem Loch gestürzt wären, hätten wir sie verjagen können! Untereinander konnten wir heulen und um uns beißen, aber der Gedanke an Organisation war erst halb gedacht. Die Norwegische Homosexuellen-Vereinigung von 1948 existierte zwar, war aber alles andere als eine Kampforganisation. Sie veranstaltete hauptsächlich gemütliche Abende hinter zugezogenen Vorhängen auf Snaröya, bei denen keiner unter zwanzig zugelassen war. Trotzdem gab es in unserer Szene gewaltige Kräfte. Noch nicht losgelassene, aber gärende Kräfte.

Im Februar erhielt ich einen Stellungsbefehl. Das war ein Schock, obwohl ich darauf gewartet hatte. Auf einmal donnerte die Gesellschaft an meine Tür, um mich abzuschleppen. Ich war fest entschlossen, mich mit Zähnen und Klauen zu wehren. Zum einen war ich Pazifist. Warum, in aller Welt, sollte ich Menschen für ein Vaterland erschießen, das in der Nato war und das den Völkermord in Vietnam unterstützte? Zum anderen war ich homosexuell. Warum sollte ich ein System verteidigen, das mich unterdrückte und das mich und meine Gefühle sogar durch Gesetze kriminalisiert hatte? Zum dritten steckte in mir die Angst vor allen Arten von Autorität. Ich bekam Angstanfälle, wenn ich nur ein Polizeiauto auf der Straße sah, von Militärkolonnen ganz zu schweigen. Deshalb war ich entzückt, als mir aufging, daß ich ja »bei der Vaterlandsverteidigung unerwünscht« war. Die befehlenden Herren wollten selbstverständlich keine Homosexuellen in den Baracken haben. Denk nur an die Folgen! Möglicherweise verpaßte ich eine Menge Leidenschaft auf diese Weise, aber das würde ich schon zehnfach wiedergutmachen können – in Freiheit, außerhalb der Militärlager. Ich jubelte. Dieses eine Mal war es der Gesellschaft gelungen, alles so dumm hinzukriegen, daß ich einen Vorteil davon hatte. Die Unterdrücker hatten ein gewaltiges Eigentor geschossen! Sie gaben mir fünfzehn Monate meines eigenen Lebens zur freien Verfügung. Ich war fest entschlossen, diese Zeit so gut wie möglich zu nützen – mich zu amüsieren, so gut das nur ging!

Ich verstand nicht ganz, was für ein verdammtes Unrecht mir angetan wurde. Mir war noch nicht klar, welcher Gedankengang mir gewidmet wurde: Homosexuelle Männer sind keine Männer. Sie sind nicht dazu geeignet, ihr Land zu verteidigen. Zu den wichtigsten Funktionen der Gesellschaft dürfen sie nicht zugelassen werden. Im Ausnahmezustand sollten sie am besten zusammen mit Kommunisten und anderen Abweichlern interniert werden. Mir war auch nicht klar, daß es sinnvoll sein kann, schießen zu lernen. Daß es notwendig sein kann, handgreiflich zu werden, wenn wir uns das nächste Mal verteidigen müssen.

Statt dessen wollte ich, als ich zum Militärlager Huseby ging, unter allen Umständen die hohe Auszeichnung »Von jeder Wehrpflicht freigestellt« entgegennehmen – ein Pariazeichen.

Es war eine lächerliche Vorstellung. Der große rotbackige Oberst mit Würde und Zigarre stolzierte unter hundert skeptischen jungen Männern herum und nannte uns dauernd »Kerls«.

»Hier bei uns ist es also so, Kerls, daß ihr das Recht habt, einen Antrag auf Befreiung von der Wehrpflicht zu stellen, aber ich seh euch an, Kerls, ihr seid ja so mutige Kerls, Kerls, daß keiner von euch, Kerls, auf so was verfallen wird, Kerls, hä?«

Mindestens fünfzehn Hände fuhren in die Höhe.

»Fragen können später gestellt werden!« Er mußte sich zusammennehmen. »Und es ist so bei uns, Kerls, daß wir so einen Psychiater hier haben, Kerls, aber zu dem will ja wohl keiner von euch, was, Kerls?«

»Ich!« sagte ich und hob meine Hand. Mindestens acht bis zehn von den anderen taten dasselbe. Mir wurde ein äußerst militärischer Blick durch den Zigarrenrauch zuteil.

Das Büro des Psychiaters war ein Erlebnis. Als ich hineinkam, sah ich zuerst den Patientenstuhl, der ganz dicht am Schreibtisch stand. Das eine Bein war mit einer dicken roten Wollschnur an ihm festgebunden.

»Setz dich!« kommandierte der Psychiater, der eine hinreißende Meckifrisur hatte – so eine richtige Amimatte. Mich erinnerte das an die Bürstenborsten. Ich war so weit in der Offensive, daß ich den Stuhl einen guten halben Meter zurückzog, als ich mich setzte. Der Psychiater betrachtete mich mit aggressivem Entgegenkommen: »Womit kann ich dienen?«

»Ich bin homosexuell. Ich möchte befreit werden.«

»Hast du ein ärztliches Attest?«

»Ein ärztliches Attest?«

»Ja, ein ärztliches Attest.«

»Daß ich homosexuell bin?«

»Ja. Wir fordern ein ärztliches Attest. Sonst könnte ja jeder kommen und das behaupten, oder etwa nicht?«

»Ich bin nicht jeder, ich bin homosexuell. Und außerdem kann auch jeder zu irgendeinem Arzt gehen und ein Attest bekommen.«

»Das tut nichts zur Sache. Wenn du ein Attest hast, ist die Sache in Ordnung. Sonst nicht.«

»Entschuldigung, du bist doch Psychiater, oder?«

»Ja, natürlich. Wieso?«

»Ja, dann bist du auch Arzt, oder?«

»Ich bin Arzt.«

»Entschuldigen Sie, Herr Doktor, aber ich bin homosexuell. Könnten Sie mir wohl ein Attest ausstellen, damit ich vom Wehrdienst befreit werde? Die Armee verlangt nämlich ein Attest ...«

»Hör mal! Das nützt dir nichts. Ich kann doch nicht wissen, ob du die Wahrheit sagst.«

»Muß ich das erst beweisen?«

Das saß. Der Militärpsychiater Piassava errötete bis unter seine geile Frisur und mußte einige Male schlucken. Nicht genug damit, daß ich seine reizende Wollschnur zerrissen hatte. Jetzt kam ich sogar mit einer direkten Herausforderung an seine herrliche Mannsperson!

Aber er wurde nicht böse. Er kriegte Angst! Und das Beste von allem war, daß er mir plötzlich glaubte. Ihm wurde klar, daß ich die Wahrheit sagte! »Warte einen Moment, ich werde sehen, ob ich das in Ordnung bringen kann«, sagte der Mann und eilte hinaus.

Ich sah mich im Zimmer um und entdeckte einige Gesellschaftsspiele. An der Wand hing ein Frauenbild – auf den Kopf gestellt! Das ist wahr! Ich grübelte ein bißchen darüber und kam zu dem Ergebnis, daß das sicher ein Test war, um herauszufinden, ob irgendwer besonders selbständig oder aufrührerisch war. Wenn sie die Wollschnur hinnahmen und nichts zu dem Bild sagten, wurden sie sicher sehr gute Soldaten. Obwohl, das wissen allein Gott und der König!

Ich rechnete jedenfalls damit, daß ich alles zu gewinnen und nichts zu verlieren hatte, also ging ich ruhig zu der Wand, um die Schönheit richtigzudrehen. Aber da kam mir ein bekanntes und liebes Wort des Paulus in den Sinn: Ordnung muß sein! Ich ließ also die Dame hängen – aus Angst vor den Folgen. Es hätte ja passieren können, daß ich auf der Stelle zum Sergeant ernannt worden wäre. Was weiß ich schon von militärischen Gedankengängen? Aber jedenfalls hab ich doch noch einen Treffer angebracht. Als der Psychiater nach zehn Minuten zurückkam und mich an irgendeinen neuen Oberst verwies, schaffte ich es, auf das Bild zu deuten und ihm schlau zuzuzwinkern: »Damen sind so vielleicht am besten ...?«

»Adieu!« sagte Pissawawa.

Der Oberst Nummer zwei hatte eigentlich nur die Aufgabe, mich zu betrachten und die Diagnose zu beglaubigen, und er machte das Beste daraus. Er war gleichzeitig kriecherisch und zackig und jovial. Hätte lieber Pastor werden sollen, der Typ. »Ja, junger Mann, wir meinen, wir müßten doch ein persönliches Gespräch führen mit allen, die wir ... auf diese Weise befreien, und du bist ja nicht gerade ein ... ein typisches Exemplar der Gattung, um es mal so zu sagen.« Damit machte er mich fertig, dieses Schwein! Ich hätte aufstehen sollen und knicksen, aber ich bekam einfach Angst. Sein Ziel war erfüllt. Oberst Kröntsch lächelte fett.

»Aus deinen Papieren sehe ich, daß du zur Kathedralschule gehst.«

(Christus! Haben die noch nicht mal mitgekriegt, daß ich da aufgehört habe?)

»Und hier ist das Ergebnis des Intelligenztests.«

(Herrgott!)

»Daraus ersehe ich, daß du ein gutes Ergebnis erreicht hast.«

(Teufel! Ich hätte nur Scheiß antworten sollen!)

»Du hättest ein wertvoller Mann für uns sein können.«

(Ach, stell dich nicht an, Macker!)

»Wir brauchen intelligente Leute in der Armee.«

(O Gott! Ich bin ein ehrgeiziger Gehirnsnob!)

»Aber da die Dinge nun einmal so liegen ...«

(Endlich!)

»... müssen wir ja die Konsequenzen ziehen ...«

(Ja?)

»… und dir die Belastung ersparen, die es für dich ganz sicher wäre …«

(Waaas?)

»… in einer solchen Männergesellschaft zu leben, wie sie ein Militärlager ja trotz allem eben ist.«

»Ist das vielleicht meine Schuld?«

»Wie meinen?«

»Ich frage, ob … Nein, Entschuldigung. Nichts.«

»Mhm. Dein Wehrpaß wird dir in einigen Tagen mit der Post zugeschickt. Und, ehrlich gesagt, junger Mann, das ist schade, wirklich schade!«

Am Abend trank ich mich im Fallas sternhagelvoll. Und schrieb ein Gedicht auf eine Serviette. Das ging ungefähr so:

Und der Mann schuf Gott –
Nach seinem Bilde.
Als Herrn schuf er Gott –
Und er sah, daß es gut war.
Es war sehr gut –
Für die Herren.

Leider ist das Originalmanuskript verlorengegangen. Ich mußte damit auf dem Klo die Kotze von meiner Hose wischen.

Der Wehrpaß ließ auf sich warten, aber schließlich kam er und enthielt eine nette kleine Überraschung: Da stand, daß ich von jedem Wehrdienst befreit war – aufgrund eines unleserlichen Codes, den ich einfach 419 nennen möchte. Seitdem zerbreche ich mir immer noch den Kopf, was das wohl bedeuten mag und wie viele Datenbanken in Norwegen mich als 419 definieren können.

Jetzt verstehst du sicher, warum es für mich kein Risiko mehr ist, bei den Behörden offen als Homosexueller aufzutreten. Die Behörden sind ja schließlich von Gott eingesetzt – und Gott weiß alles, der Arme, mit seinem süßen kleinen Elektronenhirn.

Immer mehr Schwule kamen ins Fallas. Je bekannter es wurde, desto mehr trauten sich hin. Aber wie lange war Adam im Paradies? Bald wurde das Lokal von einer Gruppe vielversprechender junger Bürger heimgesucht, die zu Hause und von der Gesellschaft gelernt hatten, daß Homosexuelle verfolgt werden sollten. Ihre solide Basis hatte die Bande in der Jugendpatrouille, einer Art jugendlicher Bürgerwehr mit Pfadfindergehabe, die meistens unten im Frognerpark tätig war. Sie waren zweifellos hochgemute Burschen, die wußten, wie man Schwule züchtigt, das kann ich beschwören! Es gab eine Menge Geschichten über Leute, die ihnen in die Hände gefallen waren, und die erschreckten uns, klar. Wir hatten Angst!

Meine erste Begegnung mit diesen kühnen Rittern war ganz schön deprimierend. Das Fallas war fast voll und die Stimmung wie üblich sehr gut. Plötzlich gab es ein ziemliches Spektakel an der Tür, ein hysterischer Typ kam herein und verkündete, daß die grausame Bande an der Tankstelle gestanden und sich auf ihn gestürzt hatte, er aber gerade noch entkommen war und sich hatte ins Fallas retten können. Jetzt standen sie draußen und warteten auf uns!

Fast wäre Panik ausgebrochen! Jedenfalls da, wo ich saß. Vor Angst hätten wir uns fast in die Hosen gemacht. Niemand von uns stand auf und schlug vor, sie ganz einfach zu verjagen – wir wären mindestens zehn zu eins gewesen. Aber nein doch. Statt dessen schlichen wir über die Hintertreppe hinaus und rannten weg. Ich sah mindestens zwanzig verschreckte kleine Schwulimäuse, die sich durch den Hinterhof oder über den Zaun des Majorstua-Bahnhofs davon machten. Ich muß gestehen, ich war auch dabei. Ich war genauso verängstigt und feige wie alle anderen.

Unvorstellbar, wie wir uns damals unterdrücken ließen! Was sorgte eigentlich dafür, daß wir den Mut zum Selbstvertrauen fanden? Wir hatten damals doch keine Vorstellung von unseren eigenen Kräften. Wir mußten aus unseren Fehlern lernen – und diese Geschichte damals war im Grunde kein schlechter Anfang.

Als ich – um den guten alten Goldfasan falsch zu zitieren – der Blüte der Westosloer Jugend zum zweiten Mal begegnete, gab es keinen Hinterausgang.

Ich kam mit einem netten Typen, in den ich ein bißchen verknallt war und der mich zu sich eingeladen hatte, aus dem Fallas. Wir schauten erst nach links und dann nach rechts, ob die Bahn auch frei war, bevor wir die Tür ins Schloß fallen ließen. Aber genau da hielt ein Taxi am Bordstein, und wir beschlossen, es zu nehmen, falls es frei wurde. Es wurde frei. Mein Kumpel beugte sich vor, um zu fragen, und noch ehe ich etwas merkte, stürzte er auch schon in wilder Flucht davon. Er versuchte nicht, mich zu warnen. Er rannte nur. Und eins, zwei, drei! Drei junge Raubtiere sprangen aus dem Auto und hatten mich in zwei Sekunden umringt. Ich versuchte, das Taxi zu erreichen, aber das fuhr ganz souverän von dannen. Ich war mit ihnen allein.

Da standen sie eine Ewigkeit lang und haßten mich. Sie zerstörten mich, bevor sie zuschlugen. In mir passierte etwas Schreckliches. Etwas explodierte. Etwas unendlich Wertvolles wurde zersplittert und zerbrochen.

»Du scheiß Schwuler!«

Dann schlugen sie zu. Schlag auf Schlag auf Schlag! Mein ganzes Ich wurde zersplittert und zerbrochen.

Ein Teil von mir war die ganze Zeit bei vollem Bewußtsein. Ich registrierte jede Zehntelsekunde, jede einzelne Bewegung. Der andere Teil von mir wurde totgeschlagen. Ermordet. Ich weiß noch, wie ich hingefallen bin. Wie ich eine Menge Spucke in den falschen Hals bekommen habe. Wie ich mich gewundert habe, weil mein Körper nicht aufgeben wollte – wie er gebrüllt hat: Scheeeeiiiiß!!!!

Da haben sie wohl mit dem Treten angefangen. Dann war alles zu Ende. Alles.

Erst Wochen nach dem Überfall kam ich wieder auf die Beine, aber Neunzehnjährige haben eben gutes Heilfleisch.

»Da sind wir wenigstens wie alle anderen«, dachte ich bitter. Ich hatte eine solide Gehirnerschütterung, drei gebrochene Rippen, zwei Veilchen und eine Menge blauer und schwarzer Flecken am ganzen Körper. Aus unerfindlichen Gründen war es ihnen aber nicht gelungen, mich ernstlich am Unterleib zu verletzen.

Obwohl es guttat zu fühlen, wie mein Körper zusammenwuchs und gesund wurde, hatte ich ziemliche Probleme mit den Nerven. Die Jugendpatrouille war für mich wie ein Trauma. Noch bevor sie losgeschlagen hatten, wußte ich, daß ich verloren war. Ich sah, daß sie mich haßten, weil ich homosexuell war. Nur deswegen. Es reichte ihnen, daß ich vor dem Fallas stand. Deshalb schlugen sie. Weil man alle Schwulen umbringen muß! Dieser Raubtierhaß erschreckte mich bis ins Mark.

In diesen Wochen blieb ich ganz allein in meinem Zimmer. Es war zu unangenehm, mit diesen Veilchen auf die Straße zu gehen. Bekannte fragten und bohrten. Kurz vor dem Überfall war Terje nach Schweden gereist, und ich wollte niemand anderen sehen. Ich stellte fest, daß niemand den Überfall angezeigt hatte. Bei der Unfallstation erfuhr ich, daß ich das selber erledigen mußte. Ach so, ja. Sie hatten wohl Besseres zu tun, als den Laufburschen für anspruchsvolle Schläger zu machen, oder so. So geht es, soviel ich weiß, auch heute noch auf der Unfallstation zu. Patienten – vor allem Opfer von Gewalt – sind doch der letzte Dreck, oder?

Ich war ja noch so jung und dumm, und ganz schön blauäugig, und ich ging zur Polizei, meinem Freund und Helfer, und war ganz sicher, daß der anderer Ansicht sein würde als der Herr Doktor.

Aber da irrte ich mich. Ich durfte den Überfall nicht anzeigen, sondern mußte ein Kreuzverhör über mich ergehen lassen, das einen Preis für demütigende Behandlung verdient hätte.

Ich erzählte kurz und knapp, daß man mich vor dem Fallas in Majorstua niedergeschlagen hatte.

»Was, um alles in der Welt, hattest du denn da zu suchen?« fragte die Polizei, mein Freund und Helfer, barsch.

»Ich war da. Ich geh da oft hin.«

»Damit solltest du aber wirklich aufhören, junger Mann. In deinem eigenen Interesse. Anständige junge Leute gehen da nicht hin.«

»Das darf ich wohl noch selber entscheiden, und im übrigen bin ich nicht hergekommen, um mir Moralpredigten von irgendeinem ...«

»Von irgendeinem?« Die Polizei, mein Freund und Helfer, starrte mich lange feindselig an.

Ich versteckte meine wunde Seele hinter einer großen Sonnenbrille.

»Du besuchst wohl noch andere nette Lokale, was?«

Ich versteckte mich weiter.

»Du kennst doch sicher auch ein gewisses Gebüsch in einem gewissen Park? Nebst diversen Pissoirs in der ganzen Stadt, wie?«

Langsam nahm ich die Sonnenbrille ab und stellte mich seinem Blick. Das wirkte auch einen Augenblick. Die rechte Seite sah noch immer aus wie ein verwachsener lila Pudding. Mein F. und H. mußte schlucken, aber er hatte sich sofort wieder in der Gewalt.

»Ich will sagen, es ist doch wirklich nur zu deinem eigenen Besten. Überleg doch nur selbst, wie du aussiehst. Solche Lokale sind einfach gefährlich. Du mußt doch einsehen, daß du andere provozierst! Nur ein guter Rat von mir persönlich: Halt dich an Mädchen! Da kann dir ... so was nicht passieren.«

Ich setzte meine Brille wieder auf und erhob mich. »Und was macht ihr nun mit dieser Bande? Außer mir sind noch andere niedergeschlagen und verletzt worden. Ihr wißt, daß diese Typen im Frognerpark und in Majorstua operieren. Es ist nicht schwer, sie zu fassen.«

Mein F. und H. starrte mich wieder an und erwiderte hart und korrekt: »Wir tun immer unser Bestes.«

Mein Feind und Gegner.

Als ich das Polizeirevier verlassen hatte, fühlte ich mich wie eine Laus. Ich hätte mich gerne für immer versteckt. Auf dem Drammensweg kam mir eine Schar laut redender junger Männer entgegen. Ich erstarrte. Fühlte, wie Entsetzen in meinem ganzen Körper hochkroch. Mein Herz hämmerte noch, als sie schon lange vorbei waren.

Ich blieb in meinem kleinen Schlupfloch in Grünerlökka sitzen. Zuerst ging ich nicht weiter als bis zur Stadtbücherei auf dem Schousplatz. Dort kaufte ich auch ein, weil ich mich nicht in meine gewohnten Läden traute. Konnte Fragen nicht vertragen. Hielt alle Leute für neugierige Schnüffler. Aber obwohl ich viel las, wurde ich immer unruhiger. Ich machte tagsüber lange Spaziergänge. Sah mir all die schönen Häuser an, die, dem Verfall nahe, auf Sanierungsexperten warteten. Kam mir selber immer sanierungsbedürftiger vor.

Das war Anfang Juni, ich war krankgeschrieben. Eines Tages ging ich bei meinem Job vorbei, blieb aber nicht lange.

»Jesus Christus, was hast du denn angestellt?« fragte Rasmussen.

»Ich bin von einer Kehrmaschine überfahren worden.«

»Gerade dich hätte ich nie für einen Schläger gehalten. Wie ist das passiert? Und wo?«

»Er hat sich um eine Frau geschlagen, ist doch klar!«

»Hast du dem denn auch ordentlich eine reingehauen?«

Lars und Ivar kamen dazu. Ich mußte wieder lügen – wie schon so oft. Ich sagte, zwei Typen hätten mich auf der Straße niedergeschlagen, wahrscheinlich wegen Geld.

»Wenn ich dagewesen wäre, hätten wir die zu Brei geschlagen!«

Es tat gut zu wissen, daß sie es mit meiner Verteidigung ehrlich meinten. Als sie mir auf die Schultern klopften und sagten, ich sollte schnell wieder gesund werden, kamen mir hinter meiner Sonnenbrille die Tränen, und ich mußte ganz schnell gehen. Ach ja. Sie hätten bei mir sein sollen – beim Fallas! Es war so unendlich schrecklich, daß ich mich immer verstellen mußte. Immer diese Lügen, selbst bei Freunden. Immer aufpassen, daß ich ihnen keinen Grund zum Mißtrauen gab. Ich selbst war ja aus ihrer Gemeinschaft ausgetreten. Ich schaffte es einfach nicht, ihnen die Wahrheit zu gestehen. Und jetzt war alles schlimmer als je zuvor.

Robert Ranke

Nach und nach ging mir die Einsamkeit gewaltig auf die Nerven. Ich hatte Angst vor dem Alleinsein, aber vor dem Ausgehen noch mehr. Ich traute mich nicht in die Nähe der Schwulentreffpunkte, und zurück zu meinen Eltern wollte ich erst recht nicht! So viel Stolz hatte ich denn doch noch. Ich kroch bei keinem zu Kreuze!

Ach nein. Ich ging nicht nach Hause. Ich saß auf meiner Bude und trank Bier. Ziemlich viel sogar. Das beruhigte die Nerven – für den Moment.

An einem schönen Abend Mitte Juni konnte ich nicht mehr. Ich goß mich ausreichend voll und ging los. Ich mußte einfach unter Menschen, sonst wäre ich verrückt geworden. Meine Augen waren inzwischen fast wieder heil, trotzdem trug ich noch die Sonnenbrille. Ich ging nicht ins Fallas – nie mehr! –, trank unten in der Stadt ein paar Halbe und trottete dann den Akershügel hinauf. Mir war alles egal. Na ja, da kommt ein Auto und hält. Der Fahrer kurbelt das Fenster runter und fragt, wie spät es ist. Das Besondere in diesem Fall ist das Auto: ein nagelneuer, metallisch glänzender BMW der Topklasse.

»Hast du denn keine Uhr im Auto?«

»Doch. Willst du sie sehen?« antwortet der Mann.

»Wenn sie im Raumfahrtzentrum Houston entwickelt ist ...«

»Klar doch!«

Der Typ war Anfang Fünfzig, hatte Autohandschuhe und Kaugummis. Kreativ und dynamisch. Bestimmt in der Werbebranche, dachte ich. Aber da hatte ich mich geirrt.

»Sollen wir zu mir fahren auf einen Drink?« Der Typ hatte schon drei Stadtteile durchfahren.

»Ja, vielleicht, ja.«

Wir fuhren in den Westen der Stadt. Mir fiel auf, wieviel schöner in Oslo alles aussieht, je weiter man nach Westen kommt. Vor allem durch eine getönte BMW-Windschutzscheibe. Der Mann fuhr in eine Garage in einem neuen Luxusblock. Von dort gab es einen Lift direkt zur obersten Etage. Wir kamen in eine riesengroße Wohnung. »Einfacher Teppichboden wäre zu simpel. In dieser Saison hat man Parkett und Perserteppiche!« Das sagte ich nicht laut.

»Whisky oder Bourbon?« fragte der Typ, der inzwischen die fünfzehn Meter zur Bar gegangen war.

Da lachte ich: »Was ist der Unterschied?«

»Ach, tu doch nicht so! Du kleiner Schelm, du kannst sehr gut einen Southern Comfort von einem Chivas Regal unterscheiden. Was magst du lieber?«

»Dimple!« fiel mir ein. Einmal, auf einem Klassenfest bei feinen Leuten, hatte ich diese idiotische parfümflakonartige Whiskyflasche gesehen.

»Ah oui, très bien! Ich hab gewußt, daß du ein gebildeter Mensch bist.« Der Mann machte eine einladende Handbewegung.

»Komm, setz dich hierhin, dann kriegst du einen Dimple. Und wie heißt der schmucke Jüngling nun?«

»Yngve.«

»Robert. Auf dein Wohl, Yngve.«

Ich war leicht verwirrt. Das Ganze war einfach nicht mein Stil. Aber eigentlich war ich ziemlich beeindruckt – und es gefiel mir.

»Mach doch ein bißchen Musik, wenn du etwas findest, das dir gefällt ...« Er hatte eine Stereoanlage für fünfzehntausend – und mindestens zweihundert Platten. Ich legte das Modern Jazz Quartet auf. Robert nickte beifällig. »Du hast Geschmack, junger Freund. Prost ... auf dein Wohl.«

Fast mochte ich den Typ. Er war freundlich und interessiert. »Er weiß jedenfalls, wie man Menschen behandelt«, dachte ich – ohne die Tiefe dieser Überlegung zu verstehen.

Robert brachte mich dazu, über mich zu reden. Er war ein aufmerksamer Zuhörer. Ich hatte mich schon lange niemandem mehr anvertraut und wurde in meiner Sofaecke zutraulich. Ich erzählte viel – aber nicht von Magnus. Bei der Geschichte vom Überfall fing ich an zu weinen.

Robert stand bereit mit Trost und Zuwendung. »Das muß ja ein schreckliches Erlebnis gewesen sein, Yngve. Du hast wirklich viel leiden müssen.« Damit erzielte er einen Heimsieg.

Ich durfte lange weinen, und nachher fühlte ich mich um Klassen besser. Ich war nicht mehr allein und ging auf Roberts Vorschlag mit in das gewaltige Schlafzimmer. Ich ließ mich sogar von hinten bumsen. Und als er mir nachher übers Haar strich, war ich wirklich recht zufrieden.

»Du bist ein lieber Junge, Yngve. Ich möchte dich besser kennenlernen. Kannst du dir vorstellen, zu mir zu ziehen? Es würde mich sehr freuen.«

Ich fühlte mich geschmeichelt.

Ich war allein, als ich aufwachte. Auf dem Nachttisch lag ein Zettel:

Du bist zu Hause. Nimm dir, was du brauchst. Mach's dir gemütlich. Ich komme gegen 16.00. Versuch nicht, mich anzurufen.

Robert

Ich stutzte über das letzte. Robert hatte gar nicht erzählt, wo er arbeitete, ich wußte nur, daß er eine wichtige Stellung beim Staat hatte. Aber ich war viel zu glücklich, um mir Sorgen zu machen. Noch einen Tag vorher hatte ich in meiner engen Bude in Grünerlökka gesessen. Und jetzt saß ich auf zweihundert Quadratmetern im besten Westoslo. Mit dem Angebot zu bleiben. Teufel auch! Von so was hatte ich heimlich immer geträumt: Mir war systematisch eingeredet worden, daß ein Leben im Hollywood-Luxus das höchste Glück ist, das ein Sohn der Arbeiterklasse erreichen kann. Und jetzt schien das große Lebensziel in Reichweite zu sein. Mit großen Augen wanderte ich in der Wohnung umher. Faßte all die gediegenen Sachen an. Versuchte, die Wirklichkeit zu begreifen. Irgendwo in mir nagte so ein Gefühl, daß ich all das niemals umsonst bekommen würde. Daß ich dafür sicher bezahlen müßte. Aber diese Gedanken wischte ich zur Seite. Robert war schließlich ein lieber, netter Typ. Er könnte ein wirklich guter … Freund werden. Ich nahm eine Dose Bier und sonnte mich nackt auf dem großen Balkon.

Robert kam um zehn nach drei mit Filets und Wein vom Besten, vielen Paketen und einer großen Tüte, auf der »Hornblower« stand. »Probier das mal an, ich mach schon mal das Essen«, sagte Robert und verschwand in der Küche. Es war ein Matrosenanzug. Weiß und dunkelblau. Weiße Schuhe. Er saß wie angegossen. Ich ging zu Robert. Er betrachtete mich mit stolzer Anerkennung. »Na, was meinst du?« fragte er.

»Ich weiß nicht so recht. Es ist ein bißchen ungewohnt …«

»Du siehst toll aus! Absolut toll! Nach der Mittagsruhe fahren wir ein bißchen raus. Ja, hier im Haus ist es Brauch, Siesta zu halten. Das ist obligatorisch.«

Er hatte einen Wahnsinnscabincruiser zu Gott weiß wieviel hunderttausend. Robert sprach nicht über Preise. Das Boot hieß *Cutty Sark.*

»Nicht nach dem Whisky. Nach dem Vollmaster«, erklärte Robert und legte los. Vrrrroooooommmmmmmm.

Ich lernte bald, mit dem Wunder umzugehen. Das Boot fuhr wie von selbst. Es war leichter als Autofahren und mindestens genauso schnell. Man mußte nur anderen Booten, Treibholz und Badenden ausweichen. Robert lächelte breit unter seiner Kapitänsmütze. »Du bist die perfekte Mannschaft, Yngvelein!«

»Aye, aye, Captain!«

Aber ich merkte bald, daß irgendwas nicht in Ordnung war. Robert wirkte ruhelos, wie auf der Hut. Er hatte ein wachsames Auge auf alle Boote, die in unsere Nähe kamen, und das waren nicht wenige. Kurz vor der Insel Haa fluchte er plötzlich: »Ach, verflucht! Hör mal, Yngve, ich muß dich um etwas Wichtiges bitten. Wir treffen jetzt leider auf jemanden, der dich unter keinen Umständen hier an Bord sehen darf. Wir müssen so tun, als ob ich allein wäre, verstehst du? Geh nach unten, bis ich dir Bescheid sage. Du darfst dich nicht sehen lassen und auch nicht zum Bullauge hinausschauen. Also los, runter mit dir! Nimm dir einen Drink.«

Jawohl. Ich ging nach unten, nahm mir ein Bier und kam mir nicht besonders toll vor. Oben hatte Robert die Fahrt verlangsamt und rief freundschaftlich und zuvorkommend zu einem anderen Boot hinüber: »Nein, ich bin allein, wie üblich ...«

Ich war also Roberts persönliches kleines Geheimnis. Ich fand das gar nicht witzig. Nachher erklärte er: »Dir ist sicher schon klar geworden, daß ich in einer sehr exponierten Stellung bin. So exponiert, daß du besser gar nicht wissen sollst, wo ich arbeite. Ich hab dir ja schon geschrieben, daß du nie versuchen darfst, mich anzurufen. Mein Sekretär hat schon Argwohn geschöpft, der freche Schnüffler, und sie dürfen einfach nicht mehr merken, als sie ohnehin schon mitbekommen haben. Es ist traurig, aber nicht zu ändern. Wir müssen vorsichtig sein, Yngve, und solchen Situationen wie eben möglichst aus dem Weg gehen. Wenn sich so ein unerwünschter Zusammenstoß nicht vermeiden läßt, dann bist du mein Neffe, und ich übernehme die Konversation, okay?«

Ich sah ihn lange an. Ich entdeckte ein paar unkontrollierte, nervöse Zuckungen an seinem rechten Auge. »Jawohl, Herr Kapitän. Du bestimmst.«

»Gut. So machen wir's.«

Als wir über den Fjord wieder zurückfuhren, verlangsamte ich die Fahrt und versuchte, die Stimmung aufzuheitern, indem ich meine Version eines Liedes sang: »Wir lagen vor Hovedöya und hatten die Pest an Bord ...«

Robert schien das offenbar gar nicht komisch zu finden. Er hielt weiterhin nach feindlichen Fahrzeugen Ausschau – jetzt mit einem Fernglas. Auf der Höhe von Nesodden holten wir ein großes Segelboot ein, und diesmal sagte Robert: »Aha! Noch mehr Bekannte, Yngve. Aber jetzt brauchst du dich nicht zu verstecken. Das sind gute Freunde. Sie gehören zur *Familie*. Geh nach vorn und wirf ihnen ein Tau rüber.«

Die guten Freunde waren so um die Fünfunddreißig. Beide hatten Schiffermützen auf und schienen sich zu langweilen. Während sie in einem eher ironischen Tonfall mit Robert sprachen, verschlangen sie mich mit den Augen.

»Wie ich sehe, hast du schon wieder eine neue Mannschaft, Robert.«

»O ja! Das ist Yngve. Yngve, das sind Christer und Hans-Petter.«

»Ach, du heißt Yngve? Ich hab dich noch nie hier auf dem Fjord gesehen. Hast du ein eigenes Boot?«

»Nein ... hab ich nicht.«

»Du kennst dich wohl nicht besonders gut aus mit Booten, was? Dacht ich's mir doch. Dein Anzug ist nämlich noch so schön. Aber, aber, aber, zum Lernen ist es nie zu spät ... und so schrecklich alt bist du ja auch noch nicht, oder?«

»Er ist alt genug«, sagte Robert schnell.

»Das hab ich gar nicht bezweifelt. Wo du doch so sorgfältig immer im Rahmen des Erlaubten bleibst, Robert. Aber das ist ja schließlich nur natürlich ... in deinem Ministerium.«

Christer führte das Wort. Hans-Petter stand nur da und versuchte, sich interessant zu machen. Zwinkerte mir dauernd zu. Robert überhörte all die kleinen Anmachen mit großer Seelenruhe, und die Unterhaltung dauerte und dauerte. Ich fühlte mich immer weniger wohl.

»Wir wollten am Mittsommerabend ein kleines Fest machen«, sagte Christer schließlich. »Draußen auf der Insel, natürlich. Ihr könntet doch vorbeikommen, Robert? Was sagst du dazu, Yngvelein?«

»Tut mir sehr leid, Christer, aber wir möchten am Wochenende ein bißchen zur Hütte fahren ... Vielleicht ein andermal?« antwortete Robert.

»Ja, das hätte ich mir denken können. Ihr seid noch in den Flitterwochen, hm? Ja, ja, paß gut auf dich auf, Yngve! Bei Robert da unten im Süden verliert der Flitter schnell seinen Glanz ...«

Die zwei Freunde heulten vor Lachen, und Robert lachte mit. Ich fand das nicht mehr komisch. Christer wendete sich mit versöhnlichem Ton wieder an mich: »Nicht sauer sein, Yngve. Dazu hast du keinen Grund. Das ist nur so der Jargon in unseren Kreisen, verstehst du. Daran wirst du dich schon noch gewöhnen.«

Als die Boote sich trennten, holte Hans-Petter eine Kamera hervor und machte einige Bilder von mir, wie ich allein auf dem Vorderdeck stand. »Nimm doch die Sonnenbrille ab, Yngve!« rief er mir zu. Ich erschrak und schüttelte nur den Kopf. Einen Moment lang war mir, als ob die beiden auf dem Segelboot mich mit zusammengeschlagen hätten. Natürlich stimmte das nicht, aber sie gehörten jedenfalls zur selben Sorte! Vielleicht hätte ich die Sonnenbrille doch abnehmen und ihnen die Reste meiner Veilchen zeigen sollen?

»Warum hat er mich fotografiert?«

»Er findet wohl, daß du ein bißchen Film wert bist. Sicher wirst du auf ihrem Fest Hauptgesprächsthema sein. Hast du gesehen, wie neidisch sie auf mich waren?«

»Das find ich nicht gut!« Ich hörte aus Roberts Worten mehr als Stolz heraus. Es hatte irgendwas mit Besitzanspruch zu tun ...

»Es ist doch nett, wenn die Leute sich für dich begeistern, Yngve? Ich kann doch wohl keinem verbieten, dich anzusehen!«

Ach, Robert.

»Nein. Das hab ich auch nicht gemeint.« Am liebsten wäre ich über Bord gesprungen.

Nach einigen Gläsern in meiner Sofaecke fühlte ich mich wieder besser. Ich versuchte, Robert nach den beiden im Segelboot zu fragen, aber er saß in seine Zeitung vertieft da und antwortete unwillig, daß sie »Shipping« betrieben.

Schließlich taute er auf: »Früher oder später wirst du unser Milieu schon kennenlernen, und wenn's nach mir geht, dann später. Sollen die Hyänen ruhig eine Weile rumlaufen und ... uns beneiden. Nein, laß uns lieber von etwas Nettem reden. Mußt du noch etwas Besonderes erledigen, bevor wir zur Hütte fahren?«

»Ich muß wohl ein paar Kleider holen.«

»Das ist nicht nötig. Ich geb dir fünfzehnhundert Kronen, und du kaufst dir morgen das Nötigste.«

»Nein, Robert. Ich finde, das ist zuviel ...«

»Hat man so was schon gehört! Ich hab doch genug Geld, und das Schönste, wofür ich es ausgeben kann, ist ... bist du. Warum sollen wir keine gemeinsame Kasse machen wie alle anderen ... normalen Menschen?«

»Ja, aber, du kennst mich doch kaum!«

»Weißt du was, Yngve?« Robert nahm meine Hände. »Mir kommt es vor, als ob ich dich schon sehr lange kenne. Ich bin kein schlechter Menschenkenner, das darf ich wohl in aller Bescheidenheit sagen, und bei dir bin ich meiner Sache ganz sicher. Wir halten in Zukunft zusammen, Yngve, und zwar von Anfang an richtig. Ich verlaß mich voll und ganz auf dich, und ich hoffe, daß du nach und nach einsehen wirst, daß du volles Vertrauen zu mir haben kannst. Du kannst jedenfalls ohne Hemmungen alles annehmen, was ich dir gebe. Siehst du, hier ist das Geld. Gib ruhig alles aus. Kauf dir was Ordentliches. Ich persönlich mag Blau sehr gern.«

»Gut. In Ordnung. Tausend Dank.«

»Das klingt schon besser, Yngvelein. Noch einen Whisky, eh wir zu Bett gehen? Darauf müssen wir trinken.«

Ich war kein bißchen begeistert, als ich am nächsten Tag einkaufen ging. Ich kam mir vor wie ein Posträuber, der so tut, als hätte er im Lotto gewonnen. Aber schließlich zwang ich mich dazu, es als Job zu betrachten. Ich war bei Robert angestellt, und heute hatte ich den Auftrag bekommen, fünfzehnhundert Kronen auszugeben. So ging das besser. Ich kaufte zwei Hosen, T-Shirts, Unterwäsche, ein ganz tolles Flanellhemd mit Schottenkaro und ein Paar Schuhe. Und hatte immer noch achthundert Kronen übrig. »Dienst ist Dienst«, sagte ich mir, ging zu Hornblower und kaufte mir einen dunkelblauen Samtanzug und einen roten Seidenschal.

Freitag nachmittag um zwei saß ich hinter dem Steuer des BMW und ließ Oslo im weitwinkeligen Seitenspiegel verschwinden. Alle Sorgen wehten durch das offene Verdeck davon, der Wochenendverkehr hatte noch nicht angefangen.

Robert war entzückt von der Ausbeute meines Einkaufsbummels. »Du hast wirklich einen guten Geschmack, Yngve. Wo du den bloß herhast?« Er sagte das in scherzhaftem Ton, und ich nahm es nicht übel, obwohl ich ahnte, was er meinte.

»Wofür hältst du mich? Du weißt wohl nicht, daß es auch in Lambertseter Junge Rechte gibt?«

»Nein, so was, nein, das hab ich wirklich nicht gewußt, nein, wie nett. Bist du denn da auch Mitglied?«

»Ich wohne nicht mehr in Lambertseter.«

»Nein, natürlich nicht, stimmt ja. Entschuldigung, Yngve. Jetzt wohnst du in Montebello und brauchst nicht weit zu laufen, um die Jungen Rechten zu treffen.«

»Nein, das glaub ich gerne!« Ich mußte lachen. Ich hatte ja trotz allem an Grünerlökka gedacht. Robert sah mich seltsam an. »Was gibt's denn da zu lachen? Ich finde es wichtig, daß junge Leute sich für Politik interessieren, und wenn du das tust, solltest du unbedingt eintreten.«

»Bei den Jungen Rechten?«

»Ach, na ja, du hast wohl keine besondere Vorliebe für die. Bei dir auf dem Gymnasium waren wohl andere Ideologien stärker vertreten?«

»Das war so fifty-fifty.«

»Ja, ja, Yngve, von mir aus kannst du sein, was du willst, bloß nicht so ein Maoist!« Dieses Wort spuckte er geradezu heraus.

»Ich bin in keiner politischen Organisation.«

»Nein, natürlich nicht. Das hätte ich dir auch nicht zugetraut. Ich habe ja, wie gesagt, immerhin ein wenig Menschenkenntnis. Aber merk dir eins, Yngve: Mach einen großen Bogen um diese Leute. Sie können ihre Ideen so geschickt vertreten, und es kann schwer sein für ... für schwache Gemüter, ihnen zu widerstehen. Sie sind geradezu ansteckend, und ... Man sollte sie wirklich verbieten!«

Mir wurde schon wieder schlecht im Nervensystem. Denn das hatte ich schon früher gehört. Über mich selbst ... und über Robert.

Wir aßen in Kragerö in einem Lokal, wo Robert sicher war, keine Bekannten zu treffen. Er war immer auf der Hut.

Gegen Abend näherten wir uns unserem Bestimmungsort, und nun hatte Robert wieder etwas Wichtiges auf dem Herzen. Wir mußten auf einem Seitenweg halten. »Es fällt mir nicht so leicht, das zu sagen, Yngve, aber es muß leider sein. Du mußt wissen, daß meine Hütte ganz in der Nähe dieses Dörfchens liegt, und man kann hier nichts geheimhalten. Alle kennen hier seit langem meine Familie, und die Leute sind ganz verteufelt neugierig. Ich hab mir hier unten schon mal die Finger verbrannt, und es gab die wildesten Gerüchte. Der Punkt ist, wenn die Leute mich hier zusammen mit einem hübschen jungen Mann sehen, ist der Teufel los. Deshalb mußt du dich verstecken.«

»Aber, Robert. Hier gibt's doch keine Kajüte, in der ich mich verstecken könnte!«

»Aber, lieber Yngve. Beruhige dich doch! Hier auf dem Rücksitz ist eine große Decke. Du legst dich zwischen den Sitzen auf den Boden, und ich breite die Decke über dich. Das Auto hat ja verspiegelte Fensterscheiben, da ist es sowieso fast unmöglich hereinzusehen. Niemand wird dich entdecken. Lieber, es ist doch nur für ein paar Minuten. Also, komm! Du hast keinen Grund, so ein Gesicht zu machen.«

Ich stieg widerwillig nach hinten um und versuchte, mich in dem engen Fußraum auszustrecken. Robert legte die Decke über mich. Zufällig war sie mahagonibraun – wie das gesamte andere Inventar.

»Bleib ganz ruhig, wir sind gleich da«, sagte Robert aufmunternd.

Ich fühlte mich elend. Unter den Teppich gekehrt! Ich hätte es mir nie träumen lassen, daß ich eines Tages auf dem Boden eines Autos liegen müßte, weil ... ja, warum eigentlich? Was hatte ich zu verbergen? Nichts. Robert war es, der etwas zu verbergen hatte. Er mußte Rang und Stand verteidigen. »Warum legt er sich nicht selber hier hin«, dachte ich wütend. Und noch ein aufrührerischer Gedanke durchfuhr mich: »Wie viele Jungen haben hier wohl schon vor mir gelegen? Wie viele haben ihre Nase in diesen staubigen Fußbodenbelag gebohrt und die Fresse gehalten und sich alles gefallen lassen? Verflucht! Das ist ekelhaft!« Aber irgendwie konnte ich Robert auch verstehen. Er tat das ja nicht aus purer Bosheit. Ich blieb also liegen. Ich blieb also wie ein wohlerzogener Hund liegen und kämpfte mit den Tränen. Robert hielt an und stieg aus. Ich hörte, wie er draußen mit jemandem redete, verstand aber kein Wort. Das dauerte zehn Minuten – mindestens. Ich wurde immer geladener. Wenn Robert nicht bald kommt, dachte ich, weiß ich nicht, was ich tue.

Endlich öffnete er die Tür und stieg ein. »Ja, ich bin allein, wie du siehst. Bin ich ja meistens. Komm doch mal abends vorbei auf ein Glas.« Robert, der Gastgeber.

»Ja, das wäre nett«, sagte eine andere Stimme. Dann fuhren wir weiter.

»Du mußt noch einen Moment ruhig liegenbleiben.« Robert schien aus den Mundwinkeln heraus zu sprechen. Ich antwortete nicht. Ich schluckte und zitterte.

Seine Hütte war gar keine Hütte. Als ich endlich aufstehen durfte, befanden wir uns auf einem großen Grundbesitz mit einem geräumigen Haupthaus und einigen kleineren Gebäuden unten am Strand. Im Garten wuchsen Blutbuchen, Wacholderbüsche und Thujen. »Jessas. Gehört das wirklich alles dir?«

»Ja, natürlich. Nicht schlecht, was? Und du mußt zugeben, du hast Glück, daß du hier sein darfst. Fühl dich nur ganz wie zu Hause. Dafür kann man ja wohl fünf Minuten auf dem Boden liegen, oder?«

»Ja, vielleicht«, antwortete ich. An dem Abend sagte ich nicht mehr viel. Registrierte nur all die Herrlichkeiten. Wir waren im Bootshaus und sahen uns die Boote an. Ich machte gute Miene zum bösen Spiel, aber schließlich wurde mir eines klar: »Das ist einfach zuviel des Guten. Der Güter.«

Und dann gab es Alkohol und Geschlechtsverkehr.

Am nächsten Tag gingen wir fischen. Weißling und Dorsch. Ich wurde munterer. Wetter, Sommer und See machten mich wild und fröhlich. Ab und zu war das Leben eben doch schön. Ich badete vom Boot aus und genoß Südnorwegen in vollen Zügen.

»Na, wie gefällt's dir, zu den Privilegierten zu gehören«, fragte Robert munter, als wir an Deck lagen und uns sonnten.

»O ja. Euch geht's wirklich nicht schlecht. Hier nicht, und auch sonst nirgends.«

»Nein, da hast du recht. Und es steht dir frei, das alles zu genießen, so lange du willst. Auf mich kommt es jetzt nicht mehr an, Yngve. Ich bin fest entschlossen, alles auf unsere Beziehung zu setzen. Machst du mit?«

»Ehrlich gesagt, Robert, ich kann das noch nicht sagen. Alles ist so neu ... und ungewohnt.«

»Ja, das verstehe ich, Yngvelein. Aber keine Angst. Ich laß dir so viel Zeit, wie du brauchst.«

Nach einem Dorschessen und der obligatorischen Siesta saßen wir auf der Terrasse in der kühlen Abendluft. Ich hatte das Bedürfnis zu reden. Meine Gedanken und Gefühle in Worte zu fassen. Aber es ging nicht. Robert hörte nicht zu. Er lag wieder auf der Lauer. Plötzlich fuhr er auf. »Pst! Da kommt ein Auto! Zum Teufel, wenn das dieser verdammte Lensmann ist! Du mußt dich verstecken ... schnell!«

»Der Lensmann? Ja, aber ...«

»Los! Keine Zeit für Erklärungen. Mit dem hab ich gestern geredet. Und ihn zu einem Drink eingeladen. Jetzt kommt dieser Blödmann tatsächlich. Zum Teufel! Der hat ja überhaupt kein Feingefühl. Schnell, los jetzt, geh ins Schlafzimmer. Und nimm dein Glas mit. Schließ die Tür von innen ab, und keinen Ton! Zum Teufel!«

Ich blieb mit meinem Glas in der Hand hinter der Tür stehen. Es schellte, und ich hörte, wie Robert öffnete: »Nein, wie nett, daß du dir die Zeit genommen hast! Komm herein, komm herein, lieber Lensmann. Du trinkst doch wohl ein Gläschen, auch wenn du mit dem Auto bist? Nein, das ist wirklich reizend!«

Ich krümmte mich auf dem Bett zusammen. Ich fühlte mich wie eine Laus. So ging das nicht weiter. Ich konnte mir das nicht gefallen lassen, behandelt zu werden wie … eine billige Hure! Gekauft und bezahlt. Aber, um Gottes willen, genau das war ich doch. Und das hier war immer noch der Job. Allen Wünschen und Launen des Käufers zu gehorchen. Wollte ich das eigentlich? Ich hatte doch nicht vorgehabt, mich zu prostituieren! Ich war in dieses Verhältnis hineingeschlittert und hatte mich von all dem Luxus und dem Gehabe und dem ganzen Geld blenden lassen. Ich wollte mich nicht verkaufen. Am liebsten hätte ich die Tür aufgerissen, wäre hinausgestürzt – nackt – und hätte losgesäuselt: »Robert. Liebster! Kommst du nicht bald ins Bett, mein Süßer?« Aber das tat ich nicht. Ich traute mich nicht, obwohl es der Typ mit seinem Theaterspiel verdient hätte. Lüge und Verstellung. Das war alles. Und ich mußte es ausbaden, Herrgott! Einen ganzen Mittsommerabend in einem Schlafzimmer eingesperrt sein – als Gefangener von Vorurteil und Konvention –, ohne wenigstens ein Buch zur Unterhaltung! War das wirklich alles? Verdammt noch mal, warum akzeptierte Robert selbst diese Vorurteile? Warum, zum Teufel, kann er denn nicht sagen, daß ich sein Neffe bin? Dann könnte ich wenigstens einen Spaziergang machen!

Es dauerte und dauerte. Eine Stunde. Zwei Stunden. Ich lag auf dem Bett und versuchte zu schlafen, aber das ging nicht. Ich war viel zu aufgeregt, um mich entspannen zu können. Und dann drehte ich durch. »Ich bin wohl restlos bescheuert!« Das sagte ich laut. »Hier sitze ich und hab mich selbst in einem Schlafzimmer in einem blöden Luxushotel eingesperrt, weil anständige Bürger meine Existenz nicht ertragen können!« Ich bebte vor unterdrückter Wut und vor Verzweiflung. Dann riß ich die Tür auf und stand plötzlich mitten im Zimmer. Mir kamen die Tränen. Ich sah die zwei Männer wie durch einen Nebel im Salon. Dann schrie ich: »Hier kommt das Geheimnis!«

Robert hatte mich sofort gepackt. »Nein, aber, Arne. Bist du aufgewacht? Das ist mein Neffe, weißt du, er ist seit ein paar Tagen hier, aber als ich gestern kam, war er krank. Er hat Fieber. Geh lieber und leg dich wieder hin, Arne!« Er sprach mit eindringlicher Stimme.

Ich dachte, ich würde verrückt. »Ich heiße nicht Arne, und ich habe kein Fieber!« heulte und schrie ich heraus.

Robert verlor die Herschaft über die Situation. »Er redet irre«, versuchte er zu beschwichtigen.

Aber der Gast war schon aufgestanden und auf dem Weg zur Tür. »Es ist wohl am besten, wenn ich gehe«, sagte er trocken.

Robert eilte zu ihm und entschuldigte sich: »Fieberphantasien, der arme Junge. Nicht ganz in Ordnung. Ich komm morgen bei dir vorbei. Sehr bedauerlich!« Robert blieb mit dem Rücken zur Tür stehen, bis der Lensmann losgefahren war. Er sah aus wie ein wütender Ochse mit nervösen Augen. Dann explodierte er: »Du blöder Wichser! Du Luder! Weißt du, was du getan hast? Weißt du, was du angerichtet hast?« Er kam langsam heran und schlug mir mit der flachen Hand ins Gesicht. Ich schlug zurück. Mit geballter Faust. Robert taumelte rückwärts und fiel in einen Sessel.

Ich folgte ihm und beugte mich über ihn. »Du führst dich auf, als würd ich dir gehören. Aber das stimmt nicht! Ich scheiß auf all dein Geld und deinen Luxus. Ich bin keine Aufblaspuppe, aus der du die Luft rauslassen und die du verstecken kannst, wenn es dir paßt! Du bist ein Schwein!« Ich blieb stehen und schnappte nach Luft, während ich auf den Mann im Sessel hinunterblickte.

Er hatte sich zusammengekrümmt, und der Haß strahlte aus seinen Augen. »Verschwinde!« zischte er. »Mach, daß du fortkommst, du Flegel. Dahin, wo du hergekommen bist.«

Ich spuckte ihn an. Robert, das Arschloch.

Im Gehen riß ich meine Anzugjacke, die in der Diele

hing, an mich. Knallte die Tür hinter mir zu. Fing an zu rennen. Wollte so schnell wie möglich weg aus dieser verteufelten Sommerparadieshölle. Kam auf die Straße. Rannte immer noch. Dann sah ich Häuser und ging von der Straße hinunter in den Wald. Ich lief lange durch die helle Nacht, ehe ich stehenblieb. »Wovor laufe ich eigentlich weg? Dazu habe ich doch gar keinen Grund.« Ich ballte die Faust, schlug um mich und stolperte vorwärts.

Ich bin nicht abgehauen! Langsam wurde mir klar, daß ich eine Art Sieg errungen hatte. Das hier war gar kein schmählicher Rückzug. Ich hatte mich hier von Robert und von allem, was er darstellte, distanziert. Und Robert war kein Einzelphänomen. Sein ganzes Milieu, seine ganze Klasse waren verdorben. Scheiß Oberklasse!

Ich wurde wütend, als ich daran dachte, wie dumm ich gewesen war und wie ich mich von so einem typischen Egoisten hatte behandeln lassen, der nur jemanden wollte, den er sexuell ausnutzen konnte.

Und die Frauen in diesen Kreisen, in diesen tollen bürgerlichen Kreisen, wie unterdrückt sind die erst. Womit die sich alles abfinden müssen! Aber dann fiel mir das Klassenfest in Holmenkollen ein, und wie Ulla Gold ihr Hausmädchen angepöbelt hatte. Sie war doch eigentlich genauso scheußlich und herrschsüchtig wie Robert Ranke. Ich war sicher, ich würde das Hausmädchen gegen die Familie Gold unterstützen, aber würde sie mich auch unterstützen ... gegen wen eigentlich? Könnten sie und ihre Brüder und Lars und Ivar akzeptieren, daß ich Jungen mochte – daß ich homosexuell war? Ach, dieses schreckliche Wort! So entstellt von Vorurteilen und Mißtrauen. Hielten sie denn wirklich meine Gefühle für eine dekadente, bürgerliche Perversität? Ich tu doch nichts Böses oder Häßliches im Bett. Warum werden wir unterdrückt? Warum, warum, warum?

Nach und nach schaffte ich es, ruhiger zu werden. Wenn ich nur den Mut hatte, richtig zu denken, wußte ich die Antwort auf meine Fragen. Im Grunde war mir klar, wie das alles zusammenhing – wer den Nutzen davon hatte, daß Schwule und andere Minderheiten zu Sündenböcken und Prügelknaben gemacht wurden.

Zum ersten Mal seit vielen Jahren fühlte ich mich stark, in dieser Mittsommernacht im Wald. Ich war stark, weil ich etwas begriffen hatte, aber ich wußte, alleine würde ich kaum etwas ausrichten können. Allein war ich schwächer als zwei schwachsinnige Bürgerbälger aus der Jugendpatrouille. Aber irgendwo mußte es doch Leute geben, die wie ich waren und die dasselbe dachten! Ich beschloß, sie zu suchen. Leider mußte ich lange suchen.

Gegen Morgen erreichte ich die E 18 und brauchte länger als acht Stunden, um nach Oslo zu trampen. Ich kam mir restlos bescheuert vor in meinem verdreckten Samtanzug. Viele sahen mich schief an. Ich sah sicher aus wie ein Luxusstricher, der seinem Auftraggeber abgehauen war. Ich bekam einen Lachanfall und mußte mich an den Straßenrand setzen. Da hielt eine Frau in einem Volvo Amazon. Sie blinzelte mir unter ihren schweren Augenlidern sexy zu, worauf ich augenblicklich auf dem Rücksitz einschlief.

Wohlbehalten in meinem Zimmer angekommen, riß ich den Samtanzug in Fetzen und verbrannte ihn im Ofen. Es stank noch einige Tage lang ganz entsetzlich.

Prismen und Diademe

»Nein, hiiimmliiisch, isses wahr? Hassu beim schönen Robert Skandal gemacht? Stark, Yngve! Und dann der Lensmann und alles. Ist ihm ganz recht geschehen, dem Sparschwein. Zuerst ist er so freigebig wie der Weihnachtsmann, aber dann kneift er die Kronen so zusammen, daß die Goldplomben ganz platt werden! Hast du gesehen, was für süße nervöse Zuckungen er am einen Auge hat? Die kriegt er bei Gott, sowie er ’n Fünfer sieht, und dann denkt er, *der* sollte auf meinem Konto in der Schweiz sein. Ich war auch schon in Montebello im Federbett, mußt du wissen, also bild dir bloß nichts drauf ein!«

Es war schön, Terje wieder zu Hause zu haben. Er war immer noch der Alte – vielleicht noch ein bißchen verdrehter. Manchmal wurde es allerdings zuviel, wenn wir unter Leuten waren. Terje pfiff drauf los, heulte und machte mich noch nervöser als früher. Ich hatte Angst vor den Reaktionen. Vorm Niedergeschlagenwerden. Irgendwo in mir hatte sich das festgesetzt. Die Angst war immer da. Erst nach drei, vier Halben oder einer halben Flasche Rotwein konnte ich mich ein bißchen entspannen.

Wir waren, um uns zu entspannen, jeden Abend unterwegs. Ich ging auch wieder ins Fallas, aber nie, bevor ich nicht ausreichend breit war. Traute mich einfach nicht in nüchternem Zustand dahin und konnte mich da nie ganz gehenlassen. War die ganze Zeit auf Wachposten.

Terje war in Stockholm und Kopenhagen gewesen und machte gewaltig Reklame für das Leben dort. »Das ist was ganz anderes als die enge, miese scheiß Szene hier in Oslo. Im Vergleich dazu ist Kopenhagen echt kontinental. Ich hab Lust, dahin zu ziehen ... oder vielleicht nach Amsterdam. Das Mekka der Schwulen ... da müssen wir hin, Yngve. Ohne dich fahr ich nicht, weißt du. Nie mehr werd ich Tuttemor verlassen!«

»Ohne Geld fahr ich jedenfalls nicht. Kannst du dir nicht auch 'nen Job suchen, dann sparen wir 'ne Weile, und am Tag, wenn der Schnee kommt, fahren wir.«

»Mein Gott, was bist du prüde! Du bist 'ne Hure, genauso wie ich. Das sind eigentlich alle Leute, zum Teufel, aber du wirst das nie zugeben. Und wie nennst du das, was du beim scheiß Robert gemacht hast? Künstlerisches Engagement ... oder vielleicht war's ja auch die groooße Liebe?«

»Nein, aber das war das letzte Mal!«

»Blas dich nicht so auf, Tutta! Ich wette hundert Kronen, eh der Sommer noch um ist, verkaufst du deine Knabenmöse schon wieder mit einem reizenden Lächeln, und den Hunderter kriegst du heut abend noch, weil grade jetzt hab ich Kontakt mit dem dicken Moneymaker in der Ecke hinter dir bekommen, und jetzt geh ich hin und mach ein bißchen einen los. Wir sehn uns später!«

Als wir eines Tages im Frognerbad waren und Terje in der Garderobe schrecklich beschäftigt war, passierte etwas Schönes. Ich lag in der Sonne und döste, als ich plötzlich in meinem Ohr eine warme und gute Stimme hörte: »Wer zuerst bei der Schäre ist, Yngve!«

Janne! Ich war so froh, daß ich fast geheult hätte, aber sofort packte mich die Selbstkontrolle. Ein Peitschenhieb mit dem Gesetz der Familie Untertan brachte mich dazu, mich »anständig« zu benehmen. Jedenfalls war es eine glückliche Begegnung. Nach einigen Bieren im Colosseum war fast alles so, wie es sein sollte.

Janne hatte viel zu erzählen. Der Lagerleiter Eirik hatte ihn vor der Kapelle in Strandholmen an der Gurgel gepackt, und Janne hatte ihm in die Eier treten müssen, um loszukommen. Nachher hatte es ein schreckliches Spektakel gegeben – mit Polizei und allem Drum und Dran. Eirik hatte ihn nämlich wegen Körperverletzung verhaften lassen, aber schon am nächsten Tag wurde die Anzeige wieder zurückgezogen.

»Sicher hat Gott der Allmächtige persönlich eingegriffen, um den Skandal zu vertuschen. Das hätte ja seiner Sache geschadet«, sagte Janne mit einem Kichern.

»Über eine Sache hab ich mir Gedanken gemacht: Was hast *du* eigentlich da zu suchen gehabt? Du warst doch gar nicht gerade sooo gewaltig christlich.«

»Tja, einmal waren da doch so richtig süße Bengel, und dann war es auch aus alter Gewohnheit. Mein Vater ist nämlich Pastor.«

Terje ließ ein Heulen los: »Gooott, das ist das Stärkste, was ich je gehört hab! Ein Prost auf Jenny Jungs Pastorenpapa! Armer Mann! Ich hab gar nicht gewußt, daß man gleichzeitig Pastor und Pantoffelheld sein kann, aber das muß er ja sein, schließlich hat er *dich* gekriegt. Was ist denn überhaupt mit deiner Mutter! Ist sie Vorsitzende im norwegischen Sanitäterinnenverband, hä? Die Enkelin von Gertrude Stein? Zwei Meter dreizehn auf Stilettabsätzen?« Er war nicht zu bremsen. Wir mußten so lachen, daß es weh tat.

Janne wohnte zusammen mit einem anderen brauchbaren Typen namens Arild im Keller einer Villa in Taasen. Sie hatten Schwein gehabt und die Wohnung über eine Bekannte bekommen. Sie waren selten bei Fallas, weil sie in anderen Kreisen verkehrten, und zwar in einer gut versteckten, exklusiven Szene für bessergestellte Schwule und eine Anzahl auserwählter, junger und vielversprechender Studenten, die Aussehen und Intellekt vorweisen konnten. Ich hatte übrigens auch schon davon gehört. Die Szene war nämlich identisch mit »unseren Kreisen«, von denen der Segler-Christer gesprochen hatte. Janne kriegte es hin, daß Terje und ich eine feierliche Einladung bekamen, zu einem »kleinen Gartenfest« in Ullernaasen.

Terje bestand darauf, ein Kleid anzuziehen, und ich bereue jetzt, daß ich ihm das ausgeredet habe. Wir tranken einen kleinen Aperitif, bevor wir losgingen. Wir waren schon gut in Fahrt, als wir durch das Tor schritten, Arm in Arm. Es hat keinen Zweck, daß ich mich an einer Beschreibung der Villa versuche. Sie war viel zu groß. Die Versicherungsgesellschaft, die die Inventarliste von allem hat, was da ist, muß eine Menge Archivplatz haben. Es gab sehr viel Gold – und ein Schwimmbecken im Garten.

Terje ließ sofort die kleine Sau raus. Er schlängelte sich auf den Schoß eines sehr distinguierten Herrn und heulte zu mir herüber: »Hiiimmlisch, hier isses ja so gemütlich, Tutta! Kellner! Kannsse nich 'ne Magnum Golden Power auftreiben für meine Freundin un' mich? Weil nämlich, wir waren nämlich so nervös, weil wir so feine Pinkels besuchen sollten, un da ham wir beide fünfzig Milligramm Truxal genommen, un jetzt ham wir ja sooo 'nen trockenen Mund!«

Sie haßten uns natürlich vom ersten Augenblick an. Terje überspielte Liza Doolittle so extrem, daß die geschliffenen Kronleuchter bebten. Ich flippte aus, als der Gastgeber in Smoking und Rüschenbluse aus den inneren Gemächern hervorkam – mit einem fast zuschanden gefütterten Pekinesen auf dem Arm. Terje sprang auf, ging sexy mit Hüftschwung die zwanzig Meter über den Rasen – einen Arm ausgestreckt, den anderen in die Hüfte gestemmt – und sabbelte in einem fort mit Fistelstimme: »Ogottogott, das is sicher die Gastgeberin. Nein, so was, gnä' Frau, ich kann wirklich kaum ausdrücken, wie dankbar ich bin, daß ich und meine Freundin hierherkommen durften. Un stell dir vor, die Tutta, ja, also, das is meine Freundin, also, die hat immer schon gesagt, daß wir hier nie hin eingeladen würden, also, weil, wir wären nämlich nich fein genug! Aber ich hab immer gesagt: ›Halt die Fresse, Tutta, die laden uns schon noch ein, wenn se uns erst ma entdeckt ham!‹ Und das weiß ich ganz sicher, gnä' Frau, ihr werdet es nie bereuen, daß ihr mir recht gegeben habt! Dafür werde ich sorgen, das verspreche ich!«

So etwas habe ich noch nie erlebt. Der Herr war bis in die Schuhsohlen erschüttert. Sein Gesicht zerknitterte geradezu und sah eigentlich genauso aus wie das des Pekinesen. Terje Falkenauge läßt sich ja nie auch nur das geringste Detail entgehen, und er brachte es fertig zu sagen: »Aber, um Gottes willen, gnä' Frau, was für 'n schreckliches Dingens schleppen Sie denn da mit sich rum? Fehlgeburt gehabt, oder was?«

Und im selben Atemzug ließ er ein Kläffergebelle los, daß die Schuppen nur so herumstoben um den alten Kadaver. Das Tier erlitt sicher einen exklusiven Nervenzusammenbruch, denn es fiel mit einem widerlichen Klatschen auf die Terrasse und krabbelte kreischend über den Boden.

Aber damit gab Terje sich noch nicht zufrieden. Er wusch gewissermaßen seine Hände in Unschuld und sagte sexy und herausfordernd zum Gastgeber: »Ja, ja, un hier sin wir, Röschen. Vielleicht hast du ja Lust, mit Twiggy in dein Privatzimmer zu gehen, und dann darfst du ganz gratis mit meinem Goldhuhn spielen!«

Es passierte vieles gleichzeitig. Viel zuviel. Zunächst war es ganz still geworden, während Terje plauderte. Dann war Protestgebrüll aufgekommen von den fünfundzwanzig Herren, die den Ring umstanden. Wir lagen dafür vor Lachen auf dem Tisch.

Und nun ging die Gastgeberin ihrerseits in die Fistellage. Man kann also auch in konservativer Sprache tuntig sein. »Das ist das Frechste, das Allerungehobeltste, das mir je zugemutet worden ist! Wer hat dieses Ungeziefer in mein Haus gebracht? In mein Heim!«

»Aber, um Gottes willen, gnä' Frau! Nun reg dich doch nich auf! Ich hab meine Eintrittskarte in der Unterhose! Mit Goldrand und so ...«

»Aus meinem Haus, du grausamer Mensch! Und die, mit denen du gekommen bist, auch. Schnurstracks hinaus mit euch! Hinaus, beim Allmächtigen!« Wir wurden von einer Reihe zukunftsträchtiger und forscher kleiner Golds hinausbefördert.

Terje und ich tanzten Cancan und sangen aus voller Brust: »Br, sag ich, Br! Immer mit der Ruh, aber er nahm die Katze von Mutter Iversen und das Huhn von Frau Mu.«

Dann gingen wir zu Janne und Arild und machten richtig einen los.

Das Phänomen »Tunte«, von dem du gerade ein glänzendes Beispiel gesehen hast, war damals viel weiter verbreitet als heute. Jetzt wollen die Schwulen sie selber sein, und das ist eine gute Entwicklung, ohne daß ich damit von den Tunten Abstand nehmen will.

Eine Tunte gibt einer bestimmten Haltung Ausdruck. Mehr oder minder bewußt wird ein Geschlechtsrollenmuster dargestellt, das man verworfen hat, gleichzeitig wird das Bild überspielt und parodiert, das gerne als Vorurteil von Homosexuellen gezeichnet wird: Männer als schwache, feminine Wesen.

Die Tunten benutzen eine Frauenrolle, aber nicht irgendeine, sondern die Damenrolle. Den affektierten falschen Stil der Damen aus dem Bürgertum, mit Gesten und Gebärden und hochdramatischem Minenspiel. Glaubt denn wirklich jemand, daß eine solche Frau ein normalerer Mensch ist als ein Mann, der sich so benimmt?

Und wer fühlt sich durch die Tunten provoziert? Vor allem die Herren, aber leider auch alle anderen Männer, die systematisch dazu erzogen worden sind, Gott zu fürchten und zu lieben und alles Weiche in sich selbst zu hassen – und die Paulus und Luther und die christlichen Politiker noch nicht durchschaut haben.

Terjes Benehmen in Ullernaasen war auf diese Weise ziemlich avanciert. Supertunte! Ganz intuitiv brachte er die Klassengegensätze ein, indem er parodierte, wie das Bürgertum die Arbeiterklasse darstellt – in *My Fair Lady* oder *Die Familie Glum* zum Beispiel –, nämlich als vulgär und saudumm. Unser Gastgeber von damals hatte plötzlich den halben Osloer Osten im Haus und nicht bloß im Radio. Außerdem überzog Terje dermaßen, daß er es noch schaffte, das eigene diskrete Tuntenbenehmen der schwulen Herren auf die Schippe zu nehmen! Ich glaube, das war das Allerschlimmste.

Das Allerunglaublichste aber ist, daß uns die Vorstellung in Ullern einen gewaltigen Erfolg bescherte: Als die Gartengesellschaft unser barbarisches Benehmen gebührend verdammt hatte, müssen sich alle tödlich gelangweilt haben. Vielleicht haben sie ihr Verhalten auch ein wenig bereut. Sie hatten ja selber die ganze Unterhaltung hinausgejagt. Abstoßend anzusehen waren wir ja auch nicht direkt gewesen. Schon zwei Samstage später wurden wir zu einem weiteren feiiinen Fest eingeladen – noch dazu einem Kostümfest. Das wurde mindestens genauso witzig, und wir wurden erst nach einigen Stunden hinausgeworfen. Janne, Arild und ich gingen als Hippies mit Blumenkränzen und ausgeschnittenen Afghanenblusen, aber Terje war natürlich *Thoroughly Modern Millie* mit knallrosa Sackkleid, Stirnband und Federboa und ansonsten massenhaft billigem Kram und Tand. Wie sie aussah! Wir hatten sogar die Titelmelodie des Films umgedichtet – und mit Cancanschritten und dem ganzen Schwulenkram eingeübt:

Everything today is thoroughly modern –
  homosexuality!
Everything today is utterly gay –
You'd better face anality!
They say it's criminal what queens will do –
What they're forgetting is that
Men can love each other, too!

Bei Janne und Arild hatte eine ungewöhnlich gut gelungene Vorpremiere stattgefunden, und es wurde ein bißchen spät, bis wir endlich loskamen. Am meisten verspäteten wir uns, weil Janne etwas Hasch besorgt hatte – wir waren ja schließlich Hippies, und deshalb mußten wir das ausprobieren. Wir waren dann so stoned wie hartgekochte Eier!

Zuerst lief ich in einem merkwürdig schwebenden Zustand herum und kicherte hingebungsvoll über alles, was ich mitbekam. Aber irgendwie kriegte ich mich im Taxi wieder einigermaßen ein, weil Terje so energisch den Chauffeur anmachte, daß wir mehrmals fast kollidiert wären.

Als wir endlich bei dem großen Ereignis ankamen, waren wir so richtig auf Vergnügen getörnt. Uns wurde ein Umkleideraum angeboten, und wir bekamen einen tollen fliegenden Start, als Terje brüllte: »Aber, um Himmels willen! Ist das denn hier kein ›Komm, wie du bist‹-Fest?«

Wir wurden in den großen Salon geführt, brachen erst einmal alle vier am Eingang zusammen, blieben auf dem Teppich liegen und schrien wie wahnsinnig vor Lachen. Denn vor uns stand ein ganzer Hof von Prinzen und Prinzessinnen und Königinnen und Bischöfinnen! Und die Tiaras und

Diademe funkelten so sehr, daß wir noch am Tag danach schneeblind waren.

Wir konnten mit dem Lachen fast nicht aufhören. Nicht, bevor wir von einem schrillen Wortwechsel übertönt wurden: »Lucille, meine Süße, wie umsichtig von dir, Unterhaltung zu engagieren für heute abend, du!«

»Ja, nicht wahr, Brünhilde. Ist das nicht eine feine Truppe?«

Erneut brachen wir zusammen, aber wir konnten uns relativ schnell wieder am Riemen reißen. Wir erhoben uns, verbeugten uns, knicksten und ernteten tatsächlich vereinzelten Applaus und herzliches, giftiges Lächeln. Damit war der Krieg erklärt.

Zuerst umringten wir Brünhilde. Sie war ziemlich umfangreich und trug Brünne, Schild, Speer und Helm. Ich stellte mich als Lorelei vor und verlangte eine Flasche Kölnisch Wasser. Das wirkte. Die Göttin stopfte sich zwei juwelenbesetzte Bratwurstzipfel ins Gebiß und pfiff. Wir brachen zusammen. Als wir wieder aufrecht standen, war ein Kellner mit Sekt und fünf Gläsern da. Wir prosteten auf deutsch, und ich fragte Brünhilde, ob sie Ganztagswalküre sei. Sie amüsierte sich, daß es klirrte, und lüpfte ein wenig den Helm. Dann fragte Terje, ob das in ihren Zähnen Rheingold sei. Die Göttin ließ richtig begabt ein tiefes Knurren aus der Kehle rollen. Terje knurrte zurück und raunte: »Paß bloß auf, du aufgeblasene Deutschenhure! Ich hab die Pekinesen in Ullern fertiggemacht!«

»Paß selber auf, mein Hündchen! Ich hab mehr als einmal intimen Umgang mit dem Tierschutzverein gehabt … und außerdem bin ich von einer feurigen Hundestreife geschwängert worden … also, dich kriegen wir schon noch kaputtgebissen, wenn du deine Zunge nicht im Zaum hältst!« Sie sprach in einem kräftigen Bariton. Das war das erste und einzige Mal, daß ich gesehen habe, wie es Terje glatt vom Stengel gehauen hat. In dem Moment kam ein neuer Karnevalsgast durch das Eingangsportal. Es war ein

Mann mit Richterperücke und schwarzer Robe. Er kam auf uns zugeschritten, blieb aber fünf Meter von uns entfernt stehen und starrte mich an.

Ich begriff nichts, bevor Terje dann schrie: »Nein, Gooott! Das ist der schöne Robert!«

Der Richter drehte sich auf dem Absatz um und fegte hinaus, daß die Gewänder nur so klatschten.

»Jesusmaria! Heute abend muß die Hausgehilfin der Perücke wieder Locken drehen. In Montebello wird die Lockenschere nicht kalt!« Terje parodierte Effie Marconi in *Dickie Dick Dickens* und gewann augenblicklich eine neue Bewundererin. Brünhilde ergab sich uns bedingungslos und war auf unserer Seite, als sich die Gastgeberin weitere Unverschämtheiten gegen ihre Gäste verbat.

»Lucille, Süße, so viel müssen die Leute vertragen können ... auch die, die tagsüber die Chefs sind!«

»Er ist aber weggegangen«, keifte die Gastgeberin.

»Ach Gott, was für ein Unglück! Wo ich doch immer so für den Richterstand geschwärmt habe. Bring uns eine Bloody Mary für jede, meine Liebe ...«

Ich küßte Brünhilde die Hand. »Was tragen Sie für einen hinreißenden Nibelungenring, meine lebhafte Walküre. Wenn Sie heute abend auch weiterhin unser Schutzengel sein wollen, bin ich mit Vergnügen Ihr Siegfried. Haben Sie Lust auf Haschisch? Das ist das Kostbarste, was wir einem so beflügelten Wesen wie Ihnen anbieten können. Wir sind übrigens alle vier Mythomanen ...«

»Endlich ein waschechter Hippie!« stieß die Walkemutter hervor und fiel mir theatralisch um den Hals: »Nenn mich Brünhilde!«

Das war unser zweiter akuter Lachanfall an diesem Abend. Von da an ging es Schlag auf Schlag. Als wir im Bad standen und Hasch rauchten, wurden wir von einer Marie Antoinette in einer so überladenen Ausgabe überrascht, daß das Original daneben wie das Mädchen mit den Schwefelhölzern gewirkt hätte. Wir hatten in unserem Eifer vergessen, die Tür abzuschließen, aber die Königin mißverstand unsere Absichten: »Ich hab schon mal zwei im selben Klo gesehen, aber fünf, das ist, ehrlich gesagt, der Gipfel!«

»Laß doch mal deinen Pompadour anfassen, du prüde Kuh!« zischelte Terje und zog die Kokotte herein. »Wenn du uns Speed gibst, kriegst du Shit von uns. Ich seh genau, wer du bist!«

Die falschen Königinnenwimpern flatterten ein bißchen unsicher, bevor sie sich entschloß und an jede von uns eine Bustaid verteilte. Dann drehte Terje ihr einen Lungenzug reines Hasch an. Das ging voll in die Perücke. Nach dreißig Sekunden saß Marie auf dem Klodeckel und sah aus wie eine Schmeißfliege, der schwindelig geworden ist. Wir verließen das Badezimmer nach einigen Arien mit Echo. Die Königin blieb auf den holländischen Fliesen zurück – sie sah beinah aus wie ein überfahrener Pfau.

Marie Antoilette, erfand ich – und damit stürzten wir uns wieder in eine Gesellschaft wie die schlimmste Wagner-Oper, mit einer Lautstärke von hundertsoundsoviel Dezibel, weit oberhalb der Schmerzgrenze.

Wir übernahmen die Tanzfläche im Sturm und Drang. Ich tanzte Swing mit Brünhilde auf ihren Stilettabsätzen. Nachher sah das Parkett aus wie ein Sieb. Wir lancierten die Brünhilde-Pastille »Piruetta Non-Stop«, nachdem Terje kurz draußen gewesen war und den Pompadour im Bad geleert hatte. Wir tranken königliche Mengen Whisky und Soda aus dem Walkürenhelm. Was für ein Chaos!

Ich kam auch dazu, mit einigen reizenden Herren zu flirten – und bekam sogar eine Filmrolle angeboten, wenn ich nur mit auf eine Ficktour nach Drammen käme.

Erst, als unser Auge auf das kalte Büffet fiel, begann die Stimmung zu unseren Ungunsten umzuschlagen. Wir kamen sofort auf den Essenstrip und bedienten uns reichlich, Brünhilde an der Spitze.

Wir verschanzten uns in einem kleinen Erker und mampften bis zum Gehtnichtmehr Roastbeef und eingelegten Lachs. Bald fanden wir heraus, daß es viel angenehmer war, die ganzen Töpfe mit in unsere Ecke zu nehmen, woraufhin das Mißvergnügen der anderen wuchs. Und rat mal, wer sich zum Sprecher für den Rest der hungrigen Gesellschaft ernannte: kein anderer nämlich als Christer. Mein guter Freund aus der Seglerszene. Er kam auf uns zu, seinen unvermeidlichen Hans-Petter im Schlepptau. Christer trug eine Nerzstola und etwas silberglänzendes Bodenlanges. »Guten Abend, Yngve. Dir scheint's ja gutzugehen.«

»Da sollen doch meine Bramsegel zerreißen, Madame! Ist das nicht die Galionsfigur der *Christian Radich*? Hei und ho und 'ne Buddel voll Rum!«

»Du hast heute abend aber ein hübsches Kostüm an, finde ich. Fast so hübsch wie das von neulich. Und was für eines trägst du an normalen Tagen?«

»An normalen Tagen bevorzuge ich das gleiche Nachthemd wie Ihres, Madame, aber ich muß mich leider mit einem gewöhnlichen Schmuselappen begnügen, ich bin nämlich allergisch gegen Katzenfell. Haben Sie heute Ihre Beine rasiert ... von der Brust gar nicht erst zu reden!«

»Ihr schrecklichen Freßhippies!« schimpfte Christer. »Habt ihr denn überhaupt keine Hemmungen?«

Sofort war Terje auf den Beinen und beruhigte aktiv: »Na, na, na, Christine Keeler, Königin des Seefahrtsmuseums, Vollmaster Fia, fließende Holländerin!« Die ganze Zeit putzte er ausgiebig seine Finger am Nerz ab.

»Faß mich nicht an, du Stinktier!«

»Wie man sich bettet, so liegt man. Das rechte Wort zur rechten Zeit, Frau Witwe! Wenn ich mit in die Kajüte darf, wirste schon merken, 'n schärferes Zimmermädchen haste noch nie aufs Kreuz gelegt!«

»Du billiges Luder!

Terje entzündete sich an all die eingeworfenen Bustaid und kläffte wie ein gereizter Terrier: »Und das sagst du! Du scheiß Blutegel! Ich möchte nicht die Knutschflecken sehen, die du überall in den Slums hinterläßt!«

Nach diesem Zwischenfall und unzähligen Aufforderungen mußten wir leider die Gesellschaft verlassen. Brünhilde war uns keine Hilfe mehr. Sie lag bewußtlos im Erker und sah aus wie eine Feuerqualle an Land. Wir gingen auf die Rolle und kamen erst drei Tage später zum Schlafen.

In dem Sommer geschah viel Wichtiges. Die Vereinigung von 1948 begann mit offenen Veranstaltungen im Haus der Venstre-Partei – oder in der »Linken Hand«, wie wir das Haus tauften. Es war befreiend, nicht mehr im Fallas herumturnen zu müssen, das wir inzwischen den »Hühnerstall« nannten. Wir waren sauer auf den ganzen Laden, seitdem eine Illustrierte mit einer heldenhaften Aufklärungskampagne über die perverse Untergrundszene in Majorstua herausgekommen war, in deren Rahmen sie ein Interview mit dem Cafébesitzer Falla höchstpersönlich abgedruckt hatte: »Aber schreibt auf jeden Fall, daß ich nicht so bin!« hatte er gesagt. »Meine Frau kann das bezeugen. Es ist nicht meine Schuld, daß solche Leute hier hinkommen!«

Vielen Dank, Herr Cafébesitzer! Ich wüßte gerne, wieviel hunderttausend Kronen wir bei dir gelassen haben. Und vielen Dank auch der Zeitung *Verdens Gang* und ihrem Redakteur Michael Grundt Spang. Die Artikel waren ja so informativ und ausgewogen. Jawohl! Kein bißchen sensationslüstern und spekulativ. Nein, nein. Sondern regelrecht eine effektive Unterstützung in unserem Kampf um die grundlegendsten Menschenrechte. Jawohl. *Verdens Gang* kämpft für Sie!

Wir gingen statt dessen in die Linke Hand, und weißt du, was da passiert ist? Mädchen tanzten mit Mädchen und Jungen mit Jungen. Die ganze Zeit! Ab und zu küßten sie sich auch! Ist das nicht phantastisch! Das fanden wir jedenfalls, Herr Minister!

In dieser Periode haben wir damals leider einen Fehler gemacht – wir machten ganz ernsthaft in Richtung individualistischer Quasibefreiung. Wir fingen an, unsere Eigenart zu pflegen! Terje und ich diskutierten bis zum Umfallen und verstiegen uns am Ende zu einer gewaltig intellektuellen Behauptung, genial und blödsinnig: Homosexuelle sind Kuckuckskinder, die in heterosexuellen Nestern aufwachsen!

Darauf folgte natürlich sofort die einleuchtende Frage: Wie vermehren sich Homosexuelle? Wer legt die Eier?

Aber wir hatten damals keine Lust, uns darüber auch nur die allergeringsten Gedanken zu machen, und die machen wir uns noch immer nicht – was die Rekrutierung angeht. Damit ist bestimmt alles in Ordnung! Bemerkenswert ist, daß dieser Gedankengang zum Ausdruck bringt, daß Homosexualität etwas Besonderes ist – etwas ganz für sich allein. Daß homosexuelle Menschen im Grunde einen Tick besser sind als andere.

Noch bemerkenswerter ist, daß sich eine Gruppe von Menschen noch immer zu dieser Ansicht bekennt, und zwar mit der Parole: Homophilie – eine wertvolle Lebensform, ohne diese Behauptung mit irgend etwas in Zusammenhang zu bringen. Diese Parole ist ihnen lieber als eine, die Homophilie und Heterophilie als gleichwertige Ausdrucksformen menschlicher Liebe nebeneinanderstellt.

Aber diese Leute hausen auch in ihrem eigenen Lokal, in einer Szene, die sie selbst gemacht haben: ein kommerzielles, alkoholisiertes Schwulenghetto. Eine Tiefkühltheke auf einem Fleischmarkt, wo die guten Bissen ständig ausgeliehen werden – und noch nicht mal auftauen können, bevor sie wieder zurückgegeben werden. Ist das nun die »wertvolle« Lebensform?

Aber, aber. Wir haben ja auch mal so gedacht. Terje prägte das Schlagwort: »From now on, I'll face the world with my ass open!«

So bereiteten wir uns darauf vor, in die wunderbare, neue und witzige Welt hineinzureisen, um alle Völker zu unseren Schülern zu machen ... und so weiter ... bis ans Ende der Welt!

Im November packten Terje und ich unsere Rucksäcke und setzten uns an die Bar auf dem Schiff nach Dänemark. Wir waren schon vor dem Leuchtturm von Dyna betrunken – wir hatten nämlich Proviant mitgebracht. Ich hatte beim Job aufgehört und mein Zimmer weitervermietet, denn wir wußten nicht, wie lange wir wegbleiben wollten. Immerhin hatte Terje nicht recht behalten mit dem, was er über meine Knabenmöse gesagt hatte. Noch nicht.

Wir waren auf dem Weg in die große Welt, ins große Abenteuer, in die große Niederlage. Ich war gerade zwanzig geworden – und ich hatte Angst.

Ich will Dantes *Inferno* nicht noch einmal schreiben, aber alles ging reichlich daneben und war ein bißchen so eine Art Sightseeing. Alle waren sich einig: Es war eine unvergeßliche Reise.

In Dänemark kifften wir und lösten nachts die Weltprobleme. Und erwachten jeden Morgen mit Baumwolle im Kopf – die war in Benzin getaucht.

In Deutschland war es leicht, durch die Hölle zu trampen. Die Autobahn ist ja ein Wunder der Ingenieurskunst, und es gab genug Mercedesfahrer, die Terje auf dem Rücksitz ficken wollten. Ich kniff noch immer.

Eines Abends waren sie wieder zugange, es war dunkel und neblig. Ich stand neben dem Auto und hörte in der Ferne irgend etwas ganz schrecklich krachen. Es dröhnte und explodierte in einem fort. Ich hatte irren Schiß. Als der alte Adolf endlich fertig war und weiterfuhr, durften wir das deutsche Wunder erleben. Gott sei Dank hatte der Mann seinen Orgasmus gehabt, denn er fuhr so defensiv, daß er gerade noch anhalten konnte, bevor wir in eine riesige Massenkarambolage hineingerast wären. Er konnte das Auto auf die Seite manövrieren, und wir hechteten nach links hinaus und kletterten über die Leitplanken. Irgend etwas brannte ganz unbeschreiblich, mittendrin war sicher ein Tankwagen. Wir zitterten und kotzten. Es roch nach Öl und Kartoffelchips.

Dauernd kamen neue Mercedesse und Porsches und BMWs mit zweihundertfünfzig Stundenkilometern und landeten in der Feuerhölle.

Wir versuchten, etwas zu tun. Wir liefen an der Autobahn entlang zurück, um neue Grillgäste anzuhalten, aber das nützte einfach nichts. Zum einen trauten wir uns nicht auf die Fahrbahn – schließlich hatten wir ja überlebt. Zum anderen fegten die Autos in solchem Tempo vorbei, daß die Fahrer uns in dem Nebelmeer nicht bemerkten. Aber wir schafften es, zwei Französinnen in einem 2 CV anzuhalten. Sie wären wahrscheinlich sowieso zurechtgekommen, aber sie hätten von hinten angefahren werden können.

Dann war endlich Schluß mit den Autos. Die deutsche Gründlichkeit hatte es schließlich geschafft, die Straße weiter östlich abzusperren, nachdem vierundzwanzig Menschen und Gott weiß wie viele Fahrzeuge verbrannt waren. Den Rest der Nacht saßen wir da und hörten die Sirenen. Am nächsten Tag bekamen wir von den Französinnen einen Lift nach Amsterdam. Wir hatten all unser Gepäck und dreitausend Kronen verloren, weil Adolfs Auto mit in den Sog geraten und im Fritierkessel verdampft war.

Wir blieben bis nach Weihnachten in Amsterdam. Das Mekka der Schwulen war stressig und ausgeflippt und total voller Stoff, aber es gab auch viele tolle Menschen. Wir fingen mit Speed an. Das ist eine Schweinerei. Zuerst geht's so stark aufwärts, daß du denkst, du vergißt das nie. Du kapierst alles und hast Riesenkräfte. Du hast vor nichts Angst – und es geht ab, daß die Funken sprühen. Aber dann geht's nach unten – und das vergißt du dann wirklich nie. Es ist schlimmer, als von einer Dampfwalze überfahren zu werden. Es ist Wahnsinn.

Terje besorgte uns Logis bei einem vermögenden Fixer. Das war echt wild. Der Typ nahm schweren Stoff und war für diese Welt verloren. Wenn er ganz oben war, mußte Terje ihn »auslüften«. Und zwar, indem er ihm eine Silberkette am Schwanz befestigte, die er aus der Tasche heraushängen ließ.

Er war dann Terjes Schoßhund in den Straßen, wo was los war. Ich nahm Abschied von allen edlen Vorsätzen und machte, daß ich von da wegkam. Mehr als eine Woche lang traf ich keinen Bekannten. Das einzig wirklich Witzige in Amsterdam passierte, als ich Terje wiedersah.

Das geschah in der Schwulendisko D. O. K. Ich hatte mir gerade hundert Gulden erfickt und stürzte hinein, um mir den langersehnten Drink zu besorgen. Der Propeller in meinem Kopf war ja immer zur Stelle, seitdem man mich in Oslo niedergeschlagen hatte, und jetzt lärmte er wie nie zuvor.

Ich saß an der Theke und kippte die Nervenmedizin, als ein Typ kam und mich auf englisch fragte, ob ich tanzen wolle. Ich sah ihn an und mochte ihn und erklärte, daß ich erst noch mindestens zwei trinken müßte. Er setzte sich und fing an zu reden, und ich erkannte den Jungen erst wieder, als er anfing zu heulen. Es war natürlich Terje, der sich die Fransen geschnitten und dunkel gefärbt hatte, sich eine neue Brille gekauft hatte und auf einmal maskulin geworden war. Er brachte eine ganz unbeschreibliche Männerparodie und verkündete mit einem Baß, der ihm fast die Jacke zerrissen hätte: »Männer sind in! Frauen und Tunten kannste vergessen!« Terje, das Talent.

Im Januar wären wir fast erfroren und fuhren weiter nach Paris. Wahrlich, ich sage euch: Da war es doppelt so kalt – und fahl und fies und häßlich. Wie Bilder aus Manhattan: Just like home.

Ich kann einfach nicht genauer erzählen, wie ich mich da gefühlt habe. Lies *Giovannis Zimmer* und multiplizier mit zehn. Wir blieben viel zu lange da, und ich übernachtete in viel zu vielen verkommenen Hotelzimmern. Die Franzosen lieben einander nicht. Sie kratzen. Ich traf nur einen einzigen Typen, der mich ein wenig leiden mochte. Er hieß Maurice und war zehn Jahre davor genauso auf den Strich gegangen wie ich jetzt. Bei ihm bekam ich zumindest ein bißchen menschliche Wärme. Das genügte gerade, damit ich keine ernsten Frostschäden davontrug bei den eiskalten Reichen, die sowenig wie möglich für meinen Körper bezahlten.

Ach ja. Paris war als Paradies so steifgefroren, wie die Hölle heiß ist.

Wir entkamen der Tiefkühltruhe erst Ende Februar, aber dann trampten wir zum Ausgleich in einer Woche nach Rom. Zum Frühling. Zum Mittelmeer. Heim zu den Römern! Das war fast, wie in den Himmel zu kommen – zu Anfang. Wir brauchten nur zwei Tage, um die ausgekiffteste Künstlerszene zwischen Sodom und Gomorrha zu entdecken. Herrgott, was für ein Leben!

Speed konnten wir in der Apotheke kaufen, zu fünf Kronen die Schachtel. Schlankheitstabletten mit Vitamin C hießen sie da. Stoff war zwar rezeptpflichtig, aber die Leute kannten viele Ärzte, die für eine kleine Entschädigung gerne Fett kurierten.

Der erste irre Typ, den wir trafen, war ein Maler um die Dreißig namens Mario Martini. Er riß uns in der Villa Borghese auf und nahm uns mit zu sich. Eigentlich wohnte er bei seiner Mutter, aber sie waren seit vielen Jahren zerstritten, und sie hatte das Türschloß ausgewechselt. Seine Wohnung lag in der sechsten Etage eines uralten Mietshauses, und wir mußten über ein schmales Dach balancieren, bevor wir durch ein Fester in seine Gemächer kamen. Er hatte zwei große Zimmer und zehn Flaschen White Horse Whisky.

Mario war nicht schwul, aber sein Sexualleben war sehr aktiv – wenn auch etwas außergewöhnlich. Auf der anderen Straßenseite stand nämlich eine Konfektionsfabrik, in der

Hunderte Frauen arbeiteten. Die waren das Ziel seiner Wünsche – alle zusammen.

An das größte Fenster zur Straße hin hatte er einen gewaltigen Spiegel vertikal und in einem Winkel von fünfundvierzig Grad montiert. Nun konnte Mario auf einem hohen Barhocker sitzen und vor dem Spiegel wichsen – zur großen Freude und Verärgerung der Mädchen in den drei Stockwerken der Fabrik. Jeden Morgen Schlag sieben machte er sich ans Werk. Und viele Mädchen hingen in den Fenstern und schimpften und klatschten und heulten und lachten. Es gab ein ohrenbetäubendes Spektakel in der Straße, und dann kam Mario schnell. Danach begaben sich alle wieder an ihren Platz: die Mädchen an die Arbeit und Mario zu Bett!

Ich fragte ihn, wozu der Spiegel gut sei. Er sah mich bestürzt an: »Aber, das mußt du doch verstehen. In Italien darf man sich nicht entblößen. Ich bin doch kein Schwein! Die sehen ja nicht mich ... nur den Spiegel!«

Marios Bilder waren genauso phantasievoll wie sein Sexualleben. Überall in der Wohnung hingen große und kleine Bilder von Hausfassaden mit mehr oder weniger angezogenen Frauen in den Fenstern. Ich kann mich an kein anderes Motiv erinnern, aber es ist ja möglich, daß es doch noch welche gab. Denn wenn ich mir das so überlege, erinnere ich mich an vieles aus meinem Romaufenthalt nur noch unklar.

Es war nämlich so, daß uns Mario schon einen Tag, nachdem wir ihn getroffen hatten, in die größte Flippszene des Sommers einführte. Gegen Abend führte er uns durch Trastevere – den alten Stadtteil – und dann in einen engen Hinterhof. Dort klopfte er ein kompliziertes Signal an eine niedrige Tür und mußte folgendes Erkennungswort abgeben: »Beim Barte des Propheten.« Erst dann ließ man uns ein.

Zuerst in eine Sakristei – und dann sogar in eine Kirche! In dem geräumigen Gotteshaus waren sicher zwanzig

Menschen. Wir wurden feierlich herumgeführt und jedem einzelnen vorgestellt.

Ganz besonders ausgiebig mußten wir Vittorio begrüßen, der sich als der Gastgeber entpuppte. Er war ein prächtiger Künstlertyp mit vielen grauen Haaren und einem Spitzbart um sein freundliches sinnliches Gesicht. Er ähnelte dem schönen Leonardo auf seine alten Tage, und es zeigte sich bald, daß dieses Genie eines seiner großen Vorbilder war. Er hielt lange Reden über ihn: »Leonardo war nicht nur der größte Kunstmaler der Welt! Er war auch ein großer Menschenkenner. Unter seinen Skizzen sind viele herrlich boshafte Karikaturen und Aphorismen, und die sind zeitlos in ihrem Scharfblick. An einer Stelle schreibt er: ›Die meisten Menschen hinterlassen nichts anderes auf der Welt als ein volles Klo!‹ Mit einem halben Auge kann ich sehen, daß ihr, wie ich, zu den Ausnahmen von der Regel gehört«, schmeichelte Vittorio und zauste uns in den Haaren. Er liebte uns auf der Stelle. Ich würde gerne einen ganzen Roman nur über ihn schreiben. Einen Romroman über den wahnwitzigen Vittorio!

Zuerst mußten wir am Altar niederknien und ein Schweigegelübde ablegen. Das war ein obligatorisches Ritual für alle neuen Mitglieder der Sekte, und es war schön und andächtig. Dann bekamen wir Wein und Amphetamin – und eine unglaubliche Geschichte. Hör zu!

Vittorio war im Grunde ein milder und gottesfürchtiger Mann. Aber ein Ehrenmann! Schon als junger Novize in einem Mönchskloster war er von den falschen und ungetreuen Dienern der katholischen Kirche aufs gröbste belästigt worden. Als er sich beim Abt darüber beklagt hatte, hatte der ihn aus dem Orden ausgestoßen und danach als Ketzer gebrandmarkt. Das war nicht klug vom Abt, wie sich später herausstellen sollte, denn der junge Vittorio schwor Rache, bei Maria, der heiligen Gottesmutter! Zunächst Rache am Katholizismus, aber nach und nach hatte er die Zielgruppe ausgeweitet, bis sie die ganze himmlische Christenheit umfaßte. Als ich ihn kennenlernte, war sein Königsgedanke, dem Weltrat der Kirchen einen brennenden Peitschenschlag zu versetzen. Er wollte sich beim nächsten Kongreß einschleichen und LSD unter Brot und Wein mischen. Aber das war eben nur einer von vielen Wunschträumen. Tatsächlich hatte er sich schon viele Male gerächt und war damit durchgekommen. Nun befanden wir uns mitten in seinem bisher größten Projekt: Vittorio hatte sich einfach als großer Kunstmaler ausgegeben und damit auf ganz legale Weise den ehrenvollen Auftrag zugesprochen bekommen, die ganze Kirche zu restaurieren. Und nicht nur das. Es war ihm auch gelungen, das volle Vertrauen der heiligen Herren zu gewinnen und einen reichlich bemessenen Spesenvorschuß ausbezahlt zu bekommen – sowie die Hälfte eines unbescheidenen Honorars. Der Gipfel von Vittorios Bluff aber war, daß er drei Monate lang absolut ungestört arbeiten mußte. Unter gar keinen Umständen dürften die Auftraggeber in die Kirche kommen und inspizieren, wie die Restauration voranschritt. Alldem hatten die Kardinäle des Papstes zugestimmt – Gott weiß, warum.

In jedem Fall hätten Gott und der Papst wissen sollen, welche unvergeßlichen römischen Bacchanalien sie verpaßten, aber sie waren offenbar beide anderweitig beschäftigt. Wir sahen jedenfalls keinen Fitz von ihnen. Sie schickten auch keine strafenden Engel, und sie ließen uns auch nicht das Dach auf den Kopf fallen. In den Wochen, in denen wir dort waren, passierte überhaupt nichts aufsehenerregend Destruktives – und erst recht nichts renovierend Konstruktives! Kein Pinselstrich wurde gezogen. Vittorio hatte den echten Malern, die auch im Führerbunker (so nannten wir das) verkehrten, aufs strengste verboten, auch nur eine flache Farbtube mitzubringen.

Jede Nacht zog er ein phantastisches Mephistokostüm an und hielt eine funkensprühende Schwefelpredigt, in der er die schlimmsten Unglücke und Flüche auf Papst und Vatikan herabrief. Weil ich italienisch am besten über physischen Kontakt kommuniziere und es schwer war, einen Übersetzer zu finden, kann ich seine kraftvollen Darlegungen leider nicht wörtlich wiedergeben. Das ist eigentlich eine Sünde und Schande. Denn soviel ich weiß, haben wir hier bei uns noch immer einen schlummernden Blasphemieparagraphen, den man seit den Tagen des seligen Dichters Överland nicht wieder ausgegraben und aufgeputzt hat. Es wäre sicher interessant und witzig gewesen zu sehen, ob der Generalreichsanwalt die Leiche in zeitgemäßer moderner Acryl-Vinyl-Ausgabe mit Laserheiligenschein und Strumpfhose auf die Beine stellt, mitsamt einem eingebauten Tonband: »Sie haben Gott gelästert!«

Gut. In Rom jedenfalls beendete Vittorio seine prachtvollen Predigten immer damit, daß er seinen Tempel dem teuren Namen und der Ehre des Weingottes Bacchus weihte. Glaube, Liebe, Hoffnung konkurrierten mit Freiheit, Gleichheit, Brüderlichkeit. Wein und Wollust siegten regelmäßig.

Vittorio war auch nicht homosexuell. Das ist kein italienischer Mann. Sie lieben einfach nur Jungen. Er nahm uns unter seine breiten Fittiche und taufte uns Odin und Thor – er wußte alles über Religion. Wir hielten die Wikingerdichtung hoch, und Terje bleichte sich die Haare. Er besorgte sich sogar Kontaktlinsen – und die waren nicht billig. Odin konnte ja nicht einfach mit einer Brille herumlaufen. Der Papst bezahlte.

Um ein Haar wären wir ihm sogar einmal begegnet, Gottes Stellvertreter auf Erden. Es begab sich zu der Zeit, in der wir den ganzen Tag auf Speed herumliefen. In einer schönen Morgenstunde ging Vittorio mit uns in den Petersdom, um dem himmlischen Karneval beizuwohnen. Das war echt stark! Zum einen flippten wir total aus bei der Architektur und den Malereien und all dem anderen, wofür Tausende von unterbezahlten Künstlern sich ihr Leben lang abgeplagt haben. Aber als uns unser Schutzengel in eine prächtige Kapelle führte, in der gerade eine katholische Messe lief, wurde es fast zuviel. Das war vielleicht ein Karneval! Eine Mannequinvorführung. Eine Verkaufsmesse für geistliche Kleider, Hüte, Schleppen und andere reizende Pontifäkalien.

Wir waren dermaßen angespeedet, daß wir ohnehin schon unter mehreren tausend Volt zitterten, und wir blieben mit kugelrunden Augen stehen und luden uns mit immer überspannteren Eindrücken auf. Für die Spannung mußte irgendeine Form von Auflösung gefunden werden. Es dauerte nicht lange, da kam die Gelegenheit mitten durch den Gang auf uns zugewandert – in Gestalt eines gottbegnadeten hübschen kleinen Meßdieners. Er schwang wohlerzogen ein riesiges Weihrauchfaß hin und her, und der Rauch schwirrte in niedlichen Spiralnebeln um ihn herum. Vittorio und ich waren von dieser Offenbarung noch gefesselt und hypnotisiert, als Terje mit einem dramatischen Satz darauf zusprang, hysterisch auf das Weihrauchfaß zeigte und auf norwegisch schrie: »Paß auf, Schwester! Deine Tasche brennt!«

Es *gibt* so was wie funkensprühenden Witz! Ich sah, wie die Luft regelrecht blitzte, und natürlich hatte Terje noch Energie genug, um das im nächsten Atemzug für Vittorio auf englisch zu wiederholen: »Watch out, sister! Your purse is on fire!«

Das brachte Vittorio den großen Orgasmus seines Lebens. Er hüpfte herum wie eine Mischung aus Känguruh und Gott, und abwechselnd hielt er sich den Schritt und schlug mit den Armen. Wir müssen ein ohrenbetäubendes Spektakel veranstaltet haben, und ich weiß wirklich nicht mehr, wie lange wir unseren Karneval veranstalten durften, denn als ich wieder zu mir kam, waren wir schon draußen an der frischen Luft. Wir brauchten ziemlich lange, um uns wieder einzukriegen, aber dann waren wir zum Ausgleich so munter und unternehmungslustig wie nie zuvor.

Vittorio adoptierte uns, verbrüderte sich mit uns und verheiratete sich mit uns – alles auf einmal. Er mietete ein ganzes Restaurant an der Via Veneto und gründete eine Freß- und Saufgilde in altnordisch-römischem Stil und Geist. Ich glaube, ich bin bei dieser Gesellschaft einer ganzen Reihe Berühmtheiten vorgestellt worden, aber ich weiß es leider nicht mehr so genau. Irgendwie lief alles ein bißchen durcheinander. Tierisch durcheinander!

Hast du jetzt vielleicht geglaubt, an der ganzen Sache wäre kein Haken? So viel Lotterleben ohne Strafe? O nein. So was gibt's nicht! Denn auf das süße Prickeln folgt das schlimme Brennen! Das hätten wir alle schon als Kind lernen sollen.

Ich für meinen Teil habe schon früher davon gesprochen, daß es nach unten ging. Hiermit präzisiere ich die Diagnose: Paranoia.

Ich fing an, immer stärkere und häufigere Anfälle von Verfolgungswahn zu bekommen. Viele würden dieses Phänomen den Finger Gottes oder so nennen, von mir aus, dann hat Gott aber Amphetaminfinger. Ich weiß, daß dieses ganze verdammte Speed mich so fertiggemacht hat.

Es ist überhaupt nicht witzig, irgendwann am Tag aufzuwachen und fünf Bustaid mit einem Glas Whisky kippen zu müssen, nur, um atmen zu können. Und es ist auch nicht gemütlich, sich auf der Empore in einer Kirche zusammenzukrümmen, weil die Kirche voller schwankender blutdürstiger Vampire ist und du mit Sicherheit weißt, daß tausend grinsende italienische Polizisten, die ganz heimlich mit den Vampiren unter einer Decke stecken, die Kirche umstellt haben.

Nein, das war nicht witzig, und es ist nicht meine Schuld, daß ich das überlebt habe.

Eines Tages erwachte ich ausgerechnet in Capri. In einem Hochzeitskuchen von einer Villa – zusammen mit einem italienischen Filmregisseur, der behauptete, wir wären frisch verheiratet! Zuerst wollte ich über das Wasser gehen, aber im letzten Moment entdeckte ich, daß mir nicht dasselbe passiert war wie dem unseligen Céline.

Er glaubte ja auch nicht an Gott, und deshalb wurde er von einem Missionar in Afrika als Galeerensklave verkauft und mußte den ganzen Weg bis in die USA rudern. Aber ich, ich privilegierter Faulpelz, war einfach mitgenommen worden zu einem privaten Erholungsurlaub, zu einem Freund von Vittorio. Ich war nicht verkauft worden. Ich wurde versorgt!

»Stell dir vor, Tutta! Die machen sich was aus dir!«

Aber er war Filmregisseur, und er wollte sich verheiraten. Ich kniff so lange, bis mir klar wurde, daß ich entkommen könnte. Dann bekam er mich. Scheiß drauf!

Natürlich sollte ich die Hauptrolle in seinem nächsten Film bekommen, wenn ich nur ein bißchen wieder zu Kräften gekommen war, aber ich verweigerte mich total. Ich hatte noch immer sehr überraschende niedliche kleine Visionen. Ich konnte einfach den Unterschied zwischen einer Laserkanone und einer Filmkamera nicht begreifen. Aber ich habe auch viele gute Erinnerungen an Capri. Der Maestro war lieb zu mir. Das Problem war nur, er wollte, daß ich ihn lieben sollte. So richtig. Er wollte nicht einsehen, daß ich das einfach nicht so beschließen konnte. Ich fange übrigens an, mich zu fragen, ob er nicht vielleicht doch recht hatte.

Nach der intensiven Schlankheitskur, die ich mit so unbeugsamer Willensstärke durchgeführt hatte, wog ich nicht mehr als sechzig Kilo, als ich mich auf der Perle des Mittelmeers wiederfand. Aber trotzdem brauchte der Körper weniger Zeit als der Kopf, um wieder klar zu werden. Die Angst wuchs, je mehr der Rausch nachließ. Ich hatte eine scheiß Angst vor der Vergangenheit und Horror vor der Zukunft. Es war ganz schön stressig, Yngve zu sein.

Schließlich wurde mir klar, daß ich nach Hause fahren

mußte. Das war das einzige, was ich tun konnte. Ich schrieb meinen Eltern einen Brief und bekam postwendend ein Telegramm mit Geld und Gruß und Kuß. Komm nach Hause!

Aber ich kann dir sagen, der Maestro war böse. Stocksauer, echt! War mir sein Geld vielleicht nicht gut genug? Beim Heiligen Geist, was hatte er mir denn bloß angetan, daß ich ihn so grausam behandelte? Er stopfte mir eine Million Lire in die Unterhose und jagte mich aufs Schiff. Und er blieb am Kai zurück und weinte, mitten in einem aufgewühlten Touristenmeer, in dem alle steif waren vor Dollars, Mampfen und Mark. Meine Angst und ich standen an der Reling und hatten noch extra Angst, weil wir endlich etwas Wichtiges kapiert hatten: Er mochte uns gern, wirklich! Ich habe versucht, ihm zu schreiben, aber er hat nie geantwortet. Jetzt ist es zu spät. Er hat mir das Leben gerettet.

Aber was macht man in Rom, wenn man fünfzehntausend Kronen in der Tasche und ein Nervensystem wie glutrote Drähte hat? Man sucht sich Freunde auf der Via Veneto und der Piazza Nuova und löscht das Feuer mit süßem Wein.

Alles war verändert. Vittorio war entlarvt und mit einigen anderen verhaftet worden. Gott und der Papst hatten schließlich doch ihre Terrorpolizei eingesetzt. Ich war heilfroh, daß ich bei der Razzia nicht dabeigewesen war. Viele Leute waren untergetaucht, und Terje war spurlos verschwunden. Ich grämte mich und stellte mir vor, er würde hinter Schloß und Riegel gefoltert – und dabei war sie auf Kreuzfahrt, die Tussi. Bei einem altmodischen Millionär auf einer Luxusjacht mit Goldtellern und einer Besatzung aus neunzehn kleinen Leckerbissen! Brauchte ein ganzes Jahr, um die durchzukriegen.

Ich war nach drei Wochen völlig abgebrannt und wieder verrückt. Damit war diesmal nicht viel Staat zu machen, und ich will niemanden mit einer enttäuschenden Wiederholung ermüden.

Meine letzte Erinnerung an Rom ist, daß ich in einem Taxi saß und an einem *norwegischen* Lastwagen vorbeifuhr. Gleich darauf war ich in der Schweiz. Aber von dort nach Oslo war der Weg länger als lang. Ich war die ganze Zeit davon überzeugt, daß wir einen Zusammenstoß haben würden, und hab wohl auch so ausgesehen: voll von Katastrophe.

»Da!« sagte der Chauffeur und reichte mir eine ungeöffnete Whiskyflasche.

»Aaaaah. Danke!« sagte ich. Er baute keinen Unfall. Auch er hat mir das Leben gerettet.

Teil III

Neurosentanz

Der Stumpfsinnsaufstand

Man kann auf viele Arten nach Hause kommen. Als Sieger zum Beispiel. Oder im Sarg. Ich kam im Lastwagen, mehr tot als lebendig. Meine Eltern rasteten aus, als mein Kadaver in ihr Wohnzimmer schwankte. Auch aus Freude. Meine Mutter und ich jaulten und weinten. Mein Vater schaffte es zu sagen: »Ich muß dir sagen, Yngve, daß ich mir schreckliche Vorwürfe darüber gemacht habe, wie ich reagiert habe, als du erzählt hast, wie das ... um dich steht. Ich wollte dich nicht verstoßen oder so was. Aber ich war so verzweifelt und konnte es nicht fassen. Ich habe lange gegrübelt und mich gefragt, warum. Aber trotz allem ist ja ein ... homosexueller Sohn besser als gar keiner, und du bist ja trotz allem unser Junge!«

Meine Mutter hielt mich im Arm und wischte uns die Tränen ab. »Wir haben versucht, miteinander zu reden, und wir finden, daß du dein Leben so leben sollst, wie es für dich natürlich und richtig ist. Wir wollen versuchen, dich zu respektieren und zu unterstützen, so gut wir können. Wir wollen keinen Bruch zwischen uns, Yngve. Und ich hoffe, du kannst das glauben und darauf vertrauen.«

»Ja. Natürlich glaub ich euch. Ich will doch auch nicht mit euch zerstritten sein.«

Und dann weinten wir alle drei. Meine Mutter ging in die Küche und nahm das gemästete Kalb aus dem Gefrierfach. Liebe Martha Maria!

Mein Vater gab mir einen Schnaps: »Von jetzt an brauchst du sie nicht mehr zu klauen«, sagte er. Guter alter Fuchs.

Langsam, aber sicher ging es bergauf. Sie brachten mich wieder auf die Beine. Ich lernte langsam, meine Noia so zu beherrschen, daß ich wieder ausgehen konnte, aber ich blieb auch viel in meinem Zimmer und las. Ich schrieb auch weiter an meinem Buch, aber das ging nicht gut – und ich wußte auch nicht recht, was ich davon halten sollte. Ich suchte einen Psychiater auf, und der fand heraus, daß ich depressiv, aggressionsgehemmt und handlungsunfähig war. Er riet von stationärer Behandlung ab und verschrieb mir statt dessen Librium.

Aber das war Dope! Gott soll mich schützen. Zwei friedfertige Jahre lang wanderte ich mit einem dusseligen Lächeln in der Visage herum und murmelte: »Ach, das geht ja alles ganz gut! Dann ist wohl alles in Ordnung ...«

Alles war mir egal, wenn nur die Zeit verging – und auch das war eigentlich nicht so wichtig. Der Psychiater behielt recht. Ich wurde aggressionsgehemmt und handlungsunfähig – und völlig gleichgültig der Welt gegenüber. Ich wollte mich für nichts engagieren, denn da hätte ich ja aufgeregt oder wütend werden können – und das war gefährlich!

Die Schwulenszene hatte sich im letzten Jahr spürbar entwickelt. In die Linke Hand kamen inzwischen viel mehr Leute, und sie waren weniger verängstigt und elend. Außer mir. Ich traute mich nie dorthin, ohne mindestens dreißig Milligramm intus zu haben, und wenn ich darauf noch ein paar Pils gekippt hatte, lief mir das Gehirn geradezu aus den Ohren heraus. Ganz klar, daß ich mich prima fühlte.

Ich traf einen Jungen, mit dem ich sicher ein gutes Verhältnis hätte aufbauen können. Er hieß Öystein und war gerade achtzehn geworden. Er war dunkel, schön und begabt und hatte einen frischen, unmäßigen Appetit auf das Leben – und auf mich, ausgerechnet auf mich. Aber das wollte ich nicht glauben. Außerdem erinnerte er mich an Magnus, und so etwas wollte ich nie wieder durchmachen. Ich hielt Öystein also auf Distanz und versuchte, mir einzureden, daß mir das nichts ausmachte.

Statt dessen ertränkte ich meine Sorgen und Schmerzen in bitteren Gedichten. Heute treiben mir die meisten davon die Schamröte ins Gesicht, aber dieses eine hier beschreibt ganz gut, was mir damals so durch den Kopf ging:

Ausschußware

(Frei nach Rudolf Nilsen)

Ich wurde nach dem Krieg geboren
Als Ausschußware.
Aber auch Ausschußware
Wird nicht an einem Tag kaputtgemacht,
Das dauert viele lange Jugendjahre,
Das ist so.
Ich weiß ein Lied, grausam wie der Tod:
Ich bin Ausschußware.
Und das hat mich so oft gequält,
Verletzt wie mit einer Zange –
Genau so.

Nach Neujahr bekam ich eine Stelle bei einer der großen Osloer Zeitungen als Korrekturleser. Es ging erstaunlich gut. Ich saß sehr gern still an einem Schreibtisch und korrigierte Gedrucktes.

Die EWG-Debatte hatte gerade begonnen, und obwohl ich bis über die Ohren unter Drogen stand, war ich ganz sicher, daß die Europäische Gemeinschaft nichts in Norwegen zu suchen hatte – und umgekehrt. Es war nervtötend, all die Ja-Propaganda zu korrigieren, die sich in der Zeitung breitmachte. Es war zum An-die-Decke-Gehen, aber ich durfte mich ja nicht aufregen, also fraß ich Pillen, statt aktiv zu werden. Sehr lange.

Aber schließlich wurde das Parteiorgan Prawda strenger als alle Drogen der Welt. Der Giftbecher wurde bis zum Rand vollgegossen. Gott, wie sie logen! Die Reeder, die Gewerbetreibenden, der König im Kabinett (von Gott eingesetzt) und die norwegische Arbeitgebervereinigung (vom Teufel persönlich installiert) mitsamt den Rechten/Sozialdemokraten und dem Bischof von Borg wälzten sich tagaus, tagein in einer vom Fernsehen übertragenen schleimigen Orgie und schrien: »Jaaa! Jaaa! Sie kommt! Sie kommt! Bald kommt die EG!« Wen wundert's, daß den Leuten schlecht wurde?

Ich für mein Teil wurde unheimlich sauer und stellte fest, daß ich trotzdem nicht starb. Ich war noch immer so gedopt wie eh und je, aber jedenfalls sagte ich, was ich meinte. Und ging zu Demonstrationen – obwohl Volksmengen mich mehr erschreckten als alles andere.

Sehr viele Leute von der Prawda machten mit beim großen Fackelzug Anfang September 1972. Setzer und Journalisten, die sonst gezwungen wurden, den Ja-Dreck zu verbreiten, und kein Wort über ihre eigenen Ansichten sagen durften, demonstrierten zusammen mit Tausenden anderen vernünftigen Norwegern.

Aber schließlich ist Norwegen ja trotz allem das meinungsfreieste Land auf der ganzen Welt! Jawohl. Hier bei uns wird keiner für seine Meinung verfolgt, verhaftet oder eingesperrt! Nein. Oder doch? An diesem Abend auf dem Rathausplatz fand ich einen Menschen. Er stand alleine neben mir am Rand der Menge, und langsam wurde dem Librium-befreiten Yngve klar, wer der Mann war. Lange starrte ich ihn an.

Er drehte sich um und lächelte mich an: »Na! Wir demonstrieren mit, wie ich sehe.«

»O ja! Wie schön, daß du auch mitmachst!«

»Ja, nicht wahr? Das ist wirklich ganz toll von mir, ich kann nämlich große Menschenmengen nicht ab. Hab eine Phobie dagegen.«

»Ich auch. Ich heiße Yngve.«

»Guten Tag, Yngve. Schön, dich kennenzulernen.«

»Ich hab all deine Bücher gelesen. Du bist der größte Schriftsteller von Norwegen!«

Der Mann musterte mich einen Moment lang kritisch, dann nahm sein Gesicht einen mißvergnügten, irritierten Ausdruck an, und er bellte: »Von Norwegen?«

Ich trat vor Schreck drei Schritt zurück und hätte mir am liebsten die Zunge abgebissen. Um Gottes willen, hatte ich ihn verärgert, ausgerechnet ihn? Wo er mich so viel gelehrt und mir so viel gegeben hatte!

Aber dann lachte er entzückt und lärmend: »Aber nein, mein Lieber, du brauchst keinen Schreck zu kriegen! Ich bin kein bißchen gefährlich. Mein kleiner Ausbruch sollte natürlich nur ein Scherz sein, ich hab ihn mir noch nicht mal aus den eigenen Fingern gesogen. Ich hab ihn bei Agnar Mykle geklaut. Aber merk dir das für die Zukunft: Es heißt der beste *der Welt*. Ich wollte das nur erwähnen.«

»Du bist der beste Schriftsteller des Universums!«

»So ist's richtig, ja. Vielen Dank. Sehr verbunden!«

»Warum schreibst du kein Buch über Homosexuelle?«

»Nein, meinst du! Das kannst du wirklich fragen. Das sollte ich vielleicht tun, ja. Eigentlich keine dumme Idee ... hm ... das wär vielleicht was ... Yngve ... vielleicht, ja!«

»Ja, ich denk zum Beispiel an Baldwin ...«

»Oh, die Sau! Hab ihn in Finnland getroffen. Wahnsinnsschwein! Ganz wunderbarer Mensch ... und häßlich wie der Satan! Hat mit allen geschlafen, die er kriegen konnte.«

»Mit dir auch?«

»Äh ... nein. Nein! Und womit vertreibst du dir so die Zeit, Yngve?«

»Ich lese Korrektur bei der Prawda.«

»So, beim Parteiorgan! Ja, das ist schon was. ›Prawda‹ bedeutet ›Wahrheit‹, hast du das gewußt?«

»Ja. Und ich schreib auch ein bißchen. Ich versuch das, mein ich.«

»Aha. Und was?«

»Ich hab fast zweihundert Seiten von einem Roman geschrieben, aber ich weiß nicht, ob ich versuchen soll, den zu veröffentlichen ...«

»Und der Titel ... wie soll der heißen?«

»Muttermord.«

Nun trat *er* zurück. Er riß die Augen auf und flüsterte:

»*Muttermord!* Aber, das ist ja genial, Junge. Absolut genial! Der Titel allein ist schon das halbe Buch. Wovon handelt es?«

»Davon, wie das ist, wenn man homosexuell ist, aber ich weiß nicht, ob's was taugt ...«

»Hör zu, Yngve: Ich möchte sehr gerne lesen, was du geschrieben hast. Meinst du, du kannst mich am Wochenende besuchen kommen?«

»Um Himmels willen, ja.«

»Gut. Dann rufst du mich Samstag morgen an, hier hast du die Nummer, und dann verabreden wir uns richtig. Und du bringst natürlich deinen Roman mit. Jetzt muß ich mich leider beeilen, Yngve, aber wir sehen uns ja bald ... du rufst doch ganz bestimmt an?«

»Ja, um Gottes willen ...«

Jonas Löwenherz

»Willkommen in der Löwengrube, Yngve. Schön, daß du Zeit und Lust hast. Was möchtest du trinken? Brandy oder Rotwein?«

»Rotwein. Aber nicht so viel. Ich nehm solche Pillen, und davon bin ich so schnell blau.«

»Du nimmst Pillen? Was denn für welche?«

»Librium.«

»Nein, pfui! Wer hat dir so eine Schweinerei gegeben? Und warum?«

»Ich bin depressiv, aggressionsgehemmt und handlungsunfähig.«

»Hahahaha-horschhorschhorsch. Du hast also auch Kinderverse gelernt, wie ich höre. Soll ich dir ein Geheimnis verraten? Mein ganzes Leben lang bin ich schon äußerst depressiv, vollständig aggressionsgehemmt und total handlungsunfähig! Und trotzdem steh ich hier vor dir und kann reden und schreiben. Kannst du mir das erklären?«

»Ja … ich …«

»Nein, das kannst du nicht! Weil das nichts Geringeres ist als ein Wunder! Ich bin das achte wandernde Weltwunder, an das die Psychiatrie nicht glaubt. Darauf trinken wir, mein Junge.«

»Prost …«

»Du kannst mich Jonas nennen. Und nicht nur das … und jetzt mußt du gut zuhören, Yngve … du und alle anderen Menschen, ihr seid das neunte, zehnte, elfte und zwölfte Weltwunder … eigentlich kommen wir ja alle vor den sieben ersten … und wir sind kein bißchen handlungsunfähig, keiner von uns, solange wir nicht in Ketten gelegt sind. Und selbst dann können wir mit den Ketten klirren und herzzerreißend schreien … bis sie uns totschlagen. Erst in dem Stadium sind wir handlungsunfähig!«

»Ja, sicher, klar kann ich reden …«

»Ergo bist du nicht handlungsunfähig. Aber aggressionsgehemmt bist du, was?« Er brüllte dermaßen über den Tisch, daß ich fast vom Sofa gefallen wäre. »Antworte, zum Teufel!«

»Jaaaa! Ich hab Angst …«

»Na ja, das seh ich! Angst vor Autoritäten, was? Na, das ist schade, junger Mann. Ein normal ausgerüsteter Mensch hätte mir schon lange die Zähne eingeschlagen. Du mußt wohl mangelhaft begabt sein, Junge!«

»Nein, zum Teufel! Daß ich Angst davor hab, mich zu schlagen, bedeutet doch nicht, daß meine geistigen Fähigkeiten auf Dauer geschwächt sind!«

»Quod erat demonstrandum. Was zu beweisen wäre. Prost, Yngve.« Er lächelte mich an mit seinen braunen Lippen und seinen blauen Rotweinzähnen. Ich wurde so froh, daß ich weinen mußte. »Du bist doch nicht sauer?«

»Nein, du kannst nichts dafür, ich bin so froh.«

Er kam und strich mir übers Haar. Ich nahm seine Hand. »Ich glaube, wir werden Freunde, Yngve. Irgendwas sagt mir, daß das hier ein Glückstreffen ist. Ich hab mich die ganzen Tage darauf gefreut. Jetzt leg ich ein bißchen schöne Musik auf, und dann erzählst du mir was.«

Herrgott, wie schön wir das hatten! Er hatte Mendelssohns *Italienische Symphonie* aufgelegt, und ich erzählte natürlich von meinem Aufenthalt in Rom. Alles. Jonas lachte so sehr über das Bacchanal in der Kirche, daß er fast erstickt wäre. Dann lag ich in seinem Schoß.

»Darf ich dich küssen, Yngve?«

»Ja, Jonas, küß mich.« Es schmeckte nach Rotwein und tat wunderbar gut.

»O Maria, Mutter aller Schmerzen. Kann ich mich so verrechnet haben? Ist es wirklich möglich, daß Gott gut ist?«

»Gott ist die Liebe.«

»Die Liebe ist von Übel. Aber die Leidenschaft ist trotz allem neutral.«

»*Spoon River.* Hast du nicht gewußt, daß Leidenschaft und Liebe zum Wein ...«

»Kennst du das? Hast du Edgar Lee Masters gelesen?«

»Ja, vor vielen Jahren ...«

»Oh, wunderbar! Warte, ich muß dir sofort ein anderes Gedicht vorlesen. Einen Moment. Ja. Hier haben wir's:

Grabinschrift für Wendell P. Bloyd

Zuerst haben sie mich
Wegen anstößigen Verhaltens angeklagt,
Weil es kein Gesetz gegen Gotteslästerung gab,
Dann haben sie mich ins Irrenhaus gesperrt,
Wo mich ein katholischer Wächter erschlagen hat.
Das war mein Verbrechen:
Ich habe gesagt, Gott habe Adam belogen
Und ihn zu einem Narrenleben verdammt,
Nicht wissend, daß das Böse
In der Welt ist wie das Gute,
Und als Adam den Apfel aß und Gott damit überlistete

Und die Lüge durchschaute,
Vertrieb Gott ihn aus Eden, denn er sollte nicht
Die Frucht nehmen, die unsterbliches Leben schenkt.
Nun hört, um Christi willen, alle denkenden Menschen,
Was Gott selber im Buch der Schöpfung dazu sagt:
›Und Gott der Herr sagte:
Sieh, der Mensch ist wie einer von uns
(Das klingt ein bißchen mißgünstig, oder nicht?)
Und soll Gutes und Böses kennen.
(Die Lüge, daß alles gut sei, ist entlarvt.)
Und damit der Mensch nicht seine Hand ausstreckte
Und auch die Frucht vom Baum des Lebens nähme
Und sie äße und ewig lebte,
Vertrieb Gott der Herr ihn aus dem Garten Eden.‹
(Ich glaube, Gott ließ seinen eigenen Sohn
kreuzigen, um diesem erbärmlichen Wirrwarr
zu entkommen. Das hätte ihm ähnlich gesehen.)«

O ja. Jonas hat mir noch einmal soviel über Literatur beigebracht, wie ich schon vorher gewußt hatte. An diesem Abend hat er mir auch *Das Lied über mich selbst* von Walt Whitman vorgelesen. Das war ein Labsal.

Danach gingen wir ins Bett – und besuchten die himmlischen Vorhöfe. Ich weiß, daß Jonas in dem Moment glücklich war. Ich war es auch.

Am nächsten Tag machten wir einen langen Spaziergang und lernten uns besser kennen. Wir lachten oft und lange. Wir gingen Hand in Hand im Wald. Jonas hatte eine Flasche Rotwein bei sich. Wir setzten uns auf eine Blumenwiese und tranken.

»Na, mein Jüngling, was ist das für ein Gefühl, zu Füßen des Meisters zu sitzen und seinen Nektar und seine Weisheit zu saugen?«

»Das weiß ich nicht. Ich sitze mit Jonas zusammen und trinke seinen Rotwein.«

»Oh, gut, Yngve! Das ist fein. Es ist wichtig, daß wir ein ganz gleichwertiges Verhältnis haben. Sonst geht das nicht. Hast du nicht übrigens gesagt, daß du Angst vor Autoritäten hast?«

»Soll ich dich denn als Autorität betrachten?«

»Neinneinnein! Genau das meine ich. Du hast ja schon was gelernt. Du bist wirklich ein Prachtschüler!«

Schock. Er meinte das ernst! Er wollte einen Schüler haben. Einen Jünger. Nun ja. Aber wollte ich einen Lehrer? Einen Meister? Und wenn, wollte ich dann gleichzeitig ein Liebesverhältnis mit ihm haben? Da war ich gar nicht so sicher. Wir tranken ziemlich viel Rotwein zum Essen, bis die gute Stimmung vom Tag davor wiederhergestellt war. Danach tranken wir dann weiter. Rotwein und Cape Brandy.

»Also, ich finde, wir müssen dieses glückliche Ereignis gründlich und geziemend feiern. Auf uns, Yngve, und wir wollen uns nie, nie verlassen!«

Wir tranken. Ich hatte meine Freiheitspillen nicht genommen, auf Bitten von Jonas, und wurde sehr nett betrunken, warm, geborgen und froh. Wir beschlossen, uns eine Wohnung zu suchen und zusammenzuziehen.

Dann bekam ich das Suffrepertoire von Jonas zu hören, zum ersten Mal. Solange ich verstand, was er sagte und sang, war das lustig. Dann tranken wir weiter. Ich weiß noch, daß ich rausging und kotzte, und als ich wieder reinkam, lag Jonas auf dem Boden und schnarchte. Ich versuchte, ihn wiederzubeleben, aber es gelang mir nicht. Ich schlief auf dem Sofa ein.

Jonas schüttelte mich wach. »Yngve! Du mußt aufwachen. Hör zu, du. Wo hab ich gestern die letzte Schnapsflasche versteckt? Ich kann sie nirgendwo finden!«

»Ich glaube, wir haben alles ausgetrunken ... aber, Herrgott! Jonas! Es ist doch erst halb sechs!«

»Du mußt mir suchen helfen. Ich bin ganz sicher, daß

ich irgendwo eine Flasche versteckt habe. Wir können doch nicht drei ganze Flaschen ausgetrunken haben?«

»Ich hab jedenfalls nur zwei gesehen.«

»Und Rotwein ist auch nicht mehr da. Kein Tropfen! O Gott! Ja, ja. Jetzt müssen wir sehen. Komm und hilf mir suchen!«

Ich fand zwei leere Cape Brandy sowie einige Rotweinverpackungen.

»O Gott! Ja, ja. Da können wir nur eins tun.« Daraufhin passierte etwas Schlimmes. Jonas holte eine ungeöffnete Flasche Aqua Velva After-shave – Extra King-size – und schüttete deren Inhalt in ein geräumiges Küchenglas. Dann goß er genausoviel Wasser nach. Die Mischung wurde weiß und sah aus wie entrahmte Milch. »Das ist fast reiner Sprit. Willst du was abhaben?« Er bot mir das Glas an.

»Bist du total bescheuert? Das willst du doch wohl nicht trinken? Das ist ganz sicher giftig. Das ist Parfüm. Das ist gefährlich, Jonas!«

»Gluck. Gluck. Gluck. Gluck. Horsch! Hooorrrsch! Hoooooorrrrrsch! Alles Quatsch. Horsch! Ich hab in meinem Leben schon massenhaft Parfüm getrunken ... hmmmmmp! ... und bin munter wie ein Fisch im Wasser. Hoooooorrrrrsch! So. So, ja. Jetzt geht's besser. Gegen Kater gibt's nichts Besseres. Ich hab immer ein paar Flaschen im Haus.«

»Wäre es nicht eine gute Idee, ein paar Flaschen Schnaps im Haus zu haben?«

»Nein, kein Stück. Die werden doch nur ausgetrunken. Aber, guck doch nicht so entsetzt, du! Das ist doch keine Katastrophe! Um neun gehen wir zum Alkoholhandel.«

»Der macht um elf auf.«

»O Gott, das ist wahr. Ja, ja. Ja, ja. Ich trink noch einen.«

»Bist du in der letzten Zeit mal im Kino gewesen?«

»Ich geh nie ins Kino.«

»Im Moment gibt's da eine Werbekampagne für Aqua Velva.«

»Oh, so was. Hehehe ... Hooorrrsch! Ja, ja. Und wovon handelt die?«

»Eine unheimlich geile Damenstimme sagt: ›There is always something special about an Aqua Velva man!‹«

Jonas mußte so lachen, daß er in seinen Becher spuckte. Aber er hatte ja noch mehr.

Dienstag abend rief er mich bei der Arbeit an.

»Yngve. Du mußt sofort herkommen. Ich muß mit dir reden.«

»Ich arbeite, Jonas, aber ich kann nachher kommen ...«

»Zur Hölle mit dem Parteiorgan. Du bist doch Schriftsteller. Junge! Du darfst nie mehr deine Füße auf diese verpestete Stätte setzen. Du kannst doch schreiben. Nimm ein Taxi und komm sofort!«

»Jonas! Ich kann hier jetzt nicht weg. Ich komm, so schnell ich ...«

»Du kommst sofort!« Klick. Ich durfte etwas früher gehen.

»Yngve. Das ist wirklich gut. Das ist genial. Du hast ja alles klar durchschaut. Der Machtkampf in der Familie zerstört die Kinder. Das Matriarchat kämpft mit dem Patriarchat. Der Geschlechterkampf macht den Menschen kaputt. Schau her! Ich hab schon einen Entwurf zu einem Gedicht gemacht, das kannst du dann als Einleitung verwenden. Das ist meine eigene Nachdichtung von *Spoon River*:

Wanderer – wer du auch seist –
Wisse, daß mein Vater fein und mild war wie Sauerstoff
Und meine Mutter gewalttätig und unbeherrscht wie
  Wasserstoff,
Und ich wurde zu einer ewig brennenden Flamme.«

»Wie schnell kannst du das fertig schreiben?«

»Kann ich was zu trinken haben?«

»Ja, natürlich. Entschuldigung, ich bin so aufgeregt. Hier ... bitte sehr. Du mußt natürlich sofort bei der Zeitung aufhören.«

»Jonas, ich lebe davon!«

»Ja, aber, Geld ist doch kein Problem, Yngve. Du bekommst von mir, was du brauchst, und noch mehr. Du sollst schreiben, Junge! Du wirst mein Erbe sein!« Das hätte er nicht sagen dürfen. Das hat mich fünf Jahre zurückgeworfen. »Und was das Geld angeht: Hast du die Geschichte von Överland und Helge Krog gehört? Överland hatte für eine größere geliehene Summe gebürgt, mit der Helge mehrere Monate lang rumgesumpft hat, ohne auch nur eine Zeile zu schreiben ... es waren mehrere tausend Kronen ... und dann kommen die Gläubiger zu ihm ins Theatercafé und präsentieren ihm den verfallenen Wechsel. Helge Krog schlägt auf den Tisch und verkündet mit Donnerstimme: ›Der Bürge soll seine verdammte Pflicht tun!‹ Und Överland mußte den ganzen Dreck bezahlen.«

Jonas wünschte sich einen tüchtigen Schüler. Einen begabten Sohn. Einen würdigen Erben. Und einen jungen und schönen Liebhaber. Er bekam nichts von alledem. Er bekam ein Problemkind. Denn ich wollte keinen strengen Lehrer. Keinen stolzen Vater. Keinen alkoholisierten Meister. Und schon gar keinen dominierenden Mann.

Ich wollte einen belesenen Kameraden. Einen liebevollen Freund. Einen Bruder. Und einen gleichwertigen Liebhaber. Ich bekam einen Patienten.

Unterm Strich waren wir Saufbrüder. Wir tranken die ganze Zeit. Und Jonas bezahlte die Gelage. Fast zwei Jahre lang.

Ich arbeitete weiter und weigerte mich, meine Person auf irgendeine Weise als prostituiert zu betrachten. Aber ich ließ ja Jonas das meiste bezahlen. Und ihm gefiel das.

Vor allen Dingen gewannen wir den EWG-Kampf! Wir jubelten zusammen mit den anderen guten Kräften hier im Land – und feierten natürlich. Eine Woche lang. Am Ende waren wir ziemlich versoffene und zitternde Sieger. Gott soll mich schützen, was haben wir getrunken! Jonas kippte das verdammte Aqua Velva und kaute Antideliriumstabletten, die nach Kloake rochen. Ich fühlte mich wie ein wandelnder Misthaufen und fraß morgens Valium, bevor der Schnapsladen aufmachte. Wir entwickelten einen Galgenhumor, der selbst den Teufel hätte erschrecken können: »Nun, nun, Lord Nelson. Nur ruhig liegen. Sie sind leider letzte Nacht von einem feindlichen Torpedo getroffen worden, und wir mußten zwischen den Beinen amputieren. Ich bin Schwester Florence Nightingale.«

»Haben Sie Lady Hamilton einen Boten geschickt?«

»Sie muß jeden Augenblick hiersein.«

»Bei Gott, Schwester Florence. Geben Sie mir ein Weißweinklistier! Sie darf mich so nicht sehen.«

»Ich bin sicher, daß Mylady in ihrer Karriere schon Schlimmeres gesehen hat. Außerdem haben Sie heute nacht schon intravenös Franzbranntwein bekommen! So, hier haben Sie ein Bier, um sich die Zeit zu vertreiben.«

»Vielen Dank, Schwester. A propos Florence Nightingale: Ich hab schon lange den Plan, ihre Biographie zu schreiben. Sie soll *Die Verrückte in der Nacht* heißen. Oder vielleicht ist *Die Nachtverrückte* besser?«*

»Christus! In meinen Geschichtsbüchern ist sie fast heiliggesprochen für ihren selbstlosen Einsatz unter den Soldaten auf der Krim.«

»Ja, genau! Das könnte eine Art Krimroman werden, jedenfalls ein bißchen ein Thriller. Sie war natürlich eine von den grausamsten Psychopathen der Welt und hatte es zu ihrer Aufgabe gemacht, zur Nachtzeit rastlos umherzuwandern mit ihrer kleinen Lampe und die armen sterbenden jungen Männer zu Tode zu erschrecken, die gekidnappt und in den Krieg geschickt worden waren. Kein einziger Mensch ist freiwillig als Kanonenfutter Ihrer Majestät in den Krieg gezogen, das kannst du mir glauben. Das könnte übrigens auch ein gutes Theaterstück abgeben: Stell

* Norwegisch *gal = verrückt*; die Übersetzerin.

dir die dunkle Bühne vor, wo dreiundzwanzig Soldaten liegen und in schmerzvollem Todeskampf röcheln. Im Hintergrund bewegt sich ein schwacher Lichtstrahl von einem Bündel zum anderen. Immer, wenn das Licht stehenbleibt, hört man einen halb erstickten Schreckensschrei. Die Lampe kommt nach vorne auf die Bühne. Sie wird von einer schwarz gekleideten Frau getragen, die schließlich vor dem letzten Soldaten ihr Gesicht entblößt. Es muß eine groteske Maske sein ... verzerrt von Irrsinn und Machtgier. Der Soldat schreit ›Nein! Neeeiiin! Sie ist es!‹ und gibt den Geist auf. Das schwache Licht gleitet lautlos hinaus, und die Bühne bleibt dunkel und leblos zurück ... Auf genau die Weise hat übrigens Britannia ihr ganzes Imperium regiert, nach eigenen Worten by pure presence, durch bloße Anwesenheit. Ist es nicht übrigens bald Zeit, in unseren eigenen, königlichen Schnapshandel zu gehen, Yngve?«

Wir wanderten weiter in Saus und Braus. Bis alles von selber aufhörte – aus reiner Erschöpfung. Dann ging ich nach Hause und blieb drei Tage im Bett. Ich zog nach Grünerlökka zurück und fing wieder an zu arbeiten. Zunächst wurde es nichts aus unserer Wohnung.

Ich versuchte, an meinem Roman weiterzuschreiben, aber das ging nicht gut. Zuallererst deswegen, weil ich anfing, an der Richtigkeit des Inhalts zu zweifeln. Ich hatte das Buch angefangen als eine Art individualistischen Protest gegen ein hartes Schicksal, aber inzwischen kam mir die ganze Problemstellung ziemlich an den Haaren herbeigezogen vor. Vor allem jetzt, wo ich anfing, zu meinen Eltern ein besseres Verhältnis zu bekommen. Natürlich hatten sie während meiner Kindheit eine Reihe Fehler gemacht, aber wer kann schon mehr als zwanzig Jahre lang perfekt sein? Wenn ich daran dachte, wie hart sie sich abgeplackt hatten, um die Familie satt zu kriegen, war es total unmöglich, einen von ihnen zu verurteilen. Ganz im Gegenteil fand ich, sie hatten Anspruch auf Bewunderung. Außerdem hatten sie sich verändert. Sie moralisierten nicht mehr, und sie stritten sich auch nicht mehr so viel. Das zweite, was mich am Schreiben hinderte, waren die gewaltigen Erwartungen, die in mich gesetzt wurden, immerhin sollte ich in die Fußstapfen von Meister Jonas treten. Wie konnte ich mich denn seinem Niveau nähern? Das machte mich mutlos und verzweifelt, denn ich wollte ja gerne schreiben.

Als wir uns wieder trafen, versuchte ich, mit Jonas darüber zu reden. Er hatte eine Zeitlang hart gearbeitet und brauchte es, einen Abend »mal richtig einen loszumachen«. Wir schlugen los – auf uns selbst und aufeinander. Er fand, wir sollten nach Nordafrika fahren und dort zusammenarbeiten, aber vor dem Frühling wäre das nicht möglich. Ich freute mich darauf. Ich fürchtete mich davor. Den ganzen Winter lang las ich Korrektur und aß Freiheitspillen – und zwischendurch sumpfte ich mit Jonas. Irgendwie ging das.

In der Linken Hand passierten immer größere Sachen. Der Schwulenverband war dabei, von einem geschlossenen Club zu einer nach außen gerichteten Interessenorganisation zu werden, bei der Aufklärungsarbeit ganz oben auf dem Programm stand. Außerdem sparten wir für ein eigenes Haus. Wir waren alle darin einig, daß wir einen Platz für uns brauchten.

Unser wichtigstes Anliegen aber war der Kampf, den Paragraphen 213 aus Norwegens Gesetzen zu entfernen – den über Sodom und die Männer. Viele haben aktiv und lange gekämpft, bis das Diskriminierungsgesetz endlich vom Menü gestrichen wurde. Es überraschte niemanden, daß das Springteufelchen der Christlichen Volkspartei, Kaare Kristiansen, an der Spitze des reaktionären Flügels im Parlament stand und für die Aufrechterhaltung des Gesetzes stimmte. Die verantwortungsbewußten Landesväter redeten sympathisch und hübsch gegen sodomitische Zustände, und was sie gesagt haben, darf nicht überhört werden, denn mindestens einmal pro Woche bekennen sie öffentlich, daß

»auch wir die böse Lust in unserem Herzen fühlen«. Soweit ich das verstanden habe, ist Gott pausenlos damit beschäftigt, in Gnade auf sie herabzublicken.

Die Mehrheit im Parlament brachte das Gesetz allerdings für uns in Ordnung, aber den Begriff »sexuelle Veranlagung« in das Antidiskriminierungsgesetz einzufügen, nein, dazu waren die königlichen Diener des Volkes sich zu gut. Es muß doch gewisse Grenzen geben! Jaaa, ja! Ihr könnt doch nicht verlangen, daß wir geradezu dazu auffordern! Nein, igitt! Diese wachsende Fordermentalität ist direkt erschreckend!

Homosexuelle sind 1979 in Norwegen noch immer gesetzliches Freiwild.

Das Verhältnis zwischen Jonas und mir wurde, mild gesagt, schließlich verzerrt. Wir liebten/fürchteten/haßten/wehrten/verabscheuten einander. Selten hatten wir das Glück, es beim Lieben lassen zu können. Wahrscheinlich waren zu viele unserer Eigenschaften gleich.

Ich will das mit einem haarsträubenden Beispiel illustrieren. Einem buchstäblich haarsträubenden. Ich hatte mir nämlich für ein Kostümfest in der Linken Hand die Haare toupiert und wollte als Edith Pfaff, die singende Nähmaschinenvertreterin, gehen. Hovdis war Brisa Minulli, Erica war Bondetuppa Maros, und Stima Rosen war Klara Neander (sie ist übrigens immer noch unterwegs, hab ich gesehen!). Eigentlich wollten wir in den Haupttempel der Heilsarmee einbrechen und ein paar Hauben und Tamburine und Uniformröcke und so was leihen. Daraus wurde diesmal leider nichts, aber die Idee war damit geboren. Statt dessen erschienen wir in der bescheidenen Ausrüstung, die Stima in ihren Schränken hatte, und waren ausreichend erfolgreich. Die einzige, die uns übertraf, war die gute alte Vanessa Schwanenhals. Sie *war* Riesenbunny – zwei Meter auf Socken –, mit Hugh Heffner an einem Band im Schlepptau. Ihr Slogan war »Rheinländer!«, daß die Gläser zersprangen.

Wir verbrachten den ersten Teil des Abends damit, einen überschäumenden Fanclub für die leicht erschreckten Jungs in der Band abzugeben, und *wir* schafften es, *sie* ins Bühneninnere zu vertreiben. Brisa Minulli sicherte sich einen reizenden Herrenschuh mit Krokodillederbesatz, den sie noch heute, zusammen mit anderen Ziergegenständen, als Trophäe an der Wand hängen hat. Danach tanzten wir und fühlten uns sauwohl.

Bis ich pissen mußte. Da stand ich plötzlich oben auf der Treppe und sah Jonas auf mich zukommen, ziemlich gut in Fahrt, zusammen mit zwei Freunden von uns. Ich schrak zusammen, aber dann dachte ich »Jetzt kommt's auch nicht mehr drauf an!«, sprang die Treppe hinunter und grüßte – »Guten Abend, Löwenherz!« – mit einem Knicks, wie ihn die Königin von England nur schwer einüben könnte. Leider war Jonas nicht im geringsten in Stimmung – weder für königliche Gebärden noch für singende Nähmaschinenverkäuferinnen. Er war nur gekommen, um seinen kleinen Yngve zu holen, und als ihm endlich aufging, daß das frisch angemalte Hurenhaus vor seiner Nase das Ziel all seines Suchens war, flippte er total aus, blieb auf der Treppe liegen und heulte schlimmer als Yoko Ono in *Don't worry, Kyoko*! Wir mußten ihn in den Saal hinauf fast tragen, um ihm eine Flasche Wein einzuflößen, bevor er überhaupt die Augen wieder aufmachen wollte. In der Zwischenzeit ging ich aufs Klo – rat mal, auf welches –, und als er mich wieder zu Gesicht bekam, stieß er ein Gebrüll aus, daß das Haus zitterte, und stürzte sich auf mich wie ein Stier in der Arena.

Gott sei Dank stand es um seine Manövrierfähigkeit auch nicht mehr besonders gut, und Edith Pfaff ließ sich auf ihren Stilettabsätzen nicht zu Fall bringen. Nachdem er zwischen zwei Tischen und einer Säule eingeklemmt war, beruhigte er sich beträchtlich und setzte sich brav auf seinen Stuhl. Aber seine Wutanfälle dauerten den ganzen Abend. Er schimpfte ununterbrochen, bis wir zu einem abschließenden Umtrunk eingeladen wurden und hinausgingen. Da wollte er sich wieder auf mich stürzen, und während wir mit uns selber beschäftigt waren, nahmen die anderen elegant zwei Droschken und riefen, wir sollten nachkommen. Natürlich wollte kein Taxi für uns anhalten – wir waren sicher ein seltsamer Anblick –, und unser Marsch den Ullevaalsweg hinauf war nicht witzig, obwohl er jetzt im nachhinein doch zweifellos komisch wirkt: zuerst ich mit Explosionsfrisur, kurzer Pelzjacke mit Haarausfall, Minirock und Stöckelschuhen. Hinter mir Jonas mit wedelnden Armen und permanenten unvergleichlichen Wutanfällen. Erst weit hinter der Kunstgewerbeschule bekamen wir ein Taxi. Wir waren so erschöpft, daß wir einen vorläufigen Nichtangriffspakt aushandelten. Aber sobald wir auf dem Fest angekommen waren, ging es wieder los. Er war stocksauer, sehr sogar, und ließ mir keine Ruhe, bis ich mir eine Hose und ein Hemd ausgeliehen hatte und mich, im Badezimmer eingeschlossen, wieder in Yngve verwandelte. Danach wollte er nicht mehr davon reden, sondern saß bis tief in die Nacht auf der Treppe und schnitt sich mit seinem Taschenmesser in die Pulsadern. Es war sehr dramatisch, als wir ihn fanden, aber wir konnten die Wunde verbinden und ihn ins Bett legen.

Ich blieb lange bei Jonas sitzen und zerbrach mir den Kopf darüber, was, in aller Welt, eigentlich passiert war. Und dann dämmerte mir, daß ich dasselbe schon einmal erlebt hatte!

In Strandholmen. Als Magnus (Herrgott!) mich in den Fjord geworfen hatte. Auch er hatte völlig den Verstand verloren – aber nicht, weil ich etwas getan hatte, sondern, weil ich als Frau verkleidet gewesen war! Nur deshalb. Aber warum? Warum wurden einige Leute dermaßen provoziert, wenn ich die Sau rausließ? Für mich war das doch nur ein unschuldiger Scherz – oder war es mehr?

Ich habe Monate und Jahre gebraucht, um aus diesen Fragen herauszufinden, und ich denke, du solltest das auch mal versuchen. Das tut dir nur gut! Das Stichwort ist: Geschlechterrollenmuster – Paapaapaa-paaaaa! (Anfang von Beethovens Fünfter.)

Eine Woche danach bekam ich einen Brief:

Yngve! Du mußt kommen. Meine Nerven hängen in blutigen Fasern aus mir heraus! Ich brauche Dich.
Dein Jonas

Er hatte ein Gedicht beigelegt:

Der Mönch

Sie lobten mich und sagten: Bruder, du bist
Vor Gott unstrafbar – du bist ein Gerechter.
Unter den Brüdern bist du allein seiner würdig!
Du bist wie diese sehr großen Bäume,
Die von Sturm und Unwetter nicht gebrochen werden.
Du dienst dem Herrn, treu und unermüdlich!
Dazu schwieg ich schamlos,
Denn die ganze Zeit schrie ich vor Begierde!

Ja, in mir war ein Hund, den ich prügelte.
Mit gebleckten Zähnen, knurrend und ängstlich,
Lag er verstümmelt und krumm und heulte
Und knurrte mich an wie ein verletzter Gefangener!
Und schrie ich selbst ein seltenes Mal mit ihm,
Dann glaubte das ganze Kloster, daß ich sänge!

Im Frühsommer zogen wir zusammen in eine geräumige Wohnung. Ich gab meinen Job auf, um endlich ernstlich zu schreiben. An die Afrikareise war nicht zu denken. Es war keine gute Lösung. »Wenn man ein Huhn vor einen Körnerhaufen setzt, wird es sich satt essen. Wenn man ein zweites Huhn dazusetzt, frißt das erste Huhn weiter, bis nichts mehr da ist … oder bis es nicht mehr kann.« (Frei nach Schelderups *Einführung in die Psychologie.*)

Wir tranken. Anfangs nicht so schrecklich viel, aber nach und nach über Sinn und Verstand. An den ersten Abenden schafften wir es immerhin, ein relativ wertvolles Gespräch zu führen über Literatur im allgemeinen und über Jonas und mich als Schriftsteller im besonderen.

»Du darfst niemals lügen, wenn du schreibst, mein Junge. Das ist eine Sünde wider den Heiligen Geist, der in dir wohnt. Du sollst dichten, natürlich! Du sollst fabulieren und singen und süße Träume träumen. Aber du darfst niemals, niemals lügen! Versprichst du mir das, Yngve?«

»Ja, Jonas. Das verspreche ich dir.«

»Ein einziges Mal hab ich gelogen, und das wird mich den Rest meines Lebens quälen. Das betrifft dich in allerhöchstem Grad. Ich hab mich nicht getraut zuzugeben, daß ich Jungen liebe.« Jonas weinte.

»Aber, du hast doch darüber geschrieben, Jonas! Als du in Lyon warst. Da nimmst du ja einen Jungen mit nach Hause und bist mit ihm zusammen. Das ist eine sehr gute Geschichte! Ich finde, das ist eine schöne Art, der Welt zu zeigen, was du fühlst.«

»Ja, meinst du? Meinst du das wirklich, Yngve? Das ist lieb, daß du das sagst, mein Junge. Es hat gutgetan, das zu hören. Aber, weißt du noch, die Stelle in Italien? Wo ich den Strand entlanggehe und zwei Schwestern finde ... zwei Kinder ... und bin mit der älteren zusammen. Erinnerst du dich an die Stelle?«

»Ja, Jonas. Ich erinnere mich gut.«

»Das waren nicht zwei Schwestern, Yngve. Das waren zwei Brüder! O Gott, o Gott! Was hab ich getan, was hab ich getan!« Er weinte und weinte. Wie ein elternloses Kind.

»Jonas. Du mußt mir zuhören!«

»Küß mich. Halt mich!«

»Es ist kein unheilbarer Schaden passiert. Du hast das doch schon korrigiert. Aber du kannst das viel gründlicher tun! Kannst du keinen Roman über Homosexualität schreiben? Über warme und schöne Liebe zwischen Männern?«

»Nein, Yngve! Das wirst du tun! Das ist deine Aufgabe in der Welt, und du darfst nicht versuchen, die auf mich abzuschieben. Und Gott erbarme sich, ich hab auch ohnehin schon genug! Außerdem bist du doch schon halb fertig! In einem Monat hast du's geschafft, wenn wir uns nur zum Arbeiten aufraffen können.«

»Aber, Jonas. Das ist nicht richtig. Das ganze Buch ist beknackt. Es ist nicht so. Nicht der Geschlechterkampf macht den Leuten Neurosen und Probleme. Jedenfalls nicht von allein. Da stehen ganz andere Kräfte und Machtverhältnisse dahinter. Die Kirche und der Kapitalismus. Die *verdienen* an der Unterdrückung. Vor allem daran, daß wir Homosexuelle und andere Minderheiten, die Gastarbeiter zum Beispiel ... und im Krieg die Juden, nicht wahr ... zu Sündenböcken gemacht und für die Fehler verfolgt werden, an denen das System selbst schuld ist!«

»Ja, ja, Yngve, du hast ja ewig recht mit dem, was du sagst, aber du kannst das nicht alles auf einmal mit einbringen. Wenn du einen Roman schreiben willst, mußt du doch irgendwo anfangen, und das hast du gemacht! Also, sieh zu, daß du weiterkommst!«

»Ja, aber, Jonas, verstehst du das denn nicht? Wenn ich ein Buch schreibe, wo ich meiner Mutter und meinem Vater die Schuld dafür gebe, daß ich homosexuell bin, dann bin ich doch genauso widerwärtig wie ... die Pastoren! Weil das doch nicht stimmt, Jonas! Das ist nicht ihre Schuld! Sie lieben mich. Und dann müßte ich lügen, Jonas!«

»Ach, Herrgott. Na gut, dann schreib, was du willst, aber schreib! Du bist zum Schreiben geboren, genau wie ich. Wir sind beide zum Schreiben verurteilt. Und du bist mein Erbe!«

»Sag das nicht, Jonas! Kapierst du denn nicht, daß mich das total lahm macht?«

»Du bist nicht handlungsunfähig! Das hab ich doch schon vor langer Zeit bewiesen!«

»Ja, doch, das hast du, und jetzt versuchst du, mir Fesseln anzulegen! Und ich klirre mit den Ketten! Und jetzt schreie ich herzzerreißend!«

Er sank in sich zusammen und schluchzte. Ich auch.

»So soll das nicht sein. So darf das zwischen uns nicht werden, Yngve!«

»Woher kommt das denn, glaubst du? Ist das auch Geschlechterkampf?«

»Bitte, mach noch eine Flasche Rotwein auf, ja?«

»Sollen wir einen Zeitplan machen? Wenn wir sagen, wir arbeiten jeden Tag fünf Stunden? Ist das realistisch, was meinst du?«

»Ja, ich glaub schon, das könnten wir schaffen.«

»Sollen wir das machen wie Jack London und jeden Tag tausend Wörter schreiben, bevor wir einen Tropfen Alkohol trinken?«

»Oh, hu huuu, ich glaub, du spinnst, Junge!«

»Jack London hat das doch auch geschafft.«

»Ich bin nicht Jack London, aber weißt du übrigens, was ich mir so überlege? Ich will einen Seeroman schreiben. Der soll *Das Schiff Neptun* heißen ... Und ich glaube wirklich, du hast eine kleine Überraschung zu erwarten, mein Junge.«

Hatte ich. Die kleine Überraschung ließ auf sich warten. Aber sie kam. Wir tranken weiter Rotwein und lasen Øverland und Olaf Bull. Dann sagte Jonas: »Nach dem Seeroman werde ich meine Vita sexualis schreiben ... meine Autobiographie. Dann will ich sterben! Ich hab übrigens dein Horoskop stellen lassen, Yngve. Deshalb bin ich meiner Sache so sicher. Du wirst mein Nachfolger! Ich weiß das. Also brauchst du keine Angst zu haben. Alles wird gutgehen. Es steht in den Sternen zu lesen, Yngve.«

Dann fingen wir an, ernsthaft zu trinken.

Paranoia Panorama

Sauerstoff und Wasserstoff – explosiv! Langsam verzehrten Jonas und ich einander. Wir verbrannten einander und gossen Alkohol darauf, um das Feuer zu löschen. Wochenlang. Monatelang.

Ich wußte, daß ich weg mußte, und versuchte einige Male abzuhauen. Aber ich kam immer zurück. Abgebrannt und durstig. Wenn ich nicht da war, schaffte Jonas es, ein bißchen zu schreiben, aber wenn er mich nur sah, war er gleich schon wieder blau. Wir konnten keine fünf Minuten am Stück zusammen nüchtern sein!

Ihr lieben Christen und ihr anderen Aristoteliker: Das war keine Besessenheit. Oder Verdammnis. Es wirkte nur so. Wir tranken, weil wir nicht miteinander reden konnten.

Zwischen uns bestanden ernste und grundlegende Gegensätze, und weder Jonas noch ich hatten irgendwann gelernt, wie wir diese Gegensätze aufheben könnten. Für uns war jedes Gespräch ein Schlagabtausch! Jede Debatte mußte einen Sieger und einen Verlierer haben. Wir wußten, daß der Krieg der Vater aller Dinge war, und schlugen aufeinander los. Und tranken, um die Schmerzen zu betäuben.

Wie den meisten Leuten hier in unserem Land hatte man uns die Ohren vollgeblasen mit Dualismus: mit entweder – oder. Von dialektischem Denken hatten wir selbstverständlich gehört, aber anwenden konnten wir es nicht. Wir wußten nicht, daß die Dialektik eine Methode ist, um Gegensätze aufzuheben, um sie auf eine höhere Ebene zu stellen. Also konnten wir uns nicht entwickeln, indem wir uns von unseren Gegensätzen bereichern und antreiben ließen. Wir waren an die »Dialektik« des Pendelns gefesselt. Wir waren wie die Berserker in Walhalla: Wir erschlugen uns gegenseitig und tranken weiter, um am nächsten Tag zu neuem Kampf zu erwachen.

Instinktiv verstanden wir, daß die Fesseln aus Unsicherheit, mißverstandenem Stolz, Selbstverachtung, falscher Bescheidenheit und den Hunderten von Mißverständnissen, die uns in einem ewigen, unaufhörlichen Kampf aneinanderbanden, von der christlichen Religion geschmiedet worden waren. Und daß diese Fesseln weiter verwendet werden, um die Menschen im größten Teil der Welt unten zu halten.

Aber wir wußten nicht, wie wir uns von diesen Fesseln befreien sollten. Dazu hätten wir nämlich lernen müssen, auf eine völlig neue Weise zu denken – auf eine Weise, die im Gegensatz steht zu den Gegensätzen. Wir wußten nicht, daß wir das Christentum und die Aristotelik überschreiten müßten – sie aufheben –, um die Gegensätze zu überwinden. Wir waren voll davon in Anspruch genommen, das Christentum und sein ganzes Wesen niederzureißen – also, es einzustampfen. Wir saßen auf dem Pendel. Und wagten nicht abzuspringen. Statt dessen tranken wir, und der Alkohol stampfte alles ein, was wir an konstruktiven Fähigkeiten hatten. Es war leicht, gemeinsam zu beschließen, daß wir nicht mehr trinken würden – im Suff. Am Tag danach versuchte keiner von uns, den anderen daran zu erinnern – wenn wir es überhaupt noch wußten. Wir verbrannten alles in uns, was gesunde Kritik hieß – und Selbstkritik. Die Gegensätze wuchsen und wuchsen und kamen in hysterischer Anmache und dramatischen Weinanfällen zum Ausbruch. Wir saßen fest in scheinbar unlösbaren Fesseln, kreuz und quer und rund um uns herum.

Zeitweise haßten wir uns so intensiv, daß wir uns schlugen. Besonders einmal hat es ziemlich ernst geknallt. Wir tranken Gin-Tonic und waren beide reizbar und streitsüchtig. Wollten uns nur gegenseitig zerfetzen und waren so richtig in Fetenstimmung.

Jonas fing an: »Mir ist aufgegangen, Yngve, daß du von deiner hinreißenden Mutter mehr geerbt hast als ihren gefräßigen Appetit auf Männer. Du hast dir noch zusätzlich eine Reihe anderer weiblicher Eigenschaften zugelegt.«

»Zum Beispiel?«

»Überleg mal selber!«

Ich antwortete eiskalt und ohne zu zögern: »Zärtlichkeit, Wärme, die Fähigkeit, menschliche Menschen zu lieben.«

»Ja, natürlich. Ich hab nie deine Fähigkeiten bezweifelt, Tränen zu weinen und das Bett anzuwärmen und dich an anderen Geschöpfen zu reiben, die dir menschlich vorkommen. Ich denke jetzt mehr an deine Fähigkeit, über andere zu dominieren, niemals aufzugeben, bevor alles so geht, wie du willst ... und zuletzt, aber das ist nicht das Unwichtigste ... deine hervorragende Gabe, mit dem Talent zu wuchern ... Geld zu verprassen.«

»Mein Geldverbrauch findet ausschließlich im Lebensmittelladen und im Schnapshandel statt, und da du in diese Orte nie deine Füße setzt, finde ich es komisch, daß du all deine Güter auf meinem Konto belastest. Vielleicht möchtest du lieber tauschen?«

»Absolut nicht. Die Rolle der Martha paßt besser zu dir. Sie steht dir wie ein leuchtender Heiligenschein.«

»Tausend Dank, Maria. Meine geliebte Schwester! Ich freue mich wirklich darauf, daß Jesus kommt. Er muß doch jetzt bald kommen, meinst du nicht, meine Liebe? Ich hab schon immer Lust gehabt, diese zuckersüße kleine Bibelgeschichte auf den Kopf zu stellen ...«

»Ach, halt die Fresse! Ich kann dich nicht ertragen, wenn du so bist ...«

»Wieso soooo, meine Liebe?«

»Hör damit auf, hörst du! Du treibst mich noch zum Wahnsinn.«

»Du willst nur nicht zugeben, daß du gerade die Diskussion verloren hast. Einen Punkt für mich, notierst du?«

»Genau darauf wollte ich hinaus! Jetzt hab ich dich auf frischer Tat ertappt. Du wendest weibliche Tricks an, um zu kriegen, was du willst. Um recht zu behalten. Du kannst nie zugeben, daß du dich geirrt hast. Aber im Grunde bist du so dumm wie ein Vieh!«

»Und du so stark wie ein Ochse, was? Du mit deinem ewigen Geschlechterkampf! Das ist bei dir schon zu einer fixen Idee geworden, Jonas. Überall siehst du Weiblichkeit, die du ums Verrecken aufs Kreuz legen mußt, überwinden, Herr darüber sein. Du bist so dumm wie ein Stier! Geht das denn nicht in deinen weltberühmten Kopf, daß ich ein Mann bin? Ich bin männlich! Wir sind gleichwertig! Du brauchst nicht zu versuchen, mich jede Stunde am Tag zu besiegen, das schaffst du doch nie. Du hast Erfahrung ... ich bin jung. Das sind zwei Potentiale, die einander aufwiegen sollten. Aber warum tun sie's denn nicht? Weil du eifersüchtig auf mich bist! Das ist mir schon klargeworden. Denn was du hast ... deine Jahre und deine Erfahrung ... werd ich auch irgendwann haben, aber was ich habe ... meine wunderschöne, grenzensprengende Jugend ... kriegst du nie mehr wieder!«

»Nein, das stimmt. Und du, du gieriger, kleiner ... Du willst ja keinen Fitz teilen von dem, was du hast! Du hältst an deiner verworfenen Jugend fest und lachst mich aus, weil ich die begehre! Und außerdem verhöhnst du mich, weil ich ein Mann bin!«

»Nein, Jonas! Schluß jetzt. Bitte! Laß uns versuchen, offen darüber zu reden. Du weißt, daß ich dich im Grunde liebhabe, aber es macht mich unglücklich, und ich gerate außer mich, wenn ich sehe, wie du Gegensätze schaffst, weil du so verdammt streng bist in deinem Geschlechterrollendenken. Sieh das doch endlich ein: Was du Geschlechterkampf nennst, hat nicht das geringste mit Geschlecht zu tun ... mit verschiedenen Geschlechtern, mein ich. Wir beide hier sind doch der Beweis dafür! Wir sind zwei Männer, und wir haben genau dieselben Probleme, mit denen sich jedes normale Heteropaar herumquält ... nur noch schlimmer, weil du so stur bist!«

Ein siegessicheres Lächeln breitete sich über Jonas Löwenherzens Gesicht aus. Er erhob seine maskuline Lanze und stach zu: »Auch ich habe mir übrigens Gedanken gemacht zu dieser putzigen Problematik, Yngve: daß wir ... zwei Männer ... denselben Geschlechterkampf führen wie eine Frau und ein Mann ... zu dem die verdammt sind ... wenn sie sich zusammentun. Ich hab lange gebraucht, um die Lösung zu finden, weil sie zum Stolpern nah liegt, daß ich mich zu ihr hingewendet hab und sie angesehen, ohne zu begreifen, was sie bedeutet. Darüber hab ich ja angefangen zu reden, bevor du mich unterbrochen und abgelenkt hast … bezeichnend genug! Die Lösung liegt nämlich bei dir … in dir. Denn du bist eine Frau! Du siehst aus wie ein Mann, und du hast auch einen Männerkörper, aber in deinem Inneren … in deinen Gefühlen, deinen Gedanken und deiner Seele … bist du durch und durch Frau. Ganz grauenhaft frauenhaft! Es war ein Schock für mich, als ich zum ersten Mal gesehen habe, wie du deine maskuline Schale durchbrochen hast, an diesem schrecklichen Abend, wo du deine richtige Kleidung anhattest und dich aufgeführt hast wie die allerbilligste Dirne, die man sich denken kann … wie eine Huuuure!«

»Zum Teufel, du verdammter Chauvischweineschwanz. Du bist der widerlichste Hahnrei, dem ich je beim Scheißerülpsen zugehört hab! Pest und Hölle! Was bist du denn überhaupt für ein Mensch …?«

»Halt die Fresse, Yngve! Ärger mich nicht mit deinen gemeinen Schimpfworten. Ich könnte böse werden! Nein, jetzt läßt du mich ausreden. Ich muß dir nämlich noch was sagen: Ich hab mit einem vollständigen Blackout reagiert, als ich dich zum ersten Mal in Frauenkleidern gesehen habe. Ganz intuitiv hab ich vorgezogen …«

»Intuition ist weiblich …«

»Halt die Fresse, hab ich gesagt! Ich hab es vorgezogen, diesen ersten Eindruck von dir als Frau zu verdrängen, weil darin ein so gewaltiges Erkennen einer so entsetzlichen Wahrheit gelegen hat, daß ich ganz einfach eine Todesangst davor bekam, ihr ins Auge zu blicken. Erst als wir danach zu diesem schrecklichen Fest gegangen waren und du wieder deine Männerrolle angenommen hattest, hab ich verstanden, wie das zusammenhing. Die Männerrolle ist nämlich die falsche für dich, Yngve! In deiner Seele bist du eine Frau. Du betrügst den Rest der Welt und dich selbst, aber mich betrügst du nicht länger! Ich hab das verstanden … nicht zuletzt, weil du dich auf so unglaublich herausfordernde Weise aufgeführt hast. Das liegt dir im Blut, im ganzen Körper. Du bist weiblicher als Marilyn Monroe!«

Hier wurde ich von einem grotesken Lachanfall übermannt, ich aalte mich auf dem Sofa so vampartig und pöbelhaft, wie ich nur konnte und stöhnte wie eine ausgehungerte Tigerin: »Thank you, honey baby …«

Und dann hat's geknallt.

Jonas traf mich unter dem Ohr, ich verlor das Gleichgewicht und kippte den Tisch um. Aber sofort war ich wieder oben wie eine Furie und warf mich in wilder und unbeherrschter Raserei über ihn. Gott sei Dank gingen wir in den Clinch und rollten übereinander auf dem Boden, bevor wir uns noch mehr schlagen und ernstlich verletzen konnten. Jonas war stärker, aber ich war schneller und gelenkiger.

Schließlich saß ich auf ihm und konnte ihn unten halten. Und ich schrie ihm ins Gesicht: »Erinnerst du dich an das Gedicht, das du mir geschickt hast? Das über den Mönch? Das hat mich erschreckt, kann ich dir sagen. Das hat mich total erschreckt. Ich hab Angst bekommen vor dem grausamen Tier, das du in dir angekettet hast. Ich hab Angst bekommen davor, es die Zähne fletschen zu sehen. Jetzt hab ich's gesehen! Und jetzt hab ich keine Angst mehr! Das ist nämlich ein erbärmliches kleines Tier. Und das Tier hat Angst vor mir. Weil es in seinem Innersten weiß, daß Frauen Männer gebären. Und du hast deinem miesen kleinen Viech erzählt, daß ich Frauen am höchsten schätze, weil sie stärker sind!«

Ich stand auf. Jonas blieb liegen. Ich stellte den Tisch an seinen Platz und räumte auf. Die Ginflasche war heil davongekommen. Ich mixte zwei sehr trockene Gin-Tonic. Jonas setzte sich auf dem Fußboden auf. Ich sagte erschöpft: »Und im Schweiße deines Angesichts sollst du dein Brot essen, und mit Schmerzen sollst du deine Kinder gebären und deine Gedanken und Ideen empfangen. Setz dich und trink was, Jonas. Ich finde, wir haben das jetzt verdient.«

Da warf Jonas Löwenherz mir einen langen und tiefen Blick zu, und mein weibliches Blut gefror bis tief in die linke Herzkammer hinein. Denn in dem Blick war das Tier los, und das Tier war weder klein noch erbärmlich. Es war so groß wie ein ausgewachsener Mann – und viel gefährlicher. Ich maß meine Kräfte mit Jonas eine Ewigkeit lang, und dann drehte er sich brüsk um, erhob sich unsicher und torkelte ins Schlafzimmer. Er schloß die Tür ab.

Ich blieb sitzen und starrte ihm nach, erschreckt und wie gelähmt. Früh am Morgen schlich ich mich aus dem Haus – und weg. Diesem Tier wollte ich nicht noch einmal begegnen.

Ich riß aus. Flüchtete um mein Leben. Weit weg von der Stadt zu ein paar Freunden, die einen kleinen Hof hatten. Waren die Speedtouren in Rom schon schlimm gewesen, so war es diesmal auch nicht aufmunternder. Ich könnte bestimmt eine Menge Oscars gewinnen, wenn ich von meinen Angstanfällen einen Horrorfilm machte, aber so übel will ich dem Publikum nicht mitspielen.

Es hörte nicht auf. Nach einem Monat ohne Alkohol war ich noch genauso krank im Kopf und im Nervensystem. Natürlich nahm ich Freiheitspillen, aber die machten alles nur noch schlimmer. Ich hatte einen seltsam metallischen Schmerz im Kopf, als ob ich ein Messer im Gehirn hätte. Nachts war es am schlimmsten.

Zuerst wohnte ich in einem kleinen Haus für mich allein, weil ich doch schreiben wollte. Aber ich hatte Angst vor der Schreibmaschine, und ich hatte Angst vor allem anderen. Wenn sich still die Dämmerung senkte, voller Zauberei und Mystik, nahm ich das ganz wörtlich und wurde steif vor Furcht. Es gab so viele Geräusche und Schlangen und Riesentintenfische und Tyrannosaurier bei meiner kleinen Hütte. Und am meisten fürchtete ich, daß Leute kommen könnten, die mich schlagen und treten und mich in Streifen schneiden würden. Allerdings gab es keine unbekannten oder bösen Menschen im Umkreis von Meilen, aber wie konnte ich mich denn darauf verlassen?

In einer Nacht drehte ich dann endgültig durch. Ich sollte gerade von einer Bande von blutdurstigen Ku-Klux-Klan-Mitgliedern kastriert werden, die die Hütte umringt hatten. Da rannte ich schreiend mit meinem Messer in der Hand aus der Tür und kämpfte mich durch die Wildnis die zweihundert Meter bis zum Haupthaus. Ich schrie die ganze Zeit. Einen mehrminütigen Urschrei, mit dem ich die anderen auf dem Hof sinnlos erschreckte und von dem ich noch mehr Angst bekam – Angst davor, die Kontrolle zu verlieren. Danach durfte ich auf dem Boden im Wohnzimmer schlafen, aber das half kein bißchen. Jetzt mußte ich ja die anderen vor gefährlichen Angreifern schützen – denn sie wollten einfach nicht kapieren, wie gefährdet sie waren. Deswegen verstanden sie auch nicht besonders viel von dem, was mit mir passierte. Ich war tief in einer paranoiden Psychose – oder wie, zum Teufel, das nun in der Fachsprache heißt – und hätte schon längst *humane* psychiatrische Hilfe haben müssen. Aber nach den überzeugenden Abfuhren, die ich mir von kompetenter Seite geholt hatte, schien es ziemlich nutzlos, bei irgendeiner Autorität in Weiß zu erscheinen und zu sagen: »Ach, lieber Herr Doktor, Sie müssen mir helfen. Ich werde jede Nacht vom Ku-Klux-Klan kastriert. Ich kann nicht mehr.«

Was hätte er geantwortet?

»Aha, Kastrationsangst? Homosexuell? Haben Sie auch Angst vor Frauen?«

Nein. Ich ging nicht zum Psychiater. Noch nicht. Erst mehrere Wochen später, nach einer langen Nachtreise zu dem noch Schlimmeren.

Es ergab sich so, daß ich eine Nacht allein auf dem Hof war. Alle anderen übernachteten in Oslo. Schreck und Graus!

Bei Einbruch der Dunkelheit wurde mir klar, daß es jetzt ernst wurde, und das war der letzte vernünftige Gedanke, den ich in dieser Nacht hatte. Ich war in einem Haus auf einem Hof in einem Wald gefangen, und alle bösen Mächte des Himmels und der Hölle heulten um mich herum. Das Ärgste war, daß Jonas mir überall auflauerte. Ich sah ihn leibhaftig mit einem bluttriefenden Messer zwischen den Zähnen, und er grinste listig. Und Gelächter verbreitete sich und wurde immer lauter. Bald war ich von all meinen Freunden umringt – mit Draculazähnen und langen Krallen. Ein Fluchtversuch wäre zwecklos gewesen, denn draußen vor den Fenstern schnappten die übelsten Ungeziefer der Welt. Heißa! Das war wirklich das anstrengendste Fest, an dem ich je teilgenomen habe.

Als es hell wurde, hockte ich mit einer Axt und allen Messern im Haus in Angriffsstellung in einer Ecke. Die Gäste verschwanden widerstrebend einer nach dem anderen, und als die Sonne über die Baumwipfel blickte, wußte ich, daß ich allein war. Ganz allein. Ich stellte fest, daß ich überlebt hatte und daß das Glas mit den Freiheitspillen leer war. Ich versuchte, mich im Spiegel anzusehen, aber ich konnte den Blick nicht an einer Stelle halten. Dann schwankte ich hinaus und weg.

Der Zug kollidierte und entgleiste ununterbrochen, und das Abteil war voll von CIA-Agenten. Ich mußte aufs Klo gehen und lauwarmes Wasser trinken und eine Menge grüner Eingeweide auskotzen. Inzwischen hatten sie hinter mir die Tür verbarrikadiert. Erst am Ostbahnhof ließen sie mich hinaus. Dann ergab ich mich dem Suff.

Die Offenbarung des Johannes

»Du mußt jetzt wach werden, mein kleiner Adonis! Wir wollen feiern. Hör zu, du wohlproportionierter Faulenzer! Es ist halb zwölf, und das Fest fängt an!«

Peng!

Ich fuhr hoch.

»Ein Gläschen Champagner gefällig, mein Schatz? Champagner im Bett ist ein wunderbares Laster. Bitte sehr. Prost ... auf uns!«

»Prost ... äh, wer ...«

»Du darfst nicht glauben, daß ich jeden Morgen moussierende Weine zu mir nehme, aber heute ist ein so besonderer Anlaß, daß das einfach sein muß! Nein, sogar zwei Anlässe!« Er sah mich herausfordernd an, warf den Kopf zurück, daß das braune Haar nach hinten flog, und rief: »Heute lebe ich schon dreißig Jahre, und ich bereue keine einzige Sekunde!«

Ich war verblüfft, und ich wußte nicht, ob ich mich zu lachen traute: »Du siehst wirklich viel jünger aus. Herzlichen Glückwunsch.«

»Danke, Puß. Das war lieb miaut. Prost! Und der andere Anlaß bist du ja! Kannst du auch schnurren? Laß hören! Nicht? Wie schade. Grr! Ich kann nämlich knurren.«

Ich befand mich in einem großen Bett in einem riesigen seegrünen Schlafzimmer. Der Mann, der neben mir kniete, trug nichts als ein Champagnerglas. Er hatte einen gut gebauten muskulösen Körper und war wirklich auch im Gesicht nicht häßlich anzusehen. Es war ausdrucksvoll und selbstbewußt und hatte kräftige, klare Züge. Ich hatte keine Zweifel daran, daß er sich für mich entschieden hatte. Ich trank aus und reichte ihm mein Glas zum Nachfüllen.

»Na also! So ein kleiner Aperitif vor dem Frühstück schmeckt doch? Bitte sehr, trink nur. Ich hab noch elf auf Eis liegen, aber die nehmen wir später. Du darfst nicht denken, ich wollte das Hauptgericht wieder so berauscht werden lassen, wie es gestern war. Ich mußte dich buchstäblich nach Hause tragen, Yngve. Du warst so schwer wie ein runtergefallener Posaunenengel! Und für all meine Mühen hab ich noch gar keine Belohnung erhalten. Beim Lieben soll man wach sein. Das ist mein einziges Prinzip, das ich dauernd breche. Aber gestern nacht bin ich auch eingeschlafen.«

»Du bekommst deine Belohnung im Himmel, wenn du mich zurücklieferst ... ungebraucht.«

»Nicht daran zu denken! Davon steht nichts in den Zehn Geboten, und auch nicht in Mose Gesetzen oder in der Offenbarung des Johannes ... Milder Himmel! Jetzt versteh ich das Ganze! Gott hat mir soeben die Schuppen von den Augen genommen! Ich danke dir, du allmächtiger Vater, daß du mir in deiner großen Weisheit und deinem Erbarmen dieses prachtvolle Geburtstagsgeschenk gegeben hast!«

»Vielleicht könntest du mir ein bißchen mehr Schampus geben?«

»Du bist die Offenbarung des Johannes!«

»Nein, nein, nein! Das bin ich wirklich nicht. Da kommt ein Tier drin vor. Das weiß ich genau. Die Zahl des Tieres ist 666. Ich kann es vor mir sehen!«

»Bist du denn auch seherisch? Hellseherisch?«

»Ja, da sagst du was! Vielleicht bin ich das! Aber im Moment krieg ich einen ziemlich großen Sender. Reichlich anstrengende Programme.«

»Aha, das ist heute früh also passiert. Ich hab gedacht, du redest in Zungen, aber ich hab's einfach nicht geschafft, das zu deuten.«

»Das kam sicher aus des Walfischs Bauch.«

»Gott, das ist ja wahnsinnig interessant! Was meinst du damit?«

»Hör mal, das hier wird kein Stück von einer Seance, weder auf übernatürlicher noch auf fleischlicher Ebene, eh du mir nicht erzählt hast, wer du bist, wo ich bin und wie ich hierhergekommen bin.«

»Aber, Yngve, Süßer, warst du denn bei dem ganzen Fest gestern in Trance?«

»Ich war im Koma! Wie heißt du?«

»Das hab ich doch gerade erzählt. Ich heiße Johannes, aber meine nächsten Liebhaber dürfen mich Jesus nennen.«

Ich glotzte. »Ach so, ja. Natürlich. Und ich bin also Yngve ...«

»Mit den Offenbarungen? Sollen wir so sagen?«

»Offenbar. Aufklappen und ganz nach hinten beugen ...«

»Na, na, na. Jetzt werd nicht vulgär!«

»Ich hab nur die Gebrauchsanweisung auf den Milchkartons zitiert.«

»Red nicht von Milch. Noch Champagner? Warte, ich hol noch eine Flasche. Das ist ja wirklich ein Grund zum Feiern. Stell dir vor, ein hellseherischer und hübscher Posaunenengel, direkt vom Herrn ... mit Posaune und allem Drum und Dran!«

»Ich hab keine Flügel!«

»Da siehst du die Weisheit des Herrn. Sonst wärst du sicher schon lange zum Fenster hinausgeflogen! Jetzt mußt du hierbleiben. Das ist Gottes Wille.«

»Ich bin aber ziemlich teuer im Betrieb.«

»Prachtvoll! Ich liebe extravagante Engel über alles. Das nächste Mal, wenn ich in die Kirche gehe, werd ich bei der Kollekte sehr spendabel sein.«

»Ich finde, wir sollten lieber in ein Restaurant gehen.«

»Natürlich. Ich geh nie in die Kirche. Seitdem ich verheiratet worden bin, bin ich nicht mehr da gewesen, und das war in meiner zartesten Jugend und gegen meinen Willen. Ich hab grausam Rache genommen. Mein Vater ist tot, meine Mutter verrückt und meine vier Geschwister geistesschwach. Nachher kannst du dich in der Wohnung umsehen. Ich bin sicher, daß du dich hier wohl fühlen wirst.«

»Und was ist mit der Braut? Ist sie die Haushälterin?«

»Bitte? Nein, die hab ich ausgesetzt.«

»Ausgesetzt? In einem Binsenkörbchen?«

»Versuch bitte nicht, komisch zu sein. Sie kam aus Aasen und war Kronprinzessin Sonjas beste Freundin, es gibt also keinen Grund, sich darüber lustig zu machen!«

»Aber, Lieber, ich verbeuge mich doch nur tief.«

»Ja, das tu nur, mein Engel! Sofort! Ich finde wirklich, ich hab lang genug auf das verheißene Frühstück warten müssen. Und vorher gibt's auch kein Weihwasser mehr!«

Es tat gut, wieder zu vögeln! Ich hatte monatelang mit keinem geschlafen, und Johannes war sicher und warm und stark. Damit wurde ich das auch. Wir liebten und kämpften und heulten und lachten lange. Ich hatte es nicht mehr so witzig gehabt seit … Rom? Drei Jahre. Obwohl, so witzig war es eigentlich gar nicht.

Als ich danach auf dem Rücken lag und eine rauchte, ging mir langsam auf, daß etwas fehlte. Etwas, das immer dagewesen war, so weit ich mich erinnern konnte. Die Nerven. Die waren nicht da. Die Angst war weg! Ich war ruhig und entspannt im Körper – und wirklich ziemlich froh im Kopf. Ich sah mich vorsichtig im Zimmer um und fühlte mich sicher. Ich drehte mich zu Johannes um und lächelte ihn an. Er lächelte zurück. Ich strich ihm übers Haar: »Ich hab's seit Jahren nicht mehr so gut gehabt!«

»Dann warst du wie Perlen vor die Säue, denn du bist doch gut!«

»Na ja. Ich bin wohl selber für meine Umgebung verantwortlich gewesen, wie alle anderen auch.«

»Phantastisch! Du bist ja auch religiös!«

»Nein, jetzt hör aber auf. Vergiß nicht, ich bin ein *gefallener* Engel.«

»Aber, du meinst also, die Leute im Slum von Kalkutta wären verantwortlich für ihre Umgebung? Haben sie die verdient? Glaubst du, ich komme in die Hölle, weil ich Champagner im Bett trinke und Jungen liebe?«

»Nein, nein, nein! Ich glaub weder an Himmel und Hölle noch ans Springseil. Ich meine nur, daß alle die Verantwortung für ihre eigenen Taten übernehmen müssen und daß deshalb auch alle ihre Umgebung wählen.«

»Aha. Du bist ein steinharter Materialist. Bist du Maoist?«

»Nein …«

»Wie schade. Ich mag solche radikalen Studenten, die wissen, wovon sie reden. Das wird so intensiv. Aber zurück zu deiner Umgebung: Gefällt's dir hier?«

»Ja. Sehr.«

»Wenn ich dich letzte Nacht nicht auf Händen nach Hause getragen hätte, wärst du gezwungen gewesen, dir eine ganz andere Umgebung zum Aufwachen zu suchen, meinst du nicht? Die Gosse zum Beispiel.«

»Ich seh, worauf du hinauswillst.«

»Großer Gott. Ein atheistischer Engel mit Köpfchen. Du heißt doch wohl nicht Luzifer? Oder Beelzebub? Wenn dem so ist, werde ich dich von jetzt an als gleichwertig behandeln. Mit genauso großem Recht auf mich wie ich auf dich.«

»Johannes' Offenbarung, komme was wolle?«

»Von mir aus gern.«

»Dann endet's mit dem Jüngsten Gericht.«

»Prachtvoll! Ende gut, alles gut! Prost, mein poetischer Luzifer!«

Die Wohnung war groß und gemütlich und konnte leicht die fünfzig Gäste vertragen, die zu Johannes' Geburtstagsfest hereinstürzten. Es war eine unbeschreibliche Mischung von Bohemiens und Hippies, aber alle mit dem einen gemeinsamen Ziel: so blau zu werden wie nur möglich. Und das wurden wir, allesamt – dermaßen, daß es gar nicht komisch oder gemütlich war.

Zu Johannes' unzähligen besten Freunden gehörte auch ein jungdynamischer Rechtsanwalt, der nackt mit einer ebenso jungen und liebenswürdigen Stewardeß tanzte – die sichtlich keine Angst vor dem Fliegen hatte: Gott segne sie, übrigens. Die Frau war in Ordnung. Aber als er mich erblickte, vergaß er leider seine luftige Ballerina und machte sich statt dessen an meinem Schoß zu schaffen. Johannes hatte mich nachdrücklich als seinen neuen Posaunenengel vorgestellt. Es dauerte einige Minuten, bis ich dahinterkam, an wen er mich erinnerte. Aber dann hatte ich's und erklärte dem Mann, er müsse aufhören, mich anzutatschen, weil er einem Pastor namens Christian so schrecklich ähnlich sehe. Der Effekt war verblüffend. Der Rechtsanwalt wurde innerhalb von Sekunden sichtlich sauer; und dann kläffte er: »Woher weißt du, wer ich bin? Ich bin dir noch nie begegnet.«

Ich sagte die Wahrheit: daß ich nichts anderes von ihm wisse, als daß er Rechtsanwalt sei und Michael heiße – denn das hatte er selber gesagt – und daß ich nur finde, er sehe dem Pastor Christian ähnlich, und der habe mir mal eine Beziehung kaputtgemacht. Jetzt wurde der Mann noch mehr dynamisch-intim als vorher, und seine nächste Frage leckte er mir beinah ins Ohr: »Dieser Christian heißt wohl nicht zufällig Fuchsholm mit Nachnamen, wie, mein kleiner Freund?«

Ich verstand sofort den Zusammenhang und versuchte, etwas nüchterner zu werden: »Fuchsholm! Die Brüder Fuchsholm aus demselben Bau. Wie nett, dich zu treffen, Michael. Die Welt ist wirklich ein Dorf!«

Aber er hörte mir nicht mehr zu. Reineke Fuchs fuhr hoch und bekam einen der dynamischsten Ausbrüche seines Lebens, inspiriert vom Champagner, vom Haschisch und von der Tatsache, daß sein großer Bruder, der Pastor, auch homosexuell war. Er hüpfte nackt und lärmend in der Wohnung herum und schrie: »Ich hab's gewußt! Ich hab's gewußt! Das perverse Schwein!« Zuerst lachte ich mit den anderen, aber dann wurde ich wütend. Ich hatte Christian und ... Magnus (o mein Junge!) ganz nach unten ins tiefste Dunkel verdrängt, und da sollten sie bleiben. Niemand sollte meine Vergangenheit anrühren dürfen!

Ich hatte längst entschieden, was ich sagen wollte, als der Fuchs freudestrahlend wieder in meinem Schoß landete und kommandierte: »Erzähl mir alles, was passiert ist! Ich will alle Einzelheiten! Endlich kann ich das falsche Schwein fertigmachen!«

»Da gibt's nicht viel zu erzählen. Außer, daß du mich wohl ein bißchen mißverstanden hast. Ich hab gesagt, er habe mir eine Beziehung kaputtgemacht, und das stimmt auch. Ich war mit einem Mädchen zusammen, und die hat er bekehrt. Sie ist dann in den christlichen Jugendclub eingetreten und hat mich sitzenlassen, weil Ficken Sünde sei und ich Atheist.«

Worauf Reineke seufzte und traurig die Rute hängen ließ. Oder, richtiger gesagt: Der Ballon platzte, und Reineke Fuchs blieb liegen und schluchzte in einem soliden, dynamischen Trip nach unten.

Ich blieb eine Weile sitzen und dachte darüber nach, was ich eigentlich machte. Warum, zum Teufel, wollte ich Christian Teufelspastor beschützen? Andererseits: Hatte ich ein Recht oder einen Grund, andere Schwule zu »entlarven«? Christian war schließlich auch ein Mensch, wenn auch sicher mit ziemlichen Problemen als homophiler Pastor. Hatte er sich das selber ausgesucht, oder war er von ehrgeizigen Eltern da hineingepreßt worden? Und was war mit Magnus (mein Junge!). Hatte er sich denn ausgesucht, mich fallenzulassen? Nein, zum Teufel! Er war dazu gezwungen worden. Von der Familie und den Christenmenschen und Gott und aller Welt – und, übrigens, auch vom Pastor Christian. Christian war geformt und geschliffen worden, bis er wie seine eigenen Unterdrücker geworden war. Jetzt war er einer von denen. Und Magnus? Würde er auch einer von denen werden? Würde er, mein schöner Junge, ein rücksichtsloser, dominierender und widerlicher Unterdrücker werden? Himmel, hilf! Ich mußte lachen und ein bißchen seufzen und etwas mehr verstehen: Gott ist wie das herrschende Gesellschaftssystem, weil die herrschenden Herren immer bestimmen, was Gottes Wille ist. Alle, die so kaputtgemacht worden sind, daß sie nicht wagen, an sich selber zu glauben, lassen sich einreden, sie glaubten an Gott und folgten seinen Geboten. Seine Gebote sind Unterdrückung und wieder Unterdrückung aller Menschen – dich selbst inbegriffen –, denn niemand soll daran zu denken wagen, das bestehende System zu stürzen. Und dieses System heißt Kapitalismus.

Aber was war mit mir? Hatte ich es mir ausgesucht, der zu werden, der ich war? Hatte ich es mir ausgesucht, Magnus (meinen Jungen!) zu verlieren und von der Schule abzugehen? Hatte ich es mir ausgesucht, mich zu prostituieren oder in Rom fast zu sterben? Hatte ich es mir ausgesucht, ein nervöses Wrack zu werden? Nein und wieder nein! Aber was hatte ich mir denn ausgesucht? Ich war weggelaufen, aber das ist kein Ausweg. Wenn du allein einer grausamen Übermacht gegenüberstehst, sind Panik und Flucht keine bewußte Wahl. Jedenfalls nicht für mich. Sie sind ein Reflex: Wenn du schneller läufst als der Stärkste, wirst du nicht aufgefressen.

Ich ließ meine Gedankenkette in eine mahnende, halb besoffene Champagnerpredigt münden, aus der Ecke heraus, in der ich saß: »Wir fliehen und fliehen unser Leben lang, aber zum Schluß kommen wir in eine Sackgasse, und da müssen wir uns umdrehen und stehen von Angesicht zu Angesicht mit Gott, mit dem Erzfeind, dem Leibhaftigen! Und dann ist es zu spät zum Kämpfen, und um Gnade zu bitten hilft nichts, denn er wird uns in jedem Fall auffressen ... daß das Blut spritzt.«

»Bravo! Bravo! Genauso ist es! Seit langem hab ich nichts so Vernünftiges gehört!«

Eine Frau mit langen schwarzen Haaren nahm mein Gesichtsfeld und meinen Schoß ein. Sie sah der Hexe Gundel Gaukeley von Walt Disney sehr ähnlich, und es zeigte sich rasch, daß sie sich mit okkulten Problemen beschäftigte. Nachdem sie festgestellt hatte, daß ich etwas in der Unterhose hatte, ergriff sie gierig meine Hand und deutete sofort, daß ich Skorpion und schon mal richtig unten gewesen war. Ich nickte interessiert, denn das letzte stimmte ja – in höherem Grad, als man es mir von außen ansehen konnte. Die Gaukeley sagte dann: »Ich liebe einfach Skorpione, die ganz unten gewesen sind. Nur Leute, die die Hölle erlebt haben, haben überhaupt irgendeinen Durchblick. In Rio bin ich drei Wochen lang auf LSD abgefahren. Das war herb, kann ich dir sagen! Ich hab geglaubt, ich hätte die Bullen auf eine Demo schießen sehen, und als ich wieder zu mir kam, stand das in der Zeitung. Ich hab mich noch immer nicht wieder ganz bekrabbelt!« Sie tauchte wieder in meine Handfläche: »Und außerdem liebst du Jungen, sehe ich. In Ordnung. Das werd ich dir schon noch austreiben!«

So leicht ist das in gewissen Kreisen, sich zu verloben. Wenn man will. Ich wollte nicht, aber es war nutzlos, das zu erklären. Die Gaukeley konnte auf finnisch und auf türkisch fluchen und war wirklich bezaubernd komisch. Sie hielt die Show in Gang, bis Johannes sie mit einer eher bizarren Vorstellung mitten im Zimmer übertönte. Er packte ein Geschenk aus, das ihm einer seiner jungen Bewunderer mit vielen Verbeugungen überreicht hatte, und nun stand Johannes da und ließ ein dröhnendes, grausames und gnadenloses Gelächter hören: »Du mußt ja verrückt sein, du kleine, blöde Maus! Oder für was hältst du dich eigentlich? Für Jesus? Kommt her, alle zusammen! Das müßt ihr sehen!«

Die Leute strömten zusammen und heulten und schrien. Aber das, worüber sie lachten, war eher tragisch als komisch. Denn der kleine Bewunderer war beim Fotografen gewesen, der Arme, und hatte sich auf kunstleinenem Buntpapier abbilden lassen, mit nach oben gerichtetem Antlitz und betenden Händen – und einem allzu effektvollen Lichtstrahl von oben.

So angetörnt und angetrunken, wie die Leute waren, entwickelte sich die Reaktion zu einem kollektiven Lachanfall – der dauerte und dauerte. Noch nie ist jemand so solide fertiggemacht worden wie der kleine Bewunderer. Und natürlich konnte er das nicht ertragen. Plötzlich warf er sich schluchzend vor Johannes auf die Knie und umklammerte seine Beine. Johannes brüllte und wollte sich losreißen, aber der Bewunderer saß fest wie ein Blutegel. Da wurde Herr Johannes böse. Er riß das Bild an sich, spuckte es an und schlug es gut gezielt dem Geber über den Kopf. Glücklicherweise war kein Glas darum. So wurde der Auftritt mit einem Nervenzusammenbruch beendet. Der Junge drehte sich mit weit aufgerissenen, wahnsinnigen Augen um sich selbst – und dann schrie er. Als ob man ihn vom Dach des SAS-Hotels werfen wollte.

Seltsamerweise machte der Lärm so viel Eindruck auf die Leute, daß sie eine Weile die Fresse hielten. Ich konnte es nicht länger mit ansehen, brachte den Jungen ins Schlafzimmer und versuchte, ihn zu beruhigen. Das war nicht leicht. Er schrie wie ein gestochenes Ferkel und versuchte sogar, aus dem Fenster zu springen. Ich mußte ihn auf den Boden legen und ihn da lange festhalten, bis er richtig weinen konnte. Dann erst ließ er sich das unselige Selbstporträt vorsichtig wegnehmen. In mir wuchs Zorn: Diese aufgeblasene Rotzbande da draußen, wie konnten sie sich so widerlich aufführen! Wenn hier irgendwer sich selbst verehrte, dann wohl sie. Wenn der Junge nicht so richtig wußte, was man als Null in einer Prominentenriege weggeben darf, brauchte man ihn dafür doch wohl nicht gleich zu lynchen! Ich schaffte den Jungen ins Bett und holte ein nasses Handtuch.

Er riß die Augen wieder auf und piepste: »Willst du mich schlagen? Schlag mich nicht! Bitte!«

Ich erlitt einen ernstlichen Anfall von widerstrebenden Gefühlen. Zorn und Ohnmacht. Zärtlichkeit und Verzweiflung. Aber es gelang mir, mich zusammenzunehmen. »Nein, nein. Ich schlage dich nicht. Ich wollte dir nur das Gesicht ein bißchen abwaschen. Du brauchst keine Angst vor mir zu haben, wir sind doch im selben Boot, du und ich. Auf derselben Galeere. Aber du bist offenbar Sklave auf einem tieferen Deck.« Ich versuchte, ihn so zärtlich und gut, wie ich konnte, abzutrocknen, und mir fiel ein, daß ich das noch nie für jemanden getan hatte. Auch niemand für mich – seit ich klein war. Liebe Mama! Es tat so gut, lieb zu jemandem zu sein, der das brauchte. Muttergefühle kamen in mir hoch. Außerdem war der Junge klein und ängstlich und richtig süß. Er hörte auch auf zu weinen. Ich beugte mich zu ihm hinunter und küßte ihn. Umarmte ihn fest. »Keine Angst haben, Kleiner. Wie heißt du?«

»Wolf. Hast du nie Angst, du?«

»Doch, sicher, Wolf. Fast immer. Jetzt nicht. Schlägt Johannes dich?« Herrgott, wieder diese gejagten Tieraugen!

»Nein! Er ist lieb zu mir ... meistens. Ich weiß nicht, warum er jetzt so war. Er hat gesagt, daß er mich schön findet, und da hab ich gedacht, daß ...«

»Na, na, Junge. Wolfsjunge. Nicht weinen. Du bist das Menschenjunge Mowgli, das bei einer Herde Wölfe aufgewachsen ist und alle Tiere im großen Dschungel kennt. Und jetzt bist du hierher zurück zu den Menschen gekommen ... und die nehmen dir das Leben mit ihrer Grausamkeit. Aber laß dich von denen nicht kaputtmachen, Mowgli. Es gibt auch andere Menschen. Es muß andere Menschen geben!«

Wir sahen einander einen langen, verzweifelten Augenblick an, dann wurde die Tür weit aufgerissen, und ein nackter und breiter Johannes baute sich vor uns auf: »Nein, was seh ich hier? Mir scheint wirklich, meine Engelchen werden gerade die besten Freundinnen! Was für eine glückliche Fügung Gottes, findest du nicht, Yngve? Man beißt doch trotz allem lieber in ein fünfzehnjähriges leckeres Lammsteak als in ein dreißigjähriges übelriechendes altes Schwein, oder nicht?«

»Johannes! Du bist voll. Hör auf, hier rumzuschreien! Sei ein bißchen nett.«

»Aber du mußt einsehen, mein schöner Posaunenteufel, daß du dich selbst betrügst! Denn das da, dieses Fleischstück auf meinem Bett, ist nicht nur im Körper Lamm! Es ist auch im Kopf Lamm. Verstehst du? Im Gehirn! Das wollte ich nur sagen. Mach mit ihm, was du willst. Amüsier dich nur, das tu ich auch! Und in das kleine Lamm läßt sich wirklich gut reinbeißen!« Damit stolzierte er hinaus, das Schwein. Ich hätte ihn umbringen sollen, aber zum Glück ließ ich das sein.

Der Wolfsjunge hatte sich in Embryostellung zusammengekrümmt und schluchzte: »Gib mir eine Valium. Bitte! Die stehen im Bad. Ich hab solche Angst.«

Ich stand entschlossen auf, schloß die Tür ab und holte zweimal zehn Milligramm Nervengift von Hoffmann-La Roche. Ich brauchte sicher auch selbst was – um nicht gesund und richtig zu reagieren. Sollte doch der Teufel die ganze Orgie da draußen holen!

Dann lag ich mit Mowgli zusammen und lernte ihn kennen. Fing an, ihn zu mögen. Für den Rest der Nacht lagen wir nackt zusammen.

»Willst du mich von hinten nehmen?« flüsterte er.

»Hat das schon mal einer mit dir gemacht?«

»Nein ...«

»Dann bist du jetzt dran. Komm, Wolfsjunge. Komm zu mir und werde wieder Menschenjunge! Man kann das so schön machen ... und du kannst das von mir lernen, wenn du willst. Du brauchst nur so viel an mich zu denken wie an dich selber.«

Damit hatte der kleine Wolf keine Probleme. Zusätzlich zu allem mußte ich an eines der unzähligen Björnson-Gedichte denken, die ich zu meinem Glück in der Schule auswendig lernen mußte. Der Lehrer hatte eben doch recht gehabt: Irgendwann läßt sich alles nutzbringend anwenden!

Bock, komm zum Jungen!
Kalb, komm zur Mutter!
Komm, miauende Katze mit schneeweißen Schuhen!
Kommt, gelbe Entlein!
Kommt aus eurem Versteck!
Kommt ihr Küken, die noch kaum laufen können ...

So klein waren wir gar nicht. Wir waren Wolfsjunge und wilde Jungen und Menschenkinder – und wir konnten auf einmal kommen und laufen. Nicht einmal das tödliche Dope aus Hoffmanns Horrorfabrik konnte das verhindern!

Das letzte, woran ich mich erinnere, ist, daß der kleine Wolf mich fest in den Arm nahm und sagte: »Du darfst mich nicht verlassen, Yngve!«

Am nächsten Morgen erwachte ich davon, daß mich Johannes in den Arsch fickte. Ich wollte protestieren, aber es machte ihm keine Schwierigkeiten, mich festzuhalten. Dazu grunzte er vergnügt, je mehr ich strampelte, und ich blieb deshalb still liegen, bis er fertig war. »Wo ist Wolf?«

»Woher soll ich das wissen?«

»Was hast du mit dem Jungen gemacht, du Vergewaltiger!«

»Na, na! Er ist heute morgen früh weggegangen. Wie hätte ich hier sonst wohl reinkommen sollen? Ihr hattet euch ja eingeschlossen ... in meinem Bett. Außerdem ist der Junge minderjährig, damit du's weißt. Du hast also keinen Grund, von Verbrechen zu reden.«

»Genausowenig wie du. Aber du vergewaltigst außerdem noch Leute.«

»Red keinen Scheiß. Engel kann man nicht vergewaltigen! Und außerdem haben wir ein mündliches, bindendes Abkommen darüber geschlossen, daß wir ein gleiches Recht aufeinander haben. Ich kann also nicht einsehen, daß ich irgendein Verbrechen begangen haben soll. Was du allerdings getan hast, als du mich von meinen Rechten und aus meinem Schlafzimmer ausgeschlossen hast. Ich war gezwungen, im Himmelbett meiner Mutter zu nächtigen ... zusammen mit einigen anderen, die ihr möglichstes taten, um ihr unbeflecktes Andenken zu entheiligen. Ich bin sicher, sie dreht sich im Irrenhaus um!«

»Du bist unglaublich!«

»Ja, nicht wahr? Komm jetzt mit. Es ist Samstag vormittag, und ich war schon im Laden und hab eine neue Kiste Champagner zum Frühstück gekauft. Schließlich werd ich nicht jedes Wochenende dreißig!«

Ich resignierte, duschte und lieh mir saubere Kleider.

Im Himmelbett war die Gesellschaft schon längst in einem anderen Stadium. Ein harter Kern von zwölf Leuten war mit der fünften Flasche zugange, als ich mich als Nummer dreizehn anschloß. Natürlich wurde ich augenblicklich Judas getauft, weil ich über Nacht alles Lammfleisch eingeschlossen hatte und weil ich der einzig Angezogene war. Ich nahm den Namen und den Champagner mit echter Innigkeit entgegen und erzählte ihnen, der Name passe hervorragend, denn wenn ich die Chance hätte, diese edle Versammlung zu verraten, würde ich keine Sekunde zögern. Ich würde es sogar umsonst tun! Alle applaudierten. Ich wurde sofort wegen meiner scharfen Zunge in die Sippe aufgenommen. Ich benutzte die Aufmerksamkeit, um zu fragen: »Warum konntet ihr dem kleinen Wolf nicht die Möglichkeit geben zu beweisen, was er wert ist? So, wie ihr ihn gestern behandelt habt, hatte er auch nicht die kleinste Chance! Ihr hättet den Jungen fast umgebracht.«

Johannes stellte sich auf den Fußboden und verkündete: »Jung Judas muß etwas über das Leben lernen. Hör gut zu, sonst endest du wie dein Namensvetter! Der alte Judas hatte nämlich keinen Humor. Er machte mit bei einem Spiel, das für ihn viel zu hoch und bei dem schon vorher alles festgelegt war. Er spielte seine Rolle, bis er entdeckte, daß er der Schurke war. Wenn er es da geschafft hätte zu lachen, hätte er sich nicht aufzuhängen brauchen ... Gestern kam Wolf mit einem ziemlich anmaßenden Foto von sich selbst. Das war komisch, also lachten wir. Aber dann zeigte es sich, daß das nicht komisch sein sollte. Es war todernst gemeint, und das machte alles nur noch komischer. Als er das kapierte und trotzdem nicht über sich selber lachen konnte ... über seinen eigenen Mangel an Humor ... da war die Komödie perfekt! Aber dann machte der Idiot das Schlimmste, was er nur machen konnte: Er machte sich selbst erbärmlich. Und das hasse ich! Es tut mir leid, daß ich gewalttätig geworden bin, aber er hatte das wirklich verdient.«

»Warum hast du ihm das denn nicht lieber erklärt und versucht, dem Jungen ein bißchen Mut zu machen?«

»Taten sind immer besser als Worte! Das ist das harte Gesetz des Lebens. Außerdem hab ich nicht genug Energie, um Sozialfürsorge zu betreiben. Ich hab mit mir selber genug zu tun. Das haben wir alle. Wir sollen unsere Energie nutzen. Nicht herumkriechen und um die Krümel vom Tisch der Reichen betteln. Lies Nietzsche!«

»Danke, hab ich schon! Aber ich hab auch Fredrik Stabel gelesen. Der sagt:

Meine Liebe macht mir keine Qualen.
Ich liebe mich selbst und hab keine Rivalen.«

Alle lachten und applaudierten und prosteten wieder. Sie waren ganz einverstanden und beschlossen sofort, den Vers zu ihrem kollektiven Wahlspruch zu machen. Außerdem überschütteten sie mich mit Champagner und Schmeicheleien. Ich trank und ließ mir schmeicheln.

Gundel Gaukeley gehörte selbstverständlich zu denen, die am längsten durchhielten, und nahm schließlich die Position der Königin im Haufen ein. Sie zauberte einen Stapel Tarotkarten hervor und sagte der Reihe nach allen die Zukunft. Es war sooo interessant und dekadent! Ich zog zuerst einen schwarzen Kaiser. Das bedeutete, daß ich mich vor einem dunklen und mächtigen Mann hüten mußte, dem ich Geld schuldete. Das irritierte mich ganz schön, weil ich es schon eine ganze Weile geschafft hatte, nicht an Jonas zu denken. Dann zog ich eine rote Dame. Die Gaukeley deutete das sofort folgendermaßen: In einigen wenigen Stunden in meinem ganzen Leben habe ich die ganz große Chance, eine sehr ungewöhnliche Frau zu treffen, die mir ein phantastisches Erlebnis vermitteln und mich zum Mann machen würde. Sie sei ganz in der Nähe.

Jetzt war ich an der Reihe, grausam zu lachen, aber ich schlug sie nicht. Ich beschuldigte sie nur, ein Kartenspiel zu benutzen, das nur aus Kaisern und Damen bestand. Das konnte ich aber nie überprüfen, denn die Gaukeley heulte: »Ich verwünsche dich, du kleiner Schwuler!« Sie warf mit ihrem Kartenspiel, und das traf Johannes und Reineke Fuchs, die im Hintergrund Foxtrott tanzten.

»Konfetti! Mehr Konfetti!« riefen sie, und einige von den anderen fingen an, Kissen und Konfekt und ähnliche Dinge zu werfen. Das Ganze artete dazu aus, daß schließlich alle Lebensmittel und Geschirr aus dem Fenster auf die Bygdöyallee warfen. Ich weiß wirklich nicht, ob jemand unten auf dem Trottoir verletzt wurde.

Aber es sollte noch schlimmer kommen! Abends rief Johannes in dem noooblen Restaurant »Drei Köche« an und bestellte einen Tisch für dreizehn. Alle schminkten sich gewaltig und plünderten Johannes' Garderobe, bevor wir uns auf den Weg zum Geckenmarkt machten, wie der Solliplatz geheißen hat, als Oslo noch Christiania war. Das ging nicht gut. Wir mußten zuerst in die Bar, und da entwickelte Gundel Gaukeley sich schnell zu einer wirklich unerträglichen und herausfordernden Hexe. Sie zog alle Gecken an den Schlipsen, spuckte in ihre Gläser und war alles in allem ganz allein schon die reinste Unterhaltungstruppe. Wir lachten gewaltig, muß ich zugeben, bis den Gecken auffiel, daß wir die einzigen waren, die keinen Schaden erlitten. Außerdem waren wir sehr herausfordernd geschminkt. Und es konnte nicht anders kommen, als daß die jungen Männer mit den besudelten Anzügen eine Rechtspartei gründeten, die mit großer Mehrzahl beschloß, uns hinauszuwerfen. Nur zwei andere Gäste in der Bar hielten zu uns. Auch sie wurden vor die Tür gefegt. Die Gaukeley war beim ganzen Rückzug in der Gefechtslinie und zischte, biß und kratzte unglaublich effektiv. Als sie als letzte aufs Trottoir geworfen wurde, war sie ganz wild vor Zorn und fuhr einem der Armen, die auf unserer Seite gewesen waren, an die Gurgel. Wir stürmten herbei und rissen sie los, und alle riefen einander zu, daß sie sich irrte! Die halten zu uns!

Zehn Sekunden lang schien die Gaukeley sich zu beruhigen, bis wir sie losließen, und da kreischte sie »Das ist mir scheißegal!« und fuhr wieder auf ihn los. Ich erinnere mich noch, daß wir auf dem Weg zum Club 7 waren; dann weiß ich nichts mehr.

Den Rest der Zeit, den ich bei Johannes verbrachte, verlief im großen gesehen genauso, mit Ausnahme von Montag und Dienstag. Da war er schrecklich streng, trank nur massenhaft Tee und aß Gesundheitskost. Mittwoch fing das Fest an, und gewöhnlich endete es Montag morgens. Er sammelte die merkwürdigsten Menschen auf – sie kamen, blieben ein paar Tage und verschwanden wieder. Johannes war ungeheuer künstlerisch interessiert – an Kunst und an Künstlern. Er schrieb sicher an irgendeinem epochemachenden Roman. Auch wenn noch keine gedruckten Beweise seiner Begabung vorlagen, so war er doch in hohem Maße bemittelt – wohl, solange es vorhielt.

Er hat mich nie direkt verletzt, aber unser Zusammenleben war auch nicht besonders gut. Er respektierte mich als denkendes Individuum, aber er unterdrückte mich sexuell. Ich hatte immer Geld, aber das war ja sein Geld – trotz allem. Ich zog die Bilanz, daß ich seit Jonas nicht einen Schritt weitergekommen war. Jonas hatte verlangt, ich solle schreiben. Johannes verlangte, ich solle ficken. Gefickt werden. Ich war in derselben Situation wie eine verheiratete Frau ohne eigenes Einkommen. Also beschloß ich, etwas zu tun, und nach einer Weile schaffte ich es, einen Job als Korrekturleser bei einer der allergrößten Zeitungen Norwegens zu bekommen. Gegen Johannes' ausgesprochenen Willen fing ich an zu arbeiten. Aber das war vielleicht eine Plackerei! Haus und Hof kann man leicht vertrinken, aber nicht Paranoia! Ich erarbeitete mir nach und nach die merkwürdigsten Zwangsvorstellungen. Ich verlor zum Beispiel zeitweise die Fähigkeit zu buchstabieren. Und dann ist es die reine Freude, Korrektur zu lesen, kann ich dir sagen! Ich konnte auch nicht zählen, bis ich nach der Abendschicht nach Hause gekommen war und eins-zwei-drei solide Glas Whisky getrunken hatte. Danach konnte ich manchmal vor dem Einschlafen sogar bis zehn zählen.

Das Schlimmste war, daß Jonas anfing, mehr und mehr in meiner gefolterten Phantasie umzugehen. Ich bildete mir ein, ihn überall zu sehen, und bekam immer mehr Angst davor, ihm zu begegnen. Ich hatte ihn ja auf mindestens zwei Arten im Stich gelassen. Ich versuchte, mit Johannes darüber zu reden, aber der schnaubte wie erwartet nur verächtlich über solchen Quatsch. Johannes verabscheute Neurosen! Aber dann zeigte es sich, daß er sich doch gemerkt hatte, was ich erzählte, denn er unternahm etwas in dieser Angelegenheit. Ob er mir helfen wollte oder eine nette Vorstellung veranstalten, weiß ich nicht.

Jedenfalls passierte folgendes: Als ich an einem fahlen Herbstabend nach Hause kam, nachdem ich mit dem Irrsinn auf halber Kraft durch die Innenstadt gestolpert war, fand ich Johannes am Kamin mit einigen wenigen, ausgewählten Freunden – und Jonas Löwenherz. Damit nicht genug: Kaum stand ich in der Tür, da schnitt auch schon die bekannte, befehlende Lehrmeisterstimme durch das Zimmer und durch mich hindurch: »Yngve! Komm sofort her und setz dich!«

Herrgott, was hatte ich für eine Angst! Ich stürzte hinaus und die Treppen hinunter und weg, weg, weg! Das war sicher clever von mir. Die ganze Nacht hatte ich Blutgeschmack im Mund, und solange ich rannte, wurde ich nicht ganz wahnsinnig.

Am Morgen setzte ich mich auf eine Treppe vor einem großen alten Haus in der Parkstraße. Vor einigen Jahren war ich in diesem Haus gewesen und hatte mit einem Psychiater geredet. Ich saß auf der Treppe, bis der Mann um fünf nach zehn kam. Zuerst versuchte er, mich mit einem Termin in einigen Wochen abzuspeisen, gab sich aber bald geschlagen.

Ich übertrieb nämlich wirklich nicht: »Ich bin verrückt, zum Teufel! Ich bin wahnsinnig! Ich will eingewiesen werden! Sonst bringe ich mich und alle anderen um. So viele wie möglich, jedenfalls. Dich auch! Ich kann die Verantwortung für mich nicht mehr übernehmen, und buchstabieren kann ich auch nicht! Schaff ich nicht! Und du darfst Jonas nicht anrufen, hörst du?«

Der Mann setzte mich hin und flößte mir eine Auswahl von farbenprächtigen Kapseln ein. In den ersten zwei Minuten wirkten sie auch wie ein Feuerwerk, denn mein Leben erschien mir wie das Testbild auf einem Schwarzweißfernseher. Jedenfalls ließ er mich erzählen, was seit dem letzten Mal alles passiert war, und schließlich war er bereit, mir einen Platz in einer psychiatrischen Abteilung zu suchen. Er schrieb mir sogar ein blaues Rezept für die Universalglückspastillen Melleril aus und schob mich zur Tür. Ich würde mit der Post benachrichtigt werden – und müßte daran denken, daß es gefährlich sei, zusammen mit dieser Medizin zu trinken.

Ich rief bei Johannes an und fragte, ob Jonas noch da sei.

»Nein, leider nicht. Er ist gerade gegangen, aber er kommt wieder«, antwortete mein Herr mit grausamer Stimme.

»Ja, das ist jetzt auch egal. Kann ich kommen?«

»Ja, natürlich, mein Schatz. Du brauchst doch nicht zu fragen, ob du nach Hause kommen kannst! Wir haben dich so vermißt, das kannst du glauben!« Jetzt war er zuckersüß.

Ich ging irgendwo hin und trank ein Bier, weil ich im Mund wirklich knochentrocken war. Das war so, wie im Kohlenkeller Rohöl zu kippen. Ich wurde gewissermaßen erwürgt, ohne etwas dagegen tun zu können. Es war ein ganz widerliches Gefühl. Ich schleppte mich heim.

»Gütiger Himmel! Wie siehst du denn aus! Wo, um alles in der Welt, bist du gewesen? Wir haben schon bei der Polizei nachgefragt.«

Ich registrierte, daß Johannes dieses eine Mal wirklich aufrichtig bekümmert wirkte, als er mich sah. »Ich bin unterwegs gewesen, und jetzt muß ich schlafen.«

Und ich fiel ins Bett.

Sie weckten mich im Lauf des Abends. Auch Jonas war rücksichtsvollerweise zur Stelle, mit diversen Getränken. Sie mußten verabredet haben, ihre Taktik zu ändern, sie waren so umsichtig und zärtlich. Nach einigen Tassen Kaffee mit viel avec gelangte ich wieder zu Bewußtsein. Dann redeten sie mir nacheinander zu.

Johannes versicherte, daß ich bei ihm wohnen könne, so lange ich wolle, daß er verärgert über mich sei, weil ich ihm nicht erzählt hatte, daß ich ein Schriftsteller sei – aber natürlich war das verziehen –, und daß ich jetzt Jonas zuhören müsse und tun, was er sage.

Jonas hatte viel mehr auf dem Herzen: »Yngve, mein Junge. Ich sag das jetzt nur um deinetwillen. Nicht für mich oder für irgend jemand sonst ... mit Ausnahme deiner zukünftigen Leser. Um bei mir anzufangen: Ich bin kein bißchen böse oder verärgert über dein Benehmen. Im Gegenteil, es tut mir leid, daß ich mich dir gegenüber zweifellos wie ein Schwein aufgeführt habe. Nein! Unterbrich mich jetzt nicht. Ich hab dich diesen Sommer in vieler Hinsicht nicht sehr gut behandelt, und ... bei Gott ... das bereue ich, das kannst du glauben. Ich bin mit mir selbst und meinen Problemen viel zu beschäftigt gewesen, um mich um die deinen zu kümmern, und ich habe wirklich volles Verständnis dafür, daß du mich verlassen hast. Das einzige, was ich überhaupt an dir auszusetzen habe, ist: Ich finde, du hättest Bescheid sagen können, als du wegegangen bist, oder mir wenigstens einen Brief schicken.«

»Ja, aber, ich hab mich nicht getraut.«

»In Ordnung, mein Junge. Alles verziehen. Und jetzt, wo ich sehe, daß du in gute Hände gekommen bist ... die dich sicher viel besser behandeln können als ich ... bin ich beruhigt und froh. Von mir selber kann ich ansonsten berichten, daß ich gesund und produktiv bin wie nie zuvor. Nach der letzten Depression bin ich vollständig wiederhergestellt ... und das war ... bei Gott! ... die stärkste, die ich je erlebt habe. Ich stecke voll in der Arbeit an meinem neuen Seeroman. Sobald das Manuskript vervielfältigt vorliegt, kannst du ihn lesen. Du kannst dich wirklich darauf freuen, Yngve. Das kann ich dir versprechen! Wenn ich's mir recht überlege, bist du wirklich die einzige Sorge, die mich in den letzten Monaten gequält hat, und ich muß dir sagen, ich bin froh, daß wir das jetzt aus der Welt geschafft haben.«

»Was denn?«

»Ja, genau. Jetzt kommen wir zu unserem eigentlichen Thema: du und dein Roman. Ich bin ihn noch einmal gründlich durchgegangen und habe mir erlaubt, hier und da einige kleine Berichtigungen vorzunehmen, und ich muß wiederholen dürfen, Yngve: Du mußt ihn fertig schreiben! So schnell wie nur überhaupt möglich! Es wäre ein Verbrechen, wenn dieser Roman nicht herausgegeben würde. Eine Ungeheuerlichkeit! Auch wenn du das vielleicht selber nicht einsehen kannst, du hast einen Beitrag zur Geschlechterrollendebatte geschrieben, der wie eine Bombe einschlagen wird ... vielleicht in der ganzen Welt. Du hast die Wahrheit geschrieben über die Mutterrolle und darüber, was sie in Wirklichkeit für ein dominanter, unterdrückender Machtfaktor ist. Die Feministinnen werden natürlich wütend sein, aber da kann man nichts machen. Vor Diskussionen haben wir keine Angst. Außerdem haben wir ja einen unwiderlegbaren Beweis dafür, daß wir recht haben!«

»Und der wäre?«

»Du, mein Junge! Du in deiner eigenen neurotischen, homosexuellen Person! Das ganze Buch ist ja ein erschütterndes Dokument darüber, wie du von deiner dominanten, rücksichtslosen Mutter zerstört und verpfuscht worden bist ...«

»Ja, aber, das stimmt doch nicht! Das ist nicht so gewesen, Jonas. Ich hab das wohl so geschrieben, um mich an irgendwem zu rächen, und das war dann die nächste ...«

»Alles Blödsinn, Yngve. Wir haben alle dominante Mütter gehabt. Ich jedenfalls, bei Gott! Wie steht's mit dir Johannes?«

»Meine Mutter war grausam, das kann ich dir versichern. Und ich möchte noch etwas Wichtiges hinzufügen: Ich bin von ihrer schrecklichen Dominanz erst frei geworden, als ich mich richtig gerächt hatte! Wollt ihr wissen, wie?«

»Ja, unbedingt, erzähl!«

»Es war der Heiligabend, nachdem ich sechzehn geworden war. Wir wohnten in einer schrecklichen Villa oben in Röa, die ich übrigens jetzt verkauft habe. Mutter haßte mich sehr, weil ich der einzige in der Familie war, der nicht schon völlig geschwächte Geisteskräfte hatte und der ihr ab und zu ein bißchen Widerstand leisten konnte. Sie hatte seit Jahren versucht, mich kaputtzumachen, aber ich war stärker als je zuvor. Als die anderen in die Kirche gingen, versteckte ich mich im Gartenhaus und stopfte meinen Konfirmationsanzug mit Strohweihnachtsschmuck und Zeitungspapier aus. Ich machte eine perfekte Puppe von mir selber. Dann ging ich ins Haus, nahm mir zweitausend Kronen aus Mutters Schmuckkasten und dazu noch eine Munch-Lithographie, die bei ihr im Schlafzimmer hing. Ich holte sie aus dem Rahmen und ersetzte sie durch ein richtig schweinisches Illustriertenfoto. Dann rollte ich sie schön zusammen und packte sie in meinen Rucksack, zusammen mit meinen wichtigsten Kleidern. Als die anderen nach Hause gekommen waren und sich zu Tisch gesetzt hatten, nachdem sie vergeblich nach mir gesucht hatten, übergoß ich die Puppe mit Benzin, hängte sie an einer Schnur in die große Blutbuche, die Mutters Stolz war, und zündete sie mit einer Lunte an. Es war phantastisch, draußen zu stehen und durch das riesige Fenster die Reaktion zu sehen, als Mutters einziges normales Kind in Flammen aufging, das könnt ihr euch vorstellen.«

»O Muttergottes! Das muß prachtvoll gewesen sein! Was hast du dann gemacht?«

»Ich bin mit dem Fahrrad zu einem Freund gefahren, danach nach London. Ich verkaufte den Munch für dreißigtausend Kronen. Das Bild war fünfzigtausend wert, aber es war ja gestohlen. Ich blieb zwei Jahre im Ausland, bis ich erfuhr, daß Vater tot war und Mutter verrückt. Da bin ich als Sieger heimgekehrt! Und das hab ich keine Sekunde bereut.«

»Phantastisch, Johannes. Wirklich phantastisch! Oder was sagst du dazu, Yngve?«

»Ich hätte das meinen Eltern jedenfalls nie angetan, das haben sie nicht verdient!«

»Jetzt sei aber still, Yngve, und hör mir mal zu. Ich habe zufällig heute dein Manuskript mitgebracht, und jetzt habe ich Lust, dir das Kapitel *Erbsünde* vorzulesen, das du selber geschrieben hast ... Kannst du dich daran erinnern?«

»Ja, nur zu gut, und du darfst zum Teufel hier jetzt nicht mit meinen veralteten Ansichten kommen. Gib's mir! Gib mir mein Manuskript zurück!«

»Ja, gut, Yngve. Wie du willst. Du bekommst es unter der Bedingung, daß du es gründlich durchsiehst und es fertig schreibst. Sonst nicht! Versprichst du mir das?«

»Ich werd's noch mal durchlesen. Mehr versprech ich nicht.«

»Na gut. Hier hast du's. Ich hoffe nur, daß du zur Vernunft kommst, mein Junge. Du hast ein phantastisches Talent, und das mußt du ausnutzen!«

Schweigend tranken wir eine Weile. Ich fühlte mich elend. Jonas fing an, blau zu werden, und summte seine ewigen deutschen Lieder. Dann richtete er seinen Blick auf mich: »Na, und wie geht's dir sonst, Yngve? Geht's dir gut?«

»Nein. Mir geht's nicht gut. Mir ist's noch nie so schlecht gegangen.«

»Aber, lieber Yngve. Was ist denn los? Ich hab gedacht ...«

»Ich war heute beim Psychiater und werde so bald wie möglich in eine psychiatrische Klinik eingewiesen.«

»Nein, aber, lieber Yngve. Denk doch nicht an so was! Hast du den Verstand verloren?«

»Ja.«

»So was Schlimmes hab ich noch nie gehört! Welche Abteilung? Welche Klinik?«

»Er wollte zuerst in Liseberg anfragen ...«

»Das verbiete ich! Ich verbiete das total! Du darfst so was nicht freiwillig mitmachen!«

»Doch!«

»Ich glaube, du bist vollständig bescheuert, Junge!«

»Ja, das sag ich doch! Ja! JA! JAAAAA! Ich bin krank. Ich bin ganz und gar krank! Ich muß irgendwelche Hilfe haben, sonst kann ich einfach nicht mehr leben. Kapierst du das denn nicht?«

»Ja, aber, Yngve! Du weißt doch, daß *ich* dir helfen will! Wir wollen dir beide helfen. Stimmt's nicht, Johannes?«

»Natürlich, Yngve. Du kannst dich auf uns verlassen!«

»Das paßt überhaupt nicht zu deinen rassistischen Theorien von Übermenschen und Untermenschen! Ich hab gar keine Zweifel darüber, wie ich in dein feines Weltbild reinpasse!«

»Ich auch nicht, Yngve. Du gehörst zu uns.«

»Den Teufel gehör ich zu euch! Ich will nicht! Ich will kein scheiß Schmarotzer sein!«

»Und wofür hältst du dich jetzt, du rosa Idealist?«

»Genau, Johannes. Jetzt hast du dich verraten. Warum sagst du es nicht? Tu's nur! Erzähl mir, was ich im Moment bin. Sag's laut! Jonas kennt die Antwort auch!«

Sie starrten mich beide hart an, mit Schreck und Abscheu im Blick. Keiner sagte etwas.

»Zum Teufel! Und ihr habt gedacht, ihr könnt mir helfen! Ihr traut euch ja noch nicht mal, euch selber einzugestehen, daß *ihr* Prostituierte benutzt! Wollt ihr mir beibringen, der gerissenste Lügner der Welt zu werden, oder was?«

»Yngve! Jetzt nimm dich zusammen! Woher hast du diese Zwangsvorstellungen? Du bist wirklich nicht stärker prostituiert als ... andere. Warum willst du dich unbedingt herabsetzen? Du willst einfach nicht einsehen, wie wertvoll du bist. Und das versuchen Johannes und ich dir zu erklären, denn das gehört zu den Sachen, mit denen wir dir helfen können. Und das mindeste, was du tun kannst, ist, daß du uns eine kleine Chance gibst!«

Jonas redete sich ganz schön in Hitze: »Ich kann dir einen guten Grund sagen, warum deine Idee so bescheuert ist. Ich hab nämlich einen Aufenthalt im Liseberg-Krankenhaus hinter mir, und ich kann dir sagen, das war das Schlimmste ... das Demütigendste ... was ich je erlebt habe! Dieses Krankenhaus hat nur eine einzige Funktion, und zwar die, den Patienten den allerletzten Rest von Sinn und Verstand und persönlichem Auftrieb zu nehmen. In wenigen Stunden wirst du da auf jeden Fall zu einem totalen nervlichen Wrack. Du hast doch keine Widerstandskraft! Ich war Gott sei Dank stark genug, um alles zu durchschauen und abzuhauen, bevor sie mich fertigmachen konnten.«

»Was *ist* denn passiert?«

»Das erzähl ich dir gern, mein Junge. Als ich da hinkam, hatte ich eine meiner schlimmsten Depressionen, und in dem Zustand brauche ich Medizin, wie alle anderen. Des weiteren habe ich in meinem Leben so viel über Psychopharmakologie gelesen, daß ich weiß, was Alkohol bei der Behandlung von Depressionen für ein hervorragendes Mittel ist. Unübertroffen ... etwas ganz anderes als diese Plastikkapseln, die eigentlich für wütende Ochsen und tolle Hunde bestimmt sind. Aber dann zeigte sich, daß in diesem Krankenhaus totales Alkoholverbot herrschte ... genau wie im Rest dieser kranken Gesellschaft. Die beste und einzig wirksame Medizin war ganz einfach verboten! Und damit nicht genug. Sowie ich mich hatte einschreiben lassen und zitternd auf der Bettkante saß, kamen zwei *Nonnen* ins

Zimmer gefegt ... sie sahen zwei blutdürstigen Vampirfledermäusen zum Verwechseln ähnlich ... und machten sich daran, meinen Koffer zu durchsuchen. Sie stahlen meine beiden Flaschen Schnaps und erteilten mir eine unglaublich arrogante Zurechtweisung, und dann fegten sie wieder hinaus. Ich bin übrigens ganz sicher, daß sie sich in die nächste Besenkammer eingeschlossen und gleich beide Flaschen zur Brust genommen haben. Ich hoffe bei Gott, daß man ihnen nachher den Magen auspumpen mußte!

Diese Behandlung hat mich so empört, daß ich schnurstracks in die Eingangshalle marschierte und am Kiosk den ganzen Bestand an Aqua Velva aufkaufte. Aber natürlich rief die Oberkiosknonne sofort auf der Station an und klatschte, und als ich mit acht Flaschen Rasierwasser zurückkam, wurde ich auf frischer Tat ertappt. Aber da lief das Faß wirklich über ... auf meiner Seite, wohlgemerkt. Nicht auf ihrer. Als ich ging, hatte sich das ganze Personal, Ärzte und Schwestern und Nonnen, zu beiden Seiten des Flurs in zwei Reihen aufgestellt. Auf diese Weise zwangen sie mich, das Krankenhaus im reinsten Spießrutenlauf zu verlassen, und alle verbeugten sich und sagten ›Sie werden sich noch zu Tode trinken, Löwenherz!‹ oder ›Sie werden sich mit dem Trinken noch ruinieren, Löwenherz!‹. Und da willst du dich einsperren lassen?!? Freiwillig!?!«

»Herrgott, Jonas! Ich kann nicht begreifen, was das nützen soll, sich ins Krankenhaus zu legen, um sich dann volllaufen zu lassen!«

»Da siehst du's. Im Grunde bist du genauso prüde wie die schlimmste Nonne. Das ist es nämlich, was mit dir nicht stimmt. Du solltest lieber ins Kloster gehen! Das löst alle Probleme ... da wimmelt es übrigens vor liederlichen Mönchen!«

»In Ordnung! Unter der Bedingung, daß ich dich nicht mehr sehen muß!«

Jonas atmete schwer: »Es war herzlos, das zu sagen, Yngve. Du bist genauso gemein wie alle anderen.«

»Dich inbegriffen?«

»Ja. Mich inbegriffen. Lieber Yngve. Warum müssen wir so grausam zueinander sein? Ich will dir doch nichts Böses! Ich will nicht, daß du von einer Menge von verrückten Psychiatern kaputtgemacht und gequält wirst. Weißt du, was eine Lobotomie ist?«

»Nein.«

»Dann sag ich's dir: Eine Lobotomie ist eine schreckliche Gehirnoperation, die man hier bei uns noch immer ausführt, das weiß ich mit Sicherheit. Dabei werden die Verbindungsnerven zwischen dem Haupthirn und den Stirnlappen durchtrennt. Das führt zu dauerndem Schwachsinn und ist in Wirklichkeit eine der bestialischsten Mordarten auf der Welt. Das gilt auch für die sogenannte Elektroschockbehandlung. Auf lange Sicht hat sie ganz katastrophale Folgen, und sie hat unzählige wehrlose Patienten auf unserer ganzen schönen zivilisierten Welt um den Verstand gebracht. Und diese Verbrechen haben einen solchen Umfang, daß man verrückt würde, wenn man die Wahrheit wüßte. Und dann würde man ja sofort in die Klinik geschickt und bekäme umgehend das Gehirn in Stücke geschnitten und fritiert! Begreifst du jetzt langsam, warum ich dich um jeden Preis aus der Idiotenfabrik heraushalten will?«

»Jonas. Das kann doch nicht wahr sein!«

»Da hast du's! Du bist gesund wie ein Fisch im Wasser. Es ist ein Zeichen von Gesundheit, wenn man die bestialische Wirklichkeit der Welt nicht wahrhaben will.«

»Ich glaub dir ja, daß so was passiert ist. Aber, wir leben doch trotzallem im Norwegen der siebziger Jahre!«

»Und was kann das schon bedeuten? Glaubst du denn wirklich, so was hätte passieren können, wenn die Leute davon gewußt hätten? Die Ungeheuerlichkeiten werden erst nachher aufgedeckt, wenn es zu spät ist.«

»Aber, warum unternimmt denn keiner was? Warum veröffentlichst du nicht, was du weißt?«

»Mach du das doch! Ich habe, bei Gott, genug zu tun. Ich will nicht mehr!«

»Das ist ja ein Argument, um da hinzugehen. Sei es auch nur, um zu sehen, was da vor sich geht, und um eventuell später darüber zu schreiben. Wenn das wirklich so schlimm ist, wie du behauptest.«

»Das ist eine glänzende Idee, Yngve, sofern du in Betracht gezogen hast, daß du ein ungewöhnlich starker Mensch sein mußt, um dem Druck zu widerstehen, der an einem solchen Ort auf dich ausgeübt wird. Und um aufrichtig zu sein, glaube ich nicht, daß du mit besonders viel Rückgrat geschlagen bist. Damit will ich nicht sagen, du habest kein Talent. Du kannst es weit bringen, wenn du nur schreibst!«

Nach allem, was er getrunken hatte, war Jonas wie besessen. Ich sah ein, daß es sinnlos war, meine Situation zu erklären. Er wollte mich nämlich gar nicht verstehen. Um in Ruhe gelassen zu werden, versprach ich, schon am nächsten Tag wieder mit dem Schreiben anzufangen. Dann nahm ich mir eine Flasche Rotwein und schloß mich im Dienstmädchenzimmer ein.

Jonas und Johannes blieben sitzen und gurgelten ein schmerzlich falsches Duett darüber, wie phantastisch gut sie doch anderer Leuts Probleme lösen konnten.

Todesangst und Lebensangst

Am nächsten Tag trank ich eine halbe Flasche Rotwein, dann erst traute ich mich in die Apotheke, um Nerventabletten zu besorgen. Als ich nach Hause kam, war Johannes in Ekstase. Er hatte einen Brief mit einer verlockenden Einladung an die Riviera bekommen. Eine Fahrkarte hatte er schon bestellt. In seiner glücklichen Katerstimmung überließ er die Wohnung meiner Aufsicht und begab sich ohne eine einzige Ermahnung von dannen. In der Hinsicht war er in Ordnung. Und ich saß ganz alleine in einem zweihundertfünfzig Quadratmeter großen Wartezimmer – drei lange Wochen.

Ich habe nie eine längere Zeitspanne überleben müssen. Am ersten Tag machte ich den verzweifelten Versuch, die Arbeit am Buch wiederaufzunehmen. Als ich die Hälfte gelesen hatte, brach ich völlig zusammen. Das einzige, was ich einigermaßen sicher wußte, war: Das, was ich geschrieben hatte, waren nicht meine Ansichten. Worauf ich im Kamin Feuer machte und das Manuskript Seite für Seite verbrannte. Hundertfünfundneunzig Seiten *Muttermord*. Ich weinte und lachte die ganze Zeit dabei.

Die neuen Pillen hatten eine eklige Wirkung: Sie lähmten mein Gehirn, und ich zerbrach mir die ganze Zeit den Kopf, was eigentlich mit mir und um mich herum geschah. Sie trockneten all meine Schleimhäute aus. Und sie nahmen meinen Sexualtrieb weg. Total. Solange ich das Gift im Körper hatte, bekam ich auch nicht die Andeutung einer Erektion. Ich war ganz sicher, daß ich diese Fähigkeit endgültig verloren hatte. Das machte mich zu allem Überfluß wirklich fertig. Melleril ist wirklich ein ungeheuer effektives Mittel gegen Menschen, die sich mit Problemen herumquälen.

Zuerst rief Jonas mich jeden Tag an und war optimistisch – bis ich aufhörte, ans Telefon zu gehen. Ich konnte mich weder ihm noch anderen gegenüber mehr verstellen. Ich hielt mir einfach die Ohren zu und ließ es läuten, bis es aufhörte. Nach und nach hörte es ganz auf. Niemand rief an. Auch das machte mir Angst. Wenn es zu schlimm wurde, trank ich zusätzlich zu den Pillen. Bis ich einschlief. Ich wurde immer genau dann wach, wenn ich gerade ermordet wurde. Meistens schnitten sie an meinem Gehirn herum und gaben mir am ganzen Körper Elektroschocks. Dann bekam ich Krämpfe. Das waren wohl auch Nebenwirkungen.

Ach ja. Es war eine lange Wartezeit. Ich rief den Psychiater an, und der versicherte mir, daß er einen Klinikplatz für mich beantragt habe und daß ich jetzt einfach warten müsse. Ich fragte, ob sie Leute wirklich operierten und mit Elektroschocks behandelten. Er versicherte mir, daß das Unsinn sei, und ich solle nur abwarten, und alles werde gut. Dann fragte ich nach der Sache mit der Potenz. Das sei nur Einbildung und werde sicher vergehen, wenn ich aufhörte, daran zu denken. Adieu.

So vergingen die Tage, ohne daß ich es richtig merkte, während ich an das dachte, woran ich nicht mehr denken sollte. Es war schlimm, *daran* zu denken. Mein Unterleib fühlte sich immer mehr an wie zementiert.

Ich ging bis zum Laden, wenn es sein mußte. Der wimmelte von Vampiren und Agenten, die alle Konservendosen vergiftet und Blausäure in die Tiefkühltruhe gegossen hatten. Als ich eines Tages mit der Gestapo auf den Fersen nach Hause gerannt kam, stand jemand vor der Tür und schellte. Das war der kleine Wolf, und Gott sei Dank dafür! Er war so ungefähr der einzige Mensch, den ich sehen wollte, aber ach und weh. Wie soll der Blinde den Blinden führen können? Der kleine Wolf hatte viel mehr Angst als ich. Zum einen stellte sich heraus, daß Johannes an dem Morgen ganz arschig zu ihm gewesen war und den Jungen völlig verschreckt hatte. Zum anderen war er zum großen Wolf nach Hause gegangen, und der hatte von ihm eine Erklärung gefordert – wie ich sie auch einmal hatte abgeben müssen. Nur hatte es Papa Wolf nicht nachher leid getan. Er war wütend geworden und hatte seinem verworfenen Ableger eine richtig väterliche Tracht Prügel verpaßt. Dann war er sofort zum Psychiater gegangen, und von denen gibt es – mit gewissen Ausnahmen – zwei Sorten: die üblen und die übleren. Der kleine Wolf hatte unbedingt einen von den übleren getroffen.

Jetzt sollte also der Junge von seiner perversen Neigung zu kleinen Schweinchen und anderen Unflätigkeiten geheilt werden. Von der zu männlichen Schweinchen jedenfalls! Weiblicher Speck war auf diesem Hof in Ordnung!

Aus unerfindlichen Gründen bekam er nicht die volle amerikanische Behandlung, mit elektrischer Verhaltenstherapie und allem, was so hervorragende Ergebnisse gebracht hat. Sie gingen statt dessen den butterweichen Weg – Geld für Kino und Disko und Zwangsverabredungen mit vierzehn Kusinen und der Nachbarstochter. Eine echte Prachtkur! Der Junge fing an, ernsthaft Angst vor Mädchen zu bekommen. Außerdem hatten sie ihm ein neues Experimentmedikament eingeflößt, mit Namen Terfluzin, und das hatte mindestens ebenso viele entzückende Nebenwirkungen wie mein scheiß Melleril. Und da saßen wir nun. Und umarmten einander und weinten. Und wußten weder rauf noch runter. Und raus und rein erst recht nicht. Wir waren beide total eingeschrumpelt.

Natürlich versuchten wir, miteinander zu schlafen, aber wir fanden schnell heraus, daß wir das besser seinließen. Zum einen mußten wir uns gräßlich abmühen, um überhaupt eine Spur von Erektion zu bekommen – obwohl wir wirklich Lust aufeinander hatten. Zum anderen hatte ich das Pech, daß es mir einfach zu dreckig ging, um einen Orgasmus zu bekommen. Denn gerade, als ich kommen sollte, tat ich das eben nicht. Was in mir vorging, war das genaue Gegenteil. Ich fühlte einen grausamen Schmerz im Schwanz, und der fuhr mein Rückgrat hinauf und explodierte mit einem Knall in meinem Gehirn! Ich schrie und war weg.

Nun war der kleine Wolf an der Reihe und versorgte mich mit nassen Handtüchern und Zärtlichkeit, obwohl er solche Angst hatte, daß er die ganze Zeit zitterte und weinte. »Du darfst nicht sterben, du darst nicht sterben!« schluchzte er. Ich hatte solche Schmerzen im Kopf, daß ich wirklich glaubte, meine letzte Stunde sei gekommen. Gehirnblutung, mindestens.

Der nächste Tag war fast genauso schlimm – und so verwirrt, wie ich war, traute ich mich nicht, einen Arzt anzurufen. Statt dessen ging ich zur Unfallstation. Nachdem ich die vorgeschriebenen Stunden gewartet hatte, wurde ich zu einem Arzt mittleren Alters hineingelassen. Ich versuchte, alles so gut, wie ich konnte, zu erklären, aber das war sicher nicht besonders gut! »Lieber Herr Doktor! Ich muß ihnen erzählen, daß ich gestern abend mit einem sehr guten Freund zusammen war, aber gerade, als ich ejakulieren wollte, ist irgendwie etwas in meinem Kopf geplatzt, und seitdem hab ich ganz schreckliche Kopfschmerzen, und die lassen nicht nach.«

Der Arzt war viel mehr an seinen Nägeln interessiert als an mir, und als ich fertig war, ließ er folgende Frage los: »Aha. Und wann sind sie also kollidiert?«

Danach sank ich gewissermaßen noch mehr zusammen, konnte aber schließlich dem Mann erklären, daß es sich um einen Samenerguß handelte, aus dem nichts geworden war, und daß sich das wie Gehirnblutung anfühlte.

Das interessierte ihn so sehr, daß er mir mit einer Brusttaschenlampe in die Augen leuchtete und feststellte: »Was für ein Unsinn! Nie im Leben haben Sie Gehirnblutung gehabt!« Dann gab er mir zwei rosa Baralgin forte und ging seiner Wege.

Manchmal habe ich eine Vision. Ich backe einen Valiumkuchen aus einem Teig mit allen Dopesorten der ganzen Welt, auf einer Rohkostreibe gerieben. Hellblaue Libriumcreme und schockrosa Hibanilbonbons. Feierliches Nonstopmuster auf dem Truxaldeckel, Nozinan, Mogadon und Sepofan! Das Ganze sollte einem Tribunal aus den leitenden Psychiatern des Westens zwangsserviert werden. Das wäre vielleicht ein Fest! Ich kann den Herrn Riesengroß Nils Hinrichtungsstuhl vor mir sehen, wie er über den Boden rollt und röchelt: »Gib mir einen Schuß, Mutter!«

Natürlich müßte das im Château Neuf oder in der Konzerthalle passieren, und zweitausend ehemalige Psychatriepatienten müßten zuschauen. Wir würden applaudieren und den agierenden Personen auf der Bühne aufmunternd zujubeln »Halt durch, Nils!« oder »Laß dich nicht unterkriegen, Otto!«.

Außerdem sollte die Vorstellung als Familienquiz vom Fernsehen übertragen werden, und man könnte Wetten abgeben, wer am längsten durchhält. Vielleicht eine Idee für die norwegische Lotterie? Zum Schluß könnte dann der Gesundheitsminister Torbjörn Pork alle damit überraschen, daß der Hauptgewinn aus fünfzehn Jahren Aufenthalt in der Klapse besteht, mit vollem Recht auf Zwangsjacke und Riemen. Natürlich hat der Gesundheitsminister das Ganze so arrangiert, daß jemand aus dem Publikum den Preis gewinnt! Die Oberärzte dagegen erhalten eine sechstägige Schlafkur bis zur nächsten Sendung.

That's entertainment!

Damals waren meine Visionen leider nicht halb so lustig wie jetzt. Meine Wirklichkeit auch nicht. Mitten in der Wirklichkeit saßen der verzweifelte kleine Wolf und der verzweifelte Yngve und umarmten einander und weinten – und waren überzeugt davon, daß alles noch viel schlimmer kommen würde, obwohl das ganz unmöglich war. Was fehlte uns denn? Wie konnten wir uns gegenseitig helfen? Das wußte keiner von uns.

Wir wußten nur, daß wir Angst hatten und daß es half, wenn wir uns umarmten und weinten. Das taten wir, obwohl die Pillen fast alles blockierten, was wir noch an gesunden Reflexen und Gehirnregungen hatten. Wir trauten uns nicht, die Pillen nicht mehr zu schlucken, weil wir solche Angst hatten. Wenn wir nicht so voll gewesen wären mit fremden, betäubenden Chemikalien, hätten wir jedenfalls unsere eigenen Gefühle und Nervenfunktionen registrieren können. Dann hätten wir vielleicht auch kapiert, was mit uns passierte, und hätten darüber reden können. Aber das taten wir nicht. Über ein falsch eingestelltes Testbild in Schwarzweiß kann man nicht viel sagen, außer daß es immer widerlicher wird, je länger du es anstarrst. Und früher oder später implodiert dann der Fernseher! Das knallt ganz schrecklich. Dabei wirst du getötet. Am besten ist, du denkst gar nicht daran. Denk lieber an etwas Angenehmes. Denk dir eine Zahl. Oder zähl Schafe. Zähl für den Rest deines Lebens Schafe. Oder nein. An das Leben sollen wir auch nicht zuviel denken. Zähl Pillen. Zähl, wieviel Pillen du noch übrig hast. Dann kannst du anfangen, dich vor dem Gang um Nachschub in die Apotheke zu grausen, und du hast dieMöglichkeit, eine Überdosis zu nehmen.

So denkt man, wenn man Nerventabletten nimmt. Auch wenn man so gedopt ist, daß man schon gar nicht mehr weiß, wovor man eigentlich Angst hat, dann fürchtet man eben, daß es einem wieder einfällt. Angst vor der Angst. So haben die modernen Ataraktika die Psychiatrie revolutioniert. Bald würde ich ein paar phantastische Folgen dieser »Revolution« aus allzu naher Nähe erleben dürfen.

Erst mal saß ich aber in der Wirklichkeit, vor der ich solche Angst hatte, daß ich hoffte, sie wäre nicht wahr. Ich war verzweifelt, weil ich dem kleinen Wolf, der noch verzweifelter und verängstigter war als ich, kein großer Bruder sein konnte. Wir glaubten beide, daß mit uns etwas nicht stimmte. Ich wußte nicht, was mir fehlte, aber der kleine Wolf, der Arme, der glaubte den Leuten, die ihm erzählt hatten, daß das Problem Homosexualität heiße. An dieser Krankheit litt er – und von ihr sollte er geheilt werden. Ich konnte nicht besonders viel dazu sagen. So wenig, daß ich selber zu glauben anfing, sie hätten vielleicht sogar recht.

Ich traute mich nicht, überhaupt eine Meinung zu haben. Etwas zu kapieren, etwas zu behaupten, für etwas einzutreten war das Gefährlichste, was ich tun konnte. Denn ich konnte ja wütend werden und die Kontrolle verlieren. Und sterben. Also tat ich das nicht. Trotzdem kam der kleine Wolf viele Male zu mir, damit wir uns in den Arm nehmen konnten und weinen. So vergingen die Tage.

An einem Novembermorgen lag ein Brief im Briefkasten.

Vom Krankenhaus, psychiatrische Abteilung. Am folgenden Montag sollte ich um neun Uhr erscheinen, um mich in die Reihen der Verrückten einzuschreiben. Das trieb mir vor Schreck fast das Wasser aus. Jonas' blühende Schilderungen von Elektroschock und Gehirnschrumpfung kamen den ganzen Tag wie Schmerzwellen immer wieder. Ich kämpfte mit der Panik und mußte eine dreifache Dosis Nervenentferner nehmen, um nicht zu platzen. Die Chemikalien brachten die gewünschte Wirkung. Ich platzte nicht. Statt dessen blieb ich einige Tage im Bett – fast ohne mich zu bewegen. Ich lag nur da und merkte, daß ich gelähmt war und restlos entsetzt über den Gedanken, das könnte so bleiben.

Als ich wieder zu mir kam, wußte ich nur eines: Schlimmer als jetzt konnte es gar nicht mehr werden. Daraufhin rief ich die Auskunft an und fragte nach dem Datum. Die Stimme antwortete ohne Zögern, es sei Sonntag, fünfzehn Uhr dreißig. Mit Todesverachtung für alle Gefahren, die meiner harrten, jagte ich durch die Stadt zur U-Bahn. Ich fühlte mich immer mehr wie eine Bombe mit Zeitzünder, je näher der krankenhausgrüne Waggon sich an Lambertseter heranschlängelte.

Seitdem ich die guten Alten gesehen hatte, waren Jahr und Tag vergangen. Aber allmählich hatten sie sich wohl angewöhnt, so zu tun, als bekämen sie keinen Schock, wenn ich es für gut befand, mich blicken zu lassen. Dieses Mal ist es ihnen schwergefallen, glaube ich. Gott weiß, wie ich ausgesehen habe. »Hallo. Tut mir leid, daß ich euch nie besuche und daß ich nichts von mir hören lasse. Aber das ist nicht, weil ich euch nicht mag oder nicht liebhabe. Aber ich hab so verfluchte Schwierigkeiten mit mir selbst, und morgen komme ich in die psychiatrische Abteilung vom Liseberg-Krankenhaus, weil ich einfach nicht mehr kann. Aber ihr müßt 'ne Erklärung unterschreiben, für das Krankenhaus, daß ihr unter gar keinen Umständen erlaubt, daß ich im Gehirn oder sonstwo mit Elektroschocks behandelt werde! Und daß die niemals bei mir so 'ne Lobotomie machen dürfen, weil da operieren die im Kopf und schneiden das Stück vom Gehirn hier vorn in der Stirn raus, und lieber will ich tot sein!«

Damit platzte ich – und raste abwärts in brüllende Finsternis.

Die Liseberg-und-Tal-Bahn für Nervöse

Ich weiß, daß es mich gibt. Ich bin Yngve, und ich lebe – glaube ich. Ich fühle keine Schmerzen. Ich fühle nichts! Ooooh, wo bin ich? Ich hab Angst! Ich bin gelähmt. Und blind! Ich seh nichts. Doch, eins. Ich kann erkennen, daß links irgendwo ein Licht ist. Aber ich bin so müde ... Ooooh, so müde. Es kann doch gar keinen Sinn haben, wenn ich versuche, etwas zu begreifen ...

Eben ist jemand hier gewesen. Da bin ich ganz sicher, ich habe gemerkt, daß sich jemand an mir zu schaffen gemacht hat. Mir ist schlecht. Ich muß mich übergeben! Aber ich bin so lahm. Ich bin Zement. Nein, Beton heißt das, und Beton kann sich nicht übergeben. Aber ich muß das!

Ich muuuuuuäääääää ... ich übergebe mich. Nein. Ich schaff das nicht. Ich hab nur einen Brechreiz. Es gibt nichts zum Auskotzen ...

Oh! Ich kann sehen! Ich sehe ein weißes Bett. Ich kann mich auch bewegen. Ich kann mich aufrichten, wenn ich mich auf die Ellbogen stütze. Aber ich bin so müde ... Nein, ich will mich aufrichten und sitzen. Ja. So, ja. Ich bin voll. Vor mir dreht sich alles ... oh ... immer rund und rund. Nein, so voll kann man doch gar nicht sein, ich kann nicht mehr ... ich kann nicht sitzen ... Ich will nicht wieder sterben!

Ich will leben!

»Nun regen wir uns nicht mehr auf und sind ganz ruhig. Sososo. Leg dich nur schön wieder ins Bett, dann wird alles gut, wirst schon sehen ...«

»Wer bist du?«

»Ich bin Schwester Bodil, und alle hier mögen dich. Du brauchst dich wirklich vor nichts zu fürchten ...«

»Wo bin ich?«

»Du bist hier bei uns in Liseberg. Du bist schon seit Montag hier und hast gemütlich im Bett gelegen und dich ein bißchen ausgeruht.«

»Ich bin tot. Ich bin tot gewesen. Aber du bist doch kein Engel?«

»Ich bin Schwester Bodil, und wir hatten dir eine kleine Schlafkur verordnet. Es ist mitten in der Nacht ...«

»Wer ist das?«

»Wer denn?«

»Wir.«

»Das sind die Ärzte und wir anderen hier in Liseberg. Aber jetzt mußt du dich schön wieder hinlegen und schlafen, und dann können wir morgen wieder viel miteinander reden.«

»Was ist das? Was willst du machen? Nein!«

»Sosososososososososososososososososo.«

»Stich mich nicht, du Hexe! Nicht stechen! Nicht ...«

»Sosososososososososososososososos ...«

»Nicht ...«

»Ganz ruhig sein jetzt!«

O ja. Wir waren ganz ruhig, das muß ich sagen! Zehn Tage lang. Aber sie brachten mich zur Ruhe. Immer wenn ich darum kämpfte, zu mir zu kommen, wurde das als Gewalttätigkeit gedeutet, und das hieß: verlängerte Bewußtlosigkeit und mehr Kampf, um herauszufinden, wer und wo ich war.

Schlafkur heißt das.

Am Ende war ich so entkräftet, daß ich nicht mehr kämpfte. Und da mußte ich aufstehen! Da wurde ich aus dem Bett gejagt, auch wenn meine Beine mich nicht tragen konnten. Das war wirklich pfiffig ausgedacht. Ich war gänzlich Sklave meiner Umgebung.

Langsam und widerwillig wurde mir klar, wo ich war. Ich saß auf einer unbequemen Bank mit schweißförderndem grünen Plastikbezug in einem hellgraugrünen Flur. Ich wußte nicht, wie lange ich da schon saß, aber ich erinnerte mich vage, daß man mir mitgeteilt hatte, ich solle auf eine Sprechstunde beim Arzt warten. Ich fing an, wieder Gefühl für meinen Körper zu bekommen, und das war kein Vergnügen. Es war, als ob ich irrsinnig gesumpft hätte – jahrelang –, und das hatte ich ja auch getan! Aber nicht davon waren mein Körper so schwer und mein Kopf so leer. Die Wirkung von Gott weiß wie vielen Dezilitern Barbituraten war am Abklingen. Mein Körper mühte sich damit ab, die Reste von all den Schlafgiften zu verbrennen und die Abfallstoffe loszuwerden. Meine Blase tat weh.

Am Flurende klappte eine Tür, und als ich meinen Blick konzentrierte, sah ich etwas flatterndes Weißes in unglaublichem Tempo auf mich zukommen. Es wurde so groß wie ein weißer Tornado und riß mich in einem Sog mit in sein Büro. Der Tornado schwirrte noch ein paar mal herum, bis er zum Stillstand kommen konnte, indem er meine Hand ergriff und sie wie einen alten Schwamm zusammenquetschte. »Guten Tag, Herr Vilde. Ich bin Doktor Bruse. Bitte, setzen Sie sich.« Die Stimme klang gebietend und bestimmt, aber nicht direkt unfreundlich. Sie war effektiv und neutral.

Ich starrte den Mann einige Sekunden lang an, während er ein Bündel Papiere durchblätterte, die von mir handelten, wie ich annahm. Er war Ende Vierzig und trug eine modische Stahlrandbrille, die den Eindruck ungewöhnlich scharfer Intelligenz hervorrief. Die Begabung strahlte aus seinem gebräunten Gesicht. Er sah mich nicht direkt an. Die hohe Stirn schien noch höher, weil die Haare angefangen hatten, dünner zu werden – zweifellos aufgrund von extra intensiver Gehirntätigkeit. Die ganze Erscheinung dieses Mannes wirkte so aktivierend auf meine schlummernde Hirnmasse, daß ich ihn mit stillem Schaudern im geheimsten Geheimen umtaufte: Doktor Schiwago.

Er war auch Gedankenleser, denn in dem Moment richtete er zwei stahlblaue Radaraugen auf mich und feuerte die perfekte Frage ab: »Und wovor haben Sie nun solche Angst, Vilde?«

»Vor dir!« sagte ich. Das rutschte mir so heraus, weil ich zusammengezuckt war. Seine Frage weckte Millionen von Nervenzellen, die sich tagelang nur in Dope gewälzt und kein bißchen weh getan hatten. Jetzt sprühten sie Funken und brachten mich zum Weiterreden: »Ich hab Angst vor Autoritäten ... unter anderem.«

Schiwagos Angesicht zerschmolz zu einem zufriedenen Filmstarlächeln: »Aber, aber, lieber Vilde. Das haben wir doch alle. Dabei können wir Ihnen hier nicht helfen. Können Sie Ihre Leiden nicht ein wenig konkretisieren?«

»Ich hab Angst davor, nach draußen zu gehen, weil ich Angst davor habe, zusammengeschlagen zu werden, oder ich bilde mir ein, daß jemand hinter mir her ist und mich umbringen will und so ...«

»Aha! Das war ja schon viel klarer. Sie leiden also bisweilen an Paranoia, mit anderen Worten. Verfolgungswahn?«

»Ja. Aber es kommt noch viel dazu.«

»Sagen Sie, Vilde, nehmen Sie Stoff? Narkotika?«

»Das ist viele Jahre her. In der letzten Zeit hab ich nur den Stoff genommen, den ich vom Arzt bekommen hab.«

»Und Alkohol? Trinken Sie viel?«

»Ja ... so zeitweise ...«

»Wieviel? Jeden Tag?«

»Ja. Zeitweise hab ich das gemacht. Aber nicht in der letzten Zeit ...«

»Mhmmm. Aha. So, so, ja. Sie können sich ausziehen.«

»Mich ausziehen?«

»Wir machen eine routinemäßige somatische Untersuchung.«

Er machte sich weiter Notizen – Gott weiß, worüber –, in rasendem Tempo, während ich mich auszog. Ich hatte übrigens meine eigenen Sachen an. Nur das Personal war in

Uniform. Dann stand ich nackt da und stellte fest, daß ich viel dünner geworden und daß mein Schwanz fast verschwunden war.

»Aber, mein Lieber!« Dr. Sch. sah auf. »So wörtlich hatte ich das nicht gemeint. Sie können Ihre Unterhose ruhig anbehalten.«

Verlegen und zitternd kam ich wieder in meine Unterhose, und dann kam Schiwago mit kundiger Miene und effektiver Untersuchung über mich.

Es dauerte nur ein paar Minuten, dann konnte er mich informieren: »Sie sind in ausgezeichneter physischer Verfassung, Vilde. Mit Ihrem Körper ist jedenfalls alles in Ordnung.«

»Nein, das weiß ich. Ich meine ... deswegen bin ich ja auch nicht hier ...«

Ich erntete einen mild zurechtweisenden Blick. »Sie verspüren also keine Anzeichen von psychosomatischen Krankheiten?«

»Psychosoma ...?«

»Eingebildete Krankheiten. Menschen mit Nervenproblemen projizieren oft die psychischen Probleme auf mehr physische ... also körperliche ... Malessen, zum Beispiel Ausschlag, Asthma oder Schlimmeres. Bei Ihnen ist das also nicht der Fall?«

»Nein ...«

»Da kann ich Ihnen versichern, da haben Sie wirklich Glück gehabt.«

»Aber, ich hab einen sehr nervösen Magen. Mir wird oft übel ...«

»Ja, ja, Vilde. Die meisten von uns müssen lernen, mit so etwas zu leben. Außerdem kann das ja auch vom Trinken kommen, oder nicht?«

»Oh ...«

»Nun gut, Vilde. Das wär's für diesmal. Sie kommen zu mir in eine Kurzzeitgruppe. Das heißt, wir sehen uns schon heute nachmittag. Sie gehen jetzt am besten in den Tagesraum und sprechen mit der Schwester, dann wird Ihnen ein Pate zugeteilt.«

»Entschuldigung, aber … wollen Sie denn nicht mehr mit mir reden? Kann ich nicht noch etwas erzählen …«

»In der Gruppentherapie bekommen Sie genügend Gelegenheit zu erzählen, was Sie wollen. Mahlzeit!« Der Tornado wirbelte wieder den Flur entlang, eingehüllt in weißes Lächeln und weißen Arztkittel. Dann klappte eine Tür – und weg war er.

Ich blieb zitternd zurück und fühlte mich wie eine Hausfrau mit zerstörter Küche. Nach einer Weile fand ich ein Treppenhaus und wuselte nach oben in die Etage, aus der ich gekommen war, wie ich glaubte. Ich kann nicht sagen, daß ich mich besonders gut gefühlt hätte. Ich hatte doch über so vieles mit ihm reden wollen. Doktor Chikago!

Schließlich fand ich eine Tür, kam in einen neuen Flur und wurde sofort von Schwester Synnöve an die Hand genommen. Sie war blond und hübsch und hatte rote Rosen auf den Wangen – und war so nett, so nett, so nett! Nachdem sie mir eindringlich erklärt hatte, wie schön das sei, daß ich aufgestanden war (!), und daß ich in ihre Arbeitsgruppe kommen würde (!), lief sie davon und kam mit einer kleinen grauhaarigen Dame im Schlepptau zurück, die Frau Eriksen hieß und meine Krankenhauspatin werden sollte!

Die arme Frau Eriksen war nicht im gleichen Takt. Sie war eigentlich sogar im falschen Notenheft und hatte nie singen oder spielen gelernt. »Ach, bitte, liebe Synnöve. Bitte nicht! Ich bin doch selber erst seit drei Tagen hier und weiß kaum den Unterschied zwischen hinauf und hinunter und vorwärts und rückwärts. Ach, liebe Synnöve, nehmen Sie doch jemand anderen …«

»Aber, aber, aber, Frau Eriksen. Das wird schon gehen. Sie sollen doch nur dem netten jungen Mann hier die Abteilung zeigen und ihm sagen, was er über Liseberg wissen muß. Bis zum Essen habt ihr ja noch ein paar Stunden Zeit, und wenn etwas ist, braucht ihr euch doch nur an uns zu wenden. Und nun macht's gut!«

Damit brauste sie in Weiß und Blau davon und ließ uns mutterseelenallein in dem graugelben Flur zurück. Frau Eriksen starrte mich drei Sekunden lang entsetzt an und piepste dann: »Mir ist so ... schwindlig ... oooh, ich kann nicht ...« Und damit fiel sie in Ohnmacht! Die kleine dünne Großmutter sank sachte und elegant seitwärts, und ich konnte sie gerade noch festhalten, bevor sie fiel. Und wieder stand ich einsam und verlassen da – aber diesmal mit einer alten Dame im Arm. Im ganzen Flur gab es keinen Stuhl, also schleppte ich Frau Eriksen in die Richtung, in der ich den Tagesraum vermutete.

Das ging eigentlich gut, aber der Weg war lang, und als ich ungefähr die halbe Strecke geschafft hatte, wurde am anderen Ende eine Tür aufgerissen, und sofort kam etwas Blau-Weißes hinter mir hergeflattert. »Was fällt dir denn ein?« zischte es. Sie entriß mir die alte Dame. »Wo wolltest du denn hin?«

Jetzt war ich entsetzt und wäre gerne in Ohnmacht gefallen, denn ich starrte in ein weißes Gesicht mit Vorbiß und Schwanenaugen. »Ja, aber, sie ist doch in Ohnmacht gefallen.«

»Warum hast du mich denn nicht verständigt?«

»Ja, aber, ich hab doch nicht gewußt, wo du bist!«

»Ich war selbstverständlich im Büro!«

»Ja, aber, ich weiß nicht, wo das Büro ist. Ich bin ganz neu hier ...«

»Du hättest mich sofort verständigen sollen! Merk dir das fürs nächste Mal!«

»Ja, aber, hätt ich denn die Dame auf dem Fußboden liegenlassen sollen?«

»Schluß mit dem Gerede. Nimm sie an den Beinen, und dann tragen wir sie ins Bereitschaftszimmer.« Ich gehorchte sofort. Ich habe schon immer vor Schwänen Angst gehabt, und dieser hier hatte nicht nur schwarze Augen und einen gelben Schnabel. Er hatte auch Krallen. Lange Krallen. Sobald wir die arme Frau Eriksen auf eine Bank bugsiert hatten, rannte ich zur Tür. Aber ich war noch keine fünf Schrittchen weit gekommen, als der Schnabel hinter mir zustieß: »Danke, das wär's. Du kannst dich in den Tagesraum setzen!«

Schwester Svanhild nannte sie sich. Von ihr wird noch die Rede sein.

Auf diese Weise brauchte ich nicht herumgeführt zu werden – und dafür bin ich dankbar! Das wäre für mich sicher genauso schlimm gewesen wie für die Bewußtlose. Stattdessen hatte ich ein paar Stunden für mich allein – so unbemerkt wie möglich in einer Ecke im Tagesraum. Der war groß und hell und hatte riesige Glasfenster zur Straße hin, wo die Leute beim Gehen zu den Irren hineingucken konnten. Andererseits aber konnten wir zu den Gesunden hinausgucken – und motiviert werden, auch wieder in die große, freie, wunderbare Welt hinauszugehen. So war es jedenfalls gemeint, und so glich sich alles aus.

Immerhin ist hier ja die Rede von einer *offenen* Abteilung. Doch, ja. Keine verborgene Geheimniskrämerei, nein! Da saß ich nun und versuchte herauszufinden, wie man sich in einer psychiatrischen Klinik fühlt. Man fühlt sich nicht so toll. Ich fühlte mich überall ganz taub – und überall prickelte es, wie bei einem eingeschlafenen Arm oder Bein, das wieder zum Leben erwacht. Das war vielleicht nicht so merkwürdig, wenn man bedenkt, daß ich gerade zehn Tage lang entschlafen gewesen war. Jetzt war das Gift dabei, meinen Körper zu verlassen, und darüber freute ich mich, auch wenn es sich unangenehm anfühlte. Eine kurze Zeit lang arbeitete mein Gehirn ziemlich gut, lange genug, daß ich die Situation so einigermaßen erfassen konnte:

1. Schlimmer kann es nicht mehr werden.
2. Hier ist es besser als vorher.

3. Ich befreie mich jetzt von lähmenden Medikamenten, und wenn ich nicht durchdrehe oder zu viel Schiß kriege, werde ich versuchen, das durchzuziehen.

4. Das Personal kann gar nicht so verrückt sein, wie es aussieht! Und ich hab noch keine einzige von Jonas' Nonnen gesehen.

Zu diesem Zeitpunkt kamen auch andere Leute in den Tagesraum. Einzeln oder in Gruppen. Ich studierte sie gründlich aus meiner Ecke heraus und war im Grunde angenehm überrascht. Die allermeisten von ihnen sahen ganz normal aus. Niemand hatte eine Zwangsjacke an oder Brandzeichen am Kopf – niemand sah überhaupt besonders verrückt oder aggressiv aus. Sie waren ganz normale, traurige und graue Leute beiderlei Geschlechts, in allen Größen und Altersstufen – ab etwa sechzehn aufwärts. Viele von ihnen sahen direkt sympathisch aus und nickten und lächelten mir zu. Das hatte schon lange niemand mehr gemacht. Drei oder vier in meinem Alter setzten sich an den Tisch, an den ich mich in der Ecke verkrochen hatte. Sie sagten, wie sie hießen, ich sagte, daß ich Yngve hieß, und dann ließen sie mich in Frieden. Sie unterhielten sich darüber, was bei der Gruppentherapie passiert war. Auch das hörte sich nicht so schrecklich an.

Aber dann geschah etwas Seltsames. Die Türen zum Speisesaal wurden weit aufgerissen, und heraus kam ein Mann, der wild und ziemlich hysterisch auf einen Gong einschlug. Das war das Signal zum Essen. Alle sprangen auf und scharten sich zusammen, um zu den Töpfen zu gelangen. So war das eben. Ich ließ mich mitziehen und wurde an einen der Tische gesetzt. Als die sechzig Patienten Platz genommen hatten, wurde es ganz still, und ich merkte, daß alle aufmerksam die Krankenschwester anstarrten, die in der Mitte des Quertisches saß. Es war Schwester Svanhild. Sie dehnte die Stille viele Atemzüge lang aus. Dann hob sie eine kleine Messingglocke vor ihrem Teller hoch und produzierte einen scharfen Klingellaut. Dann öffnete sie den Mund, holte Atem und sang vor. Alle sangen mit:

O du, der du kleine Vögel satt machst,
Segne unsere Mahlzeit, o Gott.
Amen.

Ich bekam Angst.

Der Gesang dauerte nicht länger als zehn Sekunden, aber er wirkte viel länger. Denn während er anhielt, drängte sich die folgende Frage auf und brachte mich zum Zittern: Ist das möglich? Kann das wahr sein, oder bin ich wirklich verrückt geworden?

Ich sah verstohlen die mir nächstsitzenden Leute in der Versammlung an. Waren die verrückt? Sie sahen nicht so aus, aber trotzdem saßen sie da und heulten gedehnte Töne über einen satten kleinen Vogel! Die Angst biß sich in mir fest. Ich kam mir vor wie eine ausgezogene Anschauungstafel vom menschlichen Körper, wo die Blutadern als rote Streifen eingezeichnet sind. Nur waren meine Streifen glühende Nerven. Ich blickte starr auf meinen weißen Teller hinunter und kämpfte mit der Panik. Merkte, wie mir alles hochkam. Aber es wäre doch unerhört, am Mittagstisch vor sechzig fremden Menschen zu kotzen! Ich machte einen krampfhaften Versuch, mich zusammenzunehmen. Ich richtete mich auf, hob das Kinn – und sah direkt in ein Gesicht mit zwei warmen, suchenden Augen, die meinen begegneten. Die sich zusammenkrümmten unter der Belastung, sich vor einem anderen Menschen bloßzustellen, die aber trotzdem nicht auswichen und sich wieder versteckten. Ich bemühte mich genausosehr. Leerte mich aus in den tiefen, schönen Blick – mit einer Bitte um Hilfe, wie sie nie in Worten ausgedrückt werden kann.

Er verstand mich durch und durch und sprach mir sanft und freundlich zu: »Du brauchst keine Angst zu haben. Das Tischgebet ist nur ein Überrest aus alten Zeiten, das wir leider noch nicht loswerden konnten ... aber das kommt schon noch. Reformen brauchen lange, mußt du wissen.«

»Ist das vorgeschrieben? Müssen alle mitsingen?«

»Aber nein, nein. Reg dich nicht auf! Es ist völlig gesetzlich, wenn du die Fresse hältst, aber du mußt dir das Gekreische anhören, und damit kann man sich ganz gut abfinden. Ich versuche immer, die humoristische Seite von dem Ganzen zu sehen, und die ist gar nicht so klein, kann ich dir sagen!« Er lachte.

Ich mußte lächeln. Seine Worte legten sich wie eine liebe Hand auf meine Brust, und überall in mir verbreitete sich die Wärme. Ich antwortete: »Kannst du dir das vorstellen? Einen Moment lang hab ich gedacht, ihr wärt alle verrückt.«

»Jesus Christus! Was glaubst du denn, wo du hier gelandet bist? Weißt du denn nicht, daß dies die Kantine im Regierungsgebäude ist?«

Das Gelächter zwischen uns wuchs, und ich merkte tief unten im Steißbein, daß ich einen neuen Freund hatte.

Er hieß Einar und war ein paar Jahre älter als ich. Sein Gesicht war kräftig und gefühlvoll, mit sehr ausdrucksvollen Augen. Nach und nach lernte ich, aus ihnen zu lesen, in welcher Laune er war – ja fast sogar, was er dachte. Wenn er froh und munter war, sprudelten sie über, und wenn er unsicher war und Angst hatte, wurden sie dunkel und wachsam. Dann waren sie am schönsten. Denn sie drückten eine ungeheure Sehnsucht aus nach jemandem, der gut zu ihm sein sollte. Viele wollten das. Auch ich.

Wir redeten die restliche Zeit während des Essens – das trug übrigens den Namen Prinzenfisch und schmeckte auch so – die pure Gülle. Er war richtig geistreich und erzählte viele witzige Geschichten über das Krankenhaus und die Abteilung. Ich saß da mit offenem Mund und nahm alles in mich auf. Ich nahm soviel wie möglich von diesem lebhaften Gesicht, das von halblangen braunen Haaren eingerahmt war, in mich auf. Es hatte etwas Bekanntes an sich.

Obwohl ich wußte, daß ich ihn noch nie gesehen hatte, kam es mir so vor. Ich war sicher, daß ich schon einmal etwas mit diesem Jungen erlebt hatte, aber wo und wann?

Déjà-vu, dachte ich. Dieses Gefühl heißt Déjà-vu. Aber was soll das? Was bilde ich mir ein? Ich fühlte mich wieder unsicher und elend; aber gleichzeitig berührte etwas unter dem Tisch mein Bein. Ich schreckte hoch und sah wieder in diese bekannten Augen. Diesmal brachten sie Fürsorglichkeit zum Ausdruck – und Lust! Ich schluckte. Dann spürte ich einen neuen leichten Druck gegen mein Bein, und gleichzeitig machte er mit den Lippen eine kleine Bewegung, als ob er mich küssen wollte. Der schöne Einar. Ich wurde am ganzen Körper warm und fühlte, wie ich rot wurde, aber ich erwiderte die Zärtlichkeit unter dem Tisch und versuchte zu lächeln.

Ich hatte mehr gefunden als einen Freund.

»Wollen wir nachher ein bißchen spazieren gehen?« fragte Einar, als die Teller abgeräumt wurden.

Ich erstarrte: »Nicht weit?«

»Nein, beruhig dich doch. Wir gehen ein bißchen in den Park. Ich hab zuerst auch Angst gehabt rauszugehen«, sagte der Junge mit den guten Augen.

Wir mußten dreihundert Meter Flure gehen, bis wir in die Empfangshalle kamen, wo der Kiosk war. Ich dachte an Jonas. An einer Stelle blieb Einar stehen und zeigte auf ein handgeschriebenes Schild in einem Rahmen hinter Glas, auf dem stand:

Brauchen Sie eine Haarwäsche?
Einen Haarschnitt? Oder Dauerwellen?
Wenden Sie sich an die Frisiergruppe,
Abteilung für Nervöse. Preis fünf Kronen.
(Bei Nichtgefallen Geld zurück.)

»Ist das nicht toll?« sagte Einar

»Ja, aber ist das ernst gemeint? Gibt's das wirklich?«

»Ja, echt! Es heißt ›Back- und Frisiergruppe‹. Du kommst

da auch noch rein, früher oder später. Da ist's eigentlich ganz witzig. Hier gibt's überhaupt unheimlich viele witzige Sachen. Die ›Pastorenstunde‹ zum Beispiel. Eine wahre Wonne. Ja, ja, du wirst das alles schon noch früh genug erleben. Traust du dich wirklich nicht rauszugehen?«

»Ach, wenn wir nur nicht so weit gehen.«

»Nein, nein. Wir drehen eine kleine Runde. Im Park ist es genauso sicher wie im Krankenhaus.«

Es war schönes Herbstwetter. Hoher klarer Himmel mit kühlem Wind und goldenem Sonnenschein. Wir trotteten eine Weile dahin, ohne etwas zu sagen. Ich hatte mehr als genug damit zu tun, die frische Luft zu atmen und die Bäume anzusehen und die wenigen Farben, die noch da waren. Es war schwierig, die Gefühle in Worte umzusetzen. »Das ist wie von den Toten auferstehen. Als wenn man ertrunken ist und dann wiederbelebt wird.«

»Was denn?«

»Ich rede von dieser Schlafkur. Ich hab hier zehn Tage bewußtlos gelegen. Fast bewußtlos. Immer, wenn ich zu mir gekommen bin und meinen Kopf über Wasser gekriegt hab, haben sie mir nur mehr Schlafmittel gegeben, und ich bin wieder unters Eis gezogen worden.«

»Ach Gott, ich hab gedacht, du wärst ganz neu hier. Daß du heute gekommen wärst.«

»Ja, irgendwie stimmt das ja auch. Mein Bewußtsein ist bisher nicht hier gewesen. Es tut wirklich gut, wieder am Leben zu sein … wenigstens vorläufig.«

»Es ist dir wohl ziemlich dreckig gegangen, bevor du hier eingewiesen worden bist?«

»Ich weiß nicht … doch, das war schon so. Das letzte, was ich noch weiß, ist, daß ich bei meinen Eltern krepiert bin. Seit wann bist du denn schon hier?«

»Drei Monate, und ich will noch mindestens drei weitere hierbleiben. Aber das wird ziemlich schwer werden, die wollen mich dauernd loswerden. Ich bin mit den Medikamenten auf Null runtergekommen ... und jetzt denken sie, ich wär gesund. Sie wollen mir nur 'nen großen roten Stempel auf den Arsch geben ... Geheilt und arbeitsfähig! ... und mich rausjagen. Der nächste bitte! Nimmst du viel Medizin?«

»Ich weiß nicht. Ich hab heut morgen was gekriegt, als ich aufgestanden bin, aber seitdem nicht mehr. Dieser Bruse hat nichts darüber gesagt.«

»Hast du den Brausebock gekriegt? Ach, du Armer! Er ist der Allerschlimmste. Ich hab Ness. Dr. Nashorn nennen wir ihn. Experte für Gehirnoperationen mit Anlauf.«

»Um Gottes willen, ist es hier so schrecklich?«

»Nein, ich mach nur Witze. Das ist eins der besten psychiatrischen Krankenhäuser im Land ... aber das sagt ja eigentlich auch, wie schlecht die anderen sind. Du kannst hier sicher Hilfe bekommen, aber das kommt ganz auf dich selbst an, wie motiviert du bist. Du müßtest zum Beispiel sofort versuchen, drogenfrei zu werden, wenn du das schaffst. Du wirst gesund, wenn du kapierst, was dir fehlt, und das kannst du nicht, wenn du nur rumhängst ... gedopt wie ein Masthahn. Aber genau das machen leider die meisten hier, und dann wird ihnen der Unterschied zwischen vorwärts und zurück auch nicht klar. Wenn man nicht bei vollem Bewußtsein ist ... im Guten wie im Bösen ... kann man sein Nervensystem nicht beherrschen. Das müssen wir zum Teufel einsehen und damit leben. Die Medikamente machen die Leute fertig und schieben die Probleme nur auf ... bestenfalls. Bevor ich hierhin gekommen bin, hab ich ein Zeug genommen, das Melleril heißt. Das war grausam! Zum Beispiel bin ich davon total impotent geworden ...«

»Was, du auch? Ich nämlich auch. Ich hab auch Melleril genommen, und ... Wie ging das denn? Geht das vorbei?«

Einar sah mich schockiert an. »Um Gottes willen! Haben sie das mit dir auch so gemacht? Hast du denen erzählt, daß du ... ja, Entschuldigung, so wollte ich danach ja eigentlich nicht fragen, aber, hast du gesagt, daß du homo bist?«

»Ja, sicher. Das ist kein Geheimnis.«

Wir standen unter einem großen Baum. Einar nahm mich bei den Schultern: »Ach, Gott sei Dank. Ich hab das sofort gewußt, als ich dich gesehen hab, Yngve. Aber ich konnte ja nicht ganz sicher sein. Jetzt freu ich mich aber echt.«

»Ja, aber, geht das vorbei?«

»Die Impotenz? Ja, doch. Die geht vorbei. Ganz sicher. Das dauert nur ein paar Tage. Wenn du die Pillen absetzt, natürlich. Das versprech ich dir. Natürlich ist das hier streng verboten, an so was zu denken, aber wenn du's versuchen möchtest, wenn du wieder kannst, dann hab ich 'ne unheimlich gute Methode und 'nen noch viel stärkeren Ort rausgefunden ...«

»Wenn du garantieren kannst, daß das klargeht. Beim letzten Versuch kriegte ich Gehirnblutung und wurde bei der Notstation rausgeschmissen, weil, die haben gedacht, ich wär kollidiert ...«

»Hä? Du solltest vielleicht nicht so stürmisch sein?«

Ich erzählte ihm mein schlimmes Erlebnis mit dem kleinen Wolf. Jetzt fand ich das schon komischer.

Einar lachte, nahm meine Hand und sagte mit strenger Lehrerstimme: »Ja, ja, junger Mann. Wir werden sehen, was wir für Sie tun können. Beim Marschieren sortiert sich alles aus, sagte der Soldat, als ihm das eine Bein abgeschossen wurde.«

»Das ist das Absurdeste, was ich je gehört hab!«

»Ja, nicht wahr? Das hat meine Mutter immer gesagt. Aber, zum Teufel, genau nach diesem Gedankengang werden die Leute auf diesem Rummelplatz hier behandelt. Alles muß in Gang gehalten werden ... um jeden Preis. Aber ich glaub, wir sollten wieder reingehen. Ich muß zur Gesprächsgruppe, und du sollst wohl in die Kurzzeitgruppe beim Brausebock. Wenn du 'nen guten Rat willst: Am besten sagst du erst was, wenn du geschnallt hast, wie das abläuft, und wenn du wirklich etwas sagen möchtest. Laß dich nicht provozieren, bis du stark genug bist, um dich zu wehren.«

»Ist das so arg?«

»Kommt auf dich an. Wart's ab.«

In dem Moment erstarrte ich total und klammerte mich an ihm fest. Denn am anderen Ende des Parks erschien eine prähistorische Prozession, bei deren Anblick mir die Haare zu Berge standen. Sie bestand aus mindestens fünfzehn schwarz gekleideten Nonnen! »O Gott, Einar! Was ist das denn da? Ach, halt mich fest. Ich hab solchen Schiß! Stimmt denn alles andere auch?«

»Aber, Christus, beruhig dich doch! Die sind wirklich nicht gefährlich! Das sind Diakonissen, die arbeiten hier im Krankenhaus. Aber in unserer Abteilung haben die nicht solche Uniformen. Kein Grund zur Angst.«

»Ganz sicher?«

»Ja, echt! Sie sind wirklich lieb und nett. Wenn man schon vor irgendwas Angst haben muß, dann vor den Ärzten. Wart's nur ab!«

Ich wartete ab. Schon bald darauf wurde ich mit sieben anderen Patienten in einer kleinen Bibliothek zusammengepfercht. Dann hörten wir draußen im Flur ein Brausen, und Doktor Schiwago kam hereingefegt, eine Frau in Zivil im Schlepptau. Im ersten Augenblick dachte ich, das wäre seine hinreißende, unerreichbare Lara Palmer. Aber dann sah ich das niedliche kleine Tonbandgerät in ihrer Hand und das Plastikschild an ihrer Bluse, auf dem »Schwester Snefrid« stand. Während sie den Stecker einsteckte und das Gerät in Gang brachte, das ITT hieß – in Großbuchstaben –, sagte Schiwago mit einem funkelnden, gewinnenden Lächeln: »Einen schönen guten Tag, liebe Freunde. Wie ihr seht, hat unsere Gruppe ein neues Mitglied bekommen. Er möchte sich sicher selber vorstellen?«

Alle sahen mich an. Einige lächelten. Andere waren abweisend. Die meisten gleichgültig.

»Ich heiße Yngve Vilde. Ich bin seit zehn Tagen hier, aber ich hab eine Schlafkur gemacht und war bewußtlos ... Warum läuft das Tonbandgerät?« Ich stellte diese Frage direkt an Doktor Sch., aber der starrte konzentriert in eine andere Richtung und sah aus, als wäre er gerade dabei, das Rätsel des Lebens zu lösen. Lange war es still. Ich wiederholte meine Frage: »Ich möchte nur wissen, warum auf Tonband aufgenommen wird, was ich sage ... was überhaupt gesagt wird? Vielleicht hab ich ja gar nichts dagegen, wenn ich nur weiß, was das soll.« Wieder Stille. Dr. Sch. setzte seine intensive Gehirntätigkeit fort, und je länger das dauerte, desto elender fühlte ich mich. Das einzige, was man hören konnte, war das leise Summen des Kassettenrekorders. Ich hielt das nicht aus: »Entschuldigung, aber, hab ich was Falsches gesagt? Das sollte nur eine Frage sein, keine Beschwerde.«

Doktor Schiwago sah mich plötzlich an und sagte glatt und neutral: »Nun, wenn das alles war, was Sie uns zu erzählen haben, Vilde, dann können wir anderen vielleicht da weitermachen, wo wir heute morgen aufgehört haben ...«

Ich starrte ihn an, aber gleichzeitig reagierte endlich jemand. Sie war in meinem Alter und sagte mit abgeschliffenem nordnorwegischen Akzent: »Nein, wirklich! Der Junge hat eine konkrete und klar formulierte Frage gestellt. Ich finde, er hat ein Recht auf Antwort!«

»Dann antworten Sie ihm, Frau Vik!«

»Na gut. Wenn das so ist, daß Bruse heute nicht selber antworten kann, kann ich ja etwas sagen. Die Frage nach dem Tonband taucht fast jedesmal auf, wenn die Gruppe ein neues Mitglied bekommt, aber wir haben noch nie eine richtige Antwort bekommen. Es gab nur ein paar vage Andeutungen, daß die Bänder beim Unterricht für die Schwesternschülerinnen benutzt werden und daß es nicht irgendwie archiviert wird und daß es niemals gegen uns verwendet werden kann. Aber ich glaube, genau das letzte trifft zu.«

Doktor Schiwago fuhr auf sie los wie eine Bremse auf ein Rind. »Ach so, Frau Vik. Sie glauben uns also nicht! Wären

Sie denn bereit, uns Ihre Theorie darüber anzuvertrauen, warum wir dieses Tonbandgerät benutzen?«

»Nein, gar nicht. Mir erscheint es ganz einleuchtend, daß ihr alle keine Lust habt, stundenlang langweilige Tonbänder zu hören. Der Apparat ist nur an für den Fall, daß etwas Außergewöhnliches passiert. Daß hier in diesem Zimmer etwas wirklich Interessantes geschieht. Aber das tut es ja so selten. Ich hab so was jedenfalls noch nicht erlebt.«

»Ach, sagen Sie das nicht, Frau Vik! Man weiß doch nie so genau, was wichtig ist, oder doch?«

»Nein. Wenn ich das wüßte, wäre ich nicht hier. Das weiß ich jedenfalls genau!«

»Sehen Sie! Sie machen Fortschritte, Frau Vik. Sie fangen an, Ihre verlorene Selbstsicherheit zurückzubekommen.«

»Nein, das tu ich nicht! Ich hab mich noch nie so unten und verängstigt gefühlt. Ich weiß nicht, was ich bin oder wer ich bin, ich weiß überhaupt nichts ... aber das weiß ich ganz genau!«

»Aber, meine Liebe, das ist kein schlechter Anfang. Ganz und gar nicht ...«

»Ich bring das jetzt nicht, noch mehr über mich zu reden. Ich sag kein Wort mehr!«

»Na gut ... Hier zwingt Sie ja keiner!« Doktor Sch. sah sie gekränkt an, legte die Arme über Kreuz und schmollte. Wieder Stille. Zwanzig Minuten lang! Ich dachte, ich würde verrückt, aber dann fing ich statt dessen an zu denken. Ich hatte nämlich dasselbe Déjà-vu-Gefühl wie schon einmal an diesem Tag, und diesmal wußte ich, woran die Situation mich erinnerte: an die Bibelgruppen in Strandholmen. Genauso drückend und trist – und erschreckend! Was war es denn, worauf wir warteten? Auf dasselbe wie in Strandholmen: daß jemand etwas zu bekennen hätte – daß er irgendeine entsetzliche Sünde entlarven und auf die Knie fallen und um Verzeihung bitten würde. Ich kämpfte mit der Aufregung, strengte mich bis zum äußersten an, um ruhig zu bleiben und meine Fresse zu halten.

Plötzlich ertönte ein Laut wie ein Pistolenschuß aus dem Tonbandgerät, und alle hüpften auf ihren unbequemen Stühlen in die Höhe. Unbeeindruckt drehte Schwester Snefrid das Band um. Der Apparat hatte sich nur mit einem automatischen Auslösemechanismus abgestellt. Er löste allerdings noch mehr aus. Er brachte eine etwa fünfzigjährige Frau zum Ausklinken: »Ach, bitte, kann nicht jemand was sagen! Ich kann hier einfach nicht mehr wie auf Stecknadeln sitzen. Es ist so schrecklich, wenn keiner was sagt!« Sie versuchte tapfer, dieTränen zurückzuhalten, aber die drängten hinaus.

»Aber, warum haben Sie das denn nicht schon längst gesagt, Frau Haugen? Wenn Sie die Stille nicht wollen, brauchen Sie doch nur loszureden. Es war nur vernünftig von Ihnen, daß Sie den Anfang gemacht haben!« Schiwago wies sie auffordernd zurecht. Er redete mit ihr, als ob sie ein trotziges kleines Kind wäre, bei dem man es im guten versuchen muß: »Wir haben noch fünf Minuten, Frau Haugen, und ich finde wirklich, Sie sollten jetzt weiterreden! Was ist daran so schrecklich, wenn es still ist?«

»Ooooh! Weil wir hier zusammensitzen, und wir haben alle eine Menge auf dem Herzen, aber niemand traut sich, etwas zu sagen, weil wir uns ja fast gar nicht kennen.«

»Aber, liebe Frau Haugen, man kann doch nur auf eine Weise miteinander bekannt werden, und zwar, wenn man über sich erzählt, oder nicht?«

Er war schon auf dem Weg nach draußen, als mir einfiel, daß ich mit ihm darüber reden mußte, daß ich keine Pillen mehr wollte. »Entschuldigung, aber welche Medikamente soll ich ...«

»Die werden um zweiundzwanzig Uhr ausgeteilt!« Swisch – weg war er.

Ich blieb wie gelähmt zurück und merkte, wie die Falltür über dem brüllenden Abgrund unter mir zitterte. Aber da nahm jemand mit sicherem Griff meinen Arm und zog mich auf festen Boden. Es war die Frau aus Nordnorwegen: »Hei, ich heiße Astri. Tut mir leid, ich hab nicht mitgekriegt, wie du heißt.«

»Yngve. Kannst du mir sagen, was das alles soll? Was soll dabei rauskommen? Was ist der Typ denn für ein ... Mensch?«

»Was der Doktor Bruse für ein Mensch ist ...? Ja, das kannst du echt fragen! Er ist kein Mensch ... er ist Psychiater. Übermensch. Hast Angst vor ihm gekriegt, was? Beruhig dich nur. Alle kriegen Angst vor dem großen Brausebock ... zu Anfang wenigstens.«

»Ja, aber, man kann sich doch nicht so benehmen!«

»Aber ja doch, natürlich geht das. So behandelt er eben psychische Leiden. Der Troll. Der große, fiese Troll unter der Brücke. Das sind unsere Neurosen und Psychosen, und gegen die kämpft er die ganze Zeit an. Nur trifft er leider statt dessen uns. Zweimal am Tag mit den Köpfen aneinanderschlagen tut zuerst weh, aber du gewöhnst dich schon noch daran.«

»Aber, um Gottes willen, meinst du im Ernst, daß er versucht, die Schwierigkeiten aus den Leuten herauszuprügeln?«

»Ja. Genau das macht er. Er ist schrecklich aggressiv und provozierend zu seinen Patienten ... frei nach dem Rezept in der Bibel: den Teufel mit dem Beelzebub austreiben! Das Schlimmste ist ... ich glaube, das ist ganz wirkungsvoll. Jedenfalls kann er aus den Leuten die unglaublichsten Zugeständnisse herausholen. Wirst schon noch sehen. Wart's nur ab. Hast du übrigens den Seemann bemerkt, der irgendwas um die Vierzig rum ist? Ich glaub, der ist bald für alles mögliche reif!«

»Ja, aber, hilft das denn?«

Sie sah mich überrascht an, dann bekam sie einen leicht hysterischen Lachanfall: »Ob das hilft? Aber, woher, um Gottes willen, soll ich das denn wissen? Ich bin so total verwirrt. Ich fühl mich wie ein Puzzlespiel aus tausend Teilen, das in alle Winde verweht ist und das ich selber zusammenlegen muß … Nein, zum Teufel, laß uns lieber von was anderem reden! Komm, wir gehen Kaffee trinken. Bald ist auch Besuchszeit.«

Astri und Einar waren bereits gute Freunde. Als ihnen aufging, daß jeder von ihnen mich entdeckt hatte, schwirrten eine Weile einige schlechte Vibrations hin und her – bis ich mal erzählte, daß ich schwul bin. Da resignierte Astri mit einem Seufzer, und dann fingen wir an, Freunde zu werden. Ich erzählte in groben Zügen über mich, und sie berichteten ihre Leidensgeschichten.

Astri studierte und war seit drei Jahren aktive Marxistin-Leninistin. Sie hatte gleichmäßig und zuverlässig beim Kampf gegen die EWG an der Basis gearbeitet, und sie war stolz darauf, daß wir gewonnen hatten. Aber im letzten Jahr war langsam alles zum Teufel gegangen. Sie hätte zu Weihnachten Examen machen sollen, aber sie konnte einfach nicht lesen. Sie hatte Angst davor, auch nur ein Buch aufzumachen. Angst vor allem und jedem. Angst vor der Zukunft. Zuletzt legte sie sich ins Bett und hielt sich mit Bier und Valium in Gang. Nach dem Putsch vom elften September in Chile war die Sache so ernst geworden, daß einige Freunde sie nach Liseberg gebracht hatten. Und hier war sie nun. Nicht mehr so traurig, aber doch noch genauso verängstigt – und restlos verwirrt.

»Und es wird noch schlimmer kommen!« sagte Einar. Das bekam ich mehrere Male zu hören. Das war nämlich sein Wahlspruch, entwickelt während mehrerer Jahre als Journalist »in unserer differenzierten und unabhängigen Tagespresse«, wie er das so treffend ausdrückte. Die Arbeit hatte ein sarkastisches Nervenbündel aus ihm gemacht. Nachdem er den ganzen Mythos über die Meinungsfreiheit durchschaut hatte, war er sich mehr und mehr isoliert vorgekommen – was auch tatsächlich stimmte. In den letzten vier Jahren hatte er bei einer mittelgroßen sozialdemokratischen Zeitung in Ostnorwegen gearbeitet und dabei Falschheit und doppelte Moral am eigenen Leib zu spüren bekommen: »Wenn ihr wüßtet, wie versaut das System unter der Oberfläche ist! Wie durch und durch gründlich die sogenannte Arbeiterpresse von Handel und Gewerbe unterwandert ist. Einmal sollte ich über die Eröffnung eines neuen Supermarktes in Görrvik berichten, da, wo ich gearbeitet hab, weil die Besitzer bei unserer Zeitung eine ganzseitige Anzeige hatten. Das bedeutete, daß sie noch dazu mindestens eine Seite Extrabericht über das Ereignis kriegen sollten. Zuerst versuchte ich, den Auftrag abzulehnen, weil das gegen meine Überzeugung war, aber das ging natürlich nicht. Ich mußte hingehen und bekam Schnittchen und Sherry ... und eine schon geschriebene Pressemeldung mit Bildern und allem Drum und Dran. Ich ging also zurück und schrieb einen Artikel mit dem Titel *Braucht Görrvik noch mehr Supermärkte?* Ich kann euch sagen, der wurde gut aufgenommen! Ich erhielt einen sehr strengen Verweis und durfte wochenlang nur noch Personalien schreiben. Natürlich wurde die ›korrekte‹ Information gedruckt, und alle freuten sich über Görrviks vierten Supermarkt. Ich könnte Dutzende von solchen Beispielen erzählen, wie die Arbeiterpresse jede Opposition in ihren eigenen Reihen niederwalzt, aber ein Wort genügt ja schon: der Kampf gegen die EWG! Teufel, wie schlimm das war, bei der JA-Presse zu arbeiten. Ich wurde echt krank davon! In einem Redaktionsstab von fünfzehn waren wir zwei Nein-Leute, und wir wurden deshalb fast jeden Tag angemacht. Ich durfte nur über Scheiß schreiben, und sogar das wurde mit der Lupe gelesen und zensiert.«

»Ja, aber, Einar! War das nicht toll, als wir dann doch gewonnen haben? Als wir denen richtig vor den Karren gepinkelt haben! Als der ganze JA-Ballon geplatzt ist!«

»Nein! Das war kein bißchen komisch. Zum einen haben die Christen gewonnen. Dieses verdammte Pack aus Westnorwegen ...«

»Nein, jetzt übertreibst du!«

»Stimmt das denn nicht? Ich weiß noch, ich hab ein schwachsinniges Pamphlet gekriegt, und darin stand, die EWG wär das Tier aus der Offenbarung, und das haben verflucht viele geglaubt?«

»Nein! Nein, Schluß jetzt!«

»Und zum anderen hab ich erst danach richtige Schwierigkeiten gekriegt. Sie haben mich gehaßt, weil ich recht behalten hatte, und haben mich gezwungen aufzuhören! Und deshalb bin ich hier!« Einar hatte sich ganz schön in Feuer geredet, und Astri mußte ihn mit Küssen und Umarmungen wieder beruhigen, denn genau jetzt betraten die ersten Besucher den Tagesraum. Wir durften nicht laut werden, dann hätten sie uns ja für verrückt halten können!

Gleich darauf kam ein Typ, um Astri zu besuchen, und dann standen plötzlich meine Eltern da! Man hatte ihnen mitgeteilt, ich sei von den Toten erwacht. Jetzt brachten sie Blumen, Schokolade, Obst und Gemüse angeschleppt und wußten überhaupt nicht, was sie mir alles Gutes tun sollten. Sie fanden, ich sehe blaß und entkräftet aus, und das stimmte ja auch. Meine Mutter und ich mußten einen Tropfen weinen, während mein Vater erzählte, wie gut alles noch werden würde. Das Schlimmste war, daß er recht behalten sollte, der Optimist! Sie versicherten mir, ihnen sei garantiert worden, daß meinem Gehirn nichts passieren werde – weder Schocks noch Stiche – und daß ich wirklich ganz und gar kein schwieriger Fall sei. Stell dir das vor! Nur ein kleidsamer, kleiner Nervenzusammenbruch! Das ärgerte mich ein bißchen, aber ich konnte jedenfalls sagen, daß ich sie mochte, und ich versprach, Weihnachten nach Hause zu kommen – vielleicht auch früher. Ich fand es sogar in Ordnung, wenn sie sagten, wo ich war, falls jemand anrief und nach mir fragte. Dann verabredeten wir, daß sie mich einmal die Woche besuchen sollten, daß ich ganz schnell wieder gesund werden würde und daß ich anrufen sollte, wenn irgendwas wäre.

Danach blieb ich eine Weile sitzen und überlegte mir,

was ich im Grunde für ein Glück hatte, mit solchen Eltern. Sie würden mich nie im Stich lassen, egal, was auch geschah. Ich sollte vielleicht damit anfangen zu zeigen, daß ich das zu schätzen wußte. Jedenfalls hatte ich das Mordbuch verbrannt! Zum ersten Mal wurde mir klar: Ich hatte bei all dem Irrsinn etwas richtig gemacht! Aber was hieß das schon? Was sollte denn nun weiter werden? Das war die große, fiese Frage, und sie wurde zum Glück von dem hysterischen Gong übertönt, von der beknackten Glocke, dem satten kleinen Vogel und dem Abendbrot! Niemand konnte mir jedenfalls Anpassungsschwierigkeiten vorwerfen, ich war von Anfang an platsch in die Routine gefallen.

Und es wurde Abend am ersten Tage, und ich sah, es war sehr gut! Das einzige, was noch ausstand, war die Pillenverteilung um zehn. Welch ein Erlebnis. Sie war der unbedingte Höhepunkt des Tages für die meisten Patienten und wurde das auch für mich – Einar sei Dank. Ich erzählte ihm, daß ich mit Doktor Schiwago überhaupt nicht hatte sprechen können. Daraufhin entwickelte er folgende Strategie: Wenn ich aufgerufen würde, sollte ich hingehen, danken, mich verbeugen und so tun, als verschlucke ich meine Ration, während ich sie in Wirklichkeit unter der Zunge versteckte. Er lief zum Kiosk und kaufte eine Packung Kaugummi, und damit übte ich eifrig. Schon um Viertel vor zehn fingen die Leute an, sich im Tagesraum zu versammeln. Im Vergleich zu vorher hatte sich die Stimmung merklich gehoben. Die meisten redeten hektisch miteinander, und viele liefen ruhelos hin und her.

Schlag zehn wurde es so still wie … im Musenhain zum Beispiel, und dann hörten wir vom Flur her einen seltsamen Klang: zuerst wie von tausend Glöcklein, die leicht im Winde wehen, und das wuchs an Umfang und Stärke über ein linderndes Frühlingsrauschen vom Komponisten Sinnding zu einer *Katatonischen Kakophonie* einer Berg-und-Tal-Bahn-Fahrt mit Domglocken, dem Klang von Schiffsglocken und dem Crescendo aus der *Ouvertüre 1812*! Da, in dem schön gewölbten Portal, offenbart sich Schwester Synnöve wie die freigebigste Mary Christmas, die du je gesehen hast, hinter einem umfangreichen Teewagen, der sich biegt unter den leckersten kleinen Weihnachtssnacks und Drops und so, in entzückenden, munteren Farben und Formen, von glasierten Dragees bis zu Knallbonbons!

Das Ganze war ein Soma-Anblick für die Götter des Olymps, die aber leider nicht anwesend waren. Aber ungefähr sechzig Menschen waren da, die jede Minute irdischer wurden, während die Wirkung der Wundermittel vom Morgen drastisch nachließ. Sie scharten sich zitternd um die holde Synnöve, die willig kleine Metallbecher mit verlockendem Nonstop und Weiterso aus ihrer rollenden und klirrenden Pillenmenagerie austeilte. Alle bekamen auch eine kleine Tasse Sodawasser, um all die Leckerbissen hinunterzuspülen, bevor sie zum nächsten Stuhl hineilten – und dort saßen wie die Hühner auf der Stange, um die Wirkung abzuwarten.

Ich saß mit Einar und Astri zusammen und verfolgte das Drama von Minute zu Minute, um es auszudrücken wie zwei bekannte Tageszeitungen. Als die holde Synnöve endlich ihre fünf Dutzend gespeist hatte, wandte sie mir ihr Antlitz zu und flüsterte meinen Namen – mild und beschwörend wie ein Frühlingsmonsun. Ich stand auf, ging zu ihr und wollte so tun, als ob ich verschluckte, was ich erhalten hatte, aber als ich den Becher erblickte, der mir zugedacht war, vermißte ich bitter einen alternativen Krisenplan. Denn der Becher war nicht nur voll! Er lief schon fast über. Er war fast so groß wie Schwester Synnöves Kopf – und viel inhaltsreicher. Obwohl: Das wissen nur Gott und der Apothekergroßhandel. Ich versuchte tapfer, gegen so viel Feuerwerk und Fallerallera auf einmal zu argumentieren, aber das nutzte nichts. Die holde Synnöve war genauso unbeeinflußbar und freundlich bestimmt wie die singende Fallschirmjägerin Mary Poppins, und ich muß sagen, *With a Spoonful of Sugar* ging die Medizin hochkantig runter. Ich begab mich zu meinen Mitverschwörern zurück und konnte mich gerade noch setzen und ihnen die Situation erklären, als das Schauspiel richtig losging.

»Auf einen Tag mehr oder weniger kommt es ja nicht an«, beruhigte mich Astri. »Morgen müssen wir mit Bruselein darüber reden.«

»Paßt jetzt auf«, sagte Einar. »Wir müssen sehen, wer zuerst soweit ist.« Seit Beginn der Verteilung war eine Viertelstunde vergangen, und jetzt kam die Auszählung.

In dem großen Zimmer war es fast ganz still geworden. Alles war von einer ruhigen und freundlichen Atmosphäre geprägt. Die Leute lächelten mehr und mehr – und mehr. Und mehr! Dann stand die erste auf. Eine Frau flüsterte unsicher, aber lächelnd »Gut Nacht!« und trippelte vorsichtig davon. Dann ging es Schlag auf Schlag – im wahrsten Sinne des Wortes. Der nächste war ein älterer Mann, der sich plötzlich erhob, die Tür anpeilte und dann voll gegen die breite Säule mitten im Saal lief, daß es »Klack!« machte. Ein junges Mädchen kippte nach drei Schritten um, und ein ziemlich großer Mann stieß mit dem Kopf gegen eine sehr strategisch angebrachte Lampe und blutete an der Stirn. Die Versammlung hörte sich inzwischen mehr wie ein in Panik geratener Hühnerhof an, und Einar, Astri und ich schüttelten uns vor innerlichem Lachen. Wenn du meinst, wir wären grausam gewesen, dann mußt du wissen, daß die Alternativen gewesen wären, zu weinen oder aus dem Fenster zu springen. Und du darfst nicht vergessen, daß auch ich meinen Becher bis zur Neige geleert hatte. Ich war so mit den anderen beschäftigt, daß ich selber nicht daran dachte. Aber dann spürte ich, wie mir ein zitterndes Kitzeln über den ganzen Körper lief, und ich gab mich einem so unsinnigen Kicheranfall hin, daß Tuppen und Lillemor damit die Geschichte verlassen müssen.

Ich kriegte noch mit, wie Einar und Astri mich anglotzten, und brachte, während ich um mich zeigte, heraus: »Ich versteh sie so gut, alle!« Sie übertönten mich völlig mit ihren Lachsalven, bis ich dalag und wie ein kleines Kind gurgelte. Danach mußten sie mich ins Bett tragen. Sie sangen mir ein zehnsekündiges Schlaflied – und dann entschwebte ich in ein koksgraues Paradies.

Und abermals wurde es Morgen. Mein Kopf war sehr schwer, und ich hatte Flimmern vor den Augen und Ohrensausen. So begann der Alltag auf der Liseberg-und-Tal-Bahn für Nervöse, nämlich im untersten Keller. Danach ging es auf und ab, dem Pillenbecher vor dem Frühstück zum Trotz, der ursprünglich sicher eingeführt worden war, um das ganze Hoppedietz auszugleichen. Es hat mich immer wieder in Erstaunen versetzt, daß es so leicht war, so viel Medizin ausgeteilt zu bekommen. Ich dachte, keiner von den Verantwortlichen im Krankenhaus – oder im Gesundheits- und Sozialministerium – hätte sich getraut, den ganzen Stoff zu probieren, den wir bekamen. Oder den sich Hunderttausende in unserem Land immer wieder in den Apotheken kaufen. Denn das sind doch Rauschmittel! Narkotika! Und auch, wenn ein Stoff nicht direkt physisch süchtig macht, dann hängen doch nicht wenige nach dem ersten Trip daran fest. Du vergißt nicht leicht, wie schön das ist, einen gestreßten, zitternden Körper aus Fleisch und Blut und Nerven in einen angenehm entspannten Plumpudding in Saus und Braus zu verwandeln – solange das anhält.

Ich dachte, die Gesundheitsbehörden wüßten selber nicht, was sie den Leuten einverleibten – bis ich selber unten ankam und anfing, klar zu denken. Ich erinnerte mich an Aldous Huxleys *Schöne neue Welt*, wo Soma das perfekte glückbringende Rauschmittel ist, unter dessen Einfluß die Gamma-, Delta- und Epsilonindividuen – die Arbeiter – völlig damit beschäftigt sind, in ihrer Freizeit ihren Nabel zu betrachten. Schließlich verstand ich auch den nüchternen Lehrsatz des unseligen Marx besser: »Religion ist Opium für das Volk!« Früher hatte ich gedacht, »Opium« bedeute »Gift«, aber wie so oft war Marx verfälscht worden. Er hatte den Ausdruck »Opiat« benutzt, und im letzten Jahrhundert waren Opiate die einzigen wirkungsvollen Betäubungsmittel. Wenn wir seine Aussage in die heutige Medizinmannsprache übersetzen wollen, ist die Religion ein symptomentfernendes Mittel für das Volk. Mit einer Prise Umschreibung und Vertiefung kommen wir dann zu folgendem Lehrsatz: Schmerzstillende Mittel in jeder Form (sollen wir sie »Dopium« nennen?) haben dieselbe Funktion wie die Religion. Beide wirken abstumpfend, passivierend und unterdrückend auf die Menschen. Sie sind die Mittel der Machthabenden, um uns zu spalten und uns daran zu hindern, etwas Dummes und Unpassendes zu machen. Und so können sie noch immer ihr wunderbares bestehendes System aufrechterhalten.(Möge der Herr meinen gottlosen Mund bewahren!)

Wenn du meinst, ich greife dem Lauf der Ereignisse vor, so übe ich hiermit Selbstkritik: Du hast recht. All das habe ich nicht gleich am zweiten Tag auf der Liseberg-Kirmes durchschaut. Ich hatte mehr als genug damit zu tun, Doktor Schiwago zu überreden, daß er mir die Möglichkeit gibt, mich von den Dopiumdosen zu befreien und überhaupt irgendwas zu begreifen. Es war sehr schwer.

Er musterte mich gründlich mit abweisendem Interesse und sagte ungläubig: »Halten Sie sich wirklich für gesund genug, Vilde, um jede weitere medikamentöse Behandlung nach nur einem Tag bei uns schon abzusetzen?«

»Ich möchte nur einfach versuchen ... mich auszunüchtern. Ich möchte versuchen, wieder zu mir selbst zu kommen, um zu sehen, wie das ist. Ich weiß schon gar nicht mehr, wann ich zuletzt ohne Pillen oder Alkohol gewesen bin!«

»Sagen Sie mir eins, Vilde: Was fehlt Ihnen eigentlich? Bei unserer ersten Begegnung ist mir das nicht ganz klargeworden.«

»Ich weiß nicht ...«

»Das wissen Sie nicht? Haben Sie denn überhaupt keine Ahnung, warum Sie selber hierhin wollten? Das wäre aber schlimm. Da glaube ich nicht, daß wir Ihnen überhaupt helfen können. Sie vergeuden nur Ihre eigene ... und nicht zuletzt auch unsere Zeit. Sind Sie sich darüber im klaren, wieviel es die norwegischen Steuerzahler kostet, für Sie Kost und Logis und Pflege in diesem Hotel zu bezahlen?«

»Nein ...«

»Das kostet pro Tag achthundert Kronen! Ich hoffe nur, Sie wissen diese Fürsorge von seiten der Gesellschaft zu würdigen und zeigen wenigstens ein bißchen Willen zur Zusammenarbeit! Hunderte von Menschen stehen Schlange und haben bestimmt einen viel besser begründeten Wunsch nach psychiatrischer Hilfe als Sie! Denken Sie mal darüber nach, Vilde!«

Ich habe es nie ertragen können, angemotzt zu werden. Kritik ist eine Sache, Gemotze eine andere. Besonders von Vorgesetzten. Denn das läuft so ab:

1. Ich werde angemotzt.

2. Ich reagiere, denke und weiß genau, was ich antworten muß.

3. Ich will eine treffende Antwort geben, aber mir fällt ein, daß der Motzer mein Vorgesetzter ist.

4. Ich habe Angst vor dem, was der Motzer machen wird, wenn ich frech werde, also halte ich die Fresse.

5. Weil ich die Fresse halte, fühlt der Motzer sich sicher und motzt weiter.

6. Ich werde wütend auf den Motzer, aber noch mehr auf mich selber, weil ich die Fresse halte – und halte sie weiter.

7. Der Motzer motzt weiter, weil er sieht, daß ich Angst habe, und er weiß, daß er stärker ist.

8. Ich möchte die Beherrschung verlieren und den Motzer mit den bloßen Fäusten umbringen.

9. Ich hab schrecklich Angst davor, die Beherrschung zu verlieren. Diese Angst ist lähmend und tödlich. Wenn ich ein schwaches Herz hätte, würde es jetzt stehenbleiben.

10. Mein Herz ist so stark wie das von einem Ackergaul. Es pumpt unverdrossen weiter in mir, aber eine Menge anderes bleibt statt dessen stehen.

11. Der Motzer ist fertig und geht ruhig seiner Wege, mit einem zufriedenen Lächeln um den Mund und optimistischem, vorwärtsgerichtetem Blick.

12. Der Neurosen-Yngve bleibt zitternd zurück, mit einem Adrenalinpuls von weit mehr als zweihundert, und lauscht nur auf sein junges Herz und konzentriert sich noch immer darauf, Erbrechen, Spasmen und Lungenkrämpfe zu unterdrücken.

13. Den Rest der Woche läuft Yngve mit geballten Fäusten, zusammengebissenen Zähnen und gejagtem Blick herum und macht aus dem, was gesagt wurde – und vor allem aus dem, was nicht gesagt wurde –, eine neue leuchtende giftige Blume für seinen üppigen dornenvollen Neurosengarten.

Auf diese Weise löst man keine Gegensätze. Auf diese Weise macht man psychiatrische Patienten.

Das Erschreckende war, daß Doktor Schiwago der Ansicht war, wir könnten mit derselben Methode geheilt werden. Wie Astri gesagt hatte: den Teufel mit dem Beelzebub austreiben!

Ich saß da mit meinem Puls, meinem Brechreiz, meinen Krämpfen und meiner Atemnot und starrte dieses Wesen in Weiß voller Schrecken an. Dieses Monstrum in Menschengestalt, das so grausam sein konnte! Das ganz offen zeigte, daß es mein Feind war! Das keinen Zweifel darüber zuließ, daß ich hier im Krankenhaus unerwünscht war! Ich habe nie so explosiv Angst und Wut gefühlt wie in diesem Moment. Ich dachte wirklich: Jetzt werde ich verrückt! Aber was passierte? Nichts. Ich blieb ruhig auf meinem Stuhl sitzen, verzagt und zusammengekrümmt, und ließ nicht den allerkleinsten Pieps hören! Ich war so davon in

Anspruch genommen, die Explosion zurückzuhalten, daß ich keine Ahnung habe, was in der Stunde sonst noch passiert ist. Oder doch. Ich weiß noch, daß es im Tonbandgerät wieder einen Knall gab und alle in die Luft sprangen. Nachher fühlte es sich an, als ob ich mir eine Rippe gebrochen hätte. Übrigens haben es nur wenige geschafft, sich an diesen Knall zu gewöhnen, obwohl wir den ja jeden Tag erlebten.

Als ich endlich auf den Flur hinauskam, war ich froh, daß ich Astri hatte. Sie nahm mich liebevoll in den Arm und sagte einfach und ruhig: »Du hättest auf ihn losgehen sollen. Ihm sein blödes Gebiß rausschlagen! Das will er doch bloß, so, wie er mit den Leuten umgeht.Etwas anderes kann er doch gar nicht wollen, so, wie er die Leute behandelt!«

Ich zitterte vor zurückgehaltener Wut und Tränen. »Und was wäre dann passiert, glaubst du? Wenn ich dem Schwein verpaßt hätte, was es verdient? Glaubst du, ich wär dann hier alt geworden? Oder irgendwo anders? Ja, genau das! Ich hätte bestimmt die Gelegenheit bekommen, in irgendeiner geschlossenen Abteilung am Arsch der Welt uralt zu werden! Das will er doch sicher auch nicht? Herrgott, ich kapier überhaupt nichts mehr!«

»Nun, nun. Beruhig dich erst mal. Ich hab nämlich was kapiert. Der Bruse versucht, effektiv zu sein. Er versucht, das zu provozieren, was uns am schwersten fällt, und zwar in möglichst kurzer Zeit. Ich glaub nur nicht, daß er begreift, wie schrecklich das für uns ist. Wenn er das wirklich weiß, ist er ein Vieh, und jedenfalls hat er eins in die Fresse verdient!«

»Ooooo, er ist ein Vieh! Da hast du was Wahres gesagt. Er ist ein Machtmensch und hat ein Vieh im Bauch. Er wird mich noch ersticken!«

»Nein, jetzt übertreibst du! Das hängt doch von dir selber ab, soviel mußt du doch kapieren. Er provoziert dich, um irgendeine Reaktion hervorzurufen, das ist klar. Also mußt du dir aussuchen, ob du mit dem Mund oder mit der Hand antworten willst. Ich hab dir angesehen, daß du statt dessen fast geplatzt wärst, und beim nächsten Mal mußt du es einfach nur über dich ergehen lassen, egal, wie. Außerdem sagt er das zu fast allen. Ich hab schon viermal gehört, wie teuer unser Aufenthalt hier ist. Du bist also wirklich kein Sonderfall, kannst du mir glauben!«

»Das sagt er zu allen? So was Blödes! Die Kosten pro Patient auszurechnen und uns vorzuwerfen, daß das teuer ist! Wenn wir nicht hier wären ... die Leute stehen schon Schlange, für den Staat kostet's also dasselbe! Er hat sich doch selber widersprochen, der aufgeblasene Trottel!«

»Ja, genau! Warum hast du ihm das nicht gesagt?«

»Ich hatte Schiß.«

»Wovor denn eigentlich? Das Schlimmste, was er dir antun kann, ist, dich hier rauszuschmeißen, und das wär doch auch keine Katastrophe ...«

»Doch! Ich will hierbleiben, bis ich gesund bin ...«

»Aber eigentlich war seine Frage ja ganz vernünftig. Was fehlt dir eigentlich, Yngve?«

»Ja, aber, das weiß ich doch nicht ...«

»Bist du da ganz sicher, Yngve?«

»Nein. Nächstes Mal antwort ich ihm!«

Die Arbeitsgruppen in Liseberg waren eher genial ausgedacht als rationell – obwohl sie mindestens vier Frauenarbeitsplätze eliminierten. Die Idee war: Die Patienten sollten im höchstmöglichen Grad die Abteilung selbst in Gang halten. Wir sollten nämlich nicht glauben, wir wohnten im Hotel, und sollten auf diese Weise so schnell wie möglich der Gesellschaft zurückgegeben werden. In der Praxis bedeutete das Putzen. Flure, Fußböden, Tische und Geschirr. Mir ist immer beigebracht worden, meinen Kram selber wegzuräumen, ich fand das also ganz in Ordnung. Ich fand es sogar sehr in Ordnung, etwas Praktisches zu tun zu bekommen. Schon am zweiten Vormittag putzte ich in einer

Stunde einen langen Flur, während ein rot angelaufener Restaurantbesitzer in den Fünfzigern seine Aufgabe darin sah, vor mir herzulaufen und zu prusten: »Nein, wie ist das aber hier dreckig! Vor allem an den Leisten, ja, ja ...«

Er hieß Föydahl und war die eine Hälfte der Putzmannschaft. Ich mochte mich nicht darum scheren, daß der Typ gegen eigene Arbeit allergisch war, obwohl vom ersten Augenblick an klar war, daß ihm genau das fehlte. Er konnte nicht einmal Wasser in einen Eimer laufen lassen! Aber ich konnte das, arbeitete munter für zwei und war fast mit mir zufrieden, solange diese Arbeit anhielt.

Das Wichtigste an den Arbeitsgruppen war aber die therapeutische Wirkung. Nicht die eventuelle Befriedigung, die uns die ausgeführte Arbeit vielleicht bereiten konnte – nein, nein! In den Pausen kam die Therapie! Da sammelte Schwester Synnöve uns unter ihre breiten Schwingen und schwatzte heilsam bei Kaffee – oder bei Bouillon, denn mitten am hellichten Vormittag war nämlich freie Auswahl! Zuerst fühlte ich mich ziemlich außen vor, denn in der Gruppe war nur noch eine Frau in meinem Alter, die ein bißchen verrückt aussah und nur abweisend war. Die zehn anderen, die mit am Tisch saßen, waren zwischen dreißig und sechzig und sehr damit beschäftigt, etwas in den Bauch zu bekommen. Die meisten sahen aus wie Hausfrauen in den Wechseljahren. Die einzige, mit der ich schon Kontakt gehabt hatte, war die arme Frau Eriksen, die mich nicht umhergeführt hatte. Sie erkannte mich nicht wieder, und ich beobachtete, wie sie drei gehäufte Holzlöffel Bouillonpulver in ihren Kaffee schüttete.

Das Ganze war wirklich ein ganz rührendes Idyll, bis die holde Synnöve ihr mildes Antlitz zu mir erhob und gurrte: »Wie ihr seht, haben wir ab heute einen neuen jungen Mann in unserer Gruppe. Er hat hier schon einige Tage Schlafkur hinter sich, aber jetzt ist er auf wie wir alle, und ich bin sicher, daß es sehr schön ist, wenn wir ein bißchen frisches junges Blut hereinbekommen ... meinst du nicht auch,

Hjördis?« Sie wandte sich an das junge Mädchen, aber die drehte sich demonstrativ weg. Synnöve sprach mit noch größerer verständnisvoller Innigkeit weiter: »Du heißt doch Yngve, oder? Ich hab gehört, daß es dir sehr schlecht gegangen ist, bevor du zu uns gekommen bist. Könntest du wohl ein kleines bißchen erzählen, was dich quält? Vielleicht hat jemand von den anderen etwas ähnliches mitgemacht und kann dich beraten und unterstützen …«

Was dachte ich da? Ich dachte in rascher Reihenfolge:

1. Wenn Bruse ein Teufel ist, dann steht die da jedenfalls ganz weit auf der anderen Seite – mitten im Himmel!

2. Wozu, um alles in der Welt, soll das gut sein, diese armen Leute hier mit meinem Kram zu plagen? Die können ja noch nicht mal zuhören! Reichen ihnen ihre eigenen Sorgen nicht?

Ich sagte: »Muß das denn sein?«

»Nein, müssen … Aber siehst du, wir versuchen hier, uns zu helfen, so gut wir können, und das geht doch nur, wenn wir wissen, wie wir uns helfen können. Oder nicht, Föydahl?« Synnöve hatte sicher einen Lehrgang gemacht und gelernt, wie man mehrere Leute in die Unterhaltung einbezieht.

Mein unbeugsamer Scheuerbruder warf mir einen unergründlichen lachsroten Blick zu und sprach mit salomonischer Weisheit: »Doch, doch, das ist so wahr wie das Leben!«

Und dieses geflügelte Wort nützte sogar, denn das munterte mich doch beträchtlich auf. Ich dachte: Okay, das kann ja schließlich nicht schaden. Hier brauch ich jedenfalls vor keinem Angst zu haben! Ich sagte: »Ja, okay. Wenn euch das wirklich interessiert, sollte ich vielleicht mit dem Anfang beginnen. Ich bin homosexuell. Das ist ja eigentlich kein Problem, aber …«

Weiter kam ich nicht. Föydahl hatte seine gesamte Bouillontasse inhaliert, und das hat im Krankenhaus genauso dramatische Folgen wie anderswo. Herrjemine, wie es fauchte und quietschte. Ich war irritiert, weil ich doch von etwas Wichtigem redete, und hatte auch keine Zweifel, wieso der solche Probleme mit der Motorik hatte. Außerdem hatte ich den Verdacht, daß die anderen ohnehin nicht kapierten, was ich gesagt hatte. Aber da hatte ich mich geirrt. Denn als Föydahl endlich verhältnismäßig still lag und nur noch gurgelte wie ein gekochter Dorschkopf, ergriff die junge Hjördis das Wort und sprach laut und deutlich: »Das hab ich sofort geschnallt, du hast nämlich so ’nen geilen Hintern! Stimmt es, daß du beim Ballett bist?«

Ich mußte lachen, und Synnöve konnte uns beide noch zerstörend anlächeln, da setzte Föydahl sich auf und gurgelte einigermaßen verständlich: »Ja, das hat mich ja aus der Reihe gebracht. Ich hab das kapiert. Ja, du darfst das nicht mißverstehen, ich hab ja gar nichts gegen euch, oder so was, aber ich hab das heute gemerkt, als wir zusammen gearbeitet haben, weil du so gut putzen kannst! Ich hab gedacht: Der Junge kann vielleicht mit dem Lappen umgehen … aber du siehst ja nicht … so aus, und da war ich überrascht, daß das doch stimmt …«

Und was dachte ich? Als ich endlich seine Überlegungen kapiert hatte, konnte ich noch schnell denken: Das Schwein ist kein Vorgesetzter! Er ist hier, verdammt noch mal, Patient, genau wie ich. Und ich platzte. Ich gestattete mir, so wütend zu werden wie möglich, ohne mich auf den Mann zu stürzen. Ich weiß nicht mehr, was ich gesagt habe, bis auf eines: »Was für ein Frauenbild hast du denn überhaupt? Was meinst du denn, was diese armen Damen hier denken, wenn sie sich solchen Scheiß anhören müssen …« Ich hatte den linken Arm ausgestreckt, um die Aufmerksamkeit auf meine Mitverschworenen zu lenken. Aber das waren sie gar nicht. Sie waren verängstigt!

Alle meine süßen Damen heulten und weinten, und die kleine Frau Eriksen sah mich zum zweiten Mal entsetzt an und piepste: »Nein, bitte. Ich halte das nicht aus …« Aber diesmal brauchte ich sie wenigstens nicht aufzufangen – sie fiel im Sitzen in Ohnmacht! Ich hatte genug damit zu tun, mich selber aufzufangen: Ich hatte sie erschreckt, weil ich endlich einmal richtig reagiert hatte. Und was ich gesagt hatte, stimmte doch, aber sie hatten nichts verstanden – kurz gesagt: ein solider Trip in den Keller. Ach ja. Eine Berg-und-Tal-Bahn hat viele pfiffige Gags anzubieten.

Die holde Synnöve rettete mich davor, beim Heulchor mitzumachen – übrigens ganz unfreiwillig: »Aber, du darfst doch nicht gleich so ausfallend werden, Yngve! Du hast das falsch verstanden. Du hast doch gehört, daß Föydahl nichts gegen dich hat, oder, Föydahl?«

»Das stimmt, das stimmt! Du darfst nicht denken, ich würde irgendwen deswegen verachten, oder überhaupt aus irgendeinem Grund ...«

Da *sah* ich sie beide. Ich sah, daß Synnöve Angst hatte und verzweifelt war. Daß sie eigentlich lieb und harmlos war, uns allen nur wohlwollte. Daß sie mindestens genausoviel Angst vor Konflikten hatte wie ich und daß sie eigentlich unterdrückter war als ich.

Aber ich sah auch Föydahl. Ich sah, wie seine Mundwinkel zitterten, weil er wußte, daß ich ihn durchschaut hatte – und weil ich das offen gesagt hatte. Ich sah seine Angst vor dem, was ich gemerkt hatte, und vor dem, was ich noch tun könnte – und den Haß auf einen Gegner.

Aber ich war stärker, weil ich ihn entlarven konnte. Das gab mir Macht über einen anderen Menschen. Plötzlich verstand ich viel besser, was Doktor Schiwago machte – jedenfalls, wie er es machte. Ich fand es widerlich! Es nahm mir das letzte bißchen Mut.

Für den Rest des Tages fühlte ich mich unglücklich. Ich wollte mit niemandem reden. Alle verstanden ja doch alles falsch. In der Kurzzeitgruppe verkroch ich mich in mich selber. Der Brausebock fand auch so genug Opfer.

Besonders der Seemann war diesmal fällig. Er hieß Kalle und war ein rothaariger, kräftiger Typ Anfang Vierzig. Seine breiten Handrücken waren tätowiert. Im guten wie im schlechten war er ein typischer Mann – mit einer guten Portion Menschlichkeit und Wärme. Aber die Fähigkeit, sich das durch seine barsche Maske anmerken zu lassen, war ihm systematisch ausgetrieben worden. Deshalb bekamen wir hauptsächlich Anekdoten über geile Frauenzimmer und faule Neger von ihm zu hören – zu Anfang. Astri hatte nämlich beschlossen, mehr aus Seemann Kalle herauszulocken, und nichts war leichter als das. Man brauchte nur mit ihm zu reden. An diesem Abend setzte er sich an denselben Tisch wie Astri, Einar und ich und erzählte uns ein bißchen, was es bedeutet, Seemann zu sein. Über Einsamkeit und Verlangen. Über Solidarität und Spaltung. Über Verantwortung und Rationalisierung.

Mit siebzehn Jahren, direkt nach dem Krieg, hatte Kalle als Schiffsjunge angeheuert. Dann hatte er sich langsam emporgearbeitet. Jetzt war er vierundvierzig und quälte sich mit einer Arbeit, der er nicht gewachsen war. Bei ihm lag die ganze Verantwortung für die Einkäufe, die für eine vierzigköpfige Mannschaft getätigt werden mußten. Im großen und ganzen war das eine Schreibtischarbeit, bei der er an zu vieles denken mußte und zu großen Abstand zur praktischen Arbeit und zu den Leuten bekam. Kalle wußte sehr gut, was nicht stimmte und wie das korrigiert werden konnte, aber mit keinem von seinen Vorschlägen hatte er Erfolg gehabt. Die Lösung wäre gewesen, die Rationalisierung auf See einzustellen. In der Reederei betrachtete man das als Schwachsinnsidee eines Verrückten, und sie brauchten nicht lange, um Kalle gründlich zu verwirren und zu verängstigen. Deshalb war er in Liseberg. »Das Schlimmste ist, daß ich nicht mehr weiß, was richtig ist«, sagte Kalle. »Es ist klar, daß Rationalisierung am rentabelsten ist, und dann muß die Entwicklung wohl so gehen. Nur ich kann mich dem Neuen nicht anpassen.«

Aber darauf hat er eine Antwort bekommen, das kann ich dir sagen. Astri hielt einen langen Vortrag, der im Kurztext so lautete: »Die Kapitalisten verdienen an der Rationalisierung, und die Arbeiter werden arbeitslos. Die Reichen werden reicher, und die Armen werden immer mehr!«

Keiner von uns war anderer Ansicht. Aber was konnten wir schon machen?

»Wir müssen kämpfen!« sagte Astri. »Wir müssen uns zusammentun und zusammenhalten und für das kämpfen, was richtig ist, und ... etwas tun, Kalle!« Damit brach ihre Beherrschung zusammen, und sie lief aus dem Tagesraum.

Wir blieben sitzen und fühlten uns irgendwie richtig angefeuert und kampflüstern. Kalle seufzte: »Nein, das ist zu beschissen!«

»Alles zusammen«, verkündete Einar.

»Könnt ihr Karten spielen?« fragte ich, um etwas zu sagen – und vielleicht zu tun.

»Was meinst du denn, wo du hier bist, eh? Hast du die Hausordnung noch nicht gelesen?«

»Hä?«

»Im Liseberg-Krankenhaus ist das Kartenspielen verboten. Es ist sündhaft, verstehen Sie, junger Mann!«

»Nein, zum Teufel! Das ist einfach beschissen ...«

»Ja, haben wir das nicht eben gesagt?«

Es war tatsächlich verboten. Trinken, Tanzen und Kartenspielen sind Teufelswerk und können zu Schlimmerem führen – das weiß ja jeder. Als ich das endlich in die Birne bekommen hatte, fühlte ich mich so voll von Teufelswerk, daß ich meine heldenhafte Forderung, mich auszunüchtern, bitter bereute. Ich konnte nicht einmal mehr über die *Katatonische Kakophonie* und das psychische Sackhüpfen danach lachen, obwohl etwas wirklich Komisches passierte.

Föydahl war einer der letzten nach der abendlichen Pillenverteilung, die hinauswankten – mit einem ansteckenden Lächeln, das sogar Mona Lisa zum Kichern gebracht hätte. Einar und ich blieben sitzen und versuchten, mit unseren pervertierten Depressionen zu leben, als wir plötzlich ein schreckliches Spektakel im Flur hörten. Ich bekam deutlich mit, wie eine wütende Männerstimme »Scheiß Schwuuuuler!« brüllte, und das mehrmals, und dazu noch massig anderes Geschrei und Gezeter. Wir stürzten hinaus, um zu sehen, was los war – und rat mal, was wir zu sehen bekamen!

Vom anderen Flurende her kam ein seltsamer Aufzug – eine zerebrale Polonaise – auf uns zugeschwankt und schlingerte von einer Wand zur anderen. Föydahl war ganz vorne – groß und fett und rot und nackt! –, und er hielt sich die Ohren zu und heulte wie ein gestochenes Schwein. Dicht hinter ihm kam ein anderer Mann im Schlafanzug, der eine zusammengerollte Illustrierte in der Hand hatte. Damit schlug er Föydahl auf die strategischsten Stellen. Und er schrie die ganze Zeit: »Schwuler!« Hinter ihm flatterte Schwester Synnöve wie ein Fledermausalbino, dann folgte ein langer Schwanz frisch gedopter Patienten – die dachten, es sei Nationalfeiertag. Etwas Verrückteres habe ich nie erlebt. In dem Moment konnte ich aber leider nicht darüber lachen – aber seitdem hab ich schon viele Jahre lang gelacht: Jedesmal, wenn ich traurig bin und mir alles stinkt, denke ich an dich, Föydahl!

Einar war so geistesgegenwärtig, daß er zwei Schritte vorwärts machte und den aggressiven Teil mit folgendem magischen Zauberspruch ansprach: »Nimm dich mal zusammen, Enoksen!«

Sofort hielt der Mann inne, Föydahl aber nicht. Donnernd rannte er weiter durch den Flur – voll auf Speed, die Barbiturate machten nicht mehr mit – und stellte dabei bestimmt einen neuen Rekord im Sechzigmeterlauf auf. Die holde Synnöve mit ihrem guten Willen folgte ihm natürlich auf den Fersen, und die graziöse Flucht endete mit einem nachdrücklichen Zusammenstoß mit der Querwand. Da blieb er ruhig liegen, und er schrie genau wie der Pekinese in Ullern.

»Er ist ein scheiß Schwuuuuler! Er wollte mich vergewaltigen!« stieß Enoksen viele Male hervor, bis es uns gelang, ihn zu beruhigen.

Schließlich konnten wir Klarheit in den Vorfall bringen: So schön bekifft, wie er war, war Föydahl, seiner Gewohnheit getreu, in das Vierbettzimmer gegangen und hatte sich ganz still ausgezogen. Er war der letzte, und es war schon dunkel im Zimmer und in seiner Gehirnzelle. Als er seinen Schlafanzug nicht im Nachttisch fand, hat er wohl – faul, wie er war – gedacht: Scheiß drauf! Er ist entschlossen ins Bett gestiegen und hat sich über den Mann gewälzt, der zu dem Bett gehörte. Föydahl, muß man wissen, war nämlich im falschen Zimmer.

»Er hat sich auf mich gelegt und gestöhnt!« sagte jetzt Enoksen, und dann sammelte er all seine Kräfte zu einer letzten, entsetzten Abscheureaktion: »Und ausgerechnet der!«

Wir tauften das Ereignis »Dopingskandal in der Totenkopfgrotte«, und an den nächsten Tagen gab es eine Menge Spekulationen über das Geschehene: War es denn möglich, daß Föydahl so einer sein könnte? Leider wurde den Akteuren nicht der Beifall zuteil, den sie sich so eindrucksvoll verdient hatten. Statt dessen wurden sie das Wochenende über auf Schlafkur gelegt.

Und abermals wurde es Morgen. Es war Samstag und eigentlich der erste Tag in meiner neuen Zeitrechnung, weil ich seit einem Tag kein Dopium mehr bekommen hatte. Das zeigte sich an einer Reihe von merkwürdigen Entzugsschmerzen und an einer nagenden Angst, daß es noch schlimmer werden – und in der Hölle enden – könnte.

Es war schlimm – und wurde nicht besser davon, daß man möglichst viele Aktivitäten in möglichst kurzer Zeit ins Programm gequetscht hatte. Das Wochenende fing erst um drei Uhr an. In der Kurzzeitgruppe war ich immer noch stumm wie ein Fisch und machte meinen armen Mund erst bei der »Vollversammlung« auf. Da konnte ich es nicht lassen.

Die Vollversammlung sollte nämlich das oberste Organ in Lisebergs Organisationsstruktur sein. Diese Struktur wurde übrigens »Patientendemokratie« genannt, und du kannst dir ja denken, wie wirkungsvoll das war, wo doch die, die etwas zu sagen hatten, fest angestellt waren und

Uniformen trugen. Nein, fällt mir ein, nicht immer. Bei den Vollversammlungen kam es manchmal vor, daß die Ärzte in diskretem, zivilem Charme mit Anzug und Schlips auftraten. Sie waren doch so volkstümlich! Ansonsten erinnerten mich diese Versammlungen von Anfang an an riesige Bibelgruppen. Alle Patienten mußten erscheinen, und so viele wie möglich vom Personal. Dann saßen wir da und sollten gemeinsame Probleme diskutieren. Das Problem ist nur, wenn du dich schon in einer Gruppe von acht nicht traust, den Mund aufzumachen, wird das in einer Versammlung von achtzig mindestens zehnmal schlimmer. Diese Erfahrung schien aber die Obrigkeit nicht zu beeindrucken. *Die* hatten ja auch keine Angst davor, etwas zu sagen, sie waren ja gesund. Und damit hatten wir ein Auffassungsmuster, nach dem wir uns verhalten mußten, und eine Handvoll wohlgelungener Individuen, mit denen wir uns vergleichen konnten. Es ging wirklich nicht gut. Nur ganz wenige Patienten schafften es, in diesem illustren Forum etwas Bedeutenderes zu sagen. Und das waren meistens Leute, die aus irgendeinem Grund daran gewöhnt waren, in Versammlungen zu reden – und die *davor* jedenfalls keine Angst hatten. Aber oft lohnte es sich irgendwie gar nicht, *darüber* zu reden – außer für sie. Dann herrschte achtzigmal peinliches Schweigen – und das ist eine tolle Therapie! O jaaaa. Es soll ja auch nicht leicht sein, Neurosen und Psychosen loszuwerden, mußt du wissen. Das weiß doch jeder.

Am besten kamen gerade die zurecht, denen die Kunst, sich in sich selbst zurückzuziehen und sich nichts anmerken zu lassen, aufgezwungen worden war. Aber die meisten mußten sich mehr abmühen, als für sie gut war. Ich auch. Nach fünf, sechs Minuten angestrengter Stille machte ich meinen trockenen Mund auf: »Ich würde der Krankenhausleitung gerne eine Frage stellen: Warum ist Kartenspielen hier auf der Station verboten?«

Es war mir offenbar gelungen, mich ziemlich deutlich auszudrücken, denn die Verantwortlichen setzten sich auf ihren Stühlen zurecht und fanden es auch der Mühe wert zu antworten. Zuerst Schiwago:«Ist das ein großer Verlust für Sie, Vilde?«

»Ich finde, es wäre nett, wenn wir ab und zu ein Spielchen machen könnten.«

»Meinen Sie nicht, daß ein wenig sozialer Kontakt vielleicht wichtiger ist, als den ganzen Tag Karten zu spielen?«

»Ich halte eigentlich Kartenspielen für eine der sozialsten Tätigkeiten ... Im Moment sitzen die Leute hier doch nur rum und rauchen und langweilen sich ... oder quälen sich mit ihren Problemen rum. Viele von uns meinen, es wäre schön, wenn wir etwas anderes zum Entspannen hätten als Würfelspiele, das wird auf die Dauer ziemlich eintönig.«

»Ich habe schon auf Stationen gearbeitet, wo dieses ›Entspannen‹, wie Sie das nennen, so stark überhandgenommen hat, daß die Therapie darunter leiden mußte!«

Jetzt ergriff Astri das Wort, ganz schön hitzig: »Nein, echt, das kapier ich nicht. Hier gibt's doch zum Beispiel Fernsehen, und viele hängen da den ganzen Abend vor, und das kann man doch jedenfalls nicht als sozialen Kontakt bezeichnen. Außerdem gibt's doch tagsüber so viel Therapie, daß die Leute kaputt sind und abends etwas anderes zur Entspannung brauchen ... ja, vielleicht müssen sie sich ein bißchen amüsieren!«

Jetzt übernahm Doktor Ness die Rolle des Sprechers der Weisen: »Aber, meine liebe Frau Vik. Sie alle sind doch trotz allem hier, um zu versuchen, gesund zu werden ... nicht, um sich zu amüsieren! Ich dachte, das hätten Sie wirklich inzwischen eingesehen ...«

Astri zischte: »Ich versteh nicht, wie ihr erwartet, daß die Leute gesund werden, wenn ihr die Verhältnisse hier so trist und deprimierend macht, wie das überhaupt nur möglich ist! Im Grunde glaub ich, diese hohe ›Erfolgsquote‹, mit der ihr angebt, kommt davon, daß die Leute es hier einfach nicht mehr aushalten ...«

»Aber, Frau Vik! Sie meinen doch wohl nicht im Ernst,

daß es unser Ideal sein könnte, die Leute in alle Ewigkeit im psychiatrischen Krankenhaus festzuhalten? Da wären wir ja wieder bei dem uralten, abgelegten System von Irrenhäusern! Wir leben ja trotz allem in einer modernen Gesellschaft, wo die Menschen ein Recht auf Hilfe haben, nicht auf Freiheitsberaubung.«

»Dann sagen Sie mir eins: Wieso hilft es, wenn man den Leuten das Kartenspielen verbietet?«

Für mehrere Sekunden wirkte das wie ein Schuß, dann verkündete ein christlicher Geschäftsmann mit einem Goldkreuz am Revers mit bebender Psalmenstimme: »Ich für meine Person finde es ganz richtig, daß Kartenspielen hier verboten ist. Ich muß einfach sagen, daß mich das sehr freut. Zu meiner Zeit habe ich so viel Elend gehört und gesehen, an dem das Kartenspiel mit all seinen Folgen schuld war, und ich bin auf jeden Fall dagegen, egal, in welcher Form!« Der Mann hieß Falkenberg und war immer von einer nickenden Gemeinde von zehn bis fünfzehn furchtsamen Seelen umgeben. Jetzt nickten sie unmäßig, und das überrumpelte uns völlig.

Astri startete einen letzten Versuch: »Aber, es ist doch gar nicht die Rede davon, daß wir um Geld spielen wollen ... und wir wollen auch nicht trinken dabei! Es kann dir doch nichts ausmachen, wenn ein paar Leute an einem Tisch sitzen und Whist oder Schwarzer Peter spielen ...«

»Doch, das kann es wohl! Ich würde mich in einem Zimmer, wo Karten gespielt wird, nicht wohl fühlen. Ich finde wirklich, es sollte völlig ausreichen, daß ihr wie die Schlote raucht! Darunter haben wir anderen auch zu leiden.«

Die Meinungspuppen nickten immer heftiger und machten sich noch wichtiger. Dr. Sch. bedachte mich mit einem mitleidigen, siegesgewissen Lächeln. Ich sah, wie Astri darum kämpfte, nicht die Beherrschung zu verlieren. Sie verdrehte die Augen zum Himmel und wollte gerade resignieren, als Einar aufsprang und brüllte: »Wenn ihr keinen Rauch vertragt, dann geht doch in das rauchfreie Zimmer, wo ihr hingehört! Dann brauchen wir euch auch nicht zu sehen! Mir persönlich wird ganz übel davon, wie Falkenberg sich den ganzen Tag mit Schokolade vollstopft. Das macht mir was aus!«

Dr. Nashorn spießte ihn im nächsten Moment auf: »Aber nein, Vannlie! So kann man sich wirklich anderen Menschen gegenüber nicht aufführen! Es ist eine Voraussetzung für jede Diskussion, daß wir wenigstens versuchen, uns einigermaßen am Riemen zu reißen, und nicht den ersten besten mit unsachlichen und haßerfüllten Angriffen überfallen. Ich meine wirklich, Sie müßten sich bei Falkenberg uneingeschränkt entschuldigen!«

Einar setzte sich während der Zurechtweisung leise wieder hin. Er kreuzte die Arme und sah aus, als ob er gerne jemanden ermordet hätte, aber er sagte kein Wort.

Ness gewährte ihm eine lange Minute voll von wütendem Schweigen, dann sagte er abschließend: »Nun gut, Vannlie. Aber behaupten Sie nachher nicht, wir hätten Ihnen nicht die Chance gegeben.«

Jetzt war wieder ich an der Reihe, es nicht mehr aushalten zu können: »Entschuldigung, aber was wird hier eigentlich diskutiert? Ich hab gefragt, warum Kartenspielen verboten ist, und das ist nicht beantwortet worden, finde ich. Oder ist es verboten, weil es Sünde ist ... wie Falkenberg meint?«

Jetzt war wieder Schiwago an der Reihe: »Sie ziehen zu voreilig Schlußfolgerungen, Vilde. Sie sehen ja selbst, was für eine emotionale Angelegenheit das Thema Kartenspielen ist, und was wir am allerwenigsten wünschen, ist, die Patienten in zwei Gruppen zu spalten. Sie müssen doch einsehen, es wäre nicht zum Aushalten, wenn die einen nur Karten spielten und sich in ihrer Ecke amüsierten, während die anderen ausgeschlossen wären. Solche Konflikte versuchen wir so gut wie möglich zu umgehen. Wir haben genug andere, viel wichtigere zu lösen.«

»Ja, aber ...«

»Und damit, finde ich, sollten wir einen Schlußstrich unter diese Diskussion ziehen ... in diesem Forum jedenfalls. Wenn es noch andere gibt, die zu diesem längst ausdiskutierten Thema etwas auf dem Herzen haben, schlage ich vor, daß ihr das untereinander beim nächsten Patiententreffen zur Sprache bringt. Jetzt sollten wir vielleicht mit der Tagesordnung weitermachen?«

»Patientendemokratie!« schnaubte Astri verächtlich. »Leck mich kreuzweise!« Wir saßen an unserem Stammtisch im Tagesraum und fühlten uns überfahren und getreten. Einar war noch immer genauso verbissen und sagte kein einziges Wort. Astri versuchte ihm zuzureden: »Ich kann ja verstehen, daß du böse geworden bist, aber ich fürchte, du hast es nur schlimmer für uns gemacht. Wir brauchen zweifellos eine Revolution hier auf der Station ... und sonst in der Gesellschaft ... aber wer soll die anführen? Ich hab im Moment scheiß genug mit mir zu tun. Außerdem hast du den Fehler gemacht, daß du mindestens so unsachlich warst wie Falkenberg. Er hatte das ja verdient ... mit seiner sauerbäuchigen Scheinheiligkeit! Aber ich würd's beschwören, daß er jetzt einen Kreuzzug gegen das Rauchen starten wird, um sich zu rächen. Und es werden mehr mitmachen, als wenn du den Mund gehalten hättest.«

Einar wurde zornig: »Halt doch selber die Fresse mit deiner Wichspolitik! Ich wollte überhaupt keine Revolution in Gang bringen, da kannst du sicher sein! Ich wollte dich nur ein bißchen unterstützen ... so gut ich konnte. Aber das war wohl nicht gut genug für dich, und für andere auch nicht, ist in Ordnung. Von jetzt ab brauchst du überhaupt nicht mehr mit mir zu rechnen. Kein einziges Komma werd ich in der Versammlung noch sagen!«

»Aber, nimm das doch nicht so ...«

»Geh zum Teufel!« schrie Einar. Dann ging er.

»Der Teufel soll ihn holen!« sagte Astri und fing an zu weinen. »Ooooh, er ist doch ganz hilflos. Er ist allergisch gegen Kritik. Er kann nichts vertragen!«

»Ja, aber, mußtest du das denn sagen? Ich finde, er hatte völlig recht. Diese Schokoladenfresserei von Falkenberg ist einfach widerlich.«

»Ja, sicher hatte er recht, aber trotzdem war es nicht richtig, das zu sagen. Weil es irgendwie boshaft war. Kritik soll doch konstruktiv sein. Das wollte ich Einar klarmachen, aber er wollte ja nicht hören. Er ist so empfindlich und stolz wie ein Hahn.«

»Ich mag ihn sehr gern.«

»Jetzt fang du nicht auch noch an! Klar, ich mag den Einar auch gern. Ich mag ihn gern, und gerade deshalb versuche ich, ihm zu helfen, so gut ich kann. Und das kann ich doch am besten, wenn ich ihm sage, was er falsch macht.«

»Könntest du ihm denn nicht auch sagen, was er richtig macht?«

»Doch, klar. Aber das versteht sich doch sowieso von selbst.«

»Bist du da sicher?«

»Nein, da sagst du was. Ich bin mir gar nicht so sicher, wie unsicher er eigentlich ist. Danke für den Tip. Sollen wir versuchen, ihn ein bißchen aufzubauen ... und uns selber auch, natürlich? Irgendwas müssen wir ja tun. Etwas Konstruktives. Wir müssen uns helfen, denn eine andere Hilfe kriegen wir hier nun einmal nicht. Wir dürfen nicht aufgeben! Versprichst du mir das?«

»Ich kann nur versprechen, daß ich mein Bestes tun werde.«

»Das ist schon genug, Yngve. Danke.«

Und der Wochenendfriede senkte sich über Liseberg. Die Ärzte verschwanden, und auch eine ganze Anzahl Patienten hatten Urlaub bekommen und fuhren auf Weekendtour zurück zur Gesellschaft. Es war so frei – man mußte nur einige Tage im voraus planen. Auch Astri fuhr weg, und Einar hatte sich hingelegt, verletzt und beleidigt.

Ich blieb allein zurück und wurde um eine überwältigende Erfahrung reicher: Abstinenz heißt sie in der Fachsprache und war eigentlich gar nichts Neues für mich. Ich hatte schon schlimmere Entzugsschmerzen durchgemacht. Das Besondere war diesmal, daß ich sie so ziemlich kontrollieren konnte. Ich hatte die Wahl: Entweder ich ergab mich all dem Bösen und Grausamen, oder ich kämpfte dagegen an. Ich konnte entweder das Feuer noch anheizen oder versuchen, es zu löschen. Das war eine Willensfrage! Diese Erkenntnis brachte für mich eine keimende Hoffnung, aber auch neue Furcht. Denn was ist Willensstärke? Jedenfalls nichts, was man aus der Luft nehmen kann. Ich mußte sie in mir finden – falls ich welche hatte.

Da saß ich nun, auf intensiver Schatzsuche in mir selber, verloren für diese Welt. Wenn mein Auge auf meinen Nabel gefallen wäre, wäre ich sicher endgültig verschwunden – auf der Suche nach dem Willen.

Und dann berührte jemand meine Schulter und sagte: »Hallo, Yngve! Machst du jetzt Yoga?«

Ich brauchte lange, bis ich ihn unterbringen konnte, aber schließlich ging es mir auf: Das war Öystein! Dieser tolle Typ, mit dem ich vor ein paar Jahren nicht zusammen gewesen war. In der Linken Hand. Weil er mich so sehr an … Nein. Nicht das! Ich hatte ihn ja nur ein paarmal gesehen und vielleicht hallo und ein paar Worte gesagt, aber …

»Was machst du denn hier? Bist du auch eingewiesen worden?«

»Nein, nein, ich wollte dich besuchen!« Er lächelte!

»Aber … Okay, toll! Du bist mein erster Besuch … abgesehen von meinen Eltern, natürlich. Aber … wieso denn? Ja, das ist wirklich schön, aber …«

»Ja, warum nicht? Du steigst ja sofort voll ein, muß ich schon sagen. Also, okay, wenn du's wissen willst, ich komme, weil ich mir aus dir was mache. Ich vergeß die Leute nicht so leicht … und dich ganz sicher nicht. Ich hab ein bißchen versucht mitzukriegen, was du so gemacht hast … also, versteh das nicht falsch, hat nichts mit Bespitzeln zu tun … also, ich wußte, daß du jetzt bei diesem Johannes wohnst. Aber da ist wochenlang keiner ans Telefon gegangen, und dann hab ich eben bei deinen Eltern angerufen. Und die waren richtig lieb und haben erzählt, daß du hier bist. Ich kenn das hier ein bißchen, weil mein Vater letztes Jahr hier gelegen hat, und da hab ich mir gedacht, du würdest dich vielleicht über einen kleinen Besuch freuen?«

»Aber klar, das ist Spitze, daß du gekommen bist. Wirklich …«

»Und wie geht's dir denn? Ach was, blöde Frage. Wieso bist du hier?«

»Wieso? Ja, da hast du recht. Ich hatte 'ne Art Nervenzusammenbruch. So als Konsequenz von jahrelangem Scheiß.«

»Ja. Das ist wohl gar nicht so merkwürdig, wenn man sich überlegt, wie du gelebt hast.«

»Hä?«

»Hab ich jetzt was Falsches gesagt? Na ja, wenn du es aushalten kannst, hier zu sein, dann kannst du es auch aushalten, die Wahrheit gesagt zu kriegen. Was ich meine, ist: Wann immer ich dich in den letzten Jahren gesehen habe, und das war nicht so selten, hast du keinen nüchternen Moment gehabt! Du warst immer so breit und angeknallt, daß du kaum ein vernünftiges Wort sagen konntest. Du hast nur Schwachsinn gefaselt …«

»Aber, Herrgott, was glaubst du denn, wieso ich so war?«

»Du hast wohl mit Problemen zu kämpfen gehabt …«

»Gratuliere!«

»Wie alle anderen auch. Hast du die denn auf deine Art lösen können, Yngve? Hast du die Antwort mit großem A gefunden, als …«

»Nein! Zum Teufel! Das weißt du ganz genau, und ich sag dir die Lektion gerne ganz auf: Ich hab die Probleme verdrängt, und sie haben sich angehäuft, bis es eines Tages geknallt hat, oder nicht? Und deshalb ist alles meine

Schuld, und es geschieht mir nur recht, und ich kann mir selber dafür danken, daß ich auf dem Misthaufen gelandet bin, danke, amen. Sonst noch was?«

»Ja.«

»Himmel! Hast du denn noch mehr beim Kurs für Patientenfreunde gelernt, oder hast du auch den Fortgeschrittenenkurs gemacht? Drei Goldsterne?«

Öystein fing an zu lachen und steckte mich damit an. Er sagte: »Deinen Humor hast du jedenfalls nicht verloren. Ist doch ein gutesZeichen. Ich glaube, der ist einer der Hauptgründe, warum ich dich nie vergessen habe.«

»Nicht schmeicheln!«

»Ach, das magst du doch gern, also ...«

»Ja, gerade deswegen. Ich hab mich jetzt auf Askese verlegt. Damit war ich gerade beschäftigt, als du gekommen bist. Außerdem ist das hier zwingend notwendig. Das meiste ist nämlich verboten!«

»Ja, ich weiß. Mein Vater wär hier fast verrückt geworden.«

»Fast? Dann hat er wohl Glück gehabt, oder? Weißt du, daß Kartenspielen hier verboten ist?«

»Immer noch? Damals gab's deswegen auch viel Nerverei, das weiß ich noch.«

»Wir haben heute auch viel Krach geschlagen, aber das hat damit geendet, daß wir einen fetten Geschäftsprediger an den Hals bekommen haben, und der gründet jetzt eine Anti-Rauch-Partei, um uns fertigzumachen.«

»Da bist du ja richtig aktiv ... sehr gut!«

»Aktiv? Nein ... ich hab doch nur gefragt, wieso das verboten ist ...«

»Und so viel in Gang gebracht! Das kannst du ja wohl nicht gerade passiv nennen, oder?«

»Nein, vielleicht nicht. Ich hab auch mit allem aufgehört, was Pillen und Dope heißt. Das heute ist mein zweiter rauschfreier Tag in vielen Jahren. Das hat übrigens irre geholfen, daß du gekommen bist. Ich hab vergessen, an meine Entzugserscheinungen zu denken. Für eine Weile ...«

»Ja, toll. Mach so weiter. Wie lange willst du denn hier bleiben?«

»Nein! Frag nicht so was Schweres! Erzähl du lieber was. Was machst du so im Moment? Du bist doch aufs Gymnasium gegangen, damals, oder nicht?«

»Himmel! Du hast ja sogar ein Gedächtnis! Nicht schlecht, Yngve. Doch, ich hab das Abi gemacht, und dann hab ich aus Gewissensgründen verweigert ... nur Wichs, übrigens ... und den Zivildienst hab ich noch nicht gemacht. Ich bin gerade dabei, den ganzen Scheiß umzubewerten ...«

»Du brauchst doch bloß zu erzählen, daß du schwul bist ...«

»Und die feine Statistik über hilflose, kleine, feminine Damenmänner vervollständigen? Ach nein, du. Nicht mit mir. Ich kann ein genauso guter Soldat werden wie irgendwer sonst. Könntest du das nicht eigentlich auch?«

»Ich hab Angst vor Autoritäten ...«

»Ja, sicher, gut. Du bist also entschlossen, den Rest deines Lebens so weiterzumachen? Das wird sicher nett.«

»Wir wollten doch jetzt nicht von mir reden! Aber gut, geh ruhig zum Militär und werd ein tüchtiger und gehorsamer Soldat. Du hast meinen vollen Respekt. Aber verlang nicht, daß andere es genauso leicht haben wie du. Das stimmt nämlich nicht, kapierst du!«

»Soll ich dir was sagen, Yngve? Man könnte meinen, du wärst schon ein paarmal beim Militär gewesen, so, wie du redest. Du operierst mit Schützengräben und Gegenangriffen. Und wenn du meinst, daß ich es leicht habe, dann widersprichst du dir selber.«

»Dann komm doch und erobere mich. Ich leg die Waffen nieder. Aber ich wüßte gerne, wem oder was ich mich ergebe. Was willst du eigentlich von mir? Warum bist du hergekommen und fängst jetzt an, ewige Wahrheiten herunterzubeten! Herrgott, als ob ich davon hier nicht schon genug bekäme. Ich fühl mich ohnehin schon total mürbe geschlagen ...«

Öystein beugte sich vor und küßte mich sanft und naß

auf den Mund. Nur einen Augenblick, aber lange genug, um mir Schauer über alle möglichen Stellen zu jagen. Er blieb sitzen und sah mich mit einem verspielten Lächeln an. »Deswegen bin ich hergekommen. Unter anderem. Wenn du nur wüßtest, wie schön du bist, wenn du deinen Gesichtsausdruck nicht geplant hast.«

»Meinst du das wirklich?«

»Daß ich dich küssen möchte? Ja, voll und ganz.«

»Ja, aber, was sonst? Du bist doch nicht nur zum Schmusen hergekommen?«

»Warum nicht? Das ist das erste Mal seit zwei Jahren, daß ich Lust habe ... auf dich. Machen wir 'nen kleinen Spaziergang? Die Leute gucken so komisch. Ich werd richtig nervös! Jetzt bist du übrigens noch schöner.«

Oh, verblüfftes, ausgelassenes, glückliches Lachen! Als ich meine Augen getrocknet hatte, hatten die Leute wirklich angefangen, uns anzustarren. »Okay. Machen wir, daß wir hier rauskommen ... aber nicht weit weg. Nur ein bißchen in den Park. Ich darf übrigens nicht weiter weg.«

»Ich hatte gehofft, du würdest ein bißchen mit nach Nesodden kommen.«

»Nesodden, spinnst du?«

»Nein ... Du? Ich wohn da. Bin in eine WG gezogen, und heute abend haben wir ein Fest. Hast du Lust?«

»Hör mal, ich kann nicht. Ich kann erst in ein paar Wochen Urlaub kriegen. Und darüber bin ich eigentlich froh. Ich glaub, ich bin in meinem Leben auf genug Festen gewesen ... jedenfalls für 'ne Weile.«

»Dann vielleicht nächstes Mal?«

»Ja, müssen wir sehen. Wart mal. Ich hol nur eben meine Jacke und schreib mich ins Spaziergangsprotokoll ...«

Im Park war Dämmerung. Ich fühlte mich unsicher und verletzlich, versuchte aber zu überspielen: »Erzähl von deiner WG. Wie viele seid ihr?«

»Wir sind zu viert. Zwei Frauen und zwei Männer. Ich bin

der einzige Schwule, und das geht sehr gut. Wir sind im Sommer da hingezogen. Es ist eine große, alte Holzvilla, mit hundert Metern Strand und Anlegestelle und Ruderboot und so. Wirklich schön. Schweinisch teuer, aber es geht, wenn wir die Kosten durch vier teilen. Sie gehört so einem cleveren Zahnarzt. Hat sie letztes Jahr für vierhunderttausend gekauft, und jetzt bezahlen wir für ihn die Zinsen und die Raten. Echt gerissener Typ. Aber irgendwo muß man ja wohnen, und das ist besser als ein Studentenheim. Der Zahnarzt ist ja auch nicht schlimmer als das Studentenwerk.«

»Und was machst du sonst so? Das hast du nicht erzählt.«

»Sonst steht mir das Studium bis sonstwo. Zuerst hab ich Psychologie gemacht und geschnallt, wie hoffnungslos unnütz das alles ist. Jetzt mach ich Geschichte und lern auch eigentlich 'ne ganze Menge. Mehr, als ich gedacht hatte. Aber am liebsten hätt ich 'nen Job.«

»Was für einen?«

»Egal ... in der Produktion. Industrie.«

»Ja, das würde dir sicher guttun.«

»Ach. Das sagst *du*?«

»Warum soll ich das nicht sagen dürfen? Ich hab in 'ner Fabrik und in 'ner Autowerkstatt gejobbt, also weiß ich ausnahmsweise, wovon ich rede!«

»Nun reg dich doch nicht auf, Yngve! Ich wollte dich nicht herabsetzen. Ich hab nur nicht gewußt, daß du ...«

»Daß mein Klassenhintergrund in Ordnung ist, was? Das kannst du wohl von dir nicht sagen? Nennt ihr das nicht Kleinbürgertum?«

»Ja. Hör mal. Ich hab jetzt so viel zu sagen. Kann ich dich erst küssen?«

»Wozu soll das gut sein?«

»Für uns beide ...« Wir standen an der Hauswand. Im Grunde war ich ziemlich abweisend. Wollte mich nicht weiter einlassen als früher. Außerdem wußte ich nicht, was er von mir wollte. Wohl mehr als nur ... Sex? Und ich hatte einen Verdacht, was das war. Aber als er mich umarmte, zitterte er am ganzen Körper. Sein munteres Draufgängertum war verschwunden, und übrig blieb ein offener und suchender Junge, der nur noch er selbst war, der mich wirklich überzeugte, daß er mit etwas Echtem und Wichtigem gekommen war. Damit schmolzen meine Gegenvorstellungen wie Schnee im Frühling – obwohl es doch Herbst war –, und ich gab mich dieser schönen Offenbarung aus der Vergangenheit hin, die gekommen war, um gut zu mir zu sein. Wir ließen uns auch Zeit. Ich erlebte einige ganz unglaubliche Gefühlswellen, als meine erotischen Nervenfunktionen von den Toten auferstanden. Ich wurde geil! Hatte sogar einen stehen! Das machte mich zum Jubeln froh – und füllte mich mit warmer Dankbarkeit. Ich war also nicht impotent geworden, und das hatte Öystein mir gezeigt! Ich hielt ihn ein wenig von mir ab und sah ihn an. Seine blauen Augen waren voller Tränen und Hingabe. Seine Mundwinkel bogen sich nach oben. Ich strich sein langes dunkles Haar mit beiden Händen nach hinten. Er hatte weiche, flaumige Koteletten und richtige Ohrläppchen. Ich zog ihn wieder an mich und küßte das rechte. Er legte seinen Mund an meinen Hals und stöhnte lange und glücklich. Dann sagte er, ernst und spaßend zur gleichen Zeit: »Bist du dir darüber im klaren, daß du hier mit einem Kommunisten schmust?«

Ich brauchte ein bißchen, um beides miteinander in Verbindung zu bringen: »Ja, das hab ich geahnt. Aber, was hat das damit zu tun?«

»Du hast also nichts dagegen?«

»Weißt du was: Wenn alle Kommunisten so liebevoll sind wie du, dann glaub ich auch an die Revolution!« Ich versuchte, ernst zu bleiben, aber es gelang mir nicht.

Wir schüttelten uns beide vor Lachen, aber dann zog Öystein mich wieder an sich: »Ich weiß noch viel mehr gute Gründe, um *daran* zu glauben, aber darüber können wir ja später reden. Das Wichtigste ist, daß wir über den Ausgangspunkt einig sind. Ach, Yngve! Ich hab gewußt, daß ich mit dir rechnen konnte ...«

»Wart 'nen Moment, Öystein. Jetzt bist du ein bißchen voreilig. Du hast noch gar nicht gesagt, inwiefern du mit mir rechnest, und außerdem ist mir gerade ein gutes altes Schlagwort eingefallen, das sehr beliebt war in dem christlichen Jugendmilieu, zu dem dazuzugehören ich mal das Glück hatte. Das war ein solides, moralisches Gebot für junge Männer ... und lautete ungefähr so: ›Es lohnt sich, die Mädchen zu bekehren, bevor man mit ihnen zusammen ist!‹ Was treibst du hier eigentlich für ein Spiel?«

»Verflucht, Yngve! Das war gemein von dir, so was zu sagen. Echt gemein ...«

»Aber, um Himmels willen, wieso denn? Kannst du nicht lieber meine Frage beantworten? Was willst du von mir? Warum kommst du ein Wrack im Irrenhaus besuchen und fängst an, über Kommunismus zu reden? Verstehst du nicht, daß ... mir das angst macht?«

»Nein, das versteh ich allerdings nicht, aber, beruhig dich doch. Ich glaube dir das ja. Ich versuche zu erklären, warum du keine Angst vor mir zu haben brauchst. Zum einen hab ich mich nicht so sehr verändert, seitdem wir uns kennengelernt haben. Daß ich Marxist-Leninist geworden bin, ist nur die natürliche Weiterentwicklung meines damaligen Standpunktes. Zum anderen hat niemand daran gedacht, dich zu ›bekehren‹ oder dich zu irgendwas zu zwingen. Die Rede ist von materialistischem Denken und Verstehen ... nicht von irgendeinem Glauben. Zum dritten bin ich hergekommen, weil ich dich mag, Yngve. Weil ich mir was aus dir mache und weil ich ... dich gerne viel mehr sehen möchte. Deshalb hab ich gedacht, ich müßte dir auch erzählen, wo ich stehe. Oder stimmt das nicht?«

»Doch, doch, Öystein. Das stimmt schon. Es macht mir jedenfalls nichts aus, daß du Marxist-Leninist bist. Aber das bedeutet nicht, daß ich das auch werden möchte. Was glaubst du, warum ich hier bin? Meinst du wirklich im Ernst, daß es nur meine eigene Schuld ist, daß ich mein Leben versumpft hab?«

»Nein, das mein ich doch nicht.«

»Gott sei Dank. Dann verstehst du vielleicht auch, daß ich, hier und jetzt, keine unmittelbare Lösung für meine Sachen sehe … und schon gar keine Lösung, die auf irgendeinen ›ismus‹ endet. Wenn du mich öfter sehen willst, mußt du darauf bauen, daß du du bist und ich ich. Egal, was kommt. Okay?«

»Okay.«

»Ich bin froh, daß du gekommen bist … und jetzt wünsch ich mir, du würdest gehen. Ich möchte am liebsten allein sein …«

»Darf ich wiederkommen?«

»Ja, klar. Wenn du willst …«

»Magst du mich gern?«

»Öystein. Das kann ich nicht beantworten. Ich will dir nichts versprechen.«

»Na gut, Yngve. In Ordnung. Alles klar. Ich werd auch nicht mehr rumnerven. Ich will dich nicht quälen. Ich wollte nur …«

»Du mußt mich umarmen, bevor du gehst. *Das* hat mich kein bißchen gequält.«

Ich verbrachte den Abend für mich in einer Ecke. Voller Verwirrung. Ich versuchte zu lesen, schaffte das aber nicht. Dann versuchte ich zu schreiben und brachte folgendes zustande:

Mein Nagel

Ein Piepsen für Albert Einstein

Im letzten Jahr bin ich im Suff gefallen
und riß mir den Nagel
am linken großen Zeh ab.

Er hat ein Jahr gebraucht,
um wieder herauszuwachsen –
drei Zentimeter.
In diesem Jahr hat das Licht
9460500000000 Kilometer zurückgelegt.

Ich hab mich auch bewegt –
in alle Richtungen.
Mein Kopf ist herangewachsen
zu einem Kubiklichtjahr
voll von massiver Leere:
ein heulender Wirbel von kohlschwarzem Licht
in brüllender, blendender Finsternis.
Ohne einen einzigen festen Punkt.
Doch, übrigens:
Ich hab ja meinen Nagel!
Aber, kann das denn wirklich
so einfach sein?
Scheiß drauf, Albert!
Alles ist so verdammt relativ!

Und zum vierten Male wurde es Morgen, aber es war Sonntag, und das ist eigentlich der siebte Tag, und da ruhte Gott, weil er dachte, er habe gute Arbeit geleistet – aber so gut war die gar nicht, denn sie hat zu so verflucht viel Unsicherheit geführt und zu Verwirrung und zu allem, was sonst noch schlimm ist.

Einar war wieder aufgestanden und war verärgert und reuig. Ich versuchte, nett zu sein, aber das war nicht leicht, solange keiner von uns die Anmache vom Tag vorher erwähnte. Wir drucksten herum und spielten Kniffel – gezwungen und ungezwungen –, als Falkenberg und seine bekehrte Schar hereingestürzt kamen, so diskret, wie sie nur konnten, und Fernsehen und Radio auf volle Lautstärke einstellten. Wir bekamen so zwei Hochämter auf einmal.

»Ich hab Heuschnupfen«, sagte ich.

»Und es wird noch schlimmer kommen!« sagte Einar und zeigte aus dem Fenster. Draußen fing es an zu schneien, von einem richtig aufmunternden, karnevalsgrauen Himmel herab.

Ich schauderte: »Sollen wir nicht lieber gleich rausgehen und den Winter willkommen heißen?«

»Nein! Jetzt im Moment kann es ja nicht schlimmer werden, und da hab ich einen besseren Vorschlag: Wir gehen baden!«

»Baden?«

»Ja, uns so richtig einseifen. Hast du das große Badezimmer nicht bemerkt, wo ›Herren‹ an der Tür steht und das innen ein richtig feines, solides Schloß hat? Da gibt's zwei Duschen und eine gediegene Plastikbank zum Draufliegen ... so ist sie jedenfalls konstruiert. Hast du Lust auf einen alternativen Gottesdienst?«

Und ob ich hatte! Als mir die Möglichkeit bewußt wurde, bekam ich einen Anfall von unbeschreiblicher Geilheit und fing am ganzen Körper an zu zittern, vor Aufregung, noch bevor ich aufgestanden war.

Auf dem Weg durch den Flur ging mir auf, daß ich sexuell total ausgehungert war, und ich fing wirklich an, mich zu freuen. Gleichzeitig fiel mir das Entsetzliche ein, was mir mit dem kleinen Wolf passiert war – und ich bekam Angst. War es nicht Paulus, der dauernd über den »Pfahl im Fleische« klagte und zur Enthaltsamkeit mahnte? Wenn er von schmerzhaften Orgasmen mit dazugehörigen Gehirnblutungen geplagt wurde, kann ich ihn gut verstehen. Aber andererseits muß man ja Opfer bringen, um Göttlichkeit zu erreichen – wenn auch nur annähernd und für eine begrenzte Zeit –, also nahm ich das Risiko auf mich!

Wir schlichen uns in unsere Zimmer und holten Handtücher, Seife und so was, aber entdeckten bald, daß es gar keinen Grund gab, leise durch die Türen zu gehen. Wer das Haus nicht verlassen hatte, wurde von Orgelgebrause betäubt, zusätzlich zu allen anderen Drogen.

Also schlossen wir uns im Männerbad ein und machten uns an *unsere* bescheidenen Bußübungen – und Gott weiß, die waren erhebend! Einar war schon einmal in derselben Angelegenheit da gewesen, wie ich verstand. Ich fing zu lachen an, als er sein Hemd aufriß, ohne es aufzuknöpfen, und mich einer der Knöpfe auf die Nase traf. Dann drehte er die beiden Duschen volle Kanne auf und ließ Wasser in die riesige Badewanne einlaufen. Das Brausen des Wasserfalls war mindestens so berauschend wie die Töne im anderen Flügel – und viel erdnäher. Wir heulten und duschten und gurgelten und seiften uns gegenseitig zuerst einmal ausgiebig ein. Das war erfrischend und befreiend. Ich finde es überhaupt erstaunlich, daß kein seriöser Psychotherapeut die Badetherapie lanciert hat, wo sie doch so gut ist! Probier sie mal aus mit jemandem, den du magst! Die Vorgehensweise ist so einfach, daß sie bei allen Kindern im Poesiealbum steht: »Du springst und hüpfst und lachst, wenn du fällst.« Dann kannst du hinzufügen, worauf du Lust hast. Das taten wir jedenfalls, und wir haben uns nicht gerade Sahnetorte gewünscht. Ich wollte *Schwanz* haben, und das bekam ich zur Genüge. Denn Einar, das kann ich dir sagen, war niemand, der mit seinem Besteck um den heißen Brei herumwedelte. Und ich auch nicht – aber wir hatten ja schließlich für etwas so Wesentliches wie eine gesunde und aktive Sexualität zu kämpfen. Es war wirklich ein feiner Kampf, und er endete unentschieden 3:3, ohne ein Anzeichen von Schmerzen oder Blutungen im Gehirn oder anderswo. Zwischen den Runden lag jeder an seinem Ende der hochherrschaftlichen Badewanne und sang Arien, während wir uns bespritzten. Ich kann dir sagen, das war wirklich ein Gottesdienst, der sich gewaschen hatte.

Seitdem habe ich immer ganz merkwürdige Empfindungen, wenn ich Kirchenglocken höre. Ja, mehr noch: Seit kurzem kommt es auch schon über mich, wenn ich nur die Andacht morgens im Radio einschalte. Am schlimmsten ist das dienstags, denn da sind sie wirklich den ganzen Tag zugange, und wenn abends *Am Kirchenhügel* vorbei ist, bin ich so erschöpft, daß mir das unsittliche Fernsehspiel gar keine Freude mehr macht.

Sei's, wie es sei. In Liseberg hörten wir sowenig wie möglich Radio. Statt dessen engagierten wir uns gewaltig im Kampf gegen ansteckende Krankheiten und opferten unserer persönlichen Hygiene viel Freizeit. Einar und ich duschten mindestens einmal pro Tag. Wir waren auch klug genug, uns ein wasserdichtes Alibi zu beschaffen, indem wir mit physischer Ertüchtigung anfingen. Das wirkte übrigens auch psychisch überraschend gut.

Wir wußten, wenn wir unser Geheimnis bekannt werden ließen, würden wir mit viel Aufwand und Verdammung an die Luft gesetzt werden – und diesen Gedanken konnten wir nicht ertragen. Wir hatten echt Schiß vor dieser Möglichkeit. Also frönten wir unseren schändlichen Lastern im geheimen, und das ist keine fruchtbare Grundlage für eine Beziehung.

Die Schwierigkeiten begannen schon am ersten Tag, als wir nach unserem schaumigen Gottesdienst einen Spaziergang machten. Einar blieb lange still und nachdenklich, als ob er darüber brütete, was er mir sagen könnte. Er meinte wohl, es sei lebensnotwendig, allem und jedem einen Namen zu geben. Und er wollte offenbar gleich jeden Zweifel ausschalten, wandte sich zu mir und sagte: »Ich liebe dich!«

Davon wurde es nicht gerade leichter. Ich erinnerte mich, daß ich dasselbe einmal jemandem gesagt hatte, den ich nicht kannte. Dem schönen Erling, damals im Frognerpark. Dem, der dann so ausgeklinkt ist. So gewaltig reagierte ich nicht, aber ich bekam Angst. Angst vor diesem enormen Wort und allem, was es enthielt. Angst davor, Einar zurückzustoßen und zu verletzen. »Hör mal! Können wir nicht sagen, daß wir uns gerne mögen und unsere Badesaison fortsetzen wollen? Dann können wir sehen, wie das läuft, wenn wir uns besser kennengelernt haben.«

Einar biß die Zähne hart zusammen, und dann warf er mir einen von diesen hoffnungslosen Blicken zu – wie ein unschuldig verurteilter Sexualverbrecher – und murmelte: »Na gut. Wenn du das so willst. Du hast zu bestimmen ...«

»Ich hab das nicht gesagt, um dich abzuweisen oder gemein zu sein. Ich will nur nicht mehr versprechen, als ich halten kann!«

»Na ja. In Ordnung«, sagte Einar, aber ich konnte sehen, daß er das nicht meinte. Ich sah, daß er in diesem Moment beschloß, der verschmähte Geliebte zu werden – und was, in aller Welt, konnte ich daran ändern? Ich wählte das Leichteste – nämlich, so zu tun, als hätte ich das nicht kapiert. Das war dumm von mir.

Ein Seemann geht an Land

Doktor Schiwago behandelte den Seemann Kalle besonders streng. Es war ganz einfach sein Ziel, ihn psychisch fertigzumachen, und ich habe mich oft gefragt, warum. Ich kann keinen anderen Grund dafür sehen, als daß er für uns andere ein Exempel statuieren wollte. Ein Exempel mit der einfachen Moral: Keiner hat das Recht, irgend etwas zu behaupten! Das kennen wir ja nun schon.

Aber Doktor Schiwago hat es nicht geschafft.

Nach mehreren Wochen voller Druck und schlecht getarntem Anmachen zweimal täglich war klar, daß Kalle vor irgendeiner Art von Zusammenbruch stand. Er zeigte alle möglichen Anzeichen von gestörtem seelischen Gleichgewicht – was ja im übrigen nur natürlich und gesund war. Seine Hände zitterten, er schwitzte und rauchte sechzig Zigaretten am Tag. Die Explosion kam für uns alle als große Überraschung.

Die Therapiegruppe hatte ihr Morgentreffen. Diese Morgentreffen waren in der Regel ziemlich lahm, weil die meisten Teilnehmer die Schlafmittel der vergangenen Nacht noch nicht richtig verarbeitet hatten, aber dieses Mal verlief es geradezu lebhaft. Ein typischer »außergewöhnlicher Zwischenfall«, für den das Tonbandgerät bereitstand. Nach der üblichen Warmwerderunde, bestehend aus fünf Minuten unerträglichem Schweigen, kam Schiwagos erster Vorstoß wie eine Bombenexplosion: »Karl Olsen! Wieso sind Sie eigentlich in diesem Krankenhaus?«

Niemand von uns wagte zu atmen. Es war deutlich, daß Doktor Sch. auf eine Schlußabrechnung aus war, und über den Ausgang war ich nicht im Zweifel: Er würde Kalle fertigmachen und zwangsentlassen. Das hing in der Luft wie Tränengas. Kalle atmete schwer, antwortete aber nicht.

»Karl Olsen! Ich verlange von Ihnen eine Begründung für Ihren möglicherweise andauernden Aufenthalt auf dieser Station. Einen durchdachten und wohlfundierten Plan, wie Sie Ihre und unsere Zeit verwenden und was Sie eventuell damit erreichen wollen.«

Kalle starrte zu Boden, aber wir konnten deutlich sehen, wie er immer angespannter wurde. Ich hatte Angst.

»Soll ich Ihr abweisendes Schweigen als Antwort gelten lassen, Herr Olsen? Nun gut. Dann tu ich das. Ich verstehe Ihre Antwort dahingehend, daß Sie mit Ihrem Aufenthalt hier bei uns keine Absicht verbinden und auch nie eine verbunden haben. Sie halten dieses Krankenhaus sicher für einen Luxusdampfer, wo Sie gratis Kost und Pflege erhalten ... ohne dafür arbeiten zu müssen. Aber ich finde wirklich, Sie sollten ein wenig an Ihre Mitpassagiere denken, Olsen. Denn die scheinen nicht zu glauben, daß sie hier auf einer Kreuzfahrt sind ... mit gewissen Ausnahmen, leider.«

Mir wurde ein inhaltsreicher Seitenblick zuteil, woraufhin ich auf meinem unbequemen Stuhl dermaßen zusammenzuckte, daß ich fast den Atem verlor. Herr Jesus, was der Mann für eine Autorität hatte! Wir alle waren mit Schrecken und Stummheit geschlagen – mit einer Ausnahme, nämlich Astri. Auch sie hatte Angst, aber stumm war sie nicht: »Also, hören Sie, Doktor Bruse! So kann man Menschen nicht behandeln. Ich kann nicht begreifen, wozu das gut sein soll. Können Sie mir das sagen? Wozu ist das gut?«

Mit seinen Lippen machte Schiwago eine erschreckende Bewegung, so daß seine langen Zähne uns anglänzten, und dann sagte er mit merklich angestrengter und erkämpfter Selbstironie: »Dann hören Sie zu, Frau Vik: Ich bin Arzt, und ich weiß, was ich tue. Sie haben doch eine Universitätsausbildung, oder nicht? Ich will Ihnen einen sehr guten Rat geben ... auf englisch: Be patient! Ich hoffe, Sie verstehen die Pointe?«

Als uns diese Moral aufging, sahen Astri und ich uns lange und ungläubig an. Wir vergaßen darüber ganz, Angst zu haben. Wir wurden wütend. Ehe ich wußte, was ich tat, hörte ich mich sagen: »Was hat denn die Gruppentherapie für einen Sinn, wenn nur der Arzt reden darf? Und die ganze Zeit Strafpredigten hält!«

Schiwago versuchte mit einem Kläffen, mich aufzuhalten: »Wir reden jetzt nicht von Ihnen, Vilde. Wir reden von Olsen, und ich schlage vor, daß Sie sich zumindest an das Thema halten, wenn Sie uns nun endlich mit Ihrem seltenen Beitrag beehren! Es wird sicher spannend sein zu erfahren, was Sie sich in all diesen Wochen so gedacht haben ...«

»Gerne, reden wir von Kalle. Es wundert mich kein bißchen, daß er hier in der Gruppe nichts mehr sagt, so, wie er hier jeden Tag drangsaliert wird. Es muß für ihn die Hölle sein, hier zu sitzen und dermaßen angemacht zu werden. Denn es ist doch klar, daß mit Kalle alles in Ordnung ist. Seine Arbeit ist das Problem! Er ist ein Opfer von Streß und Unsicherheit geworden, aufgrund der Rationalisierungen auf See. Das ist eine völlig menschliche und gesunde Reaktion!«

»Da kann ich Ihnen nicht zustimmen, Vilde. Andere Seeleute scheinen ja mit diesen Veränderungen blendend fertig zu werden ...«

»Was, zum Teufel, wissen Sie denn davon?« Diesmal platzte Astri heraus und trug sich mit einem Volltreffer in die Rednerliste ein.

Schiwago mußte mit dem Stuhl schaukeln, um eine plausible Antwort zu finden: »Ja, aber ... wir haben hier ja keine anderen Seeleute!«

»Und das soll der Beweis dafür sein, daß mit dem Seemannsberuf alles in Ordnung ist?«

»Nein, natürlich nicht, aber ...«

»Kalles Probleme haben ganz klar äußerliche Ursachen. Aber du versuchst, das Gegenteil zu beweisen ... und sie in ihm selber zu finden!«

»Aber, hören Sie, Frau Vik! Es ist doch offensichtlich, daß Olsen Anpassungsschwierigkeiten hat ...«

»Der Kalle ist ein gesunder Mensch, der sich einem schwachsinnigen System nicht anpassen will. Er weigert sich, eine klare Verschlechterung seiner eigenen Lebens- und Arbeitssituation hinzunehmen!«

»Aber, was kann ich denn daran ändern, Frau Vik? Ich kann doch die gesellschaftliche Entwicklung nicht aufhalten. Die geht ohne mich und auch ohne euch anderen ihren Gang. Wobei ich den Leuten helfen will, ist ja gerade, sich ihrer Umgebung besser anzupassen.«

»Aber das tust du nicht, zum Teufel! Du jagst den Leuten solche Angst ein, daß sie nie mehr wagen werden, irgend etwas in Frage zu stellen. Den Machthabern ist ja am besten mit einer stummen Mehrheit gedient, die schweigt und zustimmt, und dazu werden wir hier dressiert.«

»Nein, wirklich, Frau Vik! Jetzt gehen Sie zu weit mit Ihren politischen Visionen. Genau das Gegenteil ist der Fall. Ich bin hier, um zu helfen, so gut ich kann, und das tue ich ... auch wenn einige meinen, daß meine Methoden unorthodox sind. Nehmen Sie zum Beispiel Olsen hier. Er hat Probleme. Er will nicht darüber sprechen. Wie soll ich ihn dazu bringen, etwas zu sagen? Ich habe keine Lust, ihm den Nacken zu kraulen, also versuche ich statt dessen, ihn zu provozieren.Das ist natürlich nicht böse gemeint, aber ...«

Dann kam es, wie es kommen mußte. Der Seemann Kalle hatte zusammengekrümmt dagesessen und den Fußboden angestarrt. Jetzt sprang er mit gewaltigem Gebrüll auf und pflanzte eine seiner imponierenden Fäuste mitten ins Tonbandgerät, welches daraufhin zum letzten Mal einen Ton von sich gab. Er brüllte weiter, Doktor Schiwago direkt ins Gesicht. Er packte ihn am Kragen und drängte ihn in eine Ecke. »Das ist das allerbeschissenste Hurenhaus, in dem ich in meinem Leben je gewesen bin! Und du, du Wichspsychiater, bist der allergerissenste Arsch von einem Zuhälter, den ich je gesehen habe. Deine armen Huren tun mir leid! Man hätte dich kastrieren sollen!« Das sagte Seemann Kalle, bevor er ging. Er ließ einen ziemlich reduzierten Doktor Schiwago los und stapfte aus dem Zimmer.

Damit bewies er, daß er mehr Selbstkontrolle hatte als unbedingt erforderlich, denn er kastrierte oder tötete niemanden. Ich glaube, Doktor Sch. war darüber froh, auch wenn er total entrüstet aussah, als er sich wieder auf seinen Stuhl fallen ließ. Das Geniale an Kalles Abschiedszeremonie war, daß sie nicht dokumentiert worden war – auch wenn man das von einem therapeutischen Unterrichtsstandpunkt aus zweifellos sehr schätzen würde. Der »außergewöhnliche Zwischenfall« ist nie auf Band aufgenommen worden. Plastikstücke und andere Reste des Tonbandgeräts lagen überall in der Bibliothek verstreut. Ich hatte das entzückende Firmenzeichen ITT an mich nehmen wollen, kam aber nicht dazu. Denn als Doktor Schiwago entdeckte, wie Astri und ich uns anlächelten, war er mit einem Ausbruch an der Reihe, der dem von Kalle nur unwesentlich nachstand: »Hier gibt's überhaupt keinen Grund zum Kichern, ihr beiden da! Das ist so ziemlich das Ernsteste, was mir in meiner ganzen Praxis je passiert ist. KörperlicherAngriff ist strafbar! Ich kann den Mann vor Gericht bringen.«

»Aber, hat er dir denn was getan?« fragte Astri.

»Ob er mir was getan hat? Haben Sie keine Augen im Kopf, Frau Vik? Er ist mir doch an die Kehle gefahren. Das war ein gewalttätiger Überfall. Und sehen Sie sich den Kassettenrekorder an. Das ist reine Zerstörung. Das ist Gewaltanwendung.«

»Wie gut, daß es wenigstens keine Vergewaltigung war«, sagte ich.

»Hüten Sie Ihr Maul, Vilde, und hören Sie mit Ihrem widerlichen Kichern auf! Wenn Sie nicht imstande sind, Ihren Mitmenschen ein Minimum an Respekt zu erweisen, werden

Sie auf dieser Station nicht alt werden. Dafür werde ich persönlich sorgen!«

Ich sah in das wütende Gesicht des Mannes gegenüber – und natürlich kam meine Angst zurück. Wem wäre es nicht so gegangen? Er war so wütend, daß ich glaube, er hatte den Seemann Kalle und den ganzen Zwischenfall darüber vergessen. Er machte jedenfalls nicht den kleinsten Versuch, Alarm zu schlagen oder herauszufinden, wo Kalle geblieben war. Statt dessen hielt er Astri und mir eine Strafpredigt von einer Viertelstunde Länge, und wir bekamen allerhand Interessantes aus unseren Pässen und Krankenberichten zu hören. Nach meinem üblichen, früher beschriebenen Muster habe ich alles verdrängt.

Wir waren allesamt ziemlich zittrig, als die Stunde vorbei war. Sobald Schiwago aus dem Zimmer gewackelt war und Schwester Snefrid die größten Tonbandgerätscherben zusammengescharrt hatte und ihm gefolgt war, brachen zwei der älteren Frauen in der Gruppe mit Weinkrämpfen zusammen. Astri und ich versuchten, sie ein bißchen zu trösten, aber am Ende machten auch wir im Sklavenchor mit. Astri war die erste, die versuchte, sich zusammenzureißen: »Hört her! Wir haben alle mit eigenen Augen gesehen, was hier abgelaufen ist. Der Kalle ist weit mehr provoziert worden, als er hinnehmen konnte. Er ist Bruse kein bißchen zu nahe getreten. Er hat ihn vielleicht ein bißchen hart angefaßt, aber er hat ihn nicht geschlagen. Das müssen alle hier bezeugen, wenn Bruse noch mehr Scheiß versucht. Seid ihr damit alle einverstanden?«

Ja, wir waren einverstanden, allesamt.

Leider wurden unsere Zeugenaussagen niemals benötigt. Als wir danach auf die Station kamen, war Kalle nirgendwo zu entdecken. Wir suchten überall, aber er war ganz einfach nicht im Haus. Er hatte seine Sachen gepackt und war seiner Wege gegangen, ohne daß einer der Verantwortlichen etwas bemerkt hatte. Das hat mir nicht wenig imponiert. Die Tatsache, daß er gepackt hatte, wies ja darauf hin, daß er nicht vorgehabt hatte, auszubrechen oder wegzulaufen. Er hatte nur zum Schluß seine Ansicht über das Hurenhaus Liseberg gesagt. Und dann war er gegangen. Klar und redlich.

Leider war Kalle so gründlich, daß er Liseberg und alles, was dazu gehörte, ein für allemal hinter sich ließ. Das betraf auch uns. Weder Astri noch ich haben jemals wieder von ihm gehört, und das tut uns leid. Wir würden uns wenigstens gerne für den großartigen Einsatz bedanken, den er für uns alle geleistet hat, als er Doktor Sch. die Wahrheit über sich gesagt hat.

Der Schiffsjunge Pat

Am Nachmittag saßen wir auf der Station und diskutierten das Phänomen Kalle, als Schwester Svanhild auf einmal herbeigesegelt kam und mit ihrer ganz typischen Schwanengesangstimme verkündete: »Yngve Vilde. Unten in der Eingangshalle ist Besuch für Sie!«

Stell dir vor, mein Herzchen! Unten in der Empfangshalle! Wer, in aller Welt, könnte auf die Idee verfallen, mich zu besuchen, ohne die Station betreten zu wollen? Ich wußte die Antwort sofort, und bei jedem der mindestens fünfhundert Schritte durch die aufmunternden Krankenhausflure wuchs mein Grauen. Ich hatte Schiß wie ein Hund vor dieser Begegnung, und mir wurde klar, daß ich mich die ganze Zeit davor gefürchtet hatte. Je mehr ich mich dem Haupteingang näherte, desto dicker wurde die Luft – feucht vom unausweichlichen Schicksal.

Da stand er. Groß und dunkel und gewichtig mitten in der riesigen Halle. Ich blieb unten auf der Treppe stehen, als er mich entdeckte, denn seine Reaktion überraschte mich. Er kam auf mich zu, mit ausgestreckten Armen und einem Gesichtsausdruck, den ich nie mehr vergessen kann. Darin lagen so viel Schmerz und Wiedersehensfreude, Besorgnis und schlechtes Gewissen. Ich weiß nicht, wie ich ausgesehen habe, aber ich weiß, daß seine gewaltige Ausstrahlung mich ins Wanken brachte und ich mich ans Geländer klammern mußte. Ich hätte mit Jonas bis ans Ende der Welt gehen können, wäre nur eins nicht gewesen: Er sprach mich an. »Yngve! Mein Junge. Haben sie dir was getan?«

Ich schüttelte den Kopf.

»Gut. Ich bin gekommen, um dich zu holen. Du gehst augenblicklich nach oben und packst deine Sachen. Draußen wartet ein Taxi.«

Wenn er mir eine Wahl gelassen hätte, wäre ich mit ihm gegangen. Ich war voll Zorn über Schiwagos Behandlungsmethoden und hatte Lust, Kalles Beispiel zu folgen und zu gehen. Jonas ließ mir keine Wahl. Er machte ganz deutlich, was es bedeuten würde, mit ihm zu gehen: nämlich vom Regen in die Traufe zu kommen. Und damit konnte ich wählen: »Nein, Jonas, ich kann nicht mitkommen. Tut mir leid.«

»Yngve! Ich werde Himmel und Erde in Bewegung setzen, um dich hier rauszuholen. Großer Gott, hast du schon eine Gehirnwäsche verpaßt bekommen? Oder Elektroschocks?«

»Halt die Fresse, Jonas! Ich bin überhaupt keinen Übergriffen ausgesetzt gewesen. Ich bin freiwillig hier, und jetzt bin ich mitten in einer Behandlung und fange an, sie zu begreifen. Ich nehme nicht mal mehr Pillen. Seit über drei Wochen bin ich rauschfrei. Ich fange an, zu mir zu kommen, Jonas! Das tut schrecklich weh, aber ich bin sicher, daß es sein muß und daß mir das auf lange Sicht helfen wird. Jetzt hab ich das hier angefangen, und jetzt laß du mich … um meiner selbst willen … einmal in meinem Leben etwas zu Ende bringen.«

Jonas blickte mich lange forschend an, ehe er kapitulierte: »Nun gut, Yngve. In Gottes Namen. Es ist dein Leben, aber du mußt mir versprechen, es nicht kaputtzumachen. Laß nicht zu, daß sie einen ihrer Versuche mit dir machen.«

»Nein, Jonas. Hier werden solche Versuche nicht gemacht. Ich hab jedenfalls keine gesehen. Und ich verspreche dir, ich werde das Beste aus meinem Leben machen.«

»Schreibst du? Hast du an dem Roman weitergeschrieben?«

Ach, großer Gott. Nicht das! Ich mußte Jonas anlügen: »Bisher hab ich noch nicht viel getan, aber ein paar Gedichte hab ich geschrieben …«

»Das freut mich aber wirklich, das zu hören, Yngve. Das ist richtig, klein anzufangen, und das Versäumte kannst du dann später wieder aufholen. Ach, das macht mir das Herz leichter. Du mußt mit mir zum Auto kommen. Ich hab nämlich eine Überraschung für dich … ich hab natürlich nicht damit gerechnet, daß du freiwillig kommen würdest. Ich hab in der letzten Zeit hart gearbeitet, verstehst du, und jetzt bin ich mit dem großen Seeroman fertig. Und ich hab gedacht, du solltest mein erster Lektor werden.«

»Soll ich mich verbeugen oder einen Knicks machen?«

»Yngve! Du mußt zugeben, daß das eine große Ehre ist. Du mußt den Roman gründlich und gewissenhaft lesen. Erinnerst du dich, daß ich gesagt habe, daß du in diesem Zusammenhang eine Überraschung zu erwarten hast?«

»Ja. Das weiß ich noch gut.«

»Die Überraschung findest du in diesem Papierhaufen. Beeil dich mit dem Lesen. Ich bin sehr gespannt auf deine Reaktion. Ruf mich an, wenn du fertig bist. Dann können wir einen gemütlicheren Treffpunkt verabreden als dieses Mausoleum hier und über die Sache reden. Ich möchte gerne, daß du bei dem ganzen Herausgabeprozeß dabei bist. Du kannst viel lernen dabei. Ein Buch drucken und verlegen ist nämlich keine Zauberei.«

»Danke, Jonas.«

»Auf Wiedersehen, mein Junge, und paß gut auf dich auf!«

»Mach's gut, Jonas. Ich tu mein Bestes.«

Dieser Abend und diese Nacht brachten mein zweites großes Literaturerlebnis in kurzer Zeit – aber mit umgekehrten Vorzeichen. Denn wenn Amalie Skram mich gerettet hatte, dann gelang es Jonas Löwenherz, mich gefangenzunehmen mit seinem Bericht über den zweiten Steuermann Jensen und den Schiffsjungen Pat an Bord des zum Tode verurteilten Schiffes Neptun. Es konnte gar keinen Zweifel geben, wer für den jämmerlichen Jungen aus dem Londoner Slum Modell gestanden hatte. Der klapperdürre vierzehnjährige Pat, der Analphabet, den der Steuermann Jensen vor dem sicheren Tod in der Takelage rettet – nur um dann zu entdecken, daß er ihn nicht mehr loswerden kann. Pat zwingt die Hauptperson, ihn zu »adoptieren«, und hat danach für nichts anderes mehr Sinn, als sich an seinen neuen »Vater« zu klammern. Der Schiffsjunge Pat – das war ich! O ja. Es war eine fesselnde Geschichte. Sie hat mich gefangengenommen! Sie hat mich in meine Vergangenheit eingesperrt und mich fast zum Wahnsinn getrieben. Denn wie konnte Jonas etwas so Fieses schreiben – etwas so Falsches? Wenn er unsere Beziehung schildern wollte – und das wollte er ja offenbar –, wie konnte er es über sich bringen, mir keine anderen persönlichen Eigenschaften zu verleihen als unstillbaren Hunger und grenzenlose Fordermentalität? Sah er mich wirklich so? War ich wirklich so?

Im Lauf der Nacht schlich ich mich ins Bad, blieb da lesend und jammernd sitzen, bis irgendein Frühaufsteher kam und um sechs Uhr morgens duschen wollte. Da ging ich, legte mich ins Bett und weinte.

Das war übrigens in Liseberg ganz alltäglich – daß die Leute in ihren Betten lagen und weinten. Ich brauchte nicht sofort aufzustehen. Dann wurde es schlimmer. Denn Doktor Schiwago kam in das Sechspersonenzimmer gefegt und riß mir mit gut einstudiertem Fauchen die Bettdecke weg: »Was ist das wieder für ein Unfug, Vilde? Bilden Sie sich bloß nicht ein, Sie könnten die Therapie hier auf der Station sabotieren! Scheren Sie sich sofort aus den Federn und in die Bibliothek! Die anderen aus der Gruppe warten schon auf Sie … nur auf Sie! Ich gebe Ihnen fünf Minuten!«

O Schreck, o Graus, wie streng er war! Und ich – ich unterdrückter Trottel – wagte nicht, mich dem Befehl zu widersetzen. Aber trotzdem leistete ich ihm Widerstand, wenn auch nur sehr passiv und widerwillig. Ich weinte die ganze Stunde lang. Konnte nicht aufhören, sosehr ich das auch versuchte. Schnaufte und schnurkste und weinte drei volle Viertelstunden. Danach durfte ich mich wieder hinlegen. Irgendwie mußte ich eine menschliche Regung in dem Mann geweckt haben. Falls er nicht einfach nur Jämmerlichkeit verabscheute. Erst als Einar am Nachmittag zu mir kam und mir einen Spaziergang vorschlug, stand ich auf. Draußen war blödes, matschiges Novemberwetter, und genauso fühlte ich mich innerlich.

Einar wußte über Jonas und mich Bescheid. Und deshalb konnte ich ihm erzählen, was passiert war. Ich hatte nur Angst, er könnte wieder eifersüchtig werden, aber da hatte ich mich geirrt.

»Ehrlich gesagt, Yngve. Ich finde, du solltest dich schämen!« sagte Einar.

»Mich schämen?«

»Jetzt kennst du einen großen Schriftsteller, und der tut dir die Ehre an und läßt dich in einem Roman vorkommen, und was machst du? Du bist sauer!«

»Ehre. Von wegen. Eine Ehre ist das gerade nicht! Seine Darstellung kannst du nicht ehrenhaft nennen!«

»Hast du nicht gesagt, er habe dich als überanspruchsvoll bezeichnet? Ich bin nicht sicher, ob ich da nicht seiner Meinung bin ...«

»Verdammt, Einar! Ist es denn zuviel verlangt, wenn man mit einem Minimum an Respekt dargestellt werden will ... mit einer Prise positiver Eigenschaften? Genausogut hätte er mich zu einer Vogelscheuchenkarikatur machen können!«

»Ja, und wieso nicht? Wenn das seiner Absicht mit dem Roman gedient hätte ... denn er hat ja wohl keine Selbstbiographie geschrieben? Er muß doch seine dichterische Freiheit ausnutzen dürfen ...«

»Genau. Da sagst du was Wahres. Natürlich darf er dichten, und ich will ja gar nicht leugnen, daß die Person Pat im Buch eine Funktion hat. Aber, warum, in aller Welt, sagt er mir, ich sei das Vorbild für diesen Widerling?«

»Hat er das direkt gesagt?«

»Nein. Noch nicht.«

»Weißt du, was dir jetzt fehlt?«

»Ja. Ich fühle mich bis ins Innerste verletzt.«

»Verletzter Stolz?«

»Na ja. Das auch.«

»Da siehst du's. Du bist viel zu stolz auf dich, Yngve!«

»Da bin ich, verdammt noch mal, nicht so sicher!«

In der nächsten Nacht erlebte ich etwas Schönes. Ich konnte natürlich nicht schlafen und war wieder auf dem Weg ins Bad, um das Manuskript noch einmal zu lesen, als Schwester Bodil mich auf frischer Tat im Flur ertappte: »Na, du, Yngve, heißt du nicht so? Was hast du denn vor?«

»Himmel! Ich will ins Bad und ein Buch lesen, wenn du das absolut wissen willst. Ich kann nicht schlafen, und das ist wichtig für mich! Ich kapier einfach nicht, daß hier alles mögliche so total verboten sein muß ...«

»Also nein, jetzt nimm dich ein bißchen zusammen! Ich hab doch gar nicht gesagt, daß du das nicht darfst. Von mir aus geht das in Ordnung, solange ich weiß, wo du bist. Das ist zwar gegen die Vorschriften, aber wir sind da nicht alle gleich streng, verstehst du. Nur eins: Warum willst du ausgerechnet ins Bad?«

»Das ist der einzige Ort, wo ich meine Ruhe habe.«

»Meinst du wirklich? Jetzt, wo ich es dir erlaubt habe, kannst du dich doch auf das Sofa hinten im Flur setzen, da ist zum Beispiel eine Leselampe. Das ist doch sicher etwas bequemer ... aber, mach, was du willst. Ich werde dich nicht stören.«

»Vielen Dank. Das ist toll von dir. Hab ich dich nicht übrigens ›Hexe‹ genannt, als ich die Schlafkur machen mußte?«

»Doch. Das weiß ich sogar noch.« Schwester Bodil lachte.

»Ja, dann muß ich wohl um Entschuldigung bitten, du bist doch keine.«

»Ach, mein Lieber. Ich bin schon schlimmer beschimpft worden. Aber, trotzdem vielen Dank. Du hast ja immerhin einen gewissen Grund gehabt, mich anzumachen. Bei dieser Arbeit haben wir nur selten Zeit, um mit den Leuten zu reden, die wir doch eigentlich pflegen sollen ... Da hörst du's. Jetzt schellt jemand nach mir. Aber du verstehst, was ich meine ...«

Doch, das begriff ich. Danach kam Schwester Bodil zurück, und wir unterhielten uns lange. Sie erzählte mir sehr viel über die Arbeit der Krankenpfleger und über ihre oft hoffnungslosen Arbeitsbedingungen. Dadurch verstand ich ziemlich viel von der Machthierarchie in einem Krankenhaus. Die Pfleger sind jedenfalls nicht für all das Schlechte verantwortlich. Sie haben mehr als genug damit zu tun, ihre Arbeit zu verrichten und die Mängel im System auszugleichen, so gut sie das können. Schwester Bodil hat mich wie ihresgleichen behandelt, sie hat mich dazu gebracht, zu vergessen und nicht mehr in meinen Problemen herumzustochern.

Als ich danach *Das Schiff Neptun* las, war mein Verhältnis dazu weit nüchterner. Ich wußte immer noch nicht, was Jonas sich dabei gedacht hatte, als er mich zum Schiffsjungen Pat gemacht hatte, aber ich beschloß, ihn direkt zu fragen. Jonas sollte mir selbst erzählen, was das Ganze sollte. Ich hatte schon einen starken Verdacht, wie das ablaufen würde.

Der Schwanengesang

Als die süße Schwester Synnöve uns verließ, um mit Hymens Banden gefesselt zu werden, ließ sie ein Nest voller ängstlicher Entlein zurück. Wir fürchteten uns entsetzlich vor unserer Schwanenmutter.

Aber die Begegnung mit ihr ließ sich nicht umgehen. Am Montagmorgen versammelten wir uns wie gewöhnlich zum Flurputzen und versuchten, wie brennende Kerzen auszusehen – so lange, bis weit hinten im Flur eine Tür aufgerissen wurde und der Schwanengesang zum ersten Mal über uns hereinbrach: »Warum, in aller Welt, steht ihr hier so herum? *Ich* bin jetzt Gruppenleiterin, und ihr hättet schon längst oben in der Backstube sein sollen! Kommt mit! Wir haben sehr viel zu tun.«

Unsere Lichter erloschen im Gegenwind. Ich hatte keine Lust zu lachen, als wir hinter Schwester Svanhild herwatschelten, die wie ein fliegender Alptraum dreißig Meter vor uns davonsauste durch das Labyrinth der Flure.

Es stellte sich heraus, daß wir von jetzt ab nicht mehr »Reinigungsgruppe« hießen. Wir hießen »Back- und Frisiergruppe« und waren plötzlich Gegenstand der Aufmerksamkeit aller. Wie schon gesagt, hingen überall im Kirmeskomplex Plakate, die die Leute aufforderten, sich von uns die Haare schneiden und legen zu lassen – und eventuell ihr Geld zurückzubekommen. Unsere wichtigste Aufgabe war allerdings, jeden Tag Kuchen zum Kaffee zu backen – für sechzig Menschen, von denen keiner die Kalorien zählte. Also ganz schön viel Kuchen!

Um die nun folgenden Ereignisse zu erklären, muß ich noch auf etwas Wichtiges hinweisen: Wir waren eine zufällig zusammengewürfelte Gruppe von Menschen. Das einzig Grundlegende, das wir gemeinsam hatten, war Mangel an Kraft und Selbstvertrauen – abgesehen von Föydahl, aber der war ja zum Ausgleich arbeitsscheu, vor allem was »Frauenarbeit« anging.

Es ist nun so, daß auch die erwähnten Arbeiten viele Variationen aufweisen können. Flure putzen ist eine Tätigkeit, die nicht viel Erfindungsgeist erfordert. Dazu braucht man »nur« die richtige, demütige Einstellung. Aber zum Kuchenbacken und Haarelegen gehören Tatkraft und die Lust, Ergebnisse zu erzielen. Beides fehlte uns. Trotzdem glaube ich, Schwester Synnöve oder Schwester Bodil hätten uns dazu bringen können, die einladendsten, leckersten Gebäcksorten und Frisuren zu kreieren. Schwester Svanhild schaffte das nicht!

Gleich vom ersten Augenblick an ging es schief. Alles ging schief. Als wir uns endlich in der Backstube versammelt hatten, entblößte Schwester Svanhild ihren gelben Schnabel und sagte mit beunruhigender Kinderstundenstimme: »Hallo, allesamt. Ihr wißt, daß ich Schwester Svanhild heiße und ab jetzt diese Gruppe leiten werde. Wer von euch kann Haare schneiden oder legen?«

Alle sahen sich eine Weile unsicher an, aber niemand meldete sich. Unsere neue Leiterin betrachtete uns der Reihe nach schockiert, bis die Kinderstunde vorbei war: »Hier sind sieben erwachsene Damen! Hat von euch keine je ihre Haare gewaschen oder gelegt?« Alle Damen nickten aus lauter Verzweiflung, worauf Svanhild drei von ihnen auswählte und sagte: »Der Frisiersalon ist direkt gegenüber. Ihr findet da alles, was ihr braucht ... sogar eine Kundin, die schon viel zu lange wartet. Also, los mit euch!«

Die drei Auserwählten wankten mit einigen kleinen Protestpiepsern hinaus, die Svanhild überhörte, indem sie ihnen den Rücken zuwandte – und uns die Front: »Wir anderen werden dafür sorgen, daß es heute zum Kaffee etwas richtig Gutes gibt. Was möchtet ihr gerne backen? Keine Vorschläge? Na gut! Dann backen wir zwei große Kuchen. Einen mit Schokolade und einen mit Honig und Nüssen. Ihr bildet zwei Gruppen, und jede wählt ihren Bäckermeister, der dafür sorgt, daß alles seine Richtigkeit hat. Los geht's!« Daraufhin setzte sie sich mit gekreuzten Armen und spitzem Blick in die Ecke – um festzustellen, daß Demokratie in der Praxis nicht funktioniert.

Natürlich behielt sie recht, die blöde Kuh! Ein krakeelendes Chaos entstand, in dem alle willens waren, alles zu tun, außer irgendeine Verantwortung zu übernehmen. Nach einem langen Moment, als die Verwirrung anfing, an Hysterie zu grenzen, klatschte Svanhild dreimal in die Hände und teilte uns effektiv in zwei Gruppen, indem sie die Schar in der Mitte trennte und jede Hälfte auf eine Seite drückte. Föydahl und sie selber sollten die Bäckermeister sein. Oh, was wurde das für ein Durcheinander! Alle liefen um sie und die anderen herum und fragten, was sie jetzt machen sollten. Wir waren wie Käfighühner in unerwarteter, erzwungener Gesellschaft. Ich war schon so kaputt und erschöpft angesichts der lichten Zukunftsaussichten in dieser Gruppe, daß ich nur das tat, wozu ich aufgefordert wurde. Ansonsten hielt ich den Mund, um meine eigene, empfindliche Haut zu schützen. Ich habe mich schon immer vor Schwanenbissen gefürchtet. Die anderen wurden mehrmals angehackt, und die Stimmung stand gefährlich kurz vor einem kollektiven Zusammenbruch, als endlich der Teig in die zwei großen Formen verteilt und in die beiden Öfen manövriert worden war.

»Jetzt ist Kaffeepause!« verkündete Svanhild in dem Moment, als ein großer Kaffeekessel überkochte. Es machte ihr keine Schwierigkeiten, das Zischen zu übertönen: »Wer ist hierfür verantwortlich?«

»Ach, das bin wohl ich«, piepste die kleine Frau Eriksen und knickste! »Bitte, verstehen Sie, Schwester, so viel Krach und Gewühl bringen mich durcheinander ...«

»Ja, setzen Sie sich nur! Ich werde das selber in Ordnung bringen«, sagte Svanhild und schob uns beiseite. Wir ließen uns ermattet um den Küchentisch nieder, während unsere stattliche Leiterin sich am Backofen zu schaffen machte. Jemand war weitsichtig genug, um Tassen hervorzuholen. Und damit war wieder Kinderstunde angesagt: »Jetzt machen wir's uns gemütlich!« kommandierte Svanhild und goß Kaffee in alle Tassen.

»Ah ... Entschuldigung, aber ist es nicht möglich, Tee oder Bouillon zu bekommen?« wagten einige zu fragen.

»Nein. Das bekommen nur die Gruppen, die in der Hauptküche arbeiten.«

»Aber, Schwester, ich kann keinen Kaffee vertragen ...«

»Wie heißen Sie?«

»Frau Haugen, Randi Haugen ...

»Aha. Nein, es tut mir leid, Frau Haugen, aber da läßt sich nichts machen! Vielleicht sollten wir eine Vorstellungsrunde machen, wo wir schon dabei sind. Ihr kennt mich, aber ich kenne die wenigsten von euch. Wir fangen an dieser Seite an. Ihr erzählt, wie ihr heißt und was ihr für Probleme habt!«

Die Gruppenmitglieder sagten ihren Namen und stotterten in Reih und Glied irgend etwas hervor. Föydahl saß in der Mitte und war der einzige, der die Situation unter Kontrolle hatte – er war ja zum Bäckermeister erhöht worden. Er hielt einen langen Vortrag über Angst und Schmerz und Tod, der die meisten Kirchenlieder übertraf, die ich je gehört hatte. Aber es wirkte auch ungewöhnlich erweckend. Svanhild hörte genau zu und nickte ununterbrochen mitfühlend. Von der Situation wurde ich so elektrisch geladen mit Angst und Wut, daß ich nicht wußte, was ich mit mir anfangen sollte. Als ich an die Reihe kam, war ich total benebelt und handelte »in Notwehr«, wie man so sagt. Ich starrte steif in Svanhilds Richtung und brachte das heraus, was ich sagen wollte, ohne die Stimme zu heben oder zusammenzubrechen: »Ich heiße Yngve Vilde. Und am meisten habe ich Angst vor Leuten wie dir. Autoritären Bevormundern, die gerne andere quälen.«

In der Küche wurde es schrecklich still. So still, daß wir alle ein merkwürdig blubberndes Geräusch hören konnten, dem aber in diesem Moment niemand besondere Bedeutung beimaß. Svanhild saß steif und weiß da und starrte mich mit einem sengenden Blick an, dessen Ausläufer auch die anderen noch spüren konnten. Frau Eriksen stammelte: »Ach, nein! Herrgott, jetzt fangen sie schon wieder an!« und schlug die Hände vors Gesicht.

Föydahl räusperte sich und wollte wohl einige versöhnende Worte sagen, aber er kam nicht dazu. Denn jetzt waren alle auf das Blubbern aufmerksam geworden. Seine Lautstärke vergrößerte sich schnell; es schien von den Backöfen zu kommen. Schwester Svanhild riß sich von ihrem Versuch, mich mit Blicken zu verbrennen, los und stürzte in zwei Sprüngen hinüber. Dort stieß sie einen ungestümen Ausruf aus, bevor sie die beiden Backofentüren aufriß. Dann fiel sie, wohl imVersuch zu entkommen, auf den Rücken.

Ach, es war ein neuerlicher Anblick für die Götter! Immer mehr Manna kam vom Himmel. Aus beiden Öfen wälzte sich langsam eine lavaartige, blubbernde Masse. Mit Rauch und Dampf – und einem merkwürdig ungesunden Gestank. Sie rann über den Fußboden und schien kein Ende nehmen zu wollen.

Wir saßen alle wie versteinert da. Wir schluckten schwer und fingen an, uns vor dem zu fürchten, was kommen würde. Schwester Svanhild saß noch immer auf dem Boden und versuchte, mit ihren Blicken die Kuchen zu töten – statt mich. Aber dafür war es zu spät. Die Kuchen waren schon mausetot – wenn sie sich auch noch so sehr bewegten. Niemand wagte, das Komische an der Situation zu erkennen. Svanhild erhob sich langsam und kam auf uns zu: »Wer von euch hat Backpulver in den Teig getan? Antwortet!«

Um den Tisch herum nahm man wieder im Chaos seine Zuflucht, alle fragten sich gegenseitig aus und zeigten wild umher. Svanhild stemmte die Hände in die Hüften. »Ruhe!« kommandierte sie, und wir waren auch eine Weile ruhig, während sie alle einzeln fragte, ob sie Backpulver in den Teig gegeben hätten oder nicht. Dabei ergab sich, daß die allermeisten das gemacht hatten. Selbst Föydahl hatte reichlich Backpulver beigesteuert – er war nämlich überzeugt gewesen, daß das die Aufgabe des Bäckermeisters sei.

Ich war der einzige, der ganz sicher war, kein Backpulver angerührt zu haben. Aber als Svanhild mit ihrer Fragerunde an mich kam, beschloß ich, mit den anderen solidarisch zu sein, und nickte bestätigend. »In beide Teigschüsseln!« brachte ich heraus.

»Ihr seid die untauglichste und dümmste Patientenansammlung, mit der ich je zu arbeiten versucht habe! Seht euch das an! Seht, was ihr gemacht habt!« Die große Schwester Svanhild streckte den einen Arm aus und zeigte mit dem anderen auf uns. Sie hatte übrigens noch mehr auf dem Herzen – und es reichte aus, daß am Tisch einer nach dem anderen immer lauter ins Schnaufen geriet.

Ich wurde wieder wütend und schaffte es, Widerstand zu leisten: »Einen Augenblick, Schwester. Hast du auch Backpulver in den Teig getan?«

Natürlich hatte sie das gemacht. Sie klappte ihren Schnabel zu und drehte sich mit einem unbeschreiblichen Zischen auf dem Absatz um. »Ihr müßt hier aufräumen!« waren ihre letzten Worte, dann war sie verschwunden.

Einige Sekunden blieb es still, dann hörten wir im Frisiersalon einen wahnsinnigen Schrei, dem gleich noch weitere Schreie und Heuler folgten. Wir fuhren zusammen, und Frau Eriksen jammerte: »Ach, Herr Jesus, was ist denn das jetzt?«

Da kam die junge Hjördis auch schon zu uns hereingestürmt und hörte nicht auf zu schreien. Sie war eine der drei ausgeguckten Friseusen und hatte offensichtlich irgendeinen Anfall erlitten. Sie klammerte sich an Frau Haugen und heulte ohne Pause: »Laßt nicht zu,daß sie mich kriegen! Laßt nicht zu, daß sie mich umbringen!«

Die Verwirrung in der Backstube hatte ihren Höhepunkt erreicht. Alles rief und schrie und weinte, und Frau Eriksen lag schon lange auf dem Boden ausgestreckt. Ich hatte Lust, es ihr gleichzutun, aber statt dessen weinte ich mit den anderen. Diesmal gab es nämlich absolut nichts zu lachen. In dieser Situation war kein Humor zu finden – nur Terror.

Zu allem Überfluß war gleich darauf die Backstube überfüllt vom Inferno in Weiß, Doktor Nashorn an der Spitze. Die Schreie mußten sie herbeigelockt haben (endlich gab's auch hier ein bißchen action!), und sie fielen über uns her und versuchten, Hjördis und Frau Haugen zu trennen. Das machte natürlich alles nur noch schlimmer. Ich habe niemals etwas Herzzerreißenderes gehört als nun, wo zwei Pflegerinnen Hjördis wegschleppten – mitten durch die halberstarrte Kuchenlava auf dem Boden und weiter durch den Flur zu irgendeiner ausgepolsterten Einzelzelle, wo sie dann zur Ruhe gebracht wurde. Wir haben sie nie wiedergesehen.

Doktor Nashorn dagegen sahen wir in aller gewünschten Deutlichkeit. Wir konnten ihn auch ziemlich gut hören: »Ruhe hier! Kann mir jemand sagen, was in dieser Gruppe eigentlich los ist? Wer ist eure Leiterin, wo ist sie?«

Und wir erlebten eine Vorführung höfischer Demut, die ich wohl nie vergessen werde. Schwester Svanhild kam aus dem Gedränge an der Tür hervorgekrochen – den Schwanenhals eingezogen, den Schnabel nach innen gestülpt –, und jetzt weinte und jammerte sie.

Natürlich schob sie die ganze Schuld auf Hjördis – die ja bereits entfernt worden war – und schlug damit eine Menge Fliegen mit einer Klappe. Uns auch. Niemand in der Gruppe wagte, den Mund aufzumachen, um zu erzählen, was eigentlich geschehen war. Ich auch nicht. Ich überließ Hjördis die Schuld. Das habe ich oft bereut. Auch jetzt.

Nachher stellte sich heraus, daß im Frisiersalon alles richtig gut gelaufen war. Sie hatten nach allen Regeln der Kunst Haare gewaschen, geschnitten und gelegt, und Hjördis war aktiv und findig gewesen. Erst als Svanhild in der Tür gestanden hatte, hatte Hjördis sich verkrampft, und als die Große Schwester ins Zimmer gekommen war, hatte sie angefangen zu schreien. Svanhild hatte nach ihr gegriffen, aber Hjördis war entwischt – und dann eben zu uns gelaufen, wo wir sie zum letzten Mal gesehen haben. Nach einigen Tagen erfuhren wir, daß man sie »in ein anderes Krankenhaus« überführt hatte. Ich glaube nicht, daß sie es da besser gehabt hat.

Ach, liebe Hjördis. Ich hätte dir so gerne gesagt, daß du nicht die einzige bist, die »geistesgestört« ist. Ich habe nämlich dasselbe gesehen wie du, in Schwester Svanhilds Blick. Ich habe gesehen, daß sie ein Tier in sich hat – wie wir anderen auch. Aber sie hat ihr Tier nicht geprügelt, wie Jonas es tut – und wozu er uns rät. Ich habe gesehen, daß das Tier in Schwester Svanhild sie von innen her aufgefressen hatte. Und es ist zu schrecklich, daß es dich auch erwischt hat!

Der Bauch des Walfischs

Ich nahm keine Verbindung mit Jonas auf. Zum einen traute ich mich nicht. Ich hatte eine Höllenangst vor der bevorstehenden Abrechnung. Zum anderen hatte ich mehr als genug damit zu tun, in Liseberg zu überleben. Schiwago und Svanhild hatten mich anscheinend zu ihrem Lieblingsopfer auserkoren und beschlossen, mich fertigzumachen. Ein paarmal hätte nicht mehr viel dazu gefehlt, aber ich hatte Astri und Einar, und deshalb schafften sie es mit mir nicht.

Eines Nachmittags Anfang Dezember kam ein Telegramm:

Wärst du so freundlich, sobald wie möglich ins Continental Hotel zu kommen? Ich sitze hier und warte. Bring das Manuskript mit.

Jonas.

Ich dachte: Okay. Jetzt oder nie! Also sagte ich Astri Bescheid, trug mich ins Spaziergangsprotokoll ein und nahm ein Taxi zur Stadt. Es graute mir. Ich hatte Angst und fühlte mich schwach. Aber trotzdem trat ich an! Es ging, wie es gehen mußte.

»Yngve! Da bist du ja schon! Wie schön, daß du gekommen bist. Setz dich. Was möchtest du trinken?«

»Mineralwasser.«

»Schwachsinn. Ober! Eine Flasche Champagner bitte, dieselbe Marke wie immer …«

»Jonas. Ich darf keinen Alkohol trinken.«

»Heute schon, Yngve. Ich erlaube es dir. Grüß sie einfach und sag, du wärst mit Löwenherz unterwegs gewesen.«

»Jonas. Müßten wir nicht miteinander reden?«

»Natürlich werden wir das. Aber du weißt so gut wie ich, daß wir beide bei einem Gläschen besser reden können, oder?«

»Doch, das stimmt. Aber du weißt ja, wie das ist. Ich mußte erst meinen perversen Drang zufriedenstellen, mich zum Sumpfen verführen zu lassen …«

»Hohoho-hosch-hosch! Das solltest du sofort aufschreiben.«

»Ich werd es mir merken. Prost!«

»Prost, mein Junge. Wo ich gerade daran denke, übrigens, hast du was von … Johannes gehört, der, bei dem du gewohnt hast?«

»Nein. Ist er wieder da?«

»Er hat mich vor ein paar Tagen angerufen. Ich soll dir sagen, daß du dich bei ihm melden sollst. Es geht um irgendwas Wichtiges. Er hat nicht gesagt, um was …«

»Ach, sicher die Wohnung. Wollen wir über … uns reden?«

»Sicher. Prost! Gut und trocken, was?«

»Ja. Ich hab das Manuskript mit, wie du gesagt hast.«

»Ausgezeichnet. Was willst du essen? Ich werd langsam hungrig.«

»Jedenfalls nicht den heißen Brei, um den du herumredest!«

»Aber, Yngve! Hat das denn so schreckliche Eile? Können wir es nicht erst ein bißchen nett haben? Wir haben uns doch so lange nicht gesehen. Ich möchte hören, wie es dir geht, und etwas von mir selber erzählen. Ich war unheimlich gut in Form in der letzten Zeit, kannst du mir glauben. Prost, mein Junge. Die empfehlen hier Austern als Vorspeise.«

»Prost, Jonas. Ich genieße deine Überredungskünste. Sie steigen mir gleich in den Kopf ... zusammen mit dem Champagner. Ich hab seit sechs Wochen keinen Alkohol getrunken. Wie schmecken Austern?«

»Tja ... sie erinnern eigentlich ein bißchen an Sperma ... aber sie werden ja auf Eis serviert. Sie sind übrigens ein warm empfohlenes Aphrodisiakum.«

»Potenzfördernd?«

»Genau. Wie steht's übrigens mit der deinen, da oben im Nonnenkloster?«

»Übertrifft alles. Ich hab deinen Rat befolgt und mir unter all den Diakonissen einen liederlichen kleinen Mönch gesucht, und jedesmal, wenn er zur Messe läutet, kopulieren wir im Glockenturm: dreimal täglich!«

»Hohoho! Und wie sieht er aus?«

»Tut mir leid, Jonas. Er ist ziemlich jung. Er sieht aus wie ... ich. Er war Schiffsjunge, bevor er ins Kloster gegangen ist ...«

»Sieh an! Du kannst da oben also nur mit dir selber schlafen?«

»Nein, gar nicht. In der letzten Zeit hab ich versucht, mein Schicksal und meine Koje mit einem gewissen Pat zu teilen, aber irgendwie klappt das alles nicht so ganz.«

»Nicht?«

»Mir fehlt niemand, an den ich mich anklammern kann. Und schon gar kein Steuermann namens Jensen.«

»Meinst du das jetzt ernst, Yngve?«

»Die Frage mußt *du* zuerst beantworten. Was willst du mit deiner Beschreibung sagen? Bin ich mit Pat identisch?«

»Das werde ich dir nach dem Essen sagen. Da kommen schon die Austern. Was willst du als Hauptgericht?«

»Lammfleisch!«

»Yngve. Du hast dich wirklich kein bißchen verändert! Jedenfalls nicht zum Besseren.«

»Nein. Du hast mich verändert. Das heißt: Du hast es versucht.« Es wurden ziemlich düstere Austern ... obwohl sie wirklich nach Sperma schmeckten. Ich fragte Jonas, ob er sich noch an die Stelle erinnern könne, wo Mykle schreibt, daß Sperma nach weißen Rosen schmeckt.

»Mykle? Der kann doch nie im Leben Sperma probiert haben. Jedenfalls nicht anderer Leuts! Das muß er schon aufgeschnappt haben.«

Wir lachten über das Wortspiel, aber es wurde schnell wieder still. Der Stellungskrieg hatte begonnen. Beim Lammrücken machte ich noch einen Versuch: »Eins gefällt mir an deinem Manuskript. Nämlich daß du endlich die Theorie vom ewigen Geschlechterkampf aufgibst. Es ist gut, daß du klarstellst, daß Persönlichkeiten kämpfen ... nicht die Geschlechter.«

»Großer Gott! Hat wirklich ein ganzer Satz deinen Geschmack getroffen? Das werde ich wahrlich nicht vergessen. Du bist sehr freigebig heute abend.«

»Willst du jemand, der dir nur nach dem Mund redet? Der sich an dich anklammert?«

»Nein, Yngve. Red nicht so! Du weißt doch, ich will, daß du ehrlich bist. Ober. Zwei Kaffee mit Schuß, bitte. So ... und jetzt darfst du mir erzählen, was du von meinem Seeroman verstanden hast.«

»Soll das eine Examensaufgabe sein?«

»Von mir aus gerne.«

»Okay, Jonas. Die Geschichte ist eine Art Gleichnis. Eine Fabel über Gegenwart und Zukunft. Das Schiff Neptun ist natürlich die Erde, bevölkert von Menschenrassen aus aller Welt. Die Offiziere ... die Herrscher ... sind Weiße, Europäer. Sie sind machtgierige, brutale Unterdrücker ... mit einer Ausnahme. Der Norweger, der zweite Steuermann, Jensen, ist ein friedliebender, intelligenter Bursche, der keiner Katze etwas zuleide tun kann und der für alle Unterdrückten großes Mitleid und tiefe Sympathie empfindet. Er kommt in eine ziemlich knifflige Situation, als die Mannschaft meutert. Eigentlich steht er ja auf der Seite der Unterdrückten, muß sich aber für die Partei der

Herrschenden entscheiden – schließlich ist er trotz allem zweiter Steuermann. Daß er außerdem Arzt ist und dauernd überall UNO spielt, ist wirklich treffend charakterisiert.

Bis hierher funktioniert das Gleichnis perfekt, finde ich, aber dann wird's schwierig. Kurz vor der letzten Meuterei ... die klappen wird ... greifen die Naturgewalten ins Drama ein. Ein Taifun planiert das Schiff und droht alle auszurotten ... die ganze Bevölkerung. Entweder hört das Gleichnis vor dem Taifun auf, oder du hast einen Atomkrieg gemeint. Und wenn das der Fall ist, dann ist der Schluß völlig schwachsinnig! Daß der Kapitän, dieser englische Scheißkerl und Imperialist, die ganze Besatzung rettet! Vor einem Atomkrieg? Das gibt natürlich einen Sinn, wenn du etwas so Phantastisches gedacht hast, wie daß die USA aus jeder Menschenrasse ein paar Leute auf einen anderen Planeten evakuieren. Aber dann finde ich, ehrlich gesagt, das Buch müßte als Science-fiction auf den Markt gebracht werden! Himmel! Und werdet ihr deshalb von einem polnischen Dampfer gerettet?«

Jonas lächelte mich vergnügt an: »Ich gratuliere, junger Mann. Sie haben soeben mit der besten Note das Examen bestanden. Prost!«

»Hast du das wirklich sagen wollen? Hast du so weit in die Zukunft geblickt?«

»Wer weiß, Yngve? Du hast die beste Note bekommen, weil du mindestens zwei Deutungsmöglichkeiten gefunden hast. Damit hast du gelernt: Je mehr Möglichkeiten es gibt, um so besser ist der Roman. Du bist ein guter Lektor gewesen. Sollen wir was zu trinken bestellen?«

»Nein, hör mir jetzt zu. Ich bin noch nicht fertig ... noch lange nicht.«

»Ach ja. Nun gut ... red weiter.«

»Das ist ein scheiß Chauvibuch. Die Welt ist trotz allem nicht nur von Männern bevölkert!«

»Aber die Welt ist chauvihaft. Die Welt wird von brutalen

Männern gelenkt. Außerdem schreibe ich über ein Schiff im Jahre 1899. Es ist kühn genug, daß ich eine Frau und zwei Kinder vorkommen lasse.«

»Okay. Warum geht diese Meuterei schief? Sie ist doch gerechtfertigt. Warum machst du die Katastrophe?«

»Yngve, mein Junge! Wenn du an den Weltkommunismus glaubst, dann ist das deine Sache. Wenn du nicht an die Wasserstoffbombe glaubst, dann ist das auch deine Sache. Außerdem ist die Welt immer schon ungerecht gewesen. Und blutig!«

»Na gut. Letzte Frage: Wie paßt Pat ins Bild? Was hat er überhaupt in dieser Geschichte zu suchen?«

»Du willst doch wohl nicht sagen, du hättest das nicht verstanden?«

»Teils, teils, Jonas. Der ganze Roman trieft ja vor Erotik. Vor Homosexualität. Aber das läßt du an keiner Stelle direkt zum Ausdruck kommen. Weiß du noch, daß wir darüber geredet haben, daß du deine Vita sexualis schreiben wolltest?«

»Das wollte ich machen, bevor ich sterbe, Yngve. Ich habe noch nicht vor zu sterben, auch wenn ich bei Gott manchmal Lust dazu habe!«

»Entschuldige, Jonas. So war das nicht gemeint. Aber in der Beziehung zwischen dem Steuermann und Pat ist das ja so offensichtlich, auch wenn es nicht ausgesprochen wird!«

»Dann laß die Leute das auslegen, wie sie wollen! Das ist ein Teil des Erbes, das ich hinterlasse. Besonders dir!«

»Aber, Jonas. Was ist denn mit mir? Warum hast du Pat so unendlich klein und erbärmlich gemacht?«

»Bist du das denn nicht, Yngve?«

»Nein! Und ich habe mich auch nie an dich angeklammert!«

»Das ist deine Deutung. Dazu hast du jedes Recht.«

»Und das Buch? Hab ich auch jedes Recht, das zu deuten?«

»Natürlich. Du und alle anderen.«

»Dann ist es ein feiger und verlogener Roman!« Das bereute ich sofort, als ich sah, wie Jonas sich bei diesen Worten zusammenkrümmte.

Aber er wurde nicht böse. Er sagte still: »Das hättest du nie sagen dürfen, Yngve.«

»Hätte ich dich denn anlügen sollen?«

»Nein, das nicht. Aber man muß nicht alle Wahrheiten zu jeder Zeit hinausposaunen!«

»Zum Beispiel die, daß der Steuermann Jensen mit dem Schiffsjungen Pat Geschlechtsverkehr hat, während sie in seiner schmalen Koje liegen? Zum Beispiel die, daß ...«

»Yngve. Hör jetzt auf damit. Ich mein das ernst. Du bringst mich fast um den Verstand! Laß uns um Himmels willen von etwas anderem reden. Laß uns von dir reden! Was macht zum Beispiel *dein* Roman?«

»Den hab ich verbrannt.«

»Was hast du ... hör auf, mich zu reizen, hab ich gesagt!«

»Tut mir leid, Jonas. Aber das ist wirklich wahr. Ich hab ihn verbrannt, schon bevor ich nach Liseberg gekommen bin ... bei Johannes im Kamin. Ich wollte dich damit nicht reizen oder dir weh tun. Ich hab das getan ...«

»Du mußt ja ganz und gar verrückt geworden sein, Junge! Hast du ihn wirklich verbrannt? Ach, guter Gott ... warum hast du mir so ein hartes Los zugeteilt! Kindermädchen sein müssen für so ein schwachsinniges Talent! Jesus Maria! Warum hast du mir nicht ... nur dieses eine Mal ... einen Gewinn gegönnt? Und warum hab ich keine Kopie davon gemacht? Ich war drauf und dran, aber dann hab ich's gelassen, aus Loyalität dir gegenüber. Dir gegenüber! Einem Feuerwehrmann aus *Fahrenheit 491* gegenüber! Du verdienst Strafe, du elender Wurm.« Jonas legte sich über den Tisch und weinte.

Wir hatten schon einige Aufmerksamkeit auf uns gelenkt. Ich versuchte, ruhig mit ihm zu reden, aber ich fühlte mich auch nicht besonders ausgeglichen. »Lieber Jonas. Hör mir zu. Ich will dich nicht als Kindermädchen oder Vater oder hohen, geistigen Beschützer. Ich will mich nicht an dich klammern. Aber ich möchte dich als Freund haben. Ich kann andere Bücher schreiben ...«

»Als Freund! Als ob ich nicht genug Freunde hätte! Ich hab viel zu viele Freunde. Aber, weißt du, was ein wirklicher Freund ist, Herr Vilde? Das ist jemand, auf den du dich verlassen kannst. Ein Mann, bei dem du in finsterer Nacht ans Fenster klopfen kannst und sagen: ›Du mußt mir helfen, eine Leiche zu begraben!‹ Wenn er dein Freund ist, kommt er, ohne zu zögern, mit. Er stellt keine einzige Frage, während ihr die Leiche begrabt. Danach erwähnt er das Ganze mit keinem Wort. Das ist ein Freund, Yngve!«

»Tut mir leid, Jonas, aber dann kann ich niemals dein Freund sein ...«

»Das hab ich gewußt!«

»Schließlich kann ich ja nie wissen, wen du im Suff zufällig ums Leben bringst ... falls der Betreffende gerade passend dasteht für einen Schlag. Es könnte ja ein anderer Freund sein ...«

»Yngve! Du bist das Gemeinste, was ich je getroffen habe.«

»Und du bist ein idealistischer Tropf, der es nie geschafft hat, die schwindelig machenden Forderungen zu erfüllen, die du an dich selber stellst ... und an andere. Du glaubst, du bist Jesus und mußt die Schlechtigkeit der Welt auf deinen Schultern tragen!«

»Lieber Jesus als Judas!«

»Hab ich jemand verraten? Hab ich dich verraten? Weil ich mein Buch verbrannt hab? Weil ich meine Mutter nicht ›ermordet‹ hab? Apropos ›verraten‹ ... Hast du Amalie Skram gelesen?«

»Selbstverständlich ...«

»Hast du *Die Nachkommen* gelesen? Das ist ihr *Muttermord*, und ihr ist das gelungen! Sie hat es geschafft, die Wirklichkeit zu beschreiben, ohne zu moralisieren. Ihre schreckliche Abrechnung mit der Mutter ist ganz einfach eine wahre Darstellung ... im Guten und im Schlechten. Und genau das wäre mir nicht gelungen. Ich hab mich von der ersten Zeile an verstellt!«

»Vergiß nicht, daß sie das Buch geschrieben hat, als sie schon älter und gereifter war. Dein Roman ist ... hätte ein spontaner Beitrag in der derzeitigen Geschlechterrollendebatte sein können. Nicht mehr und nicht weniger. Und das hast du verbrannt! Lebendige Literatur eingeäschert!«

»Jonas! Heute nacht mußt du mir helfen, eine Leiche loszuwerden. Wir brauchen sie nicht zu begraben, weil ich sie schon verbrannt habe. Aber jetzt muß die Asche weg. Ich will die Asche in den Wind streuen ... damit sie wieder Erde werden kann. Und ich brauch einen Freund, der mir dabei hilft ...«

»Ach ja. Jetzt brauchst du einen Freund. Einen, der die Sache für dich in Ordnung bringt und dein Verbrechen deckt. Und du klammerst dich an niemanden an? Weißt du, an wen du mich jetzt erinnerst, Yngve? Du hast erschreckende Ähnlichkeit mit dem *Bildnis des Dorian Gray* ... mit Oscar Wildes Ungeheuer in Menschengestalt ...«

»Zum Teufel, Jonas. Das hättest *du* nicht sagen dürfen!«

»Doch, hätte ich, und ich werde noch mehr sagen. Wenn du Freunde brauchst, dann geh zu deinesgleichen. Geh zu Johannes, dann könnt ihr gemeinsam den Kamin leeren ... sein Krematorium. Da sind sicher noch mehr Leichen, die weg müssen. Und wenn ihr alles losgeworden seid, könnt ihr euch zusammensetzen und einander inspirieren! Tu das, Yngve. Ich hab dich nämlich schon seit langem durchschaut. Du hast nicht den Mut zum Schreiben. Du bist feige. Du willst nur bei anderen schmarotzen! Du wirst niemals auch nur einen einzigen Roman herausbringen!«

»Danke, Jonas. Und Dank für alles. Für alles Böse, was du mir gegeben hast. Jetzt weiß ich, was du bist. Du bist die *Geschichte der Bestialität* in eigener engstirniger Person! Mich wirst du nicht mehr wiedersehen.«

»Leb wohl, Yngve ... und vergiß nicht, was ich gesagt habe!«

»Du Schmierenprophet!«

Ach ja. Das war das letzte, was ich von Jonas Löwenherz gesehen habe. Ich habe diese Worte immer bereut. Aber ich hatte meinen Stolz, bis es zu spät war.

Ich habe oft versucht, für Jonas ein Lied zu schreiben, aber ich habe es nicht geschafft. Statt dessen muß es ein Roman tun. Jonas hat einmal ein Lied für sich selbst geschrieben. So werde ich ihn in Erinnerung behalten:

Mein Herz

Mein Herz ist ein Waisenkind,
Hat kein Zuhause und keine Wohnung,
Hat keine Kleider, nichts zu essen, keine Schuhe,
Hat kein Bett und keinen Kinderglauben.
Hat keine Ruhe.

Mein Herz ist ein Armenjunge,
Auf der Wanderung von Hof zu Hof,
Er bettelt um Brot und um einen Tropfen Milch,
Um einen Lappen für seine Wunden,
Und nimmt, was er bekommt.

Er bittet um Lumpen zum Anziehen, darum
Auf dem Hocker sitzen zu dürfen und eine Weile
 auszuruhen,
In der Scheune ein wenig zu schlafen.
Aber dann stößt ein Stier, und es bellt ein Hund.
Ein Mann wird böse.

Mein Herz ist ein Waisenkind.
Hat seine Mutter vergessen. Hat seinen Vater
 vergessen.
Aber es fragt nach ihnen, wohin es auch kommt.
Und besitzt nichts außer dieser Frage.
Und bekommt keine Antwort.

So nahm ich den Armenjungen bei der Hand
Und sprach zu ihm: Du weißt, du bist
Das einzige an mir, das ich liebhabe.
Deinen Vater hast du überall gesucht,
Er ist nicht hier.

Dein Vater wohnt hinter den sieben Bergen.
Da hat er das schönste Schloß, das es gibt,
Und wenn du da hinfindest, wirst du froh werden.
Mein Herz, mein Herz, da wirst du ein Prinz.
Da wirst du ein Prinz.

Jonas, Jonas. Du fehlst mir. Weil ich bereue.

Der kleine Wolf wird ein kleiner Elf

Es war nervtötend, in das vorweihnachtliche Oslo hinauszukommen. Ich war verletzt und wütend und hatte böses Blut in den Adern. Außerdem war ich ziemlich voll, und es war unmöglich, gleich ins Krankenhaus zurückzufahren. Erst vor einer Woche war ein Junge von der Station verwiesen worden, weil er »sichtlich angetrunken« gewesen war. Ich lief eine Weile durch den braunen Schneematsch, um meine Gedanken klarzubekommen. Sie wurden auch klar – jedenfalls so weit, daß mir einfiel, daß Johannes mich sprechen wollte. Ich hatte keine Lust, aber eigentlich – warum nicht? Es war bestimmt keine reine Freude für ihn gewesen, in das Drecknest zurückzukommen, aber Johannes war ja nicht kleinlich. Ich konnte jedenfalls versuchen, ihm eine Erklärung zu geben. Und wenn er eine Abrechnung wollte, dann mußte die ja doch früher oder später kommen. Ich trottete den Drammensweg hinauf.

»Yngve! Das ist ja wirklich toll. Komm rein und setz dich. Ich habe zwar schon einen jungen Besuch, aber der wollte ohnehin gerade gehen. Du hättest gar nicht passender kommen können. Ich hab einfach nicht gewußt, was ich mit dem angebrochenen Abend anfangen sollte … Per! Sag Yngve guten Tag. Yngve! Sag Per auf Wiedersehen!«

Der Junge war selbstverständlich jung und hübsch. Er sah Johannes verständnislos an. Offenbar hatte er gar nicht so schnell weggehen wollen. Er sah mich anklagend an, und ich mußte denken: Der Kaiser schickt seine Soldaten aus, er schickt den Per zum Tore hinaus. Laut sagte ich: »Es ist nicht gefährlich. Ich bin nur ein weit zurückliegender Vorgänger.«

Er zog seine Jacke an und ging, ohne ein Wort zu sagen. Johannes war schon im Wohnzimmer und rief: »Wein oder Whisky?«

»Kann ich hier übernachten?«

»Klar kannst du das.«

»Whisky, bitte. Aber dann mußt du in Liseberg anrufen und sagen, daß ich über Nacht hierbleibe … zu Hause!«

»Natürlich mach ich das, mein Lieber. Schau her … ich hab dir schon ein Glas eingegossen. Du siehst aus, als ob du das brauchen könntest. Cheers! Was hast du gemacht? Bist du aus der Klinik abgehauen?«

»Ja. Unfreiwillig. Ich ging nur ein bißchen spazieren, und da hab ich einen Herrn getroffen. Der hat mich in ein Restaurant mitgenommen und mich abgefüllt. Und jetzt trau ich mich nicht zurück, weil ich da in die Tüte blasen müßte.«

»Ach? Du bist mit Ritter Löwenherz unterwegs gewesen? Das war sicher nett?«

»Nein. Ganz im Gegenteil. Aber er hat gesagt, du wolltest mit mir reden … über etwas Wichtiges.«

»Nein … nichts Besonderes. Ich hatte nur Lust, dich zu sehen. Das letzte Mal ist ja schon so lange her. Wie geht es dir denn?«

»Ich kann wohl sagen, daß es besser ist als die letzte Zeit vorher …«

»Aber, das ist ja wunderbar. Dann kommst du sicher bald aus der Klinik?«

»Ich weiß nicht. Ich hab mich noch zu nichts entschlossen.«

»Wenn du vor Weihnachten rauskommst, dann fahr doch mit uns auf die Hütte. Wir fahren einen Tag vor Heiligabend und brauchen noch eine Nummer sechs.«

»Das hört sich verlockend an. Wohin wollt ihr?«

»Keine Ahnung. Irgendein Tal. Hometal oder Homotal oder so. Michael organisiert alles Praktische.«

»Aha. Wie geht es dem denn?«

»Ach, es geht jetzt besser. Es wird wohl zu keiner Anklage kommen. Das hätte auch gerade noch gefehlt!«

»Anklage?«

»Du willst doch nicht sagen, du hättest darüber nichts gehört?«

»Worüber denn? Ich hab seit zwei Monaten nichts mehr mitgekriegt!«

»Ach, richtig. Das stimmt ja ... und ich hab dich sogar noch länger nicht gesehen. An der Riviera war es übrigens schrecklich öde. Keine Saison, da hatte ich gar nicht dran gedacht. Und der Typ, den ich da besuchen wollte, war *alt* geworden. In zwei Jahren alt geworden! Es war ganz entsetzlich. Ich hab statt dessen ein Boot nach Nordafrika genommen ...«

»Johannes! Kannst du mir nicht erzählen, was Michael passiert ist? Ist er besoffen Auto gefahren, oder hat er Geld unterschlagen?«

»Nichts davon. Er hat überhaupt nichts Schlimmes getan, der Arme. Aber die Polizei ist so stur ...«

»Ja, aber, was ist denn dann los?«

»Also, hör zu. Erinnerst du dich an Wolf? An den kleinen Idioten, der ziemlich viel hier gewesen ist, bevor du ins Bild gekommen bist. Er war an meinem Geburtstag hier ...«

»Ja, ich erinnere mich an ihn! Was ist mit ihm?«

»Er hat sich das Leben genommen, der kleine Trottel. Mit Schlaftabletten und Barbituraten. Und ausgerechnet bei Michael zu Hause. Der arme Michael hatte ihn ein paarmal bei sich übernachten lassen, und eines Morgens hat er den Jungen weiterschlafen lassen, als er ins Büro gegangen ist. Und dafür ist er schön belohnt worden! Als er nach Hause kam, fand er in seinem Bett eine blauviolette Leiche. Dieser undankbare Waschlappen hatte den ganzen Medizinschrank leergefressen ...«

»Nein! Sag nichts mehr, Johannes! Ich kann das nicht mit anhören!«

»Aber, Yngve! Reg dich doch nicht so auf. Was ist denn los mit dir?«

Ja, gute Frage. Was war denn los mit mir? Ich erlitt einen schrecklichen Zitteranfall und fühlte, wie sich die brüllende Finsternis von unten her näherte. Ich schrie und versuchte, davor wegzulaufen, aber ich stolperte und blieb schluchzend liegen. Johannes kam herbei und zwang mir ein paar Pillen und ein Glas Wasser auf. Dann flößte er mir kleine Schlucke Whisky ein, bis ich ruhiger wurde.

»Ach, großer Gott, Johannes, ist das wirklich wahr?«

»Sicher ist das wahr! So eine groteske Geschichte hätte ich mir nie ausdenken können. Warum regst du dich denn so auf?«

»Ich hab ihn vielleicht besser gekannt als du.«

»Ja. Jetzt, wo du das sagst, fällt's mir wieder ein. Fühlst du dich jetzt ruhiger?«

»Wieso?«

»Es liegt noch mehr an.«

»Na ja. Laß es raus.«

»Es hat eine polizeiliche Untersuchung gegeben. Er war ja erst sechzehn.«

»Ja, und?«

»Michael beteuert seine Unschuld und bestreitet, irgendeine sexuelle Beziehung zu dem Jungen gehabt zu haben. Die Polizei glaubt ihm natürlich nicht, aber die können nichts beweisen. Bisher hat Michael es geschafft, mich ... und dich ... aus der Sache herauszuhalten. Aber scheinbar drängt Wolfs Vater die Polizei, irgendeinen Sündenbock zu finden. Weißt du irgendwas in dem Zusammenhang?«

»Ich glaube nicht, daß Wolf jemandem zu Hause erzählt hat, mit wem er zusammen war ... jedenfalls nicht freiwillig. Aber er hat gesagt, daß er homosexuell war, und der Vater hat ihn zu irgendeinem Psychologen geschickt. Ich weiß nicht, zu wem.«

»Gott sei Dank. Psychologen haben Schweigepflicht. Dann können wir ja beruhigt sein.«

»Weswegen denn beruhigt? Meinst du wirklich, die Polizei würde in einem so tragischen Fall wie dem hier jemanden anklagen?«

»Daran zweifle ich keine Sekunde lang, sie brauchen nur einen Beweis.«

»Was für einen Beweis?

»Wolf hat einen Brief hinterlassen. Michael war so geistesgegenwärtig, ihn zu verstecken, bevor die Polizei gekommen ist. Ich hab ihn hier. Wir waren leider gezwungen, ihn aufzumachen ... obwohl er an dich gerichtet ist. Willst du ihn lesen?«

»O Gott. Johannes. Halt mich fest! Ich weiß nicht, ob ich noch mehr aushalten kann ...«

»Komm, trink was. Ich kann dich beruhigen. In dem Brief steht nichts Schlimmes. Aber er ist ziemlich ... rührend, wenn ich das selber sagen darf.«

Auf dem Briefumschlag stand mit großen Buchstaben: AN YNGVE VILDE.

Darinnen steckte ein Briefchen in Wolfs zittriger, unfertiger Schulschrift:

Liebster Yngve,
eigentlich will ich das nicht machen, aber es ist zu spät. Ich kann jetzt nicht mehr. Du bist der einzige, der gut zu mir gewesen ist. Sei mir nicht böse. Bitte!

Viele Grüße, Wolf.

Ach, mein lieber guter kleiner Wolf.

Ich bin dir nicht böse. Verlaß dich darauf. Denn du warst ein lieber kleiner Wolf – aber so was darf es wohl nicht geben. Also mußtest du ein blauer Engel werden. Das ist das beste für große Wölfe. Für mich wirst du immer ein leuchtender kleiner Elf sein.

Johannes weckte mich aus diesem traurigen, wahren Märchen: »Hast du fertiggelesen? Am besten verbrennen wir den Brief sofort. Wir können nicht sicher wissen, ob sie nicht doch auf einen von uns kommen, und das hier ist ein guter Beweis.«

»Nein! Das ist mein Brief, und ich will ihn behalten ...«

»Sei nicht dumm, Yngve! Du hältst zwei Jahre Gefängnis in der Hand. Findest du, irgendwer von uns hätte ein so umfangreiches Abschiedsgeschenk von Wolf verdient? Gib es her! Gib's mir!« Johannes riß mir den Brief aus der Hand und ging zum Kamin. Dann zündete er ihn an. Zuerst den Umschlag, dann den Brief. Als die Flammen verlöschten, fragte er mich: »Was hast du hier übrigens getrieben, als ich weg war? Hier ist so merkwürdig viel Asche ...«

»Ich hab hier schon eine Leiche verbrannt. Jonas hat recht behalten. Jetzt gibt es mehrere Leichen in deinem Kamin, Johannes. Ich muß jetzt unbedingt weg.«

»Was redest du da? Du willst gehen? Jetzt red keinen Quatsch. Du kannst dich ja kaum auf den Beinen halten. Komm her, ich helf dir ins Bett. Natürlich mußt du heute nacht hierbleiben!«

»Nein! Ich muß gehen! Ich muß hier weg!«

»Yngve, hast du völlig den Verstand verloren?«

»Ja. Und du kannst ihn mir nicht zurückgeben! Laß mich gehen. Und sieh nicht so erschreckt aus. Ich bin dir nicht böse. Du hast ihn nicht umgebracht. Und Michael auch nicht.«

»Wer denn?«

»Die Werwölfe unter uns!«

Erinnerst du dich an einen Kinderfilm aus den fünfziger Jahren über ein Flüchtlingsmädchen namens Toya? Er hatte ein durchgängiges Thema – ein todtrauriges Lied, das *Der Weg ist lang, er ist lang, er ist lang* hieß. Das gurgelte und sang ich, als ich spät am Abend hinauf nach Liseberg torkelte. Ich war von Valium, Champagner und Whisky so angeknallt, daß ich fast nichts sehen konnte. Trotzdem waren mir zwei Sachen klar: Ich *mußte* zurück ins Krankenhaus, und ich *wollte* nicht aufgeben. Aber der Weg war wirklich lang. Ich rutschte einige Male im Schneematsch aus und fiel hin und hab sicher ziemlich elend ausgesehen, als ich endlich auf die Station gewackelt kam. Es war schon lange nach Mitternacht, aber Gott sei Dank hatte Schwester Bodil Nachtwache. Ich weiß noch, daß sie irgend etwas davon gesagt hat, daß man mich gesucht hätte. Dann half sie mir ins Bett.

Es wurde ein ereignisreicher Tag. Ich hatte ein unbeschreibliches Hämmern im Kopf und eine wild wuchernde Angst, je mehr die Welt und die Nacht mir klar ins Gedächtnis kamen. Ich fühlte mich wie ein Stück Käfighuhn, als ich mich zur Morgentherapie in der Bibliothek einfand. Doktor Schiwago hatte einen erwartungsvollen Ausdruck im Gesicht und verzichtete sogar auf die üblichen fünf Minuten Stillschweigen. »Wo waren Sie denn gestern abend, Vilde?«

»Ich will nicht sagen, wo ich gewesen bin. Aber ich hatte etwas Wichtiges zu erledigen … etwas Notwendiges.«

»Ist das alles, was Sie uns erzählen wollen?«

»Ja. Ich finde, in meinem Privatleben gibt es gewisse Punkte, die dich und dieses Krankenhaus nichts angehen.«

»Habt ihr das alle gehört? Merkt euch das. Vildes Privatleben ist heilig. Es gehört nur ihm. Finden Sie nicht, daß es uns angeht, wenn Sie die meisten Abmachungen brechen, die Sie hier getroffen haben? Wenn Sie vor dem Abendessen weglaufen … ohne um Erlaubnis gefragt zu haben. Wenn Sie nicht vor zweiundzwanzig Uhr anrufen und sagen, daß Sie sich eventuell verspäten. So daß wir verpflichtet sind, den ganzen Nachforschungsapparat einzuschalten. Und wenn Sie es lange nach Mitternacht endlich für gut befinden, wieder aufzutauchen. Hatten Sie getrunken?«

»Ja. Eine ganze Menge sogar.«

»Ich muß schon sagen. Davon hat nämlich nichts im Bericht gestanden. Wie erklären Sie sich das?«

(Teufel auch! Bodil hat versucht, mich zu decken. Jetzt kriegt *sie* Ärger!)

»Das hab ich der Nachtschwester natürlich nicht erzählt. Ich hab mich zusammengenommen, so gut ich konnte, und mich sofort hingelegt.«

»Warum erzählen Sie das dann jetzt? Tut es Ihnen leid?«

»Ich erzähle das, um nicht beim Lügen erwischt zu werden. Und es tut mir nicht leid. Was ich gestern getrunken habe, war hauptsächlich zu medizinischen Zwecken ...«

»Ja, sicher. Pflaster auf die Wunde vielleicht? Und Sie wollen uns nicht erzählen, was Sie so schrecklich verletzt hat?«

»Ich hatte eine Aussprache mit einem guten Freund. Das hätte fast zu einem Zusammenbruch geführt. Er hat mir Valium und Schnaps gegeben. Er sollte auch hier anrufen und Bescheid sagen, aber das müssen wir wohl vergessen haben.«

»Ei der Daus. Das klingt wirklich spannend. Besonders das mit dem Valium und dem Schnaps, finde ich. Wie wirkt das auf Sie, Vilde?«

»Das wirkt betäubend auf mich.«

»Das gehört zu den gefährlichsten Kombinationen von Medikamenten und Rauschmitteln, die es gibt! Wie sind Sie hergekommen?«

»Ich bin gelaufen ... von der Bygdöyallee.«

»Glauben Sie wirklich, daß wir Ihnen diese Geschichte abnehmen, Vilde?«

»Jedes Wort ist wahr.«

»Glauben Sie, irgendwer hier in diesem Zimmer glaubt Ihnen?«

»Das kann ich nicht sagen. Aber ich habe das beste Gewissen der Welt.«

Astri mischte sich ein: »Und dazu hast du auch allen Grund, finde ich. Er hat ja zugegeben, daß er getrunken hat, vergessen hat anzurufen und zu spät gekommen ist. Was willst du denn noch mehr? Daß er jemanden umgebracht hat?«

Ich fuhr zusammen. Herrgott, wie sollte das alles enden?

Schiwago spannte die Gesichtsmuskeln und dann die Daumenschraube an: »Nun gut, dann lassen wir es dabei bewenden. Wenn Vilde mit Notlügen durchkommen will, dann muß er auch die Folgen tragen. Von so was bekommt man nicht unbedingt bessere Nerven. Aber es scheint notwendig zu sein, die Situation ein wenig für Sie zusammenzufassen, junger Mann. Die sieht nicht gerade aufmunternd aus. In Ihren ersten Wochen hier bei uns haben Sie nichts gesagt. Sie haben eine bemerkenswerte Anpassungsfähigkeit gezeigt. Sie waren freundlich, benahmen sich gut und putzten den Fußboden, als wäre das Ihre Lieblingsbeschäftigung. Warum haben Sie das getan, Vilde?«

»Ist es vielleicht falsch, sich einer neuen Umgebung und neuen Situationen anpassen zu können?«

»Nein, nicht, solange das ehrlich gemeint ist. Aber Sie haben ja später bewiesen, daß Sie ein anderer sind als der, für den Sie sich zunächst ausgegeben haben. Sie waren zuerst ein Augendiener, nicht wahr? Mit falscher Bescheidenheit?«

»Nein, das ist nicht wahr.«

»So, Sie meinen, ich lüge. Wie würden Sie Ihr Benehmen erklären?«

»Ich hatte Angst, ganz einfach. Vor allem vor dir! Das erste, was du getan hast, war, daß du gedroht hast, mich hinauswerfen. Was glaubst du, warum ich überhaupt beantragt habe hierherzukommen? Auch, weil ich Angst hatte. Angst vor der Gesellschaft da draußen. Das zeigte sich bei mir in einer galoppierenden Angst, auf der Straße niedergeschlagen zu werden … reichlich blöd, natürlich, aber die Angst ist trotzdem real genug. Ich glaube, die meisten leiden darunter, auch wenn es unterschiedlich zum Ausdruck kommt. Frau Haugen hat Angst, weil sie ihren Mann haßt. Frau Eriksen hat Angst, Straßenbahn oder Bus zu fahren. Astri hat Angst vorm Examen. Das alles sind nur verschiedene Haken, an die wir unsere Angst hängen, aber ich glaube, alles zusammen hat eine gemeinsame Ursache. Alle, die wir hier sitzen, haben nicht so schreckliche Angst vor dem Tod. Wir haben Angst vorm Leben!«

Nicht nur ich brach in diesem Moment zusammen und weinte. Schiwago mußte seine Stimme deutlich anheben, um uns zu übertönen: »Aber, lieber Vilde. Das ist uns doch völlig klar. Dafür sind wir Ärzte ja hier ... um euch zu helfen, eure irrationalen Ängste zu überwinden. Um euch fähig zu machen, ein reicheres Leben zu führen. Das ist ja unser aller übergeordnetes Ziel auf dieser Station ...«

»Ja, aber, dann hilf uns doch! Anstatt uns jeden schrecklichen Tag auszuschimpfen. Ich habe Angst vor allem, was sich außerhalb dieser Mauern befindet, und das erste, was du tust, ist, mir mit dem Hinauswurf zu drohen ... in all das Grausame hinaus ...«

»Alles, wovor Sie geflohen sind, Vilde?«

»Ja, von mir aus gerne. Hier drinnen fühle ich mich sicher. Weil ich hier weiß, daß es keine wahnsinnigen, bösen Menschen gibt ... jedenfalls nicht unter den Patienten! Was ich brauche, ist so viel Ruhe, daß ich entlassen werden kann. Aber du sabotierst alles, wenn du mir dauernd mit dem Hinauswurf drohst. Du machst mein Leben hier genauso unsicher, wie es draußen gewesen ist!«

»Vilde. Das ist hier kein Asyl ...«

»Das sollte es aber eigentlich sein, im wahrsten Sinne des Wortes. Asyl bedeutet ›Schutz‹, und genau den brauchen die meisten von uns.«

»Wir können nicht fünfzehn Prozent der Bevölkerung ihr Leben lang im Krankenhaus wohnen lassen. Das müssen Sie doch auch einsehen, Vilde!«

»Vom ganzen Leben ist gar nicht die Rede! Du verdrehst und übertreibst alles, was ich sage! Alle, die hier sind, sind auf irgendeine Weise Verlierer. Es ist egal, ob wir Neurosen haben, Psychosen, Angst oder Ausschlag. Wir sind an einem Punkt im Leben angelangt, wo wir uns geschlagen geben müssen. Dann kommen wir hierher und werden einem unmenschlichen Rekordversuch ausgesetzt! Ihr wollt uns in der kürzestmöglichen Zeit ›zur Gesellschaft zurück‹ bringen. Ihr habt eine Art kollektive Verhaltenstherapie, um das zu erreichen. Ihr nehmt euch uns gruppenweise vor und schimpft uns aus, bis wir mit den Ohren schlackern, und schmeißt uns raus. Die meisten wagen sicher nie mehr, noch einmal zu beantragen, hier behandelt zu werden!«

»Was wollen Sie denn eigentlich? Sollen wir jeden einzelnen tiefenanalysieren? Das dauert bei jedem Patienten mindestens zehn Jahre.«

»Toll! Da sagst du was. Jetzt hast du zugegeben, daß ihr das psychische Gesundheitswesen wirklich rationalisiert habt. Vielen Dank!«

»Nein, das habe ich nicht. Nennen Sie das nicht Rationalisierung! Nennen Sie das lieber eine Notlösung. Ich muß zugeben, daß wir oft nicht genug Zeit für die einzelnen Patienten haben, aber was sollen wir dagegen machen? Wir haben keine weiteren Mittel ...«

»Was schert mich dein Mittelquatsch? Es ist doch ein natürliches Menschenrecht, daß Leute mit psychischen Problemen verstehen, welcher Behandlung sie ausgesetzt werden! Wir werden hier für soziales Zusammensein gedrillt. Dann gibt's für uns massenhaft Anmachen, und dann werden wir entlassen. Ich hab gar nichts gegen das Prinzip an sich, aber hier wird den Leuten doch ein System aufgezwungen, das ihnen gar nichts bringen kann, weil sie nicht die Voraussetzungen dazu haben. Nimm zum Beispiel diese Gruppentherapie, wo alle ihre innersten Probleme einer großen Anzahl unbekannter Menschen ausliefern müssen. Das könnte vielleicht klappen, wenn man vorher wüßte, was auf einen zukommt, und motiviert wäre, aber das sind doch die wenigsten. Also müssen die Leute gezwungen werden. Du zwingst die Leute dazu, selber einen Plan für ihren Aufenthalt hier zu machen, aber das schaffen doch nur die wenigsten. Weil sie solche Angst bekommen, daß sich ihre Probleme nur verstärken.«

»Das war wirklich eine ganz schöne Salve, Vilde. Sie haben sich ja richtig heiß geredet …«

»Verstehst du jetzt, warum ich anfangs so gut geputzt habe? Unter anderem, weil ich das System noch nicht durchschaut hatte.«

»Aber jetzt haben Sie das, wie ich höre?«

»Genug jedenfalls, daß ich dazu etwas sagen muß.«

»Das war klug gesprochen, Vilde. Sie sind sowieso ein Mann des Wortes.«

»Das bin ich absolut nicht. Ich fürchte mich noch immer genauso vor der Gesellschaft da draußen. Ich hab immer noch Angst davor, niedergeschlagen zu werden!«

»Aber, was wollen Sie denn dagegen machen? Sie meinen doch wohl auch, daß Sie nicht den Rest Ihres Lebens hier verbringen können … noch etwa fünfzig Jahre …«

»Nein, ich will hier nicht länger bleiben als notwendig, aber auch nicht kürzer. Ich will eine Garantie dafür haben, daß du nicht mehr mit dem Hinausschmiß drohst, damit ich mich vielleicht genug beruhigen kann, um etwas an mir selber zu arbeiten. Außerdem möchte ich einen Karatekurs machen …«

»Einen Karatekurs? Aber, da riskieren Sie doch in höchstem Grad, niedergeschlagen zu werden, Vilde!«

»Ja, genau, aber in aller Freundschaft, hoffe ich. Außerdem könnte ich ja vielleicht lernen, mich etwas besser zu verteidigen.«

»Mir scheint, Sie haben sich gerade absolut glänzend verteidigt!«

»Aber man kann sich nicht immer aus gefährlichen Situationen herausreden.«

»Nein, aber dafür haben Sie jedenfalls ein begnadetes Talent, Vilde. Damit können Sie es noch weit bringen.«

»Vorläufig will ich nirgendwo hin. Ich möchte weiter hier im Krankenhaus bleiben, bis ich wieder gesund werde.«

»Meinen Sie, daß Sie so viel wert sind, Vilde?«

»Ja!«

»Nun gut. Sie haben ... von heute ab ... noch vierzehn Tage. Es wird bestimmt spannend, Sie gesund zu sehen.«

Hat er aber nie, der Waschlappen!

»Das hast du gut gemacht«, sagte Astri. »Du warst wirklich ganz unglaublich! Was, in aller Welt, ist mit dir passiert, daß du plötzlich aufstehst und dem Papst widersprichst?«

»Ja, wenn du das wüßtest! Alles nur das pure Elend. Das hier war wirklich die Stunde der Not ...«

Ich durfte mich bei Astri ausweinen. Konnte von Jonas und dem kleinen Wolf erzählen. Sie hielt mich fest und hörte zu. Astri ist nämlich eine Freundin. Sie würde niemals eine Leiche mit mir begraben. Sie hat mir geholfen, sie auszugraben!

Am selben Tag bekam ich einen Brief – ohne Absender. Ich schielte ihn lange an, bis ich nervös genug geworden war, um ihn aufzumachen. Aber es war ein schöner Brief. Er war von Öystein:

Lieber Yngve.
Seit meinem Besuch habe ich so viel an dich gedacht. Ich habe viel zuviel nicht gesagt, und noch mehr von dem, was ich gesagt habe, war dumm. Ich hoffe, ich habe dich nicht erschreckt, das wollte ich nicht. Ich möchte so sehr, daß du mir noch eine Chance gibst zu erklären, was ich dir sagen wollte. Ich kann aber genausogut versuchen, es jetzt aufzuschreiben: Ich mag dich sehr. Nicht unsterblich verliebt oder so was. Aber was du bist und was du hast, finde ich gut, und ich möchte mit dir zusammensein. Ich möchte, daß wir versuchen, zusammen eine Beziehung aufzubauen,

so gegenseitig und gleichwertig wie möglich. Keine alles absorbierende Liebesbeziehung, wo wir damit beschäftigt sind, unsere Nabel zu erforschen. Nein, lieber eine Freundschaftsbeziehung, in der wir zusammen leben können und arbeiten und uns streiten – und lieben.

Scheiße! Das sieht ja aus wie ein Lehrbuch über vernünftiges Zusammenleben!

Das sollte es nicht werden.

Also, hör zu: Ich will dich! Willst du mich? Dein Øystein – wenn du willst.

Auf der Rückseite hatte er eine Karte von Nesodden gezeichnet und die Adresse aufgeschrieben. Den Brief las ich viele Male. Jedesmal mußte ich etwas mehr lächeln.

An dem Abend war ich zum Umfallen müde, blieb aber sitzen und redete mit Astri. Einar war wie üblich in unserer Gesellschaft sauer und stumm. Als die *Katatonische Kakophonie* richtig in Gang war, stand er brüsk auf und ging. Astri und ich sahen uns erschöpft an, aber plötzlich zeigte sie entsetzt auf die Pillenmenagerie. Da stand Einar und kippte einen Becher voll Dopium. Er kam zurück und setzte sich, noch verärgerter.

»Himmel, Einar. Was machst du denn bloß?«

»Guck nicht so besorgt, Yngve. Es ist doch nicht gefährlich. Nur Psychopharmaka. Man gönnt sich ja sonst nichts, weißt du.«

»Das meinst du doch nicht im Ernst! Wozu soll das gut sein?«

»Ich möchte noch eine Weile in diesem Hospiz bleiben. So einfach ist das.«

»Willst du damit sagen, daß du um Pillen gebeten hast, um dich kränker zu stellen, als du bist?«

»Nein, nein. Ich hab Dope bestellt, um nicht entlassen zu werden. Draußen in der großen Welt hab ich nichts zu suchen. Ich kann nicht.«

»Wie lange willst du denn hier bleiben?«

»Auf jeden Fall bis zum Frühling. Ich will hier überwintern.«

»Ich nicht, zum Teufel!«

»Du, nein. Das hat sich auch keiner eingebildet! Du bist doch so ein frischer, munterer Immer-drauf-Junge mit roten Rosen auf den Wangen und erhobenem Blick. Das sieht man dir an. Du strotzt vor Lebenswillen. Mehr und mehr jeden Tag ...«

»Ach, hör auf! Du weißt, daß das nicht stimmt.«

»Nein, das weiß ich nicht. Du verachtest deine Probleme. Damit verachtest du Leute, die mehr Probleme haben als du!« Einars Blick fing schon an, sich zu trüben – und seine Stimme wurde lauter. Ich sah ein, daß Reden jetzt sinnlos war, also hielt ich den Mund. Er schimpfte mich gründlich aus und sagte zum Schluß: »Ich glaube, dir ist es nie schlecht gegangen. Du bist nie einsam gewesen. Du weißt nicht einmal, was eine Neurose ist. Das beweist du damit, daß du frisch und gesund bist. Denn jede Neurose enthält den Wunsch, sie nicht loszuwerden! Es ist einfach unmöglich, etwas anderes zu werden, als man ist ... ein ewig verdammter Neurotiker. Und das bist du nicht!«

»Du bist der schlimmste Pessimist, den ich je getroffen habe, Einar. Du hast beschlossen, daß du aus deinem Labyrinth nicht hinauswillst. Du gehst darin auf, es gut zu finden, daß es dir schlecht geht. Du bist ein geistiger Masochist geworden. Und wenn du dich nicht verdammt noch mal zusammennimmst, wirst du in diesem Muster total erstarren ...«

»Fahr zur Hölle, Yngve. Oder in den Himmel! Da gehörst du doch hin, oder nicht? Der geborene Gewinner! Ich dagegen werde in der Hölle landen ...« Damit erhob er sich unsicher und wankte aus dem Tagesraum.

Astri und ich blieben zurück und waren für dieses eine Mal beide zu ratlos, um Worte zu finden.

In der Back- und Frisiergruppe wurde alles immer nur noch schlimmer. Immer leichtere Backoperationen endeten mit Katastrophen, und Svanhild behandelte uns jeden Tag herablassender und höhnischer. Schließlich ließ sie uns Waffeln backen. »Denn das könnt ihr doch wohl unmöglich sabotieren!« munterte sie uns freundlich auf. Aber uns gelang das Unglaubliche. Die meisten in der Gruppe waren so eifrig darauf aus, der großen Schwester zu Willen zu sein, daß die ersten fünfzig Waffeln von außen besonders hell und von innen eher roh ausfielen. »Sie müssen mindestens fünf Minuten backen!« tadelte Svanhild und verschwand wieder im Haarlabor. Woraufhin die nächsten dreißig Waffeln so sonnenverbrannt und innen hart wurden wie Svanhild selbst – und wie ich selber auch, übrigens.

Es lief nicht gut. Obwohl ich spürte, daß ich mehr Kraft hatte als vorher, mußte ich doch alle Energie zusammennehmen und hart und abweisend werden, um dem Druck widerstehen zu können, dem ich ausgesetzt war. Svanhild und ich haßten uns, aber ich mußte aufhören, laut zu opponieren. Das ließ sie dann nur an den anderen armen Seelen aus. Gleich nachdem Hjördis deportiert worden war, schlug ich nämlich eines Tages vor, langhaarige Schmalzkringel zu backen. Svanhild reagierte so wild, daß meine armen Damen den ganzen Tag weinen mußten. Danach sagte ich bei der Beschäftigungstherapie sowenig wie möglich. Die große Schwester beobachtete mich wie ein ausgehungerter Raubvogel.

Die anderen Patienten bereiteten unseren Waffeln einen überschwenglich negativen Empfang, aber wir waren so froh, daß wir einen weiteren Nachmittag in der Backstube überlebt hatten, daß wir lächelnd und lachend alle Kritik entgegennahmen. Ich saß an einem der großen Tische und erzählte gerade, wie sich das Ganze eigentlich zugetragen hatte, als eine kreischende Stimme plötzlich jedes andere Geräusch durchdrang: »Ho, ho, Jakob, ho, hoo, Wilhelm Grimm!«

Rat mal, wer das war!

Ich fuhr sofort herum, wie alle anderen auch – und da im Eingang stand ein strahlend munterer und übermütiger Terje, streckte den einen Arm aus und machte einen entzückenden Knicks. Ich erhob mich halb, sank aber wieder auf meinen Stuhl zurück, als er herüberkam und seine Begrüßungsrede fortsetzte: »Gottchen, Herzchen! Hast du endlich das Handtuch geworfen und bist ins Kloster gegangen? Ja, hab ich das nicht immer schon gesagt: Die Tutta ist zu etwas Besserem geschaffen, als sich nur rumzutreiben, ja, ja …« Damit fiel er mit dem weichsten Schnäuzchen auf der Welt über mich her und küßte mich im ganzen Gesicht. Ich mußte mich einfach ergeben. Ich habe immer Sinn für dramatische Effekte gehabt, obwohl ich sie am komischsten finde, wenn andere davon betroffen sind. Terje redete unverdrossen weiter: »Jessas, was issen aus dir geworden? In Rom? Ich hab *das* schwerreiche Sparschwein aufgerissen … hab sie *Vera Cruise* getauft … sie hatte *die* Wahnsinnsyacht, mußte wissen … und hatte Mäuse wie Heu … und mit *der* internationalen Mannschaft …«

»Terje, jetzt nimmst du dich ein bißchen zusammen, nur einen Moment, bis wir im Flur sind, okay? Dann kannst du mir alles von Anfang an erzählen …«

»Aber, um Gottes willen, Tutta! Wie nervös du geworden bist! Können die denn nicht mit ansehen, wie zwei alte Freundinnen sich nach Jahren wiedersehen, oder was?«

Ich wagte nicht, mich umzuschauen, als ich Terje aus dem Tagesraum bugsierte. Niemand applaudierte, aber es pfiff auch keiner.

Ach ja. Offenbar war Terje noch immer der alte. Ich freute mich unbeschreiblich, ihn zu sehen. Sein Wortschwall ging weiter: »Jesus Christus, Yngve! Was machst du hier denn bloß? Unten im Flur hab ich drei verschleierte Nonnenmädchen getroffen ... und hab Kreuzzeichen gemacht, bis mein Handgelenk verstaucht war ...«

»Das sind keine Nonnen. Das sind Diakonissen!«

»Diakonissen? Und was is denen ihr Wahlspruch? *Vaya con Dios?* Auf Wiedersehen ... und dann ziehen sie die schwarze Zeltplane vor und fasten vierzehn Tage lang im Stehen? Oder vielleicht ist es *Noia auf Kon* ...«

»Und ich bin Neurosa auf dem Ball. Kannst mir glauben, ich hab's hier ganz toll!«

»Ja, Hiiimmel, was für helle und freundliche Flure! Übst du hier im Gehstuhl? Oder bist du schon zum Tretrad avanciert?«

»Nein, nein. Hier gibt's jeden Abend Berg-und-Tal-Bahn und Festpolonaise. Morgens üben wir Holmenkollenrennen ... und dann kommt das Inferno in Weiß ...«

»Bist du immer noch unten? Bist du deshalb hier?«

»Im Grunde schon. Ich erzähl dir das alles, aber erst will ich hören, was eigentlich passiert ist in Rom. Haben sie dich zusammen mit Vittorio verhaftet?«

»Klar doch. Bei der Razzia. Ich hatte Schlagseite wie der Schiefe Turm ... und wäre auch wirklich fast umgekippt. Plötzlich wimmelte alles von Bullerei mit Hunden und Schlagstöcken ... ohne Glacéhandschuhe. Ich wurde vor Schreck ganz steif und konnte mich einfach nicht rühren. Und das war mein Glück, weil alle, die wegzulaufen versuchten, niedergeschlagen wurden oder zuschanden gebissen oder beides. Ich kam gut zurecht. Auf der Polizeiwache hab ich nur ›No comprendo ... Norvega!‹ gesagt, bis die einen Bullen mit Ausbildung, der irgendwie ein bißchen Englisch konnte, ausgegraben hatten. Aber ich hab nur eins von ihm gehört: I love you! Dann hat er seine Bürotür abgeschlossen und mich eine Dreiviertelstunde lang gefickt. Dann hat er mir seine Adresse gegeben und mich zur Hintertür rausgelassen. Ich hab zwei Tage bei dem Typ gewohnt, und dann bin ich mit Vera auf Kreuzfahrt gegangen.«

»Ja, wer war denn diese Vera?«

»Einer von den großen Veristen des italienischen Films. Erinnerst du dich an den Verismus?«

»Kaum.«

»Sag bloß! Vittorio de Sica und Rossellini und all die Jungs aus den sechziger Jahren. Sie war auch so eine, und jetzt hatte sie die Yacht von Tallulah Bankhead gekauft ... die sich '68 an Cola zu Tode gesoffen hat ...«

»Aber du hast das nicht getan? Ich muß sagen, du hast dich gut gehalten, Solveig ...«

»Ja, echt! Ich hab einen ganzen Monat lang nur Champagner getrunken, aber dann hab ich mich in einen Matrosen verliebt und hab das Trinken reduziert. Danach hab ich auch den Rest der Mannschaft entdeckt ... und da hab ich dann richtig zugeschlagen. Ich hab wirklich den ganz großen *Sucsex* gehabt!«

»Was hat Vera dazu gesagt?«

»Hat das alles nicht kapiert, die Arme. Sie fuhr total auf Oscar Wilde und Balzac ab und war zufrieden, wenn ich ihr pro Tag drei Stunden vorgelesen hab. Sie wollte *Das Bildnis des Dorian Gray* verfilmen und damit eine Sensation schaffen ... aber daraus wird wohl nichts, leider. Ich sollte Lord Henry spielen ...«

»Teufel! Dann möchte ich die Hauptrolle. Ich hab neulich das schmeichelhafte Kompliment bekommen, daß ich Dorian Gray ähnlich sei ...«

»Ha! Dem Mann oder dem Bild?«

»Kann ich nicht sagen. Doch, wohl mehr dem Mann. Das Bild war trotz allem unschuldig.«

»Na, das war dann ja ein Kompliment!«

»Genau. Bis zum schrecklichen Ende.«

»Himmel! Hast du keine anderen Ambitionen, als als schöne Leiche zu enden?«

»Doch. Deshalb bin ich hier. Hast *du* denn andere?«

»Ja. Deshalb bin ich nach Hause gekommen.«

»Wann bist du gekommen? Wo hast du die ganze Zeit gesteckt?«

»Ich bin überall gewesen! Zuerst bin ich ein Jahr lang auf dem Mittelmeer rumgefahren und hab mich köstlich amüsiert. Auf den griechischen Inseln haben wir eine vierzehntägige Orgie hingelegt, die die Junta ins Wackeln gebracht hat ... und Jackie hat weit drinnen in ihrem Onanassis nach Luft geschnappt. Am Ende sind wir von einem amerikanischen Kreuzer in internationales Fahrwasser geschleppt worden! Sie haben sich nicht getraut, Vera und mich zu verhaften. Haben uns nur ausgewiesen! Danach haben wir uns ganz Nordafrika und Spanien zusammengekreuzt und haben an der Riviera den Frühling gefeiert. Du hättest dabeisein sollen, wie ich ein goldenes Kleid angezogen hab und ins Casino von Monte Carlo gegangen bin. Ich dachte, ich hätte Schlag bei Omar Sharif, aber in Wirklichkeit war der nur höflich! Der ist auch scharf auf Jungs ... und ich stand da und sah aus wie Barbara Streusand in *Funny Girl*! Der Typ war außer sich vor Schreck! Aber ich dachte ›Zum Teufel, jetzt erst recht!‹, und dann hab ich seinen Liebhaber aufgerissen! Einen süßen Achtzehnjährigen aus Japan, der ganz hingerissen war, weil er endlich einen Rock zu sehen bekam ... aber als ich ihn ausgezogen hatte, fing er an zu weinen! Ich hab ja schon immer gut kleine Jungen trösten können ... *Dont't worry, Kyoko* hab ich gesungen ... und am Ende ging alles gut. Ach Gott, du hättest dabeisein sollen, Yngve! Ich hatte keinen, mit dem ich lachen konnte!«

»Ich auch nicht. Fast nicht. Aber, was hast du sonst gemacht? Hast du drei lange Jahre nur Schlaraffinchen auf Luxuskreuzfahrt gespielt?«

»Nein, hab ich nicht. Früh in dem Sommer lief Vera in Genua aufs Dock. Ich bekam eine erkleckliche Heuer und fuhr sofort nach Florenz, um etruskische Kunst anzusehen. Da traf ich einen total ausgefixten Modedesigner, den ich Lucy in the Skai getauft habe, weil er immer in bodenlangen Kunstledermänteln herumtobte. Auf einem Fest bei dem hab ich eine Bande von verkaterten Amerikanern kennengelernt, die in den Osten wollten und ›fett werden‹, weil sie eine Masse Zaster geerbt hatten. Also hab ich gedacht ›Scheiß drauf‹ und bin mitgefahren. Das wurde ziemlich anstrengend. Diese Amis waren ganz einfach Kulturbanausen und machten alles, was sie sahen, und alle, mit denen sie redeten, runter ... wenn sie die nicht gleich mit ihrem Riesen-Chevybus überfuhren. Auf einer Landstraße in Pakistan haben sie zwei Kinder getötet und nicht mal angehalten. Ich bin in Indien abgesprungen. Da war's unbeschreiblich. Viel Schlimmes, aber auch viel Schönes. Starke Leute. Ich bin durch das ganze Land gefahren, dann nach Nepal, um in Katmandu Hasch zu rauchen, und dann runter nach Ceylon. Da hab ich beschlossen, ein Mann zu werden, und hab auf einem Boot angemustert. Stell dir vor, Tutta! Deine Freundin ist zur See gefahren!«

»Himmel. Und wie lange?«

»Lange genug. Ein paar Monate. Ich ließ mich in Hawaii aussetzen, weil der Steward auf mich und den Schiffsjungen eifersüchtig war. Außerdem hab ich da eine neue Millionöse getroffen, die ich Shirley Temple getauft hab, weil sie so unheimliche Ähnlichkeit mit Paul hatte ... und sie wohnte in *der* Imitation eines griechischen Tempels! Sie war ziemlich in Ordnung ... und gar nicht geizig. Und dann hatte sie Humor. Ja, Hiiiimmel! Ich hab ihr *Der Schiffsjunge Ola* auf Englisch übersetzt, und das würde sie sicher jetzt noch singen ... wenn sie könnte. Ich hab das auf dem Schiff so oft gesungen, verstehst du, es gibt eine unheimlich starke Strophe, die so geht:

Mit dem Schiff voll Dörrfisch und Holz und Papier
Segelten wir nach Marokko und Tunis und Algier.
Da trägt man Laken, und die Damen Schleier,
Und da traf ich einen Araberjungen,
Den ich von früher ein bißchen kannte ...«

»Willst du das auch auf englisch hören?«

»Nein! Bitte, das reicht, Terje. Ach, es tut so gut, dich wiederzusehen! Was treibst du denn jetzt so?«

»Na, wirklich! Darf ich denn nicht zu Ende erzählen? Hör zu: Ich bin ein paar Monate auf Hawaii geblieben und hab geschluckt und getrunken und gesurft und alles mögliche gemacht. Lebensgefährlicher Zeitvertreib, übrigens, aber unheimlich toll. Jedenfalls, bis Shirley mir ertrunken ist. Sie ist im Suff gesurft und wurde von so einer Zehn-Meter-Pazifikdünung mitgerissen, die sich über ihrem Kopf brach. Arme Shirley. Soweit ich weiß, ist sie nie gefunden worden. Ich hatte etwas Geld, also bin ich rüber nach Kalifornien. Nach L. A. und San Francisco. Da ging's ganz wild zu! Nur harter Stoff und business-fast. Ich hab eine Wohngemeinschaft kennengelernt, die hatte unheimliche Ähnlichkeit mit Fat-Freddy and his friends. Sie hatten sogar einen riesigen Kater. Aber das war zu stark, weißt du. Viel zuviel von allem möglichen. Die Slums in den Staaten waren viel schlimmer als das Schlimmste, was ich in Indien gesehen hatte. Aber dann hab ich in New York eine Frau getroffen, die schwer in Ordnung war, und mit der bin ich nach Mexiko und weiter nach Lateinamerika gefahren. Sie hatte genug Dollars, um Bestechungsgeld für Visa und so was zu bezahlen, und wir haben nie wirklichen Ärger mit der Polizei gehabt. Aber ich hatte oft Angst. Lateinamerika ist das Stärkste, was ich erlebt habe. Du kannst dir das nicht vorstellen! Wir waren im Sommer in Chile ... vor dem faschistischen Putsch ... aber als das passierte, waren wir, Gott sei Dank, in Venezuela. Ich saß in einer Bar in Caracas und hörte die Nachrichten. Ich weinte. Alle weinten. Dann wurden die Leute wütend. Rasend. In Venezuela geht es relativ ›demokratisch‹ zu. Es gab spontane Demonstrationen. Die ganze Stadt kochte. Und da hab ich etwas über Politik begriffen, was mir vorher nie klar gewesen war ...«

»Was denn?«

»Ich hab den Unterschied zwischen Kommunismus und Faschismus erlebt. Den Unterschied zwischen wirklicher Volksregierung und den westlichen ›Demokratien‹!«

»Terje. Willst du mir erzählen, daß ausgerechnet du Kommunist geworden bist?«

»Ja, sicher! Warum hätte ich das nicht werden sollen? Ich hab das meiste von der Welt gesehen. Ich hab's am eigenen Leib gespürt, Yngve! Ich bin in dem Elend gewesen, in dem Leute leben und sterben. Es gibt nur eine Lösung für diese Leute ... für alle diese Nationen ... und das ist die Revolution. Bewaffneter Volkskrieg gegen die Faschisten und die USA. Und das wird kommen, da kannst du sicher sein! In einem Land nach dem anderen in Lateinamerika und im Rest der Dritten Welt. So sicher, wie die Zeit vergeht!«

»Du meinst das jetzt wirklich?«

»Klar mein ich das! Glaubst du, ich mach Witze, oder was?«

»Nein, nein. Aber ich kann mir dich nicht als hartgesottenen Klassenkämpfer vorstellen ...«

»Ach was, scheiß Gefasel! Typische Wohlstandsneurose. Typisch für unsere Generation, die mit fettem Essen und Hochkonjunktur aufgezogen worden ist und die nie um irgendwas hat kämpfen müssen. Wir sind so privilegiert, daß wir uns ganz unwirkliche Ideale auf Stelzen anschaffen müssen, damit wir zu etwas aufschauen können und für etwas leben. ›Die Stimme der Revolution‹ ... Blah! Ein Klassenkämpfer ist ein armer Teufel und kämpft um das Recht, zusammen mit allen anderen Millionen von Unterbezahlten und Arbeitslosen oberhalb der Hungergrenze zu leben. Das hab ich erst kapiert, als ich es mit meinen eigenen naiven und kurzsichtigen Augen in Lateinamerika gesehen habe. Da war ich gezwungen, Partei zu ergreifen. Hier zu Hause ist es ja fast unmöglich, irgendwas zu sehen, weil man uns so viel Sand in die Augen gestreut hat ... so viel gutes Essen und demokratisches amerikanisches Wiederkäugummi. Wir sind emsige Bienen im Blumenbeet des Kapitalismus. Aber ich bin auf ihrem Misthaufen gewesen und hab die Ratten gesehen, die da wohnen!«

»Du solltest vielleicht Volksredner werden ...«

»Ach, spiel dich nicht auf, mein Pfläumchen. Denk nicht, ich hätte mich so sehr verändert. Ich hab mir nur eine Grundhaltung zugelegt, und vorher war nichts da außer Schwung und Vergnügen. Aber das bedeutet nicht, daß ich mir jetzt Bart und Latzhose zulegen will ... oder ins Kloster gehen wie du!«

»Verdammt! Alle machen mich an, weil ich hier bin. Das ist ungerecht ...«

»Na gut, aber was hast du denn hier zu suchen? Erklär mir das!«

»Ich hab eine Atempause gebraucht, um mich einzuholen und herauszufinden, was ich bin und was ich wil!«

»Hast du das gebraucht? Du weißt das also jetzt? Was bist du denn? Was willst du?«

»Der Teufel soll dich holen!«

»Quatsch! Der kriegt mich nie. Erinnerst du dich noch, wie wir in Rom Thor und Wotan waren? Was haben wir für eine Show abgezogen. Hättest du nicht Lust auf eine kleine Reprise? Eine Freundin von mir hat mich zum Mittwinteropfer nach Hedmarken eingeladen. Morgen geht's schon los.«

»Herrjemine, was hast du für eine Energie! Wann bist du überhaupt nach Hause gekommen?«

»Vor vierzehn Tagen. Hab mir 'ne Bude besorgt, und nach Neujahr fang ich bei der Straßenbahn an. Jetzt will ich nämlich eine Weile zu Hause bleiben.«

»Herzlichen Glückwunsch, Terje! Gott, wie toll. Denk dir nur, die kleine halbblinde Twiggy ... die heißeste Bombe in der Stadt ... hat sich um den ganzen Globus gehurt! Und jetzt kannst du sie ab und zu in koksgrauer Uniform in der Straßenbahn nach Briskeby sehen! Die Mädels werden sich alle totlachen ...«

»Ach ja! Da hab ich echt noch nicht dran gedacht. Weißt du, wie ich das sehe?«

»Nein, laß hören!«

»Zuerst war ich ein scheiß Schwuler. Jetzt bin ich ein

schwuler scheiß Kommunist! Du kommst also nicht mit nach Hedmarken?«

»Nein, ich kann nicht. Ich hab Lust ... aber ich kann dein Tempo nicht aushalten. Aber komm mich besuchen, wenn du zurück bist ...«

»Mußt du noch lange bleiben?«

»Ich weiß nicht, Terje. Wollen sehen ...«

Ein verwunschener Erweckungsprinz

Einige Tage vor Weihnachten saß ich allein ganz hinten im Flur, als die Besuchszeit anfing. Da hörte ich von weitem eine Stimme, ganz am anderen Flurende: »Ich glaube, er sitzt dahinten ...«

Teufel auch, warum kann man denn nirgendwo seine Ruhe haben? Ich drehte mich irritiert um und sah, wie eine dunkel gekleidete Mannsperson mit langen Schritten auf mich zukam – mit einem Hut auf dem Kopf! Als er näher kam, spürte ich ein ekelhaftes, kriechendes Gefühl im Magen. Etwas Widerliches stand bevor. Er blieb stehen und wippte auf den Hacken hin und her, fünf Meter vor mir, mit den Händen auf dem Rücken und einem merkwürdigen, schleimigen Lächeln unter einem schmalen Schnurrbart. Dann sagte er freundlich glatt und dozierend: »Aber, erkennst du mich denn nicht, Yngve? Wir haben uns zwar einige Jahre nicht gesehen, aber ich dachte doch, ich hätte mich nicht so schrecklich verändert. Du hast das jedenfalls nicht. Du siehst ja richtig gut aus, übrigens. Ich hatte fast befürchtet, dich in einer ganz anderen Verfassung vorzufinden, wo du doch hier logierst. Und da ist das wahrlich eine angenehme Überraschung ...«

Es gelang mir nicht, Angst zu haben, mir wurde nicht schlecht, und ich wurde auch nicht auf eine andere pfiffige Weise außer Funktion gesetzt. Ich war in Alarmbereitschaft! Jede einzelne kleine Zelle in meinem Gehirn und meinem Körper richtete sich auf und blieb stehen, bereit zum Sprung und zu allem anderen. Denn ich wußte jetzt, daß es ernst würde – so ernst, wie bisher erst einmal in meinem Leben. Aber diesmal galt der Ernst mir – nur mir.

Der Mann, der da vor mir stand, war Magnus!

»Äh, meinst du nicht auch? Äh, daß es nett ist, mich zu sehen, meine ich?« Er konnte es nicht ertragen, mir in die Augen zu blicken, und damit schmolz ich seine Sicherheit mit meinem Blick. Sie war im Nu verdampft – nur, weil ich ihn ansah. Und das mußte ich, um fassen zu können, daß sein Anblick mich nicht trog. Ich strengte mich bis zum äußersten an, um Vergangenheit und Gegenwart miteinander in Verbindung zu bringen. Um zu begreifen, daß das hier Magnus war. »Darf ich mich setzen?« brachte er heraus. Er fing sicher an, mich für verrückt zu halten.

»Nimm den Hut ab!« Ich war ganz konzentriert und so bewußt, wie man nur sein kann. Ich wollte immer noch herausfinden, wie das da vor mir mit Magnus zusammenhängen könnte.

»Ach ja, entschuldige, da hab ich nicht dran gedacht ... du weißt, so was wird zur Gewohnheit ...«

Ich lachte kurz und abgehackt und erlebte allerlei Seltsames auf einmal: Erstens war der Mann dumm! Zweitens wunderte ich mich, daß ich mich über den dummen Mann amüsieren konnte, weil er doch im Grunde vielleicht Magnus war – aber darauf gab es wirklich keinen Hinweis. Ich sagte: »Ja, das ist wahr! Vieles wird zur Gewohnheit, weißt du!«

Er lachte unsicher und knarrend und setzte sich mit dem Hut auf dem Schoß rechts von mir aufs Sofa. Dann wurde es sehr still zwischen uns. Er saß da und sah vor sich hin, mit kleinen, furchtsamen Seitenblicken auf mich. Ich saß schräg auf dem Sofa und starrte ihn an – und Gott soll mich schützen vor dem, was ich gesehen habe!

Der Junge, den ich gekannt hatte, war ein froher Junge gewesen, mit wilden, lockigen, dunklen Haaren. Der Mann vor mir war fast kahlgeschoren, ohne eine Andeutung von

Locken und mit tiefen Einbuchtungen an den Schläfen. Das Gesicht vor mir war mager, gespannt und verhärmt. Es war voll von strengen Furchen und beherrschtem Schmerz. Es war gelbweiß und hatte blaue Adern in und um diese zottige Larve von einem Schnurrbart – wie eine Art von Schmarotzer mitten im Gesicht! Aber das Ärgste waren seine Augen. Diese warmen, tiefen Spiegel, in denen ich mich so oft gesehen hatte. Sie waren verschwunden! Dort, wo sie gewesen waren, lagen zwei düstere Löcher – und auf dem Grund dieser Löcher, ganz tief unten, zwei schwarze, blankpolierte Steine! Stechende und schauende, aber mausetote Steine! Ich fürchtete mich nicht. Ich verzweifelte nicht. Ich wurde kalt – und böse: »Was willst du von mir?«

»Was, nein ... ich war nur in der Gegend ...«

»Warum bist du hergekommen? Wenn du etwas sagen willst, dann spuck's aus!«

»Nein, aber, Yngve! Was ist los mit dir? Magst du denn keinen Besuch? Ich habe nur gedacht ...«

»Weißt du überhaupt, wie du aussiehst?«

»Was? Wie ich aussehe ...«

»Wie alt bist du eigentlich?«

»Also, nein, hör jetzt auf damit ... Du weißt doch, daß ich so alt bin wie du ...«

»Das glaubt aber keiner! Du siehst aus, als kämst du aus dem Konzentrationslager! Du siehst aus wie eine Mumie ...«

»Hör auf, so mit mir zu reden! Du weißt genau, daß ich Theologie studiere und bald fertig bin. Nächstes Jahr mache ich Praktikum ...«

Es war kein Problem, mich zu beherrschen. Alles, was ich sagte und tat, war überlegt und begründet. Ich packte ihn am Revers und drückte ihn gegen die Armlehne: »Was haben sie mit dir gemacht?«

»Äääh ... ich weiß nicht, was du ... meinst ...«

»Was haben sie mit dir gemacht ... um Himmels willen, was?«

»Yngve! Nicht ...«

»Wo hast du den schönen Jungen versteckt, den ich einmal gekannt habe? Was hast du mit Magnus Menschenkind gemacht, den ich so gern gehabt habe! Nach dem ich mich jede Stunde am Tag sehne! Den ich immer noch mehr liebe als irgendwen sonst auf dieser Welt! Wo bist *du*?«

Alle, die an Gottes Kraft glauben, sollen hiermit wissen, daß sie sich auch von Heiden anzapfen läßt – wenn ihr das, was dann passierte, auf diese Weise auslegen wollt. Ich persönlich finde es witziger zu sagen, daß es mir gelungen ist, den Teufel (der von Gott kommt) zu erschrecken, so daß er die Kirmes verließ – für eine kurze Frist. Denn da auf dem Sofa im Flur im Krankenhaus passierte etwas Wunderbares: Im Bruchteil einer Sekunde kam mein Prinz aus der verschrumpelten Froschhaut hervor. Es war mir gelungen! Nicht zu hexen oder zu beschwören – sondern meinen eigenen, lebendig begrabenen Magnus hervorzu*lieben*. Einen unendlichen Augenblick lang hielt ich ihn fest in meinen Händen und sah, wie er darum kämpfte herauszukommen. Zuerst bekam er seine Augen zurück. Die wurden groß und glänzend und lebendig und schön, als ich ihnen aus den meinen Leben einflößte. Als er spürte, daß ich ihn wirklich liebte. Daß sich überhaupt irgendein Mensch etwas aus ihm machte – und nicht nur dieses undefinierbare Nervengas, dieses Unwesen, das sie Gott nennen! Dann kamen die Erinnerungen in seinem Gesicht zum Vorschein. Zärtlichkeit und Wärme, Freude und der Wille, zu vergelten – wiederzulieben.

Er errötete wie ein Bräutigam, öffnete den Mund und sagte schwach mit seiner jungen, singenden Stimme: »Ich hab auch an dich gedacht. Die ganze Zeit ... Werde dich ... immer lieben, mein Yngve ...«

Ich wurde nicht von Tränen überwältigt. Ich wurde von Begehren überwältigt! Zwischen uns war fast kein Abstand mehr, und ich zog ich an mich und küßte ihn von Ewigkeit zu Ewigkeit. Und alle Herrlichkeit der Welt verblaßte, so gut war es, als er seine klammen zukünftigen Priesterhände

– die warm und trocken geworden waren – um meinen Hals legte und mich auf das Sofa zog. Hinunter in eine gottlose und menschliche Liebkosung. Hinunter in sünnndiges Begehren! Ich spürte, wie die Säfte in seinem vertrockneten Körper anfingen, sich zu rühren. Ich hörte, wie es unter mir zu dröhnen anfing – aber diesmal nicht vor brüllender Finsternis. Ich fühlte, wie mein Junge vor eingesperrten Sehnsüchten zitterte und bebte ...

Er hob mich auf ausgestreckten Armen, und ich sah in ein flammendes, schönes Gesicht mit lebendigen, schäumenden Augen – die in der nächsten Sekunde Risse bekamen! Sie gefroren zu Eis. Sie brachen. Ich begriff, was vor sich ging, und schrie: »Nein, Magnus! Du darfst mich jetzt nicht verlassen!«

Aber es war zu spät. Ich hatte den Blickkontakt zu lange vernachlässigt. Er sah oder hörte mich nicht mehr – aber ich konnte *sehen*, was er hörte: Der Teufel war nämlich ein Stockwerk höher gewesen und hatte beim Chef selbst Verstärkung geholt. Und sie schlugen vereint zurück – mit einer himmlischen Heerschar von strafenden Engeln, die zischten und bissen und meinen armen, gefallenen cand. theol. in Streifen und Stücke rissen. Gottes Posaunen ertönten, während ein ganzes Bataillon von singenden Seraphim über ihn hereinbrach und den Sündenfallwalzer im Siebenachteltakt summten. Der Erzengel Gabriella von Rottweiler Nibelungenring hob seinen flammenden Taktstock und feuerte die letzte, entscheidende, heilige Kriegserklärung gegen die Fleischeslust ab: eine himmlische *Teutonische Kakophonie*, einschließlich Nietzsche und Goebbels und Gott mit uns!

Während das passierte, mußte ich mit ansehen, wie mein Magnus – der Unersetzliche – zitterte und bebte, bevor er mir wieder entschwand. Seine Augen schrumpften zu den schwarzen, stechenden Schrecken zusammen, die ich zuerst gesehen hatte. Sein Gesicht schloß sich wie eine Rose in einer Frostnacht. Mein Prinz krümmte sich zu einem trockenen, widerlichen Frosch zusammen und quakte: »Laß mich los, Yngve. Du wandelst in der Finsternis! Du darfst mich nicht noch einmal da hinabziehen ... Ich bin verlobt!«

Erst da verlor ich die Kontrolle über mich. Ich raste. Ich riß ihn vom Sofa hoch und schleuderte ihn von mir. Er schrie. Ich übertönte ihn: »Du heißt nicht Magnus! Du bist eine Fälschung. Ihr habt ihn umgebracht und dich an seine Stelle gesetzt. Du bist ein Roboter. Eine tote Maschine. Du bist ein wandelnder Leichnam! Dann wandle doch endlich! Mach, daß du hier rauskommst! Fahr zur Hölle, wo du hergekommen bist. Scher dich zum Teufel!« Ich jagte ihn durch den endlosen Flur und machte ein mindestens ebenso großes Spektakel mit meiner Austreibungspolonaise wie Föydahl beim letzten Mal. Ich konnte ihn ganz bis zum Ende des Flurs jagen, bevor mich starke Arme von hinten packten und festhielten. Ich erwischte einen letzten Schimmer von seinen wahnsinnigen schwarzen Nerzaugen tief drinnen in seinem vertrockneten Schädel, bevor er zur Tür hinausstürzte und weg war. Ich schrie ihm nach: »Scheiß Ungezieferpfaff! Verdammter Menschenfresser!« Ich spürte einen Stich. Dann registrierte ich nur noch, daß alles um mich herum verschwamm.

Das Ende der Nacht

»Guten Morgen, Vilde. Wie geht's uns denn?« Schiwago lächelte mich an.

»Was habt ihr mir gegeben? Ich kann mich kaum bewegen.«

»Das sage ich Ihnen nachher, wenn Sie mir erst erzählen, was gestern eigentlich passiert ist. Sie haben ja einen ganz schönen Wirbel gemacht!«

»War das gestern? Ich hab gedacht, das wär schon viel länger her ...«

»Erzählen Sie mir genau, was Sie angestellt haben.«

»Ich werd's versuchen. Ich bekam Besuch ... von Magnus. Von jemand, den ich einmal sehr gemocht habe. Er wollte mich bekehren, glaube ich, und da hab ich ihn rausgejagt ...«

»Finden Sie nicht, daß Sie eine reichlich unbeherrschte Art haben, Leute abzuweisen?«

»Nein, nein! An meiner Stelle hättest du dasselbe getan. Er war gar kein Mensch mehr. Er war Ungeziefer ...«

»Nein, wirklich. Man kann doch ›Ungeziefer‹ auch anders behandeln ...«

»Mit einer Spritze, zum Beispiel?«

»Ich habe nicht an Sie gedacht.«

»Danke. Darf ich aufstehen ... es wenigstens versuchen?«

»Hören Sie, Vilde: Besteht Gefahr, daß dieser Auftritt sich wiederholt?«

»Nicht, wenn das Ungeziefer mir vom Leibe bleibt. Wenn er sich hier noch mal blicken läßt, jage ich ihn wieder weg!«

»Das ist wirklich eine ernste Angelegenheit, Vilde!«

»Ja, sicher ist das ernst. Ich bin noch nie so wütend gewesen.«

»Sie meinen nicht, daß Sie auch anderen gegenüber die Beherrschung verlieren könnten?«

»Nein. Ganz sicher nicht. Hier im Hause gibt's ja nur richtige Menschen ... unter den Patienten. Böse bin ich auf die künstlichen.«

»Nun gut. Sie dürfen aufstehen, aber unter einer Bedingung: Sie nehmen die Medikamente, die ich Ihnen verschreibe ... sagen wir, bis Neujahr?«

»Nein. Ich will keine. Das ist nicht nötig.«

»Wenn Sie nicht tun, was ich sage, werden Sie bis weit über Heiligabend hinaus schlafen, junger Mann ...«

»Okay. Ich ergebe mich.«

»Das ist vernünftig, Vilde. Ich habe heute und morgen Dienst. Wenn etwas sein sollte, können Sie gerne ins Büro kommen. Und warten Sie mit dem Aufstehen, bis die Schwester mit ihren Pillen hiergewesen ist.« Weg war er.

Fieberhaft versuchte ich zu denken, aber in meinem Tran war das nicht leicht. Scheiße, ich wollte keine neue Pillenkur! Ich stand so schnell auf, wie es meine bleischweren Glieder erlaubten, und hatte gerade die Hose anbekommen, als die Tür aufging. Und da stand Schwester Bodil!

»Ach, wie gut!« sagte ich. »Gott sei Dank, daß du das bist!«

»Was für ein Kompliment, Yngve. Guten Morgen, übrigens. Hast du gut geschlafen?«

»Woher soll ich das wissen? Wie spät ist es?«

»Elf Uhr vormittags, und morgen ist Heiligabend.«

»Verdammt, und was sind das hier für leckere Sachen?«

»Ach, nichts Besonderes. Nur genug für ein paar Pferde und einen Schläger. Man hat mir streng befohlen aufzupassen, daß du alles nimmst. Also, los!«

Ich schüttete die Pillen in meine Hand, zählte sie – es waren sechs Stück – und warf sie kurzentschlossen zum offenen Fenster hinaus.

Bodil reagierte heftig: »Yngve! Das war gemein von dir. Du mußt sie wirklich nehmen! Jetzt muß ich neue holen …«

»Liebe, süße Bodil, hör mir zu! Ich will einfach keine neue Pillenkur, koste es, was es wolle. Lieber spring ich aus dem Fenster, als daß ich diese Wahnsinnsüberdosis hier nehme. Außerdem bin ich von gestern noch so angeknallt, daß ich kaum stehen kann!«

»Weißt du eigentlich, in was für eine blöde Situation du mich bringst? Als ich dir das letzte Mal helfen wollte, hast du bei Bruse gepetzt!«

»Nein, nein. Er hat mich reingelegt. Ich wußte ja nicht, daß du beim Protokollschreiben so nett gewesen warst. Er hat das erst gesagt, nachdem ich ehrlich gewesen war!«

»So ein gerissener Kerl! Ich hab eine andere Version zu hören bekommen … und eine strenge Verwarnung.«

»Aber, diesmal kann doch nichts passieren! Ich hab die Pillen genommen ... und du hast zugesehen!«

»Na gut, Yngve. Aber zu keinem ein Wort. Und dann mußt du bitte heute den ganzen Tag schlapp aussehen. Was willst du übrigens heute abend machen? Da teilt jemand anderes die Pillen aus ...«

»Verdammt! Na ja, kommt Zeit, kommt Rat. Vielen Dank, Bodil. Schade, daß es nicht mehr wie dich gibt!«

Astri saß auf dem Flur. »Yngve, wie gut, dich zu sehen! Ich hatte schon Angst, sie würden dich noch länger festhalten. Bodil hat so was erwähnt. Wie geht's dir?«

»Ich bin so schlapp wie Karamelpudding. Können wir uns nicht ein bißchen setzen? Meinst du, es gibt noch Kaffee? Kannst du welchen holen?«

Der Kaffee half. Ich kam langsam wieder zu Kräften. Astri schüttelte den Kopf: »Du hast vielleicht einen Zirkus gemacht! Wer war der Betbruder, den du weggejagt hast?«

»Woher weißt du, daß er ein Betbruder ist?«

»Er sah einfach so aus, als er davonstürzte. Wir haben ihm durchs Fenster nachgeschaut. Wer war das?«

»Das war Magnus. Das heißt, seine Überreste. Ich hab ihn also nicht verletzt?«

»Nicht sichtbar. Aber er sah völlig verstört aus. Oben auf dem Sofa lag auch noch ein plattgedrückter Hut, bei deinem Schreibzeug. Ich hab beides an mich genommen ...«

»Seinen Hut hat er vergessen? Teufel! Den behalte ich als Trophäe! Aber, Astri! Jetzt mußt du mir helfen. Schiwago hat mir eine Roßkur mit Nozinan und Truxal verordnet. Ich hab ... eben alles wieder ausspucken können, aber was soll ich heute abend machen? Wenn Svanhild serviert, hab ich keine Chance!«

»Will er den Rummel von gestern ausnutzen, um dich fertigzumachen? Er gibt wohl nie auf ... solange du hier bist.«

»Was soll ich denn machen? Es hat wohl keinen Zweck, mit ihm zu reden?«

»Du kannst nur eins machen, Yngve: Du mußt hier weg. Nein, ich meine nicht, daß du türmen sollst. Du mußt einfach rausgehen auf deinen eigenen Beinen. Wie Kalle.«

»Astri. Glaubst du, ich schaff das?«

»Du schaffst, was du willst. Und wenn du ein paar Tritte in den Hintern brauchst, bin ich gern zu Diensten.«

»Ja, aber, wo soll ich denn hin? Ach Gott ...«

»Kannst du nicht nach Hause fahren und deine Eltern überraschen? Die erwarten dich vielleicht?«

»Doch, das kann ich natürlich. Aber dann breche ich alle Brücken hinter mir ab. Ach, was hab ich Angst ...«

»Die Alternative ist hierbleiben und nichts sein. Ein angeknalltes Nichts. Ein leerer Weihnachtsbaum!«

»Okay. Du hast recht. Das ist das einzige, was ich tun kann.«

»Gut, Yngve. Versprichst du, mir zu schreiben?«

»Ja, Astri, das verspreche ich. Frohe Weihnachten!«

»Dem Einar mußt du auch auf Wiedersehen sagen.«

»Ja. Und Schiwago.«

»Na, Einar. Ich wollte dir tschüs sagen. Ich finde, ich sollte jetzt abhauen.«

»Was, hast du Urlaub?«

»Nein, ich geh für immer. Sonst muß ich wieder mit Pillen anfangen.«

»Bist du ... verrückt geworden? Läßt du dich entlassen?«

»Ja, Einar. Ich gehe.«

Langsam, während er begriff, was ich gesagt hatte, veränderte sich sein Gesichtsausdruck. Von Schlaffheit und saurer Gleichgüligkeit zu offener Verwunderung – und Trauer. Er flüsterte: »Yngve! Du darfst mich nicht verlassen ...«

Endlich *sah* ich auch Einar. Klar und deutlich. Und gleichzeitig wußte ich, woran er mich gleich von Anfang an erinnert hatte. Als ich dieses Déjà-vu-Erlebnis gehabt hatte. An der Oberfläche meines Bewußtseins hatte es die ganze Zeit gearbeitet, aber ich hatte es nicht greifen wollen.

Er erinnerte mich an ein Bild. Ein Foto. Von mir selbst. Ein Bild. Das ich toll gefunden hatte. Weil es einen jungen, attraktiven Typ in flackerndem Licht und reizvoller Umgebung zeigte. Aber ich hatte es nie gemocht, denn der Gesichtsausdruck war falsch, egozentrisch und – bittend.

Es war ein Bild von Yngve dem Jämmerlichen.

Und genauso war Einar Vannlie. Er stand für all das, was ich an mir verachtete – und wovon ich mehr als genug hatte. Ich redete zu ihm: »Einar! Du bist nicht so! Du machst dich nur genauso unselbständig und jämmerlich, wie ich immer gewesen bin! Du machst einen neurotischen Steppenwolf aus dir! Aber ich bin das nicht mehr. Jetzt gehe ich, und ich will dich nicht mehr sehen. Nicht, bevor du dich traust, auf eigenen Füßen zu stehen ... ohne irgendwen um irgendwas zu bitten!«

Ich ging meinen Rucksack packen – obenauf legte ich den platten Hut. Ich zitterte am ganzen Körper und hatte weiche Knie. Ich zog meine Jacke an und stand da mit dem Rucksack in der Hand. Mit einmal verdunkelte Doktor Schiwago die Türöffnung. Er sah mich von oben bis unten an. »Wohin wollen Sie denn, Vilde?«

»Ich wollte gerade zu dir ins Büro und sagen, daß ich jetzt gehe. Ich melde mich ab.«

»Sie haben eine Abmachung mit uns, Vilde. Es dauert noch mehr als eine Woche, bis Ihre Zeit um ist.«

»Ich weigere mich, mich über eine Woche lang in Vollnarkose herumzuschleppen. Das gehört nicht zu unserer Abmachung!«

»Ich finde, Sie sollten ein wenig nachdenken ...«

»Was bist du eigentlich für ein Therapeut? Jetzt hab ich endlich einen wichtigen Entschluß gefaßt, nämlich den, auf eigenen Füßen zu stehen, und da versuchst du, mich daran zu hindern! Das darfst du nicht einmal! Du kannst mich nicht mit Gewalt hier festhalten!«

»Nein, da haben Sie recht, Vilde. Keiner hier will Sie in

Eisen legen. Aber über eins müssen Sie sich im klaren sein: Wenn Sie jetzt gehen, dürfen Sie nie mehr als Patient zurückkehren ...«

»Ja, das ist mir klar.«

»Und Ihr Entschluß ist endgültig und definitiv?«

»Ja. Aus dem Weg, du Terrorist! Ich will vorbei!«

Da lachte er. Laut und schallend. Und er sagte: »Ach, Gott sei Dank, Vilde. Herzlichen Glückwunsch zu Ihrem Entschluß. Das ist so ungefähr das Klügste, was Sie je getan haben. Ich hoffe, ich brauche Sie nie wiederzusehen!« Er gab mir die Hand und grinste breit.

Ich blieb einen Moment lang stumm, bevor ich sagen konnte: »Du wolltest wohl das letzte Wort haben, was? Adieu, Doktor Schiwago. Den Film über dich hab ich vierzehnmal gesehen.«

Dann ging ich zum letzten Mal durch die Flure. Ich hatte Angst, aber ich ging auf meinen eigenen Beinen. Durch die Halle, durch den Haupteingang. Hinaus in die Welt.

Dann fuhr ich nach Hause. Nicht nach Lambertseter. Nicht zu Johannes – und erst recht nicht zu Jonas. Zwei Stunden später stand ich auf der Fähre nach Nesodden und sah, wie die Stadt hinter mir verschwand. Es war Graupelwetter, und ein naßkalter Wind wehte. Ich blieb die ganze Zeit an Deck. Dann stieg ich in den richtigen Bus und stieg an der richtigen Haltestelle wieder aus. Ich mußte ein ganzes Stück laufen, aber die Karte war deutlich genug. Es war nicht schwer, das Haus zu finden. Ich schellte. Ich zitterte. Dann stand er da.

Öystein.

Ich konnte nicht sprechen. Er auch nicht. Viel später sagte er: »Vielleicht solltest du den Rucksack abnehmen und die anderen begrüßen?«

Sie nahmen mich mit offenen Armen auf.